你应该熟读的中国古诗

思履／主编

江西美術出版社

图书在版编目（CIP）数据

你应该熟读的中国古诗 / 思履主编 . -- 南昌：江西美术出版社，2019.1

ISBN 978-7-5480-6841-9

Ⅰ . ①你… Ⅱ . ①思… Ⅲ . ①古典诗歌–中国–青少年读物 Ⅳ . ① I222

中国版本图书馆 CIP 数据核字（2019）第 024036 号

出 品 人：周建森
企　　划：北京江美长风文化传播有限公司
责任编辑：楚天顺　朱鲁巍　　策划编辑：朱鲁巍
责任印刷：谭　勋　　封面设计：施凌云

你应该熟读的中国古诗　思履　主编
NI YINGGAI SHUDU DE ZHONGGUO GUSHI

出　　版：江西美术出版社
社　　址：南昌市子安路66号　　邮编：330025
网　　址：http：//www.jxfinearts.com
电子信箱：jxms@jxfinearts.com
电　　话：010-82093785　　0791-86566124
发　　行：010-58815874
经　　销：全国新华书店
印　　刷：北京德富泰印务有限公司
版　　次：2019年5月第1版
印　　次：2019年5月第1次印刷
开　　本：889mm×1194mm　1/32
印　　张：22
I S B N：978-7-5480-6841-9
定　　价：39.80元

前言

古诗是中华传统文化的重要篇章，也是传统文化中最深入人心的部分。清风明月的夜晚，登楼徘徊的黄昏，荒郊古寺的钟声，落花满径的小园，建构了中国人共同的文化乡愁。它是古典时期最绚烂的烟花，虽然短暂，但却光耀着千年之后的我们，从未黯淡……

那些永远的春花秋月，那些醉人的诗情画意，那些逝去的青春年华，那些曾经的豪情壮志，直到邂逅这些美丽的字句，才恍然，原来你也在这里！

字字句句饱含着人性的温暖，承载着让人感动的美。让它们缓缓走进你我的心底，开始一次温存的心灵旅行，感受那份流淌于内心深处的真情。红尘纷扰，日复一日的忙碌生活，倦怠的心灵更需要宁静的港湾。拾起这字字珠玑，独坐尘嚣，透过这些最美的字句，与古人神会，遥想当年的风云际会，胸中自有磅礴的云气涌起。

古诗中有古人的人生和世界，有古人对人生和世界的体验与境界。对每一位读者而言，一篇篇古诗犹如一个个亲切的朋友，只要你肯接近他们，他们就会不吝和你分享他们的人生经验与喜怒哀乐，会帮助你建设内心修养和人格意志。

然而历史太长，诗作太多，就像繁星满天，让普通读者眼花缭乱，不得其门而入。因此，一本更适合普通读者阅读的诗选便应运而生。《你应该熟读的中国古诗》收录了诗经、楚辞、汉诗、魏诗、晋诗、南北朝诗、南北朝乐府、隋唐朝诗等，其中收录了许多名家的名作。那一篇篇或绮丽或雄浑，或冲淡或深挚的古诗，光华闪耀，穿透历史的烟尘，化身为文字，在旅途、在写作业间隙、在上班路上陪伴着每一位阅读者。

目录

李　绅

柳宗元

元　稹

杨敬之

贾　岛

张　祜

朱庆馀

李德裕

李　频

薛　逢

马　戴

高　骈

郑　畋

韦　庄

张　乔

金昌绪

郑　谷

杜荀鹤

崔　涂

《诗经》

被誉为“世界最美的书”，这部记载着周朝到春秋时期长达五百多年岁月的诗歌总集，在历史的长河中流淌而至，满载着远古意蕴，袅袅娜娜地走来。远古的和风拂过心灵，送来穿越千年依然至美的风景，在喧嚣的世界里，涤荡出清澈的乐感。其言辞是一幅幅质朴淡雅的国画中最美的注脚，凉夜、桑园、纤草、幽虫，莫不失古朴的意蕴。《诗经》的艺术形象，清纯简约，没有任何粉饰，却深深烙印在人的心里。

关雎

关关雎鸠①，在河之洲。
窈窕淑女，君子好逑②。
参差荇菜③，左右流之④。
窈窕淑女，寤寐求之⑤。
求之不得，寤寐思服⑥。
悠哉悠哉，辗转反侧。
参差荇菜，左右采之。
窈窕淑女，琴瑟友之。
参差荇菜，左右芼之⑦。
窈窕淑女，钟鼓乐之。

【注释】

①关关：鸟鸣声。雎鸠：一种鸟。相传此鸟情意专一，生死相伴。②逑：配偶。③荇菜：一种水草。④流：求。⑤寤寐：醒来和入睡。⑥思服：思念。⑦芼：摘取。

【赏析】

这首《关雎》是诗三百中最著名的一首，诗的内容很单纯，描写了君子对淑女的爱慕之情，以及追求不得的苦恼与哀愁。古时被认为是歌颂“后妃之德”的，但后人一般视其为周秦爱情诗的典范。

关关和鸣的水鸟，相伴栖居在河中沙洲。那善良美丽的姑娘，是君子的好配偶。在船左右两边捞那长短不齐的荇菜。那善良美丽的姑娘，醒来睡去都想追求她。思念追求却没法得到，深深长长的思念啊，让人翻来覆去难以睡下……

在盈耳的鸟鸣声中，我们似乎不经意跨越了两千多年的历史，来到这片长满荇菜的沙洲，观望到两千多年前的淑女与君子的绵绵爱情。“关关雎鸠，在河之洲。”田野之中，空气清新，雎鸠和鸣，河水微澜，古朴单纯的情愫就以这样的暖色调渐渐氤氲开来。河岸之上，徘徊的小伙子对着河心发呆。密密麻麻的荇菜如翠玉凝成，青青成荫，它们的茎须在流水的冲刷下参差不齐。涟漪缠绵，那个勤劳美丽的姑娘已经闯进他的心怀。姑娘穿着和荇菜一样色泽的罗裙，在水边采摘青青的荇菜。荇菜上开着黄色的小花，和姑娘一样自然、美好。夜深的时候，“求之不得”的思念与忧愁令他辗转反侧，不能入眠。

在先秦时期，各地都有民谣，或者叫风。《诗经》中的“风”的意思就是各地的民歌，当时有专门的采集者到各地去收集歌曲。《汉书·食货志》中就有明确的记载：农忙时，周朝廷就派出专门的王官（采诗官）到全国各地去采集民谣，目的是了解民情。

从《关雎》可以看出，先秦之时，情窦初开的青年男女相思之情坦率，毫不掩饰自己的愿望。在面对真爱时，现代人相对古人来说有时反而少了那份勇敢。“窈窕淑女，琴瑟友之。”这也成为历代相互倾慕的青年男女表达内心感情的一种方式，众所周知的就有司马相如与卓文君的千古佳话，司马相如在卓府的一曲《凤求凰》换来了卓文君跟随他私奔。

《关雎》的美妙，不仅美在窈窕，美在寤寐思服、辗转反侧的相思想念，美在琴瑟友之、钟鼓乐之的希望，更美在最初时候的那份在河之洲、左右流之的不可得。“文似看山不喜平”，《关雎》有这段“不得”，整首诗一下子鲜活丰富起来。

现代著名作家沈从文说美都是散发着淡淡的哀愁。《关雎》所体现出来的美天生带了一份哀愁，淳朴而高贵。

卷　耳

采采卷耳①，不盈顷筐②。
嗟我怀人，寘彼周行③。
陟彼崔嵬④，我马虺隤⑤。
我姑酌彼金罍⑥，维以不永怀。
陟彼高冈，我马玄黄⑦。
我姑酌彼兕觥⑧，维以不永伤⑨。
陟彼砠矣，我马瘏矣⑩。
我仆痡矣，云何吁矣！

【注释】

①卷耳：苍耳的古名，其果实上布满小刺。②顷筐：斜口浅筐，前低后高，也就是如今的畚箕。③寘：同“置”。周行：大道。④陟：登高。崔嵬：山高不平。⑤虺隤：疲极而病。⑥罍：一种盛酒器皿。⑦玄黄：马过劳而眼花。⑧兕觥（sì gōng）：一种饮酒器。⑨永伤：长久思念。⑩瘏：马因疲劳生病。

【赏析】

卷耳本来普通到山间田头随处可见，但诗人含情脉脉地把它表述成为有情之物——卷耳漫山遍野，对远方的人的思念也蔓延无边。

本诗的大意是讲女子正在采摘卷耳，她把采到的卷耳放进自己身后的筐中，采了很久，仍然没有满筐。女子思念起远行的丈夫，显得有些心不在焉，于是放下筐子，在路边眺望起远方。一男子艰难地走在征途古道上，那场景可以说得上悲怆。仆夫病倒，马儿也将要倒下，男子姑且喝尽杯中之酒，来消解难耐的思念，长路漫漫，该怎么办？要是这杯中之酒不能够浇灭人的思念，那么真想换上更大的犀角觥，因为这悲怆铺天盖地而来，这长久的思念，无以释怀！

历代不乏表达相思之情的诗作，“明月高楼休独倚，酒入愁肠，化作相思泪”“不耐相思酒消愁”“髻子伤春慵更梳，晚风庭院落梅初，淡云来往月疏疏”。因为不得不分开，因为无法厮守，于是忧愁倍生。

这首《卷耳》已成了不朽的怀人佳作，后来很多文人墨客都根据它作怀人诗，当我们吟咏徐陵的《关山月》、张仲素的《春归思》、杜甫的《月夜》、王维的《九月九日忆山东兄弟》、元好问的《客意》等表达离愁别绪、叙写怀人思乡之情的名篇时，都可隐约回味起《卷耳》的意境。

桃 夭

桃之夭夭[①]，灼灼其华[②]。
之子于归[③]，宜其室家[④]。
桃之夭夭，有蕡其实[⑤]。
之子于归，宜其家室。
桃之夭夭，其叶蓁蓁[⑥]。
之子于归，宜其家人。

【注释】

① 夭夭：桃树含苞欲放的样子。② 灼灼：指桃花盛开色彩鲜明的样子。华：即花。③ 之子于归：这位出嫁的姑娘。④ 宜：和顺。室家：夫妇，现多指家庭。⑤ 蕡（fén）：肥大。⑥ 蓁蓁：叶子繁茂的样子。

【赏析】

《诗经》里的爱情诗很多，300 篇里大约占了 1/4 的数量。《毛诗序》旧说这首《桃夭》是“后妃之所至”，但我们宁可相信《桃夭》本来就是一篇寻常女子出嫁的贺诗。

“桃之夭夭，灼灼其华。”“夭夭”一般来说是美丽的意思，是专门用来形容桃花的。许多爱情诗歌都充满惘然惆怅，薄命红颜一般，但是《桃夭》的欢快喜庆却让人不由自主地受到感染。一个女人在她最美的时候出嫁，让要娶她的男子不惜翻山越岭，不惧迢迢前路，把自己的命运同她的拴在一起，是一份对美的交代，还是一种对美的颂扬呢？也许是二者都有吧。

古代的嫁女并不简单，据《礼记·昏义》记载，古代女子出嫁前3个月，须在宗室进行一次教育：“教以妇德、妇言、妇容、妇功。教成祭之，牲用鱼，芼之以蘋藻，所以成妇顺也。”之后选择日子，女子出嫁的日子自然是在桃花盛开的季节，那摇曳多姿的桃枝之上，桃花似新娘的脸，鲜嫩、青春、妖娆，甚至闭上眼睛，依稀可见“绿叶成荫子满枝”的幸福日子。

那时的人们葛布粗裳，却创造出最朴素最简单的美好诗歌，桃花自此便与女人联系在一起，走进后世的文人骚客的文字里，真可谓源远流长。崔护因口渴推开一扇门，门内，三两株桃花盛开，“人面桃花相映红”，而旧地重游之时，“人面不知何处去，桃花依旧笑春风”。孔尚任剧中李香君的桃花扇，点点鲜血被纤手妙思幻成了桃花的模样。还有曹雪芹笔下那伤情的黛玉手持花锄，泪雨纷飞，“桃花帘外开仍旧，帘中人比桃花瘦。花解怜人花也愁，隔帘消息风吹透”。不过，它们都没有《桃夭》中的吉祥之意。

蒹 葭

蒹葭苍苍[①]，白露为霜。
所谓伊人[②]，在水一方[③]。
溯洄从之[④]，道阻且长。
溯游从之[⑤]，宛在水中央[⑥]。
蒹葭萋萋，白露未晞[⑦]。
所谓伊人，在水之湄[⑧]。
溯洄从之，道阻且跻[⑨]。
溯游从之，宛在水中坻[⑩]。
蒹葭采采，白露未已。
所谓伊人，在水之涘[⑪]。
溯洄从之，道阻且右[⑫]。
溯游从之，宛在水中沚[⑬]。

【注释】

①苍苍：茂盛的样子。下"萋萋""采采"同。②所谓：指所怀念的。伊人：即思念追寻之人。③方：边。④从：追求、寻找。⑤溯游：顺流而下。⑥宛：宛然，好像。⑦晞（xī）：晒。⑧湄（méi）：水与草的交接处，即指岸边。⑨跻（jī）：升高，这里指地势越来越高。⑩坻（chí）：水中的小沙洲。⑪涘（sì）：水边。⑫右：指道路迂回。⑬沚（zhǐ）：水中的小块陆地。

【赏析】

诗的大意是，一个青年在白露茫茫、秋苇苍苍的水边徘徊，寻找他的“伊人”。“伊人”在哪里？她似乎就在眼前，却隔着一条无法渡过的河水，他只能看到佳人在水一方的倩影，美丽的笑容在雾中若隐若现。伊人可望而不可即，青年惘然若失。伊人之美，“宛在水中央”。男子为了保持心目中“伊人”若隐若现之美，不去接近，享受着水中望月的朦胧缥缈之美。

《蒹葭》诗中，青年从未真正清晰地看到过自己的心仪对象，但心中怕是早已有了她的模样，那么惹人喜爱。追寻的路途充满艰险，想要把那女子的模样忘掉，但怎么忘也忘不了。爱情，尤其是单相思带给人的常常就是悲苦与感伤，现在男子无法克制地思念那个人，迷离，恍惚，所以，他只好常常来这一片水边，只好傻傻地朝对岸遥望。女子也不能从“水中央”走出来，她只能属于水边，临水而居，与秋霜、芦苇为伴，才显得那么不染尘俗，盈盈一水间，脉脉不得语，《蒹葭》的若即若离美感，氤氲效果，让后世千年遐想万分。

距离产生美。人世间越是追求不到的东西，越是觉得可贵，爱情尤其如此。英国戏剧家萧伯纳曾说：人生有两大悲剧，一是得不到想得到的东西，一是得到了想得到的东西。得不到回报的爱情，带给人多少肝肠寸断，剪不断，理还乱。但无论如何，伊人在男子的心中，愈发高洁、可爱、可敬，更令他神往。

关于这首《蒹葭》的解释，《毛诗序》认为：“蒹葭，刺襄公也。未能用周礼，将无以固其国焉。”近代学者方玉润作《诗经原始》，还有姚际恒的《诗经通论》，则认为这是一首招贤诗，其中的

"伊人"即"贤才",说"征求逸隐不以其道,隐者避而不见"。又说"贤人隐居水滨,而人慕而思见之"。但更多的学者是将其视为爱情诗。"河边芦苇青苍苍,秋深露水结成霜。意中人儿在何处?就在河水那一方。逆着流水去找她,道路险阻又太长。顺着流水去找她,仿佛在那水中央"(程俊英先生译本)。其实说是爱情诗,更能让人接受,因为"在水一方"的伊人早已成为中国古典诗词里的一个经典影像。

关于此首诗的意境,《古诗十九首》中有一首《迢迢牵牛星》颇为神似,其最后两句诗"盈盈一水间,脉脉不得语",似最得《诗经》风致,只不过《蒹葭》清浅明丽,古气萦溢,虽有忧思但温润而不失高贵,而《迢迢牵牛星》则多带了几分忧苦悱恻,有更多的世俗气息。

静 女

静女其姝[①],俟我于城隅[②]。

爱而不见[③],搔首踟蹰。

静女其娈[④],贻我彤管[⑤]。

彤管有炜[⑥],说怿女美[⑦]。

自牧归荑,洵美且异[⑧]。

匪女之为美[⑨],美人之贻。

【注释】

①静女：娴雅的女子。姝：美丽。②俟：等。城隅（yú）：城边的角楼。③爱：同"薆（ài）"，隐藏。④娈（luán）：姣好。⑤彤（tóng）管：管，箫笛类乐器。⑥炜：明亮。⑦说怿（yì）：欣喜。说，同"悦"。怿，欢愉、欣喜。女：同"汝"。⑧洵：诚然。⑨匪：同"非"。

【赏析】

《静女》描写的是男子的等待。阳光四溢，万物生长，植物茂盛，花朵绽放，鸟雀歌唱，迅速飞翔，就在这样的良辰美景之中，男子徘徊徜徉，他却没有心思来观赏倾听，眼下四处张望，之前他急急如星火来到心上人定下的约会地方，生怕自己迟到。

而始终迟迟不见的静女，给人以想象的空间，她应该是心地善良而单纯的，还应该是聪明伶俐的。

"自牧归荑，洵美且异。""非汝之美，美人之贻。"并不是因为白茅草离奇，它只是一根嫩嫩的草，令男子如此珍爱的原因在于它是姑娘亲手采摘，送给自己的物品。物微而意深，一如后世南朝宋陆凯《赠范晔》的"江南无所有，聊赠一枝春"，重的是感情。

元代有一首《寄生草·相思》的曲子也表达了女孩子对迟到的男子的埋怨："有几句知心话，本待要诉与他。对神前剪下青丝发，背爷娘暗约在湖山下，冷清清湿透凌波袜，恰相逢和我意儿差，不刺，你不来时还我香罗帕！"意思就是说本想告诉你几句我的真心话，我还对着神像剪下头发，表明心迹，背着爹娘来湖边和你约会，谁知道让我等你等得鞋袜都湿透了，还没有见人来，快点把我送你的香罗帕还给我吧！这与《静女》中的某些情节有异曲同工之妙。

子衿

青青子衿①，悠悠我心②。

纵我不往，子宁不嗣音③。

青青子佩，悠悠我思。

纵我不往，子宁不来。

挑兮达兮④，在城阙兮⑤。

一日不见，如三月兮！

【注释】

①子：古时对男子的美称。衿：衣领。②悠悠：绵长不断的样子。③宁：难道。嗣音：寄声相问。嗣，通“贻”，给。④挑达（táo tà）：来回走动的样子。⑤城阙：城门两边的观楼。

【赏析】

“青”在古代就是蓝色，《毛诗序》中说：“青衿，青领也，学子之所服。”在古代，对人们的穿着打扮都有着严格的规定，按着社会等级从穿着上区分身份。特别是汉代以前更有明文规定冠帽只有官员才能佩戴，商人还不得穿丝绸料子的衣服，只能穿葛麻料子的成衣。而读书人的地位很高，准许穿戴当时很优雅高贵的颜色——青色衣服。所以，书生又称为青衿，这便是《子衿》中的青青子衿。

《子衿》中的郑国女子这样说：“纵然我不曾去找你，难道你从此断音信？纵然我不曾去找你，难道你不能自己来？”其实女子要表达的是“你来不来都一样，尽管我着急，我生怨，但心始终向着你”。于是发出“一天见不到你，就像过了三个月那么久”的慨叹。

后来曹操在他的《短歌行》之一中直接引用了这句：“青青子衿，悠悠我心。纵我不往，子宁不嗣音。”这就成了一个男人的政治抱负，对贤才的渴求和对雄伟霸业的忧思：“你那青青的衣领啊，深深萦回在我的心灵。虽然我不能去找你，你为什么不主动给我音信？”曹操的这首诗作被视为建安文学的一颗明珠。而《子衿》所体现出来的清新细致的情境在宋代李清照早期的一首《浣溪沙》中似乎得到了延伸，词中这样写道：“秀面芙蓉一笑开，斜飞宝鸭衬香腮，眼波才动被人猜。一面风情深有韵，半笺娇恨寄幽怀，月移花影约重来。”这首词与《子衿》的意境几乎重合，精妙地绘出了一个处在热恋中的女孩子等待情人的娇憨之态。

或许对于许多人来说，曹操的《短歌行》更脍炙人口，而才气过人的李清照似乎也更有魅力，然而这篇《子衿》的美却从未消逝，反倒是在后人对其意境与语词的化用里，透露着《诗经》对于中国后来的古典诗歌文学不言而喻的巨大影响。

|

硕　鼠

硕鼠硕鼠①，无食我黍！
三岁贯女②，莫我肯顾。
逝将去女，适彼乐土。
乐土乐土，爰得我所③。
硕鼠硕鼠，无食我麦！
三岁贯女，莫我肯德④。
逝将去女，适彼乐国。
乐国乐国，爰得我直⑤。
硕鼠硕鼠，无食我苗！
三岁贯女，莫我肯劳⑥。
逝将去女，适彼乐郊。
乐郊乐郊，谁之永号⑦？

【注释】

①硕鼠：即田鼠，喻剥削无厌的统治者。②三岁贯女：侍奉你多年。女，通“汝”，你，即指统治者。三岁，非实数，喻时间长。③所：安居之所。④德：感谢。⑤直：同“值”，值得。⑥劳：慰问。之：表反问语气。⑦永号：长吁短叹。

【赏析】

《毛诗序》说：“硕鼠，刺重敛也。国人刺其君重敛，蚕食于民。

不修其政，贪而畏人，若大鼠也。”

《魏风·硕鼠》形象地刻画出剥削者的丑恶面目，“三岁贯女，莫我肯顾”，奴隶们长年劳动，用自己的血汗养活了奴隶主，而奴隶主却没有丝毫的同情和怜悯，残忍无情，得寸进尺，剥削的程度愈来愈强。“逝将去女，适彼乐土”到“乐国”，再到“乐郊”，奴隶们似乎已经有了对自由和幸福的向往，幻想着能找到一块理想的国土，自此摆脱严重的剥削，再也不用哀伤叹息地过日子了。

这首《硕鼠》是《诗经》中的又一首反抗诗，是对压迫和盘剥的控诉。在《硕鼠》中不但有愤怒，还有反抗，“硕鼠硕鼠，无食我黍！”贪婪的大老鼠，不要再吃我的粮食了！反映了劳动人民捍卫自己劳动成果的正义要求，有着深刻的进步意义。

无　衣

岂曰无衣？与子同袍①。王于兴师②，修我戈矛。与子同仇③。
岂曰无衣？与子同泽④。王于兴师，修我矛戟。与子偕作⑤。
岂曰无衣？与子同裳⑥。王于兴师，修我甲兵⑦。与子偕行。

【注释】

①袍：长袍。②王：此处指周王。③同仇：共同对抗敌人。④泽：内衣。⑤偕：一起。⑥裳：下衣，此指战裙。⑦甲兵：铠甲与兵器。

【赏析】

“岂曰无衣？与子同袍。王于兴师，修我戈矛。与子同仇。”这是全诗开篇第一句，以这个问句作为开头别具一格，吸引了读者的阅读兴趣。怎么会没有衣裳？谁说我们没有衣裳？和你穿着同样的战袍，意气焕发、精神抖擞。君王要起兵打战，我们义不容辞；君王有命，我们赴汤蹈火在所不惜。修好戈和矛，检查好各种武器，我们一起上阵，同仇敌忾，打它个落花流水。

这种设问式的章法更加突出回答的内容，好像反问，又好像极力在证明什么，生怕打仗会遗漏了他们这群高手，秦地人民好战尚武的性格在这一章显露无遗。那种大山般深沉、大海般广阔的气势，让人读完热血沸腾。

“岂曰无衣？与子同泽。王于兴师，修我矛戟。与子偕作。”谁说我们没有衣裳，我们连汗衫都跟你们穿的一致，莫要从衣服上判别什么，我们都有一颗抗击西戎的心。君王要起兵打仗，我们义不容辞；君王有命，我们赴汤蹈火在所不惜。修好铠甲和兵器，检查好各种武器，我们和你共同做准备，共同一起上前线，同结一心、同仇敌忾，打它个落花流水。

“岂曰无衣？与子同裳。王于兴师，修我甲兵。与子偕行。”谁说我们没有衣裳，我们穿着一样的战裙，莫要从衣服上判别什么，我们都是一起的，都有一颗抗击西戎的心。君王要起兵打仗，我们义不容辞，君王有命，我们赴汤蹈火在所不惜。修好铠甲和兵器，检查好各种武器，我们和你共同做准备，共同一起上前线，同结一心、同仇敌忾，打它个落花流水。

《毛诗序》评此诗为:“《无衣》,刺用兵也。秦人刺其君好攻战。”读过这首诗的人都可以感觉出《毛诗序》此评显得偏颇。整首诗从头到尾都洋溢着一种高亢的激情,只有赞美,没有讽刺。《毛诗序》此评驱散了诗歌本有的艺术魅力。朱熹在《诗集传》中也说:“秦人之俗,大抵尚气概,先勇力,忘生轻死,故其见于诗如此。”在这首诗上朱熹眼光独到,一语中的,他看出了这首诗意气风发,豪情万丈,秦地人民好战尚武的精神势不可挡。

这首诗是整齐的四言句式,从第一章中“修我戈矛。与子同仇”可以看出这是秦地人民为了作战的心理活动,他们现在挺身而出,不管环境有多艰难都视死如归、同仇敌忾。第二章就可以看出情感有所变化,“修我矛戟。与子偕作”,这一章秦兵似乎跃跃欲试,修好各种武器,全面做好迎战的准备,只等君王一声令下。到了第三章感情激烈如泉涌,“修我甲兵。与子偕行”,修好武器大家团结一心上前线,如果说第二章是待发的箭,那这一章他们便像离弦的箭一般冲向前去,所向披靡。整首诗无不渗透着那种慷慨激昂的英雄气概,大家有着一颗同仇敌忾的心,他们同穿一个战袍,同穿一件外衣,甚至是同穿一件汗衫,战士们连战衣都备不齐,但是大家团结互助,什么都不计较。就凭着这种执着劲,还有什么东西是不可摧毁的?相信每一位读者都会被诗中这种斗志昂扬、众志成城的精神所感动。在那样一个年代,那样艰苦的环境下,战士拥有的就是心之所向,这股热情令人心驰神往。

黍 离

彼黍离离①，彼稷之苗②。行迈靡靡③，中心摇摇④。知我者谓我心忧，不知我者谓我何求。悠悠苍天，此何人哉！

彼黍离离，彼稷之穗。行迈靡靡，中心如醉。知我者谓我心忧，不知我者谓我何求。悠悠苍天，此何人哉！

彼黍离离，彼稷之实。行迈靡靡，中心如噎⑤。知我者谓我心忧，不知我者谓我何求。悠悠苍天，此何人哉！

【注释】

①黍（shǔ）：黍子，去皮后叫黏黄米。离离：行列的样子。②稷（jì）：高粱。③靡靡：行步迟缓的样子。④摇摇：形容心神不安。⑤噎（yē）：气逆不能呼吸。

【赏析】

周平王东迁洛邑以后，河南省的洛阳、孟县（今孟州市）、巩县（今巩义市）、温县一带，产生了许多民间歌谣，它们大都带有乱世苍凉哀怨的气氛，反映了当时战争频繁、人民无处为家的社会现实。在《诗经》中，这些歌谣集结起来，统称为《王风》。从地理位置上说，它们是从王城产生的歌谣。从政治蕴含和艺术手法上说，它们虽大多叙述王城之事，但缺乏《雅》的正统，而显得深沉厚重，别有寄托。《黍离》序于《王风》之首，历来备受推崇，是《诗经》中的经典之作。

《黍离》的主人公，属于这样一类人：他们敏感而又超前，才华横溢、境界高远，总能思常人不能思，但也因之不得不忧常人所未忧，由此也背负上常人不可想象的痛苦和孤独。

诗作讲述东周迁都之后，一位易代大臣因为某个机会回到曾经的西周故都，想再一次找回过往岁月的痕迹，却不料事与愿违。放眼望去，曾经的故地，皆变成片片葱绿的庄稼，昔日的繁华和战火无一觅处，只剩下一些断墙残垣。作者曾经在此任职、生活，留下了几多爱恨与际遇，沉淀了深厚的感情，而现在，却是人非物亦非，徒增伤感。

诗人漫无目的地行走在庄稼间，眼前的景物勾起他的无限愁绪，思绪纷纭间，曾经被克制住的情思尽数涌上心头。对故国的追思、对百姓的痛惜、对历史的感慨和敬畏，纷至沓来，急切而又阔大。为什么政权会兴衰更迭？人类社会的历史怎么才能保持安稳长久？渺小的人类如何才能战胜时间的规律？人的弱点何以如此顽固？……这些终极的问题，疯狂地在主人公脑海中旋转，长久得不到解答。

最令人不堪的是这种忧思无人理解，也无人分担。“知我者谓我心忧，不知我者谓我何求”，众人皆醉我独醒的境遇，并非每个人都能承受。思索得太深、追问得太深的人，总有孤独、尴尬、委屈如影随形。诗人孤独一人对抗着这些压迫内心的追问，最终无法承受，几乎达到崩溃的边缘，所以他才仰天怒号，叩问苍天。由此，此诗一脱其他《诗经》作品的质朴美好，变得苍凉感伤。

有学者指出，诗人选取的是一种“物象浓缩化，而情感递进式发展”的写作手法，全诗的行文逻辑与庄稼的生长密不可分，诗人用庄稼的出苗、成穗、结实，来记述时间的演进和抒情主人公逐渐增强的情绪。全诗三章，仅易数字，回环往复，对主人公而言，接连袭来的忧郁简直要承受不住，从“中心摇摇”进而到“中心如醉”，到最后“中心如噎”，情绪压抑得喘不过气来。每章后半部分形式上完全一样，在一次次反复呼喊中，情感力度逐章加深，最终汇聚成澎湃之势，给读者以深切的震撼。

后世的许多文人，都深受此诗的影响。“知我者”并非没有，仅仅是相隔太久而已。历次朝代更迭过程中，都有人泪水涟涟地吟哦着兴亡之思，曹植的《情诗》，向秀的《思旧》，刘禹锡的《乌衣巷》，姜夔的《扬州慢》，无不带有《黍离》的影子，发人感慨，催人泪下。这些属于不同时代、但同样敏感的思考者，正是彼此的知己。

正因为诗人思考的问题带有终极性和普泛性，所以诗作的解读方式也可以是多样的。诗篇起始便将镜头对准一望无际的庄稼，奠定出阔大、朴实而又荒凉的基调，使读者的思绪得到张扬。其后，除了“黍”和“稷”之外，作者没有再描述其他具体物象，也没有给读者提供更多的事件信息。因而，作品整体便呈现出一种蕴藉开放之势，读者完全可以立足于诗作本体，发挥想象，构建一部属于自己的《黍离》。

通过想象，读者可以看到一个思想者，面对饱含生机的庄稼，独自吟哦着自己的痛楚。这种伤痛，只有“知我者”才会理解，而这样的“知我者”，可遇而不可求。

木 瓜

投我以木瓜①，报之以琼琚②。

匪报也③，永以为好也④！

投我以木桃，报之以琼瑶。

匪报也，永以为好也！

投我以木李，报之以琼玖。

匪报也，永以为好也！

【注释】

①木瓜：一种落叶灌木。古代有以此作男女定情信物的风俗。投：赠送，给予。②琼琚：一种美玉，为古代的一种饰物。后“琼玖”“琼瑶”同。③匪：同“非”。④好：爱。

【赏析】

《木瓜》中的女孩看见那位心仪已久的人走过，随手将一只木瓜投给了他。女孩笑而不语，而男孩早已心领神会，忙把自己随身携带的玉佩赠送给了姑娘。

在古代中国，甚至到现在，恋人之间的情谊就是以小物品为纽带的，古代时候经常以瓜果、玉佩、丝带等连接感情，在他们看来，一滴水、一朵花、一把扇子都能表达出深深爱意，如《郑风·溱洧》中的“维士与女，伊其相谑，赠之以勺药”，是互赠芍药作为定情之物。再如唐代女词人晁采的《子夜歌》：“轻巾手自制，颜色烂含桃。先怀依袖里，然后约郎腰。”意思是说我亲手为你缝制的这条轻盈的丝腰巾，颜色灿烂得像鲜红的桃花，我先把它放进我的衣袖中，然后再送给你来束扎你的腰身。

古代的男女，一相见便觉亲切，有爱慕就表现出来。木瓜、木桃、木李、琼琚、琼瑶、琼玖，这些信手拈来都是信物，随时相遇可定终身。欢快而活泼，令人羡慕。诚如诗所言：匪报也，永以为好也。对美好感情的忠贞和向往才是最珍贵的。

氓

氓之蚩蚩[1]，抱布贸丝。匪来贸丝[2]，来即我谋[3]。送子涉淇[4]，至于顿丘[5]。匪我愆期[6]，子无良媒。将子无怒[7]，秋以为期。

乘彼垝垣[8]，以望复关[9]。不见复关，泣涕涟涟[10]。既见复关，载笑载言[11]。尔卜尔筮[12]，体无咎言[13]。以尔车来，以我贿迁[14]。

桑之未落，其叶沃若[15]。于嗟鸠兮[16]！无食桑葚[17]。于嗟女兮！无与士耽[18]。士之耽兮，犹可说也[19]。女之耽兮，不可说也。

桑之落矣，其黄而陨[20]。自我徂尔[21]，三岁食贫[22]。淇水汤汤[23]，渐车帷裳[24]。女也不爽[25]，士贰其行[26]。士也罔极[27]，二三其德[28]。

三岁为妇，靡室劳矣[29]。夙兴夜寐[30]，靡有朝矣。言既遂矣[31]，至于暴矣。兄弟不知，咥其笑矣[32]。静言思之，躬自悼矣[33]。

及尔偕老，老使我怨。淇则有岸，隰则有泮[34]。总角之宴[35]，言笑晏晏[36]，信誓旦旦[37]，不思其反。反是不思，亦已焉哉!

【注释】

①氓(méng)：指农民。蚩蚩(chī)：同“嗤嗤”，笑呵呵的样子。②匪：同“非”。③即：就，靠近。④子：你，古代对男子的美称。淇：淇水，卫国的河流，在今河南省北部。⑤顿丘：卫国的邑名，在今河南清丰。⑥愆(qiān)期：拖延日期。⑦将(qiāng)：愿，请。⑧乘：登上。垝垣(guǐ yuán)：坍塌的矮墙。⑨复关：为此男子所居之地。⑩涟涟：眼泪不断的样子。⑪载：又。⑫尔：你。筮(shì)：用蓍(shī)草占卦。⑬体：卦象。咎(jiù)言：凶辞。⑭贿：财物，指嫁妆。⑮沃若：茂盛的样子，喻女子年轻美貌，像水浸过一般有光泽。⑯鸠：斑鸠，一种鸟。⑰无食桑葚：比喻女子不可为爱情所迷。⑱耽：迷恋。⑲说：同“脱”，摆脱。⑳陨：落下。喻女子年老色衰。㉑徂(cú)：住。㉒三岁：泛指多年。㉓汤汤(shāng)：水势盛大的样子。㉔渐：溅湿。帷裳：车厢两旁的布幔。㉕爽：过失。㉖贰：偏差。㉗罔(wǎng)极：多变，反复无常。极，准则。㉘二三其德：三心二意，德行不专。㉙靡：无，不。室劳：家务。㉚夙(sù)兴夜寐：起早睡晚。㉛言：助词，无实义。遂，犹久。㉜咥(xì)：讥笑。㉝躬自悼：独自伤心。㉞隰：低湿地。泮：同“畔”，边。㉟总角：古代男女未成年时头发的样式，

这里指代童年。宴：欢乐。㊱晏晏：欢愉的样子。㊲旦旦：清楚明白。

【赏析】

在故事的开始，像所有爱情故事的开始一样甜美，甚至带着些浪漫的气息，一个善笑的男孩走向一个卖丝的女孩。这个男孩并不是来买丝的，而只是以买丝为借口来接近她，对她说好听的话，最后表达了自己的意愿：希望和她结为夫妻。这是《诗经》中最常见的青涩爱恋，男女相悦的初恋情愫在《氓》中展露无遗。这首诗一共6节，每节10句，叙述了一个古老的，至今还在无数次上演的爱情现实长诗。

接下来的故事便出现了逆转，女子在几经等待之后，男子依然不来接她，就在她以为男子变心的时候，爱人如期而至。原来相爱也是要经受种种等待的折磨才能成就好事的，女子怀揣着内心的幸福和忐忑坐上了男子的婚车。

新婚过后，爱情的甜美被繁杂的婚姻琐事取代，当日的青涩少年也不会再守候于城墙下等待那位卖丝的姑娘，他们虽然结为夫妻，却再也没有了当日花前月下的甜蜜，取而代之的是无休无止的操劳。他们还在自家的庭院桑树下许下永不分离的誓言，同时希望自家枝繁叶茂，多子多孙，幸福美满。女人守着这幸福的盟誓，原想同丈夫白头到老，但相伴到老将会使自己怨恨。淇水再宽终有岸，沼泽虽宽有尽头。少年时一起愉快地玩耍，尽情地说笑。回想起来都是欢乐，山盟海誓都还在，怎么会料到反目成仇。经过了时间的打磨，现在可以说是历经沧桑，她知道，如果自己不走，留在这个是非之地，对自己更加不利，离开这里，也许会有更大的机会与希望。于是发出一声“反是不思，亦已焉哉”的深深感慨，终于结束这无奈的爱情，女子无言离去。这就是人们常说的，好花不常开，好景不长在；韶华易逝，岁月无情。任何东西都会被时光无情地带走。

“琴尚在御，而新声代故。”女人面对旧物只能是“物是人非事事休，欲语泪先流”的感觉。在《氓》里，一位痴情、勤劳、善良的女子却被背信弃义、自私的男人始乱终弃。从这首《国风》中不多见的长诗中，隐隐还可听见远古时代一个女子的悲怆呼声。

北　风

北风其凉，雨雪其雱①。
惠而好我②，携手同行。
其虚其邪③？既亟只且④！
北风其喈⑤。雨雪其霏⑥。
惠而好我，携手同归。
其虚其邪？既亟只且！
莫赤匪狐⑦。莫黑匪乌⑧。
惠而好我，携手同车。
其虚其邪？既亟只且！

【注释】

①雨（yù）：名词用作动词。雱（pāng）：指雪盛貌。②惠：爱。③虚邪：徐缓。④只且：语气助词，无实义。⑤喈：寒凉。⑥霏：雨雪纷飞的样子。⑦莫：没有。⑧匪：同“非”。

【赏析】

这首诗反映的是离开故土的留恋情怀。开句写北风其凉，雨雪其雱。用这种北风潇潇、雪花飘飘的景象暗示政局的恶劣。诗人和朋友的关系非常友爱，于是诗人建议友人与自己结伴去他乡！还呼喊着不要迟疑犹豫了，事情已经急如火烧了，不要指望着事情能够好转。

有关这首《北风》的诗旨，《毛诗序》说：“《北风》，刺虐也。卫国并为威虐，百姓不亲，莫不相携持而去焉。”清代学者王先谦《诗三家义集疏》则称此诗乃“贤者相约避地之词”。方玉润亦持相同意见，他在《诗经原始》中指出《北风》是贤人预见危机之作。

从诗中，可以看到诗人的朋友的迟疑之心，事情已经紧急万分，他还是不想离开家国，似乎想等待政局的稳定。对于友人的这一态度，诗人说：“莫赤匪狐。莫黑匪乌。”狐狸红毛，乌鸦黑羽，这些本色就是这样，怎么都不会有所改变的。他劝朋友赶紧一起走。

这首诗是一首反映贵族逃亡的诗作已是不虞之议。诗中并没有交代最后的结果，但是从字里行间，读者可以得知人们对土地深深的留恋之心，若非被迫，谁都不想离开自己的家园。

野有蔓草

野有蔓草，零露漙兮[①]。

有美一人，清扬婉兮。

邂逅相遇，适我愿兮。

野有蔓草，零露瀼瀼[②]。

有美一人，婉如清扬。

邂逅相遇，与子偕臧[③]。

【注释】

①漙（tuán）：露水多。②瀼：露水多的样子。③偕臧：相爱。偕，同。臧，善。

【赏析】

这首诗的大意说：在郊野，蔓草青青，白露未晞，男子信步到此，希望与一位姑娘相遇，姑娘美目流盼，天地生辉。男子并不是随意寻求，相反，男子期望的是邂逅一位真正的知己。这位知己会不迟不早，奇迹般出现。她清扬婉兮，只有这样的女子才合男子意愿，也才能让男子渴望与之"偕臧"。

《野有蔓草》所表达的主题，即求知己，是历代文人情怀中一个永恒的主题，辛弃疾希望在灯火阑珊处遇见蓦然回首的惊喜，戴望舒希望在悠长又寂寥的雨巷里遇见丁香一样忧愁的姑娘……

诗中的男子并没有似《关雎》中那样具体："窈窕淑女，琴瑟友之……窈窕淑女，钟鼓乐之”，只是“邂逅相遇，与子偕臧”，“臧”就是“美好”的意思，以最美好的自己，遇见一个美好的人，然后和她一直走下去。这种美好是一种可遇不可求，一种能够给彼此留下欣慰与留恋，最终沉淀升华成愉悦的难忘记忆！

这是一首君子求美人的歌咏诗，我们可以理解成是男子对美好女子的向往，也可以理解成是作者对美好事物的向往。无论如何，诗中所表达的感情都真挚淳朴，十分动人。

鹊 巢

维鹊有巢①，维鸠居之②。
之子于归③，百两御之④。
维鹊有巢，维鸠方之⑤。
之子于归，百两将之⑥。
维鹊有巢，维鸠盈之。
之子于归，百两成之。

【注释】

①维：助词，无实义。鹊：喜鹊。②鸠：鸤鸠，即布谷鸟。③归：嫁。④百：指数量多。御（yà）：同“迓”，迎接。⑤方：占据。⑥将：送走。

【赏析】

冬天过去，天气渐渐暖和，小麦疯长，桃花盛放，在这段比较清闲的日子里，先民们都会忙着办一些喜庆的事情，比如婚娶。

喜鹊树上搭个窝，斑鸠来住它的家，这个女子今出嫁，百辆彩车迎接她。

喜鹊树上搭个窝，斑鸠来住它的家，这个女子今出嫁，百辆彩车陪送她。

喜鹊树上搭个窝，斑鸠挤满它的家，这个女子今出嫁，吹吹打打成婚啦！

《鹊巢》中的弃妇（以喜鹊喻之）就如同一株桑树，茂盛的绿叶似青春年华时的满头青丝，在整日的劳作中渐渐地变为苍白，岁月让她的容颜老去，家族一天天兴盛与富足。然而丈夫再也不会站在她的身后，在她低眉的羞怯里把她抱起。她总是被冷淡，总是被责怪，有时候还被呵斥，曾经的亲切与山盟海誓也如风而去，剩下的只有回忆与痛苦。

这世界上很多事情是无能为力的，所以，当女人无限沧桑地看着自己丈夫的迎亲队伍时，没有做出出格的举动，只是微笑面对，那曾经夜夜来袭的疼痛，终于在岁月的深处麻木了。女人不去追求所谓的公平，其实她明白她被遗弃的根本原因——寒微的她和阔绰的新娘，实在是无法相提并论。

《鹊巢》中，女方陪送的彩车和男方迎亲的彩车汇合在一起，形成了壮观的场面。对新人双方来说，对观看的众多人来说，都是喜庆欢乐的。当新人的背景消失，旧人付出过的、得到过的、笑过哭过的昨日全部被抹去，人群散去，她剩下的只有孤单和凄楚，有什么比这更让人哀伤的呢？《鹊巢》中，女人用勤劳的双手辛苦搭建的温暖巢穴已经拱手让人，在后人看来，这无异于对封建时代男权的控诉。

草 虫

喓喓草虫①，趯趯阜螽②。
未见君子，忧心忡忡。
亦既见止③，亦既觏止④，我心则降。
陟彼南山，言采其蕨⑤。
未见君子，忧心惙惙⑥。
亦既见止，亦既觏止，我心则说。
陟彼南山，言采其薇⑦。
未见君子，我心伤悲。
亦既见止，亦既觏止，我心则夷。

【注释】

①喓（yāo）：虫鸣声。草虫：蝈蝈。②趯趯（tì）：昆虫跳跃的样子。阜螽：一种蝗虫。③止：之，他。④觏（gòu）：遇。⑤蕨：蕨菜，嫩叶可食用。⑥惙（chuò）：忧愁的样子。⑦薇：巢菜，一种草本植物。

【赏析】

《毛诗序》认为这首诗是“托男女情以写君臣念说”，是臣子对君王的忠诚与怀念等，但后人把它理解成一首描述女人思念在外丈夫的诗。诗歌用起兴的手法，从草虫展开：

草丛里的蝈蝈不停鸣叫，不时还会有几只蚱蜢蹦过。思念起想见却久未见的人，我怎么不忧心忡忡呢？要是我真的能够见到他，我的心才会降落下来，才会平静下来。登上高高的南山，来采摘蕨菜，见不到那个我想见的人，心里很不是滋味，又愁又烦无处宣泄。要是我真的能够见到他，我的思念才会停片刻，我才会高兴异常。登上高高的南山，来采摘蕨菜，见不到那个我想见的人，心里如此的悲伤。要是我真的能够见到他，我灼伤一般的心才能舒畅，我才能得以放心。

秋天本来就是一个伤感的季节，当虫子消溺、草木枯萎，寒冬将至，无疑将是最容易思家和思归的时候。远行的人啊，你在远方是否能将我想起？帘卷秋风，人比黄花瘦。你身边凋零的花朵，你看见了吗？那也是我憔悴的容颜。

在《草虫》里，本该是和煦宁静的春日，草长莺飞，卉木萋萋，蝈蝈在暗处弹琴，蚱蜢不时跳出来撒野。但在生机勃勃的季节里，周围的热闹与她无关，她的心里是哀伤的，她的眼里是灰暗的，只有她思念的那个君子，才是她全部的热闹和风景，只有见到他，她才能是季节的热闹中笑靥如花的另一种风情。

采　苹

于以采苹[①]？南涧之滨。

于以采藻？于彼行潦[②]。

于以盛之？维筐及筥[③]。

于以湘之[④]？维锜及釜[⑤]。

于以奠之？宗室牖下。

谁其尸之？有齐季女[⑥]。

【注释】

①苹：大苹，水草名。②行潦（háng lǎo）：沟中积水。③筥（jǔ）：圆形的竹筐。④湘：烹煮。⑤锜：三角锅。釜：无足锅。⑥齐：同“斋”，恭敬的样子。季：少。

【赏析】

诗中采集苹藻来做祭品的是位待嫁的少女，她的名字叫季女，或者那只是对一个女子的美称，其实这些都已经不再重要了，重要的是待嫁少女的美与纯洁，那种懵懂的感觉。草木溪石，五谷农桑，春夏交替，一切都清新无比，世事在她的眼中还有待进展，她似一幅还未画出的画，期待一切。只听她问道：

哪里可以采摘到绿苹？就在南边山麓溪水滨。哪里可以采摘到绿藻？就在清水塘那的浅水沟。用什么来装绿苹藻？有那圆篓和方筐。用什么煮鲜苹藻？有那锅和釜。何处安放这些祭品呢？祠堂那边窗户底下。这次谁来敬神祭祖呢？待嫁季女恭敬又虔诚。

在周秦时代，浮萍有着特殊的意义。宋代学者王质在《诗总闻》中说萍藻“脱根于水，至洁”。不过后世的浮萍，意义发生变化，因为无根，最容易让人想起漂泊，所以在历来诗人的笔下，被称为飘萍。

浮萍生于水中，长于水中，连根都在水中浸泡，远离不洁净的土壤，因此被当作最干净最纯洁的，以至于我们的先祖都愿意拿它们做祭品祭奠先人。而千年前的纯洁感觉，也只有水中那“至洁”的萍藻才能够与之媲美，因此诞生了这首优美的诗歌。

这首《采萍》里的季女即将出嫁了，她的心里充满了期待和憧憬。这些采集来的普通的祭品和烦琐的礼仪，都蕴含着当时人们的寄托和希冀，因而围绕着祭祀的一切活动都无比虔诚、圣洁、庄重。采萍、盛之、湘之、奠之、尸之，一个至洁的待嫁少女完成了她生命中这次最重要过程，在这之后，她一切都准备完毕，可以出嫁了，此刻她成为这个季节中最耀眼的花，等待着被采摘。

甘　棠

蔽芾甘棠[1]，勿翦勿伐[2]，召伯所茇[3]。
蔽芾甘棠，勿翦勿败，召伯所憩。
蔽芾甘棠，勿翦勿拜[4]，召伯所说[5]。

【注释】

①蔽芾（fèi）：树木高大繁茂的样子。甘棠：杜梨，一种形态高大的落叶乔木。②翦：同“剪”。③召（shào）伯：即召公。茇：草舍，这里指居住。④拜：拔。⑤说：同“税”，息止。

【赏析】

先秦或者更早时候的人们大多开口就能唱出美丽的歌谣。《诗经》中最为精彩的《国风》部分，就是我们的祖先当年在田间地头劳动时随口唱出来的。这些歌唱里有对爱情、劳动、美好生活的吟唱，也有怀故土、思征人及对压迫、欺凌的怨叹与愤怒，也有对好的领导者的歌颂，这首《甘棠》就是其中之一。

《甘棠》中说的召伯就是召公，作为周文王的庶子，他在周武王平定天下之后被封在陕右。武王去世之后，他与周公一起协助年幼的成王治理国家，当时他主张实行德政，时常会出巡在民间，为百姓解决实际的困难。每次外出，他从来不去扰民，住也自己解决，他经常在高大的甘棠旁搭建草屋，百姓有什么冤情也就都在甘棠树下被解决，召伯受到了百姓的爱戴。后来他曾经建过草屋的甘棠也被爱惜地保护起来，百姓甚至不忍去修剪，淳朴的劳动人民当然不会忘记他，写了诗歌来歌颂他。他们唱道：

郁郁葱葱棠梨树，请不要剪割不要砍伐，因为那曾经是召伯的居住处。郁郁葱葱棠梨树，请不要剪割不要毁坏，因为那曾经是召伯的休憩处。郁郁葱葱棠梨树，请不要剪割不要跪拜，因为那曾经是召伯的解脱处。

对统治者来说，能得到人民如此的拥戴，将是多么大的欣慰。人一生的记忆有着一定的容量，当一切都最终老去，一切都被时间洗刷干净的时候，谁还能属于谁，谁还能记得谁？而召伯却在这简约的诗经文字中，被永久的铭刻下来。

诗歌本来就是萌生于社会大众的最私人、最朴素、最原始、最难以剥夺的艺术样式，而这些民间的声音之所以流传下来，是和采诗官的劳动分不开的。

唐代诗人白居易曾写了一首关于采诗官的诗歌："采诗官，采诗听歌导人言。言者无罪闻者诫，下流上通上下泰。周灭秦兴至隋氏，十代采诗官不置。郊庙登歌赞君美，乐府艳词悦君意。若求兴谕规刺言，万句千章无一字。不是章句无规刺，渐及朝廷绝讽议。诤臣杜口为冗员，谏鼓高悬作虚器。一人负扆常端默，百辟入门两自媚。夕郎所贺皆德音，春官每奏唯祥瑞。君之堂兮千里远，君之门兮九重闭。君耳唯闻堂上言，君眼不见门前事。贪吏害民无所忌，奸臣蔽君无所畏。君不见厉王胡亥之末年，群臣有利君无利。君兮君兮愿听此，欲开壅蔽达人情，先向歌诗求讽刺。"

采诗而保存下来的古典诗歌集中在《诗经》当中，尤其是《国风》中，它在中国古典诗歌的发展和贡献上极为突出。

摽有梅

摽有梅[①]，其实七兮。

求我庶士，迨其吉兮[②]。

摽有梅，其实三兮。

求我庶士，迨其今兮。

摽有梅，顷筐塈之[③]。

求我庶士，迨其谓之。

【注释】

①摽(biào)：坠落。有：助词，无义。②迨：趁。③塈(jì)：取。

【赏析】

《摽有梅》是《召南》中具有代表性的诗，比恢宏壮丽的《周南》灵活有余，不时有口语点缀，似我们日常的对话，更加体现出当时的民风。

梅子落地纷纷，树上还留七成。有心求我的小伙子，请不要耽误良辰。梅子落地纷纷，枝头只剩三成。有心求我的小伙子，到今儿切莫再等。梅子纷纷落地，收拾要用簸箕。有心求我的小伙子，快开口莫再迟疑。

《摽有梅》运用比喻的手法，直白有趣。诗中的“七兮”和“三兮”都是虚指，七及其往上表示的是很多的意思，三及其往下就是很少。所以，在最前边的两句中说的意思就是：快去摘那些梅子吧，你看果子还有七成，还比较多，还可以多挑挑，你们这些小伙要是喜欢我的话，快去挑黄道吉日来求婚吧。

诗中的这个女孩子很聪明，可爱伶俐，她将自己比成杨梅，请小伙子们采摘，是对爱情直白大胆的表达。

随着梅子树上的果实渐渐掉落，身边的闺中密友也一个个陆续嫁掉，女子的心有点急切了，于是接下来唱出的日子数目就变少了：由“七”减到“三”——树上的梅子可就只剩下三成了，要来下聘礼今日也好，要是你不下，明天人家来迎娶了也说不定，到那时候你后悔可就来不及啦。女子的心确实有些急切了，梅子落地，眼看婚期将尽，怎能不急?

诗中女子毫不掩饰自己对爱情的渴求，大胆用语言表达出来，情感炙热。女性在内心深处对情感寄托的欲求是最真实的，所以对《摽有梅》的女主人公，人们一直给予讴歌与称赞。

据史记载，春秋时期晋国人范宣子来到鲁国，想请国君帮助晋国伐郑，却又猜不透鲁君的时候，就吟了这一段：“摽有梅，其实七兮。求我庶士，迨其吉兮。”诗歌运用到政治上，范宣子既表达了请求的意思，又给两国双方留下回旋的余地。鲁君是个明白人，听了以后，也吟诵了一段诗《小雅·角弓》：“角弓，翩其反矣。兄弟婚姻，无胥选矣。”意思是说，弯弓的弦线要时常调整，兄弟亲戚之间，也要时常叙叙旧，要不然关系都远了。言下之意是，我们两国是亲戚关系啊，彼此的事不分，我同意帮你们打郑国。诗的政治作用由此可见一斑。

与这首诗歌要表达的意思相近的是唐朝杜秋娘的《金缕衣》：“劝君莫惜金缕衣，劝君惜取少年时。花开堪折直须折，莫待无花空折枝。”诗中用鲜花来指代时光，花朵悄无声息地枯萎，留下无数叹息，意蕴犹在，相比起来《摽有梅》则更能让人触目惊心。因为它直奔主题——青春的大好时光，就随着杨梅落了一地，伴着哗啦啦的声音。青春与爱情多么令人焦急啊。

绿　衣

绿兮衣兮，绿衣黄裹。
心之忧矣，曷维其已[①]！
绿兮衣兮，绿衣黄裳。
心之忧矣，曷维其亡！
绿兮丝兮，女所治兮[②]。
我思古人，俾无訧兮[③]！
絺兮绤兮，凄其以风[④]。
我思古人，实获我心！

【注释】

①维：助词，无实义。已：止。②女：同“汝”。治：缝纫。③俾：使。訧：过错。④以：因为。

【赏析】

“绿兮衣兮”，只说了“绿衣”一物，用了两个“兮”字断开，似是哽咽。绿衣裳啊绿衣裳，绿色的面子绿色的里子。心忧伤啊心忧伤，什么时候才能止住我不忧伤！绿丝线啊绿丝线，是你亲手来缝制。我思念亡故的贤妻，使我平时少过失。细葛布啊细葛布，夏天的衣裳在秋天穿上，自然觉得冷。我思念我的亡妻，实在体贴我的心。

“生同衾死同穴”是古代男女长久的生活理想，即使不能同处，死也要同眠，而爱人先去之后，男人看着眼前妻子缝制的衣服，衣服整整齐齐摆放着，虽然有一些年头了，但看起来和新的差不多。用手抚摸它们的每一处针脚、每一个纽扣，件件都似珍宝，因为这些是世界上最懂他的人亲手做的，还因为这个人已经离他远去，并且，永远不会再回来。先秦之时的社会就是男尊女卑的社会，女人卑微依附，而男子则是顶天立地，可是在《绿衣》中，一位深情的男子就这样出人意料地表露出对亡妻的怀念。

《绿衣》是一首蕴藏深情的诗歌。有情人不能相伴到老，人生过半，痛失爱侣，这种巨大的哀痛宋代大家苏轼也经历过，他在《江城子》中的“十年生两茫茫，不思量，自难忘。千里孤坟，无处话凄凉”何其伤感！清代纳兰容若在怀念亡妻卢氏的《浣溪沙》中这样写道：“谁念西风独自凉，萧萧黄叶闭疏窗，沉思往事立残阳。被酒莫惊春睡重，赌书消得泼茶香，当时只道是寻常。”深秋的意境，萧萧残风中，一起走过岁月的那个人离去，以为是暂时的离开，而当酒醒之时，曾经的幸福真的被如今的残酷替代。昨日夫妻举案齐眉，今天上天拆散，生死离别，往后的日子怎么度过？

一样的都是死别，还有死别之后的不能相忘，都继承着《绿衣》的情感，深情至重，余韵悠长。

桑 中

爱采唐矣①？沬之乡矣②。

云谁之思？美孟姜矣③。

期我乎桑中④，要我乎上宫⑤，送我乎淇之上矣⑥。

爱采麦矣？沬之北矣。

云谁之思？美孟弋矣。

期我乎桑中，要我乎上宫，送我乎淇之上矣。

爱采葑矣⑦？沬之东矣。

云谁之思？美孟庸矣。

期我乎桑中，要我乎上宫，送我乎淇之上矣。

【注释】

①爰：在哪里。唐：菟丝子，一种寄生蔓草。②沬（mèi）：卫邑名，牧野。③孟姜：姜家长女。④桑中：桑林中。⑤要：邀约。上宫：宫室。⑥淇：淇水。⑦葑：蔓菁菜。

【赏析】

《鄘风·桑中》所描绘的情愫质朴真切，从单纯的写情角度来看，不失为一首活泼可爱的前秦情歌。

在诗中，男主人公唱道："到哪里采集女萝？就在卫国沬水岸。谁是你梦中情人？美丽动人是孟姜。她约我到桑林里，邀我她家把亲攀。辞别归来送我行，依依惜别淇水边。收割小麦去何处？就在沬水岸北岸。谁是你梦中情人？美丽动人是孟弋。她约我到桑林里，邀我她家把亲攀。辞别归来送我行，依依惜别淇水边。采摘蔓菁去哪里？就在沬水河东岸。谁是你梦中情人？美丽动人是孟庸。她约我到桑林里，邀我她家把亲攀。辞别归来送我行，依依惜别淇水边。”

“桑中”是当时都城朝歌的别名，“上宫”也是朝歌附近的地名，都是采桑女幽会的地点，滨临河水，在春天的环境中流淌唱歌，诗情画意之中，滋润着爱的心田。

关于此诗的评论，《毛诗序》说：“《桑中》，刺奔也。卫之公室淫乱，男女相奔，至于世族在位，相窃妻妾，期于幽远，政散民流而不可止。”宋代朱熹的《诗集传》也基本持有相同的观点，认为其为淫诗，并举姜、弋、庸乃等前秦贵族为例证。不过，今天看来，先秦遗风早已远去，人们更愿意单纯地从诗意来把握，所以不少人认为这首小诗轻快活泼，其所表现的不过是古代青年男女之间炽烈的爱情，并非是贵族男女淫乱之后的不知羞耻的自白，谈不上讽刺之意。

在古代，采桑缫丝应该是中国男耕女织时代的重要活动。战国铜器及汉代画像石上常有描绘桑树下桑女劳作的场景，使得千年后的我们可以看到这一幅幅“向春之未，迎夏之阳，仓庚喈喈，群女出桑”的古代采桑图。同样，在《桑中》中，我们看到的是那些浪漫的桑园诗意。在这一首朴素、深婉的先秦恋歌中，在桑园中相会后的故事令即便是千年后的人们也同样遐想不已。

硕　人

硕人其颀[①]，衣锦褧衣[②]。
齐侯之子[③]，卫侯之妻[④]，
东宫之妹，邢侯之姨，谭公维私[⑤]。
手如柔荑[⑥]，肤如凝脂[⑦]，
领如蝤蛴[⑧]，齿如瓠犀[⑨]。
螓首蛾眉[⑩]，巧笑倩兮[⑪]，美目盼兮[⑫]。
硕人敖敖[⑬]，说于农郊[⑭]。
四牡有骄，朱幩镳镳[⑮]，翟茀以朝[⑯]。
大夫夙退，无使君劳。
河水洋洋，北流活活。
施罛濊濊[⑰]，鳣鲔发发[⑱]，葭菼揭揭[⑲]。
庶姜孽孽[⑳]，庶士有朅[㉑]。

【注释】

①硕人：美人。颀（qí）：修长。②褧（jiǒng）：古代用麻类衣料做的罩衫。③齐侯：指齐庄公。④卫侯：卫庄公。⑤私：中国古时女子称其姐妹的丈夫。⑥柔荑：白茅柔嫩的芽。⑦凝脂：形容丰腴。⑧蝤蛴（qiú qí）：天牛的幼虫。喻妇女脖颈洁白丰美。⑨瓠（hù）：瓠瓜。犀：锋利、坚固。⑩螓（qín）：一种蝉。⑪倩：美人含笑的样子。⑫盼：眼珠转动。⑬敖敖：修长高大的样子。⑭说：同“税”，停车。⑮幩（fén）：缠在马口两旁上的红绸布。镳：盛美的样子。⑯翟：

山鸡。茀（fú）：车篷。⑰罛（gū）：大渔网。濊（huò）：象声词，形容撒渔网入水产生的声音。⑱鳣（zhān）：黄鱼。鲔（wěi）：鲟鱼。发发：鱼尾击水的声音。⑲葭（jiā）：芦荟。菼（tǎn）：荻草。揭：修长的样子。⑳孽孽：高大的样子。㉑朅（qiè）：英武的样子。

【赏析】

这首《卫风·硕人》中所赞女子叫庄姜，虽然这首并没有具体描写庄姜的容貌身段，对她的描述宽泛笼统得犹如河面上氤氲的雾气，但在诗歌的一开始，这位女子便拥有如同女神一般完美修长的身躯，身着锦衣，嫁去他乡。

美丽高贵的庄姜的出嫁是隆重的，她的马车停在城郊，她的马匹雄壮有力。不但如此，随行人员也是英武高大，所带嫁妆同样华美奢侈。那稠密的芦苇挺拔而坚固，那奔腾的黄河水奔流不息。这等的美人，怎么能让她多等待，君主应当及早下朝，前来迎接。

“肤如凝脂，领如蝤蛴，齿如瓠犀。螓首蛾眉，巧笑倩兮，美目盼兮。”这种美几乎无人能及，可以说庄姜确立了千百年来美女的标准。

“硕人其颀，衣锦褧衣。”“硕人”就是美人的意思，它的原义是高大俊美的人。由此可以想见几千年前的春秋时代，人们喜欢一种健康美，以高大丰满、皮肤白皙作为评析美人的标准。这种观念，千百年来一直被我们承认、追求，明末清初著名戏曲家李渔在《闲情偶寄·声容部》中就说：“妇人本质，惟白最难。多受精血而成胎者，其人生出必白……”

如庄姜一样美貌与才智兼备的女子在先秦时候是难得的，也是少数以诗歌留名的女子之一。庄姜和齐国太子一母同胞，是邢侯的小姨妹，也是谭公的小姨子。身份尊贵。庄姜不但出身高贵，还有着惊人的才华，所以卫人才这样歌咏她。

伐　檀

坎坎伐檀兮[①]，寘之河之干兮[②]，河水清且涟猗[③]。
不稼不穑[④]，胡取禾三百廛兮[⑤]？
不狩不猎，胡瞻尔庭有县貆兮[⑥]？
彼君子兮[⑦]，不素餐兮[⑧]！
坎坎伐辐兮[⑨]，寘之河之侧兮，河水清且直猗。
不稼不穑，胡取禾三百亿兮？
不狩不猎，胡瞻尔庭有县特兮[⑩]？
彼君子兮，不素食兮！
坎坎伐轮兮，寘之河之漘兮[⑪]，河水清且沦猗[⑫]。
不稼不穑，胡取禾三百囷[⑬]？
不狩不猎，胡瞻尔庭有县鹑兮？
彼君子兮，不素飧兮[⑭]！

【注释】

①坎坎：象声词，伐木声。②寘：同“置”，放。干：水边。③猗（yī）：语气助词。④稼：播种。穑（sè）：收获。⑤胡：为什么。

廛（chán）：同“缠”，捆。⑥县：同“悬”。貆（huān）：猪獾。⑦君子：讽指有地位有权势的人。⑧素餐：不劳而获。⑨辐：车轮上的辐条。⑩特：小兽。⑪漘（chún）：水边。⑫沦猗：小波纹。⑬囷：束。⑭飧（sūn）：晚饭。

【赏析】

这首《伐檀》是诗经中为数不多的直接控诉统治者的诗篇。诗中直接严厉责问，用事实来揭露上层统治的暴行和苛政，抒发蕴藏在胸中的熊熊怒火，人们年复一年繁重劳动，苦难生活，却什么都得不到。在诗歌中，这种积压在胸中的情感被完全抒发出来。

伐檀的声音砍砍作响，一棵棵檀树被放倒在河边上，河水泛着清清的涟漪。那些人既不播种也不收割，为什么家中有着三百捆禾？既不冬狩也不夜猎，为什么你的庭院悬着猪獾？那些君子官爷们啊，不应白吃闲饭啊。砍下檀树来做车辐，把它们放在河边堆放一处。河水清清直着流淌。那些人既不播种也不收割，为什么要独取三百捆禾？既不冬狩也不夜猎，为什么你的庭院里悬着猎来的野兽？那些君子官爷们啊，不应白吃饱腹啊！砍下檀树来做车轮，把它们一棵棵放倒在河边堆起来。河水清清泛起波纹，既不播种也不收割，为什么要独吞三百捆禾？

既不冬狩也不夜猎，为什么你的庭院里挂着鹌鹑？那些君子官爷们啊，不应白吃腥荤哪！

这首反抗诗歌，是讽刺奴隶主贵族们不从事生产劳动，但却有几百囤的粮食，家中还悬挂着各种各样的猎物，吃都吃不完。这是哪里来的？诗人一针见血地斥诉道：不稼不穑，不狩不猎，胡瞻尔庭有县貆兮？胡瞻尔庭有县特兮？胡瞻尔庭有县鹑兮？这些直接斥问显得很有力度，而最后的那句“彼君子兮，不素飧兮”，是近乎总结性的感叹，作为贵族统治者，本不应当这样，现在反而如此压榨劳动者，坐享其成，实在不是彼君子应当有的作为啊。

《楚辞》

《楚辞》是屈原创作的一种新诗体，经历了屈原的作品始创、屈后仿作、汉初搜集、至刘向辑录等历程，成书时间应在公元前26年至公元前6年间。原收战国楚人屈原、宋玉及汉代淮南小山、东方朔、王褒、刘向等人辞赋共十六篇。后王逸增入己作《九思》，成十七篇。《楚辞》是最早的浪漫主义诗歌总集及浪漫主义文学源头，对整个中国文化系统具有不同寻常的意义。

离骚（节选）

帝高阳之苗裔兮①，朕皇考曰伯庸②。摄提贞于孟陬兮③，惟庚寅吾以降④。

【注释】

①高阳：古代帝王颛顼的别号。颛顼是楚国的远祖，他的后人有熊绎，被周成王封于楚国。春秋时期楚武王有个儿子叫瑕，受封于屈邑，因此子孙都以屈为氏，屈原是屈瑕的后人，所以说自己是古帝王高阳氏的后代。苗裔：后代。②朕：我。秦以前是贵贱通用的第一人称代词，秦以后则成为封建帝王自称的专用词。皇考：皇，光明；考，对已故父亲的美称。伯庸：为屈原父亲的字或名，或化名，今已不可考。③摄提：摄提格的简称。古人把天宫由东向西划为子、丑、寅、卯、辰、巳、午、未、申、酉、戌、亥十二个等分，叫作十二宫。依照岁星（木星）在空中运转所指向的方位来纪年，岁星指向寅宫，则此年为寅年，摄提格，就是寅年的别名。贞：当，指向。孟：开端，始也。陬：夏历正月的别名，又称寅月。④惟：语助词，先秦时期习惯用法。庚寅：指庚寅这一天。

古人以天干地支相配来纪日，庚寅是其中的一天。按：此处是指屈原吉祥的生日。据研究，楚人以寅日为吉利的日子。降：降生，出生。

皇览揆余初度兮①，肇锡余以嘉名②。名余曰正则兮③，字余曰灵均④。

【注释】

①皇：即上文皇考的省称，指他已死的父亲。览：观察。揆：测度，衡量。余：我，此处是屈原自指。初度：指初降生时的器宇。②肇：开始，指初降生时。锡：古同“赐”，送给，给予。以：用，把。嘉名：美好的名字。③名：动词，命名的意思。正则：正，意为平；则，意为法，言其平正而有法则，解释出屈原名平的意思。④字：表字，这里用为动词，起个表字。灵均：灵，意为善；均，意为平地；灵均，很好的平地，就是“原”字的含义。

纷吾既有此内美兮①，又重之以修能②。扈江离与辟芷兮③，纫秋兰以为佩④。汩余若将不及兮⑤，恐年岁之不吾与⑥。朝搴阰之木兰兮⑦，夕揽洲之宿莽⑧。日月忽其不淹兮⑨，春与秋其代序⑩。惟草木之零落兮⑪，恐美人之迟暮⑫。不抚壮而弃秽兮⑬，何不改乎此度⑭？

【注释】

①纷：多，繁盛。形容后面的内美两字。吾：屈原自指。既：已经。内美：内在的美好品质。②重：加上。修能：修，意为美好；能，

意为通态，容貌。修能，指下文佩戴香草等，实际上是讲自己的德能。③扈：披在身上。辟芷：辟，通“僻”，偏僻的地方。芷，白芷，香草名，因生于幽僻之处所以叫辟芷。④纫：本义是绳索，此用作动词，穿结、联缀。秋兰：香草名，秋天开花且香。以为：以之为。佩：佩戴，装饰，象征自己的德行。⑤汩：水疾流的样子，此处用以形容时光飞逝。余：我，屈原自指。若将不及：好像跟不上时光的流逝了。⑥恐：担心。不吾与：即“不与吾”的倒文，意谓不等待我。与，意为待。⑦朝：早晨。搴：同“攓”，拔取。阰：平顶小山或山坡，楚地方言。木兰：香木的一种，花状像莲，又称辛夷，今天通称紫玉兰。⑧揽：采摘。宿莽：草名。经冬不死，又名紫苏，楚语称作莽。所以有象征年华、生命的意味。木兰去皮不死，宿莽拔心不死，两者都有贞固的性格，故诗人用来作修身之物。⑨忽：迅疾的样子。淹：停留。⑩代序：代，意为更；序，意为次。代序即次第相代，指不断更迭。⑪惟：思虑。零落：凋零。⑫美人：楚辞是美人芳草皆有托。诗人有时用来比喻国君，有时用来比喻美好的人，有时用以自比。这里是指楚怀王，规劝怀王不要错过大好时机。迟暮：衰老。⑬抚：持，犹如现在所说的趁。壮：指壮盛年华。秽：草荒曰秽，这里用以比喻楚国的秽政。⑭此度：指现行的政治法度。

乘骐骥以驰骋兮①，来吾道夫先路②！

【注释】

①骐骥：骏马。此句比喻应任用有才能的人治理国家。②道：通

"导"，引导。夫，语气词。先路：走在路之先，即为王前驱的意思。

昔三后之纯粹兮①，固众芳之所在②。杂申椒与菌桂兮③，岂维纫夫蕙茝④！彼尧舜之耿介兮⑤，既遵道而得路⑥。何桀纣之昌披兮⑦，夫唯捷径以窘步⑧。惟夫党人之偷乐兮⑨，路幽昧以险隘⑩。岂余身之惮殃兮⑪，恐皇舆之败绩⑫！忽奔走以先后兮⑬，及前王之踵武⑭。荃不察余之中情兮⑮，反信谗而齌怒⑯。余固知謇謇之为患兮⑰，忍而不能舍也⑱。指九天以为正兮⑲，夫唯灵修之故也⑳。曰黄昏以为期兮，羌中道而改路㉑。初既与余成言兮㉒，后悔遁而有他㉓。余既不难夫离别兮㉔，伤灵修之数化㉕。

【注释】

①昔：从前。三后：后，君主。旧说不一，一说指楚国三位开国的先王：熊绎、若敖、蚡冒；一说即三皇，指黄帝、颛顼、帝喾。纯粹："色不杂曰纯，米不杂曰粹，米至细曰精"，这里用来形容三后的德行粹美完善。②固：固然，本来。众芳：众多的香草，用以比喻众多贤能的人。在：汇集。③杂：兼有。椒：香木名，就是现在的花椒。菌桂：即箘桂，桂的一种，香木名，白花黄蕊。④岂：难道，表示反向的语助词。维：当作"唯"，意为独。纫：联缀。蕙：香草名，生长在湿地处，麻叶，方茎红花，黑实。茝：同"芷"，白芷，也是香草名。申椒、菌桂、蕙、茝，都是用来比喻有才能的贤人，即上文所说的"众芳"。此处说三君杂用众贤才，国家因此而富强，并非独取蕙茝，只任用少

数贤人。⑤彼：那。尧舜：传说中上古时代的两位贤君。耿介：耿，光明；介，正大。耿介即光明正大。⑥既：皆，尽。遵道：遵循正途。而：因而。路：大道。⑦何：何等，多么。桀纣：指夏桀和商纣王，是夏朝和商朝的末代之君，他们历来被作为暴君的代表。昌被：一作“猖诐”。猖，狂妄；披，“诐”的假借字，偏邪的意思。⑧夫：发语词。唯：只是。捷径：斜出的小路，比喻不走正途。窘步：困窘失足。⑨惟：思。党人：古代的党人指朝廷中为私利而结成帮派的人。偷乐：苟且享乐。⑩路：指政治道路，楚国的前途。幽昧：黑暗。以：而。险隘：危险而狭窄。⑪岂：哪里。余身：我自身。惮：畏惧、惧怕。殃：灾祸。⑫皇舆：本指帝王所乘的车子，这里比喻国家政权。败绩：古代使用战车作战，车辙大乱，是溃不成军的表现。这里喻指君国之倾危。⑬忽：急匆匆的样子，根据下文，这里形容奔跑速度很快。奔走：奔跑。先后：指在君王的身边。奔走先后就是效力左右的意思，乃是从“皇舆”一语生发而来的。⑭及：赶上，追及，这里有“继承”之意。踵：脚跟；武：足迹。“踵武”连文为义，指前王的业绩。⑮荃：或说荪，石菖蒲一类的香草，叶形似剑，古人认为可以避邪。指称尊贵者，也以喻君，此为当时之俗。余：屈原自指。中情：忠心之情。⑯信谗：听信谗言。齌怒：盛怒、暴怒。⑰謇謇：謇，楚语，指发言之难，因口吃而说话艰难的样子。謇謇，此处形容忠贞直言的样子。为患：招致祸患。⑱舍：放弃的意思。⑲九天：九重天。正：通证。⑳灵修：楚人称神灵为灵修，此处代指楚君怀王。㉑“曰黄昏”二句是衍文，为《九章·抽思》语。期：约定。羌：楚语，表转折的意思，犹如今语的“却”。㉒初：当初，应指诗人受到楚怀王信任之时。成言：指彼此的话。此指屈原受重用时，共同制定的治国大策。㉓悔遁：遁，逃跑；悔遁在此是背弃成言之意。他：其他，另有打算。㉔既：本来。离别：分别，此指诗人被楚怀王疏远、放逐。㉕伤：悲伤、哀伤。数化：屡次变化。数，屡次之意。

余既滋兰之九畹兮[①]，又树蕙之百亩[②]。畦留夷与揭车兮[③]，杂杜衡与芳芷[④]。冀枝叶之峻茂兮[⑤]，愿俟时乎吾将刈[⑥]。虽萎绝其亦何伤兮[⑦]，哀众芳之芜秽[⑧]。众皆竞进以贪婪兮[⑨]，凭不厌乎求索[⑩]。羌内恕己以量人兮[⑪]，各兴心而嫉妒[⑫]。忽驰骛以追逐兮[⑬]，非余心之所急[⑭]。老冉冉其将至兮[⑮]，恐修名之不立[⑯]。

【注释】

①余：屈原自指。滋：栽培，培植。兰：香草名。畹：三十亩田为一畹，一说十二亩为一畹。②树：种植。蕙：香草名。树蕙：屈原曾为楚三闾大夫，负责贵族子弟的教育，树蕙指的是对贵族子弟的培育。③畦：四周有浅沟分隔的小块田地，这里用为动词。留夷、揭车：香草名，都是楚地所产。④杂：指间种。杜衡：状与葵相似的一种香草，又称马蹄香。⑤冀：期待。峻：长大，高大。峻茂：高大而茂盛的样子。⑥俟：等待。俟时，即等到成熟的时候。刈：收割。这两句比喻把贤才培养好了，用他们治理国家。⑦虽：纵使。萎：枯萎。绝：凋落。何伤：何妨，有什么关系。⑧哀：痛惜。众芳：指前所培植的众香草——兰、蕙、留夷、揭车等，喻指“平日所栽培荐拔与己同志者”。芜秽：指众芳的变质。这两句用以比喻自己所培养的人才不但不

为国家出力，反而改变节操，与“党人”同流合污。⑨众：指朋比为奸的贵族们。竞进：争逐权位，求进。贪婪：贪求财物。⑩凭：楚方言，满之意，此处用作状语，“满不在乎”之满，形容党人不厌求索。不厌：不满足。求索：索取。⑪羌：楚方言，发语词，义近“乃”。恕：揣度。量：衡量。恕己量人：意谓用自己的心去估量别人。⑫兴心：起心，打主意，即产生了嫉妒之心。此二句意谓“党人贪婪竞进，而又以为贤者亦复如此，故嫉妒之也”。⑬忽：急急忙忙，疾速。骛：形容马乱跑的样子。追逐：与“驰骛”同义连用，意谓钻营，追求自己的私利。⑭所急：急，指迫切需要。所急，指急于要做的事。⑮冉冉：渐渐，岁月流逝之意。⑯修名：美好的名声。立：树立。

朝饮木兰之坠露兮①，夕餐秋菊之落英②。苟余情其信姱以练要兮③，长顑颔亦何伤④。揽木根以结茝兮⑤，贯薜荔之落蕊⑥。矫菌桂以纫蕙兮⑦，索胡绳之纚纚⑧。謇吾法夫前修兮⑨，非世俗之所服⑩。虽不周于今之人兮⑪，愿依彭咸之遗则⑫。长太息以掩涕兮⑬，哀民生之多艰⑭。余虽好修姱以鞿羁兮⑮，謇朝谇而夕替⑯。既替余以蕙纕兮⑰，又申之以揽茝⑱。亦余心之所善兮⑲，虽九死其犹未悔⑳！

【注释】

①朝：早晨。坠露：坠落的露水，指从木兰花瓣上坠落下的露水。木兰花晚春开花，这句既指朝，又指春。②餐：吞食。落英：初开的花朵。木兰开于春，菊花发于秋。这句既指夕，又指秋。春与秋合起

来说四时。此二句以“饮露餐英”喻自己长期服食美洁，修洁自身。③苟：只要，如果。余情：指内心。信姱：信，真实；姱，美好。信姱，诚然美好，言内美也。练要：精粹，犹言精练要约，指精练于要道。④顑颔：因饥饿而面色憔悴。何伤：何妨。⑤揽：持取，拿着。木根：指木兰之根。结：意为编结。⑥贯：贯穿，串联起。薜荔：一种蔓生的香草名。蕊：花心。⑦矫：高举，举起。犹言“取用”。菌桂：一种香木，即前“杂申椒与菌桂”的菌桂。⑧索：本义是绳索，这里用作动词，搓绳。胡绳：香草，茎叶可做绳索。𦈡𦈡：串联起来，长而下垂，编织得整齐美好的样子。⑨謇：发语词，楚方言。此与前文“余固知謇謇之为患兮”之“謇”意义不同。法：取法，效法。夫：助词，彼。前修：前代的贤人。⑩世俗：指楚国政界庸俗之人。服：用。⑪虽：纵然。不周：不合，不能委曲周旋世故之意。⑫依：依照。彭咸：是屈原心目中所敬仰的人。殷商时期的贤人，据说他上谏国君不听，投水自杀而死。屈原此处言彭咸，表明自己将沉渊自杀。⑬太息：叹息。掩涕：擦眼泪。⑭民生：有多种解释，一说民生即人生，指诗人自己。艰：艰难。“民生多艰”，此处指屈子所见到、所体验到的楚人的遭遇，当然也包括自身在内。⑮好：喜好。修姱：修饰美好的品德。修，修饰，含修养之意；姱，指美好的品德。鞿：指马缰绳。羁：指马络头。羁在此作动词，比喻自身约束自己。⑯谇：进谏。替：废除，撤职。⑰既：已经。以，助词，调整音节。蕙纕：用蕙草编缀成的带子。纕，本义指佩带。⑱申：申斥。揽：捋取。⑲亦：语助词，若是。善：用作动词，认为善。⑳虽：即使。九死其犹未悔：指不管遭受到多少次多么重大的打击也不会屈服。犹，还。

【译文】

我是帝高阳的后裔，我的父亲名叫伯庸。在太岁寅年的正月，庚寅之日我降生。先父看到我初降时的气度，卜兆赐给我美名。我的名叫正则，我的字叫灵均。

我既有许多内在的美德，又兼具外在的才能。身披幽香的江离和白芷，带着秋兰穿连的佩饰。时光如流水我怕追不上，岁月恐怕也不等我；朝霞中攀折山上的木兰，夕阳下采撷水洲的宿莽。日月匆匆一刻不停，春秋更替永无止息；想到草木的凋零陨落，害怕怀王霜染两鬓。为何不趁壮年摈弃污秽，为何不改变这样的态度？乘上骐骥去驰骋，我来为你引路。

古代三王品德纯粹，群贤都围绕在他们周围。花椒丛和菌桂树杂糅相间，岂止是串连蕙草和白芷？那尧舜是多么耿直光明，遵循正道走正路。桀与纣衣不束带，只因贪图捷径难以前行。那些小人偷安享乐，国家的前途黑暗险阻。岂是我害怕自身遭殃，只怕王车将要毁坏。急匆匆前后奔走，想让你赶上先王的脚步；你不体察我的衷情，反而听信谗言对我恼怒。明知忠言会招来祸患，想隐忍却难以割舍；遥指苍天为我作证，全都是为灵修的缘故。当初你与我盟誓，后来竟然反悔另有他想；我倒不难过与你分别，伤心的是灵修的变化无常。

我已培植九畹芝兰，又种下百亩惠草；分垄栽培留夷和揭车，其中间杂杜衡和芳芷。希望枝叶繁茂，到时候我就收割；即便枯萎凋谢也不悲伤，只哀伤众芳草的芜秽变质。众人都贪婪成性，个个贪得无厌欲壑难填；用自己的私心猜量他人，钩心斗角互相嫉妒。急速奔驰追逐私利，不是我心中之所急；衰老慢慢地将要来到，怕美名还不能建立。

清晨饮木兰滴下的露水，傍晚吃秋菊的花瓣；只求我情操确实美好，长期饥饿也不悲伤。用木兰的根须串连白芷，再串薜荔的花蕊；用菌桂的嫩枝串连蕙草，把胡绳揉搓得又长又美。我效法前贤的模样，不是世俗之人所佩戴的；虽然不合于今人的趣味，只愿依从彭咸的风范。长声叹息眼泪擦不干，哀伤人民生活的艰难；我爱好修饰而受到牵累，早晨刚进谏晚上就被废弃。毁坏了我蕙草作的佩带，又申斥我拿的芳芷。这些都是我的爱好，纵然九死也不后悔。

湘夫人

帝子降兮北渚①，目眇眇兮愁予②。袅袅兮秋风③，洞庭波兮木叶下④。登白薠兮骋望⑤，与佳期兮夕张⑥。鸟何萃兮薠中⑦？罾何为兮木上⑧？沅有芷兮澧有兰⑨，思公子兮未敢言⑩。荒忽兮远望⑪，观流水兮潺湲⑫。麋何食兮庭中⑬？蛟何为兮水裔⑭？朝驰余马兮江皋⑮，夕济兮西澨⑯。闻佳人兮召予⑰，将腾驾兮偕逝⑱。筑室兮水中⑲，葺之兮荷盖⑳。荪壁兮紫坛㉑，播芳椒兮成堂㉒。桂栋兮兰橑㉓，辛夷楣兮药房㉔。罔薜荔兮为帷㉕，擗蕙櫋兮既张㉖。白玉兮为镇㉗，疏石兰兮为芳㉘。芷葺兮荷屋㉙，缭之兮杜衡㉚。合百草兮实庭㉛，建芳馨兮庑门㉜。九嶷缤兮并迎㉝，灵之来兮如云㉞。捐余袂兮江中㉟，遗余褋兮澧浦㊱。搴汀洲兮杜若㊲，将以遗兮远者㊳。

时不可兮骤得[39]，聊逍遥兮容与。

【注释】

①帝子：谓湘夫人，传说她是帝尧的女儿。女儿古代也可以称为“子”。降：下。北渚：即《湘君》“夕弭节兮北渚”之“北渚”。②眇眇：眯着眼睛远视的样子。愁予：使我发愁；予：我，湘夫人自称。③袅袅：微风吹拂的样子。④波：用作动词，指泛起波浪。木：指洞庭湖畔的树木。下：指树叶脱落下来。⑤登：踏上。白薠：一种秋生草。薠草，有青白两种，青薠草似香附，生于楚北平地，白薠草似鹿草，生于楚南湖滨。骋望：纵目远望。⑥佳：指佳人，即指湘夫人。期：期会。夕：傍晚。张：陈设，准备。⑦萃：聚集。蘋：水草，根茎匍匐泥中，常见于水田、池塘中。这两句和《湘君》“采薜荔兮水中，搴芙蓉兮木末”两句意思相同。⑧罾：渔网。⑨沅：沅水。芷：即白芷，香草名。澧：澧水。兰：兰草。⑩公子：此处指湘夫人，古代人亦有称女子为公子。本篇“帝子”“公子”“佳人”，均指湘夫人。未敢言：指不知道如何来表达自己的思念感情，表现出了思念之切。⑪荒忽：通“恍惚”，隐约而不清楚的样子。⑫潺湲：水流缓慢的样子。⑬麋：兽名，麋鹿。庭：庭院。⑭蛟：蛟龙，常潜于深渊。水裔：指水边。这两句是说麋鹿本来生活于深山中，现在却跑到庭院中来；本来生活在深水中的蛟龙，现在却出现在浅水之中，比喻等待湘夫人没有结果。⑮江皋：江边低湿之地。⑯济：渡。澨：水边。⑰佳人：指湘夫人。召予：即召唤我。这又是湘君的幻觉。予：湘君自称。⑱腾驾：使马车飞驰，使船快航。偕逝：一同前往。⑲水中：

指北渚之水。⑳ 葺：盖，指用茅草盖房屋。荷盖：荷叶。㉑ 荪：香草名。荪壁，指用香草荪来装饰墙壁。紫坛：以水中的宝物紫贝来铺修中庭的地面。紫：紫贝。㉒ 播：布，指涂抹。芳椒：芬芳的花椒。成：盈、满。堂：厅堂。㉓ 桂栋：用桂木做新屋的正梁。兰橑：以木兰做屋椽。㉔ 辛夷：香木。楣：门户上横木。药：白芷，香草。房：内室。㉕ 罔：同"网"，此作动词用，编结的意思。帷：指帷帐。㉖ 擗：通"擘"，剖开，分开。櫋：屋檐板。张：张开，陈设。㉗镇：压座席的东西。㉘疏：分布，散陈。石兰：此为香草。芳：芬芳的陈列品。㉙芷葺：用白芷把屋顶加厚，指在原有的荷叶屋顶上加盖一层白芷。荷屋：以荷为屋。㉚缭：缠绕。之：代词，指屋。杜衡：香草名，或称马蹄香，其叶似葵而有香味。㉛合：集合。百草：各式各样的花草，极言其多。实：动词，充满。庭：庭院。㉜建：树。芳馨：芳香。庑：堂外周围的廊屋。门：指大门。㉝九嶷：九嶷山，此处指九嶷山的众神。传说舜死于九嶷，葬于九嶷。该山在今湖南省宁远县南。缤兮：纷纷然，言其众多。并迎：一起来迎接。㉞灵：指众神。上文设想了湘夫人降临，建构出美好环境都成了空虚的幻想，所以才有了下文。㉟捐：弃。袂：衣袖。㊱褋：单衣。袂和褋大概都是湘夫人赠送给湘君的。㊲搴：拔取。汀：水中或水边平地。杜若：香草名。㊳远者：远方的人。㊴时：相会的机会。骤得：屡次得到。

【译文】

帝尧的女儿降临在北渚，眺望不见啊我心中忧伤。阵阵秋风轻轻吹，吹皱洞庭湖水黄叶飘飞。踏着白薠极目远望，和佳人约会傍晚张设帷帐。鸟为何聚集在蘋草之上？渔网为何投在树梢上？沅水有白芷澧水有兰，暗恋着公主我不敢言。迷迷茫茫远处眺望，只见长长流水缓缓淌。麋鹿为何觅食于庭院？蛟龙为何在浅水边？清晨我驾车驰骋在江畔，傍晚我渡河到西边水涯。听说佳人在将我召唤，将让你带路啊我飞腾的车驾。我要在北渚水中筑起宫殿，用芬芳荷叶覆盖住屋顶。用荪草做墙紫贝铺堂，以椒泥涂墙散发幽幽清香。桂木做栋木兰做椽，辛夷为梁白芷妆房。编结薜荔香草织成帷帐，分结蕙草做一张高堂。白玉作那席上镇压之物，石兰的幽香在屋中荡漾。香芷涂在屋顶荷叶搭盖房屋，缭绕于屋子的是杜衡芳香。汇集的各种香草满庭芳，飘香远闻郁结门廊。九嶷山的众神纷纷来迎，诸神来临有如漫天的云。向那江水中抛弃我的衣袖，把我的单衣扔在澧水之滨。我采取沙洲里那杜若，寄情馈赠愈走愈远的人。相会的美好时光不会再有，姑且自我宽心等待徘徊。

山　鬼

若有人兮山之阿①，被薜荔兮带女罗②。既含睇兮又宜笑③，子慕予兮善窈窕④。乘赤豹兮从文狸⑤，辛夷车兮结桂旗⑥。被石兰兮带杜衡⑦，折芳馨兮遗所思⑧。余处幽篁兮终不见天⑨，路险难兮独后来⑩。表独立兮山之上⑪，云容容兮而在下⑫。杳冥冥兮羌昼晦⑬，东风飘兮神灵雨⑭。留灵修兮憺忘归⑮，岁既晏兮孰华予⑯？采三秀兮於山间⑰，石磊磊兮葛蔓蔓⑱。怨公子兮怅忘归⑲，君思我兮不得闲⑳。山中人兮芳杜若㉑，饮石泉兮荫松柏[22]，君思我兮然疑作[23]。雷填填兮雨冥冥[24]，猿啾啾兮又夜鸣[25]。风飒飒兮木萧萧[26]，思公子兮徒离忧[27]。

【注释】

①若有人：谓山鬼。若，好像，仿佛。阿：山坳，指深山角落。这句说山鬼常居之地。此句开始为迎神男巫所唱。②被：通“披”。薜荔：又名木莲，蔓生，常绿灌木植物。带：指衣带，用为动词。女罗：即“女萝”，又名“兔丝”，一种蔓生植物。这句言山鬼常服之物。③睇：斜视。含睇，脉脉含情，指以目传情。宜笑：指善于笑，笑得自然。含睇又宜笑，指山鬼的表情。④子：指山鬼。慕：爱慕、羡慕。予：迎神男巫的自称。善：善于。窈窕：美好的样子。⑤乘：驾。从：随行。文狸：有花纹的狸猫，毛黄黑间杂。此句开始为扮山鬼的女巫所唱。⑥辛夷：香木。辛夷车，以辛夷香木做成的车。结：拴结。结桂旗，拴结桂枝编成旌旗。⑦被：通“披”。石兰、杜衡：皆为香草名。⑧芳馨：泛指兰衡等香草。遗：赠送。所思：所思念之人。⑨余：山鬼自称。处：居。幽篁：幽深昏暗的竹林。篁，竹子的一种，引申为竹林。终：终日，整天。不见天：指见不到天日。⑩后来：指来迟。以上二句写山鬼与所思之人相约而不得相会，是自责之辞。⑪表：特出，屹然独立的样子。以下为迎神男巫所唱。⑫容容：通“溶溶”，水盛，这里形容云盛的样子。下：山下。⑬杳：遥远的样子。冥冥：不明、黑暗。羌：将。昼晦：意谓白天昏暗得像黑夜一样。昼，白天；晦，暗。⑭飘：风。神灵雨：指雨神下雨。⑮留：挽留，等待。灵修：指山鬼所思念的人。憺：安然。⑯岁：年华，年纪。晏：迟晚。岁晏，年纪

老了。孰：谁。华：古“花”字。予：迎神男巫自称。孰华予，意谓谁还能视我年轻如鲜花呢？⑰三秀：灵芝草的别名。於山：即巫山。此句开始为扮山鬼的女巫所唱。⑱磊磊：乱石堆积的样子。葛：葛藤。蔓蔓：蔓延的样子。⑲公子：山鬼所思念的人。怅：惆怅失望。⑳君：山鬼称恋人。我：山鬼自称。闲：空闲。此句意谓：对方并非不思念我，因为没有空闲所以不能来赴约。㉑山中人：山鬼自指。杜若：香草名。㉒石泉：从山石中流出的泉水。荫：动词，遮阴。㉓然：如此，肯定语气。疑：怀疑。作：产生。㉔填填：雷声。冥冥：昏暗不明的样子。㉕啾啾：猿猴鸣叫之声。又，一作“狖”，黑色长尾猿猴。㉖飒飒：风声。萧萧：风吹叶落发出的声响。㉗徒：徒然，白白地。离：通“罹”，遭受。

【译文】

山鬼忽隐忽现在山坳，木莲披身腰系着女罗。脉脉含情的眼嫣然笑，爱慕我美好的样子。乘坐着赤豹身后文狸随行，辛夷香木为车桂枝为旗。披着石兰杜衡饰带飘然而垂，折下芬草送给心爱的人。我身在幽深竹林终日不见天，道路险阻难行来得晚。孤独立在那高山上，飘荡的云气就在脚下翻。光线幽暗白天似黑夜，阵阵东风雨神降甘露。安然地等待你使我忘记了归去，时光已逝谁能给我好光华？采集灵芝在那巫山间，只见乱石累累藤葛蔓蔓。埋怨公子怅然忘记归去，你如果想我，心中怎会有空闲？山中的我芬芳似杜若，饮用清泉流水松柏遮阴，你的思念让人真是疑惑。雷声隆隆大雨绵绵，猿声凄厉哀鸣啾啾。山风呼啸山木飒飒，思念公子徒然忧愁。

|

涉 江

余幼好此奇服兮[1]，年既老而不衰[2]。带长铗之陆离兮[3]，冠切云之崔嵬[4]。被明月兮佩宝璐[5]。世溷浊而莫余知兮[6]，吾方高驰而不顾[7]。驾青虬兮骖白螭[8]，吾与重华游兮瑶之圃[9]。登昆仑兮食玉英[10]。吾与天地兮比寿，与日月兮齐光。哀南夷之莫吾知兮[11]，旦余将济乎江湘[12]。

【注释】

①奇服：特别美好且与众不同的服饰，象征品行高洁。即指长剑、高冠等。②既老：已经老了。衰：减弱。③长铗：长剑。陆离：形容长，光彩绚丽。④切云：当时高冠名。崔嵬：高耸的样子。⑤被：通“披”，披挂。明月：夜光珠，宝珠名。璐：玉名，美玉。⑥溷浊：指世道昏乱、污浊。莫余知：即“莫知余”，没有人了解我。⑦高驰：指向神界快速飞驰。⑧驾：与“骖”同义，驾车的意思。这里指驾车登天，以青虬为马，以白螭为骖。青虬：有角的龙。白螭：无角的龙。⑨重华：舜的号。瑶：美玉。圃：园圃。“瑶圃”，指神界种美玉的园圃。⑩昆仑：相传神话中神山，以产玉著名，在神话中称天帝的园圃。玉英；玉花。⑪南夷：指楚国。根据上文“世溷浊而莫余知”推想，“南夷”也指楚人，因而造成双关，借以斥楚国当政小人。⑫旦：明日。

乘鄂渚而反顾兮[1]，欸秋冬之绪风[2]。步余马兮山皋[3]，邸余车兮方林[4]。乘舲船余上沅兮[5]，齐吴榜而击汰[6]。船容与而不进兮[⑦]，淹回水而凝滞[⑧]。朝发枉渚兮[⑨]，夕宿辰阳[⑩]。苟余心其端直兮，虽僻远之何伤！

【注释】

①乘：登。鄂渚：地名，当为临近洞庭的五渚之一，并非今天湖北的武昌。反顾：回头看。反映出诗人对故都的眷恋心情。②欸：叹息。绪风：余风。指冬末初春的寒风。③步余马：指解开驾车的绳子，让马散行。山皋：山边。④邸：止，停留。"邸余车"，指放下车驾不用。方林：地名。⑤舲船：有窗户的小船。上：指溯流而上航。⑥齐：并举。吴榜：大的船桨。汰：水波。⑦容与：徘徊不进。⑧回水：回流。凝滞：停滞不前。⑨枉渚：地名，在今湖南常德市南。⑩辰阳：地名，故城在今湖南辰溪县西。

入溆浦余儃佪兮[①]，迷不知吾之所如。深林杳以冥冥兮[②]，猨狖之所居[③]。山峻高以蔽日兮，下幽晦以多雨。霰雪纷其无垠兮，云霏霏其承宇。哀吾生之无乐兮，幽独处乎山中。吾不能变心而从俗兮，固将愁苦而终穷[④]。

【注释】

①溆浦：地名。指溆水之滨。在今湖南溆浦县。儃佪：徘徊不进。②杳：幽深。冥冥：昏暗。③猨：同"猿"。狖：兽名，长尾猴的一种。④终穷：到头穷困。

接舆髡首兮[①]，桑扈裸行[②]。忠不必用兮，贤不必以[③]。伍子逢殃兮[④]，比干菹醢[⑤]。与前世而皆然兮[⑥]，吾又何怨乎今之人。余将董道而不豫兮[⑦]，故将重昏而终身[⑧]。

【注释】

① 接舆：春秋时期的楚国隐士，和孔子同时。即《论语》中记载的“楚狂接舆”。髡：剃发，古代的一种刑法。接舆曾自动剃发装疯。② 桑扈：即《庄子》中的桑户，古代隐士。裸行：赤身露体在外行走，表示一种玩世不恭的态度。③ 以：用。④ 伍子：即伍子胥，名员，为春秋时吴王夫差臣，曾劝说吴王拒绝越国求和并停止伐齐，后被疏远，以致遭到吴王赐剑而死的下场。逢殃：即指赐剑而死之事。⑤ 比干：殷纣王的叔父。相传因屡次劝谏纣王，被剖心致死。菹醢：古代一种酷刑，把人剁成肉酱。⑥ 与：举。以下二句概括前六句，从历史的事例中说明“忠”“贤”都不被统治者所用。⑦ 董：正。豫：犹豫。⑧ 重：重复。昏：暗昧。重昏：指永远也见不到光明。

乱曰：鸾鸟凤凰[①]，日以远兮。燕雀乌鹊[②]，巢堂坛兮[③]。露申辛夷[④]，死林薄兮[⑤]。腥臊并御[⑥]，芳不得薄兮[⑦]。阴阳易位[⑧]，时不当兮。怀信侘傺[⑨]，忽乎吾将行兮。

【注释】

① 鸾、凤：传说中的瑞鸟，比喻贤臣。② 燕、雀、乌、鹊：皆凡鸟，比喻谗佞小人。③ 堂：殿堂。古代国君行礼、理政、祀神的处所。坛：

楚地方言称中庭为坛。这句比喻小人窃取朝廷的高位。④露申：与“辛夷”皆为芳草。⑤薄：丛生的草。死林薄：因被丛林里的草木荫蔽而死去。⑥腥臊：臭恶之物，此比喻谗佞小人。御：用。⑦薄：迫近。⑧阴阳：阴指小人，阳指君子。易位：换位置，指小人掌权，君子不受重用。⑨怀信：怀抱忠信。侘傺：怅然失意而神情恍惚的样子。

【译文】

我从小的时候就喜爱这奇装异服啊，年纪老了兴致也未减少分毫。佩挂那光彩熠熠的长剑，头戴高高耸起的切云冠，身披宝珠腰佩美玉。世界昏乱没有人理解我啊，我要远走高飞义无反顾。用青虬驾车白龙做骖，我和帝舜共同游历瑶圃。登上昆仑山品尝白玉的花瓣，和天地万古长存，与日月同辉永放光芒。痛恨朝廷无人能理解我啊，明早我就要渡过湘水去远行。

登上鄂渚我回头眺望，叹息秋冬的余风丝丝寒凉。让我的马在山冈漫行，把我的车停在方林旁。换乘小船逆流水而上啊，双桨齐挥激起汹涌的波浪。船只徘徊不前啊，陷入急湍回流中更加艰难。清晨从枉渚出发啊，夜晚在辰阳安歇。如果我的内心真的端正方直啊，即使流放偏僻远方又有何妨？

进入溆浦我犹豫徘徊啊，迷茫困惑我不知该向何方。幽暗的深林没有光明啊，此本是猿猴久居的地方。山岭高耸遮蔽了阳光，山下幽深昏暗细雨茫茫。雨雪纷飞无边无际啊，云雾蒙蒙笼罩天宇。哀叹生活毫无快乐啊，独处在这凄凉荒僻的深山。我不能改变初衷去随波逐流啊，必将忧愁痛苦结束一生。

接舆剃发装疯啊，桑扈赤身而行。忠臣不受重用啊，贤良没有好下场。伍子胥遭到祸殃啊，比干也被剁成肉酱。自古以来都是这样啊，我又何必怨恨今天的执政之人。我要坚持正道毫不犹豫啊，宁肯重踏前人的悲剧度过此生。

吉祥的鸾和凤凰，一日日越飞越远啊。庸俗的燕子和乌鸦，都在庙堂搭垒巢啊。芬芳的露申和辛夷，枯死在丛林密草边啊。群小被人任用，贤者难近前啊。阴阳易位是非难分，生不逢时难以改变啊。怀抱忠诚心惆怅，呜呼我将要远走他乡。

Ⅰ

思美人

思美人兮①，揽涕而竚眙②。媒绝路阻兮，言不可结而诒③。蹇蹇之烦冤兮④，陷滞而不发⑤。申旦以舒中情兮⑥，志沈菀而莫达⑦。愿寄言于浮云兮，遇丰隆而不将⑧。因归鸟而致辞兮⑨，羌迅高而难当⑩。

【注释】

①美人：指楚怀王。一说是顷襄王。②揽涕：涕意指擦干眼泪。竚：同“伫”，久立。眙：凝视，直视。③结：编结，聚。④蹇蹇：同“謇謇”，楚方言，这里指忠贞之言。⑤陷滞：义同“郁结”，指内心不解的烦冤。发：起、开之意。⑥申旦：犹言“月月”“天天”。申：一再地。⑦沈菀：即沉郁，积结而不舒畅。达：指通达于君。⑧丰

隆：云神。一说雷师。将：帮助。⑨因：依、凭。归鸟：即指鸿雁。⑩迅高：指鸟飞得又快又高。迅，一本作“宿”。宿高，指鸟宿高枝。当：遇到。难当，难以相遇。

高辛之灵盛兮[①]，遭玄鸟而致诒[②]。欲变节以从俗兮，愧易初而屈志[③]。独历年而离愍兮[④]，羌冯心犹未化[⑤]。宁隐闵而寿考兮[⑥]，何变易之可为！知前辙之不遂兮[⑦]，未改此度。车既覆而马颠兮，蹇独怀此异路[⑧]。勒骐骥而更驾兮[⑨]，造父为我操之[⑩]。迁逡次而勿驱兮[⑪]，聊假日以须时[⑫]。指嶓冢之西限兮[⑬]，与纁黄以为期[⑭]。

【注释】

①高辛：帝喾的称号。灵盛：善德盛满。②遭：遇到。玄鸟：即燕子。致诒：犹言“致赠”。诒，赠、送。③易初：改变当初志向。屈志：委屈了自己的志向。④历年：多年。离愍：遭遇忧患。愍，忧病。⑤冯心：愤懑的心。冯与“凭”同。未化：没有化解。⑥隐闵：隐忍着苦痛。寿考：年高，终老。⑦辙：车轮所走的印迹。“前辙”，指前路。遂：顺利。⑧异路：与众人所走的不同道路。以上两句是说，即使到了车倾马仆的境况仍然会独怀所由之道，表不与众人相同。⑨勒：扣，勒住。更驾：指再次驾车。⑩造父：相传周穆王时善于驾车的人。⑪迁：迁延。逡次：徘徊不前的样子。⑫假：借。须时：等待时机。须，待。⑬嶓冢：山名。限：山边。⑭纁：指黄昏。纁：通“曛”，日落的余光。

开春发岁兮[①]，白日出之悠悠[②]。吾将荡志而愉乐兮[③]，遵江、夏以娱忧[④]。揽大薄之芳茝兮[⑤]，搴长洲之宿莽[⑥]。惜吾不及古人兮[⑦]，吾谁与玩此芳草[⑧]。解萹薄与杂菜兮[⑨]，备以为交佩[⑩]。佩缤纷以缭转兮[⑪]，遂萎绝而离异[⑫]。吾且儃佪以娱忧兮[⑬]，观南人之变态[⑭]。窃快在其中心兮[⑮]，扬厥凭而不竢[⑯]。芳与泽其杂糅兮，羌芳华自中出。纷郁郁其远烝兮[⑰]，满内而外扬[⑱]。情与质信可保兮[⑲]，羌居蔽而闻章[⑳]。

【注释】

① 开春发岁：指春天的开始，一年的开端。② 悠悠：长久。“白日悠悠”，指春日时光变得悠长。③ 荡志：纵情放志，有散淡心情的意思。④ 江、夏：指长江和夏水。⑤ 大薄：指草木丛生的高地。茝：香草，即白芷。⑥ 搴：拔取。宿莽：一种经冬不枯的香草。⑦ 惜：痛惜。古之人：似指古代的圣贤君主。⑧ 玩：欣赏鉴赏。⑨ 解：采摘。萹：萹蓄，也叫萹竹。萹薄，即指成丛的萹蓄。杂菜：恶菜。比喻楚王任用的人。⑩ 交佩：左右佩带。⑪ 缤纷：多。缭转：缠绕。⑫ 萎绝：芳草枯萎灭绝。楚王既宠信恶草，香草自然因被离弃而枯萎。离异：丢开。⑬ 儃佪：徘徊。⑭ 南人：郢都的党人，诗人指斥的小人。变态：动态。⑮ 窃快：指诗人自己内心的欣愉。⑯ 扬：弃。厥凭：自己的愤懑。竢：等待。⑰ 郁郁：指香气浓郁。烝：同“蒸”，蒸发。远蒸：蒸发得很远。⑱ 满内而外扬：指内部充实而又向外散发。⑲ 情：指表现在外的思想、情志。质：指蕴藏于内的品质。信：诚然。保：持守。⑳ 居蔽：隐居，此处指居住在偏僻之地，流放之地。闻：美誉。章：同“彰”。

令薛荔以为理兮[①]，惮举趾而缘木[②]。因芙蓉而为媒兮，惮褰裳而濡足[③]。登高吾不说兮[④]，入下吾不能。固朕形之不服兮[⑤]，然容与而狐疑[⑥]。广遂前画兮[⑦]，未改此度也[⑧]。命则处幽吾将罢兮[⑨]，愿及白日之未暮也[⑩]。独茕茕而南行兮[⑪]，思彭咸之故也[⑫]。

【注释】

①薛荔：芳草蔓生草本植物。理：使者，中间人。②惮：害怕，这里含有不愿意之意。举趾：抬脚。缘木：爬树，薛荔多依附树木而生，故采摘须爬树。③褰裳：提起衣裙。濡足：沾湿了脚。④说：同“悦”，喜欢。“登高”句承“缘木”言；“入下”名承“濡足”言。⑤形：指身体。服：习惯。这句是说自已不想登高入下，所以处观望之中。⑥容与：与“狐疑”意近，徘徊、犹豫的意思。⑦广遂：广泛地实现。“前画”，即指从先别的谋划。⑧此度：指始终不变的决心。⑨处幽：居于幽闲之地。罢：通“疲”，疲倦。⑩愿及：希望趁着。未暮：尚且没有日落，即含生命尚未完结。⑪茕茕：孤独。南行：即指上文“遵江夏”。⑫思彭咸之故：即《离骚》“原依彭咸之遗则”之意。故，故迹。

【译文】

思念心目中的人啊，长久伫立凝望挥泪如雨。良媒不通道路又阻绝啊，郁结在心里的话无法寄。蹇蹇忠心使我心情愁苦啊，烦闷郁积在心底无法抒发。时刻都想告白我的心情啊，情思沉积无法表达。想求浮云寄信传言啊，云神却不肯帮助。托鸿雁为我传书啊，大雁飞得太快太高难以相遇。

高辛氏神通广大啊，有玄鸟来帮助传送聘礼。想让我改变节操顺从恶习啊，改变初衷将委屈自己的志向。多年来我独自遭遇忧患啊，满腔愤懑的心情难以平息。宁可忍受苦痛直到老啊，改变初衷不是我的选择。明知前面道路不通顺啊，但决不改变我认准的真理。即使到了车倾马仆的境地啊，心怀这条路也要一直走下去。勒住骏马切换赶路的车驾啊，造父为我把车驾。缓缓行进不必急奔跑啊，姑且费些时光等待良机。向着嶓冢山的西限行进啊，约定黄昏时刻到那里。

春天又降临这大地啊，春日时光变得悠长。我要愉悦快乐啊，沿着长江夏水排解心中的忧愁。采摘丛林中芬芳的香芷啊，拔取长洲的宿莽。惋惜古代圣贤与我不同时啊，和谁一起共赏芬芳香草。除去那成丛的萹蓄和杂菜啊，香芷和宿莽做成佩带。那佩带繁多而缭绕啊，被弃的香草如何不枯败。我暂且徘徊消遣心忧啊，观察郢都的党人怎样的动态。内心也有苦涩的欣慰啊，抛弃愤懑不再有什么期待。花朵和污秽混杂在一起啊，那芳花不受玷污能卓然自见。芬芳馥郁香气远播啊，内在充盈必定会向外飘扬。情感和品质不更移啊，居住即使偏僻也能美名扬。

想让薜荔做我的使者啊，又怕举足攀树去寻找。想让芙蓉做我的使者啊，又怕撩起衣服沾湿我的脚。攀登高处我不高兴啊，下水湿足我不愿意。本来我就不习惯这些啊，于是在此地犹豫徘徊。全面实行从前的美好计划啊，我决不动摇去改变法度。命运注定身居幽僻之边啊，愿有番作为再离世。孤独向南走道路多漫长啊，把彭咸敢于直谏作为榜样。

项　籍

公元前232—前202年，字羽，历史上通常称之为项羽，秦下相（今江苏宿迁市）人。中国古代著名将领及政治人物，秦末时被楚怀王熊心封为鲁公，在公元前207年的决定性战役巨鹿之战中统率楚军大破秦军主力。公元前206年灭秦之后，自立为“西楚霸王”，统治黄河及长江下游的梁楚九郡。后在楚汉战争中为汉高祖刘邦所败，在乌江（今安徽和县）自刎而死。项羽是中国历史上以勇武著称的将领，古人对其有“羽之神勇，千古无二”的评价，“霸王”一词，专指项羽。

垓下歌

项　籍

力拔山兮气盖世。时不利兮骓不逝①。骓不逝兮可奈何！虞兮虞兮奈若何②！

【注释】

①骓：青白杂色的马，是项羽常骑乘的一匹骏马。这句是说：虽乘乌骓骏马，也难突破汉军重围。②虞：项羽宠姬。若：你。这句是说：虞啊虞啊！我又如何安排你啊！

【赏析】

公元前202年，项羽兵败之后，驻军垓下，兵少食尽，被刘邦军队重重围困。夜晚，项羽听到四面楚歌，皆为汉军所唱，他认识到大势已去，与心爱的虞姬饮酒帐中，慷慨悲歌，唱出了这首流传千古的歌诗，生动表现了英雄末路、无可奈何的悲凉之情。

刘　邦

公元前256—前195年，字季，沛县丰邑（今江苏丰县）人。在秦末农民战争中，登高一呼，天下英雄云集于其麾下，称“沛公”。公元前206年，他率军攻破咸阳灭秦，被义军盟主项羽封为汉王，封地为汉中、巴蜀（因此在战胜项羽后建国时，国号定为汉）；公元前202年，他灭项羽，建立汉朝，史称汉高祖。庙号为太祖，谥号高皇帝，因司马迁在《史记》中称其为汉高祖，后世多沿用此。在掌权八年（公元前202—前195年）期间，他在政治、经济等方面采取了许多进步措施，又先后平定了诸异姓王的叛乱，对中国的统一和强大、华夏文明的保护和发扬做出了突出贡献。这些都有利于西汉初年经济、中央集权及文化建设的恢复和巩固。刘邦的诗歌作品有《大风歌》和《鸿鹄歌》。

大风歌

刘　邦

大风起兮云飞扬①，威加海内兮归故乡②。安得猛士兮守四方③！

【注释】

①兮：语气助词，古音读如“阿”，犹今口语“啊”。②加：凌驾。海内：四海之内，犹言“天下”。“威加海内”意谓“威镇天下”。③安得：怎得。这句是说希望得到猛士镇守四方。

【赏析】

《大风歌》是汉朝刘邦所作的诗歌，生动地展示出他的矛盾心情。唐朝乐队有以此改编的同名歌曲。公元前195年，刘邦东讨淮南王英布，西归途中，路过他的家乡沛县，便邀集故人宴饮。在宴席上由一百二十个小儿歌唱助兴，刘邦击筑（一种弦乐器）并作了这首诗。

刘邦在战胜项羽后，称帝建汉，《大风歌》表达了他一统天下的广阔胸怀，也流露了踌躇满志的情绪，但在其内心深处却隐藏着对当时局面虽已初定，但国家仍未稳定，特别是外族威胁严重存在的忧虑之情。诗风刚健豪放，雄视古今。

刘彻

公元前156—前87年，生于长安，幼名彘。他是汉景帝刘启的第十个儿子、汉文帝刘恒的孙子、汉高祖刘邦的曾孙。他是汉朝的第五位皇帝，即汉武帝，公元前140年至公元前87年在位。刘彻是一位拥有雄才大略的君主，他继承汉景帝的政策，对内完成真正统一，对外解除匈奴威胁；在政治上、经济上都实行了一些重要的改革措施。经过五十多年的经营，他使汉朝的文治武功都达到了前所未有的高度。

刘彻仿效古代采诗制度，创立乐府机关来掌管宫廷音乐，兼收集民间歌谣和乐曲，对乐府诗的发展起了一定推动作用。他本人也能歌善赋，今存《悼李夫人赋》一篇，《瓠子歌》二首，《秋风辞》和《李夫人歌》各一首。

瓠子歌（其一）

刘　彻

瓠子决兮将奈何①？浩浩洋洋兮闾殚为河！殚为河兮地不得宁，功无已时兮吾山平②。吾山平兮钜野溢③，鱼沸郁兮柏冬日④。正道弛兮离常流⑤，蛟龙骋兮方远游⑥。归旧川兮神哉沛⑦，不封禅兮安知外⑧？为我谓河伯兮何不仁，泛滥不止兮愁吾人。啮桑浮兮淮泗满⑨，久不反兮水维缓⑩。

【注释】

①瓠（hù）子：地名，在今河南濮阳县西南。②吾山：一名“鱼山”，在今山东东阿县。这二句是说塞河久无功，洪水高与山平，人民不得安宁。③钜野：古泽薮名，又名“大野泽”，在今山东巨野县北，北连梁山泊。④沸郁：同“沸渭”，众多之貌。柏：读与“迫”同，近。这二句是说河溢巨野，遍地皆鱼，虽然时已近冬，而洪水仍在泛滥。

⑤正道：河的正道。《史记》误作“延道”，今据《汉书》校改。弛：坏。离：失。⑥骋：直驰。⑦旧川：指河的故道。沛：大。⑧封禅：古祭祀名，报天之功曰封，报地之功曰禅。这二句是说希望河伯用巨大神力，使黄河水还故道；我如不东禅泰山，又怎知函谷关外有如此严重水灾。⑨啮桑：地名，在江苏沛县西南。浮：漂没。淮：水名，源出河南桐柏山，东流经安徽、江苏，至盱眙县注入洪泽湖。泗：水名，源出山东泗水县陪尾山，西南流经曲阜、兖州等县，至济宁市南注入运河。⑩水维：颜师古注云：“水维，水之纲维也。”即水文、水流。这二句是说河决瓠子，溢入淮、泗，事已二十多年，尚不能使黄河北还故道，塞河工程进展太迟缓了。

【赏析】

历代黄河决口、黄河水患都是国人的心病，治理黄河是千古官民的大任。汉武帝元光三年（公元前132年），黄河在濮阳瓠子决口，东南入注淮、泗，使十六郡人民连年受灾。元封二年（公元前109年），武帝亲临瓠子决口，沉白马、玉璧以祭河神，并让将军以下的将士背柴来填塞黄河决口处。当时，东郡百姓烧火都用草，木柴很少，所以，武帝命令砍伐淇园的竹子，用以堵塞黄河决口处。梁、楚一代灾情严重，堵塞黄河决口用时长而作用小，武帝才写下了《瓠子歌》二首这样的痛悼之作。

瓠子歌（其二）

刘　彻

河汤汤兮激潺湲，北渡迂兮浚流难[①]。搴长茭兮沉美玉[②]，河伯许兮薪不属[③]。薪不属兮卫人罪[④]，烧萧条兮噫乎何以御水[⑤]？颓林竹兮楗石菑[⑥]，宣房塞兮万福来！

【注释】

①迂：远也。浚：疏导。这二句是说黄河往南决流，北道迂远，欲浚导之使其北归旧道，事极困难。②搴（qiān）：取。茭（jiào）：竹索。原作“茇”，据《汉书》颜师古注校改。③薪：草。属（zhǔ）：连缀。这二句是说沉美玉求河神保佑，伐淇园之竹塞决口，但柴薪不属，功难速成。“河伯许兮”句：犹上文“河伯不仁”之意。④卫：东郡瓠子，古卫国地。罪：过。⑤噫乎：感叹词。这二句是说东郡人皆烧草，田野萧条，无柴薪可供塞决。⑥颓：下坠也。楗（jiàn）：《汉书》作“揵”。沈钦韩云：“《元和志》：李冰作揵尾堰”，以防江决。破竹为笼，圆径三尺，长十丈，以石实中，累而壅水，此下竹为楗之法。”菑（zāi）：沈钦韩云：“菑，读如《诗笺》‘炽菑’之‘菑’，即《宋志》所云‘马头锯牙’也，俗谓之‘矶咀’。”这句是说下竹楗作为石菑（矶咀），堵塞瓠子决口。

【赏析】

第二首是写塞河之事，祝其功成来福。

秋风辞

刘　彻

秋风起兮白云飞，草木黄落兮雁南归。兰有秀兮菊有芳[①]，怀佳人兮不能忘。泛楼船兮济汾河[②]，横中流兮扬素波[③]。箫鼓鸣兮发棹歌[④]，欢乐极兮哀情多[⑤]。少壮几时兮奈老何！

【注释】

① 秀：草本植物开花叫“秀”。芳：香气。“兰有秀”与“菊有芳”是互文见义，兰有秀也有芳，菊有芳也有秀。② 泛：浮。泛楼船，即“乘楼船”的意思。汾河：源出山西宁武县管涔山，西南流纵贯全省，至万荣县西北入黄河。③ 扬素波：激起白色波浪。④ 棹（zhào）歌：划船时唱的歌。⑤ 极：尽。

【赏析】

汉元鼎四年（公元前 113 年），汉武帝刘彻率领群臣到河东郡汾阳县（今山西万荣县北面）祭祀后土（土神），途中传来南征将士的捷报，而将当地改名为闻喜，沿用至今。

时值秋风萧飒之际，鸿雁南归，汉武帝听说汾水旁边有火光腾起，就在那里立了一座后土祠来祭祠大地。之后他乘坐楼船泛舟汾河，饮宴中流，在舟中与群臣宴饮时作此诗。

这首诗有感叹人生易老的思想。

梁　鸿

字伯鸾，扶风平陵（今陕西咸阳市西北）人。东汉隐士，生卒年不详。太学生出身，家贫好学，崇尚气节。

梁鸿著作十余篇，有集二卷，今已不传。诗作除《五噫歌》外，还有《适吴诗》和《思友诗》，均见《后汉书·梁鸿传》。

五噫歌

梁　鸿

陟彼北芒兮①，噫②！顾瞻帝京兮③，噫！宫阙崔嵬兮④，噫！民之劬劳兮⑤，噫！辽辽未央兮⑥，噫！

【注释】

①陟：登高。北芒：一作“北邙”，又称邙山，在河南洛阳城北。②噫：感叹词。③顾瞻：看。一作“顾览”。帝京：洛阳。④宫阙：宫殿。崔嵬：高大貌。⑤劬（qú）劳：劳苦。⑥辽辽：远貌。这句是说：人民漫长的苦难没完没了。

【赏析】

这是一篇抨击朝廷大兴土木、劳民伤财的诗。一次，梁鸿路过京师洛阳，登北邙山远望，看见华丽的宫殿，联想到人民无穷尽的劳苦，触景生情，便作此诗。

诗的字里行间充满了对帝王穷奢极欲的谴责，以及对人民苦难的深切同情。后来，此诗被汉章帝读到，梁鸿极感不安，因而改名易姓，避居于齐鲁之间。

后世诗文中常把告退或者写背时之作称作“赋五噫”。如宋代陆游诗《秋思》之句：“平生许国今何有，且拟梁鸿赋五噫。”

《五噫歌》五句成诗，五句同韵，五韵同字，古今罕见。五个“噫”字确实强化和突现了诗人的感慨。看来古人作诗形式灵活，言志为上，值得今人借鉴。清代张玉穀所著《古诗赏析》评云：“无穷悲痛，全在五个‘噫’字托出，真是创体。”

秦　嘉

字士会，陇西郡（治狄道，在今甘肃临洮县南）人。东汉诗人，生卒年不详。桓帝时，为郡吏，后为郡上计入京，被任为黄门郎。数年后病死于津乡亭。秦嘉的作品今存者只有《与妻徐淑书》《重报妻书》两篇文章和《赠妇诗》三首。

赠妇诗（其一）

秦　嘉

人生譬朝露，居世多屯蹇[①]。忧艰常早至，欢会常苦晚。念当奉时役[②]，去尔日遥远。遣车迎子还，空往复空返[③]。省书倍凄怆，临食不能饭。独坐空房中，谁与相劝勉？长夜不能眠，伏枕独辗转。忧来如循环，匪席不可卷[④]。

【注释】

①屯蹇（jiǎn）：《周易》上的两卦名，都是表示艰难不顺之义。故人们通常用此语以指艰难阻滞。②奉时役：即指为上计吏被派遣入京。③遣车迎子：秦嘉入京离家时，其妻徐淑正卧病在其父母处。秦嘉当时曾派车去接她，还给她写了一封信（《与妻徐淑书》）。不知因何原因，徐淑未回来，只是给他写了一封回信。子，古代尊称对方，犹如今之称“您”。④匪席不可卷：《诗经·柏舟》：“我心匪席，不可卷也。”原意是以“席子可卷，人心不可卷”，来说明自己的思想意志不可改变，这里是借以说自己的忧愁无法收拾。匪，同“非”。

赠妇诗（其二）

秦　嘉

肃肃仆夫征[①]，锵锵扬和铃[②]。清晨当引迈[③]，束带待鸡鸣。顾看空室中[④]，髣髴想姿形[⑤]。一别怀万恨，起坐为不宁。何用叙我心，遗思致款诚[⑥]。宝钗好耀首，明镜可鉴形。芳香去垢秽，素琴有清声[⑦]。诗人感木瓜，乃欲答瑶琼[⑧]。愧彼赠我厚，惭此往物轻。虽知未足报，贵用叙我情。

【注释】

①肃肃：疾速的样子。仆夫：车夫。②和铃：古代车上系着的铃。系于轼者谓之和，系于衡者谓之鸾。③引迈：起程，上路。迈，远行。④顾看：回望。⑤髣髴：同“仿佛”，隐隐约约的样子。⑥遗思：指写信，即《重报妻书》。⑦宝钗、明镜、芳香、素琴是秦嘉临行前留赠徐淑的东西。其《重报妻书》有云：“间得此镜，既明且好，形观文彩，世所稀有，意甚爱之，故以相与。并致宝钗一双，价值千金。龙虎组履一緉（一双），好香四种各一斤。素琴一张，常所自弹也。明镜可以鉴形，宝钗可以耀首，芳香可以馥身去秽，麝香可以辟恶气，素琴可以娱耳。”诗中乃又重述其意。⑧诗人：指《诗经》的作者。《诗经·卫风·木瓜》：“投我以木瓜，报之以琼琚”；“投我以木桃，报之以琼瑶”。都是说要拿更好更珍贵的东西报答对方。

【赏析】

秦嘉的《赠妇诗》共三首，是秦嘉为郡上计入京前写给妻子徐淑的。这里选的是第一首和第三首。作品表现了诗人对妻子的想念和留恋，表现了夫妻之间的深情厚意。这首诗感情真挚，是早期比较成熟的文人五言诗。

——
无名氏

迢迢牵牛星

无名氏

迢迢牵牛星，皎皎河汉女。纤纤擢素手[①]，札札弄机杼[②]。终日不成章，泣涕零如雨[③]。河汉清且浅，相去复几许！盈盈一水间[④]，脉脉不得语。

【注释】

①擢：拔、抽出。这句是说：织女摆动她的纤纤素手。②札札：机织声。③零：落。④盈盈：水清浅貌。间：隔。

【赏析】

本篇是《古诗十九首》的第十首，借天上织女思念牛郎的故事，写人间男女的相思之情。诗人抓住机杼、银河这些和牛郎织女神话相关的元素，借描绘出织女有情思亲、隔河落泪、对水兴叹、无心织布的心态，比喻人间的离妇对辞亲去远的丈夫的思念之情。全诗想象丰富，感情缠绵，用语婉丽，境界奇特，是相思怀远诗中的新格高调。

汉乐府

汉乐府诗许多是"感于哀乐，缘事而发"的民间歌谣，既反映了当时广阔的社会生活，又具有"刚健清新"的特色，它和《诗经》的"风"，共同奠定了我国诗歌的现实主义基础。汉代乐府诗的形式，有五言、七言和杂言，这是后世五言诗、七言诗的先声。

陌上桑

无名氏

日出东南隅[①]，照我秦氏楼。秦氏有好女[②]，自名为罗敷[③]。罗敷喜蚕桑[④]，采桑城南隅。青丝为笼系[⑤]，桂枝为笼钩[⑥]。头上倭堕髻[⑦]，耳中明月珠[⑧]，缃绮为下裙[⑨]，紫绮为上襦[⑩]。行者见罗敷，下担捋髭须[⑪]。少年见罗敷，脱帽著帩头[⑫]。耕者忘其犁，锄者忘其锄。来归相怨怒，但坐观罗敷[⑬]。（一解）

使君从南来[⑭]，五马立踟蹰[⑮]。使君遣吏往，问是谁家姝[⑯]。"秦氏有好女，自名为罗敷。""罗敷年几何？""二十尚不足，十五颇有余[⑰]。"使君谢罗敷[⑱]："宁可共载否[⑲]？"罗敷前置辞[⑳]："使君一何愚[㉑]！使君自有妇，罗敷自有夫。"（二解）

"东方千余骑，夫婿居上头[㉒]。何用识夫婿[㉓]？白马从骊驹[㉔]，青丝系马尾[㉕]，黄金络马头；腰中鹿卢剑[㉖]，可直千万余[㉗]。十五府小吏[㉘]，二十朝大夫[㉙]，三十侍中郎[㉚]，四十专城居[㉛]。为人洁白皙[㉜]，鬑鬑颇有须[㉝]。盈盈公府步[㉞]，冉冉府中趋[㉟]。坐中数千人，皆言夫婿殊[㊱]"。（三解）

【注释】

①日出东南隅：春天日出东南方。这句点出采桑养蚕的节令。②好女：美女。③自名：自道姓名。一说，“自名”犹言“本名”。④喜：一作“善”。⑤青丝：青色丝绳。笼：指采桑用的竹篮。⑥笼钩：竹篮上的提柄。⑦倭堕髻：即“堕马髻”，其髻偏在一边，呈欲堕之状，是东汉时一种时兴的发式。⑧明月珠：宝珠名。据《后汉书·西域传》说，大秦国（古指罗马帝国）产明月珠。⑨缃（xiāng）：浅黄色。⑩襦：短衣。⑪捋（lǚ）：用手顺着抚摩。髭（zī）：口上边的胡子。⑫著：显露。帩（qiào）头：同“绡头”，古人束发用的纱巾。⑬坐：因。这二句是说耕者、锄者因观罗敷晚归，引起夫妻争吵。⑭使君：东汉人对太守、刺史的称呼。⑮五马：闻人倓《古诗笺》云：汉制“太守驷马而已，其有加秩中二千石，乃右骖（驷马的右边加一骖马），故以‘五马’为太守美称。”⑯姝：美女。⑰颇：少，略微。⑱谢：问。⑲宁可：愿意。《说文》徐锴注云：“今人言宁可如此，是愿如此也。”这二句是吏人转达太守对罗敷的问语，是说使君问你，愿否同他一道乘车而去。⑳置辞：同“致辞”，答话。㉑一何：犹“何其”，相当今口语“何等的”“多么的”。一，语助词。㉒上头：行列的最前面。㉓何用：是“用何”的倒语，意即“根据什么……”。㉔骊驹：深黑色的小马。㉕系（jì）：绍结。㉖鹿卢：同“辘轳”，古时长剑之首用玉做鹿卢形。㉗直：同“值”。以上四句是罗敷夸耀其夫的高贵服饰，借以说明其夫的高贵身份。㉘府小吏：太守府的小吏。“十五”及下文的“二十”“三十”“四十”皆指年龄。㉙朝大夫：在朝廷任大夫的官职。㉚侍中郎：皇帝的侍从官。㉛专城居：为一城之主，如太守、

刺史之类的大官。这四句是罗敷夸其丈夫官运亨通，步步高升。㉜洁白皙：面容白净。㉝鬑鬑（lián）：鬓发疏长之貌。这句是说略有一些疏而长的美须。㉞盈盈：行步轻盈之貌。“公府步”“府中趋”，犹旧日所谓的“官步”。㉟冉冉：行步舒缓之貌。㊱殊：是人才出众的意思。

【赏析】

这首诗写的是聪慧的采桑女罗敷巧妙拒绝太守无理调戏的故事。本诗在揭露汉代高官大吏横暴荒淫的同时，成功塑造了罗敷这个美丽坚贞、有勇有谋的妇女形象。此外，该诗在艺术上别具一格。比如诗中写罗敷的美貌一节，除一句正面描写之外，其余全是侧面描写（就是从看见罗敷的人的失常神态、举止去写），由此可见罗敷之美。

本诗分三解。“解”相当于“章”，就是乐诗的段落。

长歌行

无名氏

青青园中葵①，朝露待日晞②。阳春布德泽③，万物生光辉④。常恐秋节至，焜黄华叶衰⑤。百川东到海，何时复西归？少壮不努力，老大徒伤悲！

【注释】

① 葵：有锦葵、蜀葵等。这里代指花草树木。② 晞（xī）：因日晒而干。③ 阳春：春天。德泽：恩惠，这里指春天的阳光雨露。④ 这两句是说：春天的阳光雨露，使万物都焕发出生命的光彩。⑤ 焜（kūn）黄：植物枯黄之貌。华：同“花”。衰，音 cuī。

【赏析】

《长歌行》共三首，这是其中的第一首。这首诗借抒写万物盛衰有时，来慨叹人应当奋发自励。

白头吟

卓文君①

皑如山上雪②，皎若云间月。闻君有两意③，故来相决绝④。今日斗酒会⑤，明旦沟水头。躞蹀御沟上⑥，沟水东西流⑦。凄凄复凄凄，嫁娶不须啼。愿得一心人，白头不相离。竹竿何袅袅⑧，鱼尾何簁簁⑨。男儿重意气⑩，何用钱刀为⑪。

【注释】

① 卓文君（前 175—前 121），原名文后，西汉临邛（今四川邛崃）人，原籍邯郸冶铁家卓氏。汉代才女，中国古代四大才女之一、

蜀中四大才女之一。有不少佳作，如《白头吟》，诗中“愿得一心人，白头不相离”堪称经典佳句。② 皑：白。③ 两意：就是二心，指情变。④ 决：别。⑤ 斗：盛酒的器具。⑥ 躞蹀：行貌。御沟：流经御苑或环绕宫墙的沟。⑦ 东西流：即东流。“东西”是偏义复词，此处偏用东字的意义。⑧ 竹竿：指钓竿。袅袅：动摇貌。⑨ 簁簁（shāi）：形容鱼尾像濡湿的羽毛。在中国歌谣里钓鱼是男女求偶的象征隐语。此处用隐语表示男女相爱的幸福。⑩ 意气：这里指感情、恩义。⑪ 钱刀：古时的钱有铸成马刀形的，叫作刀钱。所以钱又称为钱刀。

【赏析】

当年在卓王孙宴席之上，司马相如以一曲“……凤兮凤兮归故乡，遨游四海求其皇。时未遇兮无所将，何悟今兮升斯堂！有艳淑女在闺房，室迩人遐毒我肠。何缘交颈为鸳鸯，胡颉颃兮共翱翔……”赢得美人心，于是就有了一段传唱千年的爱情佳话。只是后来司马相如变心，在卓文君韶华不再、风光过后，司马相如有了纳妾的念头。在看到司马相如托人送来那首数字诗，“一二三四五六七八九十千万”，卓文君怎么会不明白变了心的男人，如难收的覆水不可挽回呢？于是才会有这首《白头吟》。

“愿得一心人，白头不相离。”可是谁能想到两人还未见白头，离别却是必然的事情了。佛语有云：“前世五百次的回眸，换来今生的一次擦肩而过。”不知道用了前世多少次的擦肩而过，才能换来这半生的厮守。从决绝地随着司马相如私奔，卓文君就将自己的命运把握在了自己的手中。

同样的感情，据说卓文君还作过一首《怨郎诗》:“一别之后，二地相思。只说三四个月，谁知五六年。七弦琴无心弹，八行字无可传，九连环从中折断，十里长亭望眼欲穿。百思念，千系念，万般无奈把郎怨。万语千言说不完，百无聊赖十依栏。九重九登高看孤雁，八月中秋月圆人不圆。七月半，秉烛烧香问苍天，六月伏天人人摇扇我心寒。五月石榴似火红，偏遇阵阵冷雨浇花端。四月枇杷未黄，我欲对镜心意乱。忽匆匆，三月桃花随水转，飘零零，二月风筝线儿断。噫，郎呀郎，巴不得下一世，你为女来我做男。”

读完白头吟，再来看这首诗，令人难以相信，那个被她信赖、被她仰仗的男人，也同世间其他男子一样寡情薄幸。在她年色衰退之后，他便要负她，便要背弃他们两人早年的誓言，另结新欢。命运像远山顶上按捺不住的游云，随风袅袅，人生万里路，早已是飘散得不成形状了。其实，聪慧的女诗人，又怎是那普通女子所能比的，“闻君有两意，故来相决绝”其实是一种爱情忠贞的示威，一句决绝，“负心”人岂能不明白这位与自己相爱私逃的女子的与众不同，美妾可得，佳人才女与爱妻却是此生难求的。“男儿重意气，何用钱刀为”，负心这个名头司马相如着实担不得。也许，他在接到《白头吟》后后悔的神情早在卓文君的预料之中。

而之后两人重修旧好，共携手白头，也真的实现了卓文君“白头不相离”的诺言。

上 邪

无名氏

上邪[①]！我欲与君相知[②]，长命无绝衰[③]。山无陵[④]，江水为竭，冬雷震震，夏雨雪[⑤]，天地合，乃敢与君绝[⑥]！

【注释】

①上邪（yé）：犹言“苍天啊”，也就是对天立誓。上，指天。②相知：相爱。③命：古与“令”字通，使。④陵（líng）：山头。⑤雨（yù）雪：降雪。雨，名词活用作动词。⑥乃敢：才敢。“敢”字是委婉的用语。

【赏析】

这首《上邪》出自《汉乐府·铙歌》，诗歌很短，是一位古代女子对爱情执着的宣誓。大胆直白，比起现代很多情书来显得情真意切，情感浓烈而毫不掩饰。就有这样一位烈性女子，甘愿冒着被世人耻笑的后果，也要勇敢地告诉她的爱人，她的爱是多么浓烈而不可熄灭。

“天地合，乃敢与君绝”，或许，这是天地间最为残酷的爱情誓言。《上邪》中，有着哀伤的声音，就好像是一种无形的力量，在无时无刻地揉打着内心最为柔软的地方，令其痛彻心扉。而这样大胆无畏的爱情表白，使得爱情之苦在千年前的那份执着追求中早就涅槃重生。

这首古诗词，是一个新婚不久的女性思念出远门的丈夫所作。这位女子在丈夫海誓山盟不久后，便要独自忍受寂寞，在等待中度过孤寂的时光。然而她始终相信丈夫的誓言为真，所以在期待中，依然抱有甜蜜的幻想。这是一首思念的诗歌，同时也是一首和爱有关的诗歌，如果爱人将誓言忘记，夜晚微弱的星光将会提醒他，远在家乡的妻子正在等他。当初以手指天，请求苍天为证的誓言还在耳畔，如果要想让这爱情消失，除非山峰不再，江水枯竭，冬日打雷，夏天飞雪。如此决绝的誓言，实在不应该被忘记。

江南曲①

无名氏

江南可采莲，莲叶何田田②。鱼戏莲叶间，鱼戏莲叶东。鱼戏莲叶西，鱼戏莲叶南，鱼戏莲叶北。

【注释】

①《相和歌辞·相和曲》之一，原见《宋书·乐志》。②田田：指荷叶茂盛的样子。

【赏析】

这首《江南可采莲》是《相和歌辞·相和曲》中的一首，可以算得上是采莲诗歌的开山鼻祖之作了。全诗通过简单质朴的描写将人生中快乐的因素展露无遗。所以在后人的眼中，这首民间诗歌显得十分可爱。

在这首看似反复吟唱的乐府诗歌中，其实有着古代民歌朴素明朗的风格，在这片江南的风景中，千年后的读者所能看到的已经不仅仅是荷叶之美，而是蕴涵、沉淀其中的盎然古意。从这些简单的诗句中仿佛可以看到当时那热闹非凡的场面，在采莲人的船下，那游来游去的自在小鱼，也为后来的读者带来了采莲人当时会心的微笑。

这种民歌的最初创作者已经不可考了，其实这并不重要，因为这种民歌大多是民间百姓的无心之作，他们只是将当时大自然的一片活泼生机表达出来，所以，这是可遇而不可求的不可复制的大自然之音。

清人沈德潜将《江南可采莲》这首诗看作是“奇格”，他认为这首诗意境清幽，文字朴素，十分易懂。另一位清代文人张玉穀认为《江南可采莲》虽然是在写采莲的乐趣，却是只写莲叶，令人读后心中展开一幅美好的景象，接天莲叶无穷碧中，能想象到荷花的清幽宜人。

青青河畔草

无名氏

青青河畔草，郁郁园中柳[①]。盈盈楼上女[②]，皎皎当窗牖[③]。娥娥红粉妆[④]，纤纤出素手。昔为娼家女[⑤]，今为荡子夫。荡子行不归，空床难独守。

【注释】

①郁郁：茂盛的样子。②盈盈：仪态优美。③皎皎：皎洁，洁白。④娥娥：漂亮。⑤倡家女：青楼女子。

【赏析】

这是一首描写从良妓女对丈夫相思的诗歌。

女子将她痴心的等候用直白的语言写进诗歌里，通过文字对这些讳莫如深的话题进行淋漓地演绎，虽然古代的男女在封建礼教的制约下显得拘泥，但他们也有着自己炙热如火的情感宣泄。从良的妓女，在自己窗前守候远行的丈夫，在时日深处的瓦砾上苦心等待。

诗中女子遵守的信念是要遵循妇德，不能因为丈夫出门在外，便夜夜笙歌。更多时候，她们将内心压制的欲望诉诸诗歌之中，就好像这首诗中描写的一样。

在这首诗中，可以看到单纯的情感释放。王国维在《人间词话》中曾对此做过这样的评价："可谓淫鄙之尤。然无视为淫词、鄙词者，以其真也。"这是对此诗很高的肯定，而这也是它之所以流传不衰的原因之一。

东门行

无名氏

出东门，不顾归；来入门，怅欲悲。盎中无斗米储[①]，还视架上无悬衣。拔剑东门去，舍中儿母牵衣啼：“他家但愿富贵，贱妾与君共铺糜[2]，上用仓浪天故[3]，下当用次黄儿口[4]。今非！”“咄！行！吾去为迟！白发时下难久居！”

【注释】

① 盎：一种口小腹大的瓦盆。② 铺糜：吃粥。③ 用：为了。仓浪天：指苍天。④ 黄口儿：幼儿。

【赏析】

这是一首凄苦的诗，主人公出了东门之后就不想回家，因为家中已经没有他留恋的温暖了。家中一贫如洗，只有惆怅悲愁。这个男人不能就这样看着家人悲惨地饿死，他愤怒地提剑想要出东门去，他想要和命运搏一搏，为他的妻子、孩子博得一个温饱，哪怕只是一碗粥也可以。

主人公选择铤而走险，是官逼民反的血泪史，也是一幕活生生的人间惨剧。他明白这是一条不归路，所以他去而返，返而去。他的内心充满了矛盾和挣扎，因为他仅有的动力便是饥饿，这点可怜的支撑并不足以让他义无反顾地踏上这条未知的道路。

“咄！行！吾去为迟！白发时下难久居！”男子还是要走的，因为已经别无选择了。这就是东汉末年时期的缩影，大多数家庭都面临着这样的窘境，去也难，留也难，无论作何选择都将会通往死亡。

曹植《说疫气》文中有诗云：“家家有位尸之痛，室室有号泣之哀，或阖门而殪，或覆族而丧。”写的就是那个时代的社会现状。

这首《东门行》是汉朝的乐府诗歌中的一首，诗句简单质朴，令人想到的却是满目疮痍的社会景象。从刘邦建立西汉的黄老无为之治，到东汉末年的民不聊生，在历史长河中，这不过是弹指一挥间的事。自东汉顺帝即位以来，汉朝的政治日益腐败，先是外戚擅权，后是宦官专权，一些正直的士大夫为了维护汉朝最后一丝气息，虽然与其做着艰难的斗争，但可惜天数已尽，曾经辉煌的汉朝已经走入了历史深处，取而代之的是那上至朝堂、下至民间的惨淡经营。在党人夺权失败之后，笼罩东汉王朝的阴霾更加低沉。根据《后汉书·党锢列传》里记载："逮桓、灵之间，主荒政谬，国命委于阉寺。士子羞与为伍，故匹夫抗愤，处士横议，遂乃激扬名声，互相提拂，品核公卿，裁量执政，婞直之风，于斯行矣。"

统治者的腐败无能令人民的生活雪上加霜。人民不是死于贫穷，便是死于疾病。这首诗就是那个时代人们生活的写照，诗人几乎用写实的手法，刻画了人民水深火热毫无生路的困苦情形，人物的对白很具感染力。

饮马长城窟行

无名氏

青青河畔草，绵绵思远道。远道不可思，宿昔梦见之。梦见在我傍，忽觉在他乡。他乡各异县，展转不相见。枯桑知天风，海水知天寒。入门各自媚，谁肯相为言！客从远方来，遗我双鲤鱼[①]，呼儿烹鲤鱼，中有尺素书。长跪读素书，书中竟何如？上言加餐食，下言长相忆。

【注释】

①双鲤鱼：古代指信封，是用两块鱼形木板做成，中间夹着书信。

【赏析】

郦道元的《水经注》里说："余至长城，其下有泉窟，可饮马，古诗《饮马长城窟行》，信不虚也。"

从诗的首句中可以看出，这是一首思念远行客的乐府诗。虽是春寒料峭，但是春的气息已经绕遍了万水千山，四处都是勃勃生机。那个等待远征丈夫归来的女子，却丝毫不觉得春日里有温暖的气息，她只是感到凄凉，因为她看不到未来，看不到心爱的丈夫何时归来。

她总是这样思念着远方的爱人，时日重复地过着，她却不知道自己已经在这无尽的春夏秋冬中，黯然老去，容颜不再了。

这首诗歌以比兴开始，由绵绵的河畔青草引出妻子对丈夫的无限思念，以旁人的热闹衬托出自己的寂寥悲伤。女子起身看着远方漫长的山路，想象那不知身在何方的丈夫会尽早回来，在秋风吹起的时候，在大海波涛翻滚的时候，在太阳终于冉冉升起的时候，踏上回来的路。邻居和亲人的家中总是充满了欢声笑语，而她只能独自在家守候着等待的孤独，苦涩难耐，也无可奈何，谁让她的丈夫不归来呢？值得庆幸的是，终于有一天同乡的人从外归来，带给她一个刻有鲤鱼的信函。这让她欣喜万分，她不敢自己动手打开，怕是让她失望的消息。于是，她让幼子将信函打开，里面是一块雪白的锦帕，她颤抖地打开锦帕，上面只有寥寥6个字:"加餐饭,长相忆。"这是丈夫对她的无言思念,透过洁白的锦帕,这个可怜的妇人仿佛看到了在军队中服役而无法归来的丈夫,他那瘦弱的面孔上,写满了思念。

这是一首汉乐府诗歌,却有着《诗经》的痕迹,虽然为东汉的作品,却透露出了一股原始质朴的上古之风。

虽然谈不上是精致之作,但诗歌中的每一个字都充满了真情实感,朴实的情感让人感动得想要落泪。虽然作者和具体的写作年代都已经不甚明了了,但这诗词中妇人和丈夫之间浓郁悠长的感情足以震撼人心。"梦见在我傍,忽觉在他乡。"一个"忽"字起到了转折、传神的作用,本来在梦中的无限快乐,刹那间变成了残酷的现实,梦醒之后的冰凉令妇人的希望变成了肝肠寸断的失望。

这首诗歌可以算得上是汉乐府之中的经典之作,前苦后甜,转折突然却不突兀。这是这首诗歌的妙处之所在。

北方有佳人

李延年[①]

北方有佳人[②],绝世而独立。一顾倾人城,再顾倾人国。宁不知倾城与倾国,佳人难再得。

【注释】

①李延年(?—约公元前90年),汉武帝时造诣很高的音乐家,

中山人（今河北省定州），父母兄弟妹均通音乐，都是以乐舞为职业的艺人。② 佳人：即后来的李夫人，武帝宠妃。

【赏析】

这首《北方有佳人》是汉武帝时期的乐者李延年所作之歌，是专门为了赞美他的妹妹美丽动人而作的。话说当年李延年为了将自己的妹妹献给汉武帝，便精心编排谱写了这首歌曲，虽然是高度的夸张，但是起到了一定的效果，令汉武帝对这位倾国倾城的美人起了好奇之心。相传那一日，本是汉武帝刘彻在宫中大摆宴席，宴请群臣的时候，平阳公主和宫廷的乐师李延年一起侍宴，就在汉武帝酒酣微醉之时，李延年献上了这首《北方有佳人》。

刘彻一生文治武功，家国天下，从不将儿女私情放在心上，却唯独对李延年歌词中所唱的这位佳人念念不忘。他认为天下间哪会有这样的女子，便感慨道："世间怎么会有你唱的这样的绝世佳人呢？"

李延年这才坦白承认，他口中的这位佳人便是他的妹妹，天子无法掩饰内心的悸动，他命李延年送美貌的妹妹入宫。李延年口中的佳人果然国色天香、倾国倾城，她不但容貌美丽，而且体态轻盈，舞姿曼妙，精通音律，更是知书达理。于是汉武帝将这位女子纳为妃子，后人称其为李夫人。《汉书·外戚传》中称李夫人为"实妙丽善舞"，刘彻更是对这位李夫人疼爱有加，从此后宫上千佳丽粉黛全无颜色，帝王只是终日与李夫人相偎相伴。这就是历史上有名的"倾国倾城"的故事。

曹 操

公元155—220年，字孟德，沛国谯（今安徽亳州市）人，是我国古代著名的政治家、军事家和文学家。作为文学家，曹操的创作体现了乱世之中一统天下的雄心壮志，慷慨悲壮，思想积极。他的诗今存二十首，都是采用乐府古题，鲜明地表现了对汉代乐府的继承。他的文章以“清峻通悦”著称，显示出他崇尚刑名，反对儒学传统的突出特点。鲁迅先生曾称他为“改造文章的祖师”。曹操的著作今有辑本《曹操集》，诗歌注本以黄节的《魏武帝诗注》较为详备。

短歌行

曹 操

对酒当歌[①]，人生几何[②]？譬如朝露，去日苦多[③]。慨当以慷，忧思难忘[④]。何以解忧？唯有杜康[⑤]。青青子衿[⑥]，悠悠我心[⑦]。但为君故[⑧]，沉吟至今[⑨]。呦呦鹿鸣[⑩]，食野之苹[⑪]。我有嘉宾，鼓瑟吹笙[⑫]。明明如月，何时可掇[⑬]？忧从中来，不可断绝。越陌度阡[⑭]，枉用相存[⑮]。契阔谈燕[⑯]，心念旧恩。月明星稀，乌鹊南飞[⑰]。绕树三匝，何枝可依？山不厌高，海不厌深。周公吐哺[⑱]，天下归心[⑲]。

【注释】

①当：临。②几何：多少。意思是叹人生短促，时光易逝。③去日：过去了的日子。④这句对应首句，表达在感叹时光飞逝的同时，更应慷慨高歌，只是苦于忧思重重，难以释怀。⑤杜康：相传是古代最早的造酒人，此处代指酒。⑥子衿：周代读书人的服装，这里指代有学识的人。衿（jīn），衣领。⑦悠悠：形容忧虑不断。借用《诗经·郑

风·子衿》里的诗句，表达对贤才的思念。⑧但：只。君：指贤才。⑨沉吟：指低声吟咏《诗经》中的《子衿》一诗。⑩呦呦（yōu）：鹿叫声。⑪苹：艾蒿。⑫鼓：弹奏。⑬掇：拾取。此句意将贤者比为高空明月，可望而不可即，喻指人才难得。⑭越陌度阡：指贤士远道而来。陌、阡，田野中纵横交错的小路。南北为阡，东西为陌。⑮枉用：指贤士屈尊相从。存：问候。⑯契阔：久别。谈燕（yàn）：欢饮畅谈。燕，通“宴”。⑰乌鹊：乌鸦。⑱吐哺（bǔ）：热情接待，不敢怠慢。哺，口中咀嚼着的食物。⑲归心：心悦诚服地归顺。

【赏析】

这首诗是曹操最有名的诗篇之一，千百年来流传甚广，以至于说起曹操，人们就会想起他的“对酒当歌，人生几何”，“何以解忧，唯有杜康”。当年曹操在平定北方后，率领着百万雄师，饮马长江，要与孙权争夺那江东之地，当夜明月皎皎，曹操为了稳定军心，鼓励士气，便大展酒宴，与众将士痛饮一番，期间诗兴大发，慷慨而歌，写下了这首脍炙人口的《短歌行》。

诗人用诗歌来表明自己在政治上的用意，在微微的醉酒之后，道出内心的期许，“青青子衿，悠悠我心”，而青衿在古代是被作为读书人的代称，开篇就点名了这个求人才的主题。接着诗人又唱道：“我有嘉宾，鼓瑟吹笙。明明如月，何时可掇？”“绕树三匝，何枝可依”，在这里表达的是诗人求贤若渴的心情。在这首酒醉后的高歌中，诗人明明白白地将自己的内心感受吟咏出来，他虽然引用《诗经》中的词句，却没有《诗经》中那般幽怨的情感，而是寄托了自己最初和最终的理想。

曹操是一个为了千秋大业而活着的人，他在诗歌中毫不掩饰地表达自己求贤若渴的心情和希望名垂青史的愿望，虽然其中有着哀思的情调，却丝毫没有妨碍到整首诗歌的主题，那就是建功立业。

诗中名句颇多，像“何以解忧，唯有杜康”，“月明星稀，乌鹊南飞”，“山不厌高，海不厌深”等。曹操的《短歌行》是一首艺术性极高的古诗。在这首诗中，一个求贤若渴、忧国忧民的贤明领袖形象兀立在我们面前。

却东西门行

曹　操

鸿雁出塞北，乃在无人乡。举翅万余里，行止自成行。冬节食南稻，春日复北翔。田中有转蓬①，随风远飘扬。长与故根绝，万岁不相当②。奈何此征夫③，安得去四方④！戎马不解鞍，铠甲不离傍。冉冉老将至⑤，何时返故乡？神龙藏深泉，猛兽步高冈⑥。狐死归首丘，故乡安可忘！

【注释】

①转蓬：菊科植物，亦称飞蓬，古诗中常以飞蓬比喻征夫游子背井离乡、在外漂泊的生活。②不相当：不相逢。当，值，遇。意思是蓬草飘扬远方，与故根分离，永不能会和。③奈何：如何。④安得：怎能。去：离开。以上两句意谓：可怜这些征夫们有什么办法能回家

去呢？⑤冉冉：渐渐。⑥猛兽：即“猛虎”。

【赏析】

曹操的诗颇有风骨，大开大合、舒缓从容，通常以沉郁悲凉的笔调描写非凡的气度和胸襟，这一首《却东西门行》写征夫思乡之情，浓郁感伤。文如其人，曹操的文字自然也透露出他的为人，通过这些苍劲有力的诗句，可以让后人窥出这位蛰伏在帝位下，久久不肯坐上龙椅的男人内心的真正所想。其实在他心中，始终隐藏着不变的道德底线，他徘徊在这条底线边缘，却始终不曾越过，或许是这样的道德制约，使得曹操最终没有登上皇位。

“冉冉老将至，何时返故乡？”曹操并不是一个不能体会民间疾苦的“奸贼”，相反在他的诗歌里，对于展示历史有着强烈的倾向，后人称其诗作为“汉末实录，真诗史也”。圣人讲不以言废人，不以人废言，是很有道理的，放在诗词的欣赏问题上，亦是如此。曹操的这一首《却东西门行》，十分真实地表现了诗人面对这样一个世界时内心的悲悯情怀。

观沧海

曹 操

东临碣石，以观沧海。水何澹澹[①]，山岛竦峙[②]。树木丛生，百草丰茂。秋风萧瑟，洪波涌起。日月之行，若出其中。

星汉灿烂[③]，若出其里。幸甚至哉，歌以咏志。

【注释】

①何：多么。澹澹：浩荡平满的样子。②山岛：指碣石山，当时的碣石山在海边上。竦（sǒng）峙（zhì）：高峻挺拔的样子。③星汉：天河。

【赏析】

《观沧海》是《步出夏门行》的第一首。曹操曾用这个旧题写过新辞，全诗共四首，前面有“艳”（序歌）。《观沧海》通过描绘碣石山下深秋独有的海景，自然而巧妙地抒发了作者对于当时的种种忧虑，诸如动荡的社会、艰难的生计、不定的人心，并暗含着他要削平割据、稳定时局、建功立业、统一天下的壮志雄心。诗作所呈现的场景极其壮阔，而豪迈的情感又与壮阔的场景水乳交融地结合在一起。

龟虽寿

曹 操

神龟虽寿，犹有竟时[①]。腾蛇乘雾，终为土灰。老骥伏枥[②]，志在千里。烈士暮年[③]，壮心不已。盈缩之期[④]，不但在天。养怡之福，可得永年[⑤]。幸甚至哉，歌以咏志。

【注释】

①竟：终极，终了。②骥：千里马。伏枥：卧在马棚里，形容马老病的样子。枥，马棚。③烈士：重义轻生、有志建功立业的人。④盈缩之期：指人的寿命长短。盈：满、长。缩：短。⑤永年：长寿。这二句是说：如果能使人的身体和精神经常保持安静愉快，就能健康长寿。

【赏析】

《龟虽寿》是《步出夏门行》的第四首。这首诗表达了作者自强不息、老当益壮、锐意进取的积极精神与豪迈气概。这是从哲学角度表现作者对人生的看法，既是他对方士们关于神仙种种妄谈的否定，也是对于当时社会上流行的消极颓废和“及时行乐”说法的否定。

刘　桢

公元180—217年，字公干，东平宁阳（今山东宁阳县）人，是“建安七子”中的佼佼者。他以写诗见长，其诗注重气势，不讲究辞藻，其五言诗颇负盛名。后人把他和曹植并称“曹刘”。刘桢的作品，今存十五首。

作品有辑本《刘公干集》。

赠从弟

刘　桢

亭亭山上松①，瑟瑟谷中风②。风声一何盛，松枝一何劲！冰霜正惨凄③，终岁常端正。岂不罹凝寒④？松柏有本性。

【注释】

①亭亭：孤高直立的样子。②瑟瑟：寒风声。③惨凄：凛冽、严酷。④罹：遭受。凝寒：严寒。最后二句是说：难道松柏没有遭到严寒的侵袭吗？但是它依然青翠如故，这是它的本性决定的。

【赏析】

《赠从弟》全诗共三首，这里是选的第二首。作品以不畏冰雪风霜的松树比喻人格的独立和操守的坚贞，并以此勉励从弟要做独立而坚贞的人。当然，这既是勉励别人，也是自我勉励。

赠徐干

刘 桢

谁谓相去远，隔此西掖垣[①]。拘限清切禁，中情无由宣。思子沉心曲，长叹不能言。起坐失次第，一日三四迁。步出北寺门，遥望西苑园。细柳夹道生，方塘含清源。轻叶随风转，飞鸟何翻翻。乖人易感动[②]，涕下与衿连。仰视白日光。皦皦高且悬[③]。兼烛八纮内[④]，物类无颇偏。我独抱深感，不得与比焉。

【注释】

① 西掖：指宫阙西侧。垣：墙。② 乖人：犹离人。③ 皦皦：明亮洁白。④ 八纮（hóng）：指八方极远之地。

【赏析】

“建安七子”中有一人颇得曹操和曹植的喜爱，他们总和此人饮酒作对，畅谈歌赋，对他委以重任，这人就是刘桢，后世称之为“文章之圣”。

刘桢放荡不羁，在曹丕所设宴席之上，甄氏出来与众人见面，大家纷纷下跪以示尊重，刘桢因为厌恶曹丕抢夺他人之妻，不肯对甄氏下跪。这惹得曹丕大怒，当下便要将刘桢处死，后来经人求情，才将其投入监狱。

本是耿直地想要表达自己内心的不满，却不料惹来了牢狱之灾。

事有凑巧，刘桢被关押的北寺狱旁边，便是他的好友徐干办公的地方。

二人只有一墙之隔。刘桢陷入囹圄，是因为他的直言不讳。仕途断送，只有荒僻的监狱才是他的归宿。而隔壁的公堂就好像一个巨大的讽刺，那样的地方，曾经也是刘桢办公的地方，可是如今却成了禁锢他的工具。而他的好友徐干此刻却处于这样一个地方。想来刘桢当时的内心应当是充满了失意和惆怅的。于是他提笔写下了这首有名的《赠徐干》。刘桢的心中充满了向往，他看穿了这世事变化，将内心积郁的沉闷一吐为快。

这首诗歌倾诉了自己被囚禁的痛苦和不满，还抒发了对徐干的思念之情。虽然二人相距不远，但依据当时的法律法规，二人想要见一面，却并不是那么容易的。所以，刘桢只能将自己对好友的思念之情写入诗歌之中，以此来表达自己内心的愤懑。

“起坐失次第，一日三四迁。步出北寺门，遥望西苑园。”这是刘桢通过自己的坐立不安来衬托出他的痛苦。虽然因为口角太烈而受到了关押，但在这种情况下，刘桢丝毫不改，他依然语气激烈地抱怨现实的不公。

“仰视白日光，皦皦高且悬。兼烛八纮内，物类无颇偏。”刘桢从不忍气吞声，从不阿谀奉承的心性在这首诗中展露无遗。

刘桢在当时的七子中是颇负诗名的，曹丕称他“五言诗之善者，妙绝时人”。钟嵘夸他：“仗气爱奇，动多振绝。贞骨凌霜，高风跨俗。”刘桢作诗如做人，狂放不羁，凛冽傲骨，字里行间多是情骇言壮之辞。清代文人刘熙载说刘桢是“公干气胜”，是有些道理的。

曹　丕

公元187—226年，字子桓，三国时期著名的政治家、文学家，魏朝的开国皇帝。公元220—226年在位，庙号高祖（《资治通鉴》作世祖），谥为文皇帝（魏文帝），葬于首阳陵。沛国谯（今安徽亳州市）人。因文学方面的成就而与其父曹操、其弟曹植并称为“三曹”。

曹丕作为文学家，诗文风格悲婉凄清、低回纤弱，思想内容和艺术成就不如其父与其弟，但论说文成就比其弟曹植要高，其著名的《典论·论文》是我国文学批评史上最早的专篇著作。

杂　诗（一）

曹　丕

西北有浮云，亭亭如车盖①。惜哉时不遇，适与飘风会。吹我东南行②，行行至吴会③。吴会非我乡，安得久留滞。弃置勿复陈④，客子常畏人。

【注释】

① 亭亭：耸立而无所依靠的样子。车盖：车篷。② 我：浮云自称，指游子。③ 吴会：指吴郡和会稽郡（今江、浙一带）。④ 乐府诗套语，意为“抛开吧，不要再说了”。

【赏析】

这首诗写得很真诚，也很聪明，本来就文采很好的曹丕，因为偶尔的心情悸动，便能引申出无限的情思遐想。这首游子之诗以浮云起兴，隐含着人生如浮云、漂泊无依的感叹，这是曹丕最为常见的感叹内容。可见，他虽然高高在上，但内心却丝毫没有逃脱命运的苦闷压力。

其实，这只是说明曹丕的内心中蕴含着轻灵的情愫，因为帝王身，不便轻易表露，只得在诗作中一展胸臆。曹丕的能力无可怀疑，不然也不会成为魏文帝，曹操不肯跨越的底线，被曹丕视若无物，他没有父亲那样的谨慎细微，在这位年轻人看来，皇位根本就是唾手可得，既然如此，还要客气什么呢？于是，在曹丕的手中，天下改朝换代，魏朝兴起。

曹丕天生敏锐，有着捕捉新鲜事物特征的本领，这首杂诗被后人评为“风回云合，缭空吹远”。

杂　诗（二）

曹　丕

漫漫秋夜长，烈烈北风凉。展转不能寐，披衣起彷徨。彷徨忽已久，白露沾我裳。俯视清水波，仰看明月光。天汉回西流①，三五正纵横②。草虫鸣何悲，孤雁独南翔。郁郁多悲思，绵绵思故乡。愿飞安得翼，欲济河无梁。向风长叹息，断绝我中肠。

【注释】

①天汉：指银河。②三五：星名，一般指参宿和昴宿。另一说指心宿和柳宿。

【赏析】

曹丕生性好伤感，而他的伤感与曹操的伤感是完全不同的，曹操虽然也会伤感，但那伤感之中更多的是一份豪情壮志，是一份壮志难酬的伤感，而所伤的大多与命运有关。

漫漫秋夜长，诗人借这首《杂诗》将满心的忧虑抒发出来。他说道：

秋夜漫漫，风凉如水，在夜不得寐的时候，起床独自彷徨。待到露水沾湿衣裳，才意识到时间过去大半。头顶的月光流转四溢，虫鸣声悲切难当，还有那孤独南飞的大雁，让人忧郁哀伤。想要渡河却苦于没有桥梁，对于故乡的思念只能向风倾诉，以表我的愁肠。

西晋文臣陈寿认为曹丕“天资文藻，下笔成章，博闻强识，才艺兼该；若加之旷大之度，励以公平之诚，迈志存道，克广德心，则古之贤主，何远之有哉”！

从这首《杂诗》中可以看出，陈寿的夸赞绝对是所言非虚，曹丕的文采不在曹操之下，或者可以说是更胜一筹。在曹丕的文字中，有着一种幽然思远的感觉，令人感伤之余又有些心灵上相互碰撞的感觉。

感离赋

曹　丕

秋风动兮天气凉，居常不快兮中心伤。出北园兮彷徨，望众墓兮成行。柯条憯兮无色[①]，绿草变兮萎黄。感微霜兮零落，随风雨兮飞扬。日薄暮兮无悰[2]，思不衰兮愈多。招延伫兮良从[3]，忽踟蹰兮忘家。

【注释】

①憯（cǎn）：忧伤。②悰（cóng）：欢乐。③延伫：也写作“延竚”，久久站立的意思。

【赏析】

在曹丕的辞赋中，秋风是出现最多的词语，或许秋风起的时候，他内心的彷徨会令他心生诗意。这首《感离赋》是为祭奠思念而做，因为有思念无法到达的地方，便寄情于风，但愿风能到达那个他永远无法抵达的远方。

建安十六年（公元211年），西征途中，秋风四起，令天气清凉，心境随之忧伤。曹丕在园子中彷徨远望，前方的众多墓碑令枝叶都没了颜色。绿草变得凄黄，霜寒随着风雨飘摇落下，薄暮的落日令快乐消隐，升起的全是哀思，停驻良久，这哀伤竟让人连对家的思念都踟蹰了起来。

比起政治成就，曹丕的文学天赋更高，他“妙善辞赋”，是魏晋时期辞赋创作较多的作家之一。他的辞赋或叙事，或咏物，或写景，题材广泛，且以抒情见长。“便娟婉约，能移人情”，这是曹丕赋的总体特点。这固然与其浓厚的文士气质有关，但同时也是动乱时代的投影。曹丕的诗文最能以情动人，且清新淡雅，十分耐读。

曹 植

公元 192—232 年，字子建，沛国谯（今安徽亳州市）人，曹操的儿子，曹丕的弟弟，三国时魏国诗人、文学家，建安时期最有才华的诗人。

以曹丕即位为界，曹植的生活和创作可分为前后两个时期。前期作品一部分反映了他在政治上的雄心壮志和对于建功立业的热烈向往；另一部分作品抒写了社会动荡和人民疾苦。后期作品则一方面表达自己备受压抑、壮志难酬的悲愤情绪；另一方面反映统治集团的内部矛盾和统治阶级的内在本质。

作品有《曹子建集》。诗歌注本以黄节的《曹子建诗注》较为详备。

七步诗

曹 植

煮豆持作羹[①]，漉菽以为汁[②]。

萁在釜下燃[③]，豆在釜中泣。

本是同根生，相煎何太急。

【注释】

①持：用来。羹：用肉或菜做成的糊状食物。②漉：过滤。菽：豆。③萁：豆类植物脱粒后剩下的茎。

【赏析】

这首《七步诗》是曹植的名篇。南朝刘义庆《世说新语·文学》记："文帝尝令东阿王七步作诗，不成者行大法。应声便为诗曰：'煮豆持作羹，漉菽以为汁。萁在釜下燃，豆在釜中泣；本自同根生，相煎何太急？'帝深有惭色。"

曹植是曹操的第四子，从小才华出众，很受父亲的疼爱。曹操死后，他的哥哥曹丕当上了魏国的皇帝。曹氏兄弟间本来有阋，曹丕登上皇位后，以曹操亡故时曹植和曹熊（曹操五子）未来看望为由，要追查二人，结果曹熊因惧怕自杀了。曹植则被押进朝廷。幸得曹植生母卞氏开口求情，曹丕才勉强给曹植一个机会，命他七步之内作出一首诗，否则杀无赦。于是曹植作出了这首广为传颂的诗。

诗人在诗中以同根而生的豆萁和豆来比喻同胞兄弟，用萁煎其豆来比喻同胞骨肉的残害，生动形象，情挚感人，将诗人自身的艰难处境与一腔愤激沉郁之情表现得淋漓尽致。

诗人以纯比兴手法起笔，语言清浅直白，却寓意深刻。作者借用了一个极其纯朴巧妙的譬喻，读来令人称奇。“本是同根生，相煎何太急”两句，千百年来成为同室操戈、兄弟阋墙的警示名句。曹丕感于诗中所言的兄弟骨肉之情，又害怕杀了曹植会遭世人耻笑，最后放了曹植。

送应氏

曹 植

步登北邙坂，遥望洛阳山。洛阳何寂寞，宫室尽烧焚。垣墙皆顿擗[①]，荆棘上参天。不见旧耆老[②]，但睹新少年。侧足无行径，荒畴不复田[③]。游子久不归[④]，不识陌与阡。中野何萧条，千里无人烟。念我平常居[⑤]，气结不能言。

【注释】

①顿擗（pǐ）：倒塌、崩裂。擗，剖，裂。②耆（qí）老：老人。耆，老。③荒畴：荒芜了的土地。田：耕种，用作动词。以上二句是说：到处是一片荒芜，连个可以走的小道都没有，土地也无人耕种了。④游子：指应氏。⑤我：代应氏。平常居：平时一道生活的人。有本作"平生亲"，义同，都是指应氏的亲属而言。最后二句意思是说：想到自己的亲属荡然无存，不由得伤心哽咽，说不出话来。

【赏析】

应氏指应玚，字德琏，建安时期的诗人，"建安七子"之一。建安十六年（公元211年）春，曹植被封为平原侯，应玚被任命为平原侯庶子（属官名）。同年七月，曹操西征马超，曹植、阮瑀等也一道随行。

《送应氏》共两首，这里选的是第一首。作品通过生动描绘董卓之乱以来洛阳凄凉残破的景象，表明给社会造成的惨重破坏和给人民带来的深重灾难的元凶就是混战。

白马篇

曹　植

白马饰金羁，连翩西北驰①。借问谁家子？幽并游侠儿②。少小去乡邑，扬声沙漠垂。宿昔秉良弓③，楛矢何参差④。控弦破左的⑤，右发摧月支。仰手接飞猱⑥，俯身散马蹄。狡捷过猴猿，勇剽若豹螭[7]。边城多警急，虏骑数迁移。羽檄从北来[8]，厉马登高堤[9]。长驱蹈匈奴[10]，左顾凌鲜卑[11]。弃身锋刃端，性命安可怀？父母且不顾，何言子与妻！名编壮士籍，不得中顾私[12]。捐躯赴国难，视死忽如归。

【注释】

①连翩：轻捷矫健的样子。②幽并：幽州、并州，古代二州名。游侠：汉代指那种崇武尚气、能急人之难的人。③宿昔：同“夙夕”，早晨、晚上，指每日皆如此。④楛（hù）矢：楛木做的箭。参差：本义是长短不齐的样子，这里实际是指多。以上二句是说：他们的良弓日夜不离手，身边还佩带着许多的箭。⑤控弦：开弓。的：箭靶。⑥仰手：指仰身而射。接：迎面而射。⑦剽：轻捷。螭（chī）：传说中的一种无角的龙。⑧羽檄：插有羽毛的军中征调文书。军书插羽，以示紧急。《说文》：“檄，以木简为书，长尺二寸，用征召也。”⑨厉马：策马。堤：高坡。以上二句是说：边方的紧急征调文书下来了，勇士们闻命策马，登高堤以探视敌情。⑩蹈：践踏，此处即指冲击。⑪凌：冲击。⑫顾私：怀念个人或家庭的私事。

【赏析】

这首诗里塑造了一个爱国将士的形象，他武艺高强、渴望建功立业，甚至不惜壮烈牺牲。作者正是借着歌颂这样一个英勇的北方将士，来抒发自己愿意为解救国难而不惜抛弃一切，乃至生命的英勇豪迈精神。

蔡文姬

字文姬，又字昭姬 。生卒年不详。东汉陈留郡圉县（今河南开封杞县）人。蔡琰擅长文学、音乐、书法。《隋书·经籍志》著录有《蔡文姬集》一卷，但已经失传。现在能看到的蔡文姬作品只有《悲愤诗》二首和《胡笳十八拍》。

胡笳十八拍

蔡文姬

胡笳本自出胡中，缘琴翻出音律同[①]。十八拍兮曲虽终，响有余兮思未穷，是知丝竹微妙兮均造化之功[②]。哀乐各随人心兮有变则通[③]，胡与汉兮异域殊风。天与地隔兮子西母东，苦我怨气兮浩于长空[④]，六合离兮受之应不容[⑤]。

【注释】

①缘琴翻出：用琴演奏胡笳曲。②丝竹：泛指乐器。丝，琴瑟等弦乐器。竹，笙箫等管乐器。造化：造物者。③有变则通：心里有什么活动就能通过音乐表现出来。④浩：充满。⑤六合：指上、下、东、西、南、北之内的整个空间。

【赏析】

蔡文姬是东汉大学者蔡邕的女儿，生于乱世，饱受苦难，又婚姻不幸，人生多舛，后来被掳去匈奴，嫁与匈奴王，并生下两个儿子。胡笳是匈奴人常吹的一种乐器。在南匈奴的那十二年里，蔡文姬也学会了一些胡笳的演奏，但是当她离开这片一直试图想远离的土地时，才知道时间真的可以将一个人的生命浸透，当你在一片土地上生活得越久时，你的回忆就越厚重。所以，蔡文姬虽然选择了返回故乡，但她的人生注定残缺，因为她的大半记忆都随着她的血脉一起留在了匈奴。

因与蔡邕有交，作为义气之举，曹操发函匈奴首领，要他务必交出蔡文姬。曹操的一纸书函彻底改变了蔡文姬逐渐平静下来的生活，他要蔡文姬回中土，匈奴不敢不放人。曹操势力强大，无人不忌惮。所以，蔡文姬十数年之后，踏上了回乡的路程，可是她的心情十分复杂，万般情思萦绕心头。十年前被掳至胡地，十年后又复归中原，何处才是她的故土，哪里才是她的家？这首诗就是在这样的心境和历史时代里写下的。

悲愤诗

蔡文姬

欲死不能得，欲生无一可。彼苍者何辜[①]，乃遭此厄祸。边荒与华异[②]，人俗少义理。处所多霜雪，胡风春夏起。翩翩吹我衣[③]，肃肃入我耳[④]。感时念父母，哀叹无穷已。有客从外来，闻之常欢喜。迎问其消息，辄复非乡里。邂逅徼时愿[⑤]，骨肉来迎已。己得自解免[⑥]，当复弃儿子。天属缀人心[⑦]，念别无会期。存亡永乖隔[8]，不忍与之辞。儿前抱我颈，问母欲何之。人言母当去，岂复有还时。

【注释】

①彼苍者：指天。辜：罪孽。“彼苍者何辜，乃遭此厄祸”意谓：老天啊，我们有什么罪孽，要遭受这般苦难？②边荒：偏远之地。指南匈奴。③翩翩：风吹动衣物的样子。④肃肃：风的声音。⑤徼：侥幸。⑥解免：脱离在南匈奴的屈辱生活。⑦天属：指直系亲属。缀：联系，指母子连心。⑧乖隔：隔离。

【赏析】

婚姻的不幸给蔡文姬带来了许多悲苦，这首《悲愤诗》中，言不尽的是悲愤。

“欲死不能得，欲生无一可。”生亦何欢，死亦何哀，对于蔡文姬这样一位一生坎坷的女人来说，再多的挫折也只是命运对她开的一次玩笑罢了。就好像季节更替，四时变动一般，无论是对于父母的思念，还是忍痛抛下子女的痛楚，对她来说都是可以忍耐的。

“儿前抱我颈，问母欲何之。人言母当去，岂复有还时。”对故乡的思念，令她含泪而去，当子女问她意欲何往时，她无言以对，因为她知道，再也没有回来的时候了。

蔡文姬一生三嫁，命运多舛。关于蔡文姬这一生的三次婚姻，丁廙在《蔡伯喈女赋》一书中是这样说的：“伊大宗之令女，禀神惠之自然；在华年之二八，披邓林之曜鲜。明六列之尚致，服女史之语言；

参过庭之明训，才朗悟而通云。当三春之嘉月，时将归于所天；曳丹罗之轻裳，戴金翠之华钿。羡荣跟之所茂，哀寒霜之已繁；岂偕老之可期，庶尽欢于余年。”

“处所多霜雪，胡风春夏起。翩翩吹我衣，肃肃入我耳。”这样细腻凄伤的景象，如何不令人心生悲意？更何况，“己得自解免，当复弃儿子。天属缀人心，念别无会期”。存亡永乖隔，诗人又怎忍心与之辞。然而感时念父母，哀叹无穷已，对故土和亲人的思念却又让诗人内心充满着煎熬，无比的矛盾与无奈化为一腔悲愤，催人泪下。后人在评价这首诗时说，“真情穷切，自然成文，激昂酸楚，别构一体”。

王　粲

公元 177—217 年，字仲宣，山阳高平（今山东邹县西南）人，是东汉灵帝时大官僚王畅的孙子。年少成名，初仕刘表，后归曹操。他是“建安七子”中文学成就最高的一个，被称为“七子之冠冕”。其作品悲凉哀婉，突出反映了当时的社会动乱和人民疾苦。

作品有辑本《王侍中集》。

七哀诗三首（其一）

王　粲

西京乱无象，豺虎方遘患①。复弃中国去，委身适荆蛮。亲戚对我悲，朋友相追攀。出门无所见，白骨蔽平原。路有饥妇人，抱子弃草间。顾闻号泣声②，挥涕独不还③。未知身死处，何能两相完。驱马弃之去，不忍听此言。南登霸陵岸④，回首望长安。悟彼下泉人，喟然伤心肝。

【注释】

① 豺虎：指董卓的部将李傕等。遘：造。② 顾：回头看。③ 挥：挥洒。④ 霸陵：汉文帝刘恒的陵墓所在地。岸：高地，高冈。

【赏析】

后人对于《七哀诗》有很多解释，大都认为所谓哀，便是痛而哀，与人的七情六欲有关。但也有人认为哀主要围绕的主题与音乐有关，和韵律有关。

这一首《七哀诗》写于公元192年，当时长安刚刚经历过一场动乱。

在诗歌中，诗人交代了他远离长安的理由，也在诗歌中道出了长安已经变成了何等模样，“西京乱无象，豺虎方遘患”。在诗人离开长安前往目的地的路途中，他见到了最为残酷的景象：累累的白骨和荒芜的田野，路边有一饥饿难当的妇人，抱着自己的孩子丢弃在草丛间，回头看时，听到孩子的哭声，妇人洒泪却不抱回自己的孩子——自己尚且不知将来要死在何处，如何能母子两全呢？实在是不得已才抛弃孩子的呀。

这一幕令诗人不忍卒看，于是他骑马加快速度离去，不忍心听这世间哀号凄惨的声音。

王粲历经苦难，支撑他在乱世中存活下来的便是心中不灭的信念。在他的诗中，萧条凌乱的景象并不可怕，那些凋敝都会过去，然而此诗所描绘的景象触目惊心，“悟彼下泉人，喟然伤心肝”，何止是诗人自己，后世读到此诗的人莫不喟然而伤。“出门无所见，白骨蔽平原”，也成为那个时代的一个经典影像。

从军诗五首（其五）

王　粲

悠悠涉荒路，靡靡我心愁。四望无烟火，但见林与丘。城郭生榛棘，蹊径无所由[①]。萑蒲竟广泽[②]，葭苇夹长流。日夕凉风发，翩翩漂吾舟。寒蝉在树鸣。鹳鹄摩天游[③]。客子多悲伤，泪下不可收。朝入谯郡界，旷然消人忧。鸡鸣达四境，黍稷盈原畴。馆宅充廛里④，士女满庄馗⑤。自非贤圣国，谁能享斯休。诗人美乐土，虽客犹愿留。

【注释】

①蹊径：小路，野径。②萑蒲：芦苇和蒲草。泛指水草。③鹳鹄：鹳与鹄。其形瘦长，飞翔极高。④廛（chán）里：城市聚居的地方。⑤庄馗：四通八达的道路。馗，同"逵"。

【赏析】

这首《从军诗》分为了两部分，前半部分描写了山河破碎的荒芜景象，而后半部分则对未来寄予了深切的厚望。

王粲善于诗赋，更有过目不忘之才能。对功名的急迫渴望，王粲毫不掩饰。在曹操帐下，王粲得到了从未有过的重视。谁说凋敝的王朝就注定荒芜一切？王粲的才气在曹操那里得到了完全的发挥，虽然曹操帐下人才济济，但王粲还是凭借着他的才能赢得了曹操的赞赏，而他自己对于曹操的知遇之恩也是感恩戴德，他曾说："帝王虽贤，非良臣无以济天下。"

文人自古以来便是以悲悯情怀为重的，王粲也不例外。就在跟随曹操征讨东吴的路途上，王粲写下了《从军诗》五首，这是其中之一。虽然是描述了动荡的汉末年月，但是从侧面抒发了希望可以拥有美好生活的愿望。生活在那个战乱的年代，诗人与众生一样不可避免地要历经磨难，但是他并不绝望，而是在艰险磨难之中，看到了未来的乐土，那里是让他的忧愁烟消云散的地方。

刘　伶

字伯伦，沛国（今安徽淮北）人，魏晋时期名士，与阮籍、嵇康、山涛、向秀、王戎和阮咸并称为“竹林七贤”。其作品生动地反映了魏晋名士崇尚玄虚、消极颓废的心态，现今存世的作品只有《酒德颂》和《北芒客舍诗》。

酒德颂

刘　伶

有大人先生者①，以天地为一朝②，万朝为须臾，日月为扃牖③，八荒为庭衢④。行无辙迹⑤，居无室庐，幕天席地⑥，纵意所如。止则操卮执觚⑦，动则挈榼壶，唯酒是务，焉知其余？

有贵介公子，缙绅处士，闻吾风声⑧，议其所以。乃奋袂攘襟⑨，怒目切齿，陈说礼法，是非锋起。先生于是方捧罂承槽⑩，衔杯漱醪⑪。奋髯箕踞⑫，枕曲借糟⑬，无思无虑，其乐陶陶。兀然而醉⑭，豁尔而醒⑮。静听不闻雷霆之声，熟视不睹泰山之形，不觉寒暑之切肌，利欲之感情。俯观万物，扰扰焉如江汉三载浮萍；二豪侍侧焉，如蜾蠃之与螟蛉⑯。

【注释】

①大人先生者：德行高尚的老先生。②朝：天。③扃牖（jiōng yǒu）：门窗。④庭衢（qú）：庭道。⑤辙迹：轨迹。⑥幕天席地：

以天为幕，以地为席。⑦卮：饮酒器具。“觚”同。⑧风声：名声。⑨奋袂攘襟：敛起袖子，绾起衣襟。⑩方：正。⑪醪（láo）：浊酒。⑫奋：拨弄。髯：胡须。⑬曲（qū）：酒曲。⑭“无思无虑”三句：昏沉的样子。⑮豁尔：猛然。⑯蜾蠃（guǒ luǒ）：细腰蜂。螟蛉：螟蛾的幼虫。

【赏析】

魏晋人嗜酒，而以“竹林七贤”尤甚。嗜酒者以借酒消愁的居多，唯有刘伶却多引以为乐趣。在一次酒醉之后，他写下这篇200余字的《酒德颂》，本作自赏用途，不成想写了亘古妙文，把喝酒升华到了一种玄奥的境界。

该篇颂里出现的主人公是个德行高尚的老先生，也可以说就是刘伶本人。在文章的起始处，老先生便称自己喝酒喝到一种超凡的境界。他可以把天地开辟作为一天，把万年作为须臾，把日月作为门窗，把天地八荒作为庭道；行走没有一定轨迹，居住无一定房屋。他还能以天为幕，以地为席，放纵心意，随遇而安。一个人可以“以天为幕，以地为席”，该算得上是非常逍遥的人了。

接着在第二段，作者写道：“有贵介公子，缙绅处士，闻吾风声，议其所以。”由于他的行为乖张，有很多人时常在人前折损他，刘伶并不是不以为然，时常反唇相讥。激动时便跳起来敛袖绾襟，张目怒视，咬牙切齿予以反驳：礼仪法度又算得了什么，真正的是非自有公道人心去判定。

骂够之后，刘伶仍然继续衔杯痛饮，枕着酒槽睡觉，无忧无虑，其乐陶陶。困了便睡，醒了便饮，什么四时寒暑、声色货利，都像脚下随波逐流的“江汉三载浮萍”，都如“蜾蠃之与螟蛉”，渺小得不值一提。全颂洋洋洒洒，尽是作者不羁的风度。

“竹林七贤”虽都有饮趣，但是真正在喝酒方面有心得的只有刘伶一人。

对于酒完全没有抗拒力的刘伶，自然酒后就更加毫无约束。他曾因喝酒喝得太多，为了散热而脱光衣服，大字形躺在自家屋子里。一次客人进屋找他，发现他什么都没穿，便讽刺他放纵。刘伶笑嘻嘻地说：“天地是我的房屋，室内是我的衣裤，你们为什么要钻进我的裤裆里？”客人顿时无言，尴尬地离开。

刘伶在饮酒方面本身已达到可驭万物的境界，忘却生死，忘却荣辱，他在文才上或可永世不能企及阮、嵇二人，但他的洒脱中见可爱，是谁也到不了的境界。这篇《酒德颂》就是作者对于酒与性情的一种独特的个人体悟。

阮　籍

公元210—263年，字嗣宗，陈留尉氏（今河南省尉氏县）人。其父阮瑀是“建安七子”之一。阮籍崇尚老庄哲学，在政治上既不满现实，又谨慎避祸。他与嵇康、刘伶等七人为友，常常聚集在竹林之下肆意畅饮，世称“竹林七贤”。因为阮籍曾任步兵校尉，所以人们也称他为阮步兵。阮籍是“正始之音”的代表，其中以《咏怀》八十二首最为著名。阮籍通过不同的写作技巧，如比兴、象征、寄托等，借古讽今，寄寓情怀，形成了一种“悲愤哀怨，隐晦曲折”的诗风。

除诗歌之外，阮籍还长于散文和辞赋。今存散文九篇，其中最长及最有代表性的是《大人先生传》《达庄论》等，表达一种消极的出世之情。另又存赋六篇，其中述志类有《清思赋》《首阳山赋》；咏物类有《鸠赋》《猕猴赋》。作品有辑本《阮步兵集》，诗歌注本以黄节的《阮步兵咏怀诗注》较为详备。

咏怀八十二首（其三）

阮　籍

嘉树下成蹊[①]，东园桃与李。秋风吹飞藿[②]，零落从此始。繁华有憔悴，堂上生荆杞[③]。驱马舍之去，去上西山趾[④]。一身不自保，何况恋妻子？凝霜被野草，岁暮亦云已[⑤]。

【注释】

①嘉树：桃李。蹊：小路。②藿：豆叶。③荆杞：树名。④西山：首阳山，伯夷、叔齐的隐居地。表达隐居的意向。趾：山脚。⑤已：停、止。

【赏析】

这首《咏怀》的前两句即引出了古代的一个典故——桃李不言，

下自成蹊。此话的意思便是桃李虽不能言语，其开花之后的嫣然妩媚、结果之后的香甜美味，仍是人们心中的最爱。去欣赏和采摘它们的人自然会在树下踏出一条小路。据说诗人在庭院里种了许多桃李树木，每天看其花开花落，结出美好的果实。不过，秋风吹过，枝叶便凋零了，往日再美艳的树木一旦退下华丽的衣裳，不过变成了枯木衰草。

花开花落本是万物的生长规则，年复一年自然如此，可是在诗人眼中，却充满了惶惑与清冷。想起当年对功名的奢望如今已化作虚无，诗人顿感而发，说道:“秋风吹飞藿，零落从此始。繁华有憔悴，堂上生荆杞。”诗人痛苦的并不是得不到显赫的地位，而是失去荣华富贵变得没落。没有繁就没有衰，就像花开得茂盛、果结得琳琅，可秋风扫过仍是不免要退去衣装变得沉寂。于是诗人写道:“驱马舍之去，去上西山趾。”在他看来，能获得解脱的途径就只有驱车逃至山野，甚至不惜与妻子亲人离散。只是诗人并没有自己想象或诗歌中表现出来的那般潇洒豁达，不然也不会有“穷途之哭”。这样也就不难理解诗人在末尾回复到天地山野上来，“凝霜被野草，岁暮亦云已”，四时无惑，自然消息变幻，咏怀感慨只不过是人才有的。天地自然原本是无情的，并不会因人的情感而停止变化。

嵇　康

公元 223—262 年，字叔夜，谯郡铚（今安徽宿县西）人，是三国后期曹魏的著名才学之士。因为曾任中散大夫，故称之为嵇中散。他为人刚直不阿，崇尚老庄哲学，精通诗文琴瑟，好言服食养生；他对当时抢班夺权、易代在即的形势，愤愤不平，义形于色；他蔑弃虚伪礼教，而与以嗜酒颓废放荡为名的阮籍、刘伶等七人为友，并成为“竹林七贤”的领袖人物。

作品有《嵇中散集》。注本以戴名扬的《嵇康集校注》较为详备。

酒会诗

嵇　康

乐哉苑中游，周览无穷已。百卉吐芳华，崇台邈高跱①。林木纷交错，玄池戏鲂鲤②。轻丸毙翔禽，纤纶出鳣鲔③。坐中发美赞，异气同音轨。临川献清酤④，微歌发皓齿。素琴挥雅操，清声随风起。斯会岂不乐，恨无东野子。酒中念幽人，守故弥终始。但当体七弦，寄心在知己。

【注释】

①崇：高。高跱（zhì）：高耸。这句是说远远的高台耸立。②玄：深。③纤纶：钓鱼用的丝绳。出：钓到。鳣鲔：这里泛指各种鱼。④临川：在水边。酤：酒。

【赏析】

这首诗前六句主写作者的欣然。身处百花林木交错的风景优美处，上有山峦浩渺，下有游鱼临渊，举头观望鸟翔，俯身可钓鲤鲫，容身于自然之中，嵇康一边饮酒，一边操琴而歌，其中的惬意不是三言两语能概括的。在极致的欢愉当中，他的心情陡然失落，乐而忽悲。“斯会岂不乐。恨无东野子。”原来他是突然思念起过去的朋友，感叹朋友“东野子”无缘再参加自己的音乐酒会。

“东野子”是嵇康深深思念的人，他本名为阮侃，身居河内太守，后迁居东野。由于二人多年不见，所以嵇康才借“东野子”来指代他，以表自己的念旧之情。其实，思故人只是诗人突然惆怅的一个诱因，他真正的悲伤皆由当时朝政混乱而起。对魏晋两股势力的角力，嵇康深恶痛绝，他常说自己决不能与这些俗人同流合污，因此他的言志诗大多都自表清白。所以诗人最后说：“酒中念幽人。守故弥终始。但当体七弦。寄心在知己。”点明了诗人要笑傲山林、洁身自好的气节。

这里选的这首诗是嵇康传世不多的诗作之一。诗如其人，林、池、琴、友，既是作者表达心志高洁的一首诗，也是魏晋名士的一幅生活画面，展现的仍然是那个时代的精神风气。

赠秀才入军

嵇　康

良马既闲①，丽服有晖。左揽繁弱，右接忘归②。风驰电逝，蹑景追飞③。凌厉中原④，顾眄生姿⑤。

【注释】

①闲：同“娴”，熟习，训练有素。②接：搭上。③蹑景：追得上一掠即逝的影子。景，同“影”。追飞：能追赶飞鸟。④凌厉：飞腾、超越。中原：原野。⑤顾眄（miǎn）：看、视的意思。顾，回视；眄，斜视。生姿：生色，生光。

【赏析】

《赠秀才入军》共有诗十九首。“良马既闲”这一首颇具想象色彩。作者幻想了他兄弟日后在军中的生活：良马、华服、名弓、矫健的身姿和飞驰的速度，貌似赞颂敬佩，实则婉言否定。

何　晏

字平叔，南阳宛（今河南南阳）人，三国时期曹魏大臣、玄学家。何晏有文集十一卷，并曾与郑冲等共撰《论语集解》，今已佚。钟嵘《诗品》称“平叔鸿鹄之篇，风规见矣。”将何晏诗列入中品。他与夏侯玄、王弼等倡导玄学，为魏晋玄学的创始者之一。

言　志

何　晏

鸿鹄比翼游，群飞戏太清①。身常入罗网，忧祸一旦并。岂若集五湖，顺流唼浮萍②。逍遥放志意，何为怵惕惊？

转蓬去其根③，流飘从风移。芒芒四海途，悠悠焉可弥？愿为浮萍草，托身寄清池。且以乐今日，其后非所知。

【注释】

①太清：指天空。②唼（shà）：鸟吃食。③转蓬：指随风飘转的蓬草。

【赏析】

此诗的前四句道明了诗人内心的担忧。天上的鸿鹄遨游天际，比百鸟有更高的志向。可就是因为飞得太高反而更令人觊觎，容易遭到网罗，倒不如地面、水中集结的凡鸟，随波逐流，啄食萍草，活得更加逍遥自在。诗人以鸿鹄自喻，指出了自己身在高位更容易成为众矢之的，他羡慕那些身份卑微的人，起码不会有“死于非命”的担忧。

诗的后半部分，“转蓬去其根，流飘从风移”，表达了诗人内心渴望挣脱现实的牢笼桎梏。“芒芒四海途，悠悠焉可弥？愿为浮萍草，托身寄清池。且以乐今日，其后非所知。”诗的后几句，从字面上来看是说欲做池塘里小小的浮萍，安栖在清水池中，“今朝有酒今朝醉”，且得今日一时之自在，不去理会将来会如何。这里诗人表达了想要变得“渺小”的愿望。

河中的蓬草脱离自己的慧根，四海茫茫，随遇而安，身不由己；人生也如这浮萍一般，不能掌控。然而这安宁也不过是一瞬而已。未来是怎样，谁也道不清楚，能做的便是得过且过。

此诗充满了玄之又玄的道家虚无思想，对未来不可预料的诗人，无论在诗词文赋里怎样推崇老庄的逍遥与自在，却知道自己永不可能超越那道界限，因而他害怕不已，痛苦莫名，便把世间的一切想象成是虚无的，并极力地去推崇“万物以无为本”的观点，还凭借自己在文坛的地位，极力将此学说推到学术潮流的顶端。不过诗中也完全暴露了他的思想弱点，他甚至把自己所拥有的一切、经历的事情都看作是一场老天的骗局，不愿面对。

贾 充

公元217—282年，字公闾，平阳襄陵（今山西襄汾东北）人，三国曹魏末期至西晋初期重臣，曹魏豫州刺史贾逵之子。太康三年（282年），贾充去世。西晋朝廷追赠他为太宰，礼官议谥曰荒，司马炎不采纳，改谥为武。有集五卷。

与妻李夫人联句

贾 充

室中是阿谁？叹息声正悲。

叹息亦何为？但恐大义亏①。

大义同胶漆，匪石心不移。

人谁不虑终，日月有合离。

我心子所达，子心我所知。

若能不食言，与君同所宜②。

【注释】

① 大义：指夫妻情义。② 所宜：妥帖，这里指夫妻安稳度日。

【赏析】

这是典型的联句形式对诗。联句据记载始于汉武帝时期，因为是两人或多人每人一句共同完成的诗歌，所以才称之为联句。

这是一首诉说离别之情的诗歌，缠缠绵绵又依依不舍，诗人和妻子仿佛都不晓得该如何安顿自己离别前的零乱心情，一人一语地表明各自的心迹。贾充首先领起全诗，道出室内悲叹，想来贾充口中的“室”应该就是二人日常所居住的卧室，藏匿了不少夫妻恩爱的欢乐往事。此时，贾充却问这房间内是谁在悲伤地叹息，自然是指身旁的妻子李氏。

贾充妻子李氏是尚书仆射李丰之女，不但有才情，还贤良淑德，对贾充照顾有加，只是可惜后来因为朝纲变动，李丰被当时掌握政权的司马师所杀，连累家人一同受到牵连，要发配边疆，早已嫁给贾元的李氏也不能幸免。眼看分别在即，感情一向融洽的贾充和李氏便免不了悲戚一番。贾充问完，李氏作答，她说叹息只是担心夫妻情分就会到此终结，难怪李氏会这样想，古时的女子本就地位卑微，更何况如今成了犯妇的李氏，今朝一走，他日恐怕就难得与贾充见上一面了。

贾充作为丈夫，自然不能在离别之时说出伤人的话，他一番海誓山盟的表白，说自已的心就如同磐石一样坚固无转移，让李氏放心。可李氏也明白月有阴晴圆缺，生离死别的事情古来有之，这是无法强求的。贾充依然对天起誓，他对李氏的爱不会改变，李氏才稍微放心，黯然离去。

然而就在李氏离去不久后，贾充便再次娶妻。就在贾充的生活日益恢复平淡的时候，李氏却曹逢天下大赦而回归故土，这样的结果令两个人都始料未及，誓言依然，可惜物是人非。贾充的现任妻子郭氏不许李氏入门，而贾充也因为惧怕郭氏而迟迟不肯将李氏接回家门，昔日的承诺而今成了一纸空谈。

潘　岳

公元247—300年，字安仁，荥阳中牟（今河南中牟县东）人。他少时有奇童之称，二十岁时便才名卓著。他热心做官，但不得志；形象俊美，但品格卑污。赵王司马伦辅政时，他被赵王的亲信孙秀害死，成为西晋统治集团内部斗争的牺牲品。

潘岳和陆机齐名，既是当时士族门阀的代表作家，也是当时形式主义诗歌的代表人物。他以写哀悼内容的诗见长，代表作是《悼亡诗》三首。此外，他擅长写"哀诔之文"，都以善叙哀情著称，比如《怀旧赋》《寡妇赋》。今存《潘黄门集》一卷。

悼亡诗三首（其一）

潘　岳

荏苒冬春谢①，寒暑忽流易②。之子归穷泉③，重壤永幽隔④。私怀谁克从⑤，淹留亦何益⑥。黾勉恭朝命⑦，回心返初役。望庐思其人，入室想所历。帏屏无髣髴⑧，翰墨有余迹。流芳未及歇，遗挂犹在壁。怅恍如或存⑨，回惶忡惊惕⑩。如彼翰林鸟⑪，双栖一朝只。如彼游川鱼，比目中路析⑫。春风缘隙来，晨溜承檐滴⑬。寝息何时忘，沈忧日盈积⑭。庶几有时衰⑮，庄缶尤可击⑯。

【注释】

①荏苒：逐渐。谢：去。②流易：消逝。③之子：那个人，指妻子。穷泉：指黄泉。④幽隔：被幽冥之道阻隔。意谓妻子逝世，长眠地下，永远同生者隔绝了。⑤私怀：指悼念亡妻的心情。克：能。⑥淹留：久留。⑦黾勉：勉力。⑧帏屏：帐帏和屏风。无髣髴：帏屏之间连亡妻的仿佛形影也见不到。⑨如或存：好像还活着。⑩回惶：

惶恐。惕：惧。⑪ 翰林：鸟栖之林。⑫ 析：分开。⑬ 承：顺着。⑭ 盈积：众多的样子，指忧伤越积越多。⑮ 庶几：但愿。⑯ 庄：庄周。缶：瓦盆，古时一种打击乐器。

【赏析】

这是一首著名的悼念亡妻的诗歌。“荏苒冬春谢，寒暑忽流易”，时光的流逝并没有减弱诗人对妻子的深爱，反而因为时间的积淀而更加深厚。

潘岳在 12 岁的时候和杨氏订婚，结婚之后，二人感情很好，可惜，在他们婚后第 24 个年头，杨氏因病去世，留下了潘岳独自一人饮泣。从诗作中可以看出，潘岳在妻子死后很长一段时间内都无法接受这个事实，“黾勉恭朝命，回心返初役”。他本是想要留在家中陪伴妻子的亡魂，却因为朝廷的公事繁忙，不得不离家远去。陪伴妻子的愿望难以实现，潘岳内心的悲戚从诗句中汩汩流淌出来。

潘岳悼念妻子杨氏的诗歌一共有三首，这是第一首，大概作于杨氏亡后第一年。诗人写道：“庶几有时衰，庄缶尤可击。”在这里他想效仿庄周，冷淡对待妻子离世的事实，然而他越是想要忘记，记忆便越是深刻，令他愁锁眉心不得展。

唐朝诗人李商隐叹息道：“只有安仁能作诔，何曾宋玉能招魂。”后世文人认为潘岳的悼亡诗有着“其情自深”的特点，十分感人。而潘岳也成了古来多情男人的代表。

谢　安

公元320—385年，字安石。陈郡阳夏（今河南太康）人。东晋政治家、名士，太常谢裒第三子、镇西将军谢尚从弟。谢安多才多艺，善行书，通音乐。他治国以儒、道互补；作为高门士族，能顾全大局，以谢氏家族利益服从于晋室利益。

兰亭诗二首（其二）

谢　安

相与欣佳节，率尔同褰裳[①]。薄云罗阳景，微风翼轻航。醇醑陶丹府[②]，兀若游羲唐[③]。万殊混一理，安复觉彭殇[④]。

【注释】

①褰裳：撩起下裳。语出《诗·郑风·褰裳》：子惠思我，褰裳涉溱。②醇醑（xǔ）：美酒。丹府：丹田。③羲唐：伏羲氏和唐尧。④彭殇：寿夭之意。彭指彭祖，传说中寿者，殇，未成年而死。这句是说不再感到长寿与早死的区别。

【赏析】

谢安传下来的诗仅有数首，在兰亭中所写的就有两首，上面这首便是其中之一。从这首诗中不难看出诗人当时的心情非常欢畅，与众人把酒言欢，仰望薄云美景，同褰衣裳，感受清岚徐来，“醇醑陶丹府”。唇齿间留有酒香，思绪飘若神仙。眼前此刻，只觉“万殊混一理，安复觉彭殇。”万物虽有不同，其实运行的道理一致，所以哪能看出早亡的人与八百岁的彭祖之间有什么区别呢？

受老庄影响的晋代士人，大多郁郁不得志，寻求问道一途。而谢安却是这样一个人物：他完全将自己放逐在官场里，来去如鲲鹏，自由高飞。

也许在别人看来，谢安的《兰亭诗》中所言实在托大，一逞口舌之快，但在某种程度上，也许生死在诗人心中并无明显的区别。诗里的谢安已经完全忽略了生死的含义，这明显是受到玄学洗礼的超然者，“兀若游羲唐”，自然不惧怕生与死的苦痛。

陶渊明

公元365—427年，字元亮，号五柳先生，谥号靖节先生，入刘宋后改名潜，浔阳柴桑（今江西九江市西南）人，是中国文学史上的大诗人。

田园生活是陶渊明诗的主要题材，相关作品有《饮酒》《归园田居》《桃花源记》《五柳先生传》《归去来兮辞》等。这些诗歌表现了他以“自然”为核心的哲学，反映了他的鄙夷功名、理想高远、志趣高洁和守志不阿，表达了他对污秽现实的强烈憎恶和对淳朴农村生活的向往与热爱。

陶渊明作品的注本，今存较早的是宋刊巾箱本李公焕《笺注陶渊明集》。另外，有比较通行的是陶澍集注《靖节先生集》。

归园田居（其一）

陶渊明

少无适俗韵，性本爱丘山。误落尘网中①，一去三十年。羁鸟恋旧林，池鱼思故渊。开荒南野际，守拙归园田②。方宅十余亩，草屋八九间。榆柳荫后檐，桃李罗堂前。暧暧远人村③，依依墟里烟④。狗吠深巷中，鸡鸣桑树颠。户庭无尘杂，虚室有余闲⑤。久在樊笼里，复得返自然。

【注释】

①尘网：指尘世，官府生活污浊而又拘束，犹如罗网。这里指仕途。②守拙：在潘岳的《闲居赋序》中，有“巧官”“拙官”二词，巧官即善于钻营，拙官即一些守正不阿的人。守拙的含义即守正不阿。③暧暧：暗淡的样子。④依依：轻柔的样子。墟里：村落。⑤虚室：娴静的屋子。余闲：闲暇。

【赏析】

《归园田居》共五首。这五首所咏是归田之乐。根据诗文，榆柳成荫，桑麻已长，并不是冬天的景色，所以这应该是归田后第二年所作，即晋安帝义熙二年（公元406年），陶渊明四十二岁。

这首诗描绘了一派宁静和平的田园风光，但这并不是久经战乱的农村的写实景观，而是作者当时心境的形象化反映。这种形象化的心境，体现了他对污浊朝市、险恶环境的批判。所以，辞官归田是适合作者本性的理想选择，因为在这里他可以摆脱官场的羁绊，体会农村的淳朴生活。

饮酒二十首（其五）

陶渊明

结庐在人境①，而无车马喧②。问君何能尔③，心远地自偏。采菊东篱下，悠然见南山④。山气日夕佳⑤，飞鸟相与还⑥。此中有真意⑦，欲辩已忘言。

【注释】

①结庐：构筑屋子。人境：人居住的地方。②无车马喧：没有车马的喧嚣声。③君：作者自谓。尔：这样。④悠然：自得的样子。南山：指庐山。⑤日夕：傍晚。⑥相与还：结伴而回。⑦此中：此时此地的情和境，即隐居生活。真意：人生的真正意义。

【赏析】

这是陶渊明饮酒诗中最著名的一首，诗的意境清新而淡远。

近处是清幽的爱菊，远处是杳杳的南山，头顶滑过的是逍遥的飞鸟，心中留存的是自在的归意。在山野里找到的乐趣，只能心领神会，是无法用语言表达出来的。“结庐在人境，而无车马喧”，这里毫无是非的叨扰。是什么缘故呢？“心远地自偏”。这是一句具有哲理的话，大有深意，心不为外物所累，自然能得清净。

在晋代以前的古人诗歌中很少有表现这种思想意境的诗作，而陶渊明虽不是开风气者，却是集大成者，他的诗追求的是人与自然的和谐，以及心与身的和谐。复归自然，成为魏晋田园诗的主题，也为后世确立了典范。“采菊东篱下，悠然见南山”，历来认为是难得之佳句。

魏晋时代，玄学为显学，诗人自然受其影响，这首诗末尾，诗人写道“此中有真意，欲辩已忘言”，用的就是庄子得鱼忘筌、得意无言的意境，是对人生真谛的体悟，给人悠远的想象空间。

饮酒二十首（其十四）

陶渊明

故人赏我趣，挈壶相与至。班荆坐松下①，数斟已复醉。父老杂乱言，觞酌失行次。不觉知有我，安知物为贵。悠悠迷所留②，酒中有深味。

【注释】

① 班荆：铺荆于地。② 悠悠：指趋名逐利的人。迷所留：指那些人迷恋于虚荣名利。

【赏析】

这是陶渊明以诗说理的一首饮酒诗，十分别致，富有生活气息，且寓哲理于其中，是同类诗中的佳作。

诗的开头一句便将诗的意境点出，即饮酒，自此以下贯穿这一主题，依次写了饮酒中的各种乐趣。“班荆坐松下，数斟已复醉。父老杂乱言，觞酌失行次”所写的松下坐饮的情境，淳朴可爱，一幅乡间饮酒图跃然眼前。然而诗人毕竟是诗人，他与众人不同是在这种宁静的乡间生活中，能够体悟到许多人无法体悟的东西，“不觉知有我，安知物为贵”，就有点物我两化，人与自然融合的味道了。

诗歌的末尾一句“酒中有深味”，大有意趣，全诗从酒开始，以酒结束，而诗人从酒中体味出深意，言有尽而意无穷。

纯真自然，东篱采菊，陶渊明得到的是最终的落魄隐者的逍遥。“悠悠迷所留，酒中有深味”，此种平淡，如山泉沁酒，令后世亦甘甜如饴。

颜延之

公元384—456年，字延年，南朝宋文学家。琅邪临沂（今山东临沂）人。在当时的诗坛上声望很高，和谢灵运齐名，并称“颜谢”。其诗存世者不少而可观者不多，较为人们所称道的是《五君咏》五首，借阮籍、嵇康等古人抒发自己的不平，体现了他正直放达的一面。

阮步兵[①]

颜延之

阮公虽沦迹[②]，识密鉴亦洞[③]。沉醉似埋照[④]，寓词类托讽[⑤]。长啸若怀人[⑥]，越礼自惊众。物故不可论，涂穷能无恸[⑦]。

【注释】

①阮步兵：就是阮籍，因为曾经做过步兵校尉，所以世称阮步兵。②沦迹：隐没足迹，指隐居不仕。③鉴：照，这里指观察识别。洞：深远。这句的意思是说阮籍的见识很细密，对事物的观察很深刻。④埋照：把光芒隐藏起来，指有才识而不外露。这句是说阮籍饮酒求醉好像是有意隐藏起自己的才识。⑤寓词：在诗歌中寄托自己的思想感情，这里是指写作《咏怀诗》。这句是说阮籍写《咏怀诗》好像是用来讥讽现实的。⑥长啸：高声吟唱。⑦物故：世故，世事。涂：道路。涂穷，没有路。恸：悲痛。这二句是说：阮籍看到世事败坏已不可论，他处于穷途怎能不悲恸呢！

【赏析】

这首诗选自颜延之的《五君咏》。《五君咏》共五首，分咏阮籍、嵇康、刘伶、阮咸和向秀五人。《阮步兵》是第一首。这首诗主要述说了阮籍的隐居醉酒、创作诗歌、高声吟唱以及越礼行为，这一切都蕴含着对当时政治的清醒认识和强烈不满。诗人通过对阮籍的怀念，表面上是在赞扬阮籍的言行，实则在表达自己不得志的情怀。

嵇中散

颜延之

中散不偶世[①]，本自餐霞人[②]。形解验默仙[③]，吐论知凝神[④]。立俗迕流议，寻山洽隐沦[⑤]。鸾翮有时铩，龙性谁能驯[⑥]。

【注释】

①不偶世：不能和世俗之人和谐相处。偶：合，谐。②餐霞人：即神仙。③形解：尸解。验：证实。这句是说嵇康尸解而去就可以证实他已经默然成仙了。④吐论：发表议论，指嵇康写作《养生论》。凝神：指修养心性达到宁静专一的境界。这句是说：从其《养生论》就可以看到他是深知凝神之理的。⑤立俗：置身于世俗之中。迕：违背。流议：流俗的议论。洽：融洽。这二句是说嵇康处于世俗之中，见解总与流俗之论相悖逆；居于山林，和隐逸之士却能融洽相处。或

疑上句当作“立议连流俗”，是说嵇康非汤武而薄周孔的议论是与流俗相背逆的。⑥鸾翮（hé）：鸾鸟的翅膀。铩（shā）：伤残。鸾、龙都是借指嵇康，《晋书·嵇康传》说：当时人们都以龙、凤比喻嵇康，说他是“龙章凤姿”。这两句是互文，意思是说：鸾和龙虽然有时受到摧残，但它们的本性却是任何人也不能驯服的。

【赏析】

嵇中散，就是嵇康。因为他曾经做过中散大夫，所以世称嵇中散。这首诗是《五君咏》的第二首。作者表面是在赞扬嵇康的超尘拔俗、气节高尚，实则表明尽管自己遭遇打击，却绝不屈服的决心。

谢灵运

公元385—433年，陈郡阳夏（今河南太康县）人，世居会稽（今浙江绍兴市）。原为陈郡谢氏士族。

谢灵运是著名山水诗人，他擅长使用精雕细琢的语言来记叙游历见闻、描绘自然风光，他抒写的佳句以鲜明的形象、优美的意境而闻名。不过就从全诗来考量，经常是在结尾处落入玄言佛理的窠臼，情绪之消极颓废，社会内容之空洞匮乏，削弱了他作品的价值。甚至，有的时候他的语言过于精工富艳，所以往往比较晦涩难懂。谢灵运的作品有《谢康乐集》（明焦竑本）。

登池上楼

谢灵运

潜虬媚幽姿①，飞鸿响远音。薄霄愧云浮②，栖川怍渊沉③。进德智所拙，退耕力不任。徇禄及穷海④，卧痾封空林⑤。衾枕昧节候⑥，褰开暂窥临⑦。倾耳聆波澜，举目眺岖嵚⑧。初景革绪风⑨，新阳改故阴⑩。池塘生春草，园柳变鸣禽。祁祁伤豳歌⑪，萋萋感楚吟⑫。索居易永久，离群难处心⑬。持操岂独古⑭，无闷征在今⑮。

【注释】

①虬：有角的小龙。②薄：同“泊”，止。③怍：惭愧。④徇禄：做官。及：到。穷海：边远的海滨。⑤痾：病。⑥衾：被子。⑦褰（qiān）：揭起。⑧岖嵚（qīn）：山高而险。⑨景：光。⑩新阳：指春。故阴：指冬。⑪祁祁：众多。⑫萋萋：草木茂盛的样子。⑬索居易永久，离群难处心：索居容易觉得岁月长久，但是难以安心做到。索居，散居。离群，离开朋友。⑭持操：坚持节操。⑮无闷：没有苦恼。征：验证。

【赏析】

出身大家族的谢灵运，自小被祖父谢玄捧在掌心呵护。谢玄因与谢安平前秦有功，在谢安死后，谢家受到朝廷极大的表彰，谢玄理所当然成了最大的受益者，被封为康乐公。谢玄有两子，灵运是其长子谢王奂最小的儿子，本名公义，而“灵运”是成年之后得到的字。

谢灵运自诩才高八斗，在晋廷几乎可以说是呼风唤雨，文坛上亦倾倒众生，然而南朝宋武帝刘裕取晋而代之后，立刻将谢灵运的爵位削去，降为散骑常侍。谢家曾是晋王朝数十年安定的支柱，对刘裕而言却是不可信的毒瘤。之后，谢灵运在毫无准备之下再被降级，最后沦落为永嘉太守。自此诗人不再理政务，完全寄情山林，四处游玩，写诗作文。

这首《登池上楼》便是谢灵运在永嘉排忧解闷的诗。诗人在朝廷内受到排挤，让他的人生充满了忧郁的颜色，心智总是在动摇，于是在某日清晨时早早地起来，登楼眺望。看到远处的薄雾和山峦，心思转瞬神游。

“潜虬媚幽姿，飞鸿响远音”，眼前情景令他想起龙、鸿之姿。沉潜的龙身形是那么幽娴曼妙，高飞的鸿鹄鸣叫是如此旷远幽深。诗人很想飞到在高空之上，却愧对飞鸿；他想要栖息川谷，却惭对深渊的潜龙。在这里，飞鸿和潜龙两个意象其实是诗人对仕途和归隐的形容。“进德智所拙，退耕力不任”，诗人也曾积极地为进入仕途而修炼德行，苦于智慧拙劣；无奈之下退隐耕田，却又无法胜任农活。接着诗人写道：“徇禄反穷海，卧痾封空林。”被进退不得弄得思想纠结之时，他深深地感到疲累。被迫来到偏远的地方做官，又时常身染疾病，只能

"衾枕昧节候，褰开暂窥临"，面对窗外光秃秃的野林，浑然不知天地四时究竟变成了什么模样。

整首诗表达了一种久困之后的觉醒，诗人意识到浑噩下去就会抹杀自己的灵性，情不自禁地要为自己寻找生活和习作的灵感，于是披衣登池上楼远眺。他看到了崇山峻岭，也聆听到脚下不远处河流水波的叮咚声，原来初春的阳光早已降临，带着残余的冬风将人间的阴冷吹走。不知不觉间，池塘已经生满春草，园中柳条上的鸣禽也变换种类和叫声。

这首诗以登池上楼为中心，表达诗人内心的坚持与清高。从诗句中不难见出诗人百感交集的复杂感情。"池塘生春草，园柳变鸣禽"两句则被视为传世的佳句。

石壁精舍还湖中作[1]

谢灵运

昏旦变气候，山水含清晖[2]。清晖能娱人，游子憺忘归[3]。出谷日尚早，入舟阳已微。林壑敛暝色，云霞收夕霏[4]。芰荷迭映蔚[5]，蒲稗相因依。披拂趋南径[6]，愉悦偃东扉。虑澹物自轻[7]，意惬理无违。寄言摄生客[8]，试用此道推。

【注释】

①石壁精舍是作者的庄园始宁县（今浙江绍兴市上虞区）始宁

墅附近的佛寺。湖，指巫湖。作者经常去石壁精舍游玩。他居住在南山，需要经过中间的巫湖，才能到达北山的石壁精舍。② 清晖：指山光水色。③ 憺（dàn）：安闲舒适。这两句意思是说：山光水色使诗人心旷神怡，以致乐而忘返。④ 这二句是说：森林山谷之间到处是一片暮色，飞动的云霞已经不见了。⑤ 芰（jì）：菱。这句是说：湖中芰荷绿叶繁盛互相映照着。⑥ 披拂：用手拨开草木。⑦ 澹（dàn）：同“淡”。这句是说：个人得失的考虑淡薄了，自然就会把一切都看得很轻。⑧ 摄生客：探求养生之道的人。

【赏析】

景平元年（公元 423 年）秋，诗人辞去永嘉太守的官职，回到始宁墅过起隐居生活。

这首诗就是写作者从石壁精舍返回，傍晚经湖中，泛舟时的景色：出谷时看见山水清晖，入舟时见到云霞、菱荷和蒲稗，登岸后瞧见趋南径、偃东扉，写得井然有序，仿佛一篇精雕细琢的山水游记。最后四句把抒情和议论自然地结合起来，表达出一种隐逸避世的思想。

夜宿石门[①]

谢灵运

朝搴苑中兰，畏彼霜下歇[②]。暝还云际宿[③]，弄此石上月。鸟鸣识夜栖，木落知风发。异音同致听，殊响俱清越。妙物莫为赏，芳醑谁与伐④。美人竟不来，阳阿徒晞发⑤。

【注释】

①作者的别墅就在石门。石门，即石门山，在今浙江省嵊县（今嵊州市）。这首诗又名《石门岩上宿》。②搴（qiān）：拔取。歇：尽，凋谢。③暝（míng）：黄昏。④芳醑（xǔ）：美酒。伐：赞美。这句是说：谁同我一起品尝这好酒？⑤美人：指诗人思念的好友。阳阿：神话中所说的太阳升起的山丘。山南叫阳，曲隅为阿。晞（xī）：晒干。这两句意思是说：没有知心好友同游，只能在阳阿独自晒头发。

【赏析】

诗人夜宿于石门别墅的岩石上，听着鸟鸣风声，感受着秋夜的美景，不禁悲从中来，如此佳色绝景，却无具有高情逸趣的人相伴同游，一起欣赏，孤寂之感油然而生。诗中通过耳闻声音的写法来描绘山中秋夜的独特风光，生动、别致，给读者提供了想象的空间。

鲍　照

公元 414—466 年，字明远，东海郡人（今山东临沂市兰陵县长城镇），中国南朝宋杰出的文学家、诗人。与颜延之、谢灵运同为宋元嘉时代的著名诗人，合称“元嘉三大家”，其诗歌注意描写山水，讲究对仗和辞藻。他长于乐府诗，其七言诗对唐代诗歌的发展起了重要作用。世称“元嘉体”，现有《鲍参军集》传世。

拟行路难十八首（其四）

鲍　照

泻水置平地[①]，各自东西南北流[②]。人生亦有命，安能行叹复坐愁？酌酒以自宽，举杯断绝歌路难[③]。心非木石岂无感，吞声踯躅不敢言[④]。

【注释】

① 泻：倾泻。② 东西南北：以水流方向不一喻指人生贵贱不齐。③ 举杯断绝歌路难：《行路难》的歌唱因饮酒而中断。④ 吞声：形容欲言又止。踯躅：徘徊的样子。

【赏析】

这是鲍照一首抒发人生苦闷的诗歌，整首诗以水流泻于地面而起兴，水流“各自东西南北流”，预示着人生总是会经历着不同的际遇。“泻水置地”是魏晋时期清谈中出现过的，鲍照不仅能引用，还使其更加富于生活气息，规避开理学枯燥无味的感觉，可见他的创造力和文字能力都是非同一般的。

鲍照看似自圆其说，又好似反问上天的诗句，让人读后无言。到底是命运的不公，还是人间的世事不公？期间的纠葛，真是说不清，道不明。既然如此，不如沉醉不醒，反倒可以解千愁。可是醉了就真的一了百了吗？鲍照却不能真正的沉醉酒中，他不愿意像木石一样没有思想，可是那巨大的踌躇却是无法轻易就说出口的，所以，他只能忍耐着将一切苦楚吞咽肚里。

鲍照绝对是南朝的异类，在那个温润的王朝中，他总是不合时宜地站出来说一些本不该他说的话，写一些本不该他写的诗文。所以，他脚下的路比别人难走，所以，他在兜兜转转之中总是找不到属于自己的合适定位。在他的字里行间，永远透露出一股不甘人后，却又无可奈何的情绪。

鲍照苦于拥有一腔热情和才学，却无法施展，在万般无奈之下，只能寄情于诗文，只有文字，才会不分贵贱。诗人用他所拥有的无坚不摧的悲悯和包容情怀，写下了一首首的诗歌，一篇篇的文章，咏叹着人生的苦闷，吟唱着世事的无情和冷酷。

梅花落

鲍　照

中庭多杂树，偏为梅咨嗟[1]。“问君何独然？”“念其霜中能作花，露中能作实。摇荡春风媚春日，念尔零落逐寒风，徒有霜华无霜质[②]！”

【注释】

①咨嗟：赞叹声。②尔：指杂树。霜华：霜中的花。华，同“花”。这三句是说：杂树只能在春风中摇曳，在春日下盛开，有的虽然也能在霜中开花，却又随寒风零落而没有耐寒的品质。

【赏析】

这首诗用梅花象征节操高尚的士大夫，以庭中杂树象征没有节操的士大夫。赞美梅花的坚贞、不屈，讽刺杂树的软弱、动摇。两相对比，托讽寓于其间。

谢　朓

公元464—499年，字玄晖，陈郡阳夏（今河南太康县附近）人。南朝齐著名诗人，出身世家大族。年少出名，因曾出任宣城太守，所以又称他“谢宣城”。齐东昏侯永元元年（公元499年），在统治阶级内部斗争中，因为他不肯参与萧遥光谋反而被陷害，卒年三十五岁。

从谢朓现存的作品看，他的五言诗具有寄情山水，不杂玄言的崭新特色，号称“永明体”。虽然曾受谢灵运的影响，但其深刻的内容和清丽的文采都超过谢灵运。在今天看来，他的诗对唐代诗人有较大影响。此外，谢朓的赋也写得清丽脱俗，对后代也有深刻影响。

作品有《谢宣城集》。

晚登三山还望京邑

谢　朓

灞涘望长安①，河阳视京县②。白日丽飞甍，参差皆可见。余霞散成绮③，澄江静如练。喧鸟覆春洲，杂英满芳甸。去矣方滞淫④，怀哉罢欢宴。佳期怅何许⑤，泪下如流霰⑥。有情知望乡，谁能鬒不变⑦！

【注释】

①灞涘：灞水岸。王粲《七哀诗》：“南登灞陵岸，回首望长安。”这句是借王粲望长安比喻自己望京邑。涘（sì），水边。②河阳：县名，故城在今河南孟州市西。京县：指洛阳。潘岳《河阳县诗》：“引领望京室。”这句是借潘岳望洛阳比喻自己望京邑。③绮：锦缎。④方：将。滞淫：久留。⑤佳期：指还乡邑之期。⑥霰（xiàn）：雪粒。⑦鬒（zhěn）：黑发。

【赏析】

三山，在今南京市西南长江南岸，上有三峰，南北相连。京邑，指建业（今南京市）。

这首诗大概是谢朓离开建业，出任宣城太守，路上经过三山，眺望远方时所作。诗歌抒发了作者登山眺望时诱发的思乡之情。

王孙游

谢　朓

绿草蔓如丝①，杂树红英发。无论君不归②，君归芳已歇③。

【注释】

①蔓：蔓延。②无论：莫说。③歇：尽。这两句是说：莫说你不回来，即使回来，春天也过去了。

【赏析】

这首诗描绘了在春光明媚的季节里，一个女子深深思念离家远行的丈夫，希望他早日归来，但实际上即使男人可能回来，女人也已成了萎谢之花。本诗最后一句“君归芳已歇”点破了“美人迟暮”的悲哀。

汤惠休

南朝宋诗人，字茂远。生卒年不详。早年为僧，人称“惠休上人”。汤惠休诗作今存十一首，以《怨诗行》最为著名，富于民歌气息。汤诗笔力虽较纤弱，却无不健康的内容，其诗风华美流畅，在宋齐间颇有影响。

秋思引

汤惠休

秋寒依依风过河[1]，白露萧萧洞庭波[2]。思君末光光已灭，眇眇悲望如思何！

【注释】

① 依依：形容秋寒的隐约。② 萧萧：形容白露零落。

【赏析】

比起同时期的其他诗人，汤惠休似乎是比较特别的一位，他一生平坦并无太多波折，所以诗作中也大多是淡然如水的意境。他的诗作虽然流传并不多，每一首都感情饱满，尤其这一首更是他的代表作，为情诗的佳作。

“秋寒依依风过河，白露萧萧洞庭波。”由秋天引出思绪，诗人开笔即写出秋色的景色。那景色真美，微寒的气息中有风拂过河面，而波光粼粼的水面上有着思念还未泯灭的光辉。描写中带着悲哀，带着期盼，还有那么一点点的怦然心动。

这一首秋天的情歌在缓缓地吟唱，时光的流水中，它没有逊色一分一毫，反而愈加光鲜。如同璞玉，根本就不需要雕琢，只要随口一读，便能领略出其中深深的情意。汤惠休就是这样一个善于表达感情，但又不是一个一味哀思幽怨的诗人。

“思君末光光已灭，眇眇悲望如思何。”在这一首看似写景，其实写情的诗歌中，诗人寄托情思，浓情厚谊在反复铺垫中引申出来。在缠绵悱恻的情谊中，我们又能读到一股质朴典雅的宁静与含蓄。

杨花曲三首（其二）

汤惠休

江南相思引[①]，多叹不成音。黄鹤西北去[②]，衔我千里心。

【注释】

① 引：歌曲。《相思引》即是乐曲名。主人公借弹奏此曲抒发心中郁结的情思。② 黄鹤：一种善飞且恋侣的鸟。

【赏析】

《杨花曲》其实是一首乐府诗歌，诗中所提到的“江南”并不是真的江南之地，而是借此来形容女子的思念好比千山万水，无法跨越。

汤惠休早年本为僧人，因为才高八斗，后来孝武帝刘骏命其还俗，又得徐湛之赏识，巧得机缘，官至扬州从事史。

在这首《杨花曲》中，诗人开头写道：“江南相思引，多叹不成音。”作者借弹奏曲子，来抒发内心忧伤，但是却因为多次的叹息而调不成调，曲不成曲。根据诗文中所讲，所弹奏的这首曲子名称应该是《相思》，可是却因为过分的相思，而无法通过曲子传达出内心真实的想法。

在这首诗中，诗人用江南作为虚拟的词语，来形容相离之远、相思之深。既然相思之情无法通过曲调传达，那便让黄鹤带去好了：“黄鹤西北去，衔我千里心。”遥远的西北方，黄鹤将会向那里飞去，将思念和依恋传达到千里之外。“千里心”三个字将女子对男子的思念表现得柔情刻骨，动人心弦。于是，故事在这个短小的诗歌中得以升华，一个关于相思的传奇在这首诗歌中得到延伸。

何逊

南朝梁诗人，字仲言，东海郯（今山东省兰陵县长城镇）人。八岁能诗，弱冠州举秀才，官至尚书水部郎。其诗善于写景，工于炼字，为杜甫所推许。有集八卷，今失传，明人辑有《何水部集》一卷，后人称“何记室”或“何水部”。

咏早梅

何逊

兔园标物序①，惊时最是梅。衔霜当路发，映雪拟寒开②。枝横却月观③，花绕凌风台。朝洒长门泣④，夕驻临邛杯⑤。应知早飘落，故逐上春来⑥。

【注释】

①兔园：汉梁孝王的园名，这里指扬州林园。物序：时序，时节变换。②拟：对着。③却月观：扬州的台观名。下文“凌风台”同。④长门：汉宫名。⑤临邛：汉县名。⑥上春：孟春正月。

【赏析】

这首诗以咏梅为题，处处围绕着一个“梅”字落笔，为我们描绘了一幅“早梅图”。他写道：“惊时最是梅，一句不落俗臼，衔霜当路发，映雪拟寒开”，正当大地还是四目荒凉、寒风凛冽的时候，梅花却早早地探出头，开始了争芳斗艳，在凛冽中送出芳香。因为梅花不止高雅，而且在荒芜的土地上显得十分醒目，所以，诗人大费笔墨也要描摹出梅花的高雅，但同时也要赞叹出梅花的嫣然，和它傲视霜雪的高贵姿态。

而后诗人便顺理成章地由梅花想到了人事，那些悲欢离合、貌合神离的故事，在诗歌中得以体现。何逊并不是无病呻吟，他一生几多坎坷，经历了人间无数苦难，虽然胸怀天下，但却并未如愿以偿地报效家国。所以，他的诗文中多体现出“辛苦”之意，并不是他做作而为，而是真的有感而发。

很显然，诗人在这里以梅花自比，他认为自己也是傲雪清梅，虽然芳香四溢，但却面临着严寒的天气。好在他毫不气馁，认为与其悲叹人事，不如建功立业，营造自己的春天。

咏舞妓

何　逊

管清罗荐合①，弦惊雪袖迟。逐唱回纤手，听曲动蛾眉②。凝情眄堕耳③，微睇托含辞④。日暮留嘉客，相看爱此时。

【注释】

①罗荐：丝织席褥。②蛾眉：美人的秀眉。③眄：斜着眼看。④睇：斜视，细看。

【赏析】

咏舞妓的诗歌题材在古代不乏其作，然而何逊的这首却显得清新可爱。“管清罗荐合”，管乐的清新旋律冉冉响起，飘逸的罗裙随之摇摆，缓慢而轻盈，祥和与温馨笼罩周围。突然间，弦乐之声奏响，宛如投入平静湖面的石块，打破了原有的和谐，开启了新的乐章。沉醉于轻柔的舞者，被这突如其来的变化惊了一下，不得不对自己的舞蹈做出相应的调整与转变——“弦惊雪袖迟”。她匆忙间舞起雪白的长袖，但还是慢了半拍。

表演还在继续，宛若百灵鸟般悦耳的声音、曼妙的舞姿，幻化成了何逊笔下的诗句。动听的曲调，从她的朱唇间缓缓唱出，纤细的双手也随歌而动，就连清秀的蛾眉也随着乐曲一起跃动。定格之时，深凝的双眸斜斜地看着脸侧长长的耳环，不经意的一瞥间隐藏着无尽的言语。

诗人在这首并不长的诗歌中，形象生动地描绘了一位曼妙可爱的舞娘形象。虽然无意间的走神就有可能是一个大失误，然而这是一位机敏真诚的女子，“凝情眄堕耳，微睇托含辞”，她用满目含情完成了精彩演出。读来令人不免莞尔，心生向往。

吴 均

公元469—520年，字叔庠，吴兴故彰（今浙江安吉县西北）人。南朝齐梁时期的文学家、史学家。

吴均的诗文很有特点。音韵和谐，风格清丽，语言明畅，用典贴切，无堆砌之弊。虽辞藻华美，但不失刚健清新的气息，有鲍照余绪，有些作品甚至表现出寒士的雄心和骨气，在当时颇有影响。

吴均的作品，现存诗歌多是乐府、赠答、咏物之作。有辑本《吴朝请集》。

山中杂诗（其三）

吴 均

山际见来烟[①]，竹中窥落日[②]。
鸟向檐上飞，云从窗里出。

【注释】

① 山际：山与天相接的地方。② 窥：从缝隙中看。

【赏析】

这一首小诗用单纯白描的手法，展现出了一片山居的晚暮景象，栩栩如生，画面动人。恰到好处地将诗人闲散、舒适的心情刻画出来，又配上山林中幽然深远的意境，俨然是一幅绝妙的写生画。

作者吴均是南梁时著名的山水大家，他在山水诗文上的造诣丝毫不亚于当时的谢灵运等人，也算是自成一家，风格别样。这一首小诗是他的代表作之一。

从山际飘来的阵阵如烟山雾，到竹林中依稀窥探到的落日余晖，还有那屋檐上飞过的鸟儿，从窗外飘过的云朵，这一切只是简单的景物描写，却在诗人的笔下生出了活灵活现的光辉。令人仿佛真的身临其境，看到了这一幕幕的场景，感受到了远离了尘嚣的清净和心事的超脱自然。

吴均的这首写景小诗看似与寻常人无异，但仔细品味，还是能读出一些不同。吴均年少有为，但却因为不通世事，在官场中屡遭打击。事业的不顺令这个男人心生归隐之意。所以，这一首杂诗也算是他看透仕途之后，从大自然中得到了一点点安慰。

诗人将自己放逐在山水之中，感受着那份独有的清雅和恬淡，然后用超然的笔调将其记录成文。如同一幅彩色照片一样，被人一读就牢牢地印在心间，无法挥去。

清人沈德潜说这首《山中杂诗》是“四句写景，自成一格”，是为不虞之论。

萧　衍

公元464—549年，字叔达，生于建康（今南京），籍贯南兰陵郡武进县东城里（今江苏省丹阳市访仙镇），南北朝时期梁朝政权的建立者。萧衍富有诗赋文才，他的大多数诗作都是描摹女子对爱情的殷盼，感情缠绵，语言平易，具有浓郁的江南民歌风味。

江南弄

萧　衍

众花杂色满上林，舒芳耀绿垂轻阴①。连手蹀躞舞春心②。舞春心，临岁腴。中人望，独踟蹰③。

【注释】

①轻阴：疏淡的树荫。②蹀躞：小步走路的样子。③踟蹰：徘徊不前的样子。

【赏析】

从"桃之夭夭，灼灼其华"开始，古人就习惯将美人与花相比，因为似乎只有鲜花堪配美人，窈窕女子的出现总是有美好的事物相伴。而在这一首诗里，诗人为这些美人挑选的陪衬是天下最美的"上林"。

诗歌前两句中竭力描绘的上林之美，色彩斑斓、繁花似锦的皇家园林里，百花齐放、争奇斗艳，绿油油的新叶在阳光下闪烁着充满活力的光亮。在这个明媚的春日，一切都显得如此和煦。但这不过是个铺垫，为下面即将出场的美人做铺垫。面对如此美景，长年为帝王献艺的歌女们不禁春心荡漾，手拉着手，小步地跳起了舞蹈。

“舞春心，临岁腴”，她们在大好的春光之中，翩跹起舞，无须音乐、无须伴奏，最美的回转便在随性之间舞出。心情大好的她们，享受着美妙的春光，尽情地燃烧青春。与她们的灵动洒脱不同的是“中人望，独踟蹰”，那些深居宫中的宫女们，望见如此欢快的场面，不禁也为之所动，却只是踟蹰不前。

众歌女飘逸的服饰、灵动的舞姿、清脆的笑声，使春光也变得黯然失色了。绚烂的花草、艳丽的上林，这一美得令人沉醉的场景，在翩翩起舞的歌女们面前，竟沦为了陪衬。

藉田诗

萧　衍

寅宾始出日[①]，律中方星鸟。千亩土膏紫，万顷陂色缥。严驾伫霞昕，浥露逗光晓。启行天犹暗，伐鼓地未悄。苍龙发蟠蜿，青旗引窈窕。仁化洽孩虫，德令禁胎夭。耕藉乘月映，遗滞指秋杪。年丰廉让多，岁薄礼节少。公卿秉耒耜，庶甿荷锄耰[②]。一人惭百王，三推先亿兆。

【注释】

①寅宾：恭敬导引。寅即敬，宾即导。②耰（yōu）：一种农具。

【赏析】

“藉田”乃天子耕种之田。即便是高高在上的君王，在以农为本的古代社会，也必须拿起锄头，亲自下田劳作。这已经成了一种固定的习俗，年年如此。

本诗就是围绕藉田这一主题，展开描写。诗的开头三句描绘了这样一幅画面，在仲春二月的一个凌晨，沉睡一晚的世间万物，恭敬地迎接着即将喷薄而出的旭日。在黎明霞光的映照之下，千亩的天子藉田呈现出迷人的紫色；藉田旁万顷的水池一片明亮的青白色。准备出发的天子车驾伫立在充满活力的朝霞之中，点点朝露于光亮下闪烁不定，仿佛也在欢迎着到来的晨光。

俗话说，一年之计在于春，一日之计在于晨。天子耕种也不例外。“启行天犹暗”，天还未全亮，天子的车队便已出发了，隆隆的鼓声震撼着还没完全醒来的大地。“苍龙发蟠蜿，青旗引窈窕”。青色的车马、青色的幡旗，声势浩大的天子车队，就在缓缓升起的朝阳中，向着藉田的方向不断前进着。这便是天子的气势。

古时天子耕种，重点并非天子实际劳作了多少，而在于身为君王示范万民之举。在这首《藉田诗》的后半部分，便围绕此而展开。君王将他的仁德和恩泽遍施于天下，就连那些幼小的动物也不例外，都得到了他的保护。藉田上，公卿和农人们手持农具，做好准备，只等着天子的第一锄之后，便能开始耕种了。天子亲自来参加耕种藉田的行为，令天下的四方侯王纷纷拿起锄头，效仿天子的行动。虽说千亩的藉田最终还是由庶人来耕种的，但天子象征性的第一锄，无疑是具有模范与榜样的作用。所以说“公卿秉耒耜，庶甿荷锄耰。一人惭百王，三推先亿兆”。于是，红霞、紫土、白水和青色的队伍，构成了一幅色彩丰富且生机勃勃的画面。

子夜歌（其一）

萧　衍

朝日照绮窗[①]，光风动纨罗[②]。巧笑蒨两犀，美目扬双蛾。

【注释】

① 绮窗：有花纹的格子窗户。② 纨罗：丝质窗帘。

【赏析】

这首《子夜歌》将视线移向了寻常百姓家，前半部分的街巷是再普通不过的场景。初升的太阳把柔和的光洒向世间，不会太清冷，也不会太炙热。其中的一束光，透过薄薄的云层，照射到一个布满花纹的格子窗户上。随着阳光而至的微风，轻轻地吹动着窗内丝质的窗帘，不时地会掀开一条缝，仿佛想探究窗帘背后的秘密。一切都是那么自然。

微风想探究的，也是人们想“窥视”的，诗人用后面短短的两句诗，向世人展示了一幅绝好的“美人图”。窗帘拉开了，穿过如镜框般的窗框，一个闺中少女的容颜显露了出来。不知是因为眼前的景色而开心，还是想到了什么高兴的事情，女子突然笑了，露出两排漂亮的牙齿，秋波流转间，一对好看的眉毛随之扬起。

这样的场景，不由地让人想起了卞之琳那首著名的《断章》：“你站在桥上看风景，看风景的人在楼上看你。明月装饰了你的窗子，你装饰了别人的梦。”在此诗中，少女就是那看风景的人，而读者就是那看少女的人，诗人为我们编织起一幅清丽的“南朝子夜歌图”。

沈　约

公元441—513年，字休文，吴兴武康人。南朝史学家、文学家。出身于门阀士族家庭，家族社会地位显赫，历史上有所谓“江东之豪，莫强周、沈”的说法。祖父沈林子，刘宋征虏将军。父亲沈璞，刘宋淮南太守，于元嘉末年被诛。

沈约年幼孤贫流离，但热爱学习，博览群书。青年时期，他已写得一手好文章。他历仕宋、齐、梁三朝，官至尚书令，封建昌侯。他与谢朓、王融一同成为当时文坛上的重要人物。沈约与谢朓等人开创讲求声韵格律的“永明体”，并提出“四声八病”说，对后来格律诗的形成和诗歌形式主义的倾向都具有重要影响。

沈约曾著有《四声谱》，今已不存。现存的著作有《宋书》和辑本《沈隐侯集》。

伤谢朓

沈　约

吏部信才杰，文峰振奇响[①]。调与金石谐，思逐风云上[②]。岂言陵霜质，忽随人事往[③]。尺璧尔何冤，一旦同丘壤[④]。

【注释】

①吏部：指谢朓。谢朓曾为尚书吏部郎。②金石：指钟磬等乐器。谐：和谐。思：才思。风云：形容高超。这两句是说：谢朓的作品音节铿锵，才思超群。③陵霜质：指谢朓不畏强暴的品质。人事：指新陈代谢、生死存亡的现象。这两句是说：哪里想到一个具有凌霜之质的人，很快便死去了呢？④尺璧：径尺之璧，指谢朓是难得的人才。这两句是说：谢朓你这样的人才，一旦埋没在丘壤之中多么冤枉啊！

【赏析】

这是一首悼亡诗，哀悼谢朓含冤而死。作者对谢朓的文学才华、思想品格都有极高评价。炽热的感情、强烈的义愤和独到的见解隐藏在作品的字里行间。

爱其美才而悲其横死，是此诗的主旋律。全诗不谀不贬，因而成为品评谢朓的千古不易之辞；真情率意，不假雕饰，因而又是千古悼亡怀友的传诵之作。

庾信

公元513—581年，字子山，南阳新野（今河南新野县）人，梁朝宫廷文人庾肩吾之子。他早年博览群书，父子出入宫廷，深受宠信。后来又与徐陵一起任萧纲的东宫学士，成为宫体文学的代表作家。他们的文学风格，也被称为“徐庾体”。

早年在梁时，庾信以宫廷文人的身份写作，当时他写的诗赋思想贫乏，内容空虚。晚年羁留长安之后，庾信被奉为文学宗师，礼遇丰厚，但他一直不忘故国乡土。这使得很多诗篇都洋溢着国破家亡、感伤身世的情感，尤其是后期作品拥有了比较深广的社会内容，思想意义和艺术价值都远远超过前期作品。这些诗篇在文学史上具有相当重要的影响，后代诗人往往从中受益匪浅。

拟咏怀（其一）

庾　信

俎豆非所习，帷幄复无谋[①]。不言班定远，应为万里侯[②]。燕客思辽水，秦人望陇头[③]。倡家遭强聘，质子值仍留[④]。自怜才智尽，空伤年鬓秋[⑤]。

【注释】

① 俎豆：俎（zǔ），古代祭祀时盛放牛羊的礼器。豆，古代高足食器。“俎”“豆”合言，代指朝廷的典礼。帷幄（wò）：军帐，一般用以代指古代军中的指挥部或谋略。这两句是说：自己既没有应酬于敌国庙堂的办法，也没有带兵打仗的谋略。② 班定远：班超，汉班超出使西域，曾封为定远侯。这两句是说：自己并不是像班超那样由于立功西域而封侯于万里之外。③ 辽水：即大辽水，今名辽河，在辽宁省西部，古代属燕国。陇头：即陇山，在陕西，古时属秦地。登山可望秦州（今甘肃南部一带）。这两句是说：自己思念家乡，就像燕客之

思念辽水，秦人之瞻望秦州一样。④ 倡家：歌伎。质子：作抵押的诸侯国君之子。这两句是说：自己被羁留就如同歌伎被强聘、质子被扣留一样，并非心甘情愿。⑤ 这两句是说：自己才智已尽、年岁已老，抚今思昔，空自悲伤。

【赏析】

庾信的《拟咏怀》共二十七首，是仿阮籍《咏怀》八十二首之作。

阮籍的《咏怀》写的是改朝换代之际，他的内心痛苦。庾信的拟作，尽管所寄托的身世飘零之感有所不同，但抒发内心的痛苦是相通的。这些诗大都是描绘乱世流离、感叹漂泊身世、慨叹羁留北地、怀念故国乡土的作品。用笔悲壮苍凉，极富特色。

本诗写庾信身为宫廷文人，礼制、兵谋、带兵、出使，皆非所长。打败仗，被羁留，年衰才尽，无计可施。这些慨叹，切合实际，可以称为发自肺腑的诗作。

寄王琳[①]

庾　信

玉关道路远，金陵信使疏[②]。独下千行泪，开君万里书[③]。

【注释】

① 王琳：字子珩，梁将，平侯景之乱有功。元帝被杀后，魏立萧

詧（chá）为傀儡，王琳曾举兵攻萧詧。其后陈霸先篡梁帝位，王琳又曾讨伐陈霸先，兵败被杀。庾信对这人是赞许的。② 玉关：玉门关，在今甘肃敦煌。这里代指自己所在之地。金陵：梁的故都，即南京。这两句是说：自己身在边远之地，故国的音信稀少。句意与“榆关断音信，汉使绝经过”相同。③ 这两句应是：开君万里书，独下千行泪。即是说：看到来信，无限伤心。

【赏析】

庾信是羁留北地的南人，由于好久不见故国人来，又长期不得故国消息，而来信者王琳恰是来自南地，庾信一见万里来信，不禁感动得热泪盈眶。这是庾信接到王琳的信后写给他的一首诗。这首诗表达了庾信对故国乡土的思念。

乌夜啼

庾　信

促柱繁弦非子夜，歌声舞态异前溪[①]。御史府中何处宿，洛阳城头那得栖[②]？弹琴蜀郡卓家女，织锦秦川窦氏妻。讵不自惊长落泪，到头啼乌恒夜啼[③]。

【注释】

① 柱：琴瑟等乐器上绷弦的枕木，用于调弦。促柱：距离短促的

调弦柱。柱促则弦紧，琴瑟必然音高且急。繁弦：指众多的弦。子夜：晋曲名。前溪：晋舞曲名。这两句是说：听到促柱繁弦所奏出的曲调不似“子夜”，也不似“前溪”，这就暗示所奏的乃是“乌夜啼”。②汉时御史府中有柏树，常有野乌栖宿其上。又后汉童谣有“城上乌，尾毕逋”之句。后汉都于洛阳。这两句是说乌鸦曾在御史府中住宿，又在洛阳城上栖止，它们究竟住在哪里呢？这两句也是用乌鸦的典故暗示所奏之曲乃是“乌夜啼”。③卓家女：卓文君，卓王孙之女，临邛人，今属四川邛崃，所以称蜀郡。文君寡居，因闻司马相如弹琴而私奔。窦氏妻：前秦窦韬之妻苏蕙，窦韬曾为秦州刺史。窦韬徙沙漠，苏蕙曾织锦作诗寄给他。这里引用卓文君和苏蕙的故事，是说像她们这样的寡妇、思妇，听到乌鸦夜啼，岂不吃惊落泪？但不管人们听了怎样，乌鸦总是夜里啼叫的。

【赏析】

刘熙载《艺概》说庾信的《乌夜啼》“开唐七律”，这首诗在诗歌形式的发展上值得注意。

南朝乐府

南朝乐府主要是民歌，来自东晋、宋、齐时代。这些民歌不仅被搜集整理、配乐传习，甚至还配以舞蹈、用来演唱，从而得以传承。

汉乐府民歌反映了尖锐的社会矛盾，北朝民歌表现了广阔的社会生活，南朝乐府民歌则十之八九属于女子所唱的情歌。题材范围比较狭窄，思想格调也不够高，主要是为了服务于统治阶级奢侈享乐的生活。不过，南朝民歌五言四句的形式，双关隐语的使用，形象生动的比喻，精巧活泼的语言，清新秀丽的风格，对后世的作家作品来说都是有影响的。与前代、后代的作品相比较，南朝乐府民歌在思想和艺术上起着承上启下的作用。

子夜歌（其一）

始欲识郎时，两心望如一[①]。理丝入残机[②]，何悟不成匹[③]！

【注释】

①望如一：怀着相同的愿望。②丝：蚕丝，谐“思”。残机：残破的织布机。③何悟：哪料到。匹：布匹，暗言匹配。这两句是说：他们的恋爱就像在残破的织机上织布一样，哪料到不能织成布匹，也就是说他们不能成为配偶。

【赏析】

这里选了《子夜歌》其中的六首。这六首诗双关隐语巧妙有趣，比喻准确生动形象，情感表达真挚深沉，充分体现了南朝民歌的特殊风格。

第一首诗抒写了男女不能结成婚姻的苦楚。第二首诗抒写一个女子思慕她的情人。第三首诗依然是在抒写一个女子对她情人思念与爱慕。第四首诗抒写一个女子对男子的态度暧昧、摇摆表示不满。第五首诗抒发了男子另有所爱，女子失恋怨恨。第六首诗抒写了女子的叹息，因为她爱的男子感情不坚定。

子夜歌（其二）

谁能思不歌？谁能饥不食？日冥当户倚[①]，惆怅底不忆[②]？

【注释】

①日冥：黄昏时候。②底：怎能。这二句是说：在黄昏时倚着屋门，怎能不因思念爱人而忧伤呢？

子夜歌（其三）

怜欢好情怀，移居作乡里[①]。桐树生门前，出入见梧子[②]。

【注释】

①怜：爱。欢：指所爱的人。好情怀：指对方对自己的真诚情意。作乡里：当邻居。②梧子：梧桐树的籽实。这里是双关隐语，即吾子，指男子。

子夜歌（其四）

我念欢的的[①]，子行由豫情[②]。雾露隐芙蓉[③]，见莲不分明[④]。

【注释】

①的的：明显。②由豫：犹豫，动摇不定。这二句是说：我思恋你是真的，而你的行动和感情却总是犹豫不定。③芙蓉：水芙蓉，荷花。④莲：谐“怜”，怜爱。这是双关隐语，说你对我的爱情态度就像雾和露里面的荷花一样，使人看不分明。

子夜歌（其五）

常虑有贰意，欢今果不齐[①]。枯鱼就浊水，长与清流乖[②]。

【注释】

①不齐：不一，指爱情不能专一。②乖：背离。这二句中的枯鱼是比喻男子，浊水比喻其他女子，以清流比喻自己。意思是说对方另有所爱，所以就和自己永远断绝了。

子夜歌（其六）

侬作北辰星[①]，千年无转移。欢行白日心，朝东暮还西[②]。

【注释】

①侬：吴地方言称自己为侬。北辰屋：北斗星。②还（xuán）：同“旋”，转。这二句是说：对方的感情不坚定，就像太阳一样早晨在东边，黄昏时又转到了西边。

西洲曲

忆梅下西洲，折梅寄江北[①]。单衫杏子红，双鬓鸦雏色[②]。西洲在何处？两桨桥头渡[③]。日暮伯劳飞，风吹乌臼树[④]。树下即门前，门中露翠钿[⑤]。开门郎不至，出门采红莲[⑥]。采莲南塘秋，莲花过人头。低头弄莲子，莲子青如水。置莲怀袖中，莲心彻底红。忆郎郎不至，仰头望飞鸿[⑦]。鸿飞满西洲，望郎上青楼[⑧]。楼高望不见，尽日栏杆头。栏杆十二曲，垂手明如玉[⑨]。卷帘天自高，海水摇空绿[⑩]。海水梦悠悠[⑪]，君愁我亦愁。南风知我意，吹梦到西洲[⑫]。

【注释】

①下：飘落。这二句是说：因回忆起梅花飘落的时候曾在西洲聚会，所以当梅花开时便又折梅寄给已去江北的爱人。②杏子红：一本作杏子黄，即杏黄色。鸦雏色：是说妇女的头发像小乌鸦羽毛那样又黑又亮。③两桨桥头渡：划动双桨即可到达桥头的渡口。指西洲的所在。④伯劳：一种鸣禽，亦名博劳，又名鴂（jué），本字作“鴂”。《诗经·七月》：“七月鸣”，伯劳仲夏始鸣。乌臼树：亦名乌桕（jiù）。一种高大的落叶乔木。⑤翠钿（diàn）：用翠玉制做或镶嵌的首饰。⑥莲：以下几句的莲字，都有双关的意思。⑦望飞鸿：古人有鸿雁传书的说法，所以望飞鸿即盼望书信。⑧青楼：涂饰青漆的楼房，古时谓妇女之所居。⑨垂手：是说女子垂下扶着栏杆的手。⑩海水：即江水。一说指秋夜的蓝天。⑪海水梦悠悠：是说思梦如海水悠悠不断。

⑫ 这二句是说：希望南风能理解她对爱人的思念之情，把她送到在西洲团聚的美梦中去，即希望在梦中相会。

【赏析】

温庭筠写的《西洲曲》中有这样两句“西洲风色好，遥见武昌楼”，由此推断西洲大概在武昌附近，可能是武昌西南方长江中的鹦鹉洲。

《西洲曲》表现了居住在西洲附近的某个女子，因爱人去了江北而苦苦思念和痴痴等待爱人归来的思想感情。在写法上，把侧面描写与人物的自我抒情融为一体，以客观景物的变化来衬托人物的主观情感。

在语言上，富有极强的音乐节奏感，呈现出婉约而细致的风格特点，恰好体现了南朝民歌的特色。

北朝乐府

北朝乐府，一般指宋代郭茂倩《乐府诗集》中所载的“梁鼓角横吹曲”。这些乐曲有的是十六国时代的产物，如《企喻歌》《琅琊王歌辞》等。有的则产生于北魏后期，如《高阳王乐人歌》，风格比较豪放，虽出于乐工之手，而带有较浓厚的民歌色彩。

Ⅰ

木兰诗

唧唧复唧唧，木兰当户织。不闻机杼声，唯闻女叹息。问女何所思？问女何所忆？女亦无所思，女亦无所忆①。昨夜见军帖，可汗大点兵，军书十二卷，卷卷有爷名。阿爷无大儿，木兰无长兄，愿为市鞍马②，从此替爷征。

东市买骏马，西市买鞍鞯，南市买辔头，北市买长鞭。旦辞爷娘去，暮宿黄河边。不闻爷娘唤女声，但闻黄河流水鸣溅溅。旦辞黄河去，暮至黑山头，不闻爷娘唤女声，但闻燕山胡骑鸣啾啾。

万里赴戎机，关山度若飞③。朔气传金柝，寒光照铁衣④。将军百战死，壮士十年归。

归来见天子，天子坐明堂。策勋十二转，赏赐百千强。可汗问所欲，木兰不用尚书郎，愿驰千里足，送儿还故乡⑤。

爷娘闻女来，出郭相扶将⑥。阿姊闻妹来，当户理红妆⑦。小弟闻姊来，磨刀霍霍向猪羊。开我东阁门，坐我西阁床。脱我战时袍，著我旧时裳。当窗理云鬓⑧，对镜帖花黄。出门看火伴，火伴皆惊忙。同行十二年，不知木兰是女郎。

雄兔脚扑朔，雌兔眼迷离⑨。双兔傍地走⑩，安能辨我是雄雌？

【注释】

①忆：思念。②市鞍马：购买马鞍和马匹。据《新唐书·兵志》记载：起自西魏的府兵制规定从军的人要自备武器、粮食和衣服。③戎机：军机，这里指战争。这二句是说：到万里之外从军作战，像飞一样迅速地度过了雄关大山。④朔气：北方的寒风冷气。朔，北方。金柝（tuò）：即刁斗，一种用铜做成的器皿，容量相当于一斗，形状似带柄的锅，是古时军中用具，白天当锅做饭，晚上当梆子打更。这二句是说：在夜里北风传送着刁斗声，寒冷的月光照射着铠甲战袍。⑤驰：一作"借"。这二句是说：希望骑上一匹骏马回到家乡去。⑥郭：外城。相扶将：互相搀扶着。是说父母互相搀扶着到城外来迎接木兰。⑦理红妆：梳妆打扮。⑧云鬓：指头发。⑨迷离：形容眼神不定。⑩傍地：挨着。傍，依傍。走，跑。

【赏析】

《木兰诗》共二首。均讲述木兰女扮男装替父从军的故事。这里选取的是第一首。《木兰诗》体现了故事情节完整性与人物性格丰满性的完美统一。在这个起因、经过和结果三者兼具的故事里，一个淳朴善良、勇敢刚毅的女性形象浮现出来。她热爱家乡，鄙弃利禄，在战场上如同一个血性男儿，在家里是一个孝顺的女儿。在典型环境中塑造典型人物，使得《木兰诗》具有很强的现实主义色彩。此外，《木兰诗》还充满乐观主义精神和浪漫主义色彩。一个女子征战沙场并且胜利归来，没有强大的乐观主义主义精神何以成就？一个姑娘完全从女性身份中跳脱出来，如同男人那样出生入死，这是浪漫之所在。再有，《木兰诗》里，拥有严谨的结构安排、具体的场景描写和细致的心理刻画，语言更是形象鲜明、生动活泼。总之，这首诗从思想、题材到艺术技巧都对后世文学产生很大影响。

敕勒歌[①]

敕勒川，阴山下[②]。天似穹庐[③]，笼盖四野。天苍苍，野茫茫。风吹草低见牛羊。

【注释】

①敕勒：北朝时居住在今山西北部和内蒙古南部的游牧民族。《敕勒歌》就是流传于敕勒族中的民歌。②敕勒川：泛指敕勒族游牧的草原，或云即今内蒙古土默特旗一带。阴山：在今内蒙古自治区。③穹（qióng）庐：毡帐，即蒙古包。

【赏析】

这首诗描绘了壮美的草原风光：阴山脚下，土地辽阔、牧草丰茂、牛羊肥壮。其风格奔放雄浑，是文学史上声誉极高的一首民歌。

虞世南

公元558—638年，字伯施，越州余姚（今浙江余姚）人。隋炀帝时官起居舍人，唐时历任秘书监、弘文馆学士等，世称“虞秘监”。唐太宗称其德行、忠直、博学、文辞、书翰为“五绝”，为太宗“十八学士”之一。其书法刚柔并重、骨力遒劲，与欧阳询、褚遂良、薛稷并称“唐初四大家”。诗擅五言，典雅雍容，有齐梁余风。《全唐诗》存其诗一卷。

蝉

虞世南

垂緌饮清露①，流响出疏桐②。
居高声自远，非是藉秋风。

【注释】

①緌：古人结在颔下帽带的下垂部分。蝉的头部有伸出的触须，形状好像下垂的帽带，故云。②流响：蝉连绵不断的鸣叫声。

【赏析】

这首托物寓意的小诗，是唐人咏蝉诗中时代最早的一首，颇为后世所称道。诗人以蝉喻君子，表面上是写蝉的形状和栖高饮露的特性，实际上处处含比兴象征：“流响”写蝉声的清越，隐示君子的高标逸韵；末二句暗示君子品格高洁，无须凭借外力的帮助，自然能够美名远播，表达了诗人对于高洁品格的向往和追求。

清人施补华《岘佣说诗》云：“三百篇比兴为多，唐人犹得此意。

同一咏蝉，虞世南‘居高声自远，非是藉秋风’，是清华人语；骆宾王‘露重飞难进，风多响易沉’，是患难人语；李商隐‘本以高难饱，徒劳恨费声’，是牢骚人语。比兴不同如此。”这三首诗都是唐代托咏蝉以寄意的名作，由于作者地位、遭遇的不同而呈现出不同的境界和风格，塑造出各具特色的艺术形象。沈德潜在《唐诗别裁集》卷十九中评价说：“咏蝉者每咏其声，此独尊其品格。”本诗与骆宾王的《在狱咏蝉》、李商隐的《蝉》并为唐代文坛“咏蝉”诗三绝。

卢照邻

公元约636—约680年，字升之，幽州范阳（今河北省涿州市）人。曾为邓王府典签，后隐居于阳翟具茨山（在今河南省禹县北），自号“幽忧子”。后因不堪疾病折磨，投水而死。擅长诗歌骈文，以歌行体为佳，与王勃、杨炯、骆宾王齐名，世称“王杨卢骆”，号为“初唐四杰”。作品有《幽忧子集》七卷。《全唐诗》存其诗二卷。

长安古意

卢照邻

长安大道连狭斜[1]，青牛白马七香车[2]。
玉辇纵横过主第[3]，金鞭络绎向侯家[4]。
龙衔宝盖承朝日[5]，凤吐流苏带晚霞[6]。
百丈游丝争绕树[7]，一群娇鸟共啼花。
游蜂戏蝶千门侧[8]，碧树银台万种色。
复道交窗作合欢[9]，双阙连甍垂凤翼[10]。
梁家画阁天中起[11]，汉帝金茎云外直[12]。
楼前相望不相知[13]，陌上相逢讵相识[14]？
借问吹箫向紫烟[15]，曾经学舞度芳年。
得成比目何辞死[16]，愿作鸳鸯不羡仙。
比目鸳鸯真可羡，双去双来君不见？
生憎帐额绣孤鸾[17]，好取门帘帖双燕[18]。
双燕双飞绕画梁，罗帷翠被郁金香[19]。
片片行云著蝉鬓[20]，纤纤初月上鸦黄[21]。

鸦黄粉白车中出，含娇含态情非一。
妖童宝马铁连钱[22]，娼妇盘龙金屈膝[23]。
御史府中乌夜啼[24]，廷尉门前雀欲栖[25]。
隐隐朱城临玉道[26]，遥遥翠幰没金堤[27]。
挟弹飞鹰杜陵北[28]，探丸借客渭桥西[29]。
俱邀侠客芙蓉剑[30]，共宿娼家桃李蹊[31]。
娼家日暮紫罗裙，清歌一啭口氛氲[32]。
北堂夜夜人如月[33]，南陌朝朝骑似云[34]。
南陌北堂连北里[35]，五剧三条控三市[36]。
弱柳青槐拂地垂，佳气红尘暗天起[37]。
汉代金吾千骑来[38]，翡翠屠苏鹦鹉杯[39]。
罗襦宝带为君解[40]，燕歌赵舞为君开[41]。
别有豪华称将相，转日回天不相让[42]。
意气由来排灌夫[43]，专权判不容萧相[44]。
专权意气本豪雄，青虬紫燕坐春风[45]。
自言歌舞长千载，自谓骄奢凌五公[46]。
节物风光不相待[47]，桑田碧海须臾改[48]。
昔时金阶白玉堂[49]，即今惟见青松在。
寂寂寥寥扬子居[50]，年年岁岁一床书[51]。
独有南山桂花发，飞来飞去袭人裾[52]。

【注释】

①狭斜：指小巷。②七香车：用多种香木制成的华美小车。③玉

辇：本指皇帝所乘的车，这里泛指一般豪门贵族的车。主第：公主府第。第，房屋。帝王赐给臣下房屋有甲乙次第，故房屋称“第”。④络绎：往来不绝，前后相接。侯家：封建王侯之家。⑤龙衔宝盖：车上张着华美的伞状车盖，支柱上端雕作龙形，如衔车盖于口。宝盖，即华盖。古时车上张有圆形伞盖，用以遮阳避雨。⑥凤吐流苏：车盖上的凤嘴端挂着流苏。流苏，以五彩羽毛或丝线制成的穗子。⑦游丝：春天虫类所吐的飘扬于空中的丝。⑧千门：指宫门。⑨复道：又称阁道，宫苑中用木材架设在空中的通道。交窗：有花格图案的木窗。合欢：马樱花，又称夜合花。这里指复道、交窗上的合欢花形图案。⑩阙：宫门前的望楼。甍：屋脊。垂凤翼：双阙上饰有金凤，做垂翅状。《太平御览》卷一七九引《阙中记》：“建章宫圆阙临北道，凤在上，故号曰凤阙也。”⑪梁家：指东汉外戚梁冀家。梁冀为顺帝梁皇后兄，以豪奢著名，曾在洛阳大兴土木，建造宅第。⑫金茎：铜柱。汉武帝刘彻于建章宫内立铜柱，高二十丈，上置铜盘，名仙人掌，以承露水。⑬“楼前”两句：写仕女如云，难以辨识。⑭讵：通“岂”。⑮吹箫：用春秋时萧史吹箫的故事。《列仙传·卷上·萧史》：“萧史善吹箫，作凤鸣。秦穆公以女弄玉妻之，作凤楼，教弄玉吹箫，感凤来集……”向紫烟：指飞入天空。紫烟，指云气。⑯比目：鱼名。《尔雅·释地》：“东方有比目鱼焉，不比不行，其名谓之鲽。”故古人用比目鱼、鸳鸯鸟比喻男女相伴相爱。⑰生憎：最恨。帐额：帐子前的横幅。孤鸾：象征独居。鸾，传说中凤凰一类的神鸟。⑱好取：愿将。双燕：象征自由幸福的爱情。⑲翠被：翡翠颜色的被子，或指以翡翠鸟羽毛为饰的被子。郁金香：一种名贵的香料，传说产自大秦国（中国古代对罗马帝国的称呼）。这里是指罗帐和被子都用郁金香熏过。⑳行云：形容发型蓬松美丽。蝉鬓：古代妇女的一种发式，类似蝉翼的式样。㉑初月上鸦黄：额上用黄色涂成弯弯的月牙形，是当时女性面部化妆的一种样式。鸦黄，嫩黄色。㉒妖童：泛指浮华轻薄子弟。铁连钱：指马的毛色青而斑驳，有连环的钱状花纹。㉓娼妇：这里指上文所说的"鸦黄粉白"的豪贵之家的歌儿舞女。盘龙：钗名。晋代崔豹《古今注》："蟠龙钗，梁冀妻所制。"此指金屈膝上的雕纹。屈膝：铰链，用于屏风、窗、门、橱柜等物。这里是指车门上的铰链。㉔"御史"两句：写权贵骄纵恣肆，御史、廷尉都无权约束他们。御史：官名，司弹劾。㉕廷尉：官名，掌刑法。上句"乌夜啼"与此句"雀欲栖"均暗示执法官门庭冷落。《汉书·朱博传》："（御史）府中列柏树，常有野乌数千，栖宿其上，晨去暮来，号曰朝夕乌。"《史记·汲郑列传》："始翟公为廷尉，宾客阗门，及废，门外可设雀罗。"㉖朱城：宫城。玉道：指讲究漂亮的道路。㉗翠幰：妇女车上镶有翡翠的帷幕。金堤：坚固的河堤。㉘挟弹飞鹰：指打猎的场面。杜陵：在长安东南，汉宣帝陵墓所在地。㉙探丸借客：指行侠杀吏、助人报仇等蔑视法律的行为。《汉书·尹赏传》："长安闾里少年，群辈杀吏，受赇报仇，相与探丸为弹，得赤丸者斫武吏，黑丸者斫文吏，白者主治丧。"又《汉书·朱云传》有"借客报仇"之语。借客，指助人。渭桥：在长安西北，秦始皇时所建，横跨渭水，故名。㉚芙蓉剑：古剑名，春秋时越国所铸。这里泛指宝剑。㉛娼家：妓女。桃李蹊：指娼家的住处。语出《史记·李将军列传》："桃李不言，下自成蹊。"此借用，一则桃李可喻美色，二则暗示这里是吸引游客纷至沓来的地方。蹊，小径。㉜啭：婉转歌唱。氛氲：香气浓郁。㉝北堂：指娼家。人如月：形容娼家女的美貌。㉞南陌：指娼家门外。骑似云：形容骑马的来客云集。㉟北里：即唐代长安平康里，是妓女聚居之处，因在城北，故称北里。㊱“五剧”句：长安街道纵横交错，四通八达，与市场相连接。五剧：交错的路。三条：通达的道路。控：引，连接。三市：许多市场。“五剧”“三条”“三市”都是用前人成语，其中数字均非实指。㊲佳气红尘：指车马杂沓的热闹景象。㊳金吾：即执金吾，汉代禁卫军官衔。唐代设左、右金吾卫，有金吾大将军。此泛指禁军军官。㊴“翡翠”句：写禁军军官在娼家饮酒。翡翠本为碧绿透明的美玉，这里形容美酒的颜色。屠苏：美酒名。鹦鹉杯：即海螺盏，用南洋出产的一种状如鹦鹉的海螺加工制成的酒杯。㊵罗襦：丝绸短衣。㊶燕歌赵舞：战国时燕、赵二国以“多佳人”著称，歌舞最盛。此借指美妙的歌舞。㊷转日回天：极言权势之大，可以左右皇帝的意志。“天”喻皇帝。㊸灌夫：字仲孺，汉武帝时期的一位将军，勇猛任侠，好使酒骂座，交结魏其侯窦婴，与丞相武安侯田蚡不和，终被田蚡陷害，诛族（见《史记·魏其武安侯列传》）。㊹萧相：指萧望之，字长倩，汉宣帝时为御史大夫、太子太傅。汉元帝即位，辅政，官至前将军，他曾自谓“备位将相”。后被排挤，饮鸩自尽。㊺青虬、紫燕：均指好马。屈原《九章·涉江》：“驾青虬兮骖白螭。”虬，本指无角龙，这里借指良马。坐春风：在春风中骑马飞驰，极其得意。㊻凌：超过。五公：张汤、杜周、萧望之、冯奉世、史丹。皆汉代著名权贵。㊼节物风光：指节令、时序。㊽桑田碧海：即沧海桑田。喻指世事变化很大。《神仙传》卷五载，麻姑对王方平说：“接待以来，见东海三为桑田。”㊾金阶白玉堂：形容宅第豪华。古乐府《相逢行》：“黄金为君门，白玉为君堂。”㊿扬子：汉代扬雄，字子云，在长安时仕宦不得意，曾闭门著《太玄》《法言》。左思《咏史》诗：“寂寂扬子宅，门无卿相与。寥寥空宇中，所讲在玄虚。”51一床书：指以诗书自娱的隐居生活。庾信《寒园即目》：“隐士一床书。”淮南小山《招隐士》：“桂树丛生兮山之幽，偃蹇连蜷兮枝相缭。”言避世隐居之意。52裾：衣襟。

【赏析】

“古意”是一种托古意而讽今的诗题。这首诗以铺张扬厉的笔法，描绘了汉代长安形形色色的人物及其生活，大街小巷的热闹繁忙，帝都的壮丽辉煌，豪门贵族的骄奢淫逸，市井倡家的轻歌曼舞，上层社会的倾轧排挤一一呈现，其繁华浓艳的景象被渲染到了极致，亦反映了当时社会的腐败、堕落、黑暗。诚如闻一多先生所说：“这不是一场美丽的热闹，但这癫狂中有战栗，堕落中有灵性。”篇末突然作反跌，以历史的无情来证明人事的无常和荣华富贵的短暂虚妄，赞扬汉代著名大学问家扬雄闭门读书、不慕荣利、远离尘俗、甘于淡泊、与芳树为伴的高贵品格，与前面的描写形成强烈的比照，具有很深的现实意义。诗篇规模宏大，词采华艳富赡，采用了铺陈、夸张、对比、连珠等艺术手法，并隔句用韵，平仄协调，四语一转，形成缠绵往复的旋律和腾跃奔放的节奏。在七言歌行的发展史上具有划时代的意义，明代著名文艺批评家胡应麟在《诗薮》中评价说：“七言长体，极于此矣。”

骆宾王

公元622—684年，婺州义乌（今属浙江）人。七岁能诗。高宗朝历任奉礼郎、武功主簿、长安主簿、侍御史。因数度上疏言事，获罪下狱，贬临海（今属浙江）丞。后随徐敬业起兵讨武后，敬业兵败，宾王被杀（一说逃亡不知所踪）。“初唐四杰”之一，尤擅七言歌行。有《骆临海集》。《全唐诗》存其诗三卷。

于易水送人一绝

骆宾王

此地别燕丹[①]，壮士发冲冠[②]。

昔时人已没，今日水犹寒。

【注释】

①燕丹：即燕太子丹，战国末期燕王喜的太子。曾为质于秦，不受礼遇，怨怒而逃归，派荆轲前往秦国刺杀秦王嬴政。②壮士：指荆轲，战国卫人，刺客。《史记·刺客列传》载，荆轲为了报答燕太子丹的知遇之恩，决意前去谋刺秦王。临行，“太子及宾客知其事者，皆白衣冠以送之。至易水之上，既祖，取道，高渐离击筑，荆轲和而歌，为变徵之声，士皆垂泪涕泣。又前而为歌曰：‘风萧萧兮易水寒，壮士一去兮不复还！’复为羽声慷慨，士皆瞠目，发尽上指冠”。发冲冠：形容人极端愤怒，头发上竖，把帽子都顶起来了。

【赏析】

骆宾王一生坎坷，常为自己的遭际感到不平，这是他的一首悲愤之作。易水河畔，他送别友人，此情此景不禁叫他联想到燕太子丹为荆轲送行时的悲壮场景，由是感叹道：而今荆轲虽已不在，但他那视死如归的气概还在，作为历史见证的易水还在！骆宾王不满武则天的统治，一直有恢复大唐国业的雄心与抱负，只是时机尚未成熟，故心中有无限的苦闷。诗题为“送人”，实际诗人是在抒咏怀抱。全诗格调慷慨激越，抒发了壮志难酬、悲痛难抑的情怀。

在狱咏蝉并序

骆宾王

余禁所禁垣西，是法厅事也。有古槐数株焉，虽生意可知，同殷仲文之古树，而听讼斯在，即周召伯之甘棠。每至夕照低阴，秋蝉疏引，发声幽息，有切尝闻。岂人心异于曩时，将虫响悲于前听？嗟乎！声以动容，德以象贤，故洁其身也，禀君子达人之高行；蜕其皮也，有仙都羽化之灵姿。候时而来，顺阴阳之数；应节为变，审藏用之机。有目斯开，不以道昏而昧其视；有翼自薄，不以俗厚而易其真。吟乔树之微风，韵姿天纵；饮高秋之坠露，清畏人知。仆失路艰虞，遭时徽纆，不哀伤而自怨，未摇落而先衰。闻蟪蛄之流声，悟平反之已奏；见螳螂之抱影，怯危机之未安。感而缀诗，贻诸知己。庶情沿物应，哀弱羽之飘零；道寄人知，悯余声之寂寞。非谓文墨，取代幽忧云尔。

西陆蝉声唱①，南冠客思深②。
不堪玄鬓影③，来对白头吟。
露重飞难进，风多响易沉。
无人信高洁，谁为表予心。

【注释】

①西陆：指秋天。《隋书·天文志》："日循黄道东行……行西陆谓之秋。"②南冠：指囚犯。《左传·成公二年》："晋侯观于军府，见钟仪，问之曰：'南冠而絷者，谁也？'有司对曰：'郑人所献楚囚也。'"客思：客中游子的思绪。③玄鬓：即蝉鬓。古代妇女的鬓发梳得薄如蝉翼，看上去像蝉翼的影子。

【赏析】

唐高宗仪凤三年（678），骆宾王迁任侍御史，因上疏论事触怒武后，遭诬，以贪赃罪名下狱。诗作于此时。诗人借高洁的秋蝉自况，抒写幽愤和怀抱。首联借蝉声起兴，引起客思。颔联以"不堪"和"来对"构成流水对，自伤老大无成又身陷囹圄，委婉曲折地表达了自己的凄伤。颈联纯用"比"体，以"露重""风多"喻环境恶劣，"飞难进"喻宦海浮沉难进，"响易沉"喻言论受压；两句中无一字不在说蝉，也无一字不在说自己，寄托遥深。尾联以蝉的高洁，喻己的品性，结句以设问点出冤狱未雪之恨。这首诗借咏蝉来寓意，抒发了自己在狱中悲痛、苦闷的心情，语意沉痛之至，读之令人涕下。

杜审言

公元约646—708年，字必简，祖籍襄阳（今属湖北），迁居巩县（今属河南）。大诗人杜甫的祖父。唐高宗咸亨元年（670）进士。中宗时，因与张易之兄弟交往，被流放峰州（治所在今越南河西省西北）。不久召回，授国子监主簿、修文馆直学士。与李峤、崔融、苏味道齐名，被称为“文章四友”。尤擅五律，是唐代“近体诗”的奠基人之一。有《杜审言集》。

和晋陵陆丞早春游望

杜审言

独有宦游人①，偏惊物候新②。
云霞出海曙③，梅柳渡江春④。
淑气催黄鸟⑤，晴光转绿蘋。
忽闻歌古调⑥，归思欲沾襟⑦。

【注释】

①宦游人：在外做官的人。这里既指陆丞，又指自己。②物候：景物变化的症状。③曙：晓色。④“梅柳”句：意谓春色由江南到了江北。⑤淑气：和暖的气候。催黄鸟：催着黄莺啼叫。⑥古调：指陆丞的《早春游望》。⑦沾襟：泪水沾湿衣服前襟。

【赏析】

这是作者为和晋陵陆丞《早春游望》而作的一首诗。当时杜审言在江阴县（今江阴市）任职。他在诗中抒发了自己宦游江南的感慨和归思之意。

诗一开头就发感慨，说只有离别家乡、奔走仕途的游子才会对异乡的节物气候更新感到惊奇。在这“独有”“偏惊”的强调语气中，已含有思乡之感慨。中间二联描写自己在江南所见的春景，其中用了“出”“渡”“催”“转”四个字描绘早春物候变化之“新”。诗人是比照故乡中原物候，而见出异乡江南仲春风光之新鲜，新因旧而见奇，景因情而方惊，句句惊心而处处怀乡。而“忽闻”陆丞“古调”，立即触发了诗人心中的思乡情结，因而感伤流泪。全诗结构严谨缜密，对仗工整，用字精妙传神。

苏味道

公元648—705年，赵州栾城（今属河北省栾城县）人。九岁能诗文，与李峤以文辞齐名，时称“苏李”。圣历初官居相位。先后三度为相达七年之久，深得武则天赏识。中宗时因亲附张易之兄弟被贬为眉州刺史。不久复迁益州（今成都）大都督府长史，未行而卒。《全唐诗》存其诗一卷。

正月十五夜

苏味道

火树银花合[①]，星桥铁锁开[②]。
暗尘随马去，明月逐人来。
游伎皆秾李[③]，行歌尽落梅[④]。
金吾不禁夜[⑤]，玉漏莫相催[⑥]。

【注释】

①火树：树上点缀装饰着灯火，故称。银花：明亮灿烂的灯彩。合：灯光连成一片。②星桥：城河桥上，灯如繁星。铁锁开：唐朝都城有宵禁，此夜取消禁令，城门铁锁开启，任人通行。③游伎：四处游赏的歌女。秾李：形容歌女像桃李花开一样美丽。《诗经·召南·何彼秾矣》有：“何彼秾矣，华如桃李。”④落梅：乐曲名，即《梅花落》。郭茂倩《乐府诗集》说：“《梅花落》本笛中曲也。”《乐府解题》说，汉“横吹曲”共二十八解，李延年造。魏晋以后唯传十八曲。《梅花落》即其一。⑤金吾：即执金吾，官名，负责京城的戒备防护。

平时夜间到一定时候，便禁止行人通行。执金吾是汉代禁卫军军官名，唐亦置左右金吾卫。⑥漏：古代计时器具。

【赏析】

农历正月十五为上元节，后来也称元宵节。据《大唐新语》记载，武则天时，每年这天晚上，京城长安都要大放花灯，夜间照例不戒严，观赏花灯的真是人山人海。豪门贵族车马喧哗，市井之民欢歌笑语，通宵都在热闹的气氛中度过。文人数百人赋诗记其盛，当时以苏味道、郭利贞、崔液三人所作为绝唱。这首诗描绘长安城元夜观灯繁华灿烂的景观和热闹欢快的情景，从“火树”“银花”“星桥”对灯光的传神形容，到节日风光的具体描绘，写得流光溢彩、有声有色。千载之后读之，犹令人感觉长安城里元宵佳节时的良辰美景，真是观赏不尽。

王　勃

字子安，绛州龙门（今山西河津）人。隋末著名学者王通的孙子，为“初唐四杰”之一。才华早露，被誉为神童。乾封初被征为沛王李贤的王府侍读，后因戏为《檄英王鸡》文，被高宗怒逐出府。咸亨三年（672），补虢州参军，因擅杀官奴当诛，遇赦除名。上元二年（675），去交趾省父，渡海溺水，惊悸而死。有《王子安集》。

滕王阁

王　勃

滕王高阁临江渚①，佩玉鸣銮罢歌舞②。

画栋朝飞南浦云，珠帘暮卷西山雨。

闲云潭影日悠悠，物换星移度几秋③。

阁中帝子今何在④？槛外长江空自流。

【注释】

① 滕王高阁：故址在今江西新建区章江门上，西邻赣江。唐高宗显庆四年（659），高祖李渊的第二十二子李元婴为洪州都督时所建。江渚：江中的小洲。② 佩玉鸣銮：指滕王身系佩玉乘车鸣銮而去。他曾“在太宗丧，集官属燕饮歌舞”（《新唐书》本传），后“转洪州都督，又数犯宪章”（《旧唐书》本传），终日征歌逐舞。其人一去则歌舞止歇。銮，系在马勒或车前横木上的铃。③ 物换星移：形容时代的变迁、万物的更替。物，四季的景物。④ 帝子：指滕王李元婴。

【赏析】

《滕王阁》作于《滕王阁序》之后，用含蓄、凝练的笔调，营造出了一个变换无际的时空。

滕王阁临江而立，气势恢宏，景色宜人。昔时，建阁人滕王李元婴常在此大宴宾客，场面豪华壮观。但如今那建阁之人已经长辞于世了，如今只剩下栏杆外的长江水在空自流淌。本诗寄慨遥深，通过对滕王阁今昔对比的描摹，抒发了人生盛衰无常而宇宙永恒的感慨。《滕王阁》为唐诗中的精品，写作手法对后代诗人产生了重大影响。其对表示时间和空间的辞章的有序排列，对大量实词的得当运用都表现出了诗人高超的作诗技艺与独特的匠心。

杜少府之任蜀州

王　勃

城阙辅三秦①，风烟望五津②。
与君离别意，同是宦游人③。
海内存知己，天涯若比邻④。
无为在歧路⑤，儿女共沾巾。

【注释】

①城阙：城垣，宫阙。这里指长安。阙，宫门前两边的望楼。辅：环抱。三秦：《史记·项羽本纪》载，项羽灭秦后，分秦之旧地为

雍、塞、翟三国，统称“三秦”。这里泛指长安附近的关中之地，为王勃当时的宦游之地，也是当时的送别之地。② 五津：当时蜀中岷江有五大渡口，即白华津、万里津、江首津、涉头津、江南津。这里泛指蜀川，为杜少府即将宦游之地。③ 宦游人：远离家乡出外做官之人。④ 比邻：近邻，邻居。古时，五家为一比。曹植《赠白马王彪》：“丈夫志四海，万里犹比邻。恩爱苟不亏，在远分日新。” ⑤ 无为：不要。无，同“毋”。歧路：分岔路口，古人送行常至路的岔口而分手。

【赏析】

这是王勃在长安送友人去四川时所写。古来写离别的诗有很多，“黯然销魂者，唯别而已矣”，离别诗大多含有悲酸之态，而这首送别诗却独标高格，意境开阔，音调爽朗。

首联写送别的地点，引到友人即将上任的地点。“三秦”和“五津”为地名对，属对精严，气势雄浑壮阔。长安与蜀川远隔千里，相望而视却为迷蒙的风烟所遮，微露伤别之意。颔联以散调承之，写惜别之感，欲吐还吞。“同是宦游人”表明同样是远离故园，宦游异乡，有着惺惺相惜的宽慰之意。颈联“海内存知己，天涯若比邻”，犹如奇峰突起，高度概括了深厚的友情不会受到时空的限制，化依依惜别之意为振奋激励，意气高华，故成为广为传诵的名句。尾联以劝慰杜少府作结。诗人为杜少府送行，一直送到大路分岔处，终于要分开了，杜少府难免涕泪沾巾。诗人劝慰说天下有知己，即使远隔千山万水，也会像近邻一样，不要像小儿女那样在临别之时哭泣。

全诗开合张弛，意脉流通，终篇不著景物，而兴象宛然，气格浑成。

杨　炯

公元650—692年，弘农华阴（今属陕西）人。“初唐四杰”之一，但对时人所称“王、杨、卢、骆”，自谓“愧在卢前，耻居王后”。上元三年（676）应制举及第，授校书郎。后又任崇文馆学士，迁詹事、司直。武后如意元年（692）秋改任盈川县令，因此后人称其为“杨盈川”。吏治以严酷著称，最后死于任所。事迹见《旧唐书》本传。以边塞征战诗著名，气势轩昂，风格豪放。今存诗三十三首，五律居多。

从军行

杨　炯

烽火照西京①，心中自不平。
牙璋辞凤阙②，铁骑绕龙城③。
雪暗凋旗画④，风多杂鼓声。
宁为百夫长⑤，胜作一书生。

【注释】

①烽火：古代边境用以报警的信号。西京：长安。②牙璋：古代发兵所用的兵符，分为两块，相合处呈牙状，朝廷和主帅各执其半。指代奉命出征的将帅。凤阙：汉武帝时所建建章宫前望楼上有金凤，故称凤阙。此处指皇宫。③龙城：汉代匈奴聚会祭天之处，旧址在今蒙古国境内。此处指匈奴汇聚处。④凋：原意指草木枯败凋零，此指失去了鲜艳的色彩。旗画：军旗上的彩画。⑤百夫长：一百个士兵的头目，泛指下级军官。古代军制，五人为一伍，长官为伍长，二十人为什长，百人为百夫长。

【赏析】

“从军行”为乐府《相和歌·平调曲》旧题，内容多为从军征战之事。在唐高宗时期，边境不时有突厥和吐蕃前来侵扰，一些士子渴望从军边塞去建功立业、报效国家，本篇就是写一个怀有报国热情的读书人弃笔从戎、投军边塞、参加战争的全过程，生动地描述了人物的气概和豪情。

全诗极为洗练，抓住几个有代表性的片段，做了形象概括的描写，并采取了跳跃式的结构，用短短的四十个字就将人物的心理活动及闻警、从军、征战的全过程一一铺于纸上，大有一气呵成之势，笔力十分雄健。

整首诗语言极其凝练形象，富有力感，结构紧凑，画面感强，从一个典型场景转到另一个典型场景，画面跳跃却衔接得当，又能给人留下丰富的想象余地。

此诗风格雄浑刚健，慷慨激昂，而其中传递出来的传统士子的爱国豪情及大无畏的精神，同样值得今人学习。

沈佺期

约公元656—713年，字云卿，相州内黄（今属河南）人。上元二年（675）进士及第。武后时累迁考功员外郎。曾因受贿入狱。出狱后复职，迁给事中。中宗即位，因附张易之，被流放驩州（今属越南）。工五言律诗，与宋之问同为当时著名的宫廷诗人，并称“沈宋”，其所作多为应制诗，不脱梁陈宫体诗风，但他们也总结了六朝以来新体诗的创作经验，重视对仗的谨严精密与音律的和谐，是唐代五言律诗的奠基人。《唐诗品高序》中评道：沈宋之新声，苏（廷）张（说）之大手笔，此初唐之渐盛也。原有文集十卷，已散佚。明人辑有《沈佺期集》。

杂诗三首（其三）

沈佺期

闻道黄龙戍①，频年不解兵②。
可怜闺里月，长在汉家营③。
少妇今春意，良人昨夜情④。
谁能将旗鼓⑤，一为取龙城⑥。

【注释】

①闻道：听说。黄龙戍：即黄龙冈，在今辽宁开原市西北，唐时为边防要地。②频年：连年。不解兵：战事不断。③汉家营：即唐军军营。唐诗中常以汉代唐，避免直指。④良人：丈夫。⑤将：率领。旗鼓：用以指挥进军。《左传·成公二年》：“师之耳目，在吾旗鼓。”这里用以代指军队。⑥一为：一举。龙城：汉代匈奴的名城，在今蒙古国境内。借指敌方要塞。

【赏析】

这首诗是沈佺期的传世名作之一，写闺中怨情，希望有良将早日结束战事，艺术上颇具特色。

首联是闺中少妇听闻黄龙冈一带常年战事不断，从而引发感情的导火线。

颔联借月抒怀，昔日闺中团圆之月，现在却是军营中的离别之月。通过暗寓着对比的画面，足见闺中人和征夫相互思念的绵邈深情。

颈联中，“今春意”与“昨夜情”互文对举，进一步表现出两地相思之情。

末二句是闺中少妇希望之词。攻取龙城后，良人就可回乡团聚了，照应首联。

全诗构思新颖精巧，一气开合转折，闺中少妇层层自诉衷肠，口吻别致。中间四句在“情”“意”二字上着力，翻出新意，为前人所未道。末尾以问句作结，越发显得言短意长，含蕴不尽。明人陆时雍在《诗镜总论》中说：“沈佺期吞吐含芳，安详合度，亭亭整整，喁喁叮叮。觉其句自能言，字自能语，品之所以为美。”可谓至论。

独不见

沈佺期

卢家少妇郁金堂①，海燕双栖玳瑁梁②。

九月寒砧催下叶，十年征戍忆辽阳③。

白狼河北音书断[4]，丹凤城南秋夜长[5]。

谁谓含愁独不见，使妾明月照流黄[6]！

【注释】

①卢家少妇：梁武帝萧衍《河中之水歌》中有“十五嫁为卢家妇，十六生子字阿侯。卢家兰室桂为梁，中有郁金苏合香”等句。这里代指长安富家少妇。郁金堂：这里指用郁金香浸酒和泥涂抹墙壁，使满室溢满芳香。②海燕：胸部紫色、躯体轻小的越燕。玳（dài）瑁（mào）梁：指画梁。玳瑁，一种海龟，甲壳黄褐色，有黑斑，很光滑，可用作装饰品。③辽阳：今辽宁辽阳一带。《汉书·地理志》：“辽东郡又辽阳县。”唐时为边防重地。④白狼河：即今辽宁大凌河，发源于白狼山，因有此名。《水经注》：“辽水又会白狼水，水出右北平。”白狼山，在今沈阳西北。⑤丹凤城：指京城。⑥使妾：一作“更教”。流黄：黄紫间色的丝织品。

【赏析】

这是一首拟古乐府之作，郭茂倩《乐府诗集》解题云：“独不见，伤思而不得见也。”格式是完整的七言律，内容主要是一位长安少妇对征戍辽阳十年不归的丈夫的怀念。

诗以梁上海燕双栖起兴，渲染了身居华堂的思妇孤独寂寞的心境。中间两联写在寒砧处处、落叶萧萧的秋夜，更进一步勾起闺中少妇心中对一去十年的征夫的思念；可征人音信杳然，更让人牵挂惦念，故觉秋夜漫长。本已因愁无法成眠，而明月还前来把流黄帏帐照得明晃晃，她不胜其愁而迁怒于明月了，构思十分新巧，增强了抒情性。诗人善于通过环境气氛的描写烘托人物的心情，以双栖的燕子反衬思妇的孤独；以寒砧催落叶，以及明月照流黄来烘托长安少妇身居华屋之中、心驰万里之外，辗转反侧，久不能寐的孤独愁苦情状。

全诗情景结合，笔调委婉缠绵，境界广远，意象宏阔，余韵无穷，被历代诗评家认为是温丽高古之佳篇。姚鼐说它“高振唐音，远包古韵，此是神到之作，当取冠一朝矣”。

郭 振

公元656—713年，字元振，魏州贵乡（今河北省大名县）人 。少有大志，十八岁时举进士。历任通泉尉、凉州都督、陇右诸军州大使、太仆卿，封代国公。曾出使吐蕃。有《郭振集》二十卷。《全唐诗》存其诗二十三首。

古剑篇

郭 振

君不见昆吾铁冶飞炎烟[①]，红光紫气俱赫然。
良工锻炼凡几年，铸得宝剑名龙泉[②]。
龙泉颜色如霜雪，良工咨嗟叹奇绝[③]。
琉璃玉匣吐莲花[④]，错镂金环映明月。
正逢天下无风尘[⑤]，幸得周防君子身[⑥]。
精光黯黯青蛇色，文章片片绿龟鳞[⑦]。
非直结交游侠子，亦曾亲近英雄人。
何言中路遭弃捐，零落飘沦古狱边。
虽复沉埋无所用，犹能夜夜气冲天[⑧]。

【注释】

① 昆吾：传说中的山名。据说此山中有石名叫琨瑶（昆吾），冶石成铁铸剑，光如水晶，削玉如泥。② 龙泉：宝剑名。《晋太康地理志》记载：“（西平）县（今河南西平县）有龙泉水，可以砥砺刀剑，

特坚利……是以龙泉之剑，为楚宝也。”③ 咨嗟（jiē）：赞叹。④ 琉璃玉匣：据《西京杂记》载，汉高祖斩白蛇所用的剑是用五色琉璃为剑匣。莲花：形容宝剑闪烁的光芒有如莲花。⑤ 风尘：风烟，指战争。⑥ 周防：周密防备。⑦ 文章：指宝剑上的花纹。⑧ “虽复”两句：据《晋书·张华传》载，张华夜观天象，发现在斗宿、牛宿之间有紫气上冲于天，问雷焕是什么原因。雷焕说是因为“宝剑之精上彻于天”。张华便荐雷焕为丰城令前往寻剑，雷焕后来在丰城县（今丰城市）监狱的屋基下掘得一石函，中有双剑，一名龙泉，一名泰阿。

【赏析】

郭振素有大志，青年时期在梓州通泉尉任内，任侠使气，结交豪侠，不拘小节，故声名远播。武则天闻名召见，他呈上此诗。武则天读后十分欣赏，命人抄写了数十篇，赐给李峤等学士看。

诗人化用有关宝剑的种种传说，塑造了品质卓异、精光四射、装饰华美的古剑形象。这样的宝剑在太平年代虽乏用武之地，却仍然有所追求，可以被君子、游侠、英雄佩带防身，尽力发挥自己的作用。即便是沦落被埋在地下，仍然能气冲斗牛。

诗人托物言志，借歌咏宝剑的铸造、形制、沦落来感叹人才的埋没，比喻贴切，字字明写剑，字字暗喻人才，形象十分鲜明。既不乏夸张、想象等浪漫色彩，又直接陈述人才被埋没的社会现实，议论得失，豪气回旋其间，格调壮健。

陈子昂

公元661—702年，字伯玉，梓州射洪（今属四川）人。曾任右拾遗，后人称之为“陈拾遗”。武后光宅元年（684）登进士第。初任麟台正字，后迁右拾遗。万岁通天元年（696），从武攸宜东征契丹，为武攸宜所恶，受到降职处分。辞官回乡后，武三思指示县令段简陷害他，其被下狱，忧愤而死。陈子昂提倡“汉魏风骨”，以改革六朝以来纤弱靡丽的诗风，是唐代诗文革新运动的先驱。《全唐诗》存其诗二卷。有《陈伯玉集》。

登幽州台歌

陈子昂

前不见古人，后不见来者①。

念天地之悠悠②，独怆然而涕下③。

【注释】

①“前不”两句：没有见到先代的圣主，也看不到后世的明君了。古人、来者，此处指圣主、明君。②悠悠：形容时间的久远和空间的广大。③怆然：悲伤的样子。

【赏析】

陈子昂是一个具有政治见识和政治才能的文人，他直言敢谏，多次针对时弊一再上书，直陈自己的政见。武则天万岁通天元年（696），建安王武攸宜征讨契丹，陈子昂以右拾遗随军参谋的身份前往。武攸宜是外戚，不懂军事，陈子昂屡次上策建言，其皆不听，反而把他降为军曹。诗人眼看“奋身报国”的理想成为泡影，心情颇为抑郁悲愤，因而登上幽州台（遗址在今北京市）的蓟北楼远望，面对辽阔无垠的锦绣河山，眺望茫茫宇宙，想到燕昭王在此筑黄金台（又名贤士台），以招纳贤才的故事，不禁思绪万千，写下了《登幽州台歌》以及《蓟丘览古赠卢居士藏用七首》等诗篇。

这首《登幽州台歌》用了仅仅二十二个字，深刻地表现了诗人怀才不遇的悲愤心情。篇中前两句用两个“不见”，置身于古今绵长的时间里，感叹前贤已去而后贤未及，自己却生不逢时、怀才不遇。后二句转入广阔的空间，登楼眺望，天地一片苍茫，一个“独”字点出诗人深刻的孤独感，故不期然地洒下英雄热泪。

全诗语言苍劲奔放，句式长短参错，音节抑扬变化，格调慷慨悲凉，意境苍茫遒劲，十分富有艺术感染力，成为历来传诵的名篇。明人杨慎在其《升庵诗话》卷六评价“其辞简直，有汉魏之风”。

贺知章

公元659—744？年，字季真，越州永兴（今浙江萧山）人，自号“四明狂客”。武后证圣元年（695）登进士第，官至秘书监，故称“贺秘监”。天宝三载，请度为道士，回乡不久卒。为人旷达不羁，好饮酒。杜甫作《饮中八仙歌》，将其列为“八仙”之首。善诗歌及草隶书，与张旭、包融、张若虚号为“吴中四士”。其诗大多散失，今存二十首。《全唐诗》存其诗一卷。有《贺秘监集》。

咏 柳

贺知章

碧玉妆成一树高①，万条垂下绿丝绦②。
不知细叶谁裁出③，二月春风似剪刀④。

【注释】

①碧玉：碧绿色的玉。这里用以比喻春天嫩绿的柳叶颜色如碧绿色的玉。妆成：装饰，打扮。一树：满树。一，满、全。在中国古典诗词和文章中，数量词在使用中并不一定表示确切的数量。下一句的“万”，就是表示很多的意思。②绦（tāo）：用丝编成的绳带。③裁：裁剪，用刀或剪子把物体分成若干部分。④二月：农历二月，正是初春时节。似：好像，如同，似乎。

【赏析】

这是唐诗中的咏柳名篇，咏的是二月的柳树，几乎家喻户晓。

二月的杨柳，刚刚抽出嫩绿的新叶，多么像装饰着碧玉的美人啊。柳叶丝丝垂下，犹如一条条碧绿的丝带。上句的“高”字，衬托出柳树美人一般婷婷袅袅的风姿；下句的“垂”字，暗示出柳树在风中摇荡的轻柔纤细。诗人匠心独运，将杨柳的姿态描写得如此美丽生动，令见者生怜。“二月春风似剪刀”，诗人化无形为有形，把乍暖还寒的二月春风比作剪刀，将柳叶裁剪得如此精细，十分新颖贴切。通过诗人之眼我们看到了一个更为优美更为丰富的世界！谁都能欣赏那在风中飘荡的柳条，但不是谁都能将柳树的风姿如此形象地描摹。《唐诗笺注》云：“赋物入妙，语意温柔。”

回乡偶书二首（其一）

贺知章

少小离家老大回①，乡音无改鬓毛衰②。

儿童相见不相识，笑问客从何处来。

【注释】

①“少小”句：贺知章早年离开家乡。进士及第时三十七岁。辞官归来时已经八十六岁。②鬓毛：耳朵边的头发。衰（cuī）：稀少。

【赏析】

天宝二年（743）十二月，贺知章辞去朝廷官职，告老返回故乡越州永兴（今浙江萧山），时已八十六岁，距他少年离乡已经有五十来个年头了。诗人在年老之际置身于熟悉而又陌生的故乡环境中，心头有无限感慨，写下两首诗，此其一。

少小时就离开故乡，直到年老了方才回来，中间不知发生了多少人事沧桑变化，乡音虽依旧，鬓发却早已斑白稀疏，两相对照中自有不胜苍茫之感。

久别家乡老大回来，昔日相识的人不见，却有儿童迎笑相问："客从何处来？"在家乡已为异客了。全诗在有问无答中悄然作结，哀婉备至，动人心弦，千百年来为人传诵，老少皆知。

诗中一、二句尚是常语，三、四句从一个儿童不识相问的小小情节说来，将年老重返故乡时那种既喜悦又怅惘的复杂心情表现得十分真切，让人味之无穷，是"以少总多"的范例。

宋人范晞文《对床夜语》卷三："杨衡诗云：'正是忆山时，复送归山客。'张籍云：'长因送人处，忆得别家时。'卢象《还家》诗云：'小弟更孩幼，归来不相识。'贺知章云：'儿童相见不相识，笑问客从何处来。'语益换而益佳，善脱胎者宜参之。"

回乡偶书二首（其二）

贺知章

离别家乡岁月多，近来人事半销磨。

惟有门前镜湖水[①]，春风不改旧时波。

【注释】

① 镜湖：在浙江绍兴会稽山的北麓，原名庆湖，又称长湖、镜湖。方圆三百余里，风景优美，王羲之诗：“山阴道上行，如在镜中游。”贺知章的故居即在镜湖之畔。

【赏析】

这是《回乡偶书》中的第二首，虽不及第一首有名，却也蕴含着一股隽永的情味。

返乡后的贺知章在同故旧亲朋交谈中，发现家乡的人事已发生了沧海桑田的巨变，感情细腻的诗人由是生发出人事无常的感慨。“离别家乡岁月多”，相当于上一首的“少小离家老大回”。因为诗人的一切感慨皆是由数十年背井离乡而引发的，故一再重复这同一意思。下一句笼而统之议论人事变化，多年离乡，当有许许多多深深触动诗人感情的具体内容，不胜枚举，故只好一笔带过。三、四句写景兼议论。故乡的人事俱已变换，只有门前那一湖碧波依旧荡漾，不改昔时模样。诗人妙用反衬，“不改”反衬“半销磨”，“惟有”进一步映衬“半销磨”之意，在湖波不改的衬映下，人事日非的感慨显得愈益深沉了。

全诗通过“岁月多”“近来”“旧时”等表示时间的词语贯穿而下，形成一种低回沉思、若不胜情的氛围。

与第一首诗人初进家门见到儿童时那种若悲若喜的情感不一样，在听了亲朋介绍故乡人事后，诗人独立于波光粼粼的镜湖之旁时，情感已变得更加感伤了。整首诗是诗人自然而然地从肺腑流出，毫不雕琢修饰，朴实无华，却最能深深打动读者的心。

张九龄

公元678—740年，字子寿（一名博物），韶州曲江（今广东韶关）人。七岁能文。以进士第授校书郎。历官左拾遗、中书侍郎同中书门下平章事。玄宗朝贤相，以正直著称。后为李林甫所谮，罢相。所著《感恩诗》格调刚健。

感遇十二首（其一）

张九龄

兰叶春葳蕤[①]，桂华秋皎洁[②]。

欣欣此生意，自尔为佳节[③]。

谁知林栖者[④]，闻风坐相悦。

草木有本心[⑤]，何求美人折?

【注释】

①兰：指兰草，是一种开花很芳香的植物。葳（wēi）蕤（ruí）：枝叶茂盛的样子。②华：开花。③自尔：犹言自此，也就是自然而然的。④林栖者：林中之人。⑤本心：天性。

【赏析】

玄宗时，张九龄官至尚书右丞相。《资治通鉴》评价说，唐玄宗开元盛世用的是贤相，姚崇尚通，宋璟尚法，张九龄尚直。张九龄“尚直”，就是坚持正义的主张，不因个人的私利，也不因为屈于权威而改变主张。他在主理朝政时经常直言进谏，规劝玄宗居安思危，整顿朝纲，以至屡忤玄宗意。玄宗遂于开元二十四年（736）罢张九龄而相李林甫，迁九龄为尚书右丞相。罢相后不久，又因他荐举的监察御史周子谅弹劾牛仙客，触怒玄宗，坐“举非其人”，贬为荆州长史。在此期间，诗人有感于心，遂作《感遇》诗十二首。此处选其二首。

所谓“感遇”，顾名思义，就是对人生际遇有所感而用言语来加以抒发。在这首诗中，诗人托物言志，以清雅高洁的春兰和秋桂来比喻自己不随俗浮沉、不求人知的志趣，表明自己有着坚贞清高的本心，不求君相（美人）的任用、欣赏。诗一开始就用整齐的偶句，点出春兰秋桂的无限生机和芬芳皎洁的特征。三、四句写兰桂欣欣向荣却不媚俗求人知的品质。后四句以“谁知”引出兰桂无心与物相竞的情怀。诗中运用了比兴的手法，寄托深远。语言质朴洗练，不激不昂，饶有余味。《唐音癸籤》评之为“首创清淡之派”，对王孟诗派颇有影响。

Ⅰ

感遇十二首（其七）

张九龄

江南有丹橘[①]，经冬犹绿林[②]。
岂伊地气暖[③]，自有岁寒心[④]。
可以荐嘉客[⑤]，奈何阻重深[⑥]。
运命惟所遇，循环不可寻[⑦]。
徒言树桃李[⑧]，此木岂无阴[⑨]？

【注释】

①江南：长江之南。唐代分江南东、西两道，除今天的江浙地区外，还包括湖南、湖北、江西、安徽的大部分地区。张九龄被贬为荆州长史时，在今湖北。丹橘：红橘。②犹：还是。③岂伊：难道是。④岁寒心：语出《论语·子罕》："岁寒，然后知松柏之后凋也。"⑤可以：可以用来。荐：进献。嘉客：嘉宾，这里暗指君王。据《尚书·禹供》记载，江南橘本是贡品。⑥阻重深：阻隔重重深深，暗指君王身边的奸佞小人。⑦循环：指命运的否泰交替。这句指命运有如圆环，人无法分辨其终始，而不可探究。⑧徒言：徒然。树桃李：种植桃树、李树。《韩诗外传》记载赵简子语："春树木、桃李，夏得阴其下，秋得食其实。"这里反用其意。⑨阴：同"荫"。

【赏析】

张九龄当时谪居在荆州的治所江陵，正是屈原故国的郢都，是著名的产橘区。丹橘是嘉木，屈原曾作《橘颂》，开头就说："后皇嘉树，橘徕服兮。受命不迁，生南国兮。"就是以橘树为喻，表达了自己追求美好品质和理想的坚定意志。诗人效法前贤，这首诗亦是以丹橘自比。

丹橘具有耐寒的节操，经冬犹绿，有着"岁寒心"。这样的佳果本可进献于人，奈何山高路远，阻隔重重。诗从正面吟咏进入侧面抒写，慨叹自己怀才不遇，奸佞小人遮蔽贤人。在美好的品质和艰阻重深的对比中，自然引出对命运的追寻，叹息这种遭遇大概只能归于周而复始、不可追寻的运命了。最后两句以反诘语气指斥世人只忙于种植桃李而排斥果实甘美、绿叶成荫的橘树。作者官至宰相，本可施展他的抱负，但受李林甫谗陷而被罢相，这首诗隐指了自己这段经历，表达了对朝政昏暗和身世坎坷的愤懑之情。

全诗在醇厚冲淡之中有一种孤劲的风骨，短短的篇章中有三次用到发问的句子，具有正反起伏之势。语言委婉蕴藉，愤怒哀伤而不露痕迹，令人品味不尽。

望月怀远

张九龄

海上生明月，天涯共此时①。
情人怨遥夜②，竟夕起相思③。
灭烛怜光满，披衣觉露滋④。
不堪盈手赠⑤，还寝梦佳期⑥。

【注释】

①“海上”二句：化用了南朝宋文学家谢庄《月赋》中“隔千里兮共明月”的意思。②情人：有情之人。怨遥夜：即《古诗》“愁多知夜长”之意。遥夜，长夜。魏曹叡《昭昭素月》诗：“昭昭素明月，晖光照我床。忧人不能寐，耿耿夜何长。”③竟夕：整夜。④“灭烛”两句：是“怜光满而灭烛，觉露滋而披衣”的倒文。意谓灭去蜡烛而见月光明亮；夜凉披衣，但觉夜露渐多生凉，而披上衣服。⑤“不堪”句：谓月光有影无形，不可用双手捧起来相赠与你。意即难寄相思。

晋代陆机《拟明月何皎皎》：“照之有余辉，揽之不盈手。”⑥还寝：重新睡下。古诗《明月何皎皎》：“引领还入户，泪下沾衣裳。”梦佳期：于梦中得到与你相会的佳期。《楚辞·九歌·湘夫人》中有“与佳期兮夕张”之语，此处化用其意。

【赏析】

这首诗是张九龄在开元二十四年（736）由京师贬荆州长史后所作。全诗围绕望月，抒写怀念远人的幽情。

起句“海上生明月，天涯共此时”为千古传诵的佳句。一轮明月从海上冉冉升起，气象高华浑融，远在天边的亲友此时此刻正与“我”共望同一个月亮，一个“共”字逗出怀远，由景入情，衔接浑成自然。虽然暗用了谢庄“隔千里兮共明月”的句意，但“海上”“天涯”相应，开拓了一个大境界，而一个“生”字不仅写明月的升起，更将颔联的“起相思”引出来了，好像情人的怨思在月光的氤氲中酝酿，并随着海潮的涨起而升上来。

三、四两句，以“怨”字为中心，采用流水对，以“情人”与“相思”呼应，以“遥夜”与“竟夕”呼应，整夜对月相思不能寐，却怨长夜漫漫。一气呵成，如行云流水般自然流畅，妙韵天成。

相思不能入睡，于是灭烛望月，月亮的清辉满屋，更觉可爱。“怜光满”亦透露出月亮已经升到中天了。披衣到室外徘徊，月华风露凉。“觉露滋”表明月亮已经西斜，夜深露水渐多。

此际忽生奇想，想要把满手的月光相赠远人，却“不堪”，只好寄希望于虚无缥缈的梦境，去寻找相会的佳期，悠悠托出不尽情思。

诗至此戛然而止，却觉余韵袅袅，更引起人们无尽的同情和猜想。

此诗是望月怀思的名篇，遣词造句十分空灵，写景抒情并举，层层深入不紊，情和景融成一片，意境幽清秀美，情真而意切。构思精巧却又自然浑成，高步瀛在《唐宋诗举要》中引姚鼐语，说它是“五律中的《离骚》”。

王之涣

公元688—742年，字季凌，并州（山西太原）人。祖籍晋阳（今山西太原），其高祖迁今山西绛县。为人豪放不羁，常击剑悲歌，其诗多被当时乐工制曲歌唱。名动一时，常与高适、王昌龄等相唱和，以善于描写边塞风光著称。代表作有《登鹳雀楼》《凉州词》等。“白日依山尽，黄河入海流。欲穷千里目，更上一层楼”，更是千古绝唱。《全唐诗》存其诗六首。

登鹳雀楼

王之涣

白日依山尽，黄河入海流。
欲穷千里目，更上一层楼。

【赏析】

鹳雀楼，因常有鹳雀停留其上而得名，旧址在今山西永济。楼有三层，向前可瞻望中条山，向下可俯瞰黄河。

诗人以千钧巨椽之笔，写登楼放眼所见的莽苍的中条山在夕阳中的壮丽景象和黄河奔腾入海的磅礴气势，其浩瀚壮阔、雄浑苍茫的大境界已经足以震撼心灵。但诗人并未就此停住，而是说要“更上一层楼”，才能穷其千里目。不仅衬出在写景之外，更有未写之景在，而且将楼之高形容到极致。全诗仅仅二十字，却有尺幅千里之势，又透出平易而深刻的哲理，千百年来为人们所传颂。

凉州词

王之涣

黄河远上白云间①，一片孤城万仞山②。

羌笛何须怨杨柳③，春风不度玉门关④。

【注释】

①黄河远上：远望黄河的源头。远上，远远向西望去。②孤城：指孤零零地戍边的城堡。仞：古代的长度单位，一仞相当于七尺或八尺（约等于213厘米或264厘米）。③羌笛：古羌族主要分布在甘、青、川一带。羌笛是羌族乐器，属横吹式管乐。何须：何必。杨柳：《折杨柳》曲。古诗文中常以杨柳喻送别之事。《诗经·小雅·采薇》："昔我往矣，杨柳依依。"北朝乐府《鼓角横吹曲》有《折杨柳枝》："上马不捉鞭，反拗杨柳枝。下马吹横笛，愁杀行客儿。"④度：吹到过。玉门关：汉武帝置，因西域输入玉石取道于此而得名。故址在今甘肃敦煌西北小方盘城，是古代通往西域的要道。六朝时关址东移至今安西双塔附近。

【赏析】

《凉州词》，又名《出塞》。为当时流行的一首曲子《凉州》配的唱词。郭茂倩《乐府诗集》卷七十九《近代曲词》载有《凉州歌》，并引《乐苑》云："《凉州》，宫调曲，开元中西凉府都督郭知运进。"凉州，属唐陇右道，治所在姑臧县（今甘肃省武威市凉州区）。

向东眺望，滔滔黄河流水有若远在白云之间，向西眺望，一座孤零零的玉门关远远可见，还有那万仞高的群山，苍茫悲凉之中，更加见出古城的孤拔超绝。当此之际，忽闻羌笛所吹《折杨柳》曲，声音悲凉，如怨如诉，边塞征人之苦情可想而知。诗中却用“何须”二字，转谓征人和煦春风不会吹到玉门关，不须怨杨柳尚未萌芽，语意双关，曲折传达出戍边征人的悲怨，朝廷恩泽之不及于边塞犹如春风之不度玉门关，倍加见出沉痛。唐代常有吐蕃边乱，西边大部分地区每被吐蕃侵扰，长年征戍的艰苦，是朝廷所不知的。诗人代为歌吟，希冀在上者闻之。

全诗于壮观中寓苍凉，慷慨雄放而神气内敛，骨力浑融，意沉而调响，不愧为边塞诗的绝唱。

孟浩然

公元689—740年，襄州襄阳（今湖北襄樊）人。早年隐居家乡鹿门山。四十岁入长安求仕，无成，失意而归。开元二十八年（740），王昌龄游襄阳，二人相得甚欢，因饮食不当引发旧疾而卒。诗歌多写山水田园和隐逸、行旅等内容，同时也是唐代第一个大量写作山水田园诗的诗人，尤工五律。其诗清淡简朴，不事雕琢，与王维并称“王孟”。有《孟浩然集》。

与诸子登岘山

孟浩然

人事有代谢[①]，往来成古今。
江山留胜迹[②]，我辈复登临。
水落渔梁浅[③]，天寒梦泽深[④]。
羊公碑尚在，读罢泪沾襟。

【注释】

①代谢：交替，变换。晋代名将羊祜都督荆州诸军事，驻襄阳。每年春秋之季，他都步出襄城，攀登岘山，置酒咏诗，终日不倦。他曾深有感触地对僚属说：“自有宇宙，便有此山，由来贤达胜士，登此远望，如我与卿者多矣，皆湮灭无闻，使人悲伤。如百岁后有知，魂魄犹应登此山也。”僚属邹湛答道：“公德冠四海，道嗣前哲，令闻令望，必与此山俱传。”羊祜逝世之后，襄阳百姓感念他的德政，便在岘山建碑立庙，岁时祭飨。游人瞻望羊祜庙前的碑石，无不为之落泪洒涕。杜预继任，故称此碑为“堕泪碑”。②胜迹：名胜古迹。③渔梁：

渔梁洲，在襄阳附近沔水渡口，汉末庞德公曾隐居此处。④梦泽：即云梦泽。

【译文】

世间的事，不停变化，时光穿梭，构成古今。江山依然保留着先圣遗迹，如今我们又登上这里。秋末水位降低，渔梁洲变浅；天气变冷，云梦泽寒意深深。羊公石碑还在山头矗立，读完碑文，我泪沾衣襟。

【赏析】

岘山位于湖北襄阳市城区以南，背靠巍巍大荆山，东临汉江，与一水相隔的鹿门山形成东西对峙，俨如扼守在江汉平原北部的两扇大门。三千里汉水，流到这儿被岘山迎头一挡，拐出了一个大的急转弯。岘山美石不断被冲进汉水，在渔梁洲形成了汉水第一大卵石滩。

岘山作为一座历史文化名山，到处是名胜古迹。登临岘山顶往南看去，楚皇城、宋玉故里历历在目。朝东观望，夹渔梁洲与孟浩然的隐居地鹿门山隔汉水相望。向北远眺，古邓国和关羽水淹七军遗迹尽收眼底。注目西去，则是孔明古隆中躬耕之地。而山上尤以羊祜的堕泪碑著名。史载羊祜镇守荆襄，常登岘山，曾叹江山永存，而人多湮没无闻。羊祜去世后，百姓感念他的德政，立碑于岘山，望其碑者无不下泪。孟浩然与友人登上这座名山，吊古伤今，感慨不已。

诗的开头即发议论，引出作者的浩茫心事。再写江山留下名胜古迹，我辈今日登临，与前两句相照应。登临见水落石出，草木凋零，一派严冬的萧条景象。最后两句扣实，见羊祜“堕泪碑”而泪下沾襟，一个“尚”字，包含了复杂的内容，既体现了羊公碑历经岁月而至今屹立的感慨，又包含了对自己至今无所作为，死后难免湮没无闻的嗟伤，十分有力。

全诗语言通俗易懂，感情深挚动人，以平淡深远见长。清人沈德潜评孟浩然诗是“从静悟中得之，故语淡而味终不薄”。

宴梅道士山房

孟浩然

林卧愁春尽①，搴帷览物华②。

忽逢青鸟使③，邀入赤松家④。

金灶初开火⑤，仙桃正发花⑥。

童颜若可驻⑦，何惜醉流霞⑧。

【注释】

①林卧：林中闲卧。②搴（qiān）帷：撩起帐帷。搴，掀、揭。物华：美好的自然景物。③青鸟使：传说中的神鸟，西王母的使者。《汉武故事》记七月七日中午，武帝在承华殿见有青鸟西来，便问东方朔。东方朔回答说：“西王母黄昏必降临。”至时西王母果然前来，有两只如同鸾的青鸟服侍在她身边。后遂以青鸟为仙人或道士的使者。此处喻道士遣人前来。④赤松家：指梅道士之家。赤松，赤松子，传

说中的仙人。⑤ 金灶：道家的炼金丹的炉灶。初开火：清明前三日为寒食，习俗禁火冷食，清明方举火。⑥ 仙桃：《汉武内传》记载："王母仙桃三千年一开花，三千年一生实。"此处指道士山房旁的桃花。⑦ 驻：驻留。⑧ 流霞：传说中的仙酒，饮之可以长生。流霞为红色流云，流霞酒的颜色当红如霞彩。王充《论衡·道虚》："（项）曼都曰：'口饥欲食，仙人辄饮我以流霞一杯，每饮一杯，数月不饥。'"此处代指梅道士之酒。

【赏析】

唐代统治者将道教的始祖"老子"认作先祖，宣布道教在儒家和佛教之上，确定了有唐一代尊奉道教的国策，因而有唐一代道教大为兴盛。唐玄宗不仅自己炼药崖山，立坛宫中，亲受法箓，还通过一系列行政措施，提高道教的社会地位。他封庄子为南华真人，文子为通玄真人，列子为冲虚真人，庚桑子为洞灵真人，四子所著之书皆号真经。立玄学博士，依明经例举。玄宗亲自策试道举。当时公主、妃嫔和百官妻女多入道为女真，朝臣如贺知章之流都主动弃官乞为道士。

这样，从唐初到开元、天宝年间，由于统治者的大力扶植，道教空前兴盛起来，道教典籍日益增加，道教宫观遍布全国，入道人数不断增加，道士参与政事也司空见惯。道教作为一种宗教信仰，构成了大唐文明的重要内容之一，渗透在唐代文化生活的各方面。唐代文人或自己学道炼丹，或与道士酬唱往来，写下不少含有道教思想的诗歌。

诗人隐居山林“愁春尽”，而想要“览物华”，却忽然逢梅道士派人前来相邀。道士山房中炼丹灶生起了火，仙桃树正花开灼灼。对此良辰美景，宾主尽欢，何惜一醉呢？道士山房晚来的春景使诗人从愁中振奋，而朋友那如春意般温暖的友情更是让人沉醉，篇末的“童颜若可驻，何惜醉流霞”已经是喜气洋洋、意兴正酣了。

全诗叙宴饮于道士山房，脉络自是清畅，尤妙在巧用金灶、仙桃、驻颜、流霞等道家术语和青鸟、赤松子等仙家典故，切合主人身份，字里字外颇有一股出尘脱俗的超逸之气。我们从中仿佛可见诗人和道士的飘然出尘、随心所欲的生活态度，这是何等的逍遥自在。

过故人庄

孟浩然

故人具鸡黍①，邀我至田家。

绿树村边合②，青山郭外斜③。

开轩面场圃④，把酒话桑麻。

待到重阳日⑤，还来就菊花⑥。

【注释】

①具：准备。鸡黍（shǔ）：农家待客的丰盛饭菜。《论语·微子》中记载子路跟随孔子落下了，荷蓧丈人“止子路宿，杀鸡为黍而

食之”。黍：黄米饭。②合：环绕。③郭：外城。④轩：窗户。场圃：打谷场和菜圃。⑤重阳日：阴历九月初九重阳节。⑥就菊花：古俗，指重阳饮菊花酒。

【赏析】

诗的一、二句从应邀写起，文字上毫无渲染，正说明彼此间的情谊已近乎至交，无须客套。故人准备了鸡黍相邀，“我”欣然前往。鸡黍虽然为平常之物，田庄是平凡之所，但故人来相邀却别有意趣。诗人带着真诚的喜悦一路行来，未至村庄先见庄外绿树环抱，青山斜卧，远近相映，风景宜人，有清淡幽静之意，无孤僻冷傲之感。在故人家里打开轩窗，对着打谷场和菜园，呼吸田野间的清新空气，和故人一边饮酒，一边闲话田园桑麻之事。这样恬静安乐的田园生活，这样能促膝对晤的老朋友，诗人深感沉醉，便觉欢会之短暂，于是又与主人相约，等重阳日菊花盛开之际再来开怀畅饮。一个“就”字，表明到了重阳日，不必邀约自会前来，诗人的真率洒脱于此可见。

一个普通的农庄、一顿寻常的农家饭，诗中对这次相聚似乎只是信口道出，没有任何雕饰，而这种平易近人的风格却正与诗中朴实的田园生活和谐一致，显得亲切有味，宛如闲话家常一般，富于浓厚的生活气息，还有一种清新的田园味道。各诗句之间平衡均匀，共同构成了一个完整的意境，不着痕迹地将清幽秀美的农村风光和淳朴真挚的情感融为一体。

岁暮归南山

孟浩然

北阙休上书[①]，南山归敝庐[②]。

不才明主弃，多病故人疏[③]。

白发催年老，青阳逼岁除[④]。

永怀愁不寐[⑤]，松月夜窗虚。

【注释】

①北阙：指朝廷奏事处。②敝庐：破旧的居所。③故人疏：老朋友因之而疏远。④青阳：春天。⑤永怀：郁于胸怀而不去。

【赏析】

孟浩然早年用世之心较强，四十岁时曾西游长安应进士举，然而落第，没被朝廷器重，于是归隐山林。这首诗就抒发了这种仕途失意后的失望、哀伤、自怜、自解的复杂感情。

相传，孟浩然曾被王维私邀至内署，适逢唐玄宗至，孟浩然于慌乱间躲入床下。王维不敢隐瞒，据实奏闻，玄宗命出见，索其诗，孟浩然于是诵读了此诗，至“不才明主弃”之句，玄宗不悦，道：“卿不求仕，而朕未尝弃卿，奈何诬我！”可见此诗尽管写得婉曲含蓄，其弦外之音还是一闻即知，结果，孟浩然被放归襄阳。

起首二句记事，叙述停止向朝廷上书求仕，归隐南山破旧的家居处。三、四句是回述自己不得志的缘由，之所以被明主抛弃，是因为自己不才，身体多病，所以与朋友来往也稀疏了，字字包含着悲伤、失意却又自我疏解的复杂心绪。仕途渺茫，而鬓发已白，又是新的一年到来了。“催”“逼”二字生动地展现了诗人对年华虚度而功名难就的忧虑焦急和无能为力。他满怀不可排解的苦闷而夜不能寐，见得窗外松树月夜，一片空虚。其中“虚”字使情景浑一，那迷蒙空寂的夜景，与落寞惆怅的心绪融会在一起。

全诗层层辗转表达，句句语涉数意，构成悠远深厚的艺术风格。

春　晓

孟浩然

春眠不觉晓，处处闻啼鸟。

夜来风雨声，花落知多少。

【赏析】

这是一首惜春诗，诗人抓住春晨生活的一刹那，通过听觉形象“处处闻啼鸟”，写出春天生命的蓬勃，多少烂漫醉人的春光也都在不写中写了；通过意觉形象“花落知多少”，写出了大自然的更替代谢，又糅进了诗人的感觉和想象，几许惜春意也尽在其中了。诗以清浅的语言将美好的瞬间凝聚成永恒，看似一览无余却又含蓄曲折，反复吟哦又是回味无穷。正是诗到自然，无迹可寻，风流闲美，正不在言多，故能流传千百年而不衰。

宿建德江

孟浩然

移舟泊烟渚[①]，日暮客愁新。

野旷天低树[②]，江清月近人[③]。

【注释】

①移舟：靠岸。泊：停船靠岸。烟渚：弥漫雾气的沙洲。②旷：空阔远大。天低树：天幕低垂，好像和树木相连。③近：亲近。

【赏析】

江上孤舟轻移，停靠在烟雾迷蒙的小洲边。暮色苍茫，羁旅作客之愁涌上心头。三、四句写江上晚景，云天比树木还低，是远眺空旷原野所见，秋江清水浮着一轮孤月，与客居他乡的游子的孤影相亲近。“天低树”“月近人”是从人的主观感受着笔，将浓浓的客愁无声无迹地融入画境；而一“旷”一“清”，则在空旷中突出诗人对明日前程渺茫的思索，在清冷月色中益发显出诗人的寂寞惆怅。全诗自然流出，风韵天成，含而不露，淡而有味，颇有特色。

李　颀

公元 690？—754 年，赵郡（今河北赵县）人。开元进士，曾官新乡尉，后归隐，直至去世。其边塞诗、人物素描诗、音乐诗、咏史怀古诗均有佳作，七言歌行尤具特色。《全唐诗》存其诗三卷。有《李颀诗集》。

古从军行

李　颀

白日登山望烽火，黄昏饮马傍交河[①]。
行人刁斗风沙暗[②]，公主琵琶幽怨多[③]。
野云万里无城郭，雨雪纷纷连大漠。
胡雁哀鸣夜夜飞，胡儿眼泪双双落。
闻道玉门犹被遮，应将性命逐轻车[④]。
年年战骨埋荒外，空见蒲桃入汉家[⑤]。

【注释】

①饮（yìn）马：给马喂水。交河：在今新疆吐鲁番西北。②刁斗：古代军中白天用来烧饭，晚上用来敲击巡更的铜器。③“公主”句：指汉武帝时将江都王之女远嫁乌孙一事。④“闻道”两句：意谓已然出了玉门关就没有归去的道路，只能追随将领一同出生入死。⑤蒲桃：葡萄。

【赏析】

“从军行”是乐府《相和歌平调曲》旧题，内容多为军情边思。这首诗借写汉武帝的开边，讽刺当时帝王好大喜功，穷兵黩武，不关心将士的生死。

诗开首四句写塞外紧张凄苦的征戍生活：白天要登山观望有无烽火报警，黄昏到河边让马饮水；行人在风沙弥漫中只听得见刁斗声和幽怨的琵琶声，这些景物共同营造出一种肃穆而凄凉的氛围。

次四句是写塞外恶劣的环境和所闻悲声。军营所在为辽阔的荒野，无城郭可依；雨雪纷飞，与大漠相连。在此环境下，连土生土长的胡雁胡儿都哀啼落泪，何况远戍到此的“行人”呢？

末四句是写征战不能生还，以葡萄感慨作结。在边地恶劣的环境下，将士谁不想还乡呢？

可是“闻道玉门犹被遮”一句，似当头一棒，打断了“行人”思归之念。据《史记·大宛传》记载，汉军攻大宛不利，请求罢兵。汉武帝闻之大怒，派人遮断玉门关，并下令：“军有敢入者辄斩之。”班师还乡不能，只有去跟随将军拼命死战了。结果却是“年年战骨埋荒外，空见蒲桃入汉家”。这两句尤其深刻，揭露出君王连年征战牺牲无数战士来开边，换来的不过是葡萄入贡。

全篇一句紧一句，步步紧逼，直到最后才画龙点睛，点出君王开边目的所在，显出巨大的讽喻力量。

送陈章甫

李　颀

四月南风大麦黄，枣花未落桐叶长。
青山朝别暮还见，嘶马出门思旧乡。
陈侯立身何坦荡，虬须虎眉仍大颡①。
腹中贮书一万卷，不肯低头在草莽。
东门酤酒饮我曹②，心轻万事如鸿毛。
醉卧不知白日暮，有时空望孤云高。
长河浪头连天黑，津吏停舟渡不得。
郑国游人未及家③，洛阳行子空叹息④。
闻道故林相识多，罢官昨日今如何?

【注释】

①大颡（sǎng）：宽大的额头。②我曹：我辈。③郑国游人：指陈章甫，陈章甫曾隐于嵩山，古为郑地。④洛阳行子：作者自指。

【赏析】

江陵人陈章甫罢官后登程返乡之际，李颀送他到渡口，以诗赠别。

这首诗在结构上依时间、地点展开，然后对所送别之人加以赞颂，最后表达依依惜别之情。与一般送别诗并无二致，但它的独特之处在于，诗人将笔墨着重用在描绘人物上。

中段八句是全诗最精彩的部分，诗人首先突出陈章甫的立身坦荡，然后从容貌上抓住其虬须、虎眉、宽大的额头这些特征，突出刻画其性格的豪放；而且他满腹文章，不肯低头，行事洒脱豁达，不在意得失。仿佛一个雄杰豪放、坦荡不羁的奇士跃然纸上，同时也从中透露了陈章甫罢官返乡的情由。

全诗笔调轻松，风格豪爽，对陈章甫遭际的不平与同情隐含在字里行间，虽为送别却不作愁苦之语，在送别诗中确属别具一格。

王昌龄

公元690—756年，字少伯，京兆长安（今陕西西安）人。曾官江宁（今江苏南京）丞、龙标（今湖南黔阳）尉，后人因称“王江宁”“王龙标”，又有“诗家天子王江宁”之称。安史乱起，避居江淮一带，因触忤刺史闾丘晓，为其所杀。其边塞诗气势雄浑，格调高昂，充满了积极向上的精神风貌。尤擅七绝，被称为“七绝圣手”。明王世贞论盛唐七绝，认为只有他可以与李白争胜，列为“神品”。《全唐诗》存其诗四卷。有《王昌龄集》。

从军行七首（其四）

王昌龄

青海长云暗雪山①，孤城遥望玉门关②。
黄沙百战穿金甲③，不破楼兰终不还④。

【注释】

①青海：青海湖，在今青海省西宁市西。雪山：这里指甘肃省境内的祁连山脉。②孤城：当是青海地区的一座城。一说孤城即玉门关。玉门关：汉武帝置，因西域输入玉石取道于此而得名。③穿：磨破。金甲：金属质的铠甲。④楼兰：汉代西域国名。这里泛指当时骚扰西北边疆的敌人。

【赏析】

这首诗气势雄阔，是边塞诗中的经典之作。

一、二句对整个西北边陲进行了鸟瞰和概括，并重点突出了两个地理位置——“青海”和“玉门关”。这与当时战争的态势有关：唐朝有两个强敌，一是吐蕃，一是突厥。青海地区，正是吐蕃与唐军多次作战的场所；而玉门关之外，则是突厥的势力范围。

诗中描写的边关景色是何其壮观，青海湖上长云滚滚，将雪山遮暗；群山间立着一座孤城，与玉门关遥遥相望。这壮阔的景象恰与将士们卫边杀敌的豪情壮志相应：不破楼兰始终不返故乡！典型环境与人物感情高度统一，是王昌龄绝句的一个突出特点，于本诗中可见一斑。

这首诗写得雄壮有力，一改《从军行》前几首的低沉伤感，充分展现了戍边将士们豪情满怀的一面。

出　塞

王昌龄

秦时明月汉时关，万里长征人未还。

但使龙城飞将在①，不教胡马度阴山。

【注释】

①但使：只要。龙城：在今河北省喜峰口一带，为汉代右北平郡所在地。汉武帝曾用李广为右北平太守。匈奴闻之，数年不敢来犯。龙城飞将：指西汉名将李广，匈奴称其为“汉之飞将军”。

【赏析】

“龙城”指奇袭龙城的名将卫青，而“飞将”则指威名赫赫的飞将军李广。“龙城飞将”并不止一人，实指李广、卫青，更多的是借代众多汉朝抗击匈奴的名将。在西汉时期，常年有与匈奴的战争。李广、卫青就是在抗击匈奴战争中涌现出来的名将，李广出身于军人世家，少年时即从军抗击匈奴。他善于骑射，骁勇善战，立下显赫战功。元光六年（公元前 129），匈奴兴兵南下，前锋直指上谷（今河北省怀来县）。汉军分四路出击。车骑将军卫青直出上谷，李广任骁骑将军，率军出雁门关，四路将领各率一万骑兵。卫青率领骑兵，一夕纵横八百里，奇袭直捣龙城（匈奴祭扫天地祖先的地方，今蒙古国塔米尔河岸），取得胜利。李广被成倍的匈奴大军包围。匈奴单于久仰李广威名，令部下务必生擒之。李广终因寡不敌众而受伤被俘。押解途中，他飞身夺得敌兵马匹，射杀追骑无数，终于回到了汉营。李广展现出的惊人骑射技术给匈奴人留下深刻的印象，在匈奴军中赢得了“汉之飞将军”的称号。后来武帝重新起用李广为右北平太守。匈奴闻“飞将军”镇守右北平，数年不敢来犯。

明月还是那轮曾照过秦汉时的明月，关塞还是那秦汉时的关塞，诗的起句很是不凡，“秦时月”“汉时关”乃互文见义，见出时间之悠远，有极为厚重的历史感，仿佛一股雄浑苍凉之气扑面而来。而万里出征，军劳力竭而功未成，未能归还故乡，“万里”，见出空间之寥廓。边月关山，千古而不变，而历史变化，征战依然不断，在时空流转中展开雄阔苍茫的画面。后两句发出深沉的感慨，希望有李广那样的飞将军一举平息胡乱，不使胡马偷渡阴山，“但使”“不教”为因果句式，从假设之语中可见出其未言之深意。全诗由写景披入，气势流畅，语意含蓄深沉，意境雄浑高昂，明人李攀龙将它推举为唐代七绝压卷之作。

塞上曲

王昌龄

蝉鸣空桑林[①]，八月萧关道[②]。
出塞入塞寒，处处黄芦草。
从来幽并客[③]，皆共尘沙老。
莫学游侠儿[④]，矜夸紫骝好[⑤]。

【注释】

①空桑林：叶子已然枯落的桑树林。②萧关：古时关中与塞北的交通要冲，在今宁夏固原东南。③幽并：幽州和并州，唐代时皆属于边防之地。④游侠儿：指恃勇逞强、意气用事、常常惹是生非的人。⑤矜夸：骄傲自夸。紫骝（liú）：泛指骏马。

【赏析】

王昌龄的边塞诗在盛唐诗作中别树一帜，为人们所称道。这首《塞上曲》是诗人早年漫游西北边地时所作，诗由征戍边塞不回而告诫少年不要矜夸武力，表达了反战之意。

前四句写边塞秋景，诗人选取了寒蝉、桑林、萧关、边塞、秋草等中国古代诗歌中典型的悲情意象，寥寥数语，就将塞上的荒凉萧瑟景象呈现在读者眼前，作者刻意描写肃杀悲凉的秋景是为下文反对战争做背景和情感上的铺垫。

后四句写久戍边塞的将士，寄寓了深切的同情，“从来幽并客，皆共尘沙老”，与王翰的名句“醉卧沙场君莫笑，古来征战几人回”有异曲同工之妙。自古以来，试图通过沙场拼杀来封侯拜将的男儿数不胜数，诗人们也热衷于抒发建功立业的豪情壮志，然而，绝大多数人的宏图大志最后只是一场空，所以发出了“皆共尘沙老”的无奈慨叹。诗人对“幽并客”并无贬义，反而隐约可见对献身沙场的壮士的惋惜之情。最后劝勉少年莫学游侠儿自恃勇武，炫耀紫骝马善于驰骋，深刻地表达了作者对于战争的厌恶。

这首诗写边塞秋景，可见慷慨悲凉的建安风骨遗韵；写戍边征人，有汉乐府直抒胸臆的哀怨之情；讽喻市井游侠，直接否定和批判了唐代锦衣少年的浮夸风气。

芙蓉楼送辛渐

王昌龄

寒雨连江夜入吴[①]，平明送客楚山孤[②]。

洛阳亲友如相问[③]，一片冰心在玉壶[④]。

【注释】

① 寒雨：寒冷的雨。连江：满江。吴：三国时的吴国在长江下游一带，简称这一带为吴，与下文“楚”为互文。② 平明：清晨天刚亮。客：指辛渐。楚山：春秋时的楚国在长江中下游一带，所以称这一带的山为楚山。孤：独自，孤单一人。③ 洛阳：位于河南省西、黄河南岸。④ 一片冰心在玉壶：冰在玉壶之中，比喻人清廉正直。冰心：比喻心地纯洁。

【赏析】

芙蓉楼，旧址在今江苏省镇江市。开元二十九年（741），王昌龄因“不谨小节，谤议沸腾”被贬为江宁丞，这首诗即作于其时。

首两句写雨夜饯别和平明相送，茫茫的江雨和孤耸的楚山，烘托出送别时的孤寂凄清之情；后两句是临别时的叮咛之语，辛渐是诗人的朋友和同乡。此次返乡，诗人托辛渐带给洛阳亲友的不是报平安或问候，而是“一片冰心在玉壶”的心志表白。

天气寒冷，玉壶中的水会结成冰，玉壶和冰都是晶莹澄澈之物，故常用以比喻高洁清纯。六朝刘宋时期的诗人鲍照就用“清如玉壶冰”（《代白头吟》）来比喻高洁清白的品格。自从开元宰相姚崇作《冰壶诫》以来，盛唐诗人如王维、崔颢、李白等都曾以冰壶自励，推崇光明磊落、表里澄澈的品格。王昌龄托好友辛渐给洛阳亲友带去的口信不是通常的报平安，而是传达自己依然冰清玉洁、坚持操守的信念，是大有深意的。

据《唐才子传》和《河岳英灵集》载，王昌龄曾因不拘小节，

“谤议沸腾，两窜遐荒”，开元二十七年（739）被贬岭南即是第一次。从岭南归来后，他被任为江宁丞，几年后再次被贬谪到更远的龙标，可见当时他正处于众口交毁的恶劣环境之中。诗人在这里以晶莹透明的冰心玉壶自喻，正是基于他与洛阳诗友亲朋之间的真正了解和相互信任。

诗人从清澈无瑕的玉壶中捧出一颗晶亮纯洁的冰心以告慰友人，这就比任何相思的言辞都更能表达对洛阳亲友的深情，其精巧的构思和深婉的用意均融化在一片清空明澈的意境之中，显得含蓄蕴藉，余韵无穷。

祖　咏

洛阳人，开元进士，生卒年不详。曾隐居河南汝水间，渔樵自终。与王维相交三十年，诗风也与王维颇为近似，多写山水景色和隐逸生活。《全唐诗》存其诗一卷。

望蓟门

祖　咏

燕台一去客心惊[①]，笳鼓喧喧汉将营。
万里寒光生积雪，三边曙色动危旌[②]。
沙场烽火侵胡月，海畔云山拥蓟城。
少小虽非投笔吏[③]，论功还欲请长缨[④]。

【注释】

① 燕台：即幽州台。② 三边：古称幽、并、凉三州为“三边”，此指蓟城一带边地。危旌：高扬的旗帜。③ 投笔吏：东汉班超年少时曾是抄写文书的小吏，后投笔从戎，立功西域，封定远侯。④ 请长缨：终军曾向汉武帝请求：“愿受长缨，必羁南越王而致之阙下。”

【赏析】

蓟门是唐边防要地，在今北京德胜门外。诗人到闻名已久的边塞重镇，游目纵观蓟门壮丽的风光，吊古感今，慨然生发报国从戎的豪情。

全诗由首句的一个“惊”字领起，一到燕台想起燕昭王为求贤才而筑黄金台，兴盛一时，可自郭隗、乐毅等贤人故去后，燕国即被秦所灭，此为一惊。而将营中吹笳击鼓，喧声震天，体现了汉将营中号令的严肃，深深震动了诗人的心。

接下来，诗人写望中所见，视线由远处移到高处，由内地到边塞，层次分明。连绵万里的积雪以及积雪所反射的寒光，无不令人心惊，而边防地带如此的形势和气氛，更是让人震撼。故尾联因被望中所见的雄浑壮丽的战场风光所激励感奋，涌起一股报国立功的豪情。

终南望余雪

祖　咏

终南阴岭秀①，积雪浮云端。

林表明霁色②，城中增暮寒。

【注释】

①终南：终南山，在今陕西省西安市南。阴岭：背阳的山岭。②林表：树林的外表。霁色：雪后的阳光。

【赏析】

据《唐诗纪事》卷二十记载，这是作者在长安应进士考试的诗。

按照唐考试制度规定，应试诗当为五言六韵十二句，但祖咏作了四句就交卷了，考官问他为何不写完，他说：“意尽。”从诗的本身来看，四句的确写尽终南余雪的景色。长安城遥对终南山北麓，前两句写眺望所见：巍巍终南山北积满了白雪，顿添不少秀色；起伏峰峦上的积雪，好像白云飘浮在天际。后两句，重在写“余雪”，残阳的余晖斜照在雪峰山林上而分外明亮，望积雪而转觉苦寒侵袭，进而想到城中暮寒骤增，众生酷冷。前三句咏雪如画，末句为神来之笔，抒发深沉的感受，使意在言外，蕴藉无穷。

王　维

公元701—761年，字摩诘，祖籍祁县（今属山西）。开元进士。累官至给事中。安史之乱中曾受伪职。后官至尚书右丞，故亦称“王右丞”。晚年居蓝田辋川，过着亦官亦隐的优游生活。其作品主要为山水诗，体物精细，状写传神。兼通音律，工书画。有《王右丞集》。

送綦毋潜落第还乡

王　维

圣代无隐者，英灵尽来归。
遂令东山客①，不得顾采薇②。
既至金门远③，孰云吾道非。
江淮度寒食，京洛缝春衣④。
置酒长安道，同心与我违⑤。
行当浮桂棹⑥，未几拂荆扉⑦。
远树带行客，孤城当落晖。
吾谋适不用⑧，勿谓知音稀。

【注释】

①东山客：东晋谢安曾隐居于会稽东山，此指隐居者。②采薇：商末伯夷、叔齐不食周粟，在首阳山采薇代食。这里指隐居。③金门：金马门，汉代对优异贤良之士皆令至金马门待诏。④“江淮”二句：意谓赴京赶考，渡江淮时正值寒食节，后落第滞留京洛，又自

缝春衣。⑤同心：知心朋友。违：分离。⑥行当：将要。桂棹：船的美称。⑦未几：不久。荆扉：指故园的柴门。⑧“吾谋”句：意指文章未为考官所赏识。

【赏析】

这是一首劝慰友人落第的诗。綦毋潜是荆南人，到长安应考进士不中，王维送他还乡，并作此诗对他进行勉励。

诗人先说圣明时代，有才能的人不再隐居。这次应考未中，谁说是因为你没有才能呢？不要为了偶然的失意，就认为世上没有知音了。诗人言辞恳切，体贴入微，正如清代沈德潜所谓“反复曲折，使落第人绝无怨尤”。

全诗虽是为送别落第友人惋惜，却并不显得悲伤愁苦，在抒情之中既有由衷的感慨，又有真挚的勉励，情调昂扬乐观，境界开阔，读之令人振奋。

“远树带行客，孤城当落晖”写送行景色，有如一幅暮春送别图，正是“诗中有画”。

送　别

王　维

下马饮君酒[①]，问君何所之[②]。

君言不得意，归卧南山陲[③]。

但去莫复问，白云无尽时。

【注释】

① 饮君酒：请君饮酒。② 何所之：去向何方。③ 南山：终南山，今陕西西安市南。陲（chuí）：边。

【赏析】

这首诗写送友人归隐，旧注疑是送孟浩然归隐南山，则南山应当是指襄阳南岘山。

前四句中，一、二句起笔点题，写饮酒饯别，问君到哪里去，由此引出下文中要归隐的对答。其中“不得意”三个字显然是有深意的，是解开全诗的题旨所在。

后两句是写友人归隐山林，有山间悠悠白云可供消遣，别有一番悠闲自在，“我”又何必再苦苦寻问呢？

前四句平平道来，如话家常；后两句韵味骤增，诗意顿浓。友人仕途不得意而不得不归隐，心中必然有无限感慨，诗人正是借此来开解友人，同时也暗含了无限的羡慕和感慨之意。

这首诗虽然是送别诗，却表现得颇为洒脱，其佳处正在于最末两句：与永恒的大自然相比，人世间的荣华富贵、高官显爵就是过眼云烟；与终日奔波劳碌的人类相比，那山中飘飞的白云是多么自由自在、无拘无束。在仕途上失意了，就到大自然中寻回自身的价值，这不仅是盛唐士人，也是中国古代知识分子的普遍心态。

全诗借送别友人归隐，阐述了诗人想要回归自然、自寻其乐的志向，暗含着对追逐功名的否定。语句看似平淡无奇，却是藏而不露，含不尽之意在言外，给人“清音有余”（谢榛语）的感觉。清人张文荪《唐贤清雅集》评价说：“五古短调要浑扩有余味，此篇是定式。”

青　溪

王　维

言入黄花川[①]，每逐青溪水[②]。
随山将万转，趣途无百里[③]。
声喧乱石中，色静深松里[④]。
漾漾泛菱荇[⑤]，澄澄映葭苇[⑥]。
我心素已闲，清川澹如此[⑦]。
请留盘石上[⑧]，垂钓将已矣[⑨]。

【注释】

①言：发语词，无意。黄花川：今陕西凤县东北黄花镇附近。②逐：沿着。青溪：今陕西勉县东。③“随山”两句：意思是清溪与黄花川相隔不过百里，溪水却依山势千回万转。趣，通“趋”。④色：山色。⑤漾漾：形容水波荡漾摇曳的样子。泛：浮漂。菱荇：菱叶荇菜等水生植物。⑥澄澄：形容溪水清澈透明。葭（jiā）苇：芦苇。⑦澹（dàn）：安静。⑧盘石：大石。⑨将已矣：将留此终身。

【赏析】

这首诗大约是王维初次隐居蓝田南山时所作，写了一条不知名的青溪的素淡景致，着眼在“我心素已闲，清川澹如此”，以青溪的淡泊来印证自己安闲的夙愿。

开头四句沿着青溪入黄花川游历，百里之间，途经千回万转。“声喧乱石中，色静深松里”写听到溪流声，看到溪边松色，动静相称，声色交通，极富意境美。七、八句写青溪流出松林，进入开阔地带的景色。诗人笔下的青溪深峭灵洁，既喧闹又沉静，既活泼又素淡，让人心生爱悦。“一切景语皆情语”（王国维《人间词话》），全诗写景又写情，物境、心境融合为一，浑然一体。这首诗，诗中有画，清新淡雅、醇厚隽永，很能体现王维山水诗的特色。

渭川田家

王　维

斜光照墟落①，穷巷牛羊归②。

野老念牧童，倚杖候荆扉。

雉雊麦苗秀③，蚕眠桑叶稀④。

田夫荷锄至⑤，相见语依依。

即此羡闲逸⑥，怅然吟式微⑦。

【注释】

①墟落：村落。②穷巷：深巷。③雉雊(gòu)：野鸡叫。④蚕眠：蚕吐丝作茧后在内蜕皮化蛹，其间不食不动，称“眠”。⑤荷(hè)：扛着。⑥“即此”句：意谓就是这样的情景也让人羡慕其安然闲逸了。⑦式微:《诗经·邶风·式微》中有:“式微，式微，胡不归？”(胡不归：为何还不归去？)

【赏析】

这首诗呈现了一幅陕西渭水流域初夏田家晚归图，作者抓住了“斜阳”“墟落”“牛羊”“荆扉”“雉雊”“麦苗”“桑叶”“田夫”这些典型的农家特征，以白描的手法写了野老想念牧童、田夫荷锄相见，风物人情，历历如画，让人顿生欣慕之心。

结尾两句，就是诗人因为羡慕田家的闲逸，而生发出不如归去的感叹。其中“式微”是用《诗经·邶风·式微》中“式微，式微，胡不归”一语，表示有归隐田园之意。写田家的平和安乐，不事雕绘，自然天成，诗意盎然。

西施咏

王　维

艳色天下重[①]，西施宁久微[②]。

朝为越溪女，暮作吴宫妃。

贱日岂殊众[3]，贵来方悟稀[4]。

邀人傅脂粉[5]，不自著罗衣[6]。

君宠益娇态[7]，君怜无是非[8]。

当时浣纱伴，莫得同车归。

持谢邻家子[9]，效颦安可希[10]。

【注释】

①“艳色”句：意谓艳丽的姿色为天下所看重。②“西施”句：意谓西施又怎能久居微贱？宁，岂。③“贱日”句：意谓微贱的时候难道有什么与众不同？④贵来：显贵的时候。方悟稀：方才感到稀罕。⑤傅：涂抹。⑥自：亲自。著：穿。⑦益：愈加。⑧“君怜”句：意谓君王怜爱而从不计较她的是非。⑨持谢：奉告。邻家子：指西施的邻居丑女东施。⑩“效颦”句：意谓光学西施皱眉又怎能希望得到别人的赏识。颦（pín），皱眉。

【赏析】

西施是中国古代四大美女之一，姓施，名夷光，春秋时越国人，居住于浙江诸暨苎萝村，苎萝有东西二村，夷光居西村，故名西施。她的人生颇具传奇性。越国战败后，被迫向吴国称臣求和。越王勾践遍选国内美女献给吴王夫差，天生丽质的西施也是其中的一员。夫差对西施万般宠爱，先是在姑苏建造春宵宫，又专门为西施建造了表演歌舞和欢宴的馆娃阁、灵馆等。西施擅长跳“响屧舞”，夫差又专门为她筑“响屧廊”。而与此同时，越王勾践卧薪尝胆，使越国强盛起来，最终打败了吴国。吴国灭亡后，西施不知去向，有说是被沉海而死，有说是与范蠡泛舟五湖隐居而去。

对这样一个具有历史传奇性的女子，唐代诗人多有写诗吟咏论及的。王维这首《西施咏》就是其中之一。这首诗借咏西施朝贱暮贵的故事，慨叹世情无常。“朝为越溪女，暮作吴宫妃”，实际上就是一些凭际遇而骤贵的幸运儿的写照。沈德潜在《唐诗别裁集》中说：“写尽炎凉人眼界，不为题缚，乃臻斯诣。”全诗写暴富新贵气象，不加褒贬，神致逼肖。结末是奉劝没有像西施姿色的人不要徒然去模仿西施捧心颦眉，可谓别开生面，点化人生。全诗寄托深远，讽在言外，似浅实深。

老将行

王　维

少年十五二十时，步行夺得胡马骑。

射杀山中白额虎，肯数邺下黄须儿[①]。

一身转战三千里，一剑曾当百万师。

汉兵奋迅如霹雳，虏骑崩腾畏蒺藜[②]。

卫青不败由天幸[③]，李广无功缘数奇[④]。

自从弃置便衰朽，世事蹉跎成白首。

昔时飞箭无全目[⑤]，今日垂杨生左肘[⑥]。

路傍时卖故侯瓜[⑦]，门前学种先生柳[⑧]。

苍茫古木连穷巷⑨，寥落寒山对虚牖⑩。
誓令疏勒出飞泉⑪，不似颍川空使酒⑫。
贺兰山下阵如云⑬，羽檄交驰日夕闻⑭。
节使三河募年少⑮，诏书五道出将军⑯。
试拂铁衣如雪色，聊持宝剑动星文⑰。
愿得燕弓射大将⑱，耻令越甲鸣吾军⑲。
莫嫌旧日云中守⑳，犹堪一战取功勋。

【注释】

①肯数：岂可只推。邺：曹操封魏王后定都于邺。黄须儿：指曹操第二子曹彰，须黄而刚烈勇猛。②虏骑：指匈奴的骑兵。蒺藜：此指铁蒺藜，战地所用的障碍物。③卫青：汉代名将，屡败匈奴而建功。但卫青最初被封官是因为姐姐卫子夫受到汉武帝的宠爱而沾了光，故本句说他“由天幸”。④李广无功：李广屡立奇功，但一生坎坷不遇，终身未曾封侯，故曰“无功”。缘：因为。数奇：命运不好。⑤飞箭无全目：形容射艺之精，能使飞雀双目不全。⑥垂杨生左肘：指因为长时间不操弓箭而双肘僵硬。⑦故侯瓜：秦亡后，东陵侯召平曾在长安城东种瓜为生。⑧先生柳：东晋陶渊明弃官归隐后，因门前有五株杨柳，故自号“五柳先生”。⑨穷巷：深巷。⑩牖（yǒu）：窗户。⑪“誓令”句：东汉耿恭据守疏勒城，匈奴断其水源，耿恭于城中掘井而祈祷，后得水。⑫颍川空使酒：西汉颍阴人灌夫，为人刚直，好恃酒使气。⑬贺兰山：在今宁夏境内，唐代为战地。⑭羽檄：紧急军书。⑮节使：持有朝廷符节的使臣。三河：今河南

一带。⑯“诏书”句：意谓诏令众将军分五路出兵。⑰星文：指剑上所嵌的七星文。⑱燕弓：燕地出产的劲弓。⑲“耻令”句：意谓以敌人的甲兵惊动国君为耻。用春秋越国进犯齐国，雍门子狄认为战事惊动国君是自己的耻辱。⑳“莫嫌”句：汉魏尚为云中太守时，匈奴不敢犯境。他曾因所缴敌首差六级被削爵，后来汉文帝遣冯唐持符节赦其罪，复其官职。

【赏析】

这首诗叙述了一位老将不幸的经历。

全诗分为三段。开头十句为第一段，写老将少年时英勇善战，屡次立下战功。李广是汉朝著名大将，匈奴人对他非常敬畏；曹彰是曹操次子，曾经奋勇破敌，却将功劳归于诸将。诗人借用这两个典故来展现老将的才德智勇。但这样一位大将之才竟未得寸功之赏。中间十句为第二段，写老将被弃置不用之后便“衰朽”了，连头发都白了，疡生左肘，不得不躬耕种瓜叫卖，门前冷落，从此无宾客往来。但是老将仍然志在千里，思量为国效力。最末十句为第三段，写边烽未熄，老将不计恩怨，时时怀着请缨杀敌的爱国衷肠。

诗人用叙事的手法，从不同的角度传神地刻画了一个功勋卓著而不计荣辱，一心报国而不计恩怨的“老将”形象。作品在颂扬老将的高尚节操和爱国热忱的同时也揭露了统治者的赏罚不公、冷酷无情。诗中大量用典，使“老将”的形象具有典型意义，有深重的历史感。

洛阳女儿行

王　维

洛阳女儿对门居，才可容颜十五馀[①]。
良人玉勒乘骢马[②]，侍女金盘脍鲤鱼[③]。
画阁朱楼尽相望，红桃绿柳垂檐向。
罗帷送上七香车，宝扇迎归九华帐[④]。
狂夫富贵在青春[⑤]，意气骄奢剧季伦[⑥]。
自怜碧玉亲教舞[⑦]，不惜珊瑚持与人[⑧]。
春窗曙灭九微火[⑨]，九微片片飞花琐[⑩]。
戏罢曾无理曲时，妆成只是熏香坐。
城中相识尽繁华，日夜经过赵李家。
谁怜越女颜如玉，贫贱江头自浣纱。

【注释】

① 才可：恰好。② 良人：丈夫。勒：马嚼子。骢马：青白相杂的马。③ 脍（kuài）鲤鱼：鲤鱼片。④ 宝扇：古代贵族出行时的遮蔽用具。⑤ 狂夫：古代妻称其夫的谦词。⑥ 剧：戏弄，轻视。季伦：晋代石崇，字季伦，以奢豪著称于世。⑦ 碧玉：此指洛阳女儿。⑧ 珊瑚：石崇曾以拥有珊瑚树大小多少与人斗富。⑨“春窗”句：意谓通宵欢愉，每每到清晨才熄灭灯火。九微，指珍贵的灯具。⑩ 花琐：指雕窗。

【赏析】

这首诗采用铺叙的手法描写了一个洛阳贵妇及其丈夫的豪奢生活。

洛阳女儿本为出身寒微的小家碧玉，骤然成为贵妇人，饮食讲究，居住在画阁朱楼，出行则是香车宝扇，其丈夫是纨绔子弟，行为骄奢放荡甚至超过西晋富豪石崇。通宵欢娱舞蹈，交往的尽是贵戚，生活十分奢侈阔绰，但从“妆成只是熏香坐”中却可见出她的无聊与寂寞。作者在对洛阳女儿豪奢行为的铺写中，含有讥刺之意。末两句更以贫贱而颜如玉的越女的遭遇来加以对照，对命运的不公发出深沉的感叹，其中更是寄托了作者对贤者不遇的愤懑，从而深化了诗的主题，正如沈德潜所说：“结意况君子不遇也。”（《唐诗别裁集》）

辋川闲居赠裴秀才迪

王　维

寒山转苍翠，秋水日潺湲[①]。
倚杖柴门外，临风听暮蝉。
渡头馀落日，墟里上孤烟[②]。
复值接舆醉[③]，狂歌五柳前[④]。

【注释】

① 日潺湲（yuán）：意谓水流日日徐缓流淌。② 墟里：村落。烟：指炊烟。③ 复值：又逢。接舆：春秋时楚国隐者，此指裴迪。④ 五柳：

东晋陶渊明号“五柳先生”，此处是作者自喻。

【赏析】

辋川在今陕西省蓝田县终南山下，王维晚年与秀才裴迪同隐于此。

黄昏薄暮，寒秋中的山色变得更加苍翠，林间的溪水潺潺作响；红日傍着渡头渐渐落下，一缕青烟从村落中悠然升起。人在这样的一幅静谧恬适的山水田园风景画中，安闲地拄着拐杖，在柴门外听那晚风中的蝉鸣，将诗人潇洒安逸的神态和超然物外的情致刻画得栩栩如生；而这时又正好有沉醉狂歌的好友前来拜访，让人陶然。辋川的风光人物相映成趣，形成物我一体、情景交融的艺术境界，可见诗人的闲居之乐和与友人相酬的真切情谊。

“渡头馀落日，墟里上孤烟”一联为写景名句，逼真地再现了渡头落日与水面相切的动态瞬间和村落第一缕炊烟袅袅升到半空的景象，富有包孕性和典型性，从中可以体会到王维田园诗“诗中有画”的特点。

桃源行

王　维

渔舟逐水爱山春①，两岸桃花夹古津②。

坐看红树不知远，行尽青溪忽值人。

山口潜行始隈隩③，山开旷望旋平陆。

遥看一处攒云树④，近入千家散花竹。

樵客初传汉姓名，居人未改秦衣服。
居人共住武陵源，还从物外起田园⑤。
月明松下房栊静⑥，日出云中鸡犬喧。
惊闻俗客争来集⑦，竞引还家问都邑⑧。
平明闾巷扫花开⑨，薄暮渔樵乘水入。
初因避地去人间，更问神仙遂不还⑩。
峡里谁知有人事，世中遥望空云山⑪。
不疑灵境难闻见⑫，尘心未尽思乡县。
出洞无论隔山水，辞家终拟长游衍⑬。
自谓经过旧不迷⑭，安知峰壑今来变。
当时只记入山深，青溪几度到云林。
春来遍是桃花水，不辨仙源何处寻。

【注释】

①逐水：沿着溪水。②古津：古渡口。③隈（wēi）隩（yù）：曲窄幽深。④攒：聚集。⑤物外：世外。⑥房栊（lóng）：房舍。栊，窗户。⑦俗客：指误入桃花源的渔人。⑧竞：竞相。引：引领。⑨闾巷：里巷。⑩“初因”两句：意谓桃源之人最初是为了逃避战乱而来此地的，后来过惯了神仙般的生活就不再想回故乡了。⑪“峡里”两句：意谓桃花源中的人已不知俗世之事，而俗世中人也只能空自遥望云山而已。⑫灵境：仙境。⑬“出洞”两句：意谓渔人出洞后又觉得桃源值得逗留，不管山高水远，还是想辞家来此长住。游衍：流连不去。⑭自谓：自以为。

【赏析】

这是王维十九岁时写的一首七言乐府诗，题材取自东晋大诗人陶渊明的叙事散文《桃花源记》(为其诗《桃花源》之序)。

故事说的是武陵地方的一个渔夫一次意外地在一片桃花林后发现了一个美丽的新世界。在这个世界里，土地平旷，房屋整齐，人民生活古朴而富裕。当地人看到渔人后，大吃一惊，纷纷请他回家吃饭饮酒，自称祖先是为了逃避秦时的战乱，逃进桃花源来生活的。他们根本不知道秦以后的朝代。渔人在这桃花源里住了好几天才与他们告别。出了桃花源，以后再回头去寻找，却怎么也找不到了。关于桃花源的具体地址，说法不一。其实“桃花源”这一“仙境”本就是诗人的理想世界。而王维这首《桃源行》即以《桃花源记》为母题创造了一个充满诗意的桃源世界。

诗人充分发挥了诗歌的艺术表现能力，写渔人无意迷路进入桃源，见到桃源中一幅幅生动的景物画面和生活画面，之后离开桃源，怀念桃源，再寻桃源不得，“春来遍是桃花水”，诗笔飘忽，意境迷茫，令人回味无穷。

诗中从容自在地展现了桃源的一个个画面，画面中透出了和平、恬静的气氛和欣欣向荣的生机，反映了王维“诗中有画”的特色。这些形象的画面开拓了诗境，调动读者的想象力，去想象、玩味那画面以外的东西，获得一种美的感受。

唐宋以来，作桃源诗的很多，清人王士祯认为只有王维、韩愈、王安石三人的《桃源行》最好，其中又以王维所作更好，他评价说：“观退之、介甫二诗，笔力意思甚可喜。及读摩诘诗，多少自在；二公便如努力挽强，不免面赤耳热，此盛唐所以高不可及（《池北偶谈》）”。翁方纲也极力推崇这首诗，说“古今咏桃源事者，至右丞而造极”（《石洲诗话》）。

酬张少府

王　维

晚年惟好静，万事不关心。
自顾无长策①，空知返旧林②。
松风吹解带③，山月照弹琴。
君问穷通理④，渔歌入浦深。

【注释】

①自顾：自念。长策：超人的本领。②空：徒然，白白地。③解带：解带敞怀。④穷通理：困顿与发达的道理。

【赏析】

酬是以诗酬答的意思，这是一首赠友诗。前四句是诗人的自白，自己人到老年唯好清静，对万事不关心了，自问没有高明的策略来为国效力，只知道归隐山林自适本性。

开头乍一看好像王维的生活态度非常消极，但若是综观他的人生历程可以发现，王维早年也曾有过积极的政治抱负，只是后来经历政局变化，理想一直得不到实现。此时虽然担任京官，但对奸臣把持下的朝政已经彻底失望，再加上长期受佛教影响，这才过上了半官半隐的生活。因此，他晚年写诗自叙志趣，着意在“好静”二字。而从“空知返旧林”一句中，依稀可以看到，在诗人恬淡的外表下，内心深处的隐痛和感慨。

摆脱了现实政治的压力之后，隐居林泉的生活到底如何呢？诗人抓住隐逸生活的两个典型细节加以展开，细致地摹绘了一幅鲜明而生动的画面：松林的清风吹开衣襟，在山间明月的伴照下独坐弹琴，何等的闲远潇洒啊。

最后，君问穷通的道理，“我”唱着渔歌向河浦深处驶去。一问一答，既照应了首句的万事不关心，不以穷通为念，又似乎在用不答之答的行动表明“天下有道则见，无道则隐”的态度。含蓄而富有韵味，发人深省。

送梓州李使君

王　维

万壑树参天，千山响杜鹃。
山中一夜雨，树杪百重泉[①]。
汉女输橦布[②]，巴人讼芋田[③]。
文翁翻教授[④]，不敢倚先贤[⑤]。

【注释】

① 杪（miǎo）：树梢。② 汉女：指蜀中女子。输橦（tóng）布：指以布匹纳税。橦布，橦木花织成的布匹。③ 巴人：指蜀人。讼芋田：为农田之事讼争。④ 文翁：汉景帝时为蜀郡太守，他为政宽宏，兴学育人，使巴蜀得以开化。此处指李使君。翻：翻新。教授：教化。⑤ 倚先贤：倚仗先人遗留下来的成果而无所作为。

【赏析】

这是一首送友人去四川做官的赠别诗。

诗人一上来就从悬想着笔，遥写李使君赴任之地梓州（州治在今四川省三台县）的自然风光：万壑千山都是参天大树，到处都是杜鹃的啼叫声；一夜大雨过后，山间飞泉百道，远远望去，好似悬挂在树梢上一般。

前两句从大处落笔，互文见义，卓越不凡，将蜀地层峦叠嶂的群山、幽深险峻的岩壑、高耸云天的林木呈现在读者面前，如同展开了一卷气势磅礴的山水画，而杜鹃的啼鸣又让这幅画卷显得动静相宜。三、四句紧承起首的“万壑千山”，从细处着墨，重复“山”“树”二字，又成流水对。上下两联一气贯注，神韵俊迈，充分表现出蜀中山川的雄奇壮丽。前人称赞说：“起四句高调摩云。”（《唐宋诗举要》引纪昀语）

诗的后半转写蜀中风俗民情和使君政事。运用了文翁治蜀的典故，勉励李使君翻新教化，做出政绩，不要倚仗先贤原有的政绩，而变得懒惰懈怠、庸碌无为。

《送梓州李使君》虽然是一首送别诗，但诗中无一语涉及送别之时、地、情、事，全篇都在描绘蜀地的山水、风物和民事，构思新颖奇特。整首诗格调高远，是唐诗中写送别的名篇之一。清人王夫之对此评价说：“景亦意，事亦意，前无古人，后无嗣者，文外独绝，不许有两。”(《唐诗评选》)

过香积寺

王　维

不知香积寺①，数里入云峰。
古木无人径②，深山何处钟。
泉声咽危石③，日色冷青松④。
薄暮空潭曲⑤，安禅制毒龙⑥。

【注释】

①香积寺：长安城外寺名，故址在今陕西长安区南。②无人径：人迹罕至的林间小径。③咽危石：形容山石嶙峋，泉水于其间不能畅快流淌。④冷青松：谓夕阳西下，青松的颜色也因之黯淡下来。⑤薄暮：黄昏。⑥安禅：安然进入禅境。制毒龙：此处以毒龙喻人之情欲，以制服毒龙喻驱除情欲，入于禅定。

【赏析】

诗人“过香积寺”却以“不知香积寺”起头，既表明了香积寺所处之深幽僻远，又带出后面的走进深山的探寻。

沿途古木森森，人迹罕至，听见一阵阵隐隐的钟声在深山回响，给本就寂静的山林又蒙上了一层神秘的面纱，显得越发宁谧。

究竟寺庙在何处呢？抬头只见山中危石耸立，流泉发出幽咽之声，夕阳的余晖洒落在清冷的松林上。山中危石耸立，泉水无法自然流淌，只能在嶙峋的岩石间艰难穿行，“咽”字准确生动地描绘了泉水的幽咽之声。夕阳西下，昏黄的余晖洒在幽深的松林上，“冷”字可谓恰到好处。

薄暮时分方到香积寺，看见寺前空明澄澈的水潭，一切机心妄想都被这样的禅意制服了。

这首诗章法出奇，题意在写山寺，却不正面描摹，而是从侧面写寺院的环境；不写寺院，而寺院已在其中。“云峰”“古木”“深山”“危石”“青松”“空潭”，清幽寂静，字字紧扣寺院而来。全诗构思奇妙、炼字精巧，尤其是“泉声咽危石，日色冷青松”两句，历代均被誉为炼字的典范。

山居秋暝

王　维

空山新雨后[①]，天气晚来秋。

明月松间照，清泉石上流。

竹喧归浣女[②]，莲动下渔舟[③]。

随意春芳歇[4]，王孙自可留[5]。

【注释】

①空山：空旷、空寂的山野。新：刚刚。②竹喧：竹林中笑语喧哗。喧，喧哗，这里指洗衣女们的欢笑声。浣（huàn）女：洗衣服的姑娘。浣，洗衣服。③莲动：意谓溪中莲花动荡，知是渔船沿水下行。④随意：任凭。春芳歇：春天的芳华凋谢了。歇，消散。⑤王孙自可留：王孙可以在此居住。《楚辞·招隐士》有“王孙游兮不归，春草生兮萋萋”和“王孙兮归来，山中兮不可久留”句，意思是说，既然春天已过，王孙就请归来吧，山中冷清，不可长久居住。

【赏析】

“秋暝”是指秋天的傍晚。诗歌描绘了秋雨初晴后傍晚时分山村的风光和村民的淳朴，展现了诗人对隐居生活怡然自得的满足心情。

在诗中，王维描写了一个桃花源般的山中世界：在一场新雨后，山中空气清新，景色宜人，微微有点寒意了。明月静静地照在青松上，清泉淙淙地流淌在山石之上。一阵阵欢笑声和喧哗声从竹林里传来，原来是洗衣的姑娘们归来了，莲叶晃动，泛舟的渔人也归来了。

“空山新雨后，天气晚来秋”，勾勒了幽静闲适、清新宜人的薄暮之景，其清新、淡远之境如在眼前。隐居于此，是何等的闲适惬意。

经过雨水洗涤的松林青翠欲滴，月光也仿佛被洗过一般，显得明亮皎洁，照射在一尘不染的松林间；清泉在格外剔透的石板上蜿蜒流淌，发出清脆悦耳的响声。此时此刻，诗人仿佛也被这场新雨荡涤过一般，将自然的美与心境的美完全融为一体，创造出了一种纯美诗境。

接下来，诗歌由写景转为写人，村民们的美也是山村自然美和谐的一部分。山民们的勤劳淳朴恰与官场的尔虞我诈形成了鲜明的对比。

这是一个多么美好而又富有生活气息的地方啊，所以诗人情不自禁地说："随意春芳歇，王孙自可留！"本来，《楚辞·招隐士》说："王孙兮归来，山中兮不可久留！"诗人却反其意而用之，因为他由衷地觉得洁净纯朴的山居生活很好，值得永远留驻，这也从侧面反映出他对官场生活的厌弃。

终南别业

王 维

中岁颇好道[①]，晚家南山陲[②]。
兴来每独往[③]，胜事空自知[④]。
行到水穷处[⑤]，坐看云起时。
偶然值林叟[⑥]，谈笑无还期[⑦]。

【注释】

①中岁：中年。好道：此处指信奉佛理。②家：安家。南山陲（chuí）：终南山边。③兴来：兴致来时。④胜事：喜悦的事情。⑤穷：尽。⑥值：遇到。林叟：山间老者。⑦还期：回来的时间。

【赏析】

王维虽然后来身居要职，但在四十岁后就开始过着半官半隐的生活，晚年得到宋之问的蓝田别墅，更是以隐居为乐。这首诗就是写隐居终南山的自然之趣和恬静自适的快乐。

王维晚年官至尚书右丞，但政局的变化早已让他看透了仕途的艰险，意欲从纷扰的世俗中解脱出来，于是在首联直叙自己中年以后就厌恶世俗而信奉佛教，晚年得以在终南山隐居。接下来是讲述兴来独往、胜事自知的情形，可见其自得其乐、不求人知的情趣。行到水的尽头就坐看浮云的变幻；偶然碰见山林老人，相与谈笑而忘归。

诗的语言平白如话，自然随意之中又有耐人寻味的哲理。其中“行到水穷处，坐看云起时”两句粘对自然，天然一幅山水画，却又暗含无可解说的至理，诗语平白如话，却诗味、理趣兼备。近人俞陛云说：“行至水穷，若已到尽头，而又看云起，见妙境之无穷。可悟处世事变之无穷，求学之义理亦无穷。此二句有一片化机之妙。”(《诗境浅说》)

归嵩山作

王　维

清川带长薄[①]，车马去闲闲[②]。

流水如有意，暮禽相与还[③]。

荒城临古渡，落日满秋山。

迢递嵩高下[④]，归来且闭关[⑤]。

【注释】

①薄：草木茂密的样子。②闲闲：从容的样子。③暮禽：日暮的归鸟。相与还：结伴而还。④迢递：遥远的样子。⑤闭关：闭门谢客。关，门。

【赏析】

王维辞官还归嵩山居处，途中见清清的河川两岸草木丛生，车马悠悠前行。正因心中闲适自在，故而看流水似乎也是有意归隐，暮色中飞还的禽鸟也与自己结伴而归。

首联紧扣题目中的“归”字，描写出发时的情形，所写的望中景色和车马动态，无不是诗人安详闲适心境的折射。

颔联移情及物，将“流水”和“暮禽”都拟人化了，一方面描写了诗人归山之初悠然自得的心情；另一方面，“流水”多比喻一去不返，诗人借此表明自己对于归隐的坚决态度。“暮禽”句则包含了“鸟倦飞而知还”的含义，点出诗人是因为对现实政治的失望厌倦方才退隐，景中有情，言外有意。

一路行来，见荒城位于古渡口边，落日的余晖洒满萧飒秋山。诗人选取这样一片荒凉的景色，隐约折射出其情感上的变化，即越接近归隐地就越发感到冷淡凄清的心境。直到“归来且闭关”，点明辞官归隐后闭门谢客，不再过问世间人事，感情又回归于平和。

整首诗采用移步换景的方式写归嵩山路上所见之景，并在景物中寄寓了自己的感情，显得很有层次。清人沈德潜说：“写人情物性，每在有意无意间。”正道出了这首诗不加雕饰却精巧蕴藉的特点。

终南山

王　维

太乙近天都①，连山到海隅②。

白云回望合，青霭入看无③。

分野中峰变④，阴晴众壑殊⑤。

欲投人处宿，隔水问樵夫。

【注释】

①太乙：终南山主峰，也是终南山别名。天都：京都长安。②连山：连绵不断的山脉。到海隅（yú）：延伸到海角。③霭（ǎi）：雾气。④分野：大地按星次的位置划分的范围。中峰：指太乙峰。⑤众壑：万千山谷。殊：不同。

【赏析】

终南山又名太乙山，为秦岭山峰之一，西起今陕西咸阳武功县，东至今陕西省蓝田县。终南山地势险要、道路崎岖，大谷有五，小谷过百，连绵数百里。千峰叠翠，景色幽美，素有“仙都”“洞天之冠”和“天下第一福地”的美称。

终南山是道教的发源地之一，传说老子骑牛西游入秦，过函谷关时受关令尹喜的执弟子礼邀请，到终南山的草楼观上为其讲解《道德经》五千言，然后飘然远去。到了唐代，唐统治者宣称自己是太上老君李耳的后代，因而大力扶持和尊奉道教。

在这首五言律诗中，王维“以少总多”，只用了四十个字就传神描绘出一幅终南山景图。

开头从大处着墨，突出描写从远处眺望时，终南山高与天齐，绵延的山峦伸展到遥远的海边这一壮阔景象，以夸张而写真实。

终南山上白云弥漫，既看不见路，也看不见其他景物，仿佛继续前行，即可在云海中浮游。然而再往前走，白云却不断向两边分开，可望而不可即；回头看来时的路，当初分向两边的白云重又聚拢来，汇成茫茫云海。这种奇异的经历和感觉，相信有游山经验的人都不会觉得陌生，然而王维只用了五个字就表现得如此真切。

“分野中峰变，阴晴众壑殊”，一山之中分野不同，阴晴明暗各异，云气变幻不定。此联从多种不同角度展示了终南山的雄伟壮阔、气象万千。

“欲投人处宿，隔水问樵夫”，面对这样的名山胜景，诗人终日远望近看，依旧觉得不满足，直至日暮，想要向山中樵夫借宿，明日再游。

全诗熔静穆与博大为一炉，气象峥嵘，意境雄阔奇丽，饶有画意。

李　白

公元701—762年，字太白，号青莲居士。祖籍陇西成纪（今甘肃省秦安县），出生于中亚碎叶城（在今吉尔吉斯斯坦境内，唐时属安西都护府）。约五岁时随父迁居绵州昌隆（今四川江油）青莲乡。二十五岁离蜀漫游各地。天宝初供奉翰林，不久遭谗毁，被赐金放还。安史之乱时，入肃宗弟永王璘幕。李璘与肃宗争权，事败被杀，他受牵连入狱，后被流放夜郎（今贵州桐梓县），途中遇赦东还。后往依族叔当涂（今属安徽）县令李阳冰，不久病逝。其诗风雄奇豪放，想象丰富，语言流畅自然，韵律和谐多变。其诗作多绚烂多彩，富浪漫气息。有《李太白集》。

古朗月行

李　白

小时不识月，呼作白玉盘①。
又疑瑶台镜②，飞在青云端。
仙人垂两足，桂树何团团③。
白兔捣药成，问言谁与餐？
蟾蜍蚀圆影④，大明夜已残。
羿昔落九乌，天人清且安⑤。
阴精此沦惑⑥，去去不足观⑦。
忧来其如何？凄怆摧心肝⑧。

【注释】

①呼：称为。②瑶台：传说中神仙居住的地方。③团团：圆圆的样子。④圆影：指月亮。⑤天人：天上人间。⑥沦惑：沉沦迷惑。⑦去去：远去，越去越远。⑧凄怆：悲愁伤感。

【赏析】

这是一首乐府诗，沿用鲍照《朗月行》旧题，但李白翻出了新意，传达了忧国忧民之思。唐玄宗晚年，专宠杨贵妃，奸臣宦官当道，朝纲败坏。李白作此诗以讽刺这种状况。在一个晴朗的夜里，诗人独自欣赏着头顶的明月。看到月儿由圆而蚀，诗人的感情也由昂扬变得惆怅、悲伤。此诗通篇作隐语，以蟾蜍蚀月来引射现实，展现了诗人超凡的写作技巧及奇幻的想象力，更表达了诗人深沉的忧国忧民之情。

蜀道难

李 白

噫吁嚱，危乎高哉！蜀道之难，难于上青天！蚕丛及鱼凫[①]，开国何茫然！尔来四万八千岁，不与秦塞通人烟[②]。西当太白有鸟道[③]，可以横绝峨眉巅。地崩山摧壮士死[④]，然后天梯石栈相钩连[⑤]。上有六龙回日之高标[⑥]，下有冲波逆折之回川[⑦]。黄鹤之飞尚不得过，猿猱欲度愁攀缘[⑧]。青泥何盘盘[⑨]，百步九折萦岩峦[⑩]。扪参历井仰胁息[⑪]，以手抚膺坐长叹。问君西游何时还？畏途巉岩不可攀[⑫]。但见悲鸟号古木，雄飞雌从绕林间。又闻子规啼夜月[⑬]，愁空山。蜀道之难，难于上青天，使人听此凋朱颜！连峰去天不盈尺，枯松倒挂倚绝壁。飞湍瀑流争喧豗[⑭]，砯崖转石万壑雷[⑮]。其险也如此，嗟尔远道之人，胡为乎来哉！剑阁峥嵘而崔嵬，一夫当关，万夫莫开。所守或匪亲，化为狼与豺[16]。朝避猛虎，夕避长蛇，磨牙吮血，杀人如麻。锦城虽云乐[17]，不如早还家。蜀道之难，难于上青天，侧身西望常咨嗟[18]！

【注释】

①蚕丛、鱼凫：均为传说中的古蜀国国王。②秦塞：秦地。古蜀国本与中原不通，至秦惠王灭蜀，始与中原相通。③太白：秦岭峰名。鸟道：仅能容鸟飞过的道路，形容山路狭窄。④“地崩”句：相传秦惠王曾嫁五美女于蜀，蜀遣五壮士迎之，返回途中遇大蛇入洞穴中，五人牵住蛇尾而用力外拉，结果山崩，壮士和美女都被压死，山也分成五岭。⑤石栈：于岩壁上凿石架木而成的通道。⑥“上有”句：谓有能挡住太阳神六龙车的高峰。六龙：相传太阳神所乘之车有六条龙来拉。高标：最高的山峰。⑦回川：萦回的川流。⑧猱（náo）：猕猴。⑨青泥：山名，在今陕西略阳县。盘盘：盘旋曲折。⑩萦岩峦：指峰岭迂回环抱。⑪参、井：均为星宿名。扪参历井是说蜀道之上伸手便可触及星辰。胁息：屏住呼吸。⑫巉（chán）岩：险峭的山岩。⑬子规：杜鹃。⑭喧豗（huī）：喧闹碰撞的声音。⑮砯（pīng）：水击岩石的声音。⑯“所守”两句：谓镇守这里的人若不可靠，一旦叛乱就会变成凶狠的豺狼。⑰锦城：即成都。⑱咨嗟：叹息。

【赏析】

蜀地被群山环绕，古时交通不便，道路难以行走。古代川北有三条蜀道：金牛道、阴平道和米仓道，最重要的金牛道就是剑门蜀道。

剑门蜀道在唐代北起京师长安，南至益州锦城，是中原通往西南的咽喉要道，而处于剑门蜀道中心，地形易守难攻，乃“一夫当关，万夫莫开”的兵家必争之地，三国时蜀汉大将军姜维仅以三万人马就拒魏国邓艾十万大军于关外。李白的这首《蜀道难》，把蜀道之艰难描绘得淋漓尽致。

《蜀道难》本是乐府古题，李白以浪漫主义的手法，展开丰富的想象，淋漓尽致地刻画了蜀道峥嵘、险峻、突兀、崎岖等奇丽惊险和不可凌越的磅礴气势，并从中透露了对国事的忧虑与关切。

全诗大体按照由古及今、自秦入蜀的线索，抓住各处山水特点来描写，以展示蜀道之难。诗人善于把传说和想象、现实和历史融为一体，并加以充分的夸张和渲染来进行写景抒情。言山之高峻，则曰“上有六龙回日之高标”；状道之险阻，则曰“地崩山摧壮士死，然后天梯石栈相钩连”，从蚕丛开国说到五丁开山，由六龙回日写到子规夜啼，从耳闻惊心转到“磨牙吮血，杀人如麻”，既有往古的传奇色彩，又有现实的严酷气氛，读来令人心潮激荡。诗中用了大量散文化诗句，有三言、四言、五言、七言，甚至十一言，参差错落，形成极为奔放的语言风格。在用韵方面，为方便描写蜀中险要环境，一连三换韵脚，极尽变化之能事。

据载，李白从蜀到长安，与前辈诗人贺知章相遇，以《蜀道难》示之。贺知章读未完“称叹者数四”，认为此诗非凡人所能作，称李白为“谪仙”。殷璠在《河岳英灵集》中，称此诗“奇之又奇，自骚人以还，鲜有此体调”。

将进酒

李　白

君不见黄河之水天上来，奔流到海不复回。君不见高堂明镜悲白发，朝如青丝暮成雪。人生得意须尽欢，莫使金樽空对月。天生我材必有用，千金散尽还复来。烹羊宰牛且为乐，会须一饮三百杯①。岑夫子，丹丘生②，将进酒，君莫停。与君歌一曲，请君为我倾耳听。钟鼓馔玉何足贵③，但愿长醉不愿醒。古来圣贤皆寂寞，惟有饮者留其名。陈王昔时宴平乐④，斗酒十千恣欢谑⑤。主人何为言少钱，径须沽取对君酌⑥。五花马⑦，千金裘⑧。呼儿将出换美酒，与尔同销万古愁。

【注释】

①会须：正应当。②岑夫子、丹丘生：指岑勋和元丹丘。二人都是李白的朋友。③钟鼓馔玉：泛指豪门的奢华生活。钟鼓，指富贵人家宴会奏乐时使用的乐器。馔玉，形容饭食像玉一样精美。足：值得。④陈王：指曹操之子曹植，曹植曾被封为陈王。平乐：观名，在洛阳西门外，汉代时为汉代富豪显贵的娱乐场所。⑤恣（zì）：尽情。⑥径须：只需。⑦五花马：毛色呈五种花纹的良马。⑧千金裘：价值千金的皮衣。

【赏析】

《将进酒》原是汉乐府短箫铙歌的曲调，即"劝酒歌"。李白这首名篇，大约作于天宝十一载（752）。长安放还后，他到处游历，曾与友人岑勋、元丹丘二人欢宴豪饮。

在唐代，饮酒已蔚然成为一种社会文化现象，人们在生活中离不开酒。唐代的酒多带有“春”字，酒色有红、绿、黄、白、碧、青、紫，异彩纷呈；酒味有醇烈、甘辛、浓淡、清浊之别，其中以香醇最为贵重。在长安、洛阳等大都市中，酒的价格十分昂贵，名贵的酒大约一斗十千钱，这样的酒李白可以负担得起，而像杜甫这样的寒士，就只能饮一斗三百钱的中等酒。

李白一生放浪诗酒，酒是他消除忧愁的良方，又是激发他挥毫作诗的引子。“李白斗酒诗百篇”，这篇《将进酒》，酣畅淋漓地抒发了李白怀抱用世之才而不遇的一腔悲情，吐露了他沉醉酒中的痛苦矛盾心情，展现了他的人生态度和艺术个性。

“君不见黄河之水天上来”一句，想落天外，写大河之来，势不可当；“奔流到海不复回”一句，写大河之去，势不可回。一涨一消，舒卷往复，余味不尽。正因为人生短促易逝，才更应该及时尽情地享受生命的欢乐，不要辜负光阴；“天生我材必有用”，因此要完美地实现自己的人生价值。然而，富贵只是过眼云烟，不能长保，古来圣贤也身后寂寞，黑暗的现实堵塞了李白实现抱负的道路，只有饮者才能留名千古，因此他要借酒“与尔同销万古愁”。

全诗大开大合，篇首即用两个“君不见”领起，写大河之来，势不可当；大河之去，势不可回，气势磅礴。诗中屡用巨大数目字如“千金”“三百杯”“斗酒十千”“千金裘”“万古愁”等来表现豪迈诗情和奔涌跌宕的感情激流，情悲而不伤，悲而能壮，具有震动古今的气势与力量。

Ⅰ

行路难

李　白

金樽清酒斗十千[①]，玉盘珍羞直万钱[②]。
停杯投箸不能食[③]，拔剑四顾心茫然。
欲渡黄河冰塞川，将登太行雪满山。
闲来垂钓坐溪上，忽复乘舟梦日边[④]。
行路难，行路难，多歧路，今安在[⑤]？
长风破浪会有时[⑥]，直挂云帆济沧海[⑦]。

【注释】

①金樽（zūn）：古代盛酒的器具，以金为饰。清酒：清醇的美酒。斗十千：一斗值十千钱（万钱），形容酒美价高。②珍羞：珍贵的菜肴。羞，通“馐”，美味的食物。直：通“值”，价值。③箸（zhù）：筷子。④“闲来”两句：这两句暗用典故。姜太公吕尚曾在渭水的磻溪上钓鱼，得遇周文王，助周灭商；伊尹曾梦见自己乘船从日月旁边经过，后被商汤聘请，助商灭夏。这两句表示诗人自己对从政仍有所期待。⑤今安在：如今身在何处。安，哪里。⑥长风破浪：比喻实现政治理想。据《宋书·宗悫传》载，宗悫少年时，叔父宗炳问他的志向，他说：“愿乘长风破万里浪。”⑦云帆：高高的船帆。船在海里航行，因天水相连，船帆好像出没在云雾之中。

【赏析】

这是李白所写的三首《行路难》的第一首。李白受诏入京后，供奉翰林期间陪侍皇帝左右，后却遭谗被“赐金还山”。这组诗从内容看，应该是写在天宝三载（744）离开长安的时候。诗的前四句写朋友设下盛宴为之饯行，然而他却“停杯”“投箸”“拔剑”“四顾”，毫无食欲饮兴，心绪茫然、苦闷、抑郁。他将要渡黄河登太行，可是冰塞大川雪满高山，人生道路上的艰难险阻重重。但诗人壮心不死，想到吕尚、伊尹这两位古代贤臣未遇明主前的经历，又增添了以后返回长安的信心。而在现实中，还是行路难，岔路有很多，要走的路，究竟在哪里呢？

“长风破浪会有时，直挂云帆济沧海”，诗人摆脱了歧路彷徨的苦闷，相信总有一天会乘风破浪，到达理想的彼岸。全诗共十四句，八十二字，篇幅不长却具有跳荡纵横的气势格局，展现出诗人感情的激荡起伏、复杂变化，以及他在进退去就之际继续追求理想的执着精神和乐观豪迈的气概，充满了积极的浪漫主义情调。

关山月

李　白

明月出天山[①]，苍茫云海间。

长风几万里，吹度玉门关[②]。

汉下白登道[③]，胡窥青海湾[④]。

由来征战地[5]，不见有人还。

戍客望边邑[6]，思归多苦颜[7]。

高楼当此夜，叹息未应闲。

【注释】

①天山：今甘肃祁连山，古时匈奴称天为祁连，故名天山。②玉门关：在今甘肃敦煌西，相传和田美玉经此传入中原，因此得名，古时为中原通往西域的门户。③“汉下”句：指汉高祖刘邦亲率军与匈奴交战，被困白登山七日一事。④胡：指吐蕃。窥：窥伺。青海湾：即青海湖。唐军多与吐蕃交战于此。⑤由来：从来。⑥戍客：戍边的官兵。⑦苦颜：愁容。

【赏析】

吐蕃是中国古代藏族建立的政权，在其赞普（首领）松赞干布时期崛起。

从唐高祖武德六年（623）至唐亡（907），唐朝在河西、陇右、关中（今青海、甘肃、陕西一带）和西域（今新疆、中亚一带）等地区为保卫边防与对西域的控制，和吐蕃进行的长期作战。

“关山月”是乐府旧题，内容多为描述征戍离别之苦。李白的这首诗即以古题写边塞的将士和家中的妻子互相思念的感情。开头四句，以雄浑的笔墨描写了天山、云海、长风、明月、玉门关所构成的一幅辽阔的边塞图景。中间四句由边关过渡到战争，转出“由来征战地，不见有人还”的反战思想，无休止的战争使出征的战士无一生还。末尾四句叙写征戍者思归之情，征戍者悬想妻子月夜高楼叹息不止，使全诗至此又进一层。全诗以征戍者的口吻，描写了边关的情形，更显出戍守边塞的将士对长期征战的厌恶和渴望还乡的心情。

静夜思

李　白

床前明月光①，疑是地上霜②。

举头望明月③，低头思故乡。

【注释】

①床：胡床，即马扎，一种坐具。②疑：好像。③举头：抬头。

【赏析】

这首诗是李白寓居湖北安陆小寿山时所作。静静的夜晚，月光从窗户射进来，洒落在胡床前，让诗人在幻觉中以为是地上的霜，于是举头而望。月光引起人的乡愁乡思，诗人自然无法成眠，低头陷入无边无际的思家念亲之情中。举头低头之间，蕴蓄已久的心声一触即发，遂脱口而出。

明月为人人所常见，思乡之情为人人所共有，但被李白妙手拈来，信口道出，无意于工而无不工，可谓妙绝古今，使后人千古共鸣。

玉阶怨

李　白

玉阶生白露，夜久侵罗袜。

却下水精帘[①]，玲珑望秋月。

【注释】

① 水精：水晶。

【赏析】

诗虽以“怨”为题，通篇却只写女主人公的活动：她先是于风露中立于玉阶上，进而望月不眠，由于伫立太久，不知不觉重露已侵湿了罗袜。诗从玉阶、白露、罗袜，到水晶帘、玲珑秋月，委婉而入微，余音袅袅，不绝如缕。本诗无一语正面写怨情，但又似乎让人感觉浓郁的愁思飘然而至，在艺术上有幽邃深远之美。

长干行

李　白

妾发初覆额[①]，折花门前剧[②]。

郎骑竹马来，绕床弄青梅[③]。

同居长干里，两小无嫌猜。

十四为君妇，羞颜未尝开。

低头向暗壁，千唤不一回。

十五始展眉[4]，愿同尘与灰。

常存抱柱信[5]，岂上望夫台[6]。

十六君远行，瞿塘滟滪堆[7]。

五月不可触，猿声天上哀。

门前迟行迹[8]，一一生绿苔。

苔深不能扫，落叶秋风早。

八月蝴蝶黄，双飞西园草。

感此伤妾心，坐愁红颜老。

早晚下三巴[9]，预将书报家。

相迎不道远[10]，直至长风沙[11]。

【注释】

①初覆额：头发刚刚盖住额头。②剧：游戏。③弄青梅：指绕床追逐，投掷青梅嬉戏。④始展眉：意谓情感开始于眉宇间展露出来。⑤抱柱：据《庄子·盗跖》载，尾生曾与一女子约会于桥下，女子不来，潮水至而尾生却不离开，抱梁柱溺死。多用来指守信。此处喻坚贞。⑥“岂上”句：意谓何曾想到要到望夫台去期盼丈夫的归来。⑦瞿塘：即瞿塘峡，长江三峡之一，位于重庆奉节县东。滟（yàn）滪（yù）堆：瞿塘峡入口处的大礁石。每逢水涨，滟滪堆便被水所淹没，常有船只触礁而沉。⑧迟行迹：指丈夫离家时在门口留下的足迹。⑨早晚：何时。三巴：指巴郡、巴东、巴西，均在今四川东部。⑩不

道远：不说远，不辞劳苦。⑪ 长风沙：地名，在今安徽省安庆市东长江边上。

【赏析】

长干为地名，在今江苏省南京市秦淮河南，古时有长干里，靠近长江。

这首诗写一位少妇思念在外经商的丈夫。作者以少妇第一人称独白的口吻，叙述了她与丈夫童年青梅竹马两小无猜，她新婚出嫁时的腼腆羞涩，不难看出两个人的感情热烈而专一。其中“常存抱柱信，岂上望夫台”两句，表明两人忠贞的爱情，为全诗关键所在，有承上启下的作用。可惜好景不长，婚后丈夫远行经商长久不归，少妇不得不忍受离别的痛苦，以及对丈夫的牵挂和思念。

诗的开头六句是回忆与丈夫孩提时的天真举动。“十四”四句细腻地刻画新婚的羞态。“十五”四句写婚后的恩爱美满。“十六……红颜老”写丈夫远行后的情形。“苔深不能扫，落叶秋风早”，夏天过去，初秋来临，她还在默默地盼望。“八月蝴蝶黄，双飞西园草”，到了仲秋，她依然在苦苦等候。时光在不停地流逝，青春逐渐远去，眼前还有双双飞舞的蝴蝶，这位少妇心中涌动的相思，以及由此带来的孤寂与煎熬可想而知。

最后四句寄语丈夫：只要一接到预报回家的信，我就会不辞道远去迎接，把思念之情更推进一步。“长风沙”在今安徽省安庆市东部的长江边上，离今天的南京有数百里之遥，少妇不可能真到那么远的地方去迎接丈夫，但这种夸张的手法却有力地表现了少妇此时此刻的心情。

《唐宋诗醇》评说此诗曰："儿女情事，直从胸臆间流出，萦回曲折，一往情深。"

子夜吴歌四首（其三）

李 白

长安一片月，万户捣衣声①。
秋风吹不尽，总是玉关情。
何日平胡虏②，良人罢远征③？

【注释】

①捣衣：将缝洗已毕的衣服置于砧板之上，用木棒捶打使之平服。②胡虏：指屡犯西北边境的游牧民族。③良人：指丈夫。

【赏析】

《子夜吴歌》，又名《子夜歌》，相传为晋代吴地一位名叫子夜的女子所创制的乐府歌曲，内容多为女子对情人的思念，共春夏秋冬四首，五言四句。李白的《子夜吴歌》，增为六句，也是春夏秋冬四首，此处选了第三首秋歌。

全诗写思妇秋夜怀念远征边陲的丈夫。前三句写妇女们在月夜为戍边的丈夫赶制寒衣，选取了秋月、捣衣声和秋风几个典型意象，从视觉到听觉再到触觉，既是景语又是情语。见月怀人是古诗的传统表现手法，捣衣声为赶制寒衣做准备，是情的具体化。在这明朗的月色下，长安城的砧杵声此起彼落，而这种特殊的“秋声”，对于思妇来说何尝不是一种煎熬。秋风吹不尽更容易逗起人的情思。“总是玉关情”是承接前三句而来的总结，是全诗主旨所在，“总是”二字，极力突出其深长情思充塞天地之间，可见其情甘思苦。

王夫之《唐诗评选》说：“前四句是天壤间生成好句，被太白拾得。”浓厚的“玉关情”不可遏止，遂有末二句直表思妇心声：“何日平胡虏，良人罢远征？”后世有人偏爱“含蓄”，于是认为这两句应该删去，但《子夜吴歌》本是民歌，慷慨天然才是其本色。而且末两句反映了古代劳动人民祈求和平的朴素愿望，大大深化了全诗的思想与主题。

这首诗语言明快天然，音调清越明亮，情感委婉深厚，一气呵成，既保留了民歌慷慨自然的本色，又不脱边塞诗的风韵。

峨眉山月歌

李　白

峨眉山月半轮秋，影入平羌江水流[①]。

夜发清溪向三峡[②]，思君不见下渝州[③]。

【注释】

①平羌：江名，即今青衣江，在峨眉山东北。源自四川芦山，流经乐山汇入岷江。②清溪：指清溪驿，在四川犍（qián）为峨眉山附近。③渝州：今重庆一带。

【赏析】

这首诗是李白早年初离蜀地的作品，节奏明快，语言浅近。

在一个秋天的夜里，一轮弯弯的月牙儿挂在天空，年轻的李白乘着轻舟，从峨眉到平羌江到清溪到三峡，一路顺江而下。去国离乡，不免别恨依依，在这一路上，故乡的月儿也渐渐远离自己而去，这真令人神伤。这是一首七言绝句，短短的二十八个字却勾勒出一幅千里长江行的图景，空间和时间跨度极大，真可谓是思接千里，由此可见作者的功力。诗人在状写江行之时，还不忘将自己对故乡与亲友的思念之情杂糅进去，景与情相生。

秋浦歌

李　白

白发三千丈，缘愁似个长。

不知明镜里，何处得秋霜？

【赏析】

这是一首抒愤诗，作于李白晚年。

诗人仕途坎坷，长年受到官场排挤，得不到朝廷任用，壮志难酬。在他暮年时，一天他偶然望见镜子里头发斑白的自己，不禁悲从中来：生命已经消逝了一大半啊，自己那“寰区大定，海县清一”的理想却还未实现。

古人云，不平则鸣，李白对自己仕途屡遭挫折、时乖运蹇的遭际感到悲愤，故作此诗，以强烈的感情、浪漫主义的艺术手法，将自己心底的抑郁与不平全部宣泄了出来，具有极强的感染力。

赠孟浩然

李　白

吾爱孟夫子①，风流天下闻②。
红颜弃轩冕，白首卧松云③。
醉月频中圣④，迷花不事君。
高山安可仰⑤，徒此揖清芬⑥。

【注释】

①夫子：对孟浩然的尊称。②风流：风雅潇洒。③“红颜”两句：言孟浩然少壮时便放弃仕途，老来更是隐居山林。红颜，年轻少壮。轩冕，古代官吏出行时用的车轿伞盖。④频中圣：频频酒醉。⑤“高山”句：

引《诗经》中的“高山仰止，景行行止”，表达对孟浩然的崇敬之情。

⑥ 徒此：唯有在此。揖清芬：向孟浩然的高风雅致深施一礼。

【赏析】

唐代的士人有隐居之风，或隐于朝市，或隐于山林、江湖。他们或因科考未及第而隐，或已及第但无意仕进而隐，但大多是因为性格孤峭、落拓不羁，在仕途中不愿趋炎附势，于是远离尘世，自娱自乐在山林乡野。不过只有像孟浩然这样雅致高怀的人才能隐出文采风流。

李白寓居湖北安陆时，常往来于襄汉一带，与年长十二岁的孟浩然结下了深厚友谊。

首联直抒胸臆，开门见山地表达了对孟浩然风流文采的钦敬爱慕之情，词显情深又出乎自然。“风流”指孟浩然潇洒清远的风度人品和超然不凡的文学才华。这一联提纲挈领，总摄全诗。

中间二联则从少弃轩冕、老隐山林、醉月中酒、迷花不仕等方面具体展现出孟浩然的风流本色，让人仿佛见到一个风神散朗、寄情山水的隐逸高人的形象。

尾联则又回到了直接抒情，进一步升华了对孟浩然高风清韵的敬慕之情。

全诗一气舒卷，依感情的自然流淌结撰成篇，用典自然浑成，不见斧凿痕迹，笔力豪宕，格调高古，自有一种风神飘逸之致、疏朗古朴之风。

梦游天姥吟留别

李　白

海客谈瀛洲[①]，烟涛微茫信难求。越人语天姥[②]，云霓明灭或可睹。天姥连天向天横，势拔五岳掩赤城[③]。天台四万八千丈，对此欲倒东南倾[④]。我欲因之梦吴越[⑤]，一夜飞度镜湖月[⑥]。湖月照我影，送我至剡溪[⑦]。谢公宿处今尚在[⑧]，渌水荡漾清猿啼[⑨]。脚著谢公屐[⑩]，身登青云梯。半壁见海日[⑪]，空中闻天鸡[⑫]。千岩万壑路不定，迷花倚石忽已暝[⑬]。熊咆龙吟殷岩泉[⑭]，慄深林兮惊层巅。云青青兮欲雨，水澹澹兮生烟[⑮]。列缺霹雳，丘峦崩摧。洞天石扉，訇然中开[⑯]。青冥浩荡不见底，日月照耀金银台[⑰]。霓为衣兮风为马，云之君兮纷纷而来下[⑱]。虎鼓瑟兮鸾回车，仙之人兮列如麻。忽魂悸以魄动，恍惊起而长嗟。惟觉时之枕席，失向来之烟霞。世间行乐亦如此，古来万事东流水。别君去兮何时还，且放白鹿青崖间，须行即骑访名山。安能摧眉折腰事权贵，使我不得开心颜!

【注释】

①海客：来往于海上的人。瀛洲：古以蓬莱、方丈、瀛洲为三座仙山。②越：指今浙江一带。天姥山唐时属越州。③拔：超越。掩：盖过。赤城：山名，在今浙江天台县北。④“天台”两句：意谓天台虽高，但比起天姥，却像是倾向东南低。⑤“我欲”句：意谓日思游天姥，

入夜则开始了梦游吴越。⑥ 镜湖：在今浙江绍兴。⑦ 剡（shàn）溪：在浙江省曹娥江上游。⑧ 谢公宿处：南朝谢灵运游天姥，曾在剡溪投宿。⑨ 渌（lù）水：清澈的水流。⑩ 谢公屐（jī）：谢灵运为登山所特制的木屐。⑪ 半壁：半山腰。⑫ 天鸡：传说桃都山中有大树名桃都，上有天鸡，日出照此木，天鸡则鸣，天下之鸡皆随之鸣。⑬ 暝：黑暗。⑭ 殷：形容水盛貌。⑮ 澹澹：水波荡漾闪动的样子。⑯“列缺”四句：意谓忽然间电闪雷鸣，山峰为之坍塌。仙洞石门，轰然大开。訇（hōng）然：即轰然。⑰ 金银台：神仙所居的金阙银台。⑱ 云之君：指神仙。

【赏析】

天宝三载（744），李白受权贵排挤被玄宗“赐金放还”而离开长安，次年由东鲁（今山东南部）南游吴越（今浙江一带），行前向朋友们告别时作此诗。诗一开始先以传说中的瀛洲陪衬出现实中的天姥山，然后极尽夸张之能事，描绘了一幅瑰丽奇崛、不可思议的天姥胜景。这里用的是借宾定主法，借用诸名山，托出一个耸立天外非同凡比的天姥山。接着，诗人因热切地向往而梦游天姥山，到半壁见海日升空，听天鸡高唱，一路行来已经是变幻莫测了。再到熊咆龙吟震动山林，云雨水烟，闪电迅雷，洞天石扉訇然中开更是使人惊骇，诗境越来越奇。这段运用了丰富的想象和大胆的夸张，营造了一个惝恍迷离的艺术境界。大梦醒来，万象消失殆尽，诗人从中悟出“世间行乐亦如此，古来万事东流水”，想要骑上白鹿去访问名山洞天。结末的“安能摧眉折腰事权贵，使我不得开心颜”既突现了诗人狷介狂放的性格，又大大深化了全诗的主题和境界。这首诗内容丰富离奇，语言绚丽华富，格调昂扬振奋、潇洒出尘。形式上杂言相间，兼用骚体，信手写来，笔随兴至，堪称绝世名作。

送孟浩然之广陵

李　白

故人西辞黄鹤楼①，烟花三月下扬州②。

孤帆远影碧空尽③，惟见长江天际流④。

【注释】

①故人：老朋友，这里指孟浩然。孟浩然的年龄比李白大，在诗坛上很早就享有盛名。李白对他很敬佩，彼此感情深厚，因此称之为“故人”。②烟花：形容柳絮如烟、鲜花似锦的春天景物。下：顺流向下而行。③碧空尽：在碧蓝的天际消失。尽，没了，消失了。碧空，一作“碧山”。陆游的《入蜀记》云：“八月二十八日访黄鹤楼故址，太白登此楼送孟浩然诗云：‘孤帆远映碧山尽，惟见长江天际流。’盖帆樯映远，山尤可观，非江行久不能知也。”④惟见：只看见。天际流：流向天边。天际，天边。

【赏析】

李白十分欣赏比他年长十二岁的孟浩然，曾写下“吾爱孟夫子，风流天下闻”的诗句。这首诗写的是在黄鹤楼送别孟浩然的情景。

李白与孟浩然交往时还非常年轻，这次离别时正处于开元盛世，精神面貌普遍积极昂扬；送别的季节是春意盎然的烟花三月，而扬州，更是当时最繁华的都会之一。李白生性浪漫，一生都喜欢游览，所以这次离别对他来说并不觉得悲伤，反而认为孟浩然这趟旅行会非常快乐，所以全诗也洋溢着浓郁的想象和抒情气氛。

在繁花似锦、烟水迷离的阳春三月，诗人送他到扬州。“烟花三月”，再现了暮春时节那富庶繁华之地的迷人景色。此句意境优美，文字绮丽，被后人誉为“千古丽句”。

三四句看似写景，其实暗示了一个细节：诗人一直目送着故人的行舟，即使它已经远去，诗人仍伫立在江岸，久久凝望，直到孤帆远影消失在天的尽头，唯有茫茫离别之思，伴君顺着长江水东去。

此诗以明丽的烟花春色和浩渺无垠的长江为背景，绘出一幅意境高远、深情无限的送别画，堪称绝句中的神品。

送友人

李　白

青山横北郭[①]，白水绕东城。

此地一为别，孤蓬万里征[②]。

浮云游子意，落日故人情。

挥手自兹去[③]，萧萧班马鸣[④]。

【注释】

①郭：外城。②蓬：蓬草枯后断根，随风飞扬，古人常以之喻征人。③兹：此。④班马：离群之马。

【赏析】

这首诗是天宝末年李白在安徽宣城送别友人而作。

首联点出送别的地方，以“青山”对“白水”，“北郭”对“东城”，十分工丽整齐，写景中已经蕴含了惜别之意。

颔联是慨叹此地一别后，友人就要像蓬草那样随风飞转，无处归依，到万里之外去了，表达了对朋友漂泊生涯的深切关怀。

颈联从景抒发离别深情，“浮云”来去不定，好比游子之意；“落日”徐徐而下，依恋不舍，有如故人之情。夕阳西下，这山明水秀的景色更令人感到难舍难分。此联景中有情，情景交融，扣人心弦。

“萧萧班马鸣”一句出自《诗经·小雅·车攻》：“萧萧马鸣。”尾联两句写二人挥手作别，但诗人没有直接言明内心的感受，而是借马儿犹自不愿离群而不停地相向嘶鸣，仿佛有无限深情，来衬托两人间的种种离情别绪。

这首诗写得新颖别致，自然美与人情美交融在一起，情感深挚悲壮，却不失豪迈洒脱之本色，有回肠荡气之致。

渡荆门送别

李　白

渡远荆门外[1]，来从楚国游[2]。

山随平野尽，江入大荒流[3]。

月下飞天镜，云生结海楼[4]。

仍怜故乡水，万里送行舟。

【注释】

①荆门：荆门山，在今湖北宜都西北，古时为楚蜀交界。②从：向。③大荒：广阔的田野。④海楼：海市蜃楼。

【赏析】

这首诗作于李白出蜀入楚之时，诗中处处洋溢着年轻诗人的喜悦与朝气。

诗人驾着船儿，由水路向东而行，经巴渝，出三峡，向着荆门山之外驶去，由蜀入楚。一路上，长江两岸景色秀美，赏此美景，诗人兴致勃勃。但楚地的景色与蜀地大不相同，茫茫无际的平原取代了夹岸而生的山峰。于这开阔的原野之上，所见之夜景也迥异于平常。打小生活在蜀地的诗人何尝见过此种景色，心中自然要生出许多新鲜感来。然而不久之后，诗人对着这楚地的陌生奇景，不禁联想到了故乡，生出一片浓浓的思乡之情。这首诗将瑰丽的想象与真挚的感情结合起来，描绘出了一片清奇之境。

宣州谢朓楼饯别校书叔云

李 白

弃我去者，昨日之日不可留。乱我心者，今日之日多烦忧。长风万里送秋雁，对此可以酣高楼。蓬莱文章建安骨[①]，中间小谢又清发[②]。俱怀逸兴壮思飞，欲上青天览明月[③]。抽刀断水水更流，举杯销愁愁更愁。人生在世不称意，明朝散发弄扁舟。

【注释】

①蓬莱文章：蓬莱本是传说中的仙山，多藏宝典秘录。东汉时人称国家藏书处为蓬莱山，这里是用蓬莱文章代指汉代的文章。建安骨：曹操父子和“建安七子”的作品风格苍健遒劲，被后人称为建安风骨。②小谢：这里指谢朓。他以山水风景诗见长，后人常将他和谢灵运并举，因他的时代在后，故称为“小谢”。清发：清新。③览：同“揽”。

【赏析】

诗一开头既不写楼，更不叙别，而是直接抒发郁积已久的强烈精神苦闷。紧接着作了转折，从苦闷中放眼万里秋空，遥望长风吹送鸿雁的壮美景色，激发出酣饮高楼的豪情逸兴。“送”字和“酣”字，点出了“饯别”的主题。“蓬莱”四句承接饯别，分写主客双方，“俱怀逸兴壮思飞，欲上青天览明月”。然后又是一个大转折，从青天揽月的幻想中跌入苦闷的深渊，感到理想与现实的矛盾不可调和，“抽刀断水水更流，举杯销愁愁更愁”正是在这种情况下出现的。在这种“不称意”的苦闷中，诗人决定归隐江湖。全诗直起直落，大开大合，没有任何承转过渡的痕迹，表现出诗人因理想与现实的尖锐矛盾而产生的复杂感情。虽然诗人精神上是苦闷烦忧的，却没有放弃对美好理想的追求，诗中仍然贯注着豪迈雄放的气概。

山中问答

李　白

问余何意栖碧山①，笑而不答心自闲②。
桃花流水窅然去③，别有天地非人间④。

【注释】

①余：我。栖：居住。碧山：在今湖北省安陆市内，传说山下桃花岩是当年李白读书之处。②闲：安然，泰然。③窅（yǎo）然：深远的样子。④别：另外。非人间：不是人间，这里指诗人的隐居生活。

【赏析】

这是一首隐逸之作，刻画了诗人淡泊名利、不苟同于时俗的心理，塑造了一个隐逸的君子形象。

诗人栖居在青翠秀丽的山间，生活得恬淡而自足。山中桃花烂漫，片片飘落，随着潺潺流水悠然远去。不明诗人志趣的俗人对此甚为不解，好奇地询问他为何甘愿隐匿于这僻远的山中，诗人只是微笑，并不作回答。

全诗只有短短四句，却有问、有答，有叙述、有描绘、有议论，句与句之间转接轻灵流利，充满变化，寓庄于谐，引人入胜。

这首诗的诗题一名《山中答俗人》，由此可以推知，首句中“问”的主语即为“俗人”，“余”即指诗人自己。

“问余何意栖碧山”，首句以设问的形式领起全诗，突出了题旨，也引起了读者的好奇心。然而正当人们凝神倾听答案时，诗人却只是“笑而不答”。这四个字不仅刻画了诗人喜悦而矜持的神态，还带着几分神秘的色彩，诱发了读者思索的兴味。

最后飞出两句，看似写“碧山”之景，与前文毫无关联，其实是对“何意栖碧山”的作答。这种“不答”而答、似断实连的结构，加深了整首诗的韵味。第三句虽写桃花随流水，却不见衰飒，诗人对其只有赞美与欣赏，这一切皆因“天然”二字，反映了诗人热爱自由、率真开朗的性格。“碧山”这充满天然、宁静之美的“天地”，非“人间”所能比，其中隐含了李白对自身经历的感慨，由此也可见这首诗并不完全是抒写闲适的心情，而是愤世嫉俗与乐观浪漫的统一。

此诗风格淡远清新，有变幻曲折之致，意蕴悠长，耐人寻味。

望庐山瀑布

李　白

日照香炉生紫烟①，遥看瀑布挂前川②。

飞流直下三千尺③，疑是银河落九天④。

【注释】

①香炉：指香炉峰。紫烟：指日光透过云雾，远望如紫色的烟云。②遥看：从远处看。挂：悬挂。前川：一作“长川”。川，河流，这里指瀑布。③直：笔直。三千尺：形容山高。这里是夸张的说法，不是实指。④疑：怀疑。银河：古人指银河系构成的带状星群。九天：一作“半天”。古人认为天有九重，九天是天的最高层，九重天，即天空最高处。此句极言瀑布落差之大。

【赏析】

这首诗运思奇特，新奇而又真切，夸张而又自然，不愧是脍炙人口的千古名篇。

李白初游庐山，看到阳光照射下的香炉峰上紫烟袅袅升起，看到奔腾飞泻的庐山瀑布，诗人惊呆了，于是挥笔一就，写成此诗。

袅袅白烟在高耸的香炉峰周围冉冉升起，将整座山环绕其中，在红日的映照下幻化成紫色的云霞，这一神奇的景象为下文那庐山瀑布创造了不寻常的背景。

接着，诗人将视线移向从山壁上倾泻而下的瀑布，“遥看瀑布”

四字点题；“挂”字化动为静，将奔腾流泻的瀑布在“遥看”时的情景刻画得惟妙惟肖。

全诗运用高度夸张的艺术手法写出了庐山瀑布飞流直下的雄壮气势，读者读之，宛在眼前。而将瀑布比作银河，实在是神来之笔：遥遥看着奔腾飞泻的瀑布，就仿佛从云端落下一般，自然让人联想到银河从天而降的景象。这一比喻看似在情理之外，细品却又是在情理之中。这一比喻，新颖奇特，而又清新自然，无怪乎常为后人所称道了。

客中作

李　白

兰陵美酒郁金香，玉碗盛来琥珀光。
但使主人能醉客，不知何处是他乡。

【赏析】

这是李白客居他乡时的作品，描写的是他客居生活的一个片段。

天宝初年，李白结束长安之行后，移居东鲁。这首诗作于东鲁兰陵，而诗人以兰陵为“客中”，可见此诗作于开元年间。

开元时期是大唐的鼎盛时期，这一时期社会安定繁荣，人们的精神面貌非常昂扬。李白虽客居他乡，却全无客愁。喝着兰陵美酒，诗人竟不知自己是在他乡了。本诗将李白的洒脱不羁淋漓尽致地展现了出来。

古来以客居他乡为主题的诗不在少数，但大都写得低沉忧伤，李白这首《客中作》却写出了另外一种情致：由身在客中，发展到乐而不觉其为他乡，格调激昂。

望天门山

李　白

天门中断楚江开[①]，碧水东流至此回[②]。

两岸青山相对出，孤帆一片日边来。

【注释】

① 中断：指东西两山之间被水隔开。楚江：即长江。开：开掘；开通。② 回：转变方向，改变方向。

【赏析】

这是一首写景诗，场面阔大，气势壮阔。

诗人乘着舟，沿着长江，向天门山驶去，一路上景色奇丽。楚江仿佛有着巨大的生命力，冲破一切阻碍往前奔腾，将天门山冲撞开去。但天门山对水又有反作用，使这条奔腾的巨龙受阻返回。坐在船上前行，两岸的青山仿佛相对而出。

诗人感觉敏锐，用笔入神，能迅速地将景物带给他的感觉瞬间抓住，以饱满的激情将它们状写下来。因诗人情感弥漫，其笔下之景物也显得格外雄奇壮丽，影像鲜明清晰。

早发白帝城

李　白

朝辞白帝彩云间[①]，千里江陵一日还。

两岸猿声啼不住，轻舟已过万重山。

【注释】

① 白帝：白帝城，在今重庆奉节。

【赏析】

永王李璘与唐肃宗争夺帝位失败后，唐肃宗乾元二年（759），李白因为曾入李璘幕府无辜受累，以“从逆”之名被判流放夜郎。夜郎在现在的贵州遵义附近。那时李白已经五十八岁。

乾元二年（759），正值全国大旱，肃宗按照古来“天人合一”的理论，认为是百姓怨气冲天，上天生气不肯降雨。另外，为了庆祝新立皇太子，肃宗下了一道大赦令，全国的罪犯都减刑。当时李白还在巫峡里艰难前行，行至白帝城时，忽然收到朝廷的赦书，惊喜交加之下，随即乘舟东下江陵，途中他以轻松愉快的心情吟成这首千古绝唱，题名“早发白帝城”。

这首诗以舟行迅捷来表现重获自由后的欢快心情。

首句写白帝城高出彩云之间，有居高顺流而下之意。正因为白帝城地势高入云霄，船在水中走得快，下面几句描写舟行的迅捷、行期的短暂、耳边不停啼叫的猿声、眼前的万重山影，才有了着落。

第二句写舟行迅速，千里江陵竟然短短一日内就到达了。“千里”和“一日”，空间之远与时间之短形成了悬殊对比。

三、四句以山影猿声烘托行舟飞进。第三句写沿江景物一闪而过，来不及细看，只听得两岸的猿声不绝于耳。猿啼声肯定不止一处，山影也不止一处，而由于小舟行驶速度太快，使得啼声和山影在耳目之间“浑然一片”。清代桂馥对此称赞道：“妙在第三句，能使通首精神飞越。”一个“轻”字，不仅写出行舟轻盈飞动之感，而且细腻传达出诗人轻松愉快的心情。

独坐敬亭山

李　白

众鸟高飞尽①，孤云独去闲②。
相看两不厌③，只有敬亭山。

【注释】

①尽：没有了。②孤云：陶渊明《咏贫士诗》中有“孤云独无依”的句子。独去闲：独去，独自去； 闲，形容云彩飘来飘去，悠闲自在

的样子。独去闲，意即孤单的云彩飘来飘去。③ 厌：满足。

【赏析】

此诗作于天宝十二载（753）李白秋游宣城之时。李白一生七游宣城，这次游历距他被迫于天宝三载离开长安已有十年。由于仕途不顺，现实黑暗，李白寄情于山水，这首诗正是他内心孤寂的真实写照。诗人独自坐于敬亭山中，由于内心孤寂，景物也都染上了一层寂寥的色彩。鸟儿飞尽，云儿去尽，一切都离诗人而去。只有眼前这敬亭山安然不动，似乎只有它愿意与诗人做伴。这首诗于恬静之中，流露出诗人历尽人事后心底的孤寂落寞。这首诗将情与景高度融合，创造出一片“寂静”之境，十分传神。

刘昚虚

生卒年不详。八岁能文。开元进士，官洛阳尉及夏县令。为人较淡泊，不慕荣利，交游多山僧道侣。其诗多写山水隐逸之趣，尤工于五言。诗风近似孟浩然、常建。今存诗一卷。《全唐诗》存其诗十五首。

阙 题

刘昚虚

道由白云尽①，春与青溪长。
时有落花至，远随流水香。
闲门向山路，深柳读书堂。
幽映每白日，清辉照衣裳。

【注释】

①“道由”句：指山路起自于白云尽处。

【赏析】

这是一首缺题目的诗，编书人加上“阙题”为题。从诗的语意看来，是写友人在暮春山中隐居读书的生活。

开头用粗略的笔墨写了山路和溪流。“道由白云尽”，道路是从白云尽处开始的，可见这里的地势之高峻。沿着青溪行走，路上处处可见青草繁花，青溪行不尽，春色自然也看不尽，于是春色也就显得悠长了。

三、四两句紧承上文细细描绘了青溪和春色，文字间透露出一股喜悦之情。诗以“春”字为主题，白云清溪，落花流水，绿柳成荫，一片春光春色，清新自然，幽静多趣。而书堂正当其处，白日阳光透过柳树的浓荫，掩映着读书处，暖洋洋地照在读书人的衣服上，是何等的悠闲自在。

全诗无奇词丽句，诗人只把所见所闻所感娓娓道来，自然而不简率，精整而无雕琢之痕，读之犹如同其一道进入白云深山，来到读书堂，生发清静读书之心。

王　湾

洛阳（今属河南）人。先天年间进士，官洛阳尉。曾往来吴楚间。多有著述。开元中卒。《全唐诗》存其诗十首。

次北固山下

王　湾

客路青山下，行舟绿水前。
潮平两岸阔，风正一帆悬①。
海日生残夜，江春入旧年。
乡书何处达，归雁洛阳边②。

【注释】

①风正：风顺。②“归雁”句：古人相信大雁能传书，所以作者希望大雁能把家书带回故乡（作者故乡在洛阳）。

【赏析】

北固山在今江苏省镇江市以北，三面临江。王湾是洛阳人，一生中常往来吴楚间，这首诗当是他经镇江到江南一带时所作。全诗描绘了诗人在北固山下停泊时所见的江南景象，意境优美，情景交融，抒发了深切的思乡之情。

诗人一路行来，舟行进在青青的北固山下，朝着展现在眼前的“绿水”前进。“客路”“行舟”之词语中，已流露出漂泊羁旅之情。

“潮平”一联生动地展现出一幅春江行舟图：春来潮水涌涨，江面似乎与岸平齐了，两岸顿然显得宽阔，而浩茫的江景中还有“风正一帆悬”，“以小景传大景之神”（王夫之《姜斋诗话》卷上），愈见精彩。

第三联更是妙语，见得一轮红日从海上残夜中升起，江春已入旧年，写出了羁旅中人对时序的交替特别敏感的心态。“生”“入”二字赋予自然景物以人的情思，在跳脱巧妙之中蕴含着一种自然的理趣。日复一日，年复一年，天涯作客久，见大雁不由动归思，盼望大雁传达乡书。

这首五律不仅驰誉当时，而且传诵后世。殷璠云：“‘海日生残夜，江春入旧年’，诗人已来，少有此句。张燕公（张说）手题政事堂，每示能文，令为楷式。”

崔 颢

公元714—754年，汴州（今河南开封）人。开元十一年（723）进士及第，官至太仆寺丞，天宝中为司勋员外郎。以才思敏捷著称，然好饮酒博弈，放浪不羁，轻薄无行。早年为诗情志浮艳，后来经历边塞、游览山川，视野大开，风格一变而为雄浑自然。《旧唐书·文苑传》将其与王昌龄、高适、孟浩然并提。现存诗仅四十余首。《全唐诗》存其诗一卷。

黄鹤楼

崔 颢

昔人已乘黄鹤去[①]，此地空余黄鹤楼。
黄鹤一去不复返，白云千载空悠悠。
晴川历历汉阳树[②]，芳草萋萋鹦鹉洲[③]。
日暮乡关何处是[④]，烟波江上使人愁。

【注释】

①昔人：指传说中的仙人。②历历：景物清晰分明的样子。汉阳：在武昌（黄鹤楼所在地）西。③鹦鹉洲：在今武汉市西南长江中，相传因东汉祢衡在此作《鹦鹉赋》而得名。④乡关：家乡。

【赏析】

黄鹤楼是中国四大名楼之一，在湖北武昌蛇山黄鹤楼矶头，传说古代仙人子安乘黄鹤过此。诗人登临古迹黄鹤楼，泛览眼前景物，即景而生情，写下这首吊古怀乡的佳作。

诗前四句即从传说落笔，然后生发开去。仙人跨鹤飞去不复返回，包含了岁月不再、古人不可见之憾，而白云千载悠悠之中，有着世事苍茫之感。“黄鹤”二字再三出现，亦不拘对仗，却一气旋转直下，将眼前景物脱口而出，高唱入云，自然宏丽中带着风骨。

后四句写在楼上所见，并由此而引发乡愁。此诗艺术上出神入化，无论是句式还是意境、气势，都以自然超妙取胜，被人们推崇为题黄鹤楼的绝唱。沈德潜评此诗是“意得象先，神行语外，纵笔写去，遂擅千古之奇”（《唐诗别裁集》卷十三）。

长干行四首（其一）

崔　颢

君家何处住，妾住在横塘①。

停船暂借问②，或恐是同乡③。

【注释】

①横塘：在今南京西南麒麟门外，与长干相近。②暂：暂且，姑且。借问：请问一下。③或恐：也许。

【赏析】

长干，地名，在今江苏省南京市秦淮河南。行，古诗的一种体裁。长干行，南朝乐府旧题，多写长干里（今南京秦淮河南）一带船家妇女的生活。

此篇为船家女子的问话。她见到心仪的男子主动发问，不待对方答话，即自报家门。旋即省悟到对方可能会怪自己的唐突，于是赶忙补叙出原委——“或恐是同乡”。寥寥数语，船家女热情而又聪明、率直而又婉曲、大胆而又有些小羞怯的形象跃然纸上。“或恐”云云，不仅委婉写出女子的羞涩，而且可见女子对男方爱慕已久，以同乡作为攀谈由头。语言生动，惟妙惟肖。

长干行四首（其二）

崔　颢

家临九江水[①]，来去九江侧。

同是长干人，生小不相识。

【注释】

① 九江：今江西省九江市。

【赏析】

民歌中有男女对唱的传统，在《乐府诗集》中成为“相和歌辞”。第一首是女子发问，这一首便是男子作答。诗的内容反复肯定船家女子的判断，强调他家临九江，往来九江之上，与她的确同是长干人，只是可惜未能自幼就认识，大有相见恨晚的意思。

两首诗有如民歌中的对唱，以生动灵活的来往问答之语，含蓄蕴藉地演绎了一对虽是同乡却从不相识的船家青年男女之间相亲相悦的情感，荡漾着朴实清新的水乡生活气息。诗人用笔收放自如，曲直尽妙，对人物心理的刻画细致入微、生动活泼，令人击节赞叹。

行经华阴

崔　颢

岧峣太华俯咸京[①]，天外三峰削不成[②]。
武帝祠前云欲散[③]，仙人掌上雨初晴[④]。
河山北枕秦关险[⑤]，驿路西连汉畤平[⑥]。
借问路旁名利客，何如此地学长生。

【注释】

①岧（tiáo）峣（yáo）：高峻貌。太华：指华山。咸京：本指秦都咸阳，这里借指长安。②三峰：指华山之莲花、明星、玉女三峰。削不成：指非人力所能成。③武帝祠：指巨灵祠，汉武帝华山登顶后建。④仙人掌：指华山仙人掌峰。⑤秦关：指函谷关。⑥畤（zhì）：秦汉时祭天地五帝的祭坛。

【赏析】

诗人前往长安而行经华阴，览其山水之胜，萌生了栖隐的念头。

诗的前六句由总而分，由此及彼，有条不紊地写景，将华山的高大险峻描绘得令人拍案叫绝。

首联统写华山的形胜。它俯压长安城，三峰高耸云天，气势磅礴，令人高山仰止。“削不成”三字说明这等奇景非人力可为，只有大自然的鬼斧神工方可办到，在似乎纯然写景中暗含出世高于追名逐利之意。

颔联写晴雨时的景色。云散雨晴，古迹名胜显现，自然美妙，反而不显其对仗之工整。“武帝祠”和“仙人掌”则为结处“学长生”的发问做了铺垫。

颈联从正面说华阴地形的险要，一个“枕”字，是何等豪气万千！而一“险”一“平”，比对中隐含着何去何从的疑问以及诗人自己的选择。

结尾两句是从上六句自然落出的，以反诘的句式，向旁人劝喻何不就在此地学长生之术，实际是自己见华山高耸出世而移情，感叹自己何苦为了名利之途奔波劳碌，显得隐约曲折。

全诗熔神灵古迹与山河胜景于一炉，写景有条不紊，诗境雄浑壮阔而寓意深刻，别具神韵。

王　翰

字子羽，并州晋阳（今山西太原）人，生卒年不详。睿宗景云元年（710）登进士第。曾任驾部员外郎、仙州别驾，后贬道州司马，旋卒。原有集，已失传。《全唐诗》存其诗十五首。

凉州曲

王　翰

葡萄美酒夜光杯[①]，欲饮琵琶马上催。
醉卧沙场君莫笑，古来征战几人回！

【注释】

① 夜光杯：西域献给周穆王的白玉杯，夜间有光。

【赏析】

《凉州曲》是唐乐府名，属《近代曲辞》。凉州即今甘肃省武威市。本诗描写了在荒寒艰苦的边地，军中盛宴欢饮的场面。

须知边地环境荒寒艰苦，加上长期处于紧张动荡的状态，将士们必须提高警惕，随时应对突发的战事，使他们很难有放松或欢乐的时刻，一旦有幸遇上一次热闹的酒宴，他们自然是情绪激昂，开怀畅饮，一醉方休。这首诗正是这种生活与情感的写照。

首句用语华丽优美，音调清幽悦耳，宛如大幕缓缓拉开，就见葡萄美酒盛满夜光玉石杯，显出盛宴的豪华气派。这一景象令人惊喜和兴奋，为全诗定下了基调。

第二句用“欲饮”两字，进一层极写热烈的场面所具有的魅力。酒宴外加音乐助饮，让原本热闹的场面瞬间沸腾起来。这一句着意渲染气氛，表现了将士们豪爽的性格。

在前两句的渲染铺垫下，三、四句极写征人互相斟酌劝饮，传达出一种豪情壮志。关于“醉卧沙场君莫笑，古来征战几人回”两句有两种理解：一是认为其意为拼得今宵沉醉，君莫笑其放浪形骸醉卧沙场，但观古来征战有几人生还。故其今宵纵情豪饮，不过是于百死中姑且作片时之乐，其豪迈旷达之语，更让人不胜沉痛。二是认为它并非悲伤之情，而是席间的劝酒之词，“醉卧沙场”四字不仅表现了豪放、兴奋的感情，还有着视死如归的勇气，开朗昂扬，明快热烈，正体现了盛唐边塞诗的特色。

高　适

公元约704—约765年，字达夫，渤海蓨县（今河北景县）人。玄宗天宝八载（749）应举及第，授封丘尉。后游河西，为哥舒翰掌书记。安史乱起，历官谏议大夫、淮南节度使、彭州刺史、蜀州刺史、西川节度使等职，终左散骑常侍，进封渤海县侯。其边塞诗雄健苍凉，气骨凛然，与岑参齐名，世称“高岑”。《全唐诗》存其诗四卷。有《高常侍集》。

燕歌行并序

高　适

开元二十六年，客有从元戎出塞而还者，作《燕歌行》以示适，感征戍之事，因而和焉。

汉家烟尘在东北，汉将辞家破残贼[①]。男儿本自重横行，天子非常赐颜色。摐金伐鼓下榆关[②]，旌旆逶迤碣石间[③]。校尉羽书飞瀚海[④]，单于猎火照狼山。山川萧条极边土，胡骑凭陵杂风雨[⑤]。战士军前半死生，美人帐下犹歌舞！大漠穷秋塞草腓，孤城落日斗兵稀。身当恩遇常轻敌，力尽关山未解围。铁衣远戍辛勤久，玉箸应啼别离后[⑥]。少妇城南欲断肠，征人蓟北空回首。边风飘飖那可度，绝域苍茫更何有！杀气三时作阵云，寒声一夜传刁斗[⑦]。相看白刃血纷纷，死节从来岂顾勋？君不见沙场征战苦，至今犹忆李将军！

【注释】

①残：凶残。②摐（chuāng）：撞击。金：指钲一类铜制打击乐

器。榆关：即今山海关。③ 旌（jīng）旆（pèi）：旌是竿头饰羽的旗，旆是末端状如燕尾的旗。此处泛指各种旗帜。碣石：古山名，在今河北省昌黎县西北。④ 羽书：紧急军书。瀚海：此处指大沙漠。⑤ 凭陵：侵扰。⑥ 玉箸：形容颜色像玉制的筷子。⑦ 刁斗：古代军中的一种铜器，白天用来烧饭，晚上用来敲击巡更。

【赏析】

这首诗是高适有感于边塞征戍之苦而作。全诗以浓缩的笔墨，描绘了一次战役的全过程。

第一段八句写将士奉命出师，辞家破敌，声势极盛，而敌人气焰嚣张。西汉大将樊哙曾在吕后面前说："臣愿得十万众，横行匈奴中。"季布斥责他当面欺君，该斩（见《史记·季布传》）。所以，"横行"二字看似褒扬将领的威武，其实是斥责他的恃勇轻敌。

第二段八句写忠勇的军士和敌人死战，仍未能解除重围，而"战士军前半死生，美人帐下犹歌舞"，对比中可见主将的昏庸荒淫和前方军政的败坏。

第三段十二句一方面写被围军士死斗的结局，"相看白刃血纷纷，死节从来岂顾勋"，可见战争的艰苦、惨烈，而从中表现出的军士杀身取义的气节，尤其悲壮慷慨。另一方面也写征夫思妇久别之苦，边塞的荒凉，渴望有好的将军来领导。

末句"至今犹忆李将军"意义深广。史书上记载，李广治兵，"士卒不尽饮，广不近水；士卒不尽食，广不尝食"，他处处爱护士卒，使士卒"咸乐为之死"。能与士卒同甘共苦而威镇北边的飞将军李广，与那些骄横的将军形成多么鲜明的对比。

诗中虽然有对骄奢且不恤士卒将领的愤怒的流露，有对征夫思妇怨情的抒写，但全诗的总体基调却是慷慨激昂的，高扬着建功立业、视死如归的豪迈精神，为盛唐边塞诗的代表作。全诗用韵平仄相间，抑扬有节，音调和美，正是“金戈铁马之声，有玉磬鸣球之节”（《唐风定》卷九邢昉评语）。

送李少府贬峡中王少府贬长沙

高　适

嗟君此别意何如，驻马衔杯问谪居①。
巫峡啼猿数行泪，衡阳归雁几封书②。
青枫江上秋帆远③，白帝城边古木疏④。
圣代即今多雨露⑤，暂时分手莫踌躇。

【注释】

①衔杯：饮酒。谪居：贬往的地方。②衡阳归雁：古人认为大雁南飞至衡阳而止。③青枫江：在湖南长沙。④白帝城：在今重庆奉节。⑤雨露：喻朝廷的恩泽。

【赏析】

作者送别两位被贬官的友人，一个被贬谪到巫峡，一个被贬到湖

南长沙，故一诗同赠两人，富有劝慰鼓励之意。

首尾两联合起来总写，中间两联双双分写，条理井然，恰如其分。上句写李少府贬峡中。诗人设想李少府来到荒远的峡中，听到悲凄的猿啼，不禁流下感伤的眼泪。下句写王少府贬长沙。衡阳在长沙以南，衡山上有著名的回雁峰。传说秋天时大雁往南飞，飞到这里即驻足，不再往南，等到春季就飞回北方，故得名。然而长沙路途遥远，归雁也不能传递几封信。但王少府可以在秋高泛舟中洗尽烦恼，而李少府可以去古木参天、枝叶扶疏的白帝城凭吊古迹，寻求心灵上的慰藉。

作者嗟叹他俩所去之地的景象，一边是巫峡猿啼，一边是衡阳雁归，都是人迹罕至的荒凉僻远之地；而青枫江上孤帆，白帝城古木，均切送别之意。双双交错进行，切时切地切事，章法十分严密，情感交织。

尾联是劝慰语，谓皇恩浩荡，二人现虽遭远贬，不久即可召还，仍有聚首之日。

张　旭

公元约675—约750年，字伯高，一字季明，吴（今江苏苏州）人。曾官常熟县尉、金吾长史，人称“张长史”。善草书，性好酒，世称“张颠”，与李白、贺知章等人共列“饮中八仙”。后怀素继承和发展了其笔法，也以草书闻名，二人并称“颠张醉素”。唐文宗曾下诏，以李白诗歌、裴旻剑舞、张旭草书为“三绝”。又工诗，以七绝见长，与贺知章、张若虚、包融号称“吴中四士”。传世书迹有《肚痛帖》《古诗四帖》等。

桃花溪

张　旭

隐隐飞桥隔野烟，石矶西畔问渔船[1]。

桃花尽日随流水，洞在清溪何处边。

【注释】

①矶（jī）：水边突出的岩石。

【赏析】

桃花溪在今湖南省桃源县西南，源出桃花山。张旭在诗中暗用陶渊明《桃花源记》的意境来泛咏桃花溪的秀美景色。

诗由远处落笔，写深山野谷，云烟缭绕；溪桥若隐若现，恍若在虚空里飞舞。静止的桥和浮动的野烟相映成趣，合力营造了一个朦胧、幽深、神秘的境界，令人如入仙境。“隔”字则使这两种景物交相映衬，融为一个艺术整体，并暗示了诗人所处的角度是站在远处观望。

然后画近景，由实及虚，桃花流水，有渔舟在轻摇，诗人伫立在石矶旁，问:“洞在清溪何处边？”表达出诗人对世外桃源的向往之情。淡淡几笔就将桃花溪的轮廓勾勒出来，一个“问”字将诗人自己也纳入了图画之中。

粉红的花瓣让诗人不由联想到《桃花源记》中那“林尽水源”仿佛透着光亮的“洞”，而且诗人似乎也真的相信了这“随流水”的桃花是从桃花源中流出的，便向渔人发问了，有力地表达了诗人向往世外桃源的急切心情。全诗至此戛然而止，但末句提出的问题却引人生发遐想，更是趣在墨外。

张 谓

字正言，河内（今河南省泌阳县）人。天宝二年（743）登进士第，乾元中为尚书郎，后官至礼部侍郎、三典贡举。其诗多饮宴送别之作。代表作有《早梅》《邵陵作》《送裴侍御归上都》等，其中以《早梅》为最著名。《全唐诗》存其诗一卷。

早 梅

张 谓

一树寒梅白玉条，迥临村路傍溪桥[①]。
不知近水花先发[②]，疑是经冬雪未销[③]。

【注释】

①迥：远。傍：靠近。②发：开放。③经冬：过冬。销：通“消”，融化。这里指冰雪融化。

【赏析】

这是一首咏梅诗，写出了早梅的形与神，重在突出一个“早”字。

在远离人语马喧的溪桥边，一树寒梅正凌寒独自开放。诗人远远看到这树梅花时，还以为那是经冬未消的白雪，再定睛一看，哦，原来是临水先发的一树寒梅！因梅花洁白晶莹而将其疑作雪，不少诗人都产生过类似的错觉。宋人王安石那句“遥知不是雪，为有暗香来”与此诗可谓有异曲同工之妙。

首句用“白玉条”形容寒梅的洁白，又照应了“寒”字，勾勒出梅花凌寒傲然绽放的丰姿。第二句写出了寒梅独开的环境——在行人稀少的村路，临近溪水桥边。此句起着承上启下的作用。第三句指出寒梅早发是由于“近水”。第四句照应首句，写诗人将寒梅疑作经冬未消的白雪。

这首诗写梅侧重一个“早”字，写的是早梅的形态与神貌。早梅似雪，不胜洁白；经冬首发，一种孤高之姿毕现。

刘长卿

公元约726—786年，字文房，汉族，宣城（今属安徽）人，唐代诗人。德宗建中年间，官终随州刺史，世称刘随州。刘长卿作品有集，称《刘随州集》，《唐诗汇评》称10卷，《唐诗大辞典修订本》称11卷。有《四部丛刊》本、《四部备要》本通行于世。

逢雪宿芙蓉山主人

刘长卿

日暮苍山远[①]，天寒白屋贫[②]。

柴门闻犬吠[③]，风雪夜归人[④]。

【注释】

① 苍山：青黑色的山。② 白屋：贫家的住所。房顶用白茅覆盖，或木材不加油漆叫白屋。③ 吠：狗叫。④ 夜归：夜晚归来。

【赏析】

这是一首如画的小诗，诗人为我们描绘出一幅寒山夜宿图。

在一个寂静的冬夜里，诗人正赶着路，准备去前方的芙蓉山借宿。“日暮”点明时间正是傍晚，“苍山远”则暗示了路途跋涉的艰辛，以及诗人急于投宿的心情。“白屋贫”点明投宿的地点。

安顿下来后，于万籁俱寂中，诗人忽闻一片犬吠之声，原来是主人冒着风雪归来了。从用字来看，“柴门”紧承“白屋”，“风雪”遥承

"天寒","夜"则对应"日暮"。从整体上来看,虽然下半首另外开辟了一个诗境,但又紧扣上半首,并没有上下脱节之感。

此诗共四句,每一句独立成画,但又彼此相属,联成整体,构成一片苍凉悠远之境。本诗用凝练的笔调将旅夜投宿、宿后所闻一一勾勒,诗中有画,画外见情。在诗人为我们描绘的画面之中,我们可以感受到山居的荒凉、冬夜的凄寂以及旅人的孤独。

送灵澈上人

刘长卿

苍苍竹林寺,杳杳钟声晚①。

荷笠带斜阳②,青山独归远。

【注释】

①杳杳(yǎo):悠远。②荷(hè)笠:将斗笠挂在肩上。

【赏析】

灵澈上人将云游远方,诗人前往林木掩映的竹林寺话别,写下此诗。诗中隐去了一般送别诗中常见的分手话别的情景,而是以空灵之笔写景,在苍苍的暮色中,远远地传来寺院的晚钟声,而在斜阳中背负斗笠的灵澈上人独自远游,行走于青山之中。诗人写景如同绘就一幅绝妙的图画,诗人目送所见的这些潇洒出尘的景致,不仅形成含蓄幽邃的意境，而且突出了高僧超拔出尘、飘然远游的形象。正所谓“诗中有画”，是一首绝妙的写景诗。

弹　琴

刘长卿

泠泠七弦上①，静听松风寒②。

古调虽自爱，今人多不弹。

【注释】

①泠（líng）泠：形容声音清越。七弦：古琴七弦，故又称七弦琴。②松风寒：指琴曲《风入松》。

【赏析】

《风入松》是古琴曲，相传为魏晋时嵇康所作，描摹月夜寒风穿越松林的声音。七弦古琴弹奏起《风入松》的古曲，琴声清越悠扬，静听之人不觉丝丝春寒。自己虽然喜爱这美妙的古调，但当今的人们好趋时尚，多不爱弹。诗以虚实相生的手法，借咏古调清扬的音乐境界，渲染出诗人雅韵孤标、不媚流俗的情操，同时抒发了世风日下、知音稀少的慨叹。

送上人

刘长卿

孤云将野鹤[①]，岂向人间住。

莫买沃洲山[②]，时人已知处[③]。

【注释】

① 孤云、野鹤：都用来比喻方外上人。将：与共。② 沃洲山：在浙江新昌县东，上有支遁岭、放鹤峰、养马坡，相传为晋代名僧支遁放鹤、养马之地。③ 时人：指时俗之人。

【赏析】

“上人”是对僧人的敬称，诗中指灵澈和尚。

诗人认为灵澈上人有如孤云野鹤般闲散自在和超尘脱俗，岂会在凡俗的人间居住呢？人世间已无净土，可见诗人对人生是何等失望。

南朝宋人刘义庆《世说新语·排调》：“支道林因人就深公买印山，深公答曰：‘未闻巢由买山而隐。’”后世即“买山”喻指贤士的归隐。三、四句的意思是，沃洲山是时人熟知的名山福地，已经深染俗尘，上人要买地隐居修行，当去凡俗莫识的清静之地。诗人曾经宦海沉浮，几度遭诬被贬，写此诗为上人送行，自己也大有远离尘世隐居之意。

“孤云将野鹤”一句极好，既切合上人清高出尘的身份，又以“将”字点题，见出送别之意。

秋日登吴公台上寺远眺

刘长卿

古台摇落后①，秋入望乡心。

野寺来人少，云峰水隔深。

夕阳依旧垒②，寒磬满空林。

惆怅南朝事③，长江独自今。

【注释】

①摇落：零落。②旧垒：指吴公台。③南朝：指在金陵（今南京）建都的宋、齐、梁、陈四朝。

【赏析】

昔日兵戈相争的弩台如今已为荒野的寺庙代替，草木凋零，人迹罕至，远处山峦笼罩在云雾之中，夕阳依着旧日的堡垒，寺院的钟磬声在空林中回荡，一片荒凉苍茫。诗人不禁感慨南朝多少兴废，多少人事沧桑，到头来空留下个依稀难辨的故迹，只有那滚滚长江水依旧奔流至今。

诗的前六句很好地描绘了古台、野寺、云峰、旧垒、寒磬等一派寥落、荒凉而幽静的景象，让人即景生情，心绪苍茫，展开抚今追昔的遐想和喟叹。诗句淡淡写来，使人读之如处在诗人笔下所描摹的空明萧瑟的境界中，胸中自有万古吐纳翻腾。

送李中丞归汉阳别业

刘长卿

流落征南将，曾驱十万师。

罢归无旧业[①]，老去恋明时[②]。

独立三边静[③]，轻生一剑知[④]。

茫茫江汉上，日暮欲何之[⑤]。

【注释】

①罢归：罢官而归。无旧业：意谓家乡没有产业。②明时：清明的时代。③三边：幽、并、凉三州，此处泛指边疆地带。④轻生：不畏死亡。⑤何之：去向何处。

【赏析】

李中丞是一位退职的武将，他曾经指挥过千军万马，纵横沙场南征北战，独自威镇边疆，使边境安定，不畏死亡一剑横行。然而这样一位当年雄姿英发的将军现今怎样呢？他被罢官归家，而家中没有什么产业维持生计，暮年流落在江湖间，茫然不知该到何处去。

全诗四十个字中，既见李中丞早年驰骋沙场的威武勇猛，又见他暮年的流落失意，往昔的辉煌和今日的落寞交织在一起，形成强烈的对比和嗟伤。诗人没对李中丞的不平遭遇直接发出议论，却在“茫茫江汉上，日暮欲何之”的一问中包含了无限的同情与感慨。

饯别王十一南游

刘长卿

望君烟水阔，挥手泪沾巾。
飞鸟没何处①，青山空向人。
长江一帆远，落日五湖春②。
谁见汀洲上③，相思愁白蘋④。

【注释】

①没：消失。②五湖：此指太湖。③汀洲：水中陆地。④白蘋（pín）：水草名。

【赏析】

朋友即将南游，诗人便送别赠诗。

首联写朋友在茫茫的烟水中行舟远去，诗人挥手作别，落泪沾巾，依依之情跃然纸上。诗人通过“望”“挥手”“泪沾巾”这一系列动作，渲染了送别时的心情，笔墨凝练，构思巧妙。颔联以飞鸟比兴，写友人南游行踪不定，眼前只有青山空对，愁思绵绵，不绝如缕。暗含着对友人的关切。一个“空”字，不仅活灵活现地刻画出诗人远望朋友渐行渐远直至身影完全消失的情景，还表明了诗人此时空虚寂寞的心境。颈联写友人一叶风帆沿长江远去，消失在尽头，虽然眼睛是看不到了，但诗人的心却一路追随着友人远去，想象他已经抵达五湖，正在观赏春色。尾联又回到了送别的现实场景，写眷怀友人徘徊汀洲，愁对白蘋，情景交融，首尾呼应。

虽然是抒发离情别绪，但全诗并无“别离”二字，只写飞鸟青山、江帆落日、汀洲白蘋等饯别时的风光，再加上“没”“空”“远”几个字，满腔离情完全化入景中，达到情景交融的境地。

寻南溪常道士

刘长卿

一路经行处，莓苔见屐痕①。
白云依静渚②，芳草闭闲门。
过雨看松色③，随山到水源。
溪花与禅意，相对亦忘言。

【注释】

①莓苔：苔藓。屐（jī）痕：木屐留下的痕迹。唐人游赏时多着木屐。②渚（zhǔ）：水中的小洲。③过雨：雨后。

【赏析】

一般上门寻人而不遇，难免会有懊恼失望之情，然而在这首诗中，寻隐者不遇，却得到别的情趣，领悟到“禅意”之妙处。

诗人不为事而来寻访常道士，故一路行来，心情闲适放松，只管不紧不慢地边走边欣赏沿途的风景。见雨后青苔上留下木屐的痕迹，白云依恋在静水汀洲上方。渚是“静”的，白云、芳草也是静静的；门“闲”，来访者心境也“闲”，一切都显得恬静清闲，不见丝毫纷扰，营造了一种淡逸而静穆的氛围。

到了隐士的居处，芳草鲜美而柴门紧闭。诗人乘兴继续看雨后的青松色，绕山探寻水源，见到溪边野花自在开放，领悟到无为的禅理。诗人在对自然景物的观照中，悄然融入了自身平静闲适的心绪，而访人不遇的怅然，也被这清幽的环境及“禅意”所冲化，渐趋恬然。

在这首诗中，人和山水相对意会忘言，在精神上达到契合，诗人乘兴而来兴尽而返的惬意自得的感受也融入了“忘言”之中，既富有悠远的诗味，又寓有意蕴丰富的哲理。

新年作

刘长卿

乡心新岁切，天畔独潸然[①]。
老至居人下，春归在客先[②]。
岭猿同旦暮，江柳共风烟。
已似长沙傅[③]，从今又几年？

【注释】

①天畔：天涯。潸然：流泪的样子。②“老至”两句：意谓老来寄人篱下，如今春又回归自己却不得回归。客，诗人自指。③长沙傅：

西汉贾谊曾被贬为长沙王太傅。此处借以自喻。

【赏析】

新年，本该是一家人团圆快乐的时候，而诗人却从苏州被贬至潘州南巴尉（今广东省茂名市），远在天涯异乡。受冤被贬，从富饶的江南鱼米之乡迁至荒僻的边地，又是孤身一人，与故乡的亲人相隔万里。在这样的新春佳节里，诗人自然百感交集。

诗歌一开头就直抒怀乡之心在新年时更加迫切，难以抑制，于是独自在天涯潸然泪下，与王维的“每逢佳节倍思亲”有异曲同工之妙。

“老至居人下，春归在客先”为沉痛至极之语。一般情况下，老年本应是儿孙绕膝、安享天伦之乐的时候，但诗人却因受诽谤获罪而被贬谪，至今远离故乡而作客他乡，连春天都先在他之前归回。这一句化用薛道衡《人日思归》中的“人归落雁后，思发在花前”句，又在前人单纯的思乡之情中融入了仕宦身世之感，抒写的感情更加深厚。

在异乡，只能整日与岭猿、江柳相伴相处，孤独的境况在这新春佳节之际更增诗人的悲伤惆怅。猿蹄声凄厉，故“猿啼”在古诗中象征着哀伤。而江柳不仅没有增添几分生机和新意，这风烟迷蒙之景反而在诗人心头笼上了一层厚厚的愁雾。

自己好比当年的贾谊，从今又得几年才能回家呢？全诗在没有答案的问句中结束，而无尽的孤寂、悲切、怀乡、不平，却飘荡不去。

江州重别薛六柳八二员外

刘长卿

生涯岂料承优诏[1]，世事空知学醉歌[2]。
江上月明胡雁过[3]，淮南木落楚山多。
寄身且喜沧洲近[4]，顾影无如白发何[5]。
今日龙钟人共老，愧君犹遣慎风波[6]。

【注释】

①承优诏：得到朝廷恩遇的诏书。②空知：徒知。③胡雁：北来的大雁。④沧洲：滨海之地。⑤顾影：看着自己的影子。无如：无奈。⑥“愧君”句：意谓承蒙你还总是告诫我当心风波。

【赏析】

刘长卿遭际坎坷，一生中两次遭贬。这首诗是他第二次贬往潘州南巴尉（今广东省茂名市）经过江州（今江西省九江市）与两位友人话别时所写。

诗人明明是遭到贬谪，诗中却说“承优诏”，这是正话反说，抒发了诗人胸中的不平之气。

颔联写江州的秋景，月明雁过，落叶纷纷，有不胜凄凉惆怅之感。“楚山多”三个字最为传神：树叶凋零，整个山头都显得光秃秃的，这才见出山之“多”，不由让人想到现在早已不是春夏葱葱郁郁的繁茂景色，只余下一片凄清萧瑟。

但诗人却强作欢颜，明明是老态龙钟，白发丛生，顾影自怜，无可奈何，却说“寄身且喜沧洲近”，努力想从萧瑟中振起，将凄凉伤心掩饰住，委婉地抒发不满情绪。

结尾叙送别的二员外殷切叮嘱他留意风波险恶，是因为挚友深知他脾气耿直，担心他因此而遭受更多的不测，表现了朋友间的真挚情谊。

全诗虽感叹身世，抒发悲愤不平，却怨而不直露，但从“学醉歌”“且喜沧洲近”“慎风波”中可见他对宦途风波早已看穿，其深沉凄楚之情溢于言表。

长沙过贾谊宅

刘长卿

三年谪宦此栖迟[1]，万古惟留楚客悲[2]。
秋草独寻人去后，寒林空见日斜时。
汉文有道恩犹薄[3]，湘水无情吊岂知[4]。
寂寂江山摇落处，怜君何事到天涯！

【注释】

①谪宦：贬官。西汉贾谊曾被贬往长沙三年。②楚客：指羁泊楚地之人。③“汉文”句：意谓汉文帝是有道的明君，但终是不能重用贾谊。④“湘水”句：贾谊往长沙渡湘水时曾作赋吊屈原。

【赏析】

此诗似是作者赴潘州（今广东茂名市）贬所，路过长沙，凭吊贾谊故宅时所作。西汉贾谊为一代英才，生逢圣君，却因受排挤不得重用，被贬长沙三年，抑郁而死，年仅三十三岁。刘长卿在昏庸的代宗统治下，被贬途中见到贾谊故宅的情景，难免勾起一片心酸，落得"万古"留悲。古宅萧条冷落的景色，"秋草""寒林""人去""日斜"，一派黯然气象。贾谊当年不得意而凭吊屈原，湘水无知，如今自己不得志又凭吊贾谊。故尾联故作设问，曲折写一"怜"字，既是怜贾谊的非罪远谪天涯，又是自怜。全诗虽是吊古，实在伤今，运用典故无痕迹，语言含蓄蕴藉，感情哀楚动人。

自夏口至鹦鹉洲望岳阳寄元中丞

刘长卿

汀洲无浪复无烟①，楚客相思益渺然②。
汉口夕阳斜渡鸟③，洞庭秋水远连天。
孤城背岭寒吹角④，独树临江夜泊船。
贾谊上书忧汉室，长沙谪去古今怜。

【注释】

①汀洲：水中小洲，指鹦鹉洲。②楚客：羁泊于楚地的人。③汉口：这里指汉水流入长江处。④孤城：指汉阳城。角：号角。

【赏析】

诗人被贬途中由夏口（今湖北武汉）到鹦鹉洲，抚景感怀，借怜贾谊贬谪长沙，以喻自己遭贬谪之事，诗意与前一首《长江过贾谊宅》相同。

全诗前六句以写景为主，汀洲无浪无烟，诗人思绪渺然。夕阳下，归鸟横渡长江，洞庭秋水连天，孤城吹角，独树临江，这是遭贬诗人沿途临江的所见所闻。对着这样无限的苍凉之景，诗人又一次想到贾谊的“长沙谪去古今怜”，用贾谊比元中丞，揭示出向元中丞寄诗的意图，同时也是自况。全诗的主体为写景，但处处切题，以“汀洲”切鹦鹉洲，以“汉口”切夏口，以“孤城”切岳阳，最后即景生情，在离愁别绪中有迁谪的幽愤之心，情调哀婉凄清。

杜 甫

公元712—770年，字子美，自称“少陵野老”。原籍湖北襄阳，后迁居河南巩县。诗人杜审言之孙。年轻时应进士举，不第，漫游各地，后客居长安十年。安史之乱中投奔唐肃宗，授左拾遗。后弃官入蜀，定居成都浣花溪草堂。一度在剑南节度使严武幕中任参谋，表为检校工部员外郎，故世称“杜工部”。严武死后携家出蜀，漂泊江南，病死于途中。其诗以古体、律诗见长，展现了唐代由盛而衰的历史过程，被称为“诗史”，是我国最伟大的诗人之一，与李白齐名，并称“李杜”。有《杜工部集》。

望 岳

杜 甫

岱宗夫如何[①]？齐鲁青未了。
造化钟神秀[②]，阴阳割昏晓。
荡胸生层云，决眦入归鸟[③]。
会当凌绝顶[④]，一览众山小。

【注释】

①岱宗：对泰山的尊称。②钟：赋予，集中。③“决眦”句：意指山高鸟小，远望飞鸟，几乎要睁裂眼眶。决，裂开。眦（zì），眼角。④会当：终当。

【赏析】

玄宗开元二十三年（735），杜甫到洛阳应进士考试落第，于是北游齐、赵（今河南、河北、山东等地）一带。这首诗就是在漫游途中所作。《望岳》共有三首，分咏东岳泰山、南岳衡山、西岳华山。这一首是望东岳泰山。

诗题为“望岳”，全诗却没有一个“望”字，但句句写近泰山而望的感受，描绘出一幅苍茫开阔的“泰山图”。全诗以“齐鲁青未了”首先勾画出泰山横亘数千里那磅礴雄阔的气势和苍翠葱郁的景色，之后再写近望所见泰山的高大之势，五、六句则是细望泰山所见之景，末尾两句写由望岳而产生“会当凌绝顶，一览众山小”的意愿。全诗层次分明，气骨峥嵘，体势雄浑，是写泰山的“绝唱”，至今仍能引起人们强烈的共鸣。清代浦起龙在《杜诗心解》中评价此诗为杜诗之首，说“杜子心胸气魄，于斯可观。取为压卷，屹然作镇”。

兵车行

杜　甫

车辚辚[①]，马萧萧[②]，行人弓箭各在腰。耶娘妻子走相送[③]，尘埃不见咸阳桥。牵衣顿足拦道哭，哭声直上干云霄[④]。道旁过者问行人，行人但云点行频[⑤]。或从十五北防河[⑥]，便至四十西营田[⑦]。去时里正与裹头[⑧]，归来头白还戍边。边庭流血成海水，武皇开边意未已[⑨]。君不闻汉家山东二百州，千村万落生荆杞[⑩]。纵有健妇把锄犁，禾生陇亩无东西[⑪]。况复秦兵耐苦战[⑫]，被驱不异犬与鸡。长者虽有问，役夫敢申恨[⑬]？且如今年冬，未休关西卒。县官急索租，租税从何出？信知生男恶，反是生女好。生女犹得嫁比邻，生男埋没随百草！君不见青海头，古来白骨无人收。新鬼烦冤旧鬼哭，天阴雨湿声啾啾。

【注释】

① 辚（lín）辚：车行时发出的咯咯的声音。② 萧萧：形容马的嘶鸣声。③ 耶：通“爷”，父亲。妻子：妻子和儿女。④ 干：犯，冲。⑤ 点行：按丁口册强制点征入伍。⑥ 北防河：黄河以北设防。⑦ 营田：即屯田，士兵们不作战时垦荒种田。⑧ 里正：即里长，管理户口、赋役等事。与裹头：替被征者裹头巾。因应征者年龄尚小，所以由里正替他裹头。⑨ 武皇：汉武帝，他在历史上以开疆扩土著称。此处喻唐玄宗。⑩ 荆杞：即荆棘。⑪ 无东西：指庄稼长得不成行列。⑫ 秦兵：来自秦地的兵士。⑬ 役夫：被征集的士兵。

【赏析】

天宝以后，唐王朝统治者连年对西北、西南少数民族发动战争，给人民造成了巨大的灾难。对此，钱谦益描述道：“天宝十载，鲜于仲通讨南诏蛮，士卒死者六万。杨国忠掩其败状，反以捷闻。制大募两京及河南、北兵，以击南诏。人闻云南瘴疠，士卒未战而死者十八九，莫肯应募。杨国忠遣御史分道捕人，连枷送诣军所。于是行者愁怨，父母妻子送之，所在哭声振野。”（《钱注杜诗》）

杜甫学习汉乐府民歌“感于哀乐，缘事而发”的现实主义精神，自创新题以讽刺时世。他在诗中写出他在咸阳桥畔亲眼所见、亲耳所闻的情形，并假托与征夫的问答，深刻地反映了唐玄宗穷兵黩武发动开边战争给人民带来的苦难。

篇首写行色匆匆的出征送别，兵车隆隆，战马嘶鸣，尘烟滚滚，千万人号啕大哭之声汇聚成震天的巨响在云际回荡。这段蓦然而起的描写展现了一幅亲人被抓兵出征、眷属们奔走相送的震人心弦的图画，其中“牵衣顿足拦道哭”一句抓住细节刻画，连续用四个动作，把送行者那种眷恋、悲怆、愤恨、绝望的动作神态，表现得细腻入微。

“点行频”中的“点”字，是征、抽之意；“行”，是古代军制，二十五人为一行，所以把军队出身的叫“出身行伍”。“点行”就是征兵抽丁，“点行频”就是频繁地征兵抽兵抽丁。之所以会出现这种情况，与唐代的兵役制度有关。

本来，唐初因袭隋朝，实行府兵制。每三年或六年从军府州二十岁到六十岁的成年壮丁中征发，一旦确定军名，即成为府兵，隶属于折冲府，定期上番服役，冬季农闲参加军事训练。因为府兵服役还要自备衣粮，轮番服役更代也多不按时，家里又不免征徭，士兵很多逃亡，军队的战斗力越来越弱。

开元十一年，唐王朝废弃了府兵轮番卫戍首都的制度，招募强壮兵丁十二万人，免其征镇赋役，长期驻守长安。开元二十五年，朝廷又招募壮丁，长期戍守边疆。此后，卫士不再简补，中央禁卫军和边镇国防军全由招募而来的雇佣兵组成。至天宝年间，府兵制已名存实亡，而以募兵代替。

但由于统治者好大喜功，年年用兵，人民厌战，募而不应，甚至以“折臂”来逃避兵役，官府就强行拉捕。安史之乱爆发后，唐王朝四处抽丁捕勇，补充兵力。“点行频”也正是“战争频”的时代产物。

以下写“点行频”，是全篇的“诗眼”。朝廷频繁地征兵开边，边庭流血成海，妇女在家代耕，田园荒废，荆棘横生，而县官催租急迫，点出统治者开边之非。

末以惨语结，悲惨哀怨的鬼泣和开头那种惊天动地的人哭，形成强烈的对照。诗人心情沉重，笔调哀痛，寓情于叙事之中，随着句型、韵脚不断变化，三、五、七言错杂运用，充分展现了他悲愤难遏、焦虑不安的心情，也让读者为之潸然泪下。

诗中多处使用顶真的修辞手法，使音调和谐动听。诗歌还运用了对话的方式以及部分口语，使读者有身临其境的真切感。《唐宋诗醇》云：“此体创自老杜，讽刺时事而托为征夫问答之词。言之者无罪，闻之者足以为戒，《小雅》遗音也。”

春日忆李白

杜　甫

白也诗无敌，飘然思不群。清新庾开府[①]，俊逸鲍参军[②]。

渭北春天树[③]，江东日暮云[④]。何时一尊酒，重与细论文[⑤]。

【注释】

①庾开府：指庾信。在北周官至骠骑大将军、开府仪同三司（司马、司徒、司空），世称庾开府。②鲍参军：指鲍照。南朝宋时任荆州前军参军，世称鲍参军。③渭北：渭水北岸，借指长安一带，当时

杜甫在此地。④江东：指今江苏省南部和浙江省北部一带，当时李白在此地。⑤论文：即论诗。六朝以来，通称诗为文。

【赏析】

杜甫和李白可谓唐代的双子星座，他们因诗文而结识。天宝五载（746），李白因为触犯权贵而被罢官，前往江东一带漫游，杜甫客居长安，怀念这位令他敬重的诗友，写下这首诗。

杜甫本身就是一个大诗人，因此他更能欣赏到李白飘逸不凡、冠绝当代的诗才，故全诗主要从这方面来落笔。开头四句，一气贯注，高度评价了李白的诗歌天下无敌，其诗的清新、俊逸有如南北朝时的著名诗人庾信、鲍照。这样忆其人而忆及其诗，赞诗亦即忆人。第三联两句写两人各自所在地的景色，自然见出深重的离情别恨。诗人对李白的人和诗都十分倾慕怀念，故末联为热切的盼望：什么时候才能再次欢聚，像过去那样，把酒论诗啊！全诗在问句中结束，令人读完后，心中犹自回荡着作者绵绵的思念之情。

前出塞九首（其六）

杜　甫

挽弓当挽强[①]，用箭当用长[②]。
射人先射马，擒贼先擒王[③]。
杀人亦有限[④]，列国自有疆[⑤]。

苟能制侵陵⑥，岂在多杀伤⑦！

【注释】

①挽弓：拉弓。强：指坚硬的弓。拉这种弓要用很大力气，但射得远。②长：长的箭。③擒：捉拿。④亦有限：也应该有个限度。⑤列：分立，建立。疆：边界，领土。⑥苟：如果。制侵陵：制止侵略。制，制止。侵，侵犯。陵，这里通“凌”，欺侮的意思。⑦岂：难道。

【赏析】

这是一首讽谏诗，为千古传诵的名篇。

诗人写过两组出塞诗，先写了《出塞》九首，后又写《出塞》五首；加“前”“后”以示区别。《前出塞》是写天宝末年哥舒翰征伐吐蕃的事，意在讽刺唐玄宗的开边黩武。

此诗说理性很强，采用先扬后抑的手法，前四句写如何用兵；后四句则劝诫统治者节制武功，力避杀伐。

前四句以排句出之，两个“当”和两个“先”，指出了作战步骤的关键所在，强调队伍要强悍，士气要高昂，对敌时要讲求方略，既要勇敢，也要机智。看似对战斗经验如数家珍，实际它并非作品的主旨所在，只是下文的衬笔。

在后四句中，诗人慷慨陈词，直抒胸臆，道出了赴边作战的最终目的：训练强兵只是为了戍守边疆，赴边更不是为了杀伐；应当以“制侵陵”为限度，绝不可穷兵黩武、妄动干戈。这种以战去战、以强兵制止侵略的思想，才是恢宏正论、安边良策，可谓是振聋发聩。

唐诗中以议论见长的诗不多，而此诗好评不断，则是因为其气势磅礴，富有哲理且有正气贯之，传递了一份传统士子的忧国忧民情怀。

丽人行

杜　甫

三月三日天气新[①]，长安水边多丽人。态浓意远淑且真[②]，肌理细腻骨肉匀[③]。绣罗衣裳照暮春，蹙金孔雀银麒麟[④]。头上何所有？翠微匐叶垂鬓唇[⑤]。背后何所见？珠压腰衱稳称身[⑥]。就中云幕椒房亲[⑦]，赐名大国虢与秦[⑧]。紫驼之峰出翠釜[⑨]，水精之盘行素鳞[⑩]。犀箸厌饫久未下[⑪]，鸾刀缕切空纷纶[⑫]。黄门飞鞚不动尘[⑬]，御厨络绎送八珍[⑭]。箫鼓哀吟感鬼神，宾从杂遝实要津[⑮]。后来鞍马何逡巡[⑯]，当轩下马入锦茵[⑰]。杨花雪落覆白蘋，青鸟飞去衔红巾[⑱]。炙手可热势绝伦，慎莫近前丞相嗔[⑲]。

【注释】

①三月三日：上巳节。古人常于这一天来到水边祭祀以求祛除不祥，后来逐渐变成春游欢宴的节日。②淑且真：优雅而自然。③骨肉匀：指体态匀称。④蹙（cù）：此指刺绣。⑤翠微：薄薄的翡翠片。匐（gē）叶：一种首饰。⑥腰衱（jié）：裙带。⑦云幕：画着云彩的帐幕。椒房亲：指杨贵妃的家族。⑧虢（guó）与秦：杨贵妃的两个

姐姐被封为虢国夫人和秦国夫人。⑨ 紫驼之峰：驼峰上的肉。釜：锅。⑩ 水精之盘：水晶盘。素鳞：洁白的鱼。⑪ 犀箸：犀牛角做的筷子。厌饫（yù）：因饱而厌食。⑫ 鸾刀：带有铃铛的刀。缕切：切丝。空纷纶：指厨人们空忙了一番。⑬ 黄门：宦官的通称。鞚（kòng）：马缰绳。不动尘：喻马跑得轻快。⑭ 八珍：泛指各种珍贵菜肴。⑮ 杂遝（tà）：纷杂。要津：要职。⑯ 后来鞍马：指杨国忠。逡巡：形容左顾右盼、甚是得意的样子。⑰ 锦茵：锦绣地毯。⑱ 青鸟：传说中的神鸟，为西王母的使者。红巾：红帕。以上两句实是暗指虢国夫人与杨国忠之间的暧昧关系。⑲ 丞相：指杨国忠。嗔：发怒，生气。

【赏析】

天宝年间，唐玄宗宠幸杨贵妃，整个杨氏家族因此而飞黄腾达。其兄杨国忠被封为右丞相，姐妹亦被封为韩国夫人、虢国夫人、秦国夫人。

杜甫这首诗作于天宝十二载（753）的春天，也就是“安史之乱”爆发（755）前，借描写杨氏姐妹的奢侈铺排和杨国忠的声势烜赫、气焰嚣张，曲折地反映出当时君王的昏庸和朝政的腐败，讽刺和鞭挞了杨氏兄妹的骄横。

开首十句描绘出一幅曲江边丽人春游图，她们容貌娇艳，意态娴雅，体态优美，衣着华丽。诗人用工笔彩绘仕女图的画法作讽刺画，正是本诗的一大特色。

“就中”十句，具体写出丽人中虢、秦二人，她们的肴馔精美丰盛，却厌饫久未下箸，箫管悠扬，趋附的宾从很多，有着豪华的排场。

内廷太监飞马而来，却路不动尘，如此规矩真不愧是皇家气派。那么，皇帝这样络绎不绝地遣人前来，到底所为何事？原来这些人只是奉旨从御膳房为这些丽人添菜助兴，可见唐玄宗的体贴与多情。只可惜，他越是体贴，就越显出他身为一国之君的昏庸。

“后来”六句，写杨国忠意气骄恣，势焰熏天，将他和杨氏姐妹间的无耻丑态刻画得淋漓尽致。

全诗采取了像《陌上桑》这种乐府民歌常用的正面咏叹方式，用严肃认真的态度和细腻精致的笔触，描摹刻画了杨氏兄妹的穷奢极欲，语极铺排，富丽华美中蕴含清刚之气。虽全然不见一句直接讽刺的语词，但在惟妙惟肖的描摹中，不难看出诗人强烈的厌恶和讥讽之意。

清人浦起龙在《读杜甫心解》中评《丽人行》说：“无一刺讥语，描摹处，语语刺讥；无一慨叹声，点逗处，声声慨叹。”

月　夜

杜　甫

今夜鄜州月[①]，闺中只独看[②]。
遥怜小儿女[③]，未解忆长安[④]。
香雾云鬟湿[⑤]，清辉玉臂寒。
何时倚虚幌[⑥]，双照泪痕干[⑦]？

【注释】

①鄜（fū）州：今陕西富县。②闺中：指妻子。③小儿女：尚不懂事的子女。④解：懂得。忆长安：思念身在长安的父亲。肃宗至德元载（756），叛军攻陷潼关，杜甫携家眷逃至鄜州，闻肃宗在灵武即位，于是前往效力，途中为叛军所俘，被解回长安。⑤香雾：月夜的雾气。⑥虚幌：薄纱帐。⑦双照：指月光同时照着身处异地的夫妻二人。

【赏析】

安史之乱爆发后，杜甫独自困居在沦陷的长安城中，在月夜思念家人，写下这首情深意切的诗。

此诗构思巧妙，诗人本来望月怀妻，却设想妻子在月下想念自己；本来自己在月下怀念年幼的儿女，却设想天真幼稚的小儿女随着母亲看月还不懂得想念在长安的自己。

诗人只身在外，当然是独自看月。但是妻子身边有儿女陪伴，为什么也是"独看"呢？下一联随即给出了答案：妻子看月，并不是真的在赏月，而是在"忆长安"，但是小儿女不谙世事，自然也不明白人间的离别之恨与相思之情，又哪里会懂得"忆长安"呢。诗人巧妙地用小儿女的"未解忆"来反衬妻子的"忆"，突出了"独"字，情感上又深化了一层。

接下来通过描写妻子独自看月的形象，进一步表现"忆长安"。诗人想象妻子在月下久久伫立徘徊，以至于雾湿云鬟，月寒玉臂。进而盼望聚首相倚，双照团圆。

每当想到妻子夜不能寐的情景时，诗人自己也忍不住伤心落泪，由此激起了对于结束这种痛苦生活的渴望，于是很自然地以表现希望的诗句收束全篇："何时倚虚幌，双照泪痕干？"

这首诗借看月而抒离情，但又不仅仅是一般的夫妻离别之情，而是浸透了天下乱离的悲哀，在"独看"的泪痕里、"双照"的清辉中闪耀着诗人期待四海升平的理想。辞旨婉切，章法紧密，无一字不是从月色中照出，既精丽绝俗，又感人肺腑。

蜀　相

杜　甫

丞相祠堂何处寻①，锦官城外柏森森②。
映阶碧草自春色③，隔叶黄鹂空好音。
三顾频烦天下计④，两朝开济老臣心⑤。
出师未捷身先死，长使英雄泪满襟。

【注释】

①丞相祠堂：即诸葛武侯祠，在今四川成都，晋李雄初建。②锦官城：古代成都的别名。森森：树木茂盛繁密的样子。③自：空。④三顾：指刘备三顾茅庐。顾，拜访，探望。频烦：频繁叨扰。频，频繁。烦，烦扰。⑤两朝开济：指诸葛亮辅助刘备三分天下，建立了蜀国，后又辅佐刘禅。两朝，刘备、刘禅父子两朝。开，开创。济，扶助、

救济。

【赏析】

安史之乱期间，杜甫曾寓居秦州、同谷（今甘肃省成县）达四年。唐肃宗乾元二年（759）十二月，杜甫结束了颠沛流离的生活，来到成都，在朋友的资助下，定居在浣花溪畔。第二年的春天，他游览了武侯祠，感慨于运蹇时艰，遂写下这首称颂诸葛丞相的千古绝唱。

诗的前半首写武侯祠的景色。首联自问自答，指出了祠堂的所在，“柏森森”三字，渲染了一种静谧而肃穆的氛围。颔联“碧草自春色”“黄鹂空好音”，暗含着碧草和黄鹂并不理解朝代的更替和人世的变迁之意，渲染了祠堂的荒凉，字里行间寄寓着感物思人的情怀。

后半首写丞相之事。颈联写他雄才大略，“天下计”可见其匡时济世之才具，“老臣心”见其鞠躬尽瘁忠心报国。末联作者笔锋一转，叹惜诸葛亮功业未成而身先死的悲剧结局，引得千载事业未竟、壮志未酬的英雄扼腕叹息。

全诗吊古深情，悲凉感慨，在所有咏诸葛亮的诗中可列为第一。

哀江头

杜　甫

少陵野老吞声哭[①]，春日潜行曲江曲[②]。江头宫殿锁千门，细柳新蒲为谁绿？忆昔霓旌下南苑[③]，苑中万物生颜色。昭阳殿里第一人[4]，同辇随君侍君侧[5]。辇前才人带弓箭[6]，白马嚼啮黄金勒。翻身向天仰射云，一箭正坠双飞翼。明眸皓齿今何在[7]？血污游魂归不得。清渭东流剑阁深[8]，去住彼此无消息！人生有情泪沾臆，江水江花岂终极？黄昏胡骑尘满城[9]，欲往城南望城北[10]。

【注释】

①少陵野老：杜甫自号。吞声：不敢哭出声来。②潜：偷偷地。曲江曲：曲江的曲折之处。③霓旌：指皇帝仪仗中的彩旗。④昭阳殿：汉赵飞燕姊妹的居处。此喻唐玄宗的后宫。⑤辇：皇帝的车驾。⑥才人：宫中女官名。⑦明眸皓齿：指杨贵妃。⑧清渭：杨贵妃自缢处马嵬坡南滨渭水。⑨胡骑：指安禄山的军队。⑩“欲往”句：意谓心意迷茫，以致认错方向。

【赏析】

杜甫去投奔唐肃宗时被叛军抓获，带到沦陷了的长安。次年春天，诗人沿长安城东南的曲江行走，触景伤怀，哀恸之下写下这首杰作。“哀”是全诗的核心。开篇第一句“吞声哭”，就营造出强烈的氛围。接着写春日潜行曲江，不由回忆起当年的繁华景象及唐玄宗和杨贵妃游苑的情景，然而这一切“今何在”？乐极生悲，转眼人死国亡，在昔盛今衰的强烈对比中更是“泪沾臆”，极度哀伤中思绪迷惘烦乱，以致不辨南北。“哀”字为题，以“哀”统领全篇，在这种由眼前到回忆、由回忆到现实的过程描述中，“哀”情复杂而深沉。既有对国破家亡的深切巨恸，也流露了对蒙难君王的伤悼之情。全诗给人一种波澜起伏、纡曲难伸、愁肠百结的感觉，读之令人断肠。

赠卫八处士

杜　甫

人生不相见，动如参与商①。今夕复何夕②，共此灯烛光。

少壮能几时？鬓发各已苍！访旧半为鬼，惊呼热中肠③。

焉知二十载，重上君子堂。昔别君未婚，儿女忽成行。

怡然敬父执④，问我来何方。问答未及已，儿女罗酒浆。

夜雨剪春韭，新炊间黄粱⑤。主称会面难，一举累十觞⑥。

十觞亦不醉，感子故意长⑦。明日隔山岳，世事两茫茫。

【注释】

①动：动辄。参（shēn）与商：参星与商星。参星于西，商星于东，此起彼隐，永不相见。②"今夕"句：意谓今天是什么日子。③热中肠：形容情绪激动异常。④怡然：和悦的样子。父执：父亲的挚友。⑤间（jiàn）：掺杂。⑥累：接连。觞（shāng）：酒杯。⑦子：指卫八处士。故意：对故交的情谊。

【赏析】

肃宗乾元元年（758），杜甫被贬为华州司功参军，冬末赴洛阳，次年（759）从洛阳返回华州任所，途中遇见二十年不见的老友卫八处士，遂写下此诗。

当时安史之乱已延续三年多，局势动荡不安，故诗歌起句就为“人生不相见，动如参与商”，慨叹干戈乱离时代别易会难，再见已经是二十年之后了，感今怀旧，悲喜交集。卫八处士竭诚款待留他吃饭：冒雨剪韭，新炊黄粱，殷勤劝酒。末尾二句写暂聚复别，慨叹世事茫茫。全诗以平易真切的语言，描绘了故友久别重逢、把酒话旧之际的惊喜、悲伤、感慨、惆怅、茫然等复杂的心情，写得层次井然，自然浑成，兼具顿挫起伏之妙。

佳　人

杜　甫

绝代有佳人，幽居在空谷。自云良家子①，零落依草木。关中昔丧乱②，兄弟遭杀戮。官高何足论③，不得收骨肉。世情恶衰歇④，万事随转烛⑤。夫婿轻薄儿，新人美如玉。合昏尚知时⑥，鸳鸯不独宿。但见新人笑，那闻旧人哭。在山泉水清，出山泉水浊⑦。侍婢卖珠回⑧，牵萝补茅屋。摘花不插发⑨，采柏动盈掬⑩。天寒翠袖薄，日暮倚修竹。

【注释】

①良家子：好人家的女儿。②丧乱：指安禄山攻陷长安之事。

③“官高”句：意谓官高显赫又有什么用呢？④“世情”句：意谓世人总是厌恶衰落破败。歇：衰退。⑤“万事”句：意谓世上的事情好像随风抖动的蜡烛，变化无常。⑥合昏：夜合花，叶子朝舒夜合。人们常以此比喻夫妻恩爱。⑦“在山”两句：喻自己隐于山中贞节自守，不愿因进入世俗而污浊了自己。⑧卖珠：指因为生活贫困而变卖珠宝。⑨“摘花”句：意谓无心修饰打扮。⑩动：动辄。盈掬：一满把。

【赏析】

“佳人”，指美貌有才德的女子，也可用以比喻有才德的人。此诗是杜甫辞掉华州司功参军职务移家到秦州（今甘肃天水）时所作。关于这首诗的作意，有两种说法：一说是将幽居的佳人比为被放逐的老臣。一说是天宝丧乱之后，杜甫曾遇见过这样一位佳人，是据实直叙。单就全诗本身来看，写了一个出身良家的妇女遭逢丧乱，兄弟被杀害，家境衰落，轻薄的丈夫无情地遗弃了她，在社会上流落无依。但这位时乖运蹇的女子虽幽居深谷，卖珠饰来修补茅屋，生活困窘却能安贫自守，花不插发，不去取悦于人，有着高洁的情操。“天寒翠袖薄，日暮倚修竹”，更是刻画了佳人的嫣然神韵和幽娴贞静之意，成为后世称颂的佳句。此诗采用佳人自白遭遇的第一人称手法时，语气直率顺畅；而赞美佳人品格时，却用第三人称来描摹，笔调含蓄蕴藉。两者相互配合，刻画了一个独特而鲜明的女性形象。

梦李白二首（其二）

杜　甫

浮云终日行，游子久不至[①]。

三夜频梦君，情亲见君意。

告归常局促，苦道来不易。

江湖多风波，舟楫恐失坠[②]。

出门搔白首，若负平生志。

冠盖满京华[③]，斯人独憔悴[④]！

孰云网恢恢[⑤]？将老身反累[⑥]！

千秋万岁名，寂寞身后事。

【注释】

①“浮云”两句：意谓浮云终日于空中飘走，而游子却久久不曾到来。游子：指李白。②恐失坠：恐怕船只翻覆。③冠盖：冠冕和车盖，此指达官贵人。④斯人：这个人，指李白。⑤恢恢：《老子》中有“天网恢恢，疏而不漏”句。这里是说，谁说天理公平？⑥反累：反而无辜受到牵累。

【赏析】

这首诗承接上一首，写在初次梦见李白后，为他担心不已，此后数夜更是频繁梦见。

开头两句即写见浮云而念游子，浮云终日飘荡，游子久望不至。

“三夜频梦君，情亲见君意”是两人情感幽通、肝胆相照的写照，与上篇的“故人入我梦，明我长相忆”相照应。

之后写梦中李白魂来魂返之状，亦真亦幻，体现了李白当时处境的艰险。诗人梦中醒来，感叹李白临近晚年无辜受牵累的遭遇，语中含有愤慨不平之气。

而末尾两句则是诗人劝慰李白的话，认为李白必将名垂千古，但身前却寂寞不幸，这既是对李白的至高评价与深切同情，也包含了诗人自身的感慨。

全诗人情鬼语，悱恻动人，二人形离神合、肝胆相照的至情令人感叹。这两首诗可谓是至情至性之人写出的至诚至真之文。

月夜忆舍弟

杜　甫

戍鼓断人行[①]，秋边一雁声[②]。

露从今夜白，月是故乡明。

有弟皆分散，无家问死生。

寄书长不达[③]，况乃未休兵[④]。

【注释】

①戍鼓：戍楼上的更鼓。断人行：指更鼓响后人们便不能再随意行走。②秋边：边地之秋。③长：老是，一直。④况乃：何况是。

【赏析】

此诗作于乾元二年（759）秋，这时安史之乱尚未平息，杜甫身在秦州，而他的几个弟弟分散在正处于战乱之中的山东、河南一带，音信不通，只能望秋月而思念手足。

全诗层次井然，首尾照应。离乱未平，道路为之阻隔，弟兄分散生死不明，无家而寄书不达，未休兵故断人行，概括了安史之乱中人民饱经忧患丧乱的普遍遭遇，一句一转，句句连贯一气。

诗人信笔挥洒，若不经意，实则是结构严密，环环相扣，句句不离“忆”字，闻戍鼓而忆，听雁声而相忆，见寒露而忆，望明月而相忆，国难家仇一齐从笔底流出，故显得凄楚哀感，沉郁顿挫。

“露从今夜白”，在写景的同时点明时令；“月是故乡明”写的并非是客观实景，而是融入了诗人的主观感情，深刻地表现了他对故乡的感怀。王彦辅评价说：“子美善用故事及常语，多倒其句而用之，盖如此则语峻而体健。如‘露从今夜白，月是故乡明’之类是也。”意思是，这两句不过是说今夜白露，故乡明月，然而只是将词序这么一倒置，寻常语立即变得出乎寻常了。

客　至

杜　甫

舍南舍北皆春水[①]，但见群鸥日日来。

花径不曾缘客扫[②]，蓬门今始为君开。

盘飧市远无兼味[3]，樽酒家贫只旧醅[4]。

肯与邻翁相对饮[5]，隔篱呼取尽余杯[6]。

【注释】

①舍：居舍。②缘客扫：因为有客要来而打扫。③盘飧（sūn）：饭食。兼味：两种以上的味道。④醅（pēi）：没有过滤过的米酒。⑤肯：能否。⑥余杯：余下来的酒。

【赏析】

杜甫在成都时，初成草堂于浣花溪畔，深喜有客来访，写成这首洋溢着淳朴气息的诗。

首联写自己居住的环境并点明时令。“皆”字暗示春江水势涨溢，给人以江波浩渺之感。每日唯有群鸥前来相伴，化用了“鸥鹭忘机”的典故，为作者的生活增添了几分隐逸色彩，从中可想见诗人闲淡的情怀。只是若每日只有群鸥相伴，却不见其他来访者，难免让人觉得有些寂寞和单调。

颔联即写有客前来造访，听到这个消息，诗人喜不自胜，马上洒扫花径，打开蓬门迎接来访之客。这一联采用宾客谈话的口吻，增强了生活感。

颈联写殷勤款待客人，因市远家贫，只是些寻常菜蔬，家酿陈酒，却是主人一片热情真挚之意，可以感受到主人的拳拳盛意，以及宾主之间真诚相待的情意。

尾联峰回路转，笑问客人：请隔壁的老翁同来喝几杯怎么样？既展现了宾主尽欢的场面，也反映了邻里间和睦融洽的关系。

诗好在自然浑成，一线相接，以家常话般的语言表达出一种闲适之情。

春夜喜雨

杜　甫

好雨知时节[①]，当春乃发生。
随风潜入夜，润物细无声[②]。
野径云俱黑[③]，江船火独明。
晓看红湿处[④]，花重锦官城[⑤]。

【注释】

①好雨：指春雨，及时的雨。②润物：滋润万物。③野径：田野间的小路。④红湿处：指被雨水润湿的花枝。⑤花重：花因沾着雨水显得饱满沉重的样子。锦官城：故址在今成都市南，亦称锦城。三国蜀汉管理织锦之官驻此，故名。后人又用作成都的别称。

【赏析】

春天是万物萌芽生长的时节，正需雨水的滋润，故有“春雨贵如油”之说。杜甫这首诗就是写一场春雨及时降临的情景，一个“喜”字贯穿全篇。

在诗人笔下，应时节而下的春雨被拟人化，它多么善解人意啊，当春而生，却又不至于雨骤风狂损害万物，而是默默随风入夜，绵绵润物无声。诗人在雨夜喜悦而望，见天地俱黑，江船一灯独明，在这样极度的反差中正见出春雨的绵长可喜。不禁想象明日清晨景象，整个锦官城一片花海，红湿欲滴，是多么的令人惊喜啊。

“好”字赞美春雨“知时节”，简直像人一样知情识趣，堪称及时雨。在苍茫的夜晚，春雨随风而至，悄无声息。诗人惊喜于这场春雨，彻夜难眠，也因此而能体察细致，敏锐地捕捉到了春雨无声的场景。“潜”字拟人化，描摹了春雨来时悄无声息的情态；“润”字准确而生动地刻画出了春雨滋润万物、静默无声的特点。

全诗对春雨的描绘精细入微，极为传神，不仅贴切地摹画出春风化雨的形象，而且生动传达出春雨润泽万物的精神。

赠花卿

杜 甫

锦城丝管日纷纷①，半入江风半入云。

此曲只应天上有②，人间能得几回闻③。

【注释】

①锦城：即锦官城，此指成都。丝管：弦乐器和管乐器，这里泛指音乐。纷纷：形容乐曲轻柔悠扬。②天上：双关语，虚指天宫，实

指皇宫。③几回闻：听到几回。意思是说人间很少听到。

【赏析】

花卿，即花敬定，是当时成都尹崔光远的部将，曾在肃宗上元二年（761）平定梓州刺史段子璋的叛乱。但他居功自傲，骄恣不法，又目无朝廷，僭用天子音乐。须知在我国古代，对礼仪制度有着极为严格的规定，即使是音乐，也有森严的等级界限。杜甫在成都时，曾与花敬定有过交往，故赠诗予以委婉的讽劝。

虽然是讽刺规劝，但这首赠诗不见一句劝语，而是巧用一语双关的手法。从字面上来看，只不过是在赞扬乐曲的美妙动听。

“纷纷”，形容既多且乱的样子，通常是用来形容那些可以触碰的具体事物，此处却用来摹绘抽象的乐曲，化无形为有形，形象地展现了弦管杂错而又和谐的音乐效果。“日纷纷”，可见每日都有排场很大的音乐演奏，渲染出豪奢柔靡的气氛。

“半入江风半入云”一句，叠用两个“半入”，将抽象的乐曲化为形象的画面，令人感觉到音乐的轻盈美妙，不由得心驰神往。

后二句由闻乐而转入遐思，借天上的仙乐将乐曲的美妙赞誉到了极致。然而，既然乐曲本为“天上”所有，则“人间”不惟不敢作，而且不能闻，但如今“人间”却得闻，且“日纷纷”，这种矛盾的对立让人自然思得其言外之意，讽刺之旨便巧妙地蕴藏在这种矛盾的对立中。由始至终，诗人都没有对花卿做任何明言指摘，却是绵里藏针，柔中有刚，可谓忠言而不逆耳。

奉济驿重送严公四韵

杜　甫

远送从此别，青山空复情①。

几时杯重把，昨夜月同行。

列郡讴歌惜②，三朝出入荣③。

江村独归处，寂寞养残生。

【注释】

① 空复情：徒然有情。② 列郡：指剑南诸郡。讴歌：歌颂。惜：惜别。③ 三朝：指玄宗、肃宗、代宗三朝。出入荣：指严武连居显位。

【赏析】

杜甫居成都期间，严武任剑南节度使，两人饮酒酬唱，过往密切。严武在生活上曾给杜甫以切实的帮助，杜甫也曾应邀入幕，两人交谊深厚。故在严武应召入京时，杜甫从成都相送到三百里外的绵州，又从绵州相送到三十里外的奉济驿，并写下这首诗。诗的开头点明“远送”，唯留青山空复在此，转伤离情。自然想到“昨夜”月下饯别同行的情景，更想到何时重逢。接着讴歌严武入相出将都有成就，受到人民的称赞。最后写送别后自己独自归去，颇为寂寞酸楚。诗歌的语言质朴含情，没有泛泛的应酬之语，一种依依惜别之情，自在言外。

闻官军收河南河北

杜　甫

剑外忽传收蓟北[①]，初闻涕泪满衣裳。

却看妻子愁何在，漫卷诗书喜欲狂[②]。

白日放歌须纵酒[③]，青春作伴好还乡[④]。

即从巴峡穿巫峡，便下襄阳向洛阳。

【注释】

①剑外：剑门关外。此指蜀地。蓟北：指今河北北部地区，是安史叛军的根据地。②漫卷：胡乱卷起。③放歌：放声歌唱。④青春：指春光正好。

【赏析】

唐代宗广德元年（763），官军在洛阳攻破安史叛军，收复河南。史思明之子史朝义败走河北，继而兵败自杀，历时七年多的安史之乱至此结束。杜甫听闻这个消息后，欣喜若狂，一气挥洒写下这“生平第一首快诗”（浦起龙《读杜心解》）。

杜甫在乱离中奔走天涯，喜闻蓟北故乡光复，“忽传”写惊喜，“涕泪”写喜极而泣。后来转泣为喜，“却看”写喜气，“愁何在”即不再愁也，因还乡有日。“漫卷”，胡乱卷起诗书，写其忘形。放歌纵酒写出内心的喜悦欢欣，上承“喜欲狂”。“青春”为春光明媚鸟语花香的时节，与妻子儿女“作伴好还乡”，其喜乐如之何。“即从”“便下”

写归乡之心的急切，已经为自己设想好返乡路线了。全诗一气直下，真情流露，使人千载之后如见其当时惊喜欲狂的神态。

登楼

杜　甫

花近高楼伤客心，万方多难此登临。
锦江春色来天地[①]，玉垒浮云变古今[②]。
北极朝廷终不改，西山寇盗莫相侵[③]。
可怜后主还祠庙[④]，日暮聊为梁甫吟[⑤]。

【注释】

①锦江：在今四川成都市南。②玉垒：山名，在今四川灌县西。③西山寇盗：指吐蕃。④“可怜”句：意谓后主刘禅庸碌，但依靠诸葛亮的辅佐，故至今还有祠庙。⑤梁甫吟：乐府篇名，相传诸葛亮南阳隐居时好为此歌。

【赏析】

这首诗是杜甫在代宗广德二年（764）春写于成都。

首四句叙登楼所见的景色，高楼附近繁花似锦却伤客心，原因在于“万方多难”：当时官军收复河南河北，平定安史之乱，却又逢吐蕃连番入侵，朝廷宦官专权，国家内外交困、危机四伏。登临高楼，远望山河之壮观：锦江挟着蓬勃春色汹涌而来，迷漫天地；玉垒山浮云缭绕，有如古今历史的变幻，形成一个宏阔雄浑、囊括宇宙的境界。

颈联议论天下大势：“北极”居于北天正中，象征大唐政权；“寇盗”即吐蕃，此联一喜大唐王朝政权不动摇，一忧吐蕃侵凌，义正词严，浩气凛然，足见诗人拳拳爱国之心。

尾联是从楼头望见后主祠堂，感叹后主昏庸之人犹奉祀。这是以刘禅比喻唐代宗李豫。刘禅宠信宦官黄皓最后亡国，而李豫重用宦官程元振、鱼朝恩，导致国事维艰、吐蕃入侵的局面，二者极其相似。然而不同的是，当今朝廷却没有诸葛亮那样的贤人，诗人只有吟诗以自遣。

全诗即景抒怀，写山川，谈人事，融自然景象、国家灾难、个人情思为一体，语壮境阔，寄慨遥深，体现了诗人沉郁顿挫的艺术风格。

旅夜书怀

杜　甫

细草微风岸，危樯独夜舟[①]。

星垂平野阔，月涌大江流。

名岂文章著，官应老病休[②]。

飘飘何所似，天地一沙鸥。

【注释】

① 危樯（qiáng）：高耸的船桅。独夜舟：夜晚独自行舟。② 老病休：因年老多病而离职。

【赏析】

唐代宗永泰元年（765）正月，杜甫辞去华州司功参军的职务。四月，他在成都赖以存身的好友严武死去，一下子陷入了凄孤无依的境况之中。五月，杜甫带着家人离开成都草堂，乘舟东下。当舟行经渝州（今重庆）、忠州（今重庆忠县）一带时，写下这首诗，诗人时年五十四岁。

诗的前半写“旅夜”的情景。以辽阔的平野、浩荡的大江、灿烂的星月来反衬诗人暮年漂泊的凄苦景况，是寓情于景的写法。“星垂平野阔，月涌大江流”两句，炼字精准，展现出开阔雄浑的境界，历来为人称道。

诗的后半是“书怀”。抒发自己本来志在社稷，没想到却是因文章而扬名，而宦途却因老病而被排挤。着一“岂”一“应”字，流露了诗人奔波不遇之情，而诗人心中的孤愤也于此可见。漂泊一生，与天地之间的一只沙鸥相类。

明人王嗣爽在《杜臆》中说：“乾坤间独见此老俯仰一身。”通篇神完气足，气象万千，在天地山川苍茫的背景下展现出诗人的漂泊无依和孤愤索寞之情，令人感慨不已。

野　望

杜　甫

西山白雪三城戍[①]，南浦清江万里桥[②]。
海内风尘诸弟隔[③]，天涯涕泪一身遥。
惟将迟暮供多病[④]，未有涓埃答圣朝[⑤]。
跨马出郊时极目[⑥]，不堪人事日萧条。

【注释】

①西山：在成都西，主峰终年积雪。三城：指松、维、保三州。②清江：指锦江。万里桥：在成都城南。③风尘：比喻战乱。④迟暮：指年老。⑤涓埃：细流与微尘，比喻微小。⑥极目：极目远望。

【赏析】

这首诗作于肃宗上元二年（761）杜甫流寓成都时。其时诗人已经五十岁，孤身流落天涯，与家中亲人难通音信，而中原的战乱尚未平息，更有吐蕃侵扰边地，故他郊游野外，有感于国家的内忧外患，又自伤年迈多病、无能为力。

全诗由“望”字着笔，首联写从高低两处望见的景色，吐蕃在川西猖獗，西山三城列兵戍守；中间两联是远望触发的家国之忧、身世之感；尾联点明极目野望，不堪人事萧条。

此诗在艺术结构上控纵自如，前六句写远望时，由向外观察自然景观引而向内审视家国忧患和自己的身世，思想感情变化无绪，或为

"迟暮""多病"发愁，或为未"答圣朝"抱愧，多重心事萦绕心头。尾联才指出触目感伤之缘由。

咏怀古迹五首（其三）

杜　甫

群山万壑赴荆门[①]，生长明妃尚有村[②]。
一去紫台连朔漠[③]，独留青冢向黄昏[④]。
画图省识春风面[⑤]，环佩空归月夜魂[⑥]。
千载琵琶作胡语，分明怨恨曲中论。

【注释】

①荆门：荆门山，在湖北宜都市西北。②明妃：即王昭君。昭君村在归州东北。尚有村：尚有她生长的村庄。③紫台：指皇宫。朔漠：指匈奴所居之地。④青冢：即昭君墓。传说每到深秋时节，北方草木皆枯，唯独昭君墓上小草青青依旧。⑤"画图"句：意谓汉元帝对着图画岂能得知昭君美丽的容颜。画图，指画工毛延寿因昭君不肯行贿于他而故意丑化她的事。省（xǐng）识：认识。⑥环佩：指代昭君。月夜魂：指昭君生不得归汉，只有死后的灵魂从月夜归来。

【赏析】

杜甫经过昭君村，想到昭君出塞，有感而写下这首咏古诗。

首联中“群山万壑赴荆门”破空而来，气势奔流，说明荆门山水钟灵毓秀，故能生养出明妃。“赴”字突出了三峡山势的雄奇生动。有人认为，如此气象雄伟的起句，应当用在英雄身上才合适，但也有人说，杜甫正是为了凸显昭君这位绝代佳人，要把她写得“惊天动地”，故而借高山大川的宏大气魄来烘托她。

颔联述昭君的遭遇，她生归异域，死后独留青冢。作者虽没直接发议论，但紫台、朔漠、青冢、黄昏，写尽明妃一生的幽怨。清人朱瀚《杜诗解意》说：“‘连’字写出塞之景，‘向’字写思汉之心，笔下有神。”

后四句伤悼昭君生前未经识面，死后魂魄徒然来归，同时指斥君王的昏聩和软弱，主题落在“怨恨”二字。结句用琵琶传意，虽千载而下，其中的怨恨分明，让人觉得荡气回肠，唏嘘不已。沈德潜评价道：“咏昭君诗，此为绝唱。”

阁 夜

杜 甫

岁暮阴阳催短景[①]，天涯霜雪霁寒宵[②]。

五更鼓角声悲壮，三峡星河影动摇[③]。

野哭千家闻战伐[④]，夷歌数处起渔樵[⑤]。

卧龙跃马终黄土[⑥]，人事音书漫寂寥[⑦]。

【注释】

①阴阳：指日月。短景：指冬季日短。景，通“影”，日光。②霁（jì）：雪停。③星河：银河，这里泛指天上的群星。④野哭：战乱的消息传来，千家万户的哭声响彻四野。战伐：指崔旰之乱。⑤夷歌：指四川境内的少数民族歌谣。⑥卧龙：指诸葛亮。跃马：指公孙述。公孙述，字子阳，扶风人。西汉末年，天下大乱，他凭蜀地险要，自立为天子，号“白帝”。这里用晋代左思《蜀都赋》中“公孙跃马而称帝”之意。诸葛亮和公孙述在夔州都有祠庙，故诗中提到。这句是贤人和愚人终成黄土之意。⑦人事：指交友。音书：指亲朋间的慰藉。漫：徒然、白白的。

【赏析】

这首诗是大历元年（766）冬杜甫寓居夔州西阁夜晚有感而作。全诗写冬夜景色而生发感慨，有伤乱思乡之意。前四句写凄凉寒怆的夜景，一个“催”字，形象地说明夜长昼短，使人有光阴逼人老之感。三、四句有声有色地表现出三峡夜之美景：夜里耳听得那悲壮的更鼓和号角之声，眼见得三峡江水倒映出的繁星摇曳不定，伟丽中蕴涵着悲壮深沉的情怀。后四句言情，当时川西军阀连年混战不息，吐蕃也不断侵扰蜀地，故一闻战伐之事，恸哭声传彻四野，渔樵“夷歌”的承平之声反衬出战伐野哭之悲。结尾感慨无论贤愚终归黄土，则目前人事音书，付之寂寥而已。看似自遣，实际上“意中言外，怆然有无穷之思”。全诗气象雄阔，大有上天下地俯仰古今之概，向来被誉为杜律中的典范性作品。

登高

杜甫

风急天高猿啸哀，渚清沙白鸟飞回[①]。

无边落木萧萧下，不尽长江滚滚来。

万里悲秋常作客，百年多病独登台[②]。

艰难苦恨繁霜鬓[③]，潦倒新停浊酒杯[④]。

【注释】

①渚：水中的小洲。回：回旋。②百年：一生。③繁霜鬓：两鬓的白发一天天增多。④“潦倒”句：指此时杜甫因为生了肺病必须戒酒。

【赏析】

大历二年（767），杜甫时年五十六岁，他一生潦倒失意，此时漂泊寓居在夔州（今重庆奉节），正患着肺病，在重阳节登高，满目凄凉，感怀写下这首诗。

全诗通过登高所见秋江景色，倾诉了诗人长年漂泊、老病孤愁的复杂感情，大气盘旋而又悲凉沉郁。

前半首写登高所闻所见之景，以“风急”带动全篇，于一仰一俯、一近一远中勾勒出一幅夔州萧瑟秋江图；“无边落木萧萧下，不尽长江滚滚来”一联，写眼前实景，气势宏大。而落叶萧萧，是生命之飘零；长江滚滚，是流年之易逝，二者道出了人生苦短。

后半首写登高所感所思之情。自己穷困潦倒，久客则艰苦备尝，而病多则潦倒日甚，所以白发日增，新近连浇愁的浊酒杯都停了，愁更无所遣了。

全诗四联对仗，句句押韵，而且每句句意容量很大，真是“一篇之内，句句皆奇”。明代胡应麟《诗薮》说此诗“通章章法、句法、字法，前无昔人，后无来学”，推崇“为古今七言律第一”。

登岳阳楼

杜　甫

昔闻洞庭水，今上岳阳楼。

吴楚东南坼[①]，乾坤日夜浮。

亲朋无一字[②]，老病有孤舟。

戎马关山北[③]，凭轩涕泗流[④]。

【注释】

①坼（chè）：分裂，这里引申为划分。②无一字：音讯全无。字，这里指书信。③戎马关山北：北方边关战事又起。指当时吐蕃侵扰宁夏、陕西一带，朝廷震动，匆忙调兵抗敌。戎马，指战事。关山北，指北方边境。④凭轩：倚着窗户。涕泗：眼泪鼻涕，这里是偏义复指，即眼泪。

【赏析】

代宗大历三年（768）之后，杜甫出峡漂泊两湖，是时吐蕃侵略陇右、关中一带。此诗是登岳阳楼看闻名已久的洞庭水，触景感怀而作。

开头写过去早听闻过洞庭水，暮年得以登楼目睹名湖，表面上看是表达了初登岳阳楼的喜悦，其实是抒发早年抱负至今未能实现的遗憾，在这平平的叙述中，寄寓着许多感触。这一联虚实交错，今昔对照，时间和空间的跨越增强了艺术感染力。

颔联赞颂洞庭湖浩瀚无边，气象壮观雄伟，成为名句，被王士祯赞为“雄跨今古”。

颈联自叙只身漂泊天涯的凄凉落寞：与亲人朋友失去了联系，得不到任何物质上的帮助或精神上的慰藉；既“老”且“病”，还要携带妻儿漂流湖湘，以舟为家。而洞庭湖的汪洋浩渺，更是加重了诗人的漂泊无助之感。

尾联转写北望关山，戎马未息，国家动荡不安，悲从中来，凭栏涕泪横流。上下句之间留有空白，引人联想。

这首诗前半写景，意境开阔宏丽；五、六两句叙述自己的落寞身世，诗境一转而为狭窄，然结语又转出“戎马关山北”五字，显露了诗人时刻不忘忧国忧民的博大胸襟，与前面的壮景相称。整首诗吞吐自然，有一唱三叹之妙。

醉时歌

杜 甫

诸公衮衮登台省[1]，广文先生官独冷[2]。甲第纷纷厌粱肉[3]，广文先生饭不足。先生有道出羲皇[4]，先生有才过屈宋[5]。德尊一代常坎坷，名垂万古知何用！杜陵野客人更嗤[6]，被褐短窄鬓如丝[7]。日籴太仓五升米[8]，时赴郑老同襟期[9]。得钱即相觅[10]，沽酒不复疑[11]。忘形到尔汝[12]，痛饮真吾师。清夜沉沉动春酌，灯前细雨檐花落[13]。但觉高歌有鬼神[14]，焉知饿死填沟壑[15]？相如逸才亲涤器[16]，子云识字终投阁[17]。先生早赋归去来[18]，石田茅屋荒苍苔。儒术于我何有哉？孔丘盗跖俱尘埃[19]！不须闻此意惨怆，生前相遇且衔杯！

【注释】

①衮衮：众多。台省：台是御史台，省是中书省、尚书省和门下省。都是当时中央枢要机构。②广文先生：指郑虔。因郑虔是广文馆博士。冷：清冷，冷落。③甲第：汉代达官贵人的住宅有甲乙次第，所以说“甲第”。厌：饱足。④出：超出。羲皇：指伏羲氏，传说中我国古代理想化的圣君。⑤屈宋：屈原和宋玉。⑥杜陵野客：杜甫自称。杜甫祖籍长安杜陵，他在长安时又曾在杜陵东南的少陵附近住过，所以自称“杜陵野客”，又称“少陵野老”。嗤：讥笑。⑦褐：粗布衣，古时穷人穿的衣服。⑧日籴：天天买粮，所以没有隔夜之粮。

太仓：京师所设皇家粮仓。当时因长期下雨，米价很贵，于是发放太仓米十万石减价济贫，杜甫也以此为生。⑨时赴：经常去。郑老：郑虔比杜甫大近二十岁，所以称他“郑老”。同襟期：意思是彼此的襟怀和性情相同。⑩相觅：互相寻找。⑪不复疑：得钱就买酒，不考虑其他生活问题。⑫忘形到尔汝：酒酣而兴奋得不分大小，称名道姓，毫无客套。⑬檐花：檐前落下的雨水在灯光映射下闪烁如花。⑭有鬼神：似有鬼神相助，即“诗成若有神”“诗应有神助”的意思。⑮填沟壑：指死于贫困，弃尸沟壑。⑯相如：司马相如，西汉著名辞赋家。逸才：出众的才能。亲涤器：司马相如和妻子卓文君在成都开了一间小酒店，卓文君当炉，司马相如亲自洗涤食器。⑰子云：扬雄的字。投阁：王莽时，扬雄校书天禄阁，因别人牵连而获罪，使者来收捕时，扬雄仓皇跳楼自杀，幸而没有摔死。⑱归去来：东晋陶渊明辞彭泽令归家时，曾赋《归去来兮辞》。⑲孔丘：孔子。盗跖：春秋时人，姓柳下，名跖，以盗为生，因而被称为“盗跖”。这句是诗人聊作自慰的解嘲之语，说无论是圣贤还是不肖之徒，最后都难免化为尘埃。

【赏析】

这是一首抒写悲愤的诗歌，写得悲慨豪放。

根据诗人的自注，这首诗是写给好友郑虔的。郑虔是当时有名的学者，他的诗、书、画被唐玄宗评为“三绝”。天宝元年（742），他被人密告“私修国史”，贬到远地长达十年之久。回长安后，任广文馆博士。性格狂放绝俗，又喜欢喝酒。杜甫很敬爱他。尽管两人年龄相差很多（杜甫初遇郑虔，年三十九岁，郑虔估计已近六十），但过从甚密。郑虔遭贬斥，杜甫的命运也在沉沦，更有知己之感。诗人通过此诗，表达了其对朋友的一片深情厚谊，更表达了历经坎坷的诗人其内心的苦闷与愤慨。

全诗可分为四段，前两段各八句，后两段各六句。从开头到“名垂万古知何用”是第一段。第一段前四句用“诸公”的显达和奢靡来与郑虔的卑下穷窘对比。后四句主要是为郑虔鸣不平。从“广文先生”到“杜陵野客”，转而写诗人和郑虔的忘年之交。

第三段六句写才士薄命：司马相如曾亲自洗涤食器；扬雄因刘棻获罪而被株连，被迫跳楼自杀。看上去是以此宽慰友人，实则满含愤激之情，为全诗的高潮部分。

末段六句说既然仕路坎坷、怀才不遇，那么儒术也没有用了，孔丘和盗跖也可以等量齐观了，愤激中暗含无奈。末联以“痛饮”作结，故作旷达之语。

这首诗写得悲壮而豪放，蕴藉而深沉，是杜诗的一贯风格。

江南逢李龟年

杜　甫

岐王宅里寻常见[①]，崔九堂前几度闻[②]。

正是江南好风景，落花时节又逢君。

【注释】

① 岐王：睿宗第四子李范，封岐王。② 崔九：殿中监崔涤，玄宗宠臣。

【赏析】

李龟年是开元、天宝年间著名的音乐家，常在贵族豪门歌唱，恩宠风光非凡。杜甫少年时才华卓著，常出入于岐王李范和殿中监崔涤的门庭，得以欣赏李龟年的歌唱艺术。大历五年（770），杜甫出蜀多年，漂泊江湘一带，于潭州（今湖南长沙）偶遇由京城流落江南的李龟年。史载每遇良辰美景，李龟年唱数曲，闻者莫不掩泣罢酒。

诗的开首二句追忆昔日与李龟年的往来。“岐王宅里”和“崔九堂前”，是当时文艺名流雅集之处，是开元时期丰富多彩的精神文化的象征。虽然追忆的是往昔与李龟年的接触，流露的却是一派盛世的承平气象。后两句中“好风景”“落花时节”对照见意，其中世运之盛衰，年华之迟暮，两人之流落，都寄寓在字里行间，言外黯然欲绝。

诗人将复杂的感情深藏在平易的叙述之中，内涵无限丰盈，清蘅塘退士评为：“少陵七绝，此为压卷。”

西鄙人

指唐朝西北边地之人，与无名氏一样，生平姓名不详。因著有《哥舒歌》而留世。

哥舒歌

西鄙人

北斗七星高，哥舒夜带刀。
至今窥牧马①，不敢过临洮②。

【注释】

①窥：窥伺。②临洮（táo）：今甘肃岷县，唐时常与吐蕃交战于此。

【赏析】

唐代天宝年间，名将哥舒翰任陇右节度使，治军有方，几次打败吐蕃的入侵，使吐蕃不敢再加以侵犯，保障了西北边境的安宁。

这是唐代西北边民对唐朝名将哥舒翰的颂歌，是颂扬哥舒翰抵御吐蕃侵扰、安定边疆的。同时也寄寓了人民渴望和平、安定的理想和希望。第一句“北斗七星高，哥舒夜带刀”是起兴，喻哥舒翰的功高；“至今窥牧马，不敢过临洮”，牧马，代指一切侵扰活动，哥舒翰夜夜带刀巡警，让胡人“至今”“不敢”越过临洮的边界线来南下牧马，使边民得以安枕无忧。

全诗高歌慷慨，音节铿锵和顺，气势雄浑奔放，抒发了人们对英武雄杰的哥舒翰不胜感念之情。沈德潜评说这首诗“与《敕勒歌》同是天籁，不可以工拙求之”。

岑　参

公元约715—770年，唐代边塞诗人，荆州江陵（现湖北江陵）人。岑参工诗，长于七言歌行，代表作是《白雪歌送武判官归京》。现存诗三百六十首。对边塞风光，军旅生活，以及少数民族的文化风俗有亲切的感受，故其边塞诗尤多佳作。

与高适薛据登慈恩寺浮图

岑　参

塔势如涌出，孤高耸天宫。
登临出世界①，磴道盘虚空②。
突兀压神州③，峥嵘如鬼工④。
四角碍白日⑤，七层摩苍穹⑥。
下窥指高鸟，俯听闻惊风。
连山若波涛，奔走似朝东。
青槐夹驰道⑦，宫观何玲珑⑧。
秋色从西来，苍然满关中。
五陵北原上⑨，万古青蒙蒙。
净理了可悟，胜因夙所宗⑩。
誓将挂冠去⑪，觉道资无穷⑫。

【注释】

①出世界：高出于人世之外。②磴道：塔的石阶。③突兀：高耸。

④“峥嵘”句：意谓塔之高峻突兀有如鬼斧神工。⑤四角：塔的四角。⑥摩苍穹（qióng）：与青天相摩擦。⑦驰道：旧时皇帝车驾通行的道路。⑧宫观：指远处的宫阙。⑨五陵：指汉高祖长陵、惠帝安陵、景帝阳陵、武帝茂陵、昭帝平陵。⑩胜因：善缘。夙：素来。⑪挂冠：辞官。⑫觉道：即佛道。资无穷：受用不尽。

【赏析】

慈恩寺是唐高宗为太子时为纪念其母文德皇后而建。这首诗作于天宝十一载（752）秋，当时岑参、高适、薛据、杜甫、储光羲结伴同登慈恩寺佛塔（即大雁塔），五人同题分咏，薛诗已佚。沈德潜认为“登慈恩寺塔，少陵下应推此作，高达夫、储太祝皆不及也”。

此诗是写登佛塔四望景物，忽然了悟到佛理，想要辞官皈依佛门，其中暗含对当时朝政的无可奈何之意。

为了写出佛塔的高耸雄峻之势，全诗布局合理，井然有序。

首二句写未登之前仰望全塔，但见宝塔巍然耸立，拔地而起，仿佛从地下涌出，又直达天宫。一个“涌”字，既勾勒出了宝塔孤高危耸的样子，又为宝塔注入了生机，增强了诗的动势。

三、四句写登塔时的所见所感：到了塔身，如同走进了辽阔浩瀚的宇宙，蜿蜒的石阶盘旋而上，仿佛直达天空。

五至八句写塔的高大雄奇。此时再看宝塔，不仅雄伟，而且精妙，让人不敢相信竟然是人力所为，如同鬼斧神工。

九至十八句，写在塔顶下窥及向东南西北各方所见的景物。登上塔顶俯瞰，仿佛鸟在眼下、风在脚下。鸟与风，本是高空之物，而从塔上看，却成了低处之景，更能反衬宝塔的巍峨高耸。接下来，诗人依次描写了东南西北四方景色，从雄伟壮丽逐渐转为苍凉空茫，寄托了诗人对大唐王朝由盛而衰的忧思。

最后四句写忽然了悟佛理，想“挂冠”而去。此处的彻悟，当是承先前之观景而生发出来的，可见章法的联络照应。

诗在描摹大雁塔的巍峨高大方面，可谓匠心独运，“如涌出”“耸天宫”“碍白日”“摩苍穹”等，语语惊人，使人如身临其境，不禁为之惊叹。

白雪歌送武判官归京

岑　参

北风卷地白草折[①]，胡天八月即飞雪[②]。
忽如一夜春风来，千树万树梨花开。
散入珠帘湿罗幕[③]，狐裘不暖锦衾薄[④]。
将军角弓不得控[⑤]，都护铁衣冷难着。
瀚海阑干百丈冰[⑥]，愁云惨淡万里凝。
中军置酒饮归客[⑦]，胡琴琵琶与羌笛。
纷纷暮雪下辕门[⑧]，风掣红旗冻不翻[⑨]。
轮台东门送君去[⑩]，去时雪满天山路[⑪]。
山回路转不见君，雪上空留马行处。

【注释】

① 白草：西域一种草，秋天干枯后颜色变白。② 胡天：指塞北一带的天空。胡，我国古代对北方各民族的通称。③ 珠帘：用珍珠缀成的帘子。与下文“罗幕”一样，是美化的说法。④ 锦衾（qīn）薄：丝绸的被子（因为寒冷）都显得单薄了。衾，被子。⑤ 角弓：一种以兽角作装饰的硬弓。控：拉开。⑥ 瀚海：沙漠。阑干：纵横交错的样子。⑦ 中军：主帅的营帐。饮归客：宴饮后回去的人，指武判官。⑧ 辕门：军营的大门，古时行军扎寨，以车环卫，在出入处用两车的车辕相向竖立，作为营门，故称辕门。⑨ “风掣（chè）”句：意谓红旗已然冰冻，风吹时也不再飘动。掣，拉、扯。⑩ 轮台：今属新疆维吾尔自治区，当时是安西节度使军府所在地。⑪ 天山：在今新疆境内。

走马川行奉送封大夫出师西征

岑　参

君不见走马川行雪海边，平沙莽莽黄入天。轮台九月风夜吼[①]，一川碎石大如斗，随风满地石乱走。匈奴草黄马正肥，金山西见烟尘飞[②]，汉家大将西出师。将军金甲夜不脱，半夜军行戈相拨[③]，风头如刀面如割。马毛带雪汗气蒸，五花连钱旋作冰[④]，幕中草檄砚水凝[⑤]。虏骑闻之应胆慑[⑥]，料知短兵不敢接，军师西门伫献捷[⑦]。

【注释】

①轮台：在今新疆境内。②金山：即新疆境内的阿尔泰山。烟尘飞：指敌人进犯。③拨：碰撞。④五花连钱：毛色斑驳的良马。旋作冰：指马出的汗立刻凝结成冰。⑤草檄：起草讨敌文书。⑥虏骑：敌骑。⑦军师：应为车师，唐北庭都护府所在地。

【赏析】

封大夫即唐朝名将封常清。天宝十二载（753），封常清率军进攻大勃律国（今克什米尔巴尔提斯坦），大败大勃律，使其归降。次年入朝，玄宗因其军功封他为御史大夫，同时任命封常清代理北庭都护、伊西节度使。同年，著名边塞诗人岑参充任封常清的判官，跟随封常清出塞。岑参的很多边塞诗名作大多成于此时。

天宝十三载（754），岑参作为任安西北庭节度判官送别名将封常清西征播仙，写下了这首著名的边塞诗。开首围绕“风”字落笔，极力渲染边塞环境的恶劣。接着写匈奴借草黄马肥的时机入侵，而封将军出师征讨。诗人抓住典型的环境和细节来描写唐军将士不畏艰险、克敌制胜的英雄气概，如将军夜不脱甲，以身作则；半夜行军时马毛的变化和“砚水凝”等。这里诗人用了反衬手法，环境越是恶劣，越是能突出将士斗风傲雪的战斗豪情。这就引出了最后三句，料想敌军闻风丧胆，预祝大军凯旋。全诗句句用韵，三句一转，节奏紧促有力，声调铿锵豪壮，更好地抒写了西征途中风沙的猛烈、人物的豪迈，给人以雄浑壮美之感。

轮台歌奉送封大夫出师西征

岑　参

轮台城头夜吹角①，轮台城北旄头落②。羽书昨夜过渠黎③，单于已在金山西。戍楼西望烟尘黑④，汉兵屯在轮台北。上将拥旄西出征⑤，平明吹笛大军行。四边伐鼓雪海涌，三军大呼阴山动。虏塞兵气连云屯⑥，战场白骨缠草根。剑河风急云片阔，沙口石冻马蹄脱⑦。亚相勤王甘苦辛⑧，誓将报主静边尘。古来青史谁不见，今见功名胜古人⑨。

【注释】

①角：军中号角。②旄头落：指胡人败亡之兆。旄头，星宿名，旧时以为胡星。③羽书：紧急文书。渠黎：西域国名。④烟尘黑：指敌军迫近。⑤旄：旗杆上的饰物，指军旗。⑥虏塞：敌方要塞。屯：聚集。⑦剑河、沙口：均在今新疆境内。⑧亚相：封常清官御史大夫，位次于宰相。勤王：操劳王事。⑨“今见”句：意在赞美封常清功业胜过古人。

【赏析】

这一首诗与上首诗一样，也是为送封常清出师西征而作的，但两首对照，此诗直写战阵之事，具体手法也有所不同。全诗可分四层。起首六句写战斗以前两军对垒的紧张状态，大有一触即发之势。紧接四句写白天出师与战斗。“四边伐鼓雪海涌，三军大呼阴山动”可谓出神入化之笔，从正面铺叙出战争的气氛，军容军威震动雪海山岳，让人领略到一种所向无敌的气概。下面四句写对方军队驻扎如云，战场上白骨累累，气候极其寒冷，更是衬托出将士为国家纾解危难的英勇和奋不顾身。末四句照应题目，希望封常清平定边境，立功异域，以颂扬作结。全诗前十四句，句句用韵，两韵一换，节奏紧促，声调强劲激越，很好地表现了三军将士建功报国的气概，后四句改为一韵，节奏舒畅，声调悠扬有余音。全诗充满蓬勃积极的豪情和边塞生活的气息，反映了评家所指的“盛唐之音”。

寄左省杜拾遗

岑　参

联步趋丹陛①，分曹限紫微②。
晓随天仗入，暮惹御香归。
白发悲花落，青云羡鸟飞③。
圣朝无阙事④，自觉谏书稀。

【注释】

①趋：小步而行。丹陛：宫殿前的红色台阶。②曹：官署。紫微：古人以紫微星位喻皇帝居处，此处指朝会时皇帝所在的宣政殿。中书省位于殿西，门下省位于殿东，故有“分曹”之语。③“白发”两句：实际上是写身在朝中虚度光阴而无所作为，繁文缛节的朝官生活让诗

人对自由飞翔于天际的鸟儿心生羡慕。④阙：同“缺”。

【赏析】

左省即唐代的门下省，因位于皇宫之左，故称“左省”。其时杜甫任“左拾遗”，属门下省。唐肃宗至德二年（757），岑参因杜甫的推荐而任中书省右补阙。次年写此诗。

诗是投赠当时任门下省左拾遗杜甫的，因而前四句是称颂杜甫在左省的随班进退。诗人连续铺写“丹陛”“紫微”“天仗”“御香”，措辞富丽，对仗工整，显得雍容得体。看似炫耀朝官的显贵身份，实际揭露了朝官生活的空虚和死板：他们每天都煞有介事地上朝、办公，但从未见君臣们办成什么轰轰烈烈的大事，或制定什么利国利民的政策。诗人还特意点明一笔：他们每天按时早起上朝，但唯一的收获就是晚上回去的时候沾染了一点“御香”之气罢了。“晓”和“暮”二字表明，这种庸俗无聊的生活每天都在重复，真正想有所建树的人无不对此感到由衷的厌恶。

五、六两句，诗人则直抒胸臆，自嗟迟暮白发见落花而悲，见青云飞鸟而生羡慕，抒发了诗人对时事和身世的无限感慨。末二句看似应景颂圣，实际是隐含着讽刺的双关语：昏庸的统治者自诩圣明，自以为“无阙事”，并以此为借口拒绝纳谏，是全诗的高潮部分。

此诗寓贬于褒，绵里藏针，正如清代纪晓岚在《瀛奎律髓》中所说：“五六寓意深微，末二句尤婉至，圣朝以为无阙，则谏书不得不稀矣，非颂语，乃愤语也。”

和贾至舍人早朝大明宫之作

岑　参

鸡鸣紫陌曙光寒，莺啭皇州春色阑[①]。

金阙晓钟开万户[②]，玉阶仙仗拥千官[③]。

花迎剑佩星初落，柳拂旌旗露未干。

独有凤凰池上客[④]，阳春一曲和皆难[⑤]。

【注释】

①阑：残，尽。②金阙晓钟：指皇宫中报晓的钟声。万户：指宫门。③仙仗：指皇帝的仪仗。④凤凰池：指中书省。客：指贾至。⑤阳春一曲：指贾至作的《早朝大明宫》。

【赏析】

唐肃宗乾元元年（758）春天，安史之乱虽尚未平复，但正值收复两京、玄宗与肃宗返回长安不久。文武百官早朝大明宫，心情颇为激动，中书舍人贾至有一种百废将兴、国运否极泰来之感，作成《早朝大明宫呈两省幕僚》。当时王维、杜甫、岑参等皆有和诗。

岑参这首以咏“早朝”为题的唱和诗，从“早”说起，“曙光”“晓钟”“星初落”“露未干”，都是切“早”；而“金阙”“玉阶”“仙仗”“千官”“旌旗”，皆切“朝”字，铺设出早朝的庄严隆重。末联点出酬和之意，推崇对方，表示自谦。

逢入京使

岑　参

故园东望路漫漫，双袖龙钟泪不干[①]。

马上相逢无纸笔，凭君传语报平安。

【注释】

① 龙钟：湿漉漉的样子。

【赏析】

玄宗天宝八载（749），安西四镇节度使高仙芝入朝，奏请调任岑参为右威卫录事参军，充任节度使府掌书记，这首诗作于赴任途中。

诗人初次远离故园长安，远赴西域边塞，回头长望只见道路漫漫，悲伤之情难以遏制，泪水湿透双袖。路遇入京的使者，马上倥偬，没有纸笔修书，唯将万语千言化为“报平安”三字托他捎带回家。

首句写眼前的实际感受。“双袖龙钟泪不干”，运用了夸张的修辞手法，表现了对亲人的思念，也为下文捎书回家“报平安”做了铺垫。末两句将马上相逢行者匆匆的口吻描摹得极为传神，收束干净利落，但简练之中却蕴藏了诗人的一片深情。

诗人捕捉到生活中的特定场景，将远行人的万般无奈、万般辛酸刻画得淋漓尽致。

张　继

字懿孙，南阳（今属河南）人，生卒年不详。天宝十二载（753）登进士。至德年间曾为御史，大历末年任检校祠部员外郎，从此弃笔从戎。后入内为检校员外郎，又提升为检校郎中。之后任盐铁判官，分掌财赋于洪州，一年后卒于任上。为官清廉，关心人民疾苦。其诗多登临记行之作，诗风清远，不务雕琢。《全唐诗》存其诗一卷。有《张祠部诗集》。

枫桥夜泊

张　继

月落乌啼霜满天，江枫渔火对愁眠。
姑苏城外寒山寺①，夜半钟声到客船。

【注释】

① 姑苏：苏州。寒山寺：传高僧寒山居此而得名。

【赏析】

天宝十四年一月爆发了安史之乱。因为当时江南政局比较安定，张继逃到今江苏、浙江一带避乱。在一个秋天的夜晚，诗人泊舟苏州城外的枫桥。江南水乡秋夜幽美的景色，触动了这位怀着旅愁的客子，由此写下了这首意境清远的小诗。

秋夜泊舟枫桥，因“对愁眠”，辗转反侧，难以入寐，见得月亮落下，听得寒鸦声声啼，感到满天的霜华浓，独自对着江上的红枫和一盏渔火，渲染出江南水乡秋天凄清的夜景和孤寂愁闷的心情。静夜里，不远处，从寒山寺传来一阵阵幽远而洪亮的钟声。“客船”羁旅之人本已有深重的愁绪，在漂泊的无尽时空中，不胜寒意，此时更觉自己的愁意与钟声遥相应和，萦绕于江天之间，盘旋不去。

此诗用白描手法，巧妙地把夜泊枫桥景物的远近、明暗层次和谐地排列，而且将形象、色彩、声音浑然融为一体，形成一首意境清远、情味隽永的好诗。因这首名篇，枫桥、寒山寺，成为流传古今的名胜。

刘方平

河南洛阳人，生卒年不详。开元、天宝人士。一生隐居不仕。工诗赋，善画山水。诗多咏物写景之作，尤擅绝句。《全唐诗》存其诗一卷。

月 夜

刘方平

更深月色半人家，北斗阑干南斗斜[①]。
今夜偏知春气暖[②]，虫声新透绿窗纱。

【注释】

①阑干：形容横斜的样子。南斗：星宿名，在北斗七星南。②偏知：才知。

【赏析】

这首诗是抒写感受春天月夜大自然的物候变化，对景物的描写朦胧而和谐，清新而有情致，深得陶诗真趣。

诗以“更深”二字起首，为以下景色的描绘奠定了基调，也让全诗罩上了一种特殊氛围。首二句是写夜深时仰望寥廓天宇，见月色空明，静静地照临庭院的半部；星斗阑干横斜，暗隐着时光的流转，二者共同营造了一种深邃的意境。

后二句是写听见虫子的新鸣声从绿窗纱传过来，从而感知到今夜洋溢着和暖的春气。闻虫鸣而知春暖，互为因果关系，体现了诗人对外界自然事物、气候的观察入微和敏感。这两句，没有长期乡村生活经验的人固然说不出；即使是长期生活在乡村的人，若非有心，同样说不出来。“偏知”一语透露出一点自得之意。一个“新”字，流露出对春天美好事物和生命的欣悦咏赞之情。

以春和月为主题的诗词极为常见，然而此诗不仅不从桃花柳树之类最具春天特色的景物着笔，反而借夜幕将它们都遮掩起来；写月，也不细细描写其形状和光影，而只是写了半片月色，构思新颖别致，用语清丽细腻，妙然生趣。

春 怨

刘方平

纱窗日落渐黄昏，金屋无人见泪痕[①]。

寂寞空庭春欲晚，梨花满地不开门。

【注释】

① 金屋：汉武帝少时曾言愿筑金屋藏其表姐阿娇。这里指妃嫔所居之华丽宫室。

【赏析】

这首春怨诗，意在写宫人色衰失宠，春暮而生怨思。

失宠宫人从纱窗上见日影渐渐落下，到黄昏时分了，渲染凄凉气氛；在寂寞无人处，因伤感悲戚而满面挂满了深深的泪痕。

屋内无人，固然显得凄凉，但若有温暖的阳光照射，或许也能消减几分凄清。然而，随着纱窗日落、黄昏降临，屋内的光线变得越来越昏暗，更增凄凉之意。

第二句中，“金屋”两字尤可玩味，当年汉武帝宠爱陈皇后，誓言愿意以金屋藏之。这位宫人住在金屋，可见曾经受过宠爱，而今君王不再眷顾，故伤心落泪。二字点明地点是在深宫中，诗的主人公则是幽闭在宫中的女子。“无人见泪痕”，可能具有两重含意：一是其人孤处一室，无人做伴而心生寂寞，不禁落泪；二是其人极其孤独，纵然落泪也无人得见，自然也无人同情。泪而留痕，则说明其垂泪已多时。这一句总共只有七个字，却将诗中人的身份、处境以及“怨”情都交代得清清楚楚，这句也是全诗的中心句。

春晚满庭空寂，一任洁白美丽的梨花飘零洒落一地，宫人自嗟薄命，不忍见花之零落成泥，故深掩朱门。末句“梨花满地不开门”，既直承上句，是“春欲晚”的补充和延伸，也遥遥呼应第二句，对人泣与花落两相映衬。

诗淡淡地写来，不诉说幽怀，在平常处见精细，而春怨自现，深曲委婉中余味无尽。

元　结

公元715—772年，字次山，号漫叟，河南信阳（今河南鲁山）人。天宝十二载（753）登进士第，复举制科。乾元二年（759）任山南东道节度使幕参谋期间，招募义兵，击退史思明叛军，保全十五城。后历任道州、容州刺史，政绩斐然，官终容州经略使。诗文兼擅，是中唐古文运动和新乐府运动的先导者。其诗多反映现实与人民疾苦，诗风刚直简古、质朴诚挚。原有集，已散佚，明人辑有《元次山文集》，又曾编选《箧中集》。《全唐诗》存其诗二卷。

石鱼湖上醉歌并序

元　结

漫叟以公田米酿酒，因休暇，则载酒于湖上，时取一醉。欢醉中，据湖岸引臂向鱼取酒，使舫载之，遍饮坐者。意疑倚巴丘酌于君山之上，诸子环洞庭而坐。酒舫泛泛然，触波涛而往来者，乃作歌以长之。

石鱼湖，似洞庭，夏水欲满君山青①。山为樽，水为沼②，酒徒历历坐洲岛③。长风连日作大浪，不能废人运酒舫④。我持长瓢坐巴丘，酌饮四座以散愁。

【注释】

①君山：又名洞庭山，在洞庭湖中。②沼：池。③历历：一个个的。④废：阻止。

【赏析】

元结在代宗时曾任道州（今湖南道县）刺史，在此期间他写了好几首吟咏石鱼湖的诗。他的《石鱼湖上作序》云：“瀌泉南上有独石在水中，状如游鱼。鱼凹处，修之可以贮酒。水涯四匝，多欹石相连。石上，人堪坐。水能浮小舫载酒，又能绕石鱼洄流，乃命湖曰石鱼湖。”这是石鱼湖得名的由来。此诗歌咏了石鱼湖的风光，抒发了诗人的情怀。

诗人和朋友们共游石鱼湖，在洲岛上以瓢舀酒，四座畅饮开怀，即使有大风大浪，也不能阻止他们饮酒作乐，足见其逸兴飞扬。诗歌是乘兴挥洒之作，写来毫无拘束，自然天成。

贼退示官吏并序

元　结

癸卯岁，西原贼入道州，焚烧杀掠，几尽而去。明年，贼又攻永，破郡，不犯此州边鄙而退，岂力能制敌欤？盖蒙其伤怜而已！诸使何为忍苦征敛！故作诗一篇以示官吏。

昔年逢太平，山林二十年。泉源在庭户，洞壑当门前。井税有常期①，日晏犹得眠②。忽然遭世变，数岁亲戎旃③。今来典斯郡④，山夷又纷然。城小贼不屠，人贫伤可怜。是以陷邻境，此州独见全。使臣将王命⑤，岂不如贼焉？今被征敛者，迫之如火煎。谁能绝人命，以作时世贤？思欲委符节⑥，引竿自刺船⑦。将家就鱼麦，归老江湖边。

【注释】

①井税：这里指赋税。井，即井田。常期：固定的日期。②晏：晚。③戎旃（zhān）：军帐。④典：掌管，治理。⑤将王命：奉皇帝的旨意。⑥委符节：辞官。委，弃、放弃。符节，古代朝廷传达命令或征调兵将用的凭证。⑦刺船：指撑船。

【赏析】

唐代宗广德元年（703）癸卯十二月，广西境内的少数民族“西原蛮”发动反对唐王朝的起义，攻陷道州城（治所在今湖南省道县）后，将其抢掠一空。

次年五月，元结任道州刺史。七月，“西原蛮”又攻破邻近的永州、邵州，却不再来进攻道州。

诗人认为是“西原蛮”出于对战乱中道州人民的“伤怜”，而官府却横征暴敛，使民不堪命，故作此诗。

诗篇起首写昔年的太平生活，暗寓着诗人对以前清明治世的怀念。

一、二句写诗人在开元盛世隐居樊山的经历，一个“逢”字暗含庆幸之意，也流露出今不如昔的慨叹。“泉源在庭户，洞壑当门前”，通过对居所景物的描写，创造了一种世外桃源般的恬静舒适之感。从前百姓安居乐业的生活，与乱世中的官、贼“纷然”骚扰形成了鲜明的对比。五、六句正面写从前赋税征收有序有度，百姓生活安定，男耕女织，和乐融融。次写当今民不聊生，两相对照，表现了官吏横征暴敛，不顾人民死活，还不如“夷贼”。

“忽然遭世变，数岁亲戎旃”起到了承上启下的过渡作用，写安史之乱后自己的军旅生涯。接下来由远及近，转写自己到达道州任所之后的情况，暗示“贼”虽然屡次犯境，给当地人民带来了深重的苦难，但人性犹存，与下文所写的官府的敲骨吸髓、毫无人性形成了鲜明对比。“使臣将王命，岂不如贼焉”二句，更是直斥使臣奉皇命而来，却不恤民命，将百姓逼得走投无路，连盗贼都不如，同时批判了滥发“王命”的最高统治者。“今被征敛者，迫之如火煎”，运用形象的比喻，入木三分地刻画了官吏的凶狠毒辣、冷酷无情。

末尾向官吏们表明心志，抒发了对现实的不满，表示宁愿弃官归隐，也不愿与他们同流合污、残民邀功，表现了强烈的抗争精神。

对比鲜明，揭露深刻，是这首诗在表现技巧方面最重要的特点。全诗指陈世事，直抒胸臆，不雕琢矫饰，感情真挚，体现出对汉乐府质朴简古、平直浑厚诗风的继承和发展。

钱　起

公元约772—780年，字仲文，吴兴（今浙江湖州）人。天宝十载（751）登进士第。初为秘书省校书郎、蓝田县尉，后任司勋员外郎、考功郎中、翰林学士等，官终尚书考功郎中，故世称“钱考功”。为“大历十大才子”之一，与刘长卿齐名。其诗多应景献酬之作，题材比较狭窄，但诗风新奇，词采清丽，艺术水平较高，时有佳句，尤长于写景，自称“五言长城”。又与郎士元齐名，齐名“钱郎”。《全唐诗》存其诗四卷。有《钱考功集》。

送僧归日本

钱　起

上国随缘住①，来途若梦行。

浮天沧海远②，去世法舟轻③。

水月通禅寂，鱼龙听梵声。

惟怜一灯影，万里眼中明。

【注释】

①上国：此指大唐。②浮天：形容船只远去海上，如浮于天际。③去世：脱离尘世。法舟：指日本僧人所乘之舟。

【赏析】

唐朝时期中日文化交流频繁，日本曾派遣大量僧人来中国留学。钱起这首诗是赠给日本僧人的送别诗。

诗文的章法巧妙，起首两句不写送归，而写日本僧人来大唐。

中间两联从“海”字生发出来，日僧是隔海而来的，于今又跨海而去，暗含着对僧人长途颠簸的关怀，也点出他在海上依然不忘修行。

尾联一语双关，既是说行舟的一灯照亮万里行程，又是在颂扬僧人通禅弘法，犹如一盏明灯能祛除一切黑暗。

因为送别的对象是僧人，所以诗人用“随缘”“法舟”“水月”“禅寂”“梵声”等佛家的语言，来颂扬僧人随缘尘世，来去无碍。在对海上夜景的描写和禅机的抒发中，惜别之情委婉地表达了出来。句句不着色相，可谓生花妙笔。

谷口书斋寄杨补阙

钱　起

泉壑带茅茨[①]，云霞生薜帷[②]。

竹怜新雨后，山爱夕阳时。

闲鹭栖常早，秋花落更迟。

家僮扫萝径，昨与故人期。

【注释】

①茅茨（cí）：茅屋。②薜帷：薜荔（一种常绿藤），蔓生如帐幕，故得名。

【赏析】

谷口，在今陕西省泾阳县西北。补阙，谏官，官阶高左右拾遗一级。

诗人想约杨补阙前来书斋叙谈，于是极写谷口书斋一带的景物，着意表现其幽静清新的特点，以表达对朋友的一片盛情。

首联中，“茅茨”和“薜帷”展示了居所的自然状态。“带”字用得极妙，与“生”字一起，充分引发读者的想象：清泉沟壑萦绕着小屋，浮云彩霞仿佛是从小院中长满薜荔的墙上升腾而起。起笔即讲述小屋山环水绕的环境，仿佛人间仙境。

在诗人笔下，那泉壑、茅茨、云霞、薜帷，已经是清雅不凡，让雅爱林泉的人心动不已。而颔联与颈联写书斋周围的景物。“竹怜新雨后，山爱夕阳时”用倒装句法，讲述了一场新雨后，竹子因生命多了水分，而分外可爱了；夕阳即将落山，这样转瞬即逝的美景，让人心生怜爱，景物清新秀丽，色彩感极强。再加上鹭鸟悠闲，秋花未落、仍有蓓蕾，更突出书斋的清新宜居。

这样幽雅如画的美景让人心驰神往，更何况主人已经打扫干净绿萝小径，等他前来呢？杨补阙看此诗后，自是欣然践约而往，与主人共赏此佳境以娱情。诗全是写景，句法工整。

赠阙下裴舍人

钱　起

二月黄鹂飞上林[①]，春城紫禁晓阴阴。

长乐钟声花外尽[②]，龙池柳色雨中深[③]。

阳和不散穷途恨[4]，霄汉常悬捧日心[5]。

献赋十年犹未遇[6]，羞将白发对华簪[7]。

【注释】

①上林：指皇宫宫苑。②长乐：本汉宫名，此处借指唐宫。③龙池：泛指宫中的池塘。④阳和：指春天温暖的气候。⑤捧日心：三国程昱年轻时曾梦见自己两手捧日，后兖州叛乱，曹操赖程昱保全三城，为其改名为“昱”（程昱本名立）。⑥献赋：以辞赋献于皇帝，此指应考。⑦华簪：华贵的冠饰。

【赏析】

舍人，指中书舍人，负责草拟诏书。

钱起位列“大历十才子”之首，诗风清丽，用字洗练。这首投赠裴舍人请求援引的诗写得颇有令人称道之处。前半首写景，写皇宫苑囿中春天清丽的景色历历如画，其中“长乐钟声花外尽，龙池柳色雨中深”一联写钟声从繁花中一层一层响出来，柳色从春雨中一层一层看进去，极其清灵可观，“尽”和“深”字运用得极妙，形成神韵悠长、气味和厚的境界，为一篇之佳构，在当时就是脍炙人口的名句。下半首自伤不遇，“阳和”句承上启下，过渡自然；再说自有捧日忠君之热忱，羡慕裴舍人之得幸。虽为投赠干谒诗，但手法隐微巧妙，以写景来恭维裴舍人的显要，以自伤不遇来写希求援引的心情，含蓄婉转，不失身份。

郎士元

字君胄，中山（今河北定州市）人，生卒年不详。天宝十五载（756）登进士第。宝应元年（762）补渭南尉，官至郢州刺史。与钱起齐名，世称“钱郎”。

听邻家吹笙

郎士元

凤吹声如隔彩霞①，不知墙外是谁家。

重门深锁无寻处②，疑有碧桃千树花。

【注释】

①凤吹：笙由多根簧管组成，形状参差有如凤翼，它的声音清亮，宛如凤鸣，故有“凤吹”之称。后来泛称笙、箫等细乐。②重门：层层大门。

【赏析】

题为“听邻家吹笙”，先是听到笙声悠扬，有如仙乐从彩云端飘来。这样美妙撩人的笙乐让听者动容，于是循声暗问是谁家在吹奏。问而不得其解，于是起身追随声音，想去找寻吹笙之人，但“重门深锁无寻处”，令人产生深深的怅惘和更强烈的憧憬，由此激发了美丽的幻觉——“疑有碧桃千树花”。

由“听”而“问”，由“问”而“寻”，由“寻”而产生幻觉，章法流走回环中有递进。而在“通感”的艺术手法运用上，更是颇具特色。

“凤吹声如隔彩霞”说笙曲不似凡间乐曲，似从天而降。“隔彩霞”三字将听觉转化为视觉，带给读者的感觉就显得更生动具体。而且“彩霞”不是直接摹写乐声，而是设想奏乐的环境——来自彩霞之上，间接烘托出笙乐的明丽清新。

既然乐声如此动听，听者自然会心生疑问：这吹者究竟是何人？“不知墙外是谁家”，用悬揣语气进一步渲染了乐声的撩人，让他急欲一寻究竟。

灼灼桃花，竟至千树之多，象征着笙声的热烈、明媚、欢快，把看不见摸不着的音乐用具体可感的视觉形象表现出来了。而一个“疑”字更是体现出诗人聆听音乐的如痴如醉及如幻如真的感觉。

韩翃

生卒年不详。字君平，南阳（今河南南阳）人，“大历十才子”之一。天宝十三载（754）考中进士。宝应年间，在淄青节度使侯希逸幕府中任从事，后随其回朝，闲居长安十年。建中年间，因作《寒食》诗受到唐德宗的赏识，被提拔为中书舍人，官至驾部郎中。其诗多送别唱和的题材，写景别致，笔法轻巧，在当时传诵很广。《全唐诗》存其诗三卷。

寒食

韩翃

春城无处不飞花，寒食东风御柳斜。
日暮汉宫传蜡烛，轻烟散入五侯家。

【赏析】

寒食节是我国古代一个传统节日，一般在清明前两天，习俗规定禁火，只吃冷食。

唐代火禁十分严，寒食之日家家禁火，而皇宫却许举火，将蜡烛赐给豪门近臣，可见当时贵族特权于一斑。

“春城无处不飞花”为写景名句，将仲春时节的旖旎春光一语概尽。从长安城到御苑，处处飞花，风吹柳丝，无不春意盎然，令人沉醉玩赏。“御柳”指御苑中的柳树。唐时的风俗为：寒食日折柳插门，清明这天皇帝还要取榆柳之火赏赐给近臣，以示恩宠。所以诗人特地剪取了“御柳”这一带有特殊含义的典型意象。

傍晚，宫廷传蜡烛到轻烟散入，气象氤氲，画面与白天风光自是不同，于此可见当时社会太平无事，宫廷闲暇，贵族豪奢。“汉宫”实指唐朝的皇宫；“五侯”指东汉时同日封侯的五个宦官，这里借汉喻唐，暗指中唐以来受皇帝宠幸而专权跋扈的宦官。寒食节这天，普通百姓不能生火点灯，但天还没黑，宫里就忙着分送蜡烛，而皇帝的宠臣也可得到这份恩典。

此诗以轻灵流丽之笔写出一片承平景象，境界清华，故而深为唐德宗所赏识，一时之间天下纷纷传诵。

同题仙游观

韩　翃

仙台初见五城楼①，风物凄凄宿雨收②。
山色遥连秦树晚，砧声近报汉宫秋③。
疏松影落空坛静，细草香生小洞幽。
何用别寻方外去④，人间亦自有丹丘⑤。

【注释】

①五城楼：传说中神仙的居所，这里借指仙游观。②宿雨：前夜的雨。③砧声：捣衣声。古代捣衣多在秋晚。④方外：世俗之外，指神仙的居处。⑤丹丘：指神仙居处。

【赏析】

诗人游览嵩山逍遥谷上的仙游观，而加以题咏，有习静向道之意。

首联开口即用仙家典故，点明时地节令，切中题目“仙游观”。“风物凄凄宿雨收”是倒置，将雨后清虚疏落之状置于前，有效地凸显了本诗的主旨。

颔联写观外景物，先是见“秦树”，后是闻“砧声”。无论是山色遥接树色的朦胧感，还是报秋的捣衣声，都营造出一种虚静的氛围。

颈联写观内景物，先写高处“空坛”的静，后写低处“小洞”的幽，点明是道士居处，通过虚实相生的手法，深化了颔联的意境。

末联引用《远游》之语，称赞这地方是神仙居处的丹丘妙地，不用再去寻觅他方了。

全诗抓住道观静和幽的特点，安排在秋季雨后的特定环境中，从远景到近景，从高处的空坛到低处的小洞，声色俱有，刻画出一个不寻常的清幽绝俗的仙家之地，让人心生企慕之意。语言工美秀丽，音调婉转和鸣。

皇甫冉

公元约717—约770，字茂政，润州（今江苏镇江）丹阳人。十岁即能写诗作文，张九龄呼之为小友。天宝十五载（756）考中状元。曾官无锡尉，大历初入河南节度使王缙幕，终左拾遗、右补阙。为避战乱曾寓居义兴（今江苏宜兴），卒于丹阳，享年五十余岁。事见《新唐书·传文艺》《唐诗纪事》卷二七、《唐才子传》卷三。其诗清新飘逸，多漂泊之感。《全唐诗》存其诗二卷。

春 思

皇甫冉

莺啼燕语报新年，马邑龙堆路几千①。
家住层城邻汉苑②，心随明月到胡天。
机中锦字论长恨③，楼上花枝笑独眠。
为问天戎窦车骑④，何时返旆勒燕然⑤。

【注释】

①马邑：今山西朔县。龙堆：白龙堆，在今新疆。以上两地都是泛指边塞。②层城：指京城。③机中锦字：前秦安南将军窦滔出镇襄阳，他的妻子苏蕙很是思念，于是织璇玑图给他，共840字，纵横反复，皆能成诗。④天戎：主将。⑤返旆（pèi）：班师回朝。旆，古代旗末端状如燕尾的飘带。勒燕然：东汉窦宪大破匈奴后，曾于燕然山上勒功而还。勒，刻。

【赏析】

闺中少妇因春景牵引出对远征边关的丈夫的思念，希望战争早早结束，夫妇得以团圆。

诗的首联紧扣题目。首句以莺啼燕语点“春”，次句以路几千点“思”。

颔联写少妇和征人所在之地，一在中原，一在边塞，相隔千里，一颗心随着明月飞到边塞丈夫那里去了，尤觉情痴动人。

颈联写离恨，织锦回文中藏着深深的远别之恨；写春情，连楼上的花枝也笑人独自成眠，可谓情深语痴。

末联故作问语，问征夫何时功成返乡。

全诗写少妇春思，构思巧妙，极尽缠绵，渴望安宁和平的生活，流露出非战情绪，也是借汉喻唐，讽刺唐王朝穷兵黩武的政策。

司空曙

字文明，广平（在今河北省鸡泽县东南）人。“大历十才子”之一。曾登进士第，官主簿。大历五年（770）任左拾遗，后贬长林（在今湖北荆门西北）丞。贞元间，在剑南西川节度使韦皋幕任职，官检校水部郎中，终虞部郎中。其诗多送别赠答与羁旅漂泊之作，感情细腻，朴素真挚，诗风娴雅疏淡。《全唐诗》存其诗二卷。有《司空曙集》三卷。

喜外弟卢纶见宿

司空曙

静夜四无邻，荒居旧业贫[①]。
雨中黄叶树，灯下白头人。
以我独沉久[②]，愧君相见频[③]。
平生自有分[④]，况是蔡家亲[⑤]。

【注释】

①荒居：偏僻简陋的住所。旧业：家产。②沉：沉沦。③愧：愧对。④分（fèn）：情分。⑤蔡家亲：也作“霍家亲”。晋代羊祜为蔡邕外孙，这里说明两家是表亲。

【赏析】

司空曙是“大历十大才子”之一，与卢纶既是诗友又是表亲。诗意在写自己贫居，遇外弟留宿而自道近况。

诗的前半首写自己的悲凉处境：静夜荒村无邻，陋室贫居，生活困苦。“雨中黄叶树，灯下白头人”一联为传诵的名句，义兼比兴，以眼前景物衬托、比拟诗人的自我形象，十分鲜明贴切，同时又流露出无限凄楚的意味。

后半首写在沉沦和孤寂中，卢纶频来探望给以安慰，使他感到格外温暖，喜悦和感激之情溢于言表。然而，这喜悦中又蕴含着悲伤，因为自己处境困顿，觉得对不起亲人。

全诗写自己至老贫居，无限凄凉，而知心的外弟不弃故人频繁来访宿，无限惊喜与感激，一悲一喜互相映衬，使人如见肺腑。

云阳馆与韩绅宿别

司空曙

故人江海别，几度隔山川。
乍见翻疑梦①，相悲各问年②。
孤灯寒照雨，深竹暗浮烟。
更有明朝恨③，离杯惜共传④。

【注释】

①乍见：突然相见。翻：反而。②各问年：由于别后相隔时间太长，故相见后互问年龄。③明朝恨：明日再次离别之恨。④共传：相互举杯。

【赏析】

诗人叙写与故友久别乍见又分离的情景，不胜黯然。

开首四句为相见时的感慨，与故人江海一别之后，几度山水阻隔没能见面，浓重的思念之情，不言而喻。但二人骤然相逢，反而疑惑是在做梦，悲喜交加中相互询问分别几年中的光景。“翻疑梦”，见出惊喜；“各问年”，表示彼此疏隔时久。

颈联极力描写了旅馆的凄凉夜景，借助孤灯、寒雨、深竹、浮烟，渲染出一种悲凉的气氛，同时表明两人都是羁旅之客。

结尾二句写短暂相逢过后，明朝又将分离，因惜别而互相举杯劝酒。一个“更”字，点明了即将再次离别的不舍与伤痛。

诗由上次别离说起，接着写此次相会，然后写叙谈，最后写惜别，章法波澜曲折，富有情致。“乍见翻疑梦，相悲各问年”乃久别重逢之绝唱，乱离的时代，人们把分明的现实当作梦境，久别初见时悲喜交加的情态已经尽数蕴藏在字中了。

贼平后送人北归

司空曙

世乱同南去，时清独北还[1]。
他乡生白发，旧国见青山。
晓月过残垒[2]，繁星宿故关。
寒禽与衰草，处处伴愁颜。

【注释】

①时清：指时局已安定。②残垒：残余的工事。

【赏析】

安史之乱自玄宗天宝十八载（755）爆发，至代宗广德元年（763）才结束，历时八年。乱中诗人曾同友人一同往南方避难，乱平后送友人北归作此诗。

首联交代了送友人北归的原因：战乱时，司空曙和友人一起逃到南方躲避战祸；如今战乱已平，友人得以回家，而自己仍然滞留异乡。“独”字有两层含义：一是指友人独自北还，一指自己独不得还，抒发了不得还乡的痛苦。

“他乡生白发”可见时间之久、忧愁之深；“旧国见青山”谓国破唯有山河不改旧观，为归人还乡添出时代的悲剧色彩。律诗非常讲究“起承转合”，一般是在第三联转折，此诗第二联即完成了“承”“转”，章法上别具一格。

颈联及尾联单从友人方面落笔，凭借想象描写了友人晓行夜宿，一路上见旧国残垒、故关，寒禽衰草，一片劫后的荒凉景象。颈联着重写“贼平”后的荒凉、残破之景。尾联继续虚写友人归途中所见所感。上句通过“寒禽”“衰草”写诗人对乱世的感受；下句直接写“愁”，既指友人之愁，也含作者之愁，言愁绪无处不在。

诗紧扣乱离的主题，由乱起南去，到乱平北还，到所见劫后荒凉，环环相扣，从中自然表现出深重的感慨和哀伤。

皎　然

诗僧，生卒年不详。俗姓谢，字清昼，吴兴（今浙江省湖州市）人，为南朝谢灵运十世孙。主要活动于大历、贞元年间，有诗名，作品多为赠答送别、山水游赏之作。其《诗式》是当时诗格一类作品中较有价值的一部。除文学之外，在佛学和茶学等许多方面也有相当深厚的造诣，堪称一代宗师。《全唐诗》存其诗七卷。

寻陆鸿渐不遇

皎　然

移家虽带郭[①]，野径入桑麻。

近种篱边菊，秋来未著花[②]。

扣门无犬吠，欲去问西家[③]。

报道山中去[④]，归来每日斜。

【注释】

①移家：迁居。带：近。②著花：开花。③西家：西边的邻居。④报道：回答说。

【赏析】

陆鸿渐即唐代“茶圣”陆羽，是位隐士。在这首诗中，诗人寻访他而不遇，通过对其生活环境和生活情趣的描写，表现了陆羽高逸疏放的隐士风度。

前四句写“寻”，见友人家靠城郭、种桑麻、栽菊花，令人想起陶渊明的乡居隐逸。

后四句写“不遇”，叩门无人，问邻居，知道他流连于山水之间，夕阳西斜时归家，何等的逍遥自在。

作者是方外闲人，心中悠然自在，无所挂碍，所以从“寻”到“不遇”，一直是随缘任兴，多有超脱语。俞陛云《诗境浅说》评价道：“此诗之潇洒出尘，有在章句之外者，非务为高调也。”

李　端

字正己，赵州（今河北省赵县）人，生卒年不详。大历年间进士。工于诗作，长于弈棋，为“大历十才子”之一。后辞官归隐衡山，自号“衡岳幽人”。诗多应酬之作。才思敏捷，喜作律体，亦擅长七言诗行，在大历才子中较为罕见。有《李端诗集》。《唐才子传》卷四有传。

听　筝

李　端

鸣筝金粟柱①，素手玉房前②。

欲得周郎顾③，时时误拂弦。

【注释】

① 金粟柱：指筝的弦轴细而精美。金粟，指柱上装饰如金星一样的花纹。柱，枕弦定音之物。② 玉房：指玉质的筝枕。房，即筝上架弦的枕。③ 欲得周郎顾：三国东吴名将周瑜精通音律，每逢他人奏曲有误，他必能辨知，并且一定要回头看一看，故吴中有歌谣云：“曲有误，周郎顾。”

【赏析】

“金粟柱”，言筝之华美精致；“素手”，言弹筝女子双手之纤细洁白。精美的华筝，一双白净的纤纤玉手在弹奏，暗示出弹筝女子的外秀。

而全诗最精彩之处在三、四句。按照一般写法，接下去应该描写女子高超的技艺，或者表现筝声强烈的感染力，但出人意料的是，三、四句笔锋一转，改为描写女子为了引起知音的注意，故意错拨筝弦。

三国周瑜精通音律，即使是在酒醉后，也能轻易辨知他人奏曲的缺误，转头去看那个演奏有误的人。此诗巧借曲误周郎顾的故事，写女子意在邀心目中知音的顾盼。“欲得周郎顾”，意味着坐在一旁的“周郎”开始时并没有看这位弹筝者，大概是已经沉醉于美妙的筝声中了。对一般演奏者来说，这应该是最值得骄傲的时刻，但这位女子却完全不这么想，因为她的心思都放在了听筝者——“周郎”身上。于是她故意不时地错拨一两个音，以引得“周郎”不时回顾。“误拂弦”这一个生动、细微的情节，点活了弹筝女子慧黠的性格和丰富的情感。

诗中摹状脱化无痕，以弹筝女子故意弹奏错误来引人注意，写出一种儿女情态，实在是别开生面，耐人回味。

顾 况

生卒年不详，字逋翁，号华阳山人，苏州海盐（今浙江海盐）人。肃宗至德二年（757）进士及第，先后任校书郎、著作郎等职。因讥诮当朝权贵被贬为饶州司户，后隐居茅山。《全唐诗》存其诗四卷。有《华阳集》。

宫 词

顾 况

玉楼天半起笙歌①，风送宫嫔笑语和。

月殿影开闻夜漏②，水精帘卷近银河③。

【注释】

①玉楼：《十洲记》载昆仑山上有玉楼十二座，这里借指宫中楼台。天半：极言楼之高。笙歌：以笙伴奏的歌声。笙，竹质管乐器，大者十九簧，小者十三簧。②月殿：指月亮。传说中月亮上有广寒宫，故称。③水精：水晶。

【赏析】

唐人的宫词多写宫怨，而这首别具一格，采用对比的手法，以别处的笙歌笑语相形出自己这里的孤居寂寞，虽不言怨情，而怨情已显露于言外。

前二句写听到别殿在玉楼上的笙歌笑语，玉楼、笙歌、笑语，皆是美好热闹之事物，再加以声影风光交织，是何等的欢乐快活呀，而此情此景却更反衬出失宠宫人的寂寞与无奈。

后二句写明月的银辉洒向宫殿，随着月影的移动，只能听见漏斗计时的嘀嗒声。自己心中寂寞，孤独无眠，只好在深夜里静静倾听单调的夜漏声，感觉时光在一点一滴中流逝而去，百无聊赖之下卷帘看银河。玉楼、月殿、水晶帘、银河等洁白晶莹的意象叠加在一起，与“天半”“夜漏”这些具缥缈之感的意象相互映衬，幽怨之意隐现。其中，“近”字运用得甚妙，不仅见出夜深，而且有宫人见银河难免想起牛郎织女为之阻隔，与自身之遭遇相近。在一闹一静、一荣一枯中，愈见其出色。

柳中庸

生卒年不详，名淡，字中庸，河东（今山西永济）人，为柳宗元族人。大历年间进士，曾官鸿府户曹，未就。萧颖士以女妻之。与弟中行并有文名。其诗以写边塞征怨为主，然意气消沉，不复盛唐气象。《全唐诗》存其诗仅十三首。

征人怨

柳中庸

岁岁金河复玉关①，朝朝马策与刀环。
三春白雪归青冢②，万里黄河绕黑山③。

【注释】

①金河：即黑河，在今内蒙古呼和浩特市南。玉关：玉门关的简称。②三春：有两种含义，一是指春季的三个月，二是指暮春，此处指暮春。青冢：王昭君墓，在今内蒙古呼和浩特市南。③黑山：又名杀虎山，在今内蒙古呼和浩特市东南。

【赏析】

这是一首传诵极广的边塞诗。写征夫长期戍边、四处辗转而不能还乡的怨情。

征人年年转战在西北苦寒的边塞之地，天天与之伴随的唯有马鞭和刀环。在南方，早已是阳春三月，可戍守的苦寒之地却还在下着大雪，大雪铺满了昭君的青冢。这里用王昭君的故事，有悲叹昭君死于西北严寒之地不能返回故乡之意，亦有征人的自怜感伤。然而春归有时，征人却还乡无期，唯有万里黄河绕着黑山，呜咽深鸣，情何以堪！

诗以“怨”为题，却无一“怨”字，用叠词“岁岁”“朝朝”，加上“复”“环”“归”“绕”等意味往复的动词，既反映了征戍时间之漫长，又造成缭绕低回的节奏和意境，令人只觉回肠荡气，怨情自生。三句写时已暮春，苦寒的塞外却不曾见丝毫春色，唯见白雪飘向青冢而已。末句写边塞的山川形势。这两句看似与诗题无关，却都是征人常见之景，从中不难感受到征人转战跋涉的辛苦，怨情自见。

全篇四句皆对仗工整，白雪青冢，黄河黑山，画面色彩调配鲜明，语言精美自然。

戴叔伦

公元732—789年，字幼公（一作次公），润州金坛（今江苏金坛）人。出生于隐士家庭，祖父和父亲都是终生隐居不仕的士人。年少时师从著名学者萧颖士，聪颖过人，博闻强识，是众弟子中的佼佼者。历官抚州刺史、容州刺史兼容管经略使，故后人称为“戴容州”。诗多写农村题材，部分揭露了当时的社会问题。其诗在题材、风格、手法上均体现了由盛唐转向中唐的脉络，故胡应麟以其为晚唐之滥觞。《全唐诗》存其诗二卷。有《戴叔伦集》。

江乡故人偶集客舍

戴叔伦

天秋月又满，城阙夜千重①。

还作江南会②，翻疑梦里逢③。

风枝惊暗鹊，露草泣寒虫。

羁旅长堪醉④，相留畏晓钟。

【注释】

①城阙：指京城长安的宫城。②江南会：指其时与江南故人会集于客舍。③翻：反而。④羁（jī）旅：客居他乡。

【译文】

秋天，又到月满之时，月光临洒着城楼宫阙门户千重。与江南朋友聚会，我怀疑是梦中相逢。秋风吹动树枝，惊起了乌鹊，沾露的草丛中有寒虫哭泣。漂泊在外，应该长醉，相互挽留，怕听报晓的晨钟。

【赏析】

诗写故人在秋夜偶集京城长安，感慨无限。整首诗着力在题中的“偶集”两字：首联泛写秋夜，表明相聚的时间、地点；颔联即行点题，其中“还作”“翻疑”作流水对，见出此番相聚不期而然，实属难得。久别偶逢生伤感，故听闻风吹树枝乌鹊啼和露草中寒虫叫，无不惊心，而化用了曹操《短歌行》中的“月明星稀，乌鹊南飞，绕树三匝，何枝可依”的典故，可见其客旅之情、思乡之心。都是羁旅漂泊外乡的人，偶集不易，当作长醉，却奈何宵短晓钟鸣。全诗将这种久别偶集，复又伤别的场景、心情，款款写来，颇为真切动人。

韦应物

公元737—792年，京兆长安（今陕西西安）人。出身关中望族，以门资恩荫入宫为三卫郎。少任侠，安史之乱后始折节读书。唐代宗广德至德宗贞元间，先后任洛阳丞、京兆府功曹参军、鄠县令、比部员外郎 、滁州和江州刺史、左司郎中、苏州刺史，人称“韦江州”“韦苏州”。诗以写山水田园著名，淡远清雅，人比之陶潜。《全唐诗》存其诗十卷。

淮上喜会梁州故人

韦应物

江汉曾为客[①]，相逢每醉还。

浮云一别后，流水十年间。

欢笑情如旧，萧疏鬓已斑[②]。

何因不归去？淮上有秋山。

【注释】

①江汉：即汉江。②萧疏：稀疏。斑：斑白。

【赏析】

久别十年之后的故人，忽然在淮水重逢，其中的喜悦与感慨，自是言之不尽。相会之时，自然回忆起往昔同在江汉为客，总是尽醉而归的往事。而一别之后，再见已是十年后了。欢笑痛饮情谊如旧，又各叹老大，鬓发已经斑白。转眼故人就要归去，而诗人却逗留淮上，欲归无计，只得指认他乡是故乡。

首联写诗人以前在江汉作客期间，二人每次相逢都要欢聚痛饮、大醉而还的情形。颔联直接抒发十年阔别的伤感。颈联上句转回本题，写此次相会的“欢笑”。但这喜悦只是暂时的，所以下句又宕开一笔，写十年的漂泊使人两鬓萧疏斑白了。末联以景色作结，余味无穷。

与友人久别重逢，自有许多可感可叹之处，但诗人却善于筛选，善于概括，善于描绘，结构绵密，情意曲折，令人读之回肠荡气。其中“浮云一别后，流水十年间”两句，写人生行止无定有如浮云，年华逝去又若流水去而不还，道尽光阴易逝、人生无常的千古感慨。

郡斋雨中与诸文士燕集

韦应物

兵卫森画戟，燕寝凝清香①。
海上风雨至，逍遥池阁凉。
烦疴近消散②，嘉宾复满堂。
自惭居处崇，未睹斯民康。
理会是非遣，性达形迹忘③。
鲜肥属时禁，蔬果幸见尝。
俯饮一杯酒，仰聆金玉章。
神欢体自轻，意欲凌风翔。
吴中盛文史，群彦今汪洋④。
方知大藩地⑤，岂曰财赋强。

【注释】

①燕寝：休息的地方。②烦疴（kē）：指暑天的烦郁。③“理会”两句：意谓明了事理，是非就消释了；性情旷达，自然就不会拘泥于世俗的礼节。④彦：贤士。⑤大藩：这里指大郡。

【赏析】

这首诗是德宗贞元五年（789）作者在苏州刺史任上所作。此时诗人顾况贬饶州，路过苏州，韦应物在郡斋宴集嘉宾，写下此诗，顾况也作了和诗。

开头两句点明“郡斋”，森严中清香郁郁，清奇绝伦，颇为警策。“海上风雨至，逍遥池阁凉”，写雨来屋子凉快起来，意境清旷。之后四句是抒发个人胸怀，自惭居处高崇，不见黎民疾苦，情辞谦恭，可谓雅人深致。“鲜肥”下六句，是正面写宴集之间宾主诗酒怡情，逸兴遄飞。末尾说吴中不仅是财赋丰饶，而且人才荟萃。

全诗首叙事，次抒情，再叙事，末尾加议论，夹叙夹议，结构井然有序。

初发扬子寄元大校书

韦应物

凄凄去亲爱[1]，泛泛入烟雾。

归棹洛阳人[2]，残钟广陵树[3]。

今朝此为别，何处还相遇？

世事波上舟，沿洄安得住[4]！

【注释】

①亲爱：这里是指好朋友。②归棹（zhào）：指驾着舟从扬子津出发北归洛阳。③广陵：今江苏省扬州市。④沿：顺流而下。洄（huí）：逆流而上。安得住：怎能停得住。

【赏析】

这首诗写于韦应物离开扬州回洛阳的路上。

诗人对朋友以“亲爱”相称，可见彼此的友谊非常深厚，分别时自然依依不舍；又以“凄凄”“泛泛”两对叠字引起，活脱脱刻画出行人出发时的离情别意。不管离人如何悲伤难舍，船终于还是启程了，很快就隐没在迷茫的烟雾之中。

“归棹洛阳人，残钟广陵树”，写向洛阳乘归棹的诗人，回望广陵，只听得残余的钟声从朦胧的烟树中隐约传来，惜别情深，悠悠不尽。船已“泛泛入烟雾”，但诗人还在凝望广陵城外迷蒙的树林，倾听寺庙里传来的残钟声，这其实正是对挚友的依恋，此联以景寓情，言简意深。

诗人望着滔滔流水，不禁感叹道：“今朝此为别，何处还相遇？”分别容易重逢难，山长水远音信难通，这后会之期难以预料。

结末即景生情，以波浪中舟行颠簸不定，喻世事之顺逆翻覆，难由自己做主。

全诗写的是眼前景，说的是口头话，道的是意中情，语言平淡，内蕴丰富，正如苏轼所说“寄至味于淡泊”。

秋夜寄丘员外

韦应物

怀君属秋夜[①]，散步咏凉天。

空山松子落，幽人应未眠[②]。

【注释】

① 属：正值。② 幽人：隐士。

【赏析】

丘员外，名丹，曾任尚书郎，后隐于临平山。韦应物任苏州刺史期间，和丘丹过往甚密，常有唱和。丘丹在临平山学道时，诗人写此诗以寄怀。

正当秋夜，诗人孤怀寂寞，谁与唱酬，自然忆起良朋好友来，于是在庭院散步之际，吟咏凉秋寄远。想来，丘丹幽居空山，此夜听闻风吹松子落，应该还没成眠，说不定也在吟咏为乐。

首句点明季节是秋天，时间是夜晚，而“秋夜”与怀人恰好彼此衬映。次句紧扣上句，承接自然，写出了诗人因怀人而徘徊沉吟的情景。在三、四两句中，诗人任由思绪飞驰，想象丘丹此时的状况。“空山松子落”，遥承“秋夜”“凉天”，是从眼前的凉秋夜色，推想临平山今夜的秋色。“幽人应未眠”，则遥承“怀君”“散步”，是从自己因怀念远人而徘徊不能寐，推想对方也未眠。这两句虽纯属想象，却是从前两句生发而来，而且极大地深化了前两句的诗情。全诗运用了写实与虚构相结合的手法，使眼前之景与想象之景并列，表达了对友人深深的思念。

诗人以清淡跳脱之笔，从对面落笔，在空灵之境中寄寓高洁的情谊，情致委曲。整首诗古雅闲淡，语浅言简却情深意长，给人玩赏不尽的艺术享受。

寄李儋元锡

韦应物

去年花里逢君别，今日花开又一年。
世事茫茫难自料，春愁黯黯独成眠。
身多疾病思田里①，邑有流亡愧俸钱②。
闻道欲来相问讯，西楼望月几回圆。

【注释】

① 思田里：指想要归隐田园。② 邑：指自己管辖的县邑。

【赏析】

这是韦应物寄赠友人的诗，诗中感时伤事，希望友人前来探望。

因为是寄赠好友，所以开首二句叙述别离之情，诗人从眼前花开之景追忆到去年与友人花里相别之故事。花开花落，引起对茫茫世事的感叹；春愁黯黯，思友心情自然更深一层。“花开又一年”不仅写出了时光的飞逝，也流露出别后的萧索寥落。“世事茫茫”既是指国家的前途——皇帝逃亡在外；也是指个人的前途——消息不通，情况不明，报国无路。

接着对好友直抒情怀，坦陈自己内心充满了矛盾：因多病想辞官归田，但对民生疾苦仍是念念不忘；看到百姓贫穷逃亡，自己未尽职责，心中觉得愧对自己的俸禄，更做不到一走了之。诗人不是夸赞州郡风土之美，而是关怀民瘼，感伤时世，范仲淹叹为“仁者之言”。

结尾道出今日寄诗的用意，望月相思，希望获得朋友的慰藉和勉励，所以盼望老友前来相聚。

全诗情景融为一体，曲折而有变化，婉约而尽意。

寄全椒山中道士

韦应物

今朝郡斋冷[①]，忽念山中客。
涧底束荆薪[②]，归来煮白石[③]。
欲持一瓢酒，远慰风雨夕。
落叶满空山，何处寻行迹[④]？

【注释】

①郡斋：指作者任滁州刺史时官署中的斋舍。②荆薪：柴草。③白石：葛洪《神仙传》中载有白石先生，说其“常煮白石为粮，因就白石山居，时人故号曰白石先生”。④行迹：指道士的踪迹。

【赏析】

这首寄赠诗，是写清秋风雨之夕对全椒山中道士的忆念之情。

全诗乍看并无惊人之句，只是从“念”字出发，写因郡斋之“冷”想到在山中苦练修行的道士，想要持酒去慰问，又恐寻不到他。

诗的关键就在一个“冷”字。首句既是写郡斋气候的冷，更是写诗人心头的冷——寂寞挥之不去。而在这两种“冷”的合力作用下，诗人想起了山中的道士。接下来，“束荆薪”“煮白石”讲述了山中道人的种种活动。诗人念及老友山中修行艰苦，想送去一瓢酒，好让他在这风雨之夜获得一点温暖与安慰。然而诗人又想到，他既是修行之人，自然是云游四方、漂泊无定，何况秋天来了，落叶满山，走过的脚印都给落叶掩盖住了，更不知道该向何处寻找。

诗虽是淡淡写来，却使人感到诗人情感上跳荡反复，诗味蕴藉。“落叶满空山，何处寻行迹”句，语入神境，超妙自然，是诗中绝唱。有人说这首诗“一片神行”，是“化工笔”，向来被称为韦诗中的名篇。宋代大诗人苏东坡颇爱此诗，“刻意学之而终不似，盖东坡用力，韦公不用力；东坡尚意，韦公不尚意，微妙之诣也”（施补华《岘佣说诗》）。

赋得暮雨送李曹

韦应物

楚江微雨里[①]，建业暮钟时[②]。
漠漠帆来重[③]，冥冥鸟去迟[④]。
海门深不见[⑤]，浦树远含滋[⑥]。
相送情无限，沾襟比散丝[⑦]。

【注释】

① 楚江：长江。② 建业：今江苏省南京市，古称建业。③ 漠漠：水气迷茫的样子。④ 冥冥：形容天色昏暗，细雨蒙蒙。⑤ 海门：长江入海处。⑥ 浦树：江边的树。⑦ 沾襟：指泪水沾襟。散丝：指细雨。

【赏析】

这是一首咏暮雨的送别诗。诗人紧扣“暮”“雨”的主题，通过眼前的景物来着意加以表现，句句不离“雨”。

首联写送别之地，并通过起句的“雨”和次句的“暮”直切诗题中的“暮雨”二字。“楚江”表明诗人正伫立在江边，这又暗切了诗题中的“送”字。“微雨里”的“里”字，描绘了一个细雨笼罩的场景，为后面“帆来重”“鸟去迟”这类现象的出现做了铺垫，既用简洁的笔触勾勒出诗人临江送别的形象，又为全诗涂上了一层灰暗的底色。

中间两联着意写雨：暮雨中舟行江上，船帆沉重，鸟在空中也飞得迟缓了，迷茫中海门深远不见，江边树木含着烟雾。动中有静，静中有动，写景绝妙，给人以身临其境之感，而“漠漠”“冥冥”“重”“迟”“深”“远”等对雨景的渲染，着意于迷蒙暗淡的氛围，又隐见诗人惆怅惘然的离情别绪。

结尾点出送别，用一“比”字将别泪沾襟和纷纷不断的雨丝融合在一起，使全诗一脉贯通，前后呼应，浑然一体。

长安遇冯著

韦应物

客从东方来，衣上灞陵雨[①]。
问客何为来？采山因买斧[②]。
冥冥花正开[③]，飏飏燕新乳[④]。
昨别今已春，鬓丝生几缕？

【注释】

①灞陵：在今陕西西安市南，因汉文帝刘恒葬于此而得名。②“采山”句：指冯著此次京城之旅非但没有谋到职位，反而发现前途荆棘满路，尚须买斧辟路。③冥冥：悄然。④飏（yáng）飏：鸟儿轻快飞翔的样子。

【赏析】

冯著是韦应物的朋友，他德才兼备，颇有名士之风，却无人赏识，长期沉沦下僚，不甚得意。韦应物在长安遇见他时，大概他倦于仕宦，有归隐林泉之意。这首赠诗以亲切诙谐的笔调，对失意沉沦的冯著表示了深切的关怀和慰勉。

一、二句是说冯著刚从长安以东的地方来，依然可见一身名士兼隐士的风范。

接着，诗人便自问自答，猜想冯著此来长安的目的和境遇。“采山”句为俏皮话。“采山”本是指入山采铜铸钱，这里是打趣冯著来长安是为谋发财，但是只得到了一片荆棘，还得买斧砍除。其中的隐藏含义是说冯著没有谋得一官半职，故心有不悦。作者以诙谐的语气自问自答，显然是想以轻快的情绪冲淡友人心中的郁闷。

“冥冥花正开，飏飏燕新乳”是写眼前的春景，繁花正在悄悄开放，初生的乳燕正在欢快地飞翔。诗人选择这一场景，是为了劝导冯著不要为暂时失意而感到不快和不平。

末句紧承上句而来，以反问勉励友人盛年未逾，还大有可为。

全诗情意深长，生动活泼，以问答方式渲染气氛，在叙事中写景，借写景以寄托寓意，清新明快，委曲婉转，令人回味不尽。

夕次盱眙县

韦应物

落帆逗淮镇[①]，停舫临孤驿[②]。

浩浩风起波，冥冥日沉夕。

人归山郭暗[③]，雁下芦洲白[④]。

独夜忆秦关[⑤]，听钟未眠客。

【注释】

①落帆：将帆落下。逗淮镇：停靠在淮水边的盱（xū）眙（yí）镇。②驿：古时供邮传人员休息、住宿的地方。③“人归”句：意谓日落城暗，人们均已回家休息。④芦洲白：长满芦苇的沙洲上，白色的芦花正在盛开。⑤独夜：孤独之夜。忆秦关：诗人的故乡在长安，此处谓思念故乡。

【赏析】

盱眙，在今江苏省，临近淮水。韦应物是长安人，他在德宗建中四年（783）夏天离开长安，秋天到滁州，一路行舟而下，这首诗就作于此时。

诗中写旅途中日暮停船于淮水南岸的盱眙县城，四周景物萧瑟，勾起了诗人的思乡之情。

首四句写傍晚遇风，不得不停船止宿。泊船淮水边，驿馆孤独凄清，冷风吹动水波，时间已经是傍晚，一切都暗含着萧索冷寂之意。

其后四句是写夜幕降临，孤客看着“人归”“雁下”，在这样的氛围中，不由思念家乡长安了，一夜未眠，“忆秦关”是全诗的中心。

诗人用白描的手法来写景，极为闲淡传神，如“人归山郭暗，雁下芦洲白”句，看是写眼前所见实景，却是渗入了旅客的愁绪，读来颇为动人。而诗人的愁绪与思乡之情全都不动声色地融入了景物描写之中，寓情于景，情景交融，将羁旅愁思烘托得强烈感人。

东　郊

韦应物

吏舍跼终年[①]，出郊旷清曙[②]。
杨柳散和风，青山澹吾虑[③]。
依丛适自憩[④]，缘涧还复去[⑤]。
微雨霭芳原，春鸠鸣何处[⑥]。
乐幽心屡止[⑦]，遵事迹犹遽[⑧]。
终罢斯结庐，慕陶直可庶[⑨]。

【注释】

①吏舍：官舍。跼（jú）：拘束。终年：一年到头。②“出郊”句：意谓清晨起来到郊外游赏，清爽的曙色使人心中舒畅。③澹（dàn）：澄清。虑：思绪。④适：正好。⑤缘：沿着。⑥鸠（jiū）：斑鸠。⑦乐幽：对于田园之乐的向往。⑧遵事：例行公事。迹：行迹。遽（jù）：

匆忙。⑨“慕陶”句：意谓平生因为仰慕陶渊明而想学他归隐田园的愿望也就差不多可以实现了。直，就。庶，几乎，差不多。

【赏析】

这首诗是韦应物任滁州刺史时所作。写春日清晨郊外出游的情景，深恨为衙署公务所拘束，不能遂罢官归隐的心愿。先说终年局促在官署中，一到郊外，“杨柳散和风，青山澹吾虑”，大自然的风光让人心旷神怡，“澹吾虑”三字写出其快乐的情感。之后四句正面写郊游中或行或止的情形，见芳草地“微雨”迷蒙，听见“春鸠”鸣叫，点明春景。末尾四句是即景生情，直接抒发了对陶渊明所过隐居生活的向往。作者善于摄取平常景色，描绘出春日美丽的大自然风光，与陶渊明诗句“久在樊笼里，复得返自然”同一旨趣。

送杨氏女

韦应物

永日方戚戚[①]，出行复悠悠[②]。女子今有行，大江溯轻舟[③]。尔辈苦无恃，抚念益慈柔[④]。幼为长所育，两别泣不休。对此结中肠[⑤]，义往难复留[⑥]。自小阙内训[⑦]，事姑贻我忧[⑧]。赖兹托令门[⑨]，任恤庶无尤[⑩]。贫俭诚所尚[⑪]，资从岂待周[⑫]！孝恭遵妇道[⑬]，容止顺其猷[⑭]。别离在今晨，见尔当何秋[⑮]？居闲始自遣，临感忽难收[⑯]。归来视幼女，零泪缘缨流[⑰]。

【注释】

①永日：漫长的一天。方：正。戚戚：悲伤。②出行：指远嫁。悠悠：遥远。③溯（sù）：逆流而上。④“尔辈”两句：你们从小丧母，孤苦无依，所以我对你们的抚育就更加的慈爱温柔。⑤结中肠：哀伤之情郁结于心。⑥义往：指女儿已到出嫁年龄，理当嫁人。⑦阙（quē）：同“缺”。内训：闺门之教。⑧事姑：侍奉婆婆。贻（yí）我忧：让我忧虑。⑨赖：全赖。托令门：托付于好人家。⑩任恤（xù）：信任体恤。庶无尤：指不苛求，差不多没有过失就可以了。⑪诚所尚：诚然是所崇尚的。⑫资从：嫁妆。岂待周：何必完备齐全。⑬孝恭：孝顺恭敬。⑭容止：仪容举止。猷（yóu）：规矩。⑮当何秋：要到何年。⑯“居闲”两句：意谓平日里就开始自我排遣，谁知临别又伤感得难以控制。⑰零泪：流泪。缘：沿着。缨：系在下巴下的帽带。

【赏析】

韦应物早年丧妻，留下两女，数年来父女三人相依为命，感情颇为深厚。长女一旦出嫁，做父亲的百感交集，写下这首诗，为女送行。

诗人对亡妻的感情深挚，因此对从小丧母的女儿甚为怜爱，“尔辈苦无恃”是全诗关节所在，诗中其他许多话都从这句生发出来。

首四句是总起，点出长女出嫁远行，大江轻舟，感情上容易触动。女儿自幼失恃，幼女为长女抚育带大，姐妹分别，倍感悲切。女大当嫁，做父亲的心中也痛伤离别，希望她到夫家去能得到婆婆的爱怜，语重心长地对她谆谆训诫。诗人没有多写自己心中的依依不舍与悲痛之情，而是将主要的笔墨用于对女儿的嘱咐与教导，絮絮叮咛，字字感人肺腑。

然而，诗人尽管一开始尚能强忍泪水叮嘱女儿，可是等送走了女儿之后才发现自己还是控制不住。结末“归来视幼女，零泪缘缨流”，写送别后自己与幼女相对而泣，伤感情绪尤其沉痛，慈父送女儿出嫁时的复杂心情尽数包含其中。

全诗纯是父女情的白描，情真语挚，骨肉情深和慈父形象跃然纸上。

幽　居

韦应物

贵贱虽异等，出门皆有营①。
独无外物牵，遂此幽居情。
微雨夜来过，不知春草生。
青山忽已曙②，鸟雀绕舍鸣。
时与道人偶，或随樵者行。
自当安蹇劣③，谁谓薄世荣④。

【注释】

①营：经营，奔忙。②曙：天亮。此处指青山已隐约可见。③蹇劣：困厄，境遇不好。④薄世荣：鄙薄世俗的荣华富贵。

【赏析】

世俗之人总要为生活而出门奔走营谋，少有人能领会到幽居之乐。韦应物在这首诗中描写了自己幽居独处的生活情趣，营造出一悠闲宁静的境界。

起首四句表达对世态的看法：无论贵贱高低，不管目的有何不同，世人总要为了生存而出门奔走。虽是平平写来，却多少透露出一点感慨和厌倦之意，但诗人并不打算继续描写人生的不易，而是以此为背景，将自己和世人判然分开，得偿所愿地实现了向往已久的幽居生活。一个“独”字与“皆有营”形成反衬，颇有举世皆劳我独闲的意味。诗人此时的心情愉快而安闲，于是笔下的景物也抹上了明丽轻快的色彩。

中间六句是对幽居所见的景色和日常生活的描绘：细柔的春雨夜来，春草暗生，青山转眼间放晴，鸟雀在屋舍边热闹啼鸣，纯然一幅充满春天气息的闲适图画。看似写景，实则写情，表现了诗人幽居的宁静以及对大自然的热爱。自己出游，不时与道人相遇，与樵夫相过从，更显得随意而自在。

末二句诗人表明心迹，说自己并非是那种鄙薄世上荣华富贵的高雅之士，而是因愚拙而安于这种幽居生活。将自己同真正的隐士区别开来，既表明他对独善其身的满足，也表示对别人的有所追求并不鄙弃。

全诗笔调轻松自然，无丝毫着力经营处，却自有一种高远闲淡的趣味。

I

滁州西涧

韦应物

独怜幽草涧边生，上有黄鹂深树鸣。

春潮带雨晚来急，野渡无人舟自横。

【赏析】

滁州，州名缘于涂水（滁河），即今安徽省滁州市。西涧，就是西面的山间溪流。

这是韦应物最负盛名的写景佳作，当时他由比部员外郎出为滁州刺史，西涧在滁州西门外。韦应物生性高洁，笃信佛教，喜幽静，好诗文。他时常独步郊外，最喜爱滁州西涧清幽的景色，一天游览至此，遂写下这首小诗。

诗写春游滁州西涧赏景和晚潮带雨的野渡所见。“独怜”是偏爱的意思，诗人偏爱春景的自生自荣，故能见得涧边幽草的自生、深树黄鹂的自鸣、自来的春潮带雨、野渡无人而舟自横。独独喜爱“涧边”的“幽草”，说明诗人具有恬淡的胸怀。树荫深处有黄鹂在婉转啼鸣，清丽的色彩与悦耳的声音已交织成一幅娴雅幽静的图画。

而春雨中晚潮汹涌，郊野的渡口没有行人，唯有一叶孤舟悠然漂浮，境界骤然开阔，充满疏野的趣味，堪称自然形成的工巧之笔。

这首诗是否有所寄托，所托何意，历来争论不休。不过诗中确实表达了安贫守节的淡泊情怀，隐约流露出一种无奈、忧伤的情绪。

卢　纶

生卒年不详，字允言，河中蒲（今山西永济）人。“大历十才子”之一。安史乱起，避难于江西鄱阳。代宗大历初，屡举进士不第。后补阌乡尉，迁监察御史，终检校户部郎中。其诗多送别赠答之作，边塞诗慷慨雄浑。《全唐诗》存其诗五卷。有《卢户部诗集》。

送李端

卢　纶

故关衰草遍[1]，离别正堪悲。

路出寒云外，人归暮雪时。

少孤为客早[2]，多难识君迟。

掩泣空相向，风尘何所期[3]？

【注释】

① 故关：故乡。② 少孤：指自己从小丧父。为客早：意谓从很早的时候便开始了漂泊的生活。③ 风尘：纷乱的世道。何所期：不知后会何期。

【赏析】

卢纶、李端都属于“大历十才子”之列，两人交谊深厚，一旦相别离，自是“堪悲”。而相送之地偏又是遍地衰草的故乡，加上严冬的寒云暮雪，一派肃杀的景象，而路遥人凄凉，景语尽成情语。首联从故乡的衰草落笔，写送别的环境气氛，在这样凄凉的环境中送别故人，离愁别绪自然更加深重。“离别正堪悲”写得平直、刻露，但因为是紧承上句而来，故不但不显平淡，反而提挈全篇，奠定了深沉感伤的基调。

回忆以往，两人识交于作客多难之中，一“早”一“迟”，属对工稳，语切情真，有相见恨晚之意，悲凉回荡不已。这两句不仅是感伤个人的身世飘零，也间接反映出时代的动乱以及人们在乱世中飘零无依的生活，感情沉郁。

一别之后，天下风尘扰扰，不知以后何时能够再相会，故诗人回忆完不胜伤感的往事之后，越发依依不舍，却只能站在送别之地，徒然地对着友人远去的方向掩面而泣。

诗以“悲”字贯穿全篇，句句扣紧主题，抒情多于写景，基调悲凉，哀婉感人。

塞下曲六首（其一）

卢　纶

鹫翎金仆姑①，燕尾绣蝥弧②。

独立扬新令③，千营共一呼。

【注释】

①鹫（jiù）翎：指用雕的羽毛做的箭羽。②蝥（máo）弧：旗名。③扬新令：挥旗下达新的命令。

【赏析】

诗题一作《和张仆射塞下曲》，一组六首，此选了前四首。这首写将军动员出发时的情景，很有声势。前二句渲染写弓箭旗帜，足见军营装备精良，军容整肃。将军独立高处发号施令，全军齐声响应，声震山河，显出将军凛凛威风、上下同心的雄壮士气。令前着一“新”字，暗示将军对敌情的变化了然于胸，熟习战法。语言精练，有如一沙一世界，寥寥二十字中，涵容了千军万马出征前誓师的浩大壮观的场面。

塞下曲六首（其二）

卢　纶

林暗草惊风①，将军夜引弓②。

平明寻白羽③，没在石棱中④。

【注释】

①惊风：突然被风吹动。②引弓：拉弓、开弓，这里包含下一步的射箭动作。③白羽：箭杆后部的白色羽毛，这里指箭。④没：陷入，这里是钻进的意思。石棱：石头的边角。

【赏析】

塞下曲，古代歌曲名，多是描写边境风光和战争生活的。这首诗写将军夜出巡边的情形，借用汉代名将李广狩猎射石的典故，见得边境巡防的严肃和将军的勇武。诗的开篇即以“暗”点出野营区域深林繁盛蓊郁和天色已晚，“草惊风”渲染出隐隐然似有老虎潜行草木为之纷披之状，着一“惊”字，见出一片紧张异常的气氛，也暗示了将军是何等警惕，为下文“引弓”做了铺垫。一惊之后，将军敏捷地搭箭引弓，不失从容镇定。天明寻箭，竟“没在石棱中”，足见将军的神勇有力，让人不由得联想起战场上他将是何等英勇善战。

塞下曲六首（其三）

卢　纶

月黑雁飞高，单于夜遁逃[1]。
欲将轻骑逐，大雪满弓刀。

【注释】

①单（chán）于：本指匈奴的首领，此指入侵者。

【赏析】

月黑雁飞，匈奴单于趁机夜遁逃跑，自可想知双方鏖战，唐军得胜，单于被围已久。将军带领轻骑追击穷寇，而刹那间雪花落满弓刀，可见漠北边塞之严寒和守边防之不易。诗人善于纳实涵虚，写出实景，渲染出气氛，述雪夜破敌，在短短四句中容下边塞防战的无边风云气象，气魄雄伟，音调响亮。诗以“大雪满弓刀”婉转作结，而追击穷寇与否及后事如何则淡出画面，在“大雪满弓刀”中寓无尽之意，底蕴深厚，令人品味不尽。

塞下曲六首（其四）

卢　纶

野幕敞琼筵[①]，羌戎贺劳旋[②]。
醉和金甲舞，雷鼓动山川[③]。

【注释】

① 野幕：设在野外的营帐。琼筵：丰盛精美的宴席。② 羌戎：古时对西北少数民族的通称。③ 雷：通“擂”。

【赏析】

大战凯旋，在郊野的营帐中摆下精美宴席。不仅三军将士庆贺，就是羌戎也前来庆贺助兴，可见唐军非但勇能却敌，而且德能感人，其巩固边防而战符合边区各民族的共同利益。将士乘着酒兴，来不及脱下铠甲就起舞，鼓乐声震天动地，席间热烈欢腾的场面无不历历在目，令人振奋。诗人抓住奏凯庆宴这样的典型事例来加以生动描写，语言精练含蓄，音韵铿锵有力，情态活跃鲜明，为写边塞军营生活的杰作。

晚次鄂州

卢　纶

云开远见汉阳城，犹是孤帆一日程。

估客昼眠知浪静①，舟人夜语觉潮生②。

三湘愁鬓逢秋色③，万里归心对月明。

旧业已随征战尽④，更堪江上鼓鼙声⑤！

【注释】

①估客：商人。②舟人：船家。③三湘：漓湘、潇湘、蒸湘的总称。④旧业：指家中产业。⑤鼓鼙（pí）：指军鼓。

【赏析】

这首诗原注为“至德（756—758）中作”，其时正在安史之乱中，又逢永王李璘发动兵变，导致江淮大乱。在这样的时代背景下，卢纶曾避乱鄱阳，此诗当是他在乱后返乡，路过三湘期间所作。

“估客昼眠知浪静，舟人夜语觉潮生”一联细致真切地刻画了船上白天和夜晚的情景，上句动中写静，下句静中写动，神思在轻浪夜语中回旋，渐次盈满，引出后半部分的浩叹。路经三湘正逢秋，万里归心似箭，但田园家业已经在战乱中丧失殆尽，无家可归，舟行江上又听见阵阵战鼓声，更觉不堪。

这首诗只截取漂泊生活中的一个片段，却集中地反映了广阔的社会背景，流露出厌战、伤老、思归之情，倍觉深沉。

李　益

公元748—829年，字君虞，陇西姑臧（今甘肃武威）人。唐代宗大历四年（769）登进士第。兼备各体，尤长七绝，诗风凝练含蓄，韵味深长，胡应麟以为“七言绝，开元之下，便当以李益为第一”。《全唐诗》存其诗两卷。有《李君虞集》。

喜见外弟又言别

李　益

十年离乱后①，长大一相逢。
问姓惊初见，称名忆旧容。
别来沧海事②，语罢暮天钟。
明日巴陵道③，秋山又几重。

【注释】

①十年离乱：指安史之乱。②沧海：比喻世事变化巨大，有如沧海变桑田、桑田变沧海那样。③巴陵：今湖南省岳阳市，即诗中外弟将去的地方。

【赏析】

外弟，就是表弟。这首诗直抒与外弟暂会又别的叹惋之意、惜别之情，有伤乱感时之慨。

十年离乱后，各自长大了，外形自然改变极多，偶然相逢，先问姓氏，心里已经有些惊疑了；等到说出名字，立即想起旧容，不禁化惊为喜。“问姓惊初见，称名忆旧容”是人人在世事无常下常会遇到的情形，也是人人心中所欲言而不能言的，诗人以家常话的方式脱口而出，令人觉得格外亲切有味。

后半部分写“又言别”。乱离时代沧海横流，处处难安，几乎每个普通人都处于颠沛流离之中，多少事难以尽述，而“语罢”于暮色钟鸣。

“明日”点出二人聚散匆匆，“巴陵道”提示了表弟远行的去向。“秋山又几重”，只用群山阻隔的画面便形象地把新的离别场景展现在读者面前。用“秋”形容“山”，在点明时令的同时，又隐蕴着后会难期的惆怅心情。结句不直接说别而别意自见，神韵自然。

从由惊而喜的久别忽逢，到由喜入悲的匆聚又别，再现了乱离中人生聚散无常的典型场面，抒发了真挚的至亲情谊，读来亲切感人。沈德潜说它是“一气旋折，中唐诗中仅见者”。

夜上受降城闻笛

李　益

回乐峰前沙似雪①，受降城外月如霜。

不知何处吹芦管②，一夜征人尽望乡。

【注释】

①回乐峰：灵州回乐县附近的烽火台，在今宁夏灵武市一带。

②芦管：芦笛。

【赏析】

“受降城”，唐代修筑了西、中、东三座受降城，以防突厥入侵，这里指西受降城。此诗意在抒写边防将士之乡情。

前二句写月下边塞的景色：回乐峰前平沙似雪，受降城外月华如霜，一片寒冷凄凉景象，足以勾魂摄魄，为下文做了铺垫。

第三句描写声音：闻见芦管悲声，不知是何人所吹奏。

第四句写心中感受：芦笛声触动征人思乡之情。月夜本已经牵动人的绵绵情思，而声声芦笛，顿时将满腔的思乡之情触发，无可遏制。

全诗把景色、声音和感受融为一体，意境蕴藉浑成，风格清远空灵。《唐诗纪事》说这首诗在当时便被作曲入画，可见其流传之广、之深。

江南曲

李　益

嫁得瞿塘贾[①]，朝朝误妾期。
早知潮有信[②]，嫁与弄潮儿。

【注释】

①贾：商人。②潮有信：潮水涨落有一定的时间，叫“潮信”。

【赏析】

这是一首闺怨诗。在唐代，以闺怨为题材的诗主要有两大内容：一是思征夫词；一是怨商人语。这是有其历史原因、社会背景的。由于唐代疆域辽阔，边境多事，要征调大批将士长期戍守边疆，同时，唐代商业已很发达，从事商品远途贩卖、长年在外经商的人日见增多，因而作为这两类人的妻子不免要空闺独守，过着孤单寂寞的生活。这样一个社会问题必然要反映到文学作品中来，而抒写她们怨情的诗也就大量出现了。

商人重利轻离别，屡屡失约延期不归。女主人公常常独守空闺，怨丈夫一去不归，还不如潮涨潮落定时守信，结果竟发痴想，还不如嫁给弄潮儿呢。看似轻薄荒唐，实际是常年苦苦等候而终究失望的满腔怨恨。怨之深，是源于情之切，从“早知”二字，可见商妇并非妄想他就，而是望夫不至之痴情痴语。诗的构思很巧妙，通篇都是女主人公的心理活动，语言真切直率，尤其见得女主人公热切希望过上正常的家庭爱情生活。

写　情

李　益

水纹珍簟思悠悠[①]，千里佳期一夕休[②]。

从此无心爱良夜，任他明月下西楼[③]。

【注释】

①水纹珍簟：精美的卧席。悠悠：漫长，遥远。“水纹”句写独宿无眠，回忆往事。②佳期：指和对方约定欢会的日期。“千里”句是说，由于风云突变，千里佳期一下子破灭了。③“从此”两句：从今以后再也无心欣赏良辰美景。深刻地表达了失恋的悲哀。

【赏析】

这首七绝以《写情》为题，细玩全诗，很像是写恋人失约后的痛苦心情。蒋防《霍小玉传》中说，李益早岁入长安应试，与霍小玉相爱，立下结为终身伴侣的誓言。后来，李益回乡探望母亲，不料其母已给他和表妹卢氏订婚，迫于压力，他不敢违拗，小玉也为此饮恨而死。从此，李益“伤情感物，郁郁不乐”。此诗也许与此事有关。此诗所写的时间是在女友失约后的当天晚上。诗人躺在花纹精细的珍贵竹席上，夜不能寐，思绪万千。期待已久的，那原本约定千里来相聚的约会，因为事情突变，终于只得作罢，让人憾恨不尽，心如刀割。“佳期”而言“千里”，可见是远地相期，盼望已久，机会难得。“休”而言“一夕”，足见这段感情断绝得如此快而决绝。刚刚分手，正是诗人最痛苦的时刻。夜深人静，想起这件事来，他辗转不能入眠。一、二两句从因果关系来看是倒装句法，首句是果，次句是因。

这个令人痛苦的夜晚，偏偏却是一个风清月朗的良宵，良夜美景对于爱情失意的诗人说来，不过形同虚设，没有任何意义。因为所爱之人已经不能和自己在一起了，那么这种落寞和寂寥，里面饱含的遗憾与失落，还有那对爱人魂牵梦萦的牵挂，即便是以后再多的美景良宵，又怎能有心情去欣赏呢？一轮明月洒下美丽的月光。月亮悄悄地向着楼西落下了。夜已经很深了。但对作者而言，月上东楼，月下西楼。月亮是月亮，自己是自己，从此两不相涉。对失恋的人来说，美丽的明月不过徒增悠悠的愁思，勾起痛苦的回忆而已。

这首诗的艺术特点是以美景衬哀情。在一般情况下，美丽的月夜让人心旷神怡、畅情抒怀，但对一个沉浸在痛苦中的心灵，美对他起不了什么作用，反而更愁苦烦乱。此诗用“良夜”“明月”来烘托和渲染愁闷，孤独、怅惘之情，诗情显突出，更含蓄，更深邃。三、四两句所表现的心情与外景的反差，既是眼前情况的写照，更预设了今后的情景。“从此无心爱良夜”，“从此无心”四字表示决心之大，决心之大正见其痛苦之深，终生难忘。“任他”二字又表现出诗人的心灰意懒，表现出对所爱者的忠诚。

孟　郊

公元751—814年，字东野，湖州武康（今浙江德清）人。少隐嵩山，德宗贞元十二年（796）登进士第。五十岁出任溧阳县（今溧阳市）县尉。秉性孤直，终生贫困潦倒，死后竟无钱下葬。其诗与韩愈齐名，为韩孟诗派的开派人物。大部分诗抒写个人的穷苦情怀，与贾岛有相似处，故有“郊寒岛瘦”的说法。《全唐诗》存其诗五卷。有《孟东野诗集》。

列女操

孟　郊

梧桐相待老[①]，鸳鸯会双死。
贞妇贵殉夫，舍生亦如此。
波澜誓不起[②]，妾心古井水。

【注释】

①梧桐：梧为雄树，桐为雌树。②“波澜”句：意谓心中不会再起波澜。

【赏析】

《列女操》为乐府旧题，属《琴曲》歌辞。列女即烈女，操为《琴曲》体裁之一。这是一首颂扬贞妇烈女的诗。

唐代的妇女虽然较为自由，但也讲究礼法，其主要的道德教育是恪守妇道，谨遵三从四德。有关女子家教的书很多，如《列女传》《孝女传》《女论语》《女诫》等。即使是皇室公主，亦颇受礼教影响，不乏尽心尽力相夫教子、侍奉公婆者。比如肃宗女儿和政公主，安史之乱时备尝艰辛，躬操炊食，并教育诸子俭素、不服纨绮。

篇首以梧桐偕老和鸳鸯双死来起兴，引出贞妇殉夫。结末是烈女的自誓：我心如古井水，永远不再起波澜。下语斩绝，足见其守节不嫁的一片贞洁之心。

关于此诗的内容，有人认为诗人在其中有所寄托，即借烈女之心性坚贞，表达诗人志洁行廉、不为浮靡所动摇的品行。

游子吟

孟　郊

慈母手中线，游子身上衣。
临行密密缝，意恐迟迟归①。
谁言寸草心②，报得三春晖③。

【注释】

①意恐：担心。②寸草心：以萱草来表达子女的孝心。寸草，萱草。萱草是我国传统的母亲花。③三春晖：春日温暖的阳光。比喻母爱的温暖。三春，春季的三个月。旧称农历正月为孟春，二月为仲春，三月为季春，是为三春。晖，阳光。

【赏析】

孟郊早年漂泊不定，窘困潦倒，直到五十岁时才做了溧阳（在今江苏南方）县尉。本篇题下作者自注："迎母溧上作"，正是他居官溧阳、迎接母亲裴氏时所作。这首小诗主要描写深挚的母爱。

慈母为即将远行的游子赶制衣衫，因为担心儿子迟迟难归，所以把衣服缝得密密实实的。对于孟郊这样一位常年颠沛流离、居无定所的游子来说，慈母缝衣的普通场景已经在他心中永远定格。没有多余的语言，也没有感动的泪水，慈祥的母爱，正是从这日常生活中最普通的场景中流溢而出，拨动着每一位读者的心弦，激起了强烈的共鸣。语言朴素自然，亲切感人。

这种密切真挚的母爱，做儿子的哪能报答得完呢？"谁言寸草心，报得三春晖"是前四句的升华，诗人出以反问，用通俗形象的比兴，加以悬绝的对比，意味尤为深长，感情愈发淳厚深挚。这两句是前四句的升华，寄托了一片醇厚真挚的赤子之情：母爱就像春日暖阳般厚博，寸草的小小孝心又怎么报答得了呢？

诗人宦途失意，饱尝人情冷暖，便越觉出亲情的可贵。这首诗情真意切，仿佛从心田自然流露出来，在清新流畅、淳朴素淡的语言中，饱含着浓郁醇美的诗味，千百年来拨动多少读者的心弦，引起万千游子的共鸣。《载酒诗话》称此诗"为全唐第一"。

登科后

孟　郊

昔日龌龊不足夸①，今朝放荡思无涯②。

春风得意马蹄疾，一日看尽长安花。

【注释】

①龌（wò）龊（chuò）：局促，拘束。指多年来困窘的处境和抑郁的心情。不足夸：不值得一提。②放荡：无忧无虑，自由自在。

【赏析】

孟郊早年贫病穷寒，潦倒失意。他曾周游湖北、湖南、广西等地，希望能一展抱负，却始终无所遇合，又屡试不第。直到四十六岁那年，孟郊终于进士登科，他满怀欣喜，提笔一挥而就，写下了这首别具一格的小诗。

诗人两次落第，一直怀才不遇，如今却一举高中，说是平步青云毫不为过，故而诗一开头就毫不掩饰地直接倾泻出自己内心的狂喜，认为昔日的困顿不值得一提了，今朝扬眉吐气，毫无挂碍，胸臆间自然是说不出的喜悦畅快。

按唐制，进士考试在秋季举行，发榜则在下一年春天。这时候的长安，正是春风轻拂，春花盛开。城东南的曲江、杏园一带春意更浓，新进士在这里宴集同年，“公卿家倾城纵观于此”（《唐摭言》卷三）。新进士们“满怀春色向人动，遮路乱花迎马红”（赵嘏《今年新先辈以谒密之际每有宴集必资清谈书此奉贺》)，其中的风光与荣耀真是羡煞旁人。

“春风得意马蹄疾，一日看尽长安花”是广为传诵的名句，人们还从中化出了“春风得意”和“走马观花”两个成语。诗人此际心情畅快，感觉春风似乎也变得善解人意，轻柔地吹拂着，使人满心舒畅，而骏马好像也通晓骑手踌躇满志的心情，四蹄生风，纵情驰骋。偌大的长安城中开满了春花，城内行人众多、车马拥挤，是不可能策马疾驰的，但诗人却认为，当日的马蹄格外轻疾，尽可将满城鲜花一日看尽。因为诗歌写出了真情实感，遂将无理变有理。

诗人意到笔成，酣畅淋漓地表现了自己高中后心情舒畅的情态，明朗畅达而又别有情韵。

崔　护

公元772—846年，字殷功，博陵（今河北定州市）人。贞元十二年（796）进士及第。大和三年（829）为京兆尹，同年为御史大夫、岭南节度使。其诗精练婉丽，语极清新。《全唐诗》存其诗六首，皆是佳作，其中以《题都城南庄》最为脍炙人口，流传也最广。

题都城南庄

崔　护

去年今日此门中，人面桃花相映红①。
人面不知何处去，桃花依旧笑春风②。

【注释】

①人面：姑娘的脸。第三句中的“人面”指代姑娘。②笑：形容桃花盛开的样子。

【赏析】

诗题中的“都”指唐朝的京城长安。据孟棨《本事诗》记载，崔护因举进士落第，在清明日独自踏青游玩到都城南庄，口渴向一户人家求饮。一女子给他端来一杯水，倚在正开花的小桃树边看他，姿容甚美。第二年清明，崔护忆及当时情景，情不可抑，遂前往探寻，可门已上锁无人，于是在门上题写了此诗。

诗的前两句是追忆往昔的情景。“人面桃花相映红”，历来被认为是传神的描绘，灼灼桃花和少女美丽的容颜交相辉映，将对人的喜爱和桃花的赞美叠合在一起，形成了最美丽动人的一幕。

后两句是感叹今日重寻不遇。桃花依旧迎风含笑开，而人面却杳然不见。“依旧”二字，含有无限惆怅。

诗人通过今昔时间相同、桃花相同而人不见的映照对比，形成前后呼应、回环往复之妙，曲折地表达出美好回忆和无限怅惘交织的复杂思绪。

“人面不知何处去，桃花依旧笑春风”两句，因其以看似简单的人生经历道出了无数人都似曾有过的共同体验，而成为千古传诵的名句。

权德舆

公元759—818年，字载之，天水略阳（今甘肃秦安）人。幼颖悟，四岁能诗，十五岁时为文数百篇。德宗时，召为太常博士，改左补阙，迁起居舍人、知制诰，进中书舍人。宪宗时，拜礼部尚书、同中书门下平章事，后徙刑部尚书，复以检校吏部尚书出为山南西道节度使。卒谥文，后人称为“权文公”。以文章著称，是中唐台阁体的重要作家。《全唐诗》存其诗十卷。《全唐文》编其文为二七卷。有《权载之文集》五十卷。

岭上逢久别者又别

权德舆

十年曾一别，征旆此相逢。
马首向何处？夕阳千万峰。

【赏析】

十年不见，今日却出乎意料地在路上碰见，可谓是喜出望外。两人该有多少事要相互问答，该有多少沧桑变化要细细详谈，但是二人却没有，只因为他们在征路上。

一、二句淡淡道出双方“十年”前的“一别”以及此刻在“征旆”上的“相逢”。作者称对方为“久别者”，这说明双方可能并非挚友。一般情况下，泛泛之交者别后重逢很难留下深刻的印象，但中间隔了十年的漫长岁月，很容易引发对于人事沧桑的感慨。

这首诗的重点不是抒写久别重逢的感慨，而是重逢后又一次匆忙别离。匆匆之间，有再多的话也不容细说，只能问一句：这又要到哪里去？这个问句堪称妙笔，重逢之短暂、再别之匆匆的情景，跃然目前。久别重逢，旋即又别，该有多么遗憾、惆怅啊。诗人却没有直接写作别双方的表情、语言、动作、心理，而是描绘了一幅深山夕照的情景，而在这幅图画中却尽染了诗人无限的情思，带上了黯然神伤的意味，有着余韵不尽的艺术效果。

这首二十字的小诗，没有一个难字，没用一个典故，整篇都是朴素平淡的语言，却蕴含着隽永的情韵，有着不事雕琢的天然风味。

常　建

生卒年不详，玄宗开元十五（727）年进士。但仕途并不如意，一生浪迹山水，以琴酒自娱，最后移家隐居鄂渚。其诗多写山水田园，意境深远，盛唐人对其诗评价甚高。《全唐诗》存其诗一卷。

宿王昌龄隐居

常　建

清溪深不测①，隐处惟孤云。
松际露微月②，清光犹为君③。
茅亭宿花影④，药院滋苔纹⑤。
余亦谢时去⑥，西山鸾鹤群。

【注释】

①深不测：指清溪之水流入山林深处，不见尽头。②“松际”句：意谓月儿刚刚升上松树梢头。③“清光”句：意谓月光犹自为君而来。④宿花影：意谓夜已深沉，花影如眠。⑤药院：长着芍药的庭院。滋：滋生。⑥谢时：辞别俗世。

【赏析】

开元十五年（727），常建与王昌龄同榜登科。常建曾寓居鄂渚（今湖北武昌），以诗招王昌龄同隐。这首诗通过寄宿者之眼来观察王昌龄隐居的地方，开头两句写王昌龄隐居之所在，用一“惟”字，表明除了孤云外，没有别的俗物。中间四句写夜宿此地，选取了松间月、茅亭花影、药院苔纹等景色，写出了夜景之清幽，如出尘表。其中“茅亭宿花影，药院滋苔纹”两句对仗工整，炼字精准，“宿”“滋”字是全诗“诗眼”所在。最后两句写自己心生向往，想要离开俗世归隐，和西山的鸾鹤为群，这可说是情随境迁。此诗冲淡秀丽，神清气朗，境界幽远，在盛唐时就被誉为山水诗名篇，到了清代更是受到“神韵派”的推崇。

破山寺后禅院

常 建

清晨入古寺，初日照高林。
曲径通幽处，禅房花木深。
山光悦鸟性①，潭影空人心。
万籁此俱寂②，惟闻钟磬音。

【注释】

①悦：这里用作动词，意思是使之愉悦。②万籁：自然界的各种声响。籁，凡是能发出音响的孔穴都叫“籁”。这里指自然界的一切声音。

【赏析】

破山寺，在今江苏常熟虞山（破山）北，始建于南朝齐时。这首诗描写清晨游破山寺后禅院的观感，抒发了寄情山水的隐逸胸怀。

首二句为流水对。“清晨”点明出游的时间，“入古寺”点明地点。下句紧扣“清晨”描绘出寺院的全景：初升的旭日映照着高林，突出了寺院的清幽和宁静。

以下六句为一路迤逦行来所见所闻，愈转愈静。后禅院是寺庙中幽深安静之处，“曲径通幽处，禅房花木深”这两句写由幽径至禅房深处，似乎读者也被带领着从平易中进入胜景，其清幽美妙，令人惊叹、陶醉。欧阳修很喜欢这两句，“欲效（常）建作数语，竟不能得，以为恨”。而接下来的“山光悦鸟性，潭影空人心”更是警策，它紧承上联，用一“悦”字写鸟因山光焕发而飞鸣欢唱；用一“空”字写人见潭水清澈映着倒影，心境空灵。表面上是写山光使飞鸟愉悦，实际上是诗人愉悦心情的反映，因景生情，含蓄隽永。

尾联是对上一联的补充，写由空入定，只闻佛寺钟磬之音。这是以动衬静的写法——山中只有钟磬声在回荡，才越发映衬出山寺万籁俱寂的宁静氛围。

全诗通体幽绝，兴象深微，笔笔超妙，万象俱化作禅意，读后令人尘气顿消。

张 籍

生卒年不详，字文昌，祖籍吴郡（今江苏苏州），后移居和州（今安徽和县）。唐德宗贞元十五年（799）登进士第。历任太常寺太祝、水部员外郎、主客郎中、国子司业等职，世称“张水部”或“张司业”。曾从学于韩愈，世称韩门弟子。其乐府诗主要反映社会现实，多用口语，平易自然，与王建齐名，并称“张王乐府”。绝句清新自然，风神秀朗。《全唐诗》存其诗六卷。有《张司业集》。

没蕃故人

张 籍

前年戍月支①，城下没全师②。
蕃汉断消息，死生长别离。
无人收废帐③，归马识残旗。
欲祭疑君在，天涯哭此时。

【注释】

①月支：西域国名，此代吐蕃。②没：覆没。全师：全军。③废帐：遗弃的帐篷。

【赏析】

此诗是悼念为征战覆没于吐蕃的故人而作，流露出非战思想。从戍守吐蕃到全师覆没，因消息断绝而不知其生死。唐朝开边征战中常有将领对败绩隐瞒不报的情形，故诗人现今方知“前年”全军覆没的消息，才有了后面的过期追悼，增添了全诗的悲剧色彩。“无人收废帐，归马识残旗”为诗人想象之词，真切地描写了战地荒凉惨烈的景象，令人触目惊心。诗人欲要祭祀，却又存侥幸心理，幻想友人能生还，这种且惊且痛且疑的复杂心情，读来让人愈觉惨痛。俞陛云在《诗境浅说》中评说：“诗为吊绝塞英灵而作，苍凉沉痛，一篇哀诔文也。”

节妇吟

张　籍

君知妾有夫，赠妾双明珠。
感君缠绵意，系在红罗襦①。
妾家高楼连苑起，良人执戟明光里②。
知君用心如日月，事夫誓拟同生死。
还君明珠双泪垂，恨不相逢未嫁时。

【注释】

①襦：短衣，短袄。②明光：指汉代明先殿。泛指宫殿。

【赏析】

安史之乱后，唐朝出现了藩镇割据的局面。这些藩镇的节度使据地自雄，独揽一方的军政财权，不受中央管辖。他们为了扩张自己的势力，还用各种手段拉拢文人和中央官吏。本篇题下注云“寄东平李司空师道”，李师道是当时藩镇之一的平卢淄青节度使，兼有检校司空、同中书门下平章事的头衔，其势力较大。他以书币聘请张籍前往，张籍在此诗中以忠贞不贰的节妇自比，委婉而坚决地拒绝了他的政治拉拢。

从题面上来看，此诗描写了一位忠于丈夫的妻子，在经过一番思想斗争后终于拒绝了一位多情男子的追求，风情无限，富有民歌的风味，极古调之极致。在喻义层面上看，它表达了作者对朝廷忠贞不贰的决心。“君”指李师道，“妾”是张籍自比，“良人”则指中央，“双明珠”比喻李师道拉拢作者为之效劳的各种手段，也就是显赫的名声地位以及富贵荣华等。作者经过慎重考虑，恪守了“富贵不能淫”的节操，像一位节妇那样委婉地拒绝了对方的引诱。但李师道权势滔天，而且嚣张跋扈，对不服从和反对他的人一律不择手段地加以剪除，诗人并不想得罪他，因此没有用强硬的态度断然拒绝，而是写了这首诗，委婉而巧妙地回拒了他。

全篇将人物的心理刻画得十分细腻，虽是拒人于千里之外，却入情入理，委婉熨帖。

王　建

公元约767—约830年，字仲初，颍川（今河南许昌）人。出身寒微。早年离家寓居魏州乡间。贞元十三年（797），离家游历，曾北至幽州、南至荆州等地。元和八年（813）前后，任昭应县丞。长庆元年（821），迁太府寺丞，转秘书郎。在长安时，与张籍、韩愈、白居易、刘禹锡等均有往来。大和初，再迁太常寺丞。官终陕州司马，世称“王司马”。事迹见《唐诗纪事》《唐才子》。其诗以乐诗知名。有《王司马集》。

望行人

王　建

自从江树秋，日日望江楼。
梦见离珠浦，书来在桂州。
不同鱼比目，终恨水分流。
久不开明镜，多应是白头。

【赏析】

这是一首思妇怀念行人的诗。

首联点明时节已经是秋天了，思妇天天登楼眺望，盼望能看见行人归来的帆船。“自从”两字暗示出行人之前说定的归期已经到了，人却未如约归来。

思妇不知道行人为何逾期不归，只能在家中苦苦等候，望眼欲穿，心中不断地计算着行人的路程，这种忧思甚至形诸梦寐。梦见行人已经离开珠浦了，可却得到书信说人还在桂州，由此可以想见思妇盼人之心切而得书之失望。

思念愈切、遗憾愈深而幽怨愈重，故逼出五、六句，慨叹夫妇间不能像比目鱼一般相聚在一起，恨见流水分开各自远去。

末尾两句为思妇的自我揣测之辞。“久不开明镜”，说明行人在外，既无悦己者，自然无心对镜妆容，与《诗经》中的“自伯之东，首如飞蓬”有异曲同工之妙，而“多应是白头”则体现出思妇忧伤之剧。

韩　愈

公元768—824年，字退之，河内河阳（今河南孟州市）人。因其郡望在昌黎，故世称“韩昌黎”。德宗贞元八年（792）登进士第。贞元十九年，因言关中旱灾，触怒权臣，被贬为阳山令。宪宗元和元年（806）召拜国子博士。元和十二年从裴度讨淮西吴元济有功，升任刑部侍郎。元和十四年，上表谏迎佛骨，贬潮州刺史，后历任国子祭酒、吏部侍郎、京兆尹等职。大力倡导古文运动，其散文被列为“唐宋八大家”之首，与柳宗元并称“韩柳”。主张“以文为诗”，作诗力求新奇，且多议论。《全唐诗》存其诗十卷。有诗文合编《昌黎先生文集》。

山　石

韩　愈

山石荦确行径微[①]，黄昏到寺蝙蝠飞[②]。
升堂坐阶新雨足[③]，芭蕉叶大支子肥[④]。
僧言古壁佛画好[⑤]，以火来照所见稀[⑥]。
铺床拂席置羹饭[⑦]，疏粝亦足饱我饥[⑧]。
夜深静卧百虫绝[⑨]，清月出岭光入扉[⑩]。
天明独去无道路[⑪]，出入高下穷烟霏[⑫]。
山红涧碧纷烂漫[⑬]，时见松枥皆十围[⑭]。
当流赤足踏涧石[⑮]，水声激激风生衣[⑯]。
人生如此自可乐[⑰]，岂必局促为人鞿[⑱]？
嗟哉吾党二三子[⑲]，安得至老不更归[⑳]！

【注释】

①荦（luò）确（què）：同“洛却”。指山石险峻不平的样子。

行径：指山路。微：狭窄。② 蝙蝠：哺乳动物，夜间在空中飞翔，捕食蚊、蛾等。这是写山寺黄昏的景象并点明到寺的时间。③ 升堂：进入寺中厅堂。阶：厅堂前的台阶。新雨：刚下的雨。④ 支子：即栀子。常绿灌木，夏季开白花，香气浓郁。这两句说，进入厅堂后坐在台阶上，这刚下过的一场雨水该有多么充足；那吸饱了雨水的芭蕉叶子更加硕大，而挺立枝头的栀子花苞也显得特别肥壮。诗人热情地赞美了这山野生机勃勃的动人景象。⑤ 佛画：古壁上的佛画像。⑥ 所见稀：即少见的好画。稀，依稀，模糊，看不清楚。一作“稀少”解。这两句说，和尚告诉我说，古壁上面的佛像很好，并拿来灯火观看，尚能依稀可见。⑦ 置：供。羹（gēng）：同“耕”，菜汤。这里是泛指菜蔬。⑧ 疏粝（lì）：糙米饭。粝，同“历”。这里是指简单的饭食。饱我饥：给我充饥。⑨ 百虫绝：一切虫鸣声都没有了。⑩ 清月：清朗的月光。出岭：指清月从山岭那边升上来。夜深月出，说明这是下弦月。光入扉：指月光穿过门户，照到室内。扉（fēi），门。⑪ 无道路：指因晨雾迷茫，不辨道路，随意步行的意思。⑫ 出入高下：指进进出出于高高低低的山谷径路的意思。穷烟霏：空尽云雾，即走遍了云遮雾绕的山径。霏，氛雾。⑬ 山红涧：即山花红艳、涧水清碧。纷：繁盛。烂漫：光彩四射的样子。⑭ 枥（lì）：同“栎”，落叶乔木。十围：形容树干非常粗大。两手合抱一周称一围。⑮ 当流：对着流水。赤足踏涧石：是说对着流水就打起赤脚，踏着涧中石头蹚水而过。⑯ 风生衣：本是风吹衣动，而诗人却感觉风像是从衣中发出的，所以说“风生衣”。⑰ 人生如此：指上面所说的山中赏心乐事。⑱ 局促：拘束，不自由的意思。鞿（jī）：同“羁”，马的缰绳。这里作动词用，即控制的意思。⑲ 吾党二三子：指和自己志趣相投的几个朋友。⑳安得：怎能。不更归：不再回去了，表示对官场的厌弃。

【赏析】

这首诗是德宗贞元十七年（801）韩愈闲居洛阳时游玩惠林寺所作。题为“山石”，是截取诗的首句前两个字，这是旧诗常见的取题方法，实与内容无关。

惠林寺遗址在今孟津县送庄镇梁凹村西，相传始建于东汉，是汉明帝刘庄敕建的皇家寺院。据《新唐书·李澄传》记载，惠林寺又名慧林寺，原是李澄的别墅所在地。安史之乱中，安禄山叛军带兵南下，李澄坚守气节，遇害身亡。其子李源在乱中转徙流离七八年。安史之乱平定后，朝廷为了表彰李澄的忠义行为，授予李源为河南府参军，转司农寺主簿。李源为纪念其父李澄，始在别墅旧址建筑寺院，因附近慧竹成林，遂名慧林寺。

这是一篇诗体的山水游记。这首诗为传统的记游诗开拓了新领域，它汲取了山水游记的特点，按照行程的顺序逐层叙写游踪。然而却不像记流水账那样呆板乏味，其表现手法是巧妙的。此诗虽说是逐层叙写，仍经过严格的选择和经心的提炼。如从“黄昏到寺”到就寝之前，实际上的所经所见所闻所感当然很多，但摄入镜头的，却只有“蝙蝠飞”“芭蕉叶大支子肥”、寺僧陪看壁画和“铺床拂席置羹饭”等殷勤款待的情景，体现了山中的自然美和人情美。诗人按时间顺序，记叙了黄昏到佛寺、夜深留宿佛寺的经过和天明离开漫游半山所见的景象，末尾以感叹作结，“人生如此自可乐，岂必局促为人鞿”

是全文主旨。韩愈因结束徐州（今江苏省徐州市）节度使张建封幕府的供职，来洛阳等待调选，内心产生了出仕与隐退的矛盾，所以诗歌结句用了《论语·述而》中“二三子以我为隐乎”之语，流露出欲归隐田园的念头。诗中的写景处足以感人，韩愈善于捕捉一些形象的事物，以清新的笔法加以刻画，如“山石荦确行径微”“芭蕉叶大支子肥”“山红涧碧纷烂漫”等初夏美丽的自然风光，宛然如画；而以火照见的古壁佛画、出岭入扉的清月、濯足拂衣的涧水山风，更是让人流连忘返，尘虑顿消。全诗记游虽不事雕琢，只是按时序自然而然写来，就好像是在读者眼前展开了一幅幅图画，任由画中的精彩自然显现，不愧是大家手笔。

这首诗极受后人重视，影响深远。苏轼与友人游南溪，解衣濯足，朗诵《山石》，慨然知其所以乐，因而依照原韵，作诗抒怀。金代元好问《论诗》云：“有情芍药含春泪，无力蔷薇卧晚枝。拈出退之《山石》句，始知渠是女郎诗。”可见此诗气势遒劲、风格壮美，一直为后人所称道。

八月十五夜赠张功曹

韩　愈

纤云四卷天无河，清风吹空月舒波。
沙平水息声影绝，一杯相属君当歌①。
君歌声酸辞且苦，不能听终泪如雨：

"洞庭连天九疑高[②]，蛟龙出没猩鼯号[③]。
十生九死到官所，幽居默默如藏逃[④]。
下床畏蛇食畏药，海气湿蛰熏腥臊[⑤]。
昨者州前捶大鼓[⑥]，嗣皇继圣登夔皋[⑦]。
赦书一日行万里，罪从大辟皆除死[⑧]。
迁者追回流者还，涤瑕荡垢清朝班。
州家申名使家抑[⑨]，坎轲只得移荆蛮[⑩]。
判司卑官不堪说[⑪]，未免捶楚尘埃间[⑫]。
同时辈流多上道[⑬]，天路幽险难追攀[⑭]。"
君歌且休听我歌，我歌今与君殊科[⑮]：
"一年明月今宵多，人生由命非由他，
有酒不饮奈明何！"

【注释】

①属（zhǔ）：劝酒。②九疑：九嶷山，即苍梧山，在今湖南宁远县境。从此句起至"天路幽险"句，皆是张功曹歌。③猩：猩猩。鼯（wú）：大飞鼠。④"幽居"句：意谓谪居荒僻之地，默默受苦有如罪犯藏逃。⑤"下床"两句：意谓下床常常怕蛇咬，吃饭时时怕中毒，近海地湿蛰伏着蛇虫，到处散发着腥臊之气。⑥州：指郴州衙署。⑦嗣皇：指唐宪宗。登夔皋：喻任用贤良。夔、皋是舜帝时的贤臣。⑧大辟：死刑。除死：免死。⑨"州家"句：意谓刺史已为我申报赦免，却被观察使所阻拦。⑩坎轲：坎坷。移荆蛮：指调往江陵任职。⑪判司：对诸曹参军的统称。⑫捶楚：鞭打。⑬上道：去往京城长安。⑭天路：

指仕途。⑮殊科：不为同类。

【赏析】

张功曹，名张署，河间人。贞元十九年（803），关中大旱，当时在长安同任监察御史的韩愈与张署上书朝廷，直言劝谏减免赋税，触怒德宗。韩愈被贬为阳山（今属广东）令，张署被贬为临武（今属湖南）令。

贞元二十一年（805）正月，顺宗即位，大赦天下，韩、张二人到郴州待命，湖南观察使杨凭压下提名，未能调任，即诗中所谓“使家抑”。八月宪宗即位，又大赦天下，韩愈始得改官江陵府法曹参军，张署改为江陵府功曹参军。功曹即参与军事主管文官簿书的官。此诗是韩愈在郴州获改官消息后所作。

这首诗题为“赠张功曹”，写了张署的“君歌”和作者的“我歌”，却反客为主，以“君歌”作为描写的重点，说他的声音酸楚，言辞悲苦，然后极力描写被贬南迁所经历的种种困苦：山高水阔，路途迢远，蛟龙出没，野兽悲号，地域荒僻，风波险恶；还有许多毒蛇出没，连“下床”都觉得畏惧，更不要说是出门行走了；而且有一种蛊药，随时可能夺人性命，饮食要非常小心；此外，那“湿蛰腥臊”的“海气”也让人难以忍受。

这一大段对自然环境的描写运用了夸张的手法，其实也是诗人和张署当时政治处境的真实写照，故而不但不觉得夸张，反而极大地感染了读者。这一段情调感伤而悲凉，其实是借张署之歌声，浇自己胸中之块垒。

之后笔锋一转，写赦免令颁行，那传送赦书时日行万里的情景、热烈的场面以及欢快的节奏，无不体现出诗人心情的欢愉。

“迁者追回流者还”，令二人感到回京任职有望，倍觉鼓舞。然而事情却并没有这么简单，由于“使家”从中作梗，他们仍然遭受压抑，“坎轲只得移荆蛮”，去做功曹小官，感到天路幽险难以追攀。两人共同的遭遇如此不平，故“声酸辞苦”。

末篇诗人以“我歌”来聊作宽解，表示“人生由命”，看似旷达，却别有一种耐人寻思的深味。抑扬开合，转折变化，章法波澜曲折，有一唱三叹之妙。

谒衡岳庙遂宿岳寺题门楼

韩　愈

五岳祭秩皆三公[①]，四方环镇嵩当中[②]。火维地荒足妖怪[③]，天假神柄专其雄[④]。喷云泄雾藏半腹[⑤]，虽有绝顶谁能穷[⑥]？我来正逢秋雨节，阴气晦昧无清风。潜心默祷若有应，岂非正直能感通[⑦]。须臾静扫众峰出，仰见突兀撑青空。紫盖连延接天柱[⑧]，石廪腾掷堆祝融[⑨]。森然魄动下马拜，松柏一径趋灵宫[⑩]。粉墙丹柱动光彩，鬼物图画填青红。升阶伛偻荐脯酒[⑪]，欲以菲薄明其衷[⑫]。庙令老人识神意[⑬]，睢盱侦伺能鞠躬[⑭]。手持杯珓导我掷[⑮]，云此最吉馀难同[⑯]。窜逐蛮荒幸不死[⑰]，衣食才足甘长终[⑱]。侯王将相望久绝，神纵欲福难为功[19]。夜投佛寺上高阁，星月掩映云朣朦[20]。猿鸣钟动不知曙，杲杲寒日生于东[21]。

【注释】

①祭秩皆三公：祭祀都是按照祭奠三公的等级进行的。三公，泛指人臣的最高爵位。②嵩当中：泰山、衡山、华山、恒山各镇东、南、西、北四方，嵩山位于中心，故云。③“火维”句：衡山处于炎热荒僻的南方，古人以为其地多妖怪。维，隅落。④假：授予。柄：权力。⑤半腹：山腰。⑥穷：登顶。⑦正直：指岳神。⑧紫盖：与下面的天柱、石廪、祝融都是山峰名。⑨腾掷：形容山势跌宕逶迤的样子。⑩一径：一路。趋：朝向。灵宫：指衡岳庙。⑪伛（yǔ）偻（lǚ）：曲身示敬。荐脯酒：进献肉和酒。荐，进献。⑫菲薄：指菲薄的祭品。明其衷：表明自己的敬意。⑬庙令：掌管寺庙的人。⑭睢（suī）盱（xū）：此处是凝视的意思。侦伺：窥察。能鞠躬：惯于鞠躬。⑮杯珓（jiào）：占卜用具。导我掷：交给我投掷的方法。⑯“云此”句：意谓老人说此卦象最吉，其他卦象难以与之相比。⑰窜逐蛮荒：指远谪阳山事。⑱“衣食”句：意谓衣食刚足温饱，但甘愿长此而终。⑲“侯王”两句：意谓侯王将相之望早已断绝，纵使神明想要赐福于我，也难奏效。⑳朣（tóng）朦：朦胧的样子。㉑杲（gǎo）杲：形容日色明亮。

【赏析】

这首诗是诗人从郴州赶赴江陵任所，中途游南岳衡山时作。当时韩愈正处在仕途坎坷期间，故专程谒拜南岳求神问卜。

衡山为五岳之一，耸立在湖南衡阳盆地北端，气势雄伟。诗开头六句，描述了衡岳的崇高地位和地理形势的险要。以下八句为诗人诚心登谒衡岳，“潜心默祷”得以云开日出，饱览衡山诸峰的雄奇壮观。

“森然”以下十四句，生动地描绘了诗人谒庙的整个过程，通过祭神问天，深沉地抒发了他对仕途坎坷的不满情怀，是全诗中心所在。

末四句，写诗人夜宿佛寺醒后天已大亮，归结诗题“宿岳寺”之意。

此诗将写景、叙事、抒情融为一体，意境开阔，章法井然。写景则大笔渲染，尤其是中间写到衡岳诸峰，突兀高耸，令人惊心动魄；叙事则循序渐进；抒情则亦庄亦谐，求神问卜一段生动有趣，是诗人借以解嘲消闷。诗的语言古朴苍劲，一扫前人记游诗的陈词滥调，正如沈德潜《唐诗别裁集》所说：“横空盘硬语，妥帖力排奡。公诗足以当此语。”

石鼓歌

韩　愈

张生手持石鼓文，劝我试作石鼓歌。少陵无人谪仙死①，才薄将奈石鼓何。周纲陵迟四海沸②，宣王愤起挥天戈③。大开明堂受朝贺，诸侯剑佩鸣相磨④。蒐于岐阳骋雄俊⑤，万里禽兽皆遮罗⑥。镌功勒成告万世⑦，凿石作鼓隳嵯峨⑧。从臣才艺咸第一，拣选撰刻留山阿。雨淋日炙野火燎，鬼物守护烦㧑呵[9]。公从何处得纸本，毫发尽备无差讹。辞严义密读难晓，字体不类隶与蝌[10]。年深岂免有缺画，快剑斫断生蛟鼍[11]。鸾翔凤翥众仙下[12]，珊瑚碧树交枝柯[13]。金绳铁索锁钮壮[14]，古鼎跃水龙腾梭[15]。陋儒编诗不收入[16]，二雅褊迫无委蛇[17]。孔子西行不到秦，掎摭星宿遗羲娥[18]。嗟余好古生苦晚，对此涕泪双滂沱。忆昔初蒙博士征[19]，其年始改称元和。故人从军在右辅，为我度量掘臼科[20]。濯冠沐浴告祭酒[21]，如此至宝存岂多。毡包席裹可立致，十鼓只载数骆驼。荐诸太庙比郜鼎[22]，光价岂止百倍过[23]。圣恩若许留太学[24]，诸生讲解得切磋。观经鸿都尚填咽[25]，坐见举国来奔波[26]。剜苔剔藓露节角[27]，安置妥帖平不颇[28]。大厦深檐与盖覆，经历久远期无佗[29]。中朝大官老于事，讵肯感激徒媕婀[30]。牧童敲火牛砺角[31]，谁复著手为摩挲[32]。日销月铄就埋没，六年西顾空吟哦[33]。羲之俗书趁姿媚[34]，数纸尚可博白鹅[35]。继周八代争战罢，无人收拾理则那[36]。方今太平日无事，柄任儒术崇丘轲[37]。安能以此上论列[38]，愿借辩口如悬河。石鼓之歌止于此，呜呼吾意其蹉跎[39]。

【注释】

①少陵：杜甫。谪仙：李白。②周纲：周朝的朝纲。陵迟：衰败。③宣王：周宣王，周室中兴之主。挥天戈：喻宣王之开疆扩土、平定叛乱。④“诸侯”句：形容朝拜的诸侯众多，以致剑佩相磨而鸣响。剑佩，剑上的玉饰。⑤蒐（sōu）：打猎。岐阳：岐山之南。⑥遮罗：被网围拦捕。⑦镌功勒成：刻功业成就于石上。勒，刻。成，成

就。⑧隳（huī）：毁坏。⑨扐：同“挥”。呵：呵斥。⑩隶：隶书。蝌：指蝌蚪文，一种古文字。⑪“快剑”句：此句是写石鼓文已然残缺。斫（zhuó）：砍。蛟鼍（tuó）：蛟龙。⑫“鸾翔”句：形容字体活泼灵动，有如鸾飞凤舞，天上众仙飘忽而下。翥（zhù），飞。⑬“珊瑚”句：形容文字相互交错。⑭“金绳”句：喻字体的苍劲勾连。⑮古鼎跃水：形容字体沉稳而有灵气。龙腾梭：古有龙化梭的传说。⑯诗：指《诗经》。⑰二雅：指《诗经》中的《大雅》《小雅》。褊（pián）迫：狭小。委蛇：宽大从容的样子。⑱“孔子”两句：意谓孔子因未到秦地，故采诗未收石鼓文，就像只取了星宿而遗漏了太阳和月亮。掎（jǐ）摭（zhí）：摘取。羲：羲和，指太阳。娥：嫦娥，指月亮。⑲“忆昔”句：指元和元年韩愈召为国子博士。⑳臼科：埋石鼓的坑穴。㉑濯（zhuó）：洗涤。㉒荐：进献。郜鼎：太庙中的神器。㉓光价：身价。㉔太学：国子监。㉕观经鸿都：到鸿都门观看、摹写经文。鸿都，藏书之所。填咽（yè）：拥塞。㉖坐：即将。㉗节角：文字的棱角。㉘颇：歪斜。㉙无佗：不出其他问题。㉚讵（jù）肯：岂肯。媕（ān）婀（ē）：无主见，犹豫不决。㉛敲火：敲石取火。砺：磨。㉜摩挲：抚摸玩赏。㉝六年西顾：此诗是元和六年作。㉞羲之：东晋王羲之。㉟“数纸”句：王羲之爱鹅，曾书写《道德经》以换一山阴道士之鹅。㊱则那（nuó）：又奈何。㊲柄任儒术：尊儒之意。丘轲：指孔子与孟子。㊳论列：议论。㊴其蹉跎：意谓将只是白费心思而已。

【赏析】

石鼓文系我国现存最早的石刻文字，由大篆（即籀文）写成，内容记述狩猎情状。因刻在十块形状像鼓的石上，故名。关于其所作时代，前人说法不一。韩愈认为是周宣王时所为，而近代学者考证为春秋时秦国刻石，具体时间尚难确定。宋徽宗时曾从凤翔府迁至汴京（今河南开封），金兵攻陷汴京后运至燕京，今藏北京故宫博物院。韩愈感慨朝廷对这样的名贵文物不善加爱护，曾建议运至太学保存，但没得到采纳。写这首长诗的目的，仍然是在呼吁应该引起重视，希冀千年文物能得以善存。

开头四句是总起，交代了写作此诗的缘起。张籍拿着石鼓文拓片来劝诗人试写一首题咏诗，诗人自谦没有李白、杜甫的文才，愧于作歌。

“周纲”十二句是追叙石鼓文所记内容和制作来由。前十句是诗人想象周宣王中兴王室、临御海内以及驰逐围猎、勒石铭功的图景。用了“沸”“愤”“大”“骋”“万里”“万世”等词，极状场面的壮阔和气派的雄伟。“雨淋日炙野火燎”二句，是承上启下的关键，把石鼓流传千年而历经的劫难浓缩在七字之中。诗人认为石鼓得以完好保存，如果没有鬼神呵护是不可想象的，仅此而言，石鼓本身就已是稀世珍宝，又遑论其他无算的文物价值呢。寥寥两笔便为下文的切入阐发做好了铺垫。“公从”十四句具体描绘了石鼓文字体的古奥和美妙，说明有研究和保存的价值。文辞的深奥，字体的朴茂，都使“好古”的博士先生心旷神怡，即使剥蚀斑驳，也会忍不住赞叹一番。对于石鼓文，韩愈并没有满足于正面的描写，他痛斥陋儒，深憾孔子，无非是想获得烘云托月的效果。这一段是全诗的精华，原因在于它驾驭形象思维，把丰富的审美感受传递给读者，使之受到强烈的感染。

“嗟余”二十句感叹自己所议不获采纳，文物日销月蚀，流露出隐隐的惆怅和深深的惋惜。

“中朝”十六句是反复呼吁朝廷重视而落空，徒唤奈何。诗人慨叹文物历经磨难而不受重视，深为文物的遭遇而不平，最后还是希冀石鼓文能得到重视，得以善存。

全诗大开大合，章法整齐，辞严义密，音韵铿锵洪亮，饱含作者一腔热爱文化的感情，是一篇绝妙文字。

左迁至蓝关示侄孙湘

韩　愈

一封朝奏九重天，夕贬潮阳路八千。
欲为圣明除弊事，肯将衰朽惜残年！
云横秦岭家何在？雪拥蓝关马不前。
知汝远来应有意，好收吾骨瘴江边。

【赏析】

韩愈一生提倡道统，以辟佛老为己任。宪宗元和十四年（819）正月，他因力谏宪宗“迎佛骨入大内”而上《论佛骨表》，触犯“人主之怒”，几被定为死罪，经裴度等人说情，方才由刑部侍郎贬为潮州刺史。他出长安经过秦岭蓝关，其侄孙韩湘赶来送行，写下此诗。首联直接写自已获罪被贬。“朝奏”而“夕贬”，可见祸殃之速疾，而且一贬就是八千里，可见君恩之寡薄。颔联剖白忠心是为了“除弊事”，并以“肯将衰朽惜残年”展现出他老而弥坚、义无反顾的豪情。颈联就眼前景抒情，仓促远行，回顾来路云横不见家，瞻望前路艰危马尚难前，暗寓了念阙之情和迁谪之感。结语沉痛而稳重，他从容地向侄孙交代后事，因为君子以死得其所为幸。整首诗将叙事、写景、抒情融合为一，笔势纵横、开合动荡，情感深厚抑郁，风格近似杜甫的沉郁顿挫。

题楚昭王庙

韩　愈

丘坟满目衣冠尽，城阙连云草树荒。

犹有国人怀旧德，一间茅屋祭昭王。

【赏析】

元和十四年（819），韩愈因谏迎佛骨触怒宪宗，被贬为潮州刺史，途中经过湖北宜城，见到楚昭王庙，感慨之下作此篇。

楚昭王曾率兵击退入侵的吴兵，保全了楚国，是楚国的中兴之主。但世事变迁，当年的世家大族早已烟消，韩愈此刻眼前所见只剩下累累丘坟；昔日的高大城阙虽然还在，但是已经隐没在荒草树木之中，一片残败荒凉。“丘坟”与“衣冠”“城阙”与“草树”形成对比，衬出昔盛今衰、物去人非的变迁之感。这两句既有近景，也有远景，却无不给人以荒凉萧瑟之感。

然而，即便楚昭王庙已是今非昔比，却“犹有国人怀旧德，一间茅屋祭昭王”，这两句话颇耐人寻味。前两句是为了反衬后两句，指出楚昭王保全楚国，使人民免于异国的欺凌，人民感怀他的恩德，历经时间的变迁，仍有人祭奠着他的英灵。

诗人俯仰古今，气势劲朴苍莽，寄慨深远。

刘禹锡

公元772—842年，字梦得，洛阳人。德宗贞元九年（793）登进士第，又登宏词科。曾参与"永贞革新"，失败后被贬为朗州司马，迁连州刺史。后因裴度力荐，任太子宾客。武宗初，加检校礼部尚书衔。世称"刘宾客""刘尚书"。以诗文著称，早年与柳宗元并称"刘柳"，晚年与白居易并称"刘白"。《全唐诗》存其诗十二卷。有《刘宾客文集》。

蜀先主庙

刘禹锡

天地英雄气，千秋尚凛然。
势分三足鼎，业复五铢钱①。
得相能开国，生儿不象贤②。
凄凉蜀故伎，来舞魏宫前③。

【注释】

①"业复"句：王莽篡汉后曾废汉币五铢钱，光武帝时得以恢复。这里指匡复汉室。②儿：指刘禅。③"凄凉"两句：蜀汉降魏后，刘禅迁至洛阳，被封为安乐公。一天，魏太尉司马昭宴请他，让蜀国女乐在他面前歌舞，以看他的反应，当时蜀国旧臣都感伤不已，只有刘禅嬉笑自若。

【赏析】

这首诗是刘禹锡任夔州刺史时作，他以高度概括的语言赞颂刘备一生的业绩，对于刘禅的昏庸亡国，表示深深的谴责和极大的惋惜。开首四句写先主刘备的英雄，何等的气概。他三分天下有其一，复兴汉室，至今还令人肃然起敬。颈联承上启下，他得到贤相诸葛亮辅助开创了蜀国，可后主刘禅却不像他那般贤明，子隳父业，令人叹惋。尾联写蜀故伎在魏宫前为亡国的刘禅表演歌舞，更是让人慨叹不止。诗人陈古在于刺今，唐代曾有过贞观、开元之治的鼎盛时期，安史之乱后却国运衰微、江河日下，写此诗以垂诫当世。

西塞山怀古

刘禹锡

王濬楼船下益州[①]，金陵王气黯然收[②]。
千寻铁锁沉江底，一片降幡出石头[③]。
人世几回伤往事，山形依旧枕寒流。
从今四海为家日，故垒萧萧芦荻秋[④]。

【注释】

① 王濬（jùn）：西晋时期著名将领。② 金陵：今江苏南京，三国时吴国建都于此。③ 石头：石头城，故址在今江苏南京清凉山，吴孙权时筑。④ 故垒：旧时的城垒。

【赏析】

西塞山在今湖北大冶市东，形势险要，吴国曾经在此设立军事要塞。西晋刺史王濬受晋武帝命，造大船连舫，太康元年（280）正月自成都出发攻吴。吴国在长江险要处，用铁锁横截江底以抵挡楼船通过，王濬以大火烧锁断，直抵吴国都城建业（今江苏南京）城下，吴国灭亡。刘禹锡借西晋东下灭吴的历史事实以明事理，于胜败相形中揭示出终归统一的历史潮流，说明山川形势不足恃，“千年铁锁”防敌有如儿戏，决定历史盛衰兴亡的在于人事。诗人由咏叹历史兴亡折回眼前，山川风物依旧，可是人事变化频繁，今日四海为家，天下统一，而“故垒萧萧”的悲凉陈迹含有警示告诫之意。当时唐王朝平定藩镇已初见成效，但仍潜在着叛乱的危机。诗人写此诗吊古抚今，用笔深曲，含蕴无穷。

酬乐天扬州初逢席上见赠

刘禹锡

巴山楚水凄凉地[①]，二十三年弃置身[②]。
怀旧空吟闻笛赋[③]，到乡翻似烂柯人[④]。
沉舟侧畔千帆过，病树前头万木春。
今日听君歌一曲，暂凭杯酒长精神[⑤]。

【注释】

①巴山楚水：古时四川东部属于巴国，湖南北部和湖北等地属

于楚国。刘禹锡曾被贬到这些地方做官，所以用巴山楚水指诗人被贬任之地。② 二十三年：从唐顺宗永贞元年（805）刘禹锡被贬为连州刺史到写此诗时，共二十二个年头，因第二年才能回到京城，所以说二十三年。弃置身：指遭受贬谪的诗人自己。③ 怀旧：怀念故友。闻笛赋：指西晋向秀的《思旧赋》。三国曹魏末年，向秀的朋友嵇康、吕安因不满司马氏篡权而被杀害。后来，向秀经过嵇康、吕安的旧居，听到邻人吹笛，勾起了对故人的怀念。序文中说：自己经过嵇康旧居，因写此赋追念他。刘禹锡借用这个典故怀念已死去的王叔文、柳宗元等人。④ 翻似：倒好像。翻，副词，反而。烂柯人：指晋人王质。相传晋人王质上山砍柴，看见两位老者下棋，就停下观看。等棋局终了，手中的斧把已经朽烂。回到村里，才知道已过了一百年。同代人都已经亡故。作者以此典故表达自己遭贬二十三年的感慨，也借这个故事表达世事沧桑、人事全非、暮年返乡恍如隔世的心情。⑤ 长（zhǎng）精神：振作精神。长，增长、振作。

【赏析】

唐敬宗宝历二年（826），刘禹锡罢和州刺史，取道扬州返洛阳，同时白居易以病免苏州刺史，亦经扬州归洛。两个闻名已久的诗人在扬州初次相逢。白居易在筵席上写诗相赠，刘禹锡作此诗酬答。白居易在赠诗中感慨刘禹锡的生平遭遇，在结句中说："亦知合被才名折，二十三年折太多。"刘禹锡接过白诗的话头，首联概写自己因"永贞革新"事件而在巴山楚水之间辗转流徙二十三年，度尽劫波，故称"凄凉地""弃置身"。颔联感叹如今回来旧友凋零、世事变迁。巧妙运用

“闻笛赋”“烂柯人”的典故来寄慨，耐人寻味。“沉舟侧畔千帆过，病树前头万木春”二句，以沉舟、病树比喻自己，虽有自感衰沦落伍之意，却又以千帆竞发、万木皆春展示出生机勃勃的景象，表现出他以势所难免的进化思想来辩证看待自身困厄的豁达情怀。尾联顺势而下，表示自己将振作起来。诗情起伏跌宕，沉郁中见豪放，刘禹锡不愧“诗豪”之称誉。

乌衣巷

刘禹锡

朱雀桥边野草花，乌衣巷口夕阳斜[1]。
旧时王谢堂前燕，飞入寻常百姓家。

【注释】

①斜：发“霞”音。

【赏析】

刘禹锡在任和州刺史期间，曾作《金陵五题》怀古，本诗是其中的一首。朱雀桥、乌衣巷，东晋时王谢大族世居之地，为昔日繁华风流之地，而今野草闲花丛生，荒凉夕阳斜照，一派没落、衰败的景象。燕入旧巢而居人已换，王谢两家豪门贵族，已经化作寻常的百姓人家了。“旧时”“寻常”两词中寄寓了历史盛衰兴亡的无限沧桑之感，用笔婉曲有情致。诗以“野草花”“夕阳斜”涂抹背景，以燕栖旧巢唤起人们的想象，构思巧妙不落俗套，语虽极其浅显，却自有其深意所在。

春　词

刘禹锡

新妆宜面下朱楼[①]，深锁春光一院愁。

行到中庭数花朵，蜻蜓飞上玉搔头[②]。

【注释】

①宜面：指妆与面色搭配得恰到好处。②玉搔头：玉簪。

【赏析】

一位美丽的宫人粉脂宜面，新妆初成精心打扮停当后，款步走下朱楼，却是庭院深锁，无人前来观赏，眼前虽是一片大好春光，却只能触目生愁。

宫人在愁中百无聊赖，步到中庭数花解闷。“蜻蜓飞上玉搔头”结得很妙，蜻蜓飞上玉簪，可见其人凝神伫立如痴的光景，又反照出新妆之美，引得蜻蜓偏爱相顾。

全诗的题眼为“一院愁”，诗人捕捉到新妆宜面、数花朵、蜻蜓驻簪这些细微的情节，层层婉曲地写出宫人为谁妆饰为谁妍丽的幽怨，十分传神而饶有余韵。

白居易

公元772—846年，字乐天，晚年号香山居士。贞元十六年（800）进士。元和年间任左拾遗及左赞善大夫。后因上表请求缉拿刺死宰相武元衡的凶手，得罪权贵，被贬为江州司马。后官至刑部尚书。文学上主张“文章合为时而著，歌诗合为事而作”，是新乐府运动的倡导者。其诗通俗易懂，相传其诗作要老妪听懂为止。与元稹并称“元白”。有《白香山集》。

草

白居易

离离原上草[①]，一岁一枯荣。
野火烧不尽，春风吹又生。
远芳侵古道，晴翠接荒城[②]。
又送王孙去[③]，萋萋满别情[④]。

【注释】

①离离：形容草长得茂盛。②晴翠：指阳光下草色翠绿鲜亮。③王孙：游子。《楚辞·招隐士》有：“王孙游兮不归，春草生兮萋萋。”④萋萋：茂盛的样子。

【赏析】

诗题一作《赋得古原草送别》，早在《楚辞》中，人们就将春草和离别之情联系起来了。这首诗就是以长而茂盛的原上草来比喻不尽的别离之情。“野火烧不尽，春风吹又生”两句，形成自然的流水对，形象生动地表现了春草生生不已的顽强生命力，也表达了对于新生事物的赞颂，成为传之千古的绝唱。“远芳”“晴翠”使“古道”“荒城”充满了盎然的生机。尾联化用《楚辞》中的典故，表明送别的情谊犹如繁盛的春草一样绵延不绝。诗歌借咏物而抒发别情，融情于景，意境浑成。据载，此诗是白居易十六岁时的应考习作，他凭借此诗受到顾况的延誉，声名大振，从而在长安站稳了脚跟。

自河南经乱，关内阻饥，兄弟离散，各在一处。因望月有感，聊书所怀，寄上浮梁大兄、于潜七兄、乌江十五兄，兼示符离及下邽弟妹

白居易

时难年荒世业空[①]，弟兄羁旅各西东。
田园寥落干戈后[②]，骨肉流离道路中。
吊影分为千里雁，辞根散作九秋蓬[③]。
共看明月应垂泪，一夜乡心五处同。

【注释】

① 世业：世代传下的产业。② 寥落：冷落。干戈：本来是两种武器，用来代指战乱。③ 根：喻兄弟。九秋蓬：秋天时，蓬草会脱离本根随风飞转，多用来比喻游子在异乡漂泊。九秋，秋天。 蓬，飞蓬。

【赏析】

白居易祖籍下邽（今陕西渭南），其祖父徙居河南新郑。

唐德宗贞元十五年（799），河南一带节度使相继叛乱，致使关内交通漕运受阻，饥荒不断。诗人虽避乱符离（安徽省宿州市），但对家乡及亲族甚为挂念，写诗慰藉离散各地的兄弟姐妹。

首联即从“时难年荒”这一时代的灾难写起，家业荡然一空，故兄弟离散各在一处。这既是诗人自身的不幸遭遇，也是乱世中人命运的缩影。

中间两联从不同侧面表现了诸兄弟妹流离的苦况，通过一个家庭的苦难反映了时代的苦难。诗人以“雁”“蓬”作比，传神地刻画了手足离散的凄惶情状，深刻揭示了饱经战乱的零落之苦。

乱世飘零难聚首，五处相思唯有共看同一轮明月。

诗人望月生情，因事起意，脱口道眼前景、口头语，句句扣紧主题，一唱三叹，分外动人心弦。诗采用白描手法直抒胸臆，语言为通俗易懂的家常话语，不用典，不事雕琢，真挚感人。

长恨歌

白居易

汉皇重色思倾国[①]，御宇多年求不得[②]。

杨家有女初长成，养在深闺人未识。

天生丽质难自弃，一朝选在君王侧。

回眸一笑百媚生，六宫粉黛无颜色。
春寒赐浴华清池，温泉水滑洗凝脂。
侍儿扶起娇无力，始是新承恩泽时。
云鬓花颜金步摇，芙蓉帐暖度春宵。
春宵苦短日高起，从此君王不早朝。
承欢侍宴无闲暇，春从春游夜专夜。
后宫佳丽三千人，三千宠爱在一身。
金屋妆成娇侍夜，玉楼宴罢醉和春[3]。
姊妹弟兄皆列土[4]，可怜光彩生门户。
遂令天下父母心，不重生男重生女。
骊宫高处入青云，仙乐风飘处处闻。
缓歌慢舞凝丝竹[5]，尽日君王看不足。
渔阳鼙鼓动地来[6]，惊破霓裳羽衣曲。
九重城阙烟尘生，千乘万骑西南行。
翠华摇摇行复止[7]，西出都门百余里。
六军不发无奈何，宛转蛾眉马前死。
花钿委地无人收[8]，翠翘金雀玉搔头[9]。
君王掩面救不得，回看血泪相和流。
黄埃散漫风萧索，云栈萦纡登剑阁[10]。
峨嵋山下少人行，旌旗无光日色薄。
蜀江水碧蜀山青，圣主朝朝暮暮情。
行宫见月伤心色，夜雨闻铃肠断声。
天旋地转回龙驭[11]，到此踌躇不能去。

马嵬坡下泥土中，不见玉颜空死处。
君臣相顾尽沾衣，东望都门信马归[12]。
归来池苑皆依旧，太液芙蓉未央柳[13]。
芙蓉如面柳如眉，对此如何不泪垂。
春风桃李花开日，秋雨梧桐叶落时。
西宫南内多秋草，落叶满阶红不扫。
梨园弟子白发新，椒房阿监青娥老[14]。
夕殿萤飞思悄然，孤灯挑尽未成眠。
迟迟钟鼓初长夜，耿耿星河欲曙天。
鸳鸯瓦冷霜华重，翡翠衾寒谁与共。
悠悠生死别经年，魂魄不曾来入梦。
临邛道士鸿都客[15]，能以精诚致魂魄[16]。
为感君王辗转思，遂教方士殷勤觅[17]。
排空驭气奔如电，升天入地求之遍。
上穷碧落下黄泉，两处茫茫皆不见。
忽闻海上有仙山，山在虚无缥缈间。
楼阁玲珑五云起，其中绰约多仙子。
中有一人字太真[18]，雪肤花貌参差是。
金阙西厢叩玉扃[19]，转教小玉报双成[20]。
闻道汉家天子使，九华帐里梦魂惊。
揽衣推枕起徘徊，珠箔银屏迤逦开[21]。
云鬓半偏新睡觉[22]，花冠不整下堂来。
风吹仙袂飘飖举[23]，犹似霓裳羽衣舞。

玉容寂寞泪阑干㉔，梨花一枝春带雨。
含情凝睇谢君王㉕，一别音容两渺茫。
昭阳殿里恩爱绝，蓬莱宫中日月长。
回头下望人寰处，不见长安见尘雾。
惟将旧物表深情，钿合金钗寄将去。
钗留一股合一扇，钗擘黄金合分钿。
但教心似金钿坚，天上人间会相见。
临别殷勤重寄词，词中有誓两心知。
七月七日长生殿，夜半无人私语时。
在天愿作比翼鸟，在地愿为连理枝。
天长地久有时尽，此恨绵绵无绝期。

【注释】

①汉皇：指唐玄宗。②御宇：统御天下。③醉和春：醉意伴随着春意。④列土：分封领地。⑤凝丝竹：喻歌舞紧扣音乐声。⑥“渔阳”句：指安禄山在渔阳起兵叛乱。鼙（pí）鼓，中国古代军队中用的小鼓。⑦翠华：皇帝仪仗中用翠鸟羽毛做装饰的旗帜。⑧花钿（diàn）：花朵形首饰。⑨翠翘、金雀、玉搔头：均是杨贵妃所佩戴的钗簪。⑩云栈（zhàn）：高入云霄的栈道。剑阁：在今四川剑阁县东北大剑山、小剑山之间，为由陕入川的必经之路。⑪“天旋”句：指局势转变，玄宗还京。龙驭（yù）：皇帝的车驾。⑫信马归：任马驰骋而归。⑬太液：太液池。未央：未央宫。⑭椒房：后妃们住的地方。阿监：指宫中女官。⑮“临邛（qióng）”句：意谓来自蜀中、作客长安的道士。

临邛，今四川邛崃市。鸿都，汉宫门名，此指长安。⑯ 致魂魄：将灵魂召回。⑰ 方士：有道术的人。⑱ 太真：杨贵妃为女道士时号太真。⑲ 扃（jiōng）：门户。⑳ 转教：指请侍女通报。小玉、双成：指太真的侍女。㉑ 珠箔：珠帘。迤逦开：谓层层敞开。㉒ 新睡觉：刚睡醒。㉓ 袂（mèi）：衣袖。㉔ 阑干：形容泪水横流的样子。㉕ 凝睇（dì）：凝视。

【赏析】

《长恨歌》是白居易诗作中脍炙人口的名篇，作于元和元年（806）冬十二月，当时诗人正在盩厔县（今陕西周至）任县尉。他和友人陈鸿、王质夫同游仙游寺，谈到唐明皇与杨贵妃事，有所感触而作。

在这首长篇叙事诗里，作者以精练的语言、优美的形象、叙事和抒情结合的手法，叙述了唐玄宗、杨贵妃在安史之乱中的爱情悲剧。唐玄宗、杨贵妃都是历史上的人物，诗人并不拘泥于历史，而是借着历史的一点影子，根据当时人们的传说、街坊的歌唱，从中蜕化出一个回旋曲折、婉转动人的故事，用回环往复、缠绵悱恻的艺术形式，描摹、歌咏出来。由于诗中的故事、人物都是艺术化的，是现实中人复杂真实的再现，所以能够在历代读者的心中漾起阵阵涟漪。

《长恨歌》就是歌"长恨"，"长恨"是诗歌的主题、故事的焦点，也是埋在诗里的一颗牵动人心的种子。而"恨"什么，为什么要"长恨"，诗人不是直接铺叙、抒写出来，而是通过他笔下诗化的故事，一层一层地展示给读者，让人们自己去揣摩，去回味，去感受。

诗前半写唐明皇重色误国。开首"汉皇重色思倾国"七字是全篇纲领，既揭示了故事的悲剧因素，又唤起和统领全诗。唐玄宗重色、求色，终于得到了“回眸一笑百媚生，六宫粉黛无颜色”的杨贵妃。唐玄宗对杨贵妃无比宠爱，包括“赐浴”“侍宴”“春从春游夜专夜”“三千宠爱在一身”“从此君王不早朝”“姊妹弟兄皆列土”等，浓艳旖旎之中蕴含着令人不安的悲剧因素，在极乐中潜伏着后面的绵长的恨。转眼安史乱起，唐玄宗仓皇奔蜀，杨贵妃惨死马嵬坡。

其后半写唐玄宗对杨贵妃的追怀忆旧和杨贵妃在仙界仍然对玄宗一往情深，说明两人的爱情至死不渝。杨贵妃死后，唐玄宗内心酸楚愁惨，从剑阁蜀道的夜雨铃声到马嵬坡下空死处，都勾起了伤心的回忆；返京后，从旧日宫苑的桃李依旧和弟子阿监的青娥老，处处睹物伤情，日夜怀恨。日思夜想而不得，又寄希望于梦境。道士帮助唐玄宗寻觅，在海上仙山找到杨贵妃，她托物寄词，恨又在天上人间。末尾用“天长地久有时尽，此恨绵绵无绝期”二句作笔，点明“长恨”的题旨，有悠然不尽之意味。

《长恨歌》是一首抒情成分很浓的叙事诗，诗人在叙述故事和人物塑造上，采用了中国传统诗歌擅长的抒写手法，将叙事、写景和抒情和谐地结合在一起，形成诗歌抒情上回环往复的特点。诗人时而把人物的思想感情注入景物，用景物的折光来烘托人物的心境；时而抓住人物周围富有特征性的景物、事物，通过人物对它们的感受来表现内心的感情，层层渲染，恰如其分地表达人物蕴蓄在内心深处的难达之情。

哀艳动人的文字，悠扬婉转的声调，缠绵悱恻的情致，使得《长恨歌》具有超越时空的艺术魅力。因而取得人们的共鸣，在当时就迅速广泛流传开来，影响深远。清人赵翼《瓯北诗话》中说：“《长恨歌》

一篇，其事本易传，以易传之事，为绝妙之词，有声有情，可歌可泣，文人学士，既叹为不可及，妇人女子亦喜闻而乐诵之，是以不胫而走，传遍天下。”

琵琶行并序

白居易

元和十年，余左迁九江郡司马。明年秋，送客湓浦口，闻船中夜弹琵琶者。听其音，铮铮然有京都声。问其人，本长安倡女，尝学琵琶于穆、曹二善才。年长色衰，委身为贾人妇。遂命酒，使快弹数曲，曲罢悯然。自叙少小时欢乐事，今漂沦憔悴，徙于江湖间。余出官二年恬然自安，感斯人言，是夕始觉有迁谪意，因为长歌以赠之，凡六百一十六言，命曰琵琶行。

浔阳江头夜送客，枫叶荻花秋瑟瑟。
主人下马客在船，举酒欲饮无管弦。
醉不成欢惨将别，别时茫茫江浸月。
忽闻水上琵琶声，主人忘归客不发。
寻声暗问弹者谁，琵琶声停欲语迟[①]。
移船相近邀相见，添酒回灯重开宴。
千呼万唤始出来，犹抱琵琶半遮面。
转轴拨弦三两声[②]，未成曲调先有情。
弦弦掩抑声声思，似诉平生不得志。

低眉信手续续弹，说尽心中无限事。
轻拢慢捻抹复挑，初为霓裳后六幺[3]。
大弦嘈嘈如急雨，小弦切切如私语[4]。
嘈嘈切切错杂弹，大珠小珠落玉盘。
间关莺语花底滑[5]，幽咽泉流水下滩。
水泉冷涩弦凝绝，凝绝不通声渐歇[6]。
别有幽愁暗恨生，此时无声胜有声。
银瓶乍破水浆迸，铁骑突出刀枪鸣[7]。
曲终收拨当心画[8]，四弦一声如裂帛。
东船西舫悄无言，唯见江心秋月白。
沉吟放拨插弦中，整顿衣裳起敛容。
自言本是京城女，家在虾蟆陵下住。
十三学得琵琶成，名属教坊第一部。
曲罢曾教善才服[9]，妆成每被秋娘妒[10]。
五陵年少争缠头[11]，一曲红绡不知数。
钿头银篦击节碎[12]，血色罗裙翻酒污。
今年欢笑复明年，秋月春风等闲度。
弟走从军阿姨死，暮去朝来颜色故[13]。
门前冷落车马稀，老大嫁作商人妇。
商人重利轻别离，前月浮梁买茶去[14]。
去来江口守空船，绕船月明江水寒。
夜深忽梦少年事，梦啼妆泪红阑干[15]。
我闻琵琶已叹息，又闻此语重唧唧。

同是天涯沦落人，相逢何必曾相识！
我从去年辞帝京，谪居卧病浔阳城。
浔阳地僻无音乐，终岁不闻丝竹声。
住近湓江地低湿[16]，黄芦苦竹绕宅生。
其间旦暮闻何物，杜鹃啼血猿哀鸣。
春江花朝秋月夜，往往取酒还独倾[17]。
岂无山歌与村笛，呕哑嘲哳难为听[18]。
今夜闻君琵琶语，如听仙乐耳暂明。
莫辞更坐弹一曲，为君翻作琵琶行。
感我此言良久立，却坐促弦弦转急[19]。
凄凄不似向前声，满座重闻皆掩泣。
座中泣下谁最多，江州司马青衫湿[20]。

【注释】

①欲语迟：欲说还休。②转轴：转动琵琶上的琴柱调音色。③霓裳:《霓裳羽衣曲》。六幺：曲名。④大弦、小弦：分别指琵琶上最粗的弦和最细的弦。⑤间关：象声词。形容宛转的鸟鸣声。⑥“水泉”两句：意谓琵琶声好像水泉冷涩一样渐缓渐停，直至中断。⑦“银瓶”两句：形容琵琶声忽而铿然响起，如同银瓶迸裂水浆四溅，又如铁骑突出刀枪齐鸣。⑧拨：拨弦的用具。当心画：用拨当在琵琶的中心用力一划。⑨善才：善弹者。⑩秋娘：泛指歌伎。⑪缠头：唐时艺伎表演完毕，观者多以绫帛为赠，称为缠头。⑫“钿头”句：意谓欢乐时便以首饰击节打拍，以至于首饰常常断裂破碎。钿头银篦，两端镶

有金玉花形的银篦子。⑬ 颜色故：姿容衰老。⑭ 浮梁：今江西景德镇市。⑮ 阑干：指泪水横流的样子。⑯ 湓（pén）江：在今江西瑞昌，临九江。⑰ 独倾：独酌。⑱ 呕哑嘲（zhāo）哳（zhā）：形容声音杂乱刺耳。⑲ 促弦：拧紧琴弦。⑳ 青衫：唐官员品级最低的服色。

【赏析】

这首诗作于元和十一年（816）秋，本题为《琵琶引并序》，“序”里却写作“行”。“行”和“引”，都是乐府歌辞的一体。

如“序”中所说，诗里所写的是作者由长安贬到九江期间，月夜送客，在船上听一位商妇弹奏琵琶并诉说身世，联系到自己官贬闲职的经历，有同病相怜之意。

诗的前六句交代了时间：在一个枫叶红、荻花黄、秋风瑟瑟的夜晚；交代了地点：浔阳江头；交代了背景：诗人为朋友送别。离别本就伤感，酒宴前却没有管弦之声可以消减悲戚，于是更显寂寞。

诗中对秋江月夜弹奏琵琶曲的描摹和撰写极为形象，“如急雨”“如私语”“水浆迸”“刀枪鸣”“珠落玉盘”“莺语花底”，这一连串生动的比喻绘声绘色地再现了千变万化的音乐形象，其中“此时无声胜有声”的间歇，描绘了余音袅袅、余意无穷的艺术境界，让人回味无穷，有如书画中的“留白”，令人拍案叫绝。而“悄无言”“江心秋月白”和“满座重闻皆掩泣”“青衫湿”等环境的渲染和听音乐的人物感受也从旁烘托出琵琶女技艺的高超，读来令人有亲临其境、如闻其声之感。同时，音乐形象的千变万化也展现了琵琶女起伏回荡的心绪，为下面诉说坎坷身世做了铺垫。

琵琶女自言身世遭遇，激起了诗人的情感共鸣：“同是天涯沦落人，相逢何必曾相识。”诗人也忍不住说出了自己被贬江州的经历。诗人的诉说又转过来拨动琵琶女的心弦，当她再次弹琵琶时，那声音就更加凄苦感人，同声相应，诗人不禁泪湿青衫。

这首诗的艺术性是很高的：

其一，它把歌咏者与被歌咏者的思想感情融而为一，说你也是说我，说我也是说你，命运相同，休戚相关。琵琶女叙述身世后，诗人以为他们“同是天涯沦落人”；诗人叙述身世后，琵琶女则“感我此言良久立”，琵琶女再弹一曲后，诗人则更是“江州司马青衫湿”。风尘知己，处处惹人怜爱。

其二，诗中的写景物、写音乐，手段都极其高超，而且又都和写身世、抒悲慨紧密结合，气氛一致，使作品自始至终沉浸在一种悲凉哀怨的氛围里。

其三，作品的语言生动形象，具有很强的概括力，而且转关跳跃，简洁灵活，所以整首诗脍炙人口，极易背诵。诸如“千呼万唤始出来，犹抱琵琶半遮面”；“别有幽情暗恨生，此时无声胜有声”；“门前冷落车马稀，老大嫁作商人妇”；“夜深忽梦少年事，梦啼妆泪红阑干”；“同是天涯沦落人，相逢何必曾相识”；等等，都是凝练优美、叩人心扉的语句。

漂流天涯的琵琶女的遭遇和正直而沦落的诗人的遭遇相互映衬，相互补充，凄婉激昂，千载之下读之，犹可想见当时之事。《琵琶行》凄恻动人，在作者生前，已经是“童子解吟《长恨》曲，胡儿能唱《琵琶》篇”。元代戏曲家马致远曾根据它写成《青衫泪》。

宫　词

白居易

泪尽罗巾梦不成，夜深前殿按歌声①。

红颜未老恩先断，斜倚熏笼坐到明②。

【注释】

① 按歌声：打着拍子歌唱。② 熏笼：香炉上的罩笼。

【赏析】

这首诗是代宫人所作的怨词。

诗的主人公是一位一心盼望君王临幸而不得的宫女，前两句写她夜深垂泪不能成寐，却闻得前殿歌声欢快热闹，一静一喧对比十分强烈，反映出两种不同的生活、不同的心境。

如果这位女子已经是人老珠黄，或许也不会觉得这种孤独寂寞的生活是如此难以忍受，偏偏她青春犹在、"红颜未老"，这样的处境，不由让人心生感慨：红颜尚未衰老而君已经爱弛恩断；夜深梦不成，只好斜倚熏笼取暖，独坐至天明。

全诗由希望转到失望，最后转到绝望；由现实进入幻想，最后跌入现实，细腻地刻画了失宠宫女千回百转的心理状态，语言明快自然，情感真切而多层次，倾注了诗人对不幸者的深挚同情。

问刘十九

白居易

绿蚁新醅酒①，红泥小火炉。

晚来天欲雪，能饮一杯无？

【注释】

①绿蚁：指浮在新酿的没有过滤的米酒上的绿色泡沫。醅（pēi）：没有过滤的酒。

【赏析】

黄醅酒可能是唐代文人常饮的普通酒。“醅”是指没有过滤的酒，大多带着酒糟，临饮时要进行压榨或者过滤。而诗中的“绿蚁新醅酒”即是指新酿成的黄酒，刚刚滤去酒渣，还未完全滤清，酒面上泛起一层细小的泡沫，色微绿，有如蚂蚁，故称为“绿蚁”。唐代饮酒还讲究温热了喝，到了寒冷的冬天，往往会在红泥的小火炉上温上一壶酒，朋友们边畅饮边谈论。

新醅的绿蚁酒，红泥的小火炉，要在平时也不过是寻常之物，但在严冬暮色之际，阴云密布，朔风凛冽，眼看晚上要下雪了，这两样东西无疑会给人带来温暖和慰藉。再加上率真的好友在殷切地相问询“能饮一杯无”，哪能不身心愉悦地领受呢？

此诗开门见山点出是新酒，“红泥小火炉”则对饮酒的环境起到了烘托气氛的作用，并增添了一种温暖的情调。“新醅酒”和“小火炉”两个意象很容易唤起对质朴的农村生活的联想。第三句中，“雪”让人联想到寒风凛冽、大雪纷飞，却为朋友相聚勾勒出一个阔大的背景，越是让人感觉到刺骨的寒意，就越能反衬出炉火的温暖与友情的珍贵。

白居易作这首诗时，正是在被贬谪为江州司马之际，虽然仕途不得意，但能在雪夜以火炉暖酒，与好友畅饮欢谈，亦不失为天下之乐事了。诗人将生活小事信手拈来，遂成妙章。

暮江吟

白居易

一道残阳铺水中[①]，半江瑟瑟半江红[②]。
可怜九月初三夜[③]，露似真珠月似弓[④]。

【注释】

①残阳：落山的太阳。②瑟瑟：原意为碧色的珍宝，这里指碧绿色。③可怜：怜爱。④真珠：即珍珠。月似弓：上弦月，其形状弯曲如弓。

【赏析】

“吟”是古代的一种诗体，“暮江吟”即黄昏时分在江边所作的诗。

长庆二年（822），正是朝廷政治昏暗、党争激烈的时期，白居易不堪忍受，主动要求离开京城，乘船赴杭州任刺史。途中见到暮色秋江的美景，便随口吟成了这首清新可爱的小诗，从侧面反映了诗人当时轻松愉快的心情。

一道残阳映照江面，造成奇特的光色变化的景象：一半江水闪动着红光，另一半江水则显得更加碧绿。但诗人善于炼字，不说“照”，而说“铺”，不仅形象地展示出夕阳已经快接近地平线、几乎是贴着地面的情状，而且写出了秋天夕阳的柔和。而天气晴朗无风，江水流动极缓，江面上泛起细小的波纹。阳光照射多的部分，呈现出艳丽的“红”色；阳光照射少的地方，呈现出幽暗的碧色。诗人敏锐地抓住了暮江细波粼粼、光色瞬息变化的景象，并用精练而形象的语言将这一奇异的美景展现在读者面前。

诗人流连在这样的美景中，不觉夜幕降临，俯身看见江边草木上滚动着如同珍珠的露水，抬头望见一弯新月如同一张弓，此情此景怎不让人心生爱怜？用“真珠”作比，不仅写出了露珠的圆润，而且写出了它闪烁的光泽。诗人直接抒情，将全诗的感情推向高潮。

小诗写残阳铺水，色彩渲染鲜明浓重，给人以强烈的视觉感受；写月出露生，则玲珑剔透，给人以凉生衣袖之感，十分令人神往。

李　绅

公元772—846年，字公垂，无锡人。曾参与过文学史上影响巨大的“新乐府运动”。其诗《悯农》两首，千古传诵。

悯农二首（其一）

李　绅

春种一粒粟①，秋收万颗子。

四海无闲田②，农夫犹饿死。

【注释】

①粟：小米。泛指谷类的种子。②四海：普天下，全国。闲田：荒废没有耕种的田。

【赏析】

春天播下一粒种子，秋天就有“万颗子”的收获，足见风调雨顺和农夫辛勤耕作。而四海之内，没有荒芜闲置的田地，那收获更是无限多了，真是一个大丰收年啊。然而却是一个急转：“农夫犹饿死。”农民获得了大丰收，为什么还会饿死呢？诗歌到此戛然而止，却迫使人们带着沉重的心情去思索。无疑是统治者不知满足，勤劳的农民虽然获得丰收，却被盘剥无度、掠夺殆尽，到最后颗粒无存，惨遭饿死。

悯农二首（其二）

李　绅

锄禾日当午[①]，汗滴禾下土。

谁知盘中餐，粒粒皆辛苦。

【注释】

① 锄禾：锄草。

【赏析】

正午烈日当空，农民仍然在田里劳作，汗珠一滴滴洒落田地上。然而那些不知道稼穑艰难、随意浪费粮食的人，他们哪里知道这一粒粒粮食都是辛苦劳作得来的。诗歌的主旨在“悯农”，却并未做抽象的说教，而是选材典型，并采用虚实结合、正反映衬的手法，以鲜明的形象感人，富于哲理性、警示性和教育性。

柳宗元

公元773—819年，字子厚，河东解（xiè，今山西省运城市解州镇）县人，世称柳河东。贞元九年（793）中进士，十四年考取博学宏词科，先后任集贤殿正字、蓝田县尉和监察御史里行（见习御史）。因参加主张革新政治的王叔文集团而被贬为永州司马。后迁柳州（今属广西）刺史，故又称“柳柳州”。其诗清新峭拔，意味隽永。有《河东先生集》。

登柳州城楼寄漳、汀、封、连四州刺史

柳宗元

城上高楼接大荒[①]，海天愁思正茫茫。
惊风乱飐芙蓉水[②]，密雨斜侵薜荔墙[③]。
岭树重遮千里目，江流曲似九回肠。
共来百越文身地[④]，犹自音书滞一乡！

【注释】

①大荒：边远荒凉的地方。②飐（zhǎn）：吹动。芙蓉：荷花。③薜（bì）荔：一种常绿蔓生植物。④百越：指当时五岭以南的各少数民族地区。文身：古代南方少数民族有在身上刺花纹的风俗。

【赏析】

安史之乱后，唐朝中央对地方失控，逐渐形成藩镇割据的局面。德宗时期，藩镇割据的形势日益严峻，长安又屡遭藩镇围困。再加上宦官主管禁军，干政益甚。如何抑制藩镇势力和宦官势力，成为唐王

朝君臣必须面对的问题。

贞元二十一年（805），在唐顺宗的支持下，王叔文、王伾集团执政，以韦执谊为宰相，针对宦官弄权和藩镇割据，采取了一些革新措施，颇得民心。但因唐顺宗中风后失去执政能力，宦官集团和藩镇节度使联合起来反对改革派，策划了宫廷政变，纷纷上表胁迫顺宗禅位，并改元“永贞”，革新宣告失败，前后共一百四十六天。王伾被贬为开州司马，不久病死；王叔文被贬为渝州司户，次年赐死。其麾下的八名干将，均被谪贬到了当时中国长江以南的边远地区，担任州司马。其中韦执谊被贬为崖州（今海南省三亚市崖城镇）司马，韩泰被贬为虔州司马，陈谏被贬为台州司马，柳宗元被贬为永州司马，刘禹锡被贬为郎州司马，韩晔被贬为饶州司马，凌准被贬为连州司马，程异被贬为郴州司马。史称“八司马事件”。

十年后，柳宗元等五人被召回京城，但终因梗阻太大，再度被贬为南方边州刺史，其中柳宗元贬柳州、韩泰贬漳州、韩晔贬汀州、陈谏贬封州、刘禹锡贬连州。

作者以诗寄四人，先写登柳州城楼，高楼、大荒、海天、惊风、密雨、岭树、江流，满眼都是悲怆凄凉的异乡风物，也正是五人心绪的写照。

首句写作者登上高处，遥望同仁们的贬所，既是为了抒发对他们的思念，也是为了抒发心中的积郁。然后诗人见到城上高楼与大荒相接，由此而感物起兴：眼前是辽阔苍茫的天地，纵目远眺，海天相连，而自己一腔茫茫“愁思”，充溢于这辽阔无边的天地之间。首句总摄全诗，为后文逐层抒写展开了宏大的背景。

第二联写的是近景，赋中兼有比兴，描写真切而细致。第三联承接上一联中近景触发的联想，顺势转为写远景，景中寓情，含着无限愁思。

尾联写五人遭际，天各一方，音书久滞。五人际遇相同，休戚相关，因而诗中流露出离京去国、人事沧桑的深沉感慨，及对挚友的真挚思念。

这首抒情诗，赋中有比，比中含兴，融情入景，词情凄恻动人。

晨诣超师院读禅经

柳宗元

汲井漱寒齿，清心拂尘服。
闲持贝叶书①，步出东斋读。
真源了无取，妄迹世所逐。
遗言冀可冥②，缮性何由熟③。
道人庭宇静，苔色连深竹。
日出雾露馀，青松如膏沐④。
澹然离言说⑤，悟悦心自足。

【注释】

①贝叶书：在贝多树叶上写的佛经。②冥：暗合。③缮：此指修养。④膏沐：本指润发的油脂。⑤澹然：宁静状。

【赏析】

柳宗元因参加王叔文集团政治革新，失败后，被贬为永州司马。诗人心情十分苦闷，常去游览佛寺禅院，并勤读佛经和精研佛理，希望能从中求得解脱。诗写晨起到禅院诵读佛经，“真源了无取，妄迹世所逐”，说世俗之人对佛经的真谛毫无领悟，却都去追求虚妄的事迹，此处实际上是以儒家思想讽刺当时社会的佞佛现象。后半部写他对佛家的精义难以精熟，倒是超师庭院景物的清静幽雅，使他流连玩赏。“日出雾露馀，青松如膏沐”，写出了青松在清晨露滴雾绕，好像洗沐未干，可谓传造化之妙，让人会心于笔墨之外。

溪　居

柳宗元

久为簪组束[①]，幸此南夷谪[②]。
闲依农圃邻[③]，偶似山林客[④]。
晓耕翻露草，夜榜响溪石[⑤]。
来往不逢人，长歌楚天碧[⑥]。

【注释】

①簪组：古时官吏的冠饰，此指做官。束：束缚。②南夷：指当时南方少数民族地区。谪（zhé）：贬官。③农圃（pǔ）：农园菜圃。④“偶似”句：意思是有时自己就仿佛是个山林隐逸之士。

⑤ 榜(bàng)：划船。⑥ 楚天：永州古属楚地。

【赏析】

元和五年（810），柳宗元贬官永州已有五年之久，他在公余游览发现风景秀丽的愚溪，于是在溪水东南筑屋居住，写下愚溪诸咏。

这首诗写诗人迁居愚溪后的生活：与农田菜圃为邻，清晨踏着露水去翻草，夜晚泛舟清溪游玩，独来独往，无拘无束。表面看诗人的溪居生活闲适自在，但字里行间却隐含着愤激、幽怨。如开首二句，诗意突兀，贬官南荒本是不如意的事，但诗人却说是“幸”，这是从反意着笔，更耐人寻味。而“闲依”“偶似”“来往不逢人”等语虽是写闲适，却也包含着诗人被投闲置散的无聊、孤独，实为激愤反语，末句“长歌楚天碧”正是诗人内心郁闷而高歌抒愤。沈德潜说“愚溪诸咏，处连蹇困厄之境，发清夷淡泊之音，不怨而怨，怨而不怨，行间言外，时或遇之”(《唐诗别裁集》卷四)。他的评说十分到位。

江　雪

柳宗元

千山鸟飞绝，万径人踪灭。

孤舟蓑笠翁[1]，独钓寒江雪。

【注释】

① 蓑笠翁：披着蓑衣、戴着斗笠的渔翁。

【赏析】

这首诗是柳宗元被贬为永州司马时所作。

天地间飞鸟绝迹，人踪湮没，没有半点生气和声息，原因在于大雪封山。虽未直接写雪，却用“鸟飞绝”与“人踪灭”暗藏着一“雪”字，读者仿佛能感觉到凛冽逼人的寒气扑面而来。

咏雪至此，似乎已经意尽，但诗人却能别开境界，再写一个孤舟、蓑笠的渔翁迎风斗雪，独自在寒冷的江心垂钓，凑成一幅绝妙的江乡雪景图。而这个孤独的渔翁，正是诗人自身的写照。

全诗寥寥几笔勾画出一幅渔翁寒江独钓图。纯用白描绘出江上雪景，意境空旷幽远，极富阴柔之美，透过渔翁的寒江独钓，又写尽诗人傲岸坚贞而又孤寂落寞的形象。后人评说这首诗“二十字可作二十层，却是一片，故奇”，十分耐人寻味。

渔　翁

柳宗元

渔翁夜傍西岩宿[①]，晓汲清湘燃楚竹[②]。
烟销日出不见人，欸乃一声山水绿[③]。
回看天际下中流，岩上无心云相逐。

【注释】

① 西岩：在湖南零陵县西湘江外。② 燃楚竹：指烧竹煮水。③ 欸（ǎi）乃：行船时的摇橹声。

【赏析】

这首山水小诗作于永州。

诗人用寥寥数语淡淡写来，勾勒出一个在山青水绿之处自遣自歌、独往独来的“渔翁”形象。他夜宿西岩，拂晓时汲水烧火，诗人用渔翁忙碌的身影展示了时间的流逝。其中“汲清湘”“燃楚竹”造语新奇，让人感觉超凡绝俗，有一种“反常”的特殊情趣。

而后“烟销日出”，按理说应该能看见人了，诗人也的确正面写了渔翁，却用了“不见人”三字，让人不由心生疑惑。就在这时，“欸乃一声山水绿”，让人顿感胜景在前，奇趣荡胸。“绿”字可谓诗眼，它在反常中传达了一种惊异感：忽然听见橹桨“欸乃”一声，绿水青山顿现原貌，渔翁原来就在这秀美的山水之中。把山水原本无声的“绿”，说成好像是由摇橹声一动而呈现的，不仅呈现了色彩，而且给人一种动态感，仿佛在听觉里引起视觉的感受，这是通感的用法。

苏东坡赞叹说：“诗以奇趣为宗，反常合道为趣。熟味此诗有奇趣。”（《全唐诗话续编》卷上引惠洪《冷斋夜话》）

元　稹

公元779—831年，字微之，河南河内（在今河南洛阳附近）人。贞元九年（793）明经及第，十九年登书判拔萃科，历官左拾遗、监察御史等职。因得罪宦官及守旧官僚遭到贬斥。后转而依附宦官，官至同中书门下平章事。与白居易并称"元白"。因二人诗风相近，故合称"元白体"。曾撰传奇《莺莺传》，对后世影响极大。《全唐诗》存其诗二十八卷。有《元氏长庆集》。

遣悲怀三首（其一）

元　稹

谢公最小偏怜女[①]，自嫁黔娄百事乖[②]。
顾我无衣搜荩箧[③]，泥他沽酒拔金钗[④]。
野蔬充膳甘尝藿[⑤]，落叶添薪仰古槐[⑥]。
今日俸钱过十万，与君营奠复营斋[⑦]。

【注释】

①"谢公"句：东晋名相谢安最爱其侄女谢道韫。此指妻子从小娇生惯养。②黔娄：指自己家境贫困。③顾：看到。荩（jìn）箧（qiè）：荩草编成的箱子。④泥他：软言求她。⑤甘：甘心。藿（huò）：豆叶。⑥仰：依仗。⑦营：办理。奠：祭品。斋：指请僧人超度。

【赏析】

元稹的原配妻子韦丛，出身名门，父亲韦夏卿位居宰相。韦丛二十岁时嫁与元稹为妻，婚后生活比较贫困，但她非常贤惠，毫无怨言。元和四年（809）韦丛因病去世，年仅二十七岁。元稹悼念亡妻，写下许多悼亡诗，以这三首连章诗最为著名。

第一首是追忆二人生前的种种情形。一、二句用典，以东晋宰相谢安最宠爱的侄女谢道韫借指韦氏，而以战国时齐国著名的贫士黔娄自喻，含有对方屈身下嫁之意。当时诗人尚未发达，韦丛出嫁后事事不顺遂，但她不好虚荣，安于贫寒而毫无怨色，并对诗人百般体贴。

中间四句选取了韦丛生前日常生活的几个片段来写，极为生动感人。

诗人如今富贵却不能与之共享，十分凄寞，逼出“悲怀”二字。诗人遣词用句，皆是出自一片深情，真实动人。

遣悲怀三首（其二）

元　稹

昔日戏言身后意①，今朝都到眼前来。
衣裳已施行看尽②，针线犹存未忍开。
尚想旧情怜婢仆，也曾因梦送钱财。
诚知此恨人人有，贫贱夫妻百事哀。

【注释】

① 身后意：死后的打算。② 行：行将。

【赏析】

第二首开头与第一首结尾相衔接。诗人对妻子感情深厚，想起昔日曾经戏言过身后的事情，没想到如今都在眼前发生了，人生无常让人感叹。妻子死后，他怕睹物思人，把衣裳几乎都施舍尽了，但却舍不得妻子生前做的针线，却又不忍心打开细看。又不由想起妻子生前怜惜婢女、仆人，自己也对他们好，又因梦见妻子跟自己受贫吃苦，故为她焚烧纸钱祭奠。虽然诗人内心清醒地知道夫妻永诀人人都一样伤怀，但贫贱夫妻尤甚。

“贫贱夫妻百事哀”是流传千古的名句，因为写出了贫贱中夫妻两人互相护持，患难与共，经历生活种种，一旦一方撒手远去，另一方回忆起其生前行迹，自然是无处不觉伤怀。

遣悲怀三首（其三）

元　稹

闲坐悲君亦自悲，百年都是几多时！

邓攸无子寻知命[①]，潘岳悼亡犹费词。

同穴窅冥何所望[②]？他生缘会更难期！

唯将终夜长开眼，报答平生未展眉。

【注释】

①邓攸无子：晋邓攸在战乱中为拯救亡兄之子，丢弃了自己的儿

子，以为自己还可以生养，但终无子嗣。② 同穴：合葬。窅（yǎo）冥：幽暗的样子。

【赏析】

首句承上启下，以“悲君”总括上两首，以“自悲”引出下文。妻子逝世后，诗人形单影只，既“悲君”又“自悲”，对生命进行思考，百年亦不过几多时。

接着，诗人以邓攸、潘岳自况：邓攸心地纯善，却终身无后，只能说是命运的安排；潘岳悼亡诗写得再凄恻动人，对逝者来说也毫无意义，不过是浪费笔墨。诗人故作旷达地说由天知命，再费辞章徒劳无益，实际上深隐着难以排解的悲伤。他想寄希望于同穴和来生，但又清醒地知道“何所望”“更难期”，在绝望之中寄托刻骨相思，令人沉痛不已。

在一片夹杂着悲伤、悔恨的至情中，只有在漫漫长夜中始终睁开双眼，来报答妻子生前所过的愁眉不展的日子。其情痴，其语挚，吟来催人泪下。故清蘅塘退士说：“古今悼亡诗充栋，终无能出此三首范围者，勿以浅近忽之。”

行　宫

元　稹

寥落古行宫①，宫花寂寞红。

白头宫女在，闲坐说玄宗②。

【注释】

① 寥落：空虚、冷落。② 玄宗：唐明皇李隆基，这是他的庙号。

【赏析】

“行宫”是皇帝外出居住的宫舍。这首诗通过描写行宫宫女百无聊赖的生活，抒发了无尽的哀怨之情，也寄托了诗人深沉的盛衰之感。

诗以“寥落”两字起笔，勾勒出古行宫的废置情状，一派凄凉衰败之气氤氲开来。继而绘出自生自灭的寂寞宫花和红颜不再的白头宫女，烘染出盛年不再，昔日繁华风流云散的境况。红花一般用来表现热闹的场景，烘托欢乐的情绪，这里却用红花与寥落的行宫、宫女的白发互相映衬，表达了沧桑之感与红颜易老的人生感慨，突出了宫女们凄凉哀怨的心境，这正是“以乐景写哀情”。

在历朝历代的宫廷中，宫女的地位都是最低贱的。唐代的宫女数量为历代之最，而且是终身制。宫女得到皇帝宠幸的概率非常小，所以绝大多数人在使婢生涯中度过了青春，年老后被送到各处冷宫别馆养老打杂，度完余生。

唐玄宗前期励精图治，任用贤臣名相，开创了大唐盛世；后期却沉湎于声色，修建了不少的行宫，政治腐败，奸臣权相横行无忌，导致安史之乱起，从此大唐一蹶不振，繁华衰歇。

“说玄宗”三字写白头宫女在一起闲聊当年的玄宗，更是有着万千感慨：多少治乱兴衰，多少沧桑茫茫往事，多少长短曲直，都尽在其中了。

全诗仅仅四句，却以少总多，说尽兴衰变迁，让人不胜感慨。

杨敬之

字茂孝，祖籍虢州弘农（今河南灵宝），生卒年不详。曾作《华山赋》，韩愈、李德裕称许之，一时传布士林。《全唐诗》存其诗二首。

赠项斯

杨敬之

几度见诗诗总好，及观标格过于诗[1]。

平生不解藏人善[2]，到处逢人说项斯[3]。

【注释】

①标格：包含外在美和内在美，即神采风度、品格修养等。②解：懂得，知道。③项斯：字子迁，江东人。

【赏析】

诗人赏识项斯，是从得见其诗开始的，他高度评价了项斯在不同时期的诗作，心中已是喜欢。自古品评人重在才德，及至见到项斯本人后，发现他的风采和人品更是杰出，心中更为悦服。一个“总”字和“过于”两字体现了诗人发现人才的由衷喜悦。由内心的惊叹欣赏发展到行动上不遗余力地揄扬，直述自己平生不会隐瞒人的才能，而是逢人就称赞。

贾　岛

公元779—843年，字阆仙（一作浪仙），范阳（今河北涿州市）人。初落拓为僧，名无本，后还俗，屡举进士不第。曾任长江主簿，故人称贾长江。作诗以苦吟著称，“推敲”的典故便是由其而来。其诗喜写荒凉孤僻之境，多苦寒之词，开晚唐尖新狭僻一派诗风。《全唐诗》存其诗四卷。

剑　客

贾　岛

十年磨一剑，霜刃未曾试①。

今日把示君②，谁有不平事？

【注释】

①霜刃：剑刃寒光闪闪，有如秋霜，故称。②把示：拿出来展示。

【赏析】

诗人以剑客的口吻，着力刻画了宝剑的形象，并直吐胸臆，抒发豪情壮志。先明写剑客花了十年的工夫精心磨制成一把宝剑，暗喻功力深厚，才学渊博。次句写剑刃如霜，锋利无比，有跃跃欲试之意，暗喻人之锋芒毕露、急于施展才华的心情。现在得遇知音，渴望能被欣赏，故向君展示这把宝剑，有毛遂自荐之意。末句以问句作结，点出剑欲脱鞘而出，荡尽天下冤屈不平事。而人欲脱颖而出，干一番事业的壮志豪情亦跃然纸上。诗人托物言志，把自己兴利除弊的政治抱负巧妙地寓含在宝剑的鲜明形象中，语言平易明快，豪爽之气充溢于字里行间。

寻隐者不遇

贾　岛

松下问童子[①]，言师采药去[②]。
只在此山中，云深不知处[③]。

【注释】

①童子：小孩。这里指隐者的弟子。②言：回答说。③云深：指山上云雾缭绕。处：地方。

【赏析】

“隐者”，古代指不肯做官而隐居在山野之间的人。这是一首问答诗，但诗人采用了寓问于答的手法，写访隐者而不遇的情形。

在中国传统文化中，松、竹、梅被称为“岁寒三友”，士大夫们往往以之象征安贫乐道的志向与高洁傲岸的品格。首句“松下问童子”，表层上交代了作者寻访隐者不得，便询问隐者的弟子这件事，深层上则是以松喻隐者的风骨。

诗本是三问三答，在松下见到童子，以为将要见到隐者，问之，却答曰其师采药去了。又问到哪儿采药了，童子回答就在这座山中，诗人大约仍不肯放弃，有前去相寻之意，又问其师在这座山的哪处，童子回答云深不知在哪一处。

诗中只有一句问语，却不难从童子的三句答中见其所问，言简而意繁。四句之中层层转折，隐者之形似愈近却愈杳，好比龙隐云中，一鳞半爪似有若无，而其缥缈高洁的形象更让人遐想联翩，其中也隐藏了寻访人不遇的惆怅以及对隐者的向往。

张　祜

生卒年不详，字承吉，清河（今属河北）人，出生于清河张氏望族，家世显赫，人称“张公子”。初寓姑苏。元和、长庆间，深受令狐楚器重。令狐楚担任天平节度使后，上表推荐，但被元稹排挤，失意后客居淮南。因喜爱丹阳曲阿，故在此筑室，隐居而终。其诗长于宫词、山水、边塞，题材相当丰富，诗风平易近人，流转自然，有隐逸之气。《全唐诗》存其诗二卷，共三百四十九首。有《张处士诗集》。

宫　词

张　祜

故国三千里①，深宫二十年。

一声何满子，双泪落君前②。

【注释】

①故国：指故乡。②君：指唐武宗。

【赏析】

这首五绝又题作《河满子》。何满子本系人名，为开元年间的歌唱家，相传他临刑时，作曲以赎死，却未能获免。此曲四词歌八叠，曲调婉转悲凉断人肠，后人便以“何满子”为曲名。后来传入宫禁，深深引起宫中女子的共鸣。这首诗就是写宫人的幽怨。

一般以绝句体裁写的宫怨诗因为篇幅短小、容量有限，总是只截取宫中生活的一角，通过一个片段来展示宫人悲惨的一生。而且诗多写得委婉含蓄，给读者留下了较大的想象空间。这首诗为读者展示了一幅生活全图，而且直叙其事、直写其情，这正是它与众不同之处。

“三千里”，从空间着眼，写宫女的故乡距离遥远而无望归还；“二十年”，从时间着眼，写入宫时间久，幽闭深宫而痛苦无涯。两句诗不仅具有高度的概括性，也具有极强的感染力；不仅集中展现了宫人的愁怨，而且使这种感情变得更加厚重、更加深入。

一声哀歌，双泪不禁滚滚落下，直截了当地抒发了宫人深藏在心中、蓄积已久的悲怨之情，它不以含蓄见长，却以强烈的感情取胜。诗中人内心的辛酸凄楚、愤懑哀怨，都尽在不言中。

赠内人

张　祜

禁门宫树月痕过[①]，媚眼惟看宿鹭窠。

斜拔玉钗灯影畔，剔开红焰救飞蛾[②]。

【注释】

① 禁门：宫门。② 红焰：指灯芯。

【赏析】

诗题中的“内人”意思是大内（皇宫）中人，为宫中宜春院习艺的宫人，诗意在写宫女静夜的孤寂无聊。

唐高祖武德年间于宫禁之中设内教坊。开元二年（714），玄宗加设外教坊和梨园，主要习奏民间俗乐（流行音乐）。宫中梨园是由优秀男女乐工各数百人组建而成，由唐玄宗亲自指导，艺术水平最高。稍次是宫中的内教坊，其乐工有男有女，女乐工依色艺的高低分成不同的等级。最高的称为“内人”，人数最少。其次称“宫人”，人数较多。再次称为“搊弹家”，以弹奏乐器见长，歌舞则不精。

月亮渐渐越过宫禁中的树木，时光飞逝，而人犹自不寐，凝望着那双栖白鹭的窠，一个“媚”字，体现出其有艳羡之意。她斜拔玉钗，剔开灯焰救飞蛾，使其获得重生。诗人善于截取生活细节来展示人物的心理，这一剔焰救蛾的小小举止，既是宫女对弱小生命的同情，又是她有感于自身深锁宫禁，恰同于飞蛾扑焰，故怜蛾实为自怜身世。

全诗造意深曲含蓄，熨帖细腻，描绘出宫人孤寂愁闷的心情，十分耐人寻味。

集灵台二首（其一）

张　祜

日光斜照集灵台①，红树花迎晓露开。

昨夜上皇新授箓②，太真含笑入帘来。

【注释】

①集灵台：即华清宫的长生殿。②上皇：太上皇，此指唐玄宗。授箓（lù）：接受道教秘录，即入道的仪式。

【赏析】

集灵台，就是长生殿，在华清宫内，为祭祀神灵所在。诗的前两句写集灵台早上的景物，日光斜照台上，满树红花迎着晓露开放，见出是清静神圣的祀神之地。后两句写玄宗昨夜在这里举行道教授给秘文仪式，贵妃在这时“含笑”入内，自愿为女道士，掩人耳目，足见其献媚轻薄。杨玉环原系玄宗十八子寿王瑁的妃子，玄宗慕其美色，召入禁中名为女道士，号太真，后来大加宠幸，进而册封为贵妃。全诗不直接加以讽刺批评，而是截取玄宗举行入道仪式这一情节，不言讽而讽刺自露于言外。

集灵台二首（其二）

张　祜

虢国夫人承主恩，平明骑马入宫门。

却嫌脂粉污颜色，淡扫蛾眉朝至尊。

【赏析】

虢国夫人是杨玉环的三姐，嫁给裴家，并非后妃，却“承主恩”，骑马入宫，足见其骄横轻狂，而“淡扫蛾眉”可见其自恃天生美艳，不施脂粉，足见她的轻佻，也可照见玄宗的昏庸好色。

全诗的语言颇为含蓄，字字句句隐含讥刺，看似是褒，实则是贬，讽刺深刻，入木三分。虽然如此，“却嫌脂粉污颜色，淡扫蛾眉朝至尊”两句将虢国夫人天生的丽质风度写得宛如图画。

题金陵渡

张　祜

金陵津渡小山楼[1]，一宿行人自可愁。

潮落夜江斜月里，两三星火是瓜州[2]。

【注释】

① 金陵渡：在今江苏省镇江市附近。② 瓜州：在今江苏扬州南，与镇江隔江相对，因州形似瓜而得名。

【赏析】

这是渡口小楼的题壁诗，是张祜漫游江南时所作，写偶见的江上清丽夜色。首句点题，开门见山。“自可愁”为诗眼，因为在羁旅之中，行人难免泛起淡淡的乡愁。一、二句起笔平淡轻松，很自然地将读者引入佳境。

诗人因为满怀愁绪而难以入眠，于是站在小山楼上远望“夜江”，只见斜月朦胧，江潮初落，隔江瓜州有二三星火闪烁。一个“斜”字，既画出了景物，又点明了时间是在拂晓即将来临的落潮之际；既呼应了上句的“一宿”二字，将两句自然勾连起来，又暗暗点出了行人一夜未能成寐这件事。用笔轻灵细腻，精雕细琢却不露斧凿之痕。

全诗画面清丽宜人，将近愁寄于远景之中，尤其是“两三星火是瓜州”以寻常语写天然佳景，将人带入那落潮后江对面隐约的星火闪烁不定之境界，而一种迷惘落寞之情也因此展开。语言十分自然朴素，而又令人玩味。

朱庆馀

生卒年不详。名可久，越州（今浙江绍兴）人。敬宗宝历二年（826）登进士第，官秘书省校书郎，然而仕途并不顺利，曾客游边，与张籍相交甚深。其诗以五律居多，虽然题材并不丰富，大部分为赠别酬答、行旅题咏之作，但辞意清新，描写细致，风格近于张籍。《全唐诗》存其诗二卷。

宫中词

朱庆馀

寂寂花时闭院门，美人相并立琼轩①。
含情欲说宫中事，鹦鹉前头不敢言。

【注释】

① 琼轩：白玉长廊。

【赏析】

春天百花盛开的时节，春光满院，本应是院门打开、赏花热闹之际，反说重门深“闭”，给人“寂寂”之感，在这不同寻常中已有所透露暗示。

一般宫怨诗，主人公往往只有一位孤独寂寞的宫女，这首诗却写了两位宫女，足见失宠者并非一人。两位美人并立在琼轩赏花，本应互吐衷曲，但一看面前的鹦鹉，深恐其学话饶舌，传与他人，故又含情不吐、欲说还休。

诗中虽没有点破所含之情是什么情，欲说之事是什么事，而宫禁之森严，美人之敢怨而不敢言之情却跃然纸上。

诗的构思独特，句句腾挪，字字呼应，在“花时”“琼轩”“美人”“鹦鹉”组成的风光旖旎的画图背后，却是一个深宫寂寂、美人的幽怨与无奈充溢庭院的世界。

近试上张水部

朱庆馀

洞房昨夜停红烛，待晓堂前拜舅姑[①]。

妆罢低声问夫婿，画眉深浅入时无？

【注释】

① 舅姑：公婆。

【赏析】

张籍任水部郎中时，以擅长文学又乐于提拔后进而与韩愈齐名。朱庆馀曾得到张籍的赏识，但还担心自己的作品未必符合主考官的要求，于是临近进士考试时将这首诗投献给张籍，以望举荐汲引。

古代风俗，结婚后第二天清晨，新妇才去拜见公婆。这首诗就是描写新妇去拜见公婆之前的心理状态。

首句写大婚。次句写拜见。新妇无不希望能在第一次拜见中给公婆留下一个好印象，获得他们的认可，所以非常郑重，早早地起了床，在通夜不灭的红烛光照中精心装扮，只等天一亮，就去堂前行礼。但新妇心里也没底：自己这身装束到底合不合宜，能不能讨得公婆的喜欢呢？

接下来自然而然地过渡到她基于这种心情而产生的言行：询问身边丈夫的意见。由于她还是新娘子，自然比较羞涩，而且这个问题比较私密，不好大声说出来，“低声问”可谓合情合理，刻画入微。

诗以“入时无”三字为诗眼，意在问自己的文章是否合当时考试规定的式样，反映了应考士子对前途命运把握不定的不安心情。

诗人巧妙细致地描写了新婚后的闺房情趣，新娘预备去拜公婆，着意装扮，期望能得到欢心，故先问夫婿，打扮得入不入时？如此精心设问而寓意自明，即近试之际，自己精心着意作了文章，希望能得到主考官的赏识。比喻十分精妙而恰切。

李德裕

公元787—849年，字文饶，赵州（今河北赵县）人，与其父李吉甫均为晚唐名相。幼有壮志，苦心向学，精《汉书》《左氏春秋》。历任翰林学士、浙西观察使、西川节度使、兵部尚书、左仆射，并在唐文宗大和七年（833）和武宗开成五年（840）两度为相，使晚唐内忧外患的局面得到了暂时安定。著有《会昌一品集》《左岸书城》《次柳氏旧闻》等。

登崖州城作

李德裕

独上高楼望帝京[①]，鸟飞犹是半年程。

青山似欲留人住，百匝千遭绕郡城。

【注释】

①帝京：指京城长安。

【赏析】

崖州，今海南三亚市崖城镇。大中二年（848），李德裕被贬为崖州司户参军。

李德裕在武宗李炎朝任宰相，执政期间重视边防，力主削弱藩镇，巩固中央集权，使唐几竟中兴。宣宗李忱继位之后，嫉李德裕位高权重，加上牛党白敏中、令狐绹当国，更是无所不用其极地打击、陷害他。大中二年（848），李德裕从潮州司马再贬为崖州司户参军。这首诗便是他登崖州城楼怀念长安时所作。

作为关心社稷安危的杰出政治家，他虽被弃置在偏僻的穷荒之地，却依然眷念京城，登临高楼北望帝京。他所贬之地崖州在今天的海南省，距离国都长安路途遥远，鸟飞也要半年时间，人行当要几年呢？一个“犹”字揭示了思帝京和路遥难归的矛盾。结句有双关意，海南本来多山环绕，却也暗喻诗人处境险恶，被群小重重包围阻滞不放北还。李德裕被贬崖州，作为党争失利一方的首领，基本上没有回京复职的可能了，正是想通了这一点，诗人的心情反而变得平静。全诗语气舒缓而沉挚，基调深沉而悲凉。

李　贺

公元790—816年，字长吉，祖籍陇西，生于福昌县昌谷（今河南省洛阳市宜阳县），世称“李长吉”“鬼才”“诗鬼”等，与李白、李商隐并称唐代“三李”。一生愁苦多病，仅做过三年从九品微官奉礼郎，二十七岁即病卒。中唐浪漫主义诗人的典型代表，又是中唐到晚唐诗风转变期的重要人物。有《昌谷集》。

苏小小墓

李　贺

幽兰露，如啼眼。
无物结同心，烟花不堪剪①。
草如茵，松如盖②。
风为裳，水为佩③。
油壁车，夕相待。
冷翠烛，劳光彩④。
西陵下，风吹雨。

【注释】

①“幽兰”四句：写已成幽灵的苏小小眼含泪水，如幽兰带露。她不能再与人缔结同心，只能孤独地飘荡。②“草如茵”两句：写坟墓的景象。③“风为裳”两句：写苏小小的幽灵以风为衣裳，以水为佩饰。④“油壁车”四句：写往昔的幽会已成空幻，当年的情人已为鬼魂。这是反用了古乐府《苏小小歌》中的意思。翠烛：鬼火，有光

无焰，所以说“冷翠烛”。

【赏析】

《乐府广题》记载：“苏小小，钱塘名倡也，盖南齐时人。”《方舆胜览》：“苏小小墓在嘉兴县西南六十步，乃晋之歌伎。今有片石在通判厅，题曰苏小小墓。”苏小小是南朝齐时钱塘的名伎，她貌美多才，却早逝。死后仍然有关于她的传说，李绅在《真娘墓》诗序中说：“嘉兴县前有吴妓人苏小小墓，风雨之夕，或闻其上有歌吹之音。”李贺这首诗即是在这些传说的基础上发挥想象而写就的，是他“鬼”诗中的代表作。

全诗结合墓地周围的景物环境，发挥丰富的联想，刻画出空灵缥缈、若隐若现的苏小小鬼魂形象。起笔先写幽兰上缀着的晶莹露珠，像是她泫然欲泣的双眸。一个“幽”字，既刻画出荒野墓地特有的阴冷气氛，又隐约点出苏小小的幽怨，为全诗定下哀怨的基调。接着写苏小小生前“结同心”的追求落空，坟上那萋迷如烟的野草花，不堪剪来相赠。中间六句写作为鬼魂的苏小小的服饰器用，“夕相待”三字，突出物是人非，更增哀怨凄凉。最后四句写西陵之下凄风苦雨的情景：有光无焰的鬼火闪烁着冷幽幽的绿光，有如翠烛，但情人不能如约前来，一句“劳光彩”中包含了无限哀伤的感叹。句句写景，却又句句在写人，用景物幻出人物形象，不仅渲染出阴森凄凉的气氛，也同时烘托出人物孤寂幽怨的心境。

卢　仝

公元约795—835年，祖籍范阳（今河北涿州市），生于河南省济源市武山镇（今思礼村）。"初唐四杰"之一卢照邻的嫡系子孙。早年隐于少室山，自号玉川子。后迁居洛阳，家境贫困。性格狷介，又有雄豪之气，是韩孟诗派重要人物之一。有《玉川子诗集》。

有所思

卢　仝

当时我醉美人家，美人颜色娇如花。
今日美人弃我去，青楼珠箔天之涯①。
天涯娟娟姮娥月②，三五二八盈又缺。
翠眉蝉鬓生别离③，一望不见心断绝。
心断绝，几千里？
梦中醉卧巫山云，觉来泪滴湘江水。
湘江两岸花木深，美人不见愁人心。
含愁更奏绿绮琴，调高弦绝无知音。
美人兮美人，不知为暮雨兮为朝云。
相思一夜梅花发，忽道窗前疑是君。

【注释】

①青楼：豪华精致的楼房，常指美人的居所。珠箔：即珠帘子。②姮娥：即"嫦娥"。③翠眉蝉鬓：均指美人。翠眉，用深绿色的螺

黛画眉。蝉鬓，古代妇女的一种发式，望之缥缈如蝉翼，故云。

【赏析】

这是一首拟汉乐府古题写的情诗，表达了男子对所爱女子刻骨铭心的相思之情。诗先写过去与美人的相会，美人颜色如花，让人沉醉不已。而今美人却弃人远去，故诗歌的主要篇幅写离别之后的相思之情。男子想象女子所居之地在天之涯，天涯的明月圆缺变化，好比人的离别相聚；但月虽有圆缺之分，尚可以抬眼望见，而与所爱女子暌离之后，却望不见。于是因相思而入梦，梦醒人不见，却更加伤心落泪。弹琴排遣愁绪，曲调高妙，却无知音鉴赏，故断绝琴弦，不再弹奏。在这样的苦苦相思之下，眼前竟然出现了幻觉："相思一夜梅花发，忽到窗前疑是君。"这两句化花为人，显出曲尽渴望美人归来而想入非非以致心神恍惚的情态。诗中用典贴切自然，融化无迹，达到了以意取事、一片神行的境地。还汲取民歌的优点，富有节奏感和音乐感，造成回环往复的特色，将相思之情表现得既明白晓畅，又绵邈不绝。

徐　凝

生卒年不详，字不详，睦州人，分水柏山（今桐庐县分水镇柏山村）人。初游长安，因不愿炫耀才华，没有拜谒显贵，竟未能成名。唐元和中举进士，官至侍郎。后归乡里，诗酒以终。《全唐诗》存其诗一卷。

忆扬州

徐　凝

萧娘脸薄难胜泪①，桃叶眉长易觉愁②。

天下三分明月夜，二分无赖是扬州。

【注释】

①萧娘：南朝以来，诗词中的男子所恋的女子常被称为萧娘，女子所恋的男子常被称为萧郎。②桃叶：晋代王献之的爱妾名桃叶。这里用以代指所思念的佳人。

【赏析】

虽然诗题说是“忆”扬州，实际上是“忆”扬州之“人”。

诗的前两句追忆当日别离的情形，萧娘、桃叶均代指诗人所思、所忆者，“脸薄”虽显娇羞，更见别泪如泉；“眉长”固然秀美，其间却离愁缠绵。远人别时愁眉、泪眼的音容仍历历在目，反衬出自己的殷切怀念，这是深一层的写法。

在思念正苦之际，却无可诉说的人，抬头见得明月，却又是那当年曾照离人泪眼的明月，更加增添了离愁别绪，相思之苦更加剧烈，于是不禁出口抱怨起明月“无赖”了。

本来月光遍照天下，并不专宠扬州，但诗人却设想天下三分之二的月光在扬州，看似违背常理，却深入情理，取得了不同凡响的艺术效果，成为千古传诵的名句。

许　浑

字用晦（一作仲晦），润州丹阳（今属江苏）人，生卒年不详。因以“丁卯”命名自己的诗集，后人因而称之为“许丁卯”。文宗大和六年（832）登进士第，历任当涂、太平县令，虞部员外郎，郢、睦刺史等职。其诗专攻律体，怀古和田园诗写得较好。《全唐诗》收诗十一卷。

秋日赴阙题潼关驿楼

许　浑

红叶晚萧萧，长亭酒一瓢①。
残云归太华②，疏雨过中条③。
树色随关迥④，河声入海遥⑤。
帝乡明日到⑥，犹自梦渔樵⑦。

【注释】

① 长亭：古时供行人休息的亭子，常作饯别处，此指潼关驿楼。② 太华：华山，在潼关西。③ 中条：中条山，在潼关东北。④ 迥（jiǒng）：远。⑤ 河：黄河。⑥ 帝乡：指京城长安。⑦ 梦渔樵：指怀念隐居时的生活。

【赏析】

“阙”是宫门前的望楼，常用来象征京城。潼关，在今陕西省潼关县境内，山川地势险要，自然景色动人。这首是许浑赴京路过潼关、夜宿驿楼时的题壁诗。

开头两句，作者先勾勒出一幅秋日行旅图，引出一个秋浓似酒、旅况萧瑟的境界。

中间两联是作者登上驿楼纵目四望所见的壮丽景色：秋晚雨过，残云飘向南面的华山，稀疏细雨飘洒过北面的中条山；苍苍树色随关城延伸到远方，听得黄河的声音流入大海。有声有色，全是潼关的典型风物，极其雄浑苍茫。

末二句点出赴京并非所愿、想要归隐之意。

全诗气象壮阔，笔力雄健，中间两句从大处落笔，云雨声色，突出表现了关中山岳河流的浩大气势，而且对仗工稳，声调铿锵，炼字遒劲，高华雄浑，颇有盛唐诗的气势。

早　秋

许　浑

遥夜泛清瑟[①]，西风生翠萝。
残萤栖玉露，早雁拂金河[②]。
高树晓还密，远山晴更多。
淮南一叶下，自觉洞庭波。

【注释】

①遥夜：长夜。瑟：弦乐器，似琴。②金河：秋日夜空中的银河。

【赏析】

这是一首咏早秋景物的咏物诗。题目是“早秋”，因而整首诗的取材和措辞处处都落在“早”字上。

前四句写早秋的夜景，以“清瑟”领起，选取了早秋的典型物候，自有一种清冷的况味。夜晚俯察见“残萤”栖息在露水上，仰望见“早雁”掠过银河。

之后写早秋的昼景：近看高大的树木叶子“晓还密”，远望青山“晴更多”。从高低远近等不同角度来描绘早秋景物，虽然没有使用任何标示性的字眼，却体现了诗人对早秋景物细致入微的观察，真可谓神清气足，悠然不尽。

结尾二句用了“一叶落而知岁暮”和《九歌》中“洞庭波兮木叶下”的典故，点出早秋的特点，显得警策雄健。格律严整丽秀，修辞精致工巧。

杜　牧

公元803—852年，字牧之，京兆长安（今陕西西安）人，祖居长安下杜樊乡（在今陕西省长安区东南），因晚年居长安南樊川别墅，故世称“杜樊川”，又称“小杜”，以别于杜甫。文宗大和二年（828）登进士第，登贤良方正能直言极谏科，授弘文馆校书郎。历任监察御史，黄、池、睦诸州刺史。后入为司勋员外郎，官终中书舍人。事见《旧唐书》卷百四十七、《新唐书》卷百六十六。诗文兼擅，尤长于七言绝句，与李商隐并称“小李杜”。《全唐诗》存其诗八卷。有《樊川文集》二十卷。

旅　宿

杜　牧

旅馆无良伴[①]，凝情自悄然。
寒灯思旧事，断雁警愁眠[②]。
远梦归侵晓，家书到隔年。
沧江好烟月[③]，门系钓鱼船[④]。

【注释】

①良伴：好朋友。②断雁：离群之雁。警：惊醒。③沧江：苍茫的江面。④系：系结。

【赏析】

这是诗人羁旅怀乡之作。

首联写自己孤身一人在旅馆居住，没有良伴交谈，只好在寒灯下静静凝思。

中间两联写寒灯、孤雁勾起的回忆、乡愁。乡关迢远，自己在梦中回家都须破晓时才能到达，家书须隔年才能到达旅馆，对家乡的深沉思念已经蕴藏其中。这二十字经过千锤百炼，语不惊人却情景逼真，别亲思乡之人如一字一读，便觉一字一泪。

末尾写旅馆外早晨的实景，看似跳出了乡愁，转为羡慕江上渔船的清闲自在。其实是说由于离家久远，看到旅馆外的钓鱼船便非常羡慕，因为人家的渔船就停泊在家门口。这是借他乡之物，曲折地表达思乡之情，有着一种“画饼充饥”的辛酸，内含的忧愁更显深长。

全诗层层推进，写景抒情都有独到之处，幽恨乡愁，委实凄绝。

将赴吴兴登乐游原

杜　牧

清时有味是无能，闲爱孤云静爱僧。
欲把一麾江海去[①]，乐游原上望昭陵。

【注释】

① 一麾：此处指旌旗。

【赏析】

宣宗大中四年（850），杜牧由京官外放为湖州刺史，行前登乐游原遣兴，写下这首诗。

前二句说清明太平的时候，没有才能的人也是有兴味意趣的；

自认无能，无事可为，所以爱孤云之闲，爱僧人之清净。实际上“清时”“无能”为反话、愤激语。因为当时朝中党争正烈，宦官擅权专政，藩镇纷纷割据，周边蛮夷入侵，何来太平清明？诗人有经国济世的抱负和才干，却被投闲置散，遂乞请外放，并非“无能”而甘处闲散。

后两句写自己将一麾而去，而登乐游原望昭陵，追忆贞观盛世的政治清明，就不能不联想当前国家衰败的局势以及自己被闲置的处境，既有对当今政治衰败无能的悲愤，也有对自己有志难申的感慨，沉郁含蓄，言有尽而意无穷。

赤　壁

杜　牧

折戟沉沙铁未销[①]，自将磨洗认前朝[②]。

东风不与周郎便，铜雀春深锁二乔[③]。

【注释】

①折戟：折断的戟。戟，古代的兵器。销：销蚀。②将：拿起。磨洗：磨光洗净。③铜雀：曹操在邺城所筑高台，其姬妾尽在台中。二乔：大乔、小乔，以美貌著称于世。大乔嫁给了孙策，小乔嫁给了周瑜。

曹
曹
曹
曹
曹

【赏析】

诗人在赤壁的沉沙中发现断折的戟，尚未被铁锈完全销蚀，经过一番磨洗，细加辨认之后，竟然发现是前朝赤壁之战时遗留下来的。

前朝的“折戟”引发了诗人的一串联想，进而对当年赤壁交兵双方的战略态势加以议论，认为幸好有东风助阵，得以功成，不然二乔将被曹操掳走而深藏于铜雀台之中了。

“折戟”既已是历史旧物，很可能已经锈迹斑斑，并不怎么起眼，诗偏却从这不起眼处写起，只因它与战争有着密切的联系，很自然地引出后文对历史的感叹。

发现这支折戟后，诗人仔细磨洗，辨认出是“前朝”——三国赤壁之战时的遗物。作者思绪于是飞向了那个群雄并起的年代，为下文做了铺垫。

赤壁之战是历史上有名的以少胜多、以弱胜强的战役，在军事史上留下了浓重的一笔，但是杜牧没有对这场精彩的战役进行详细描写，因为他是直接对历史结局做出自己的评判——曹操失败是因为偶然的天气因素，反映了他不以成败论英雄的思想与豪爽的胸襟。细细品味，这句话似乎还有一层含义：只要有机会，自己定能有所作为，自有一番英风豪情。

杜牧好言兵事，曾经注释过《孙子》，自负有王霸之略，写下不少军事论文。这首诗是他在任黄州刺史时所作，诗以俊爽旖旎之笔将景、情、理融为一体，风华流美而又神韵疏朗，气势豪宕而又精致婉约。

泊秦淮

杜　牧

烟笼寒水月笼沙[1]，夜泊秦淮近酒家[2]。

商女不知亡国恨[3]，隔江犹唱后庭花[4]。

【注释】

①“烟笼”句：烟雾、月色笼罩着水和沙。烟，指像烟一样的雾气。笼，笼罩。寒水，清冷的河水。月，月光。沙，沙滩。②夜泊：因天晚而抛锚停船。秦淮：河名，发源于江苏溧水东北，经南京流入长江。酒家：酒馆。③商女：一说商女即歌女，在酒楼或船舫中以卖唱为生的女子。清徐增《而庵说唐诗》云：商女，是以唱曲作生涯者。不知：不能理解，不懂。亡国恨：国家灭亡的悔恨或遗恨。④江：这里指秦淮河。长江以南，无论河流的大小，口语都称为江。犹：副词，还。后庭花：乐曲《玉树后庭花》的简称，以此曲填歌词者，今存数种，而以南朝陈后主（陈叔宝）所作最为有名。因陈后主沉溺于声色，作此曲与后宫美女寻欢作乐，终致亡国，所以后人把他所喜爱的《玉树后庭花》曲、词当作亡国之音的代名词。

【译文】

轻烟和月光，笼罩着江水和白沙，夜里停泊于秦淮河上，靠近岸边酒家。歌女不明白亡国之恨，还在岸那边吟唱亡国遗曲《后庭花》。

【赏析】

金陵曾是六朝都城，繁华一时，秦淮更是歌舞玩乐的金粉之地。诗人客中夜泊秦淮，闻得靡靡之音，自然兴起兴亡之慨叹。

首句写景，两个“笼”字渲染出秦淮河朦胧的水边夜色。二句叙事，一“泊”一“近”点明具体场景。三、四句感怀，由“近酒家”引出商女之歌，由“不知”“犹唱”落笔，曲声靡靡的《后庭花》为亡国之音，而今曼声绮曲依旧，离前车之覆辙，相去不远了，其中感慨最深，寄托甚微。诗人将历史、现实、想象融会在一起，俯仰历史兴亡，有不胜沧桑之感。

寄扬州韩绰判官

杜　牧

青山隐隐水迢迢，秋尽江南草未凋。
二十四桥明月夜①，玉人何处教吹箫？

【注释】

① 二十四桥：相传有二十四个美人在扬州西城外的小桥上夜吹洞箫，此处用以泛指扬州的桥梁。

【译文】

青山若隐若现，江水迢迢千里，深秋了，江南草木还没有完全凋零。今夜二十四桥上明月高挂，你在何处教美人吹箫？

【赏析】

文宗大和七年至九年间（833—835），杜牧在扬州任节度使府推官、掌书记。此诗是他离开扬州回京城长安供职时忆同僚韩绰所作。

诗本为怀旧忆友，却先从写景开始，想象深秋江南的山青水迢迢，因地暖而草木还没全凋零。第一句摄取的是远镜头，将远处青翠的山峦写得朦朦胧胧，给人以恍惚迷离的美感。诗人巧妙运用“隐隐”“迢迢”这两组双声连绵词，在氤氲朦胧、绰约多姿的景色中自然融入了悠长不尽的情思，隐约暗示了诗人与友人之间山高水远。

第二句想象江南虽然已经是秋天，但草木尚未完全凋零枯黄，依然能见青山绿水，反过来读者不难想见，诗人所在的江北早已是一片清冷萧条。一、二句从山川物候来写扬州，为后两句关心韩绰别后的情况做铺垫。

然后诗人借扬州二十四桥的典故，问友人当此美好明月夜，在何处教美人吹箫呢？皎洁的月光洒在扬州名胜二十四桥上，真是如诗如画、如梦如幻，这样的夜色是多么浪漫而引人遐想啊。诗人本是问候友人近况，却用玩笑的口吻调侃他，实际上反映了诗人对江南的怀念与向往，不仅照出韩公的风流逸志，而且将诗人的相忆怀念之情层层生发了出来。

赠别二首（其一）

杜　牧

娉娉袅袅十三余[①]，豆蔻梢头二月初。

春风十里扬州路，卷上珠帘总不如。

【注释】

① 娉（pīng）娉袅（niǎo）袅：柔美的样子。

【赏析】

杜牧放浪形骸、不拘小节，与青楼女子多有往来酬唱。大和九年（835），诗人调任监察御史，离开扬州赴长安，同相好的歌女分别时作下《赠别二首》，此为其一。这首诗着重写歌女之美丽，引起依依惜别之情。

首句描摹少女正当妙龄，身姿体态轻盈美好。七个字给读者留下了鲜明生动的印象。综观全诗，正面描述歌女之美的只有这一句，采用避实就虚的写法，其造句真可谓空灵入妙。

第二句以花喻人，写她娇小秀美。“豆蔻”产于南方。南方人往往摘其含苞待放者，名之为“含胎花”，常用来比喻处女。而“二月初”的“豆蔻”正是这种“含胎花”，以之比喻“十三余”的小歌女，贴切极了。花在“梢头”，微风轻拂，便随风轻舞，尤为可爱。所以“豆蔻梢头”又暗中呼应了“娉娉袅袅”四字。比喻新颖独到。

三、四两句，以“总不如”竭力称赞，扬州十里路上珠帘卷出，有无数佳丽，却总不如伊人之独俏，大有众星拱月的效果，又有《诗经》中“有女如云，匪我思存”的遗意。

诗以优美贴切的比喻和空灵清妙的手法描摹少女的美丽，赞扬她是扬州歌女中美艳第一，给读者留下鲜明生动的印象。

赠别二首（其二）

杜　牧

多情却似总无情[1]，唯觉樽前笑不成[2]。
蜡烛有心还惜别，替人垂泪到天明。

【注释】

①“多情”句：意谓多情者满腔情怀，一时无法表达，只能无言相对，看上去倒好像是彼此之间无情。② 樽：酒杯。

【赏析】

《赠别二首》（其一）重在刻画对方的美丽，这一首着重写惜别的心绪。

明明情意绵绵，“却似”无情，是谓以前欢聚何等多情，而今一去难返，反而显得像是无情，离别之苦痛于此可以想见，在离筵之上凄然相对，想要强颜欢笑却终究笑不成。

“总”字加强了语气，带有浓厚的感情色彩——诗人本身太多情，又对这位女子爱得太深，以致觉得无论用什么方式，都无法彻底表现出内心的多情。第二句写离别的悲苦，诗人却不肯直言其悲，偏要从“笑”入手。想笑是因为“多情”，“笑不成”则是因为太多情，这种描写看似矛盾，却把诗人内心的真实感受刻画得淋漓尽致。

末尾两句不言人之有情，而从反面着手，借蜡烛寓情寄意。蜡烛本是无情无感之物，却曰其“有心惜别”“替人垂泪”，这是因为诗人以感伤之眼观物，物自然就带上了感伤的色彩，奇想旖旎，更见出其一往情深、难分难舍的情怀。

此诗全篇不见“悲”“愁”等字，却将离别时的感情写得坦率真挚，语言清爽俊逸、含蓄蕴藉。

叹 花

杜 牧

自是寻春去校迟①，不须惆怅怨芳时。

狂风落尽深红色②，绿叶成阴子满枝③。

【注释】

①校：即“较”，比较。②深红色：借指鲜花。③子满枝：双关语。既是说花落结籽，也暗指当年的妙龄少女如今已结婚生子。

【赏析】

关于此诗，有一个传说故事。杜牧游湖州，认识一民间女子，年十余岁。杜牧与其母相约过十年来娶，后十四年，杜牧始出为湖州刺史，女子已嫁人三年，生二子。杜牧感叹其事，故作此诗。这个传说不一定可靠，但此诗以叹花来寄托男女之情，是大致可以肯定的。它表现的是诗人在浪漫生活不如意时的一种惆怅懊丧之情。

全诗围绕“叹”字着笔。前两句是自叹自解，抒写自己寻春赏花去迟了，以至于春尽花谢，错失了美好的时机。首句的“春”犹下句的“芳”，指花。而开头一个“自”字富有感情色彩，把诗人那种自怨自艾、懊悔莫及的心情充分表达出来了。第二句写自解，表示对春暮花谢不用惆怅，也不必怨嗟。诗人明明在惆怅怨嗟，却偏说“不须惆怅”，明明是痛惜懊丧已极，却偏要自宽自慰，这在写法上是腾挪跌宕，在语意上是翻进一层，越发显出诗人惆怅失意之深，同时也流露出一种无可奈何、懊恼至极的情绪。后两句写自然界的风风雨雨使鲜花凋零，红芳褪尽，绿叶成荫，结籽满枝，果实累累，春天已经过去了。似乎只是纯客观地写花树的自然变化，其实蕴含着诗人深深的惋惜之情。

此诗主要用“比”的手法。通篇叙事赋物，即以比情抒怀，用自然界的花开花谢、绿树成荫籽满枝，暗喻少女的妙龄已过，结婚生子。但这种比喻不是直露、生硬的，而是若即若离、婉曲含蓄的，即使不知道与此诗有关的故事，只把它当作别无寄托的咏物诗，也是出色的。隐喻手法的成功运用，又使此诗显得构思新颖巧妙，语意深曲蕴藉，耐人寻味。

遣 怀

杜 牧

落魄江湖载酒行，楚腰纤细掌中轻[①]。

十年一觉扬州梦，赢得青楼薄幸名。

【注释】

① 楚腰：用楚灵王好细腰典。掌中轻：用汉代赵飞燕体轻能在掌上起舞的典故。

【赏析】

题为“遣怀”，意思是排遣情怀。杜牧居扬州时，颇好宴游，放浪形骸，与青楼女子多有往来。

起首“落魄江湖”为诗魂，才人不得重用，落魄失志，只能与美酒为伴，全诗的意思和脉络由此展开。

杜牧不拘细行，故放浪形骸之外，流连美色之间。以“楚王好细腰”和“赵飞燕体轻能为掌上舞”两个典故，形容扬州妓女之美和自己沉沦之深。然而细细体味“落魄”二字，可以发现诗人对这种沉沦下僚的境遇和这种诗酒风流的日子并不满意。杜牧对自己的才能颇为自负，很想为社稷为百姓做出一番事业，因而在追忆昔日的放荡生涯时，不仅没有觉得惬意和留恋，反而相当不满。

而十年扬州冶游恍若一梦，仅赢得个青楼薄幸之名，其他所失者可以想见。“十年”和“一觉”产生了“很久”与“极快”的鲜明对比，蕴藏着深沉的感慨。“赢得”二字，用调侃的语气吐露了辛酸、自嘲、悔恨等种种复杂的感情，对“扬州梦”做出了进一步否定。

诗表面上是抒写对往昔扬州幕僚生活的追忆，但在调侃之中却饱含辛酸、自嘲和悔恨。这首诗除忏悔之意外，大有前尘恍惚若梦、不堪回首之意。

秋 夕

杜 牧

银烛秋光冷画屏，轻罗小扇扑流萤[①]。

天阶夜色凉如水[②]，坐看牵牛织女星。

【注释】

① 轻罗小扇：轻巧的丝质小团扇。② 天阶：皇宫里的石阶。

【赏析】

诗的开头即描绘出一幅深宫生活的图景：一个秋天的夜晚，银烛散发着微弱的光芒，给屏风上增添了几分幽冷的色调。一个孤独的宫女正用小扇扑打着夜空中飞来飞去的萤火虫。

从“轻罗小扇扑流萤”这个动作中，可以想见宫女的寂寞无聊，只能以此来消遣漫长而又孤独的岁月。而且“轻罗小扇”还具有深层的象征意义：扇子通常是夏天用来扇风取凉的，到了秋天就没用了，古诗里常以秋扇比喻弃妇。诗中的“轻罗小扇”也象征了这位宫女被遗弃的命运。

银烛、秋光、冷画屏，这些冷色调的景物叠加起来，构成一幅空明清冷的画面，用一“冷”字，既暗示寒秋气氛，又传达出一种冷清孤寂的感觉。

宫女在无聊中，借扑萤以打发时光，夜凉如水，却还坐看牵牛织女星，不免会联想到七夕为牛郎、织女相会之期，再联想到自身目前的处境，对爱情的向往与被闭锁的幽怨等种种复杂的心情不言而喻。

全诗自夜初写到夜深，层层布景，无一字句明言相怨之情，只有“坐看”两字，逗出隐约的情思，顿时通篇萦绕着一股幽怨凄婉之意。

金谷园

杜　牧

繁华事散逐香尘①，流水无情草自春。
日暮东风怨啼鸟，落花犹似坠楼人②。

【注释】

①香尘：石崇为教家中舞伎练步法，以沉香屑铺在象牙床上，让她们踩踏，无迹者赐以珍珠。②坠楼人：指石崇的爱妾绿珠，曾为石

崇坠楼而死。

【赏析】

金谷园故址在今河南洛阳西北，为西晋富豪石崇的别墅，其繁华豪奢，极一时之盛。唐时园已荒废，成为供人凭吊的古迹。杜牧经过金谷园遗址而兴吊古情思。

面对荒园，诗人脑海中浮现出金谷园昔日的繁华，而今却已随着香尘消散无踪，然人事虽非，流水照样潺湲，春草依然碧绿，风景无殊；三、四两句即景生情，听到啼鸟声声似在哀怨，看到落花满地，想起当年坠楼自尽的石崇爱妾绿珠，一个“犹”字渗透了追念、怜惜之情。

全诗句句写景，却又在景中寓情，四句蝉联而下，浑然一体。

山　行

杜　牧

远上寒山石径斜[①]，白云生处有人家。
停车坐爱枫林晚[②]，霜叶红于二月花[③]。

【注释】

①寒山：指深秋时候的山。斜：音同“霞”，意思是伸向。②坐：因为。③霜叶：指被霜打过的枫叶。

【赏析】

诗篇绘出了一幅色彩绚烂、风格明丽的山林秋色图。

首句中，“寒”字点明是深秋季节；“远”字表现了山路的绵长；“斜”字展示了山势高而缓，照应句首的“远”字。而且，正是因为此山坡度不大，故可乘车游赏，方引出下文。有白云缭绕，说明此山很高，而且营造出一种超然世外的清幽感，留下了许多想象的空间。但它又不会使人产生丝毫死寂的恐惧感，因为“有人家”三个字使这座深山充满了生气。“霜叶红于二月花”是全诗的中心句。“红于”，说明霜叶胜于春花，不仅仅是色彩更艳丽，而且更经得起风霜的考验。

远上秋山的石铺小路，在望的“白云生处有人家”，衬之以胜于春花的枫叶，景中蕴含了诗人对人生的热爱和美的欣赏。

温庭筠

公元812—870年，本名岐，字飞卿，山西太原人。少负才华，长于诗赋。晚唐考试律赋，八韵为一篇。据说曾叉手一吟便成一韵，八叉八韵即告完稿，时人称为“温八叉”。生性傲岸，好讥讽权贵，因此累举不第，仅担任过一些小官。诗与李商隐齐名，并称“温李”；词与韦庄齐名，并称“温韦”。《全唐诗》存其诗九卷。有《温飞卿集》。

瑶瑟怨

温庭筠

冰簟银床梦不成①，碧天如水夜云轻。

雁声远过潇湘去，十二楼中月自明②。

【注释】

①簟：竹席。②十二楼：传说昆仑山上有五城十二楼，是仙人的住处。

【赏析】

“梦不成”说明诗中的女子知道与思念之人相会无期，只能将希望寄托于缥缈虚幻的梦境上。可是现在难以成眠，竟连在梦中相见这样一个小小的愿望也落空了。诗以“梦不成”生发开去，其他三句全是写梦不成后的所感、所见、所闻。

碧天澄澈如水，夜云轻飘如絮，营造出一种轻淡而朦胧的意境。而听闻“雁声远过”，去处为舜之二妃娥皇、女英赴水为神的潇湘，一个“远”字，既是写雁声渐去渐远，也有怀人者随雁声神往之远之意。雁书莫由寄，心中之情无由排遣，唯见明月徘徊在高楼。

铺陈清寂的夜景，不着迹象，一切皆笼罩于无声自明的秋月的流光之中，自有一种渺渺的清怨在其中弥漫开来。全诗只“梦不成”三字透露怨意，然后以高浑秀丽之景结情，可谓清音袅袅，悠然不尽。

利州南渡

温庭筠

澹然空水对斜晖[①]，曲岛苍茫接翠微[②]。
波上马嘶看棹去[③]，柳边人歇待船归。
数丛沙草群鸥散，万顷江田一鹭飞。
谁解乘舟寻范蠡[④]，五湖烟水独忘机[⑤]。

【注释】

①澹然：水波荡漾的样子。②翠微：青翠的山色。③棹（zhào）：指船。④范蠡：春秋时楚国人，曾助越灭吴。功成名就后辞官乘舟而去，泛于五湖。⑤机：机心，欲念。

【赏析】

温庭筠行旅至利州（治所在今四川广元）南渡嘉陵江时，触景生情，兴起放浪江湖的遐思，遂写下此诗。

诗的前六句都是写暮色中渡口的景色，首先映入眼帘的是开阔的江面映照着夕阳而波光粼粼，弯曲的江岛和岸上青翠的山岚相接，这是远景；接着写近处江岸和江中的景色，江中渡船载着嘶鸣的马儿远去，岸上的人歇息在柳荫下等渡船返回。

“数丛沙草群鸥散，万顷江田一鹭飞”一联巧用数量词，对仗工整，以深富动感的画面渲染了江边的清旷和寂静，使诗境变得悠深有神韵。

在这样一幅宁静而充满生机的利州南渡图画中，到处漂泊的诗人自然兴起欲学范蠡急流勇退、放浪江湖的愿望。

诗人描写景物很充分，视线由远而近，由江中而岸上，由静而动，进而即景生情点出题意，脉络清晰完整，用词朴实无华，意境幽远淡雅。

商山早行

温庭筠

晨起动征铎[①]，客行悲故乡。

鸡声茅店月，人迹板桥霜。

槲叶落山路[②]，枳花明驿墙[③]。

因思杜陵梦[④]，凫雁满回塘[⑤]。

【注释】

① 动征铎（duó）：震动出行的铃铛。征铎，车行时悬挂在马颈上的铃铛。铎，大铃。② 槲（hú）：一种落叶乔木。叶子在冬天虽枯而不落，春天树枝发芽时才落。③ 枳（zhǐ）：也叫“臭橘”，一种落叶灌木或小乔木。春天开白花，果实似橘而略小，酸不可吃，可用作中药。驿（yì）墙：驿站的墙壁。驿，古时候递送公文的人或来往官员暂住、换马的处所。④ 杜陵：地名，在长安城南（今陕西西安东南），古为杜伯国，秦置杜县，汉宣帝筑陵于东原上，因名杜陵。这里指长安。⑤ 凫（fú）雁：凫，野鸭；雁，一种候鸟，春来往北飞，秋天往南飞。回塘：岸边弯曲的湖塘。

【赏析】

商山，也叫楚山，在今陕西省商州区东南。温庭筠曾于唐宣宗大中末年（约858）离开长安，经过商山时写下此诗。

诗写旅行之辛苦，客思之苍凉。首联点明“早行”之悲。简括凝练地点明了早行的典型情景：清晨起床，旅店外的车马铃铎声叮当作响，旅客们忙着套马、驾车等活动。

“鸡声茅店月，人迹板桥霜”以六个极其典型的意象将早行的景色呈现在眼前，有听觉有视觉，有远景有近景，不着一虚字，而旅人行路之艰辛和羁旅之愁思已在其中。

颈联写在路上的景色。“明”字锤炼得甚妙，因为是早行，天还没有大亮，白色枳花甚是显眼，给人以把旁边驿墙照得明亮的错觉。

尾联以梦回故乡委婉地表达了思乡之情，与首联相照应。

送人东游

温庭筠

荒戍落黄叶[①]，浩然离故关[②]。

高风汉阳渡[③]，初日郢门山[④]。

江上几人在，天涯孤棹还[⑤]。

何当重相见[⑥]，樽酒慰离颜。

【注释】

①荒戍：荒废的防地营垒。②故关：旧时的关塞。③汉阳渡：在今湖北武汉。④郢门山：在今湖北宜都。⑤棹（zhào）：舟楫。⑥何当：何时。

【赏析】

这是一首秋日送别诗。

"荒戍""黄叶"，荒废的古堡、零落的黄叶，在此时此地送人远行，该是何等凄凉与忧伤，然而这首诗起调高迈不凡：故人怀抱远志意气昂扬地离开了。

颔联使用了互文的手法，写友人行程：在"高风""初日"下，舟行快速，汉阳渡、郢门山虽相距千里，却指日即到，兴象高旷，境界辽阔雄奇，足以壮离人行色。

颈联写诗人一方面目送友人乘坐的小舟孤零零消失在天际，一方面对友人远去的前程深表关怀，并寄托了对他的怀念。

末联写当此送别之际，只能开怀畅饮，设想何日重逢，透露出依依惜别的深情。

全诗丝毫不见作者“花间词派”纤丽婉约的文风，构思布局纵擒开阖，只在首句稍稍点染深秋的苍凉气氛，紧接着便用“浩然离故关”一句奠定了全诗的基调，营造出一个辽阔深远的意境，故逢秋而不悲秋，送别而不伤别，意境雄浑壮阔，慷慨悲凉，有一股浩然之气。

苏武庙

温庭筠

苏武魂销汉使前①，古祠高树两茫然。

云边雁断胡天月，陇上羊归塞草烟。

回日楼台非甲帐②，去时冠剑是丁年③。

茂陵不见封侯印④，空向秋波哭逝川⑤。

【注释】

① 苏武：汉武帝天汉元年奉命赴匈奴，被匈奴扣留流放至北海牧羊。他羁留匈奴长达十九年，始终坚贞不屈，汉昭帝时遣使将其迎回长安。魂销：极度地感慨和激动。② 甲帐：汉武帝用的帷帐。本句是讲苏武归来时武帝已死。③ 丁年：壮年。④ 茂陵：汉武帝的陵墓。⑤ 逝川：逝去的时间。

【赏析】

苏武庙究竟在何处，现已不详。温庭筠凭吊苏武庙，怀想古人遗风，遂写下这首咏赞苏武忠贞不屈的民族气节之作。

开首直叙苏武见到汉朝使者，得知自己已经获释可以回中原时悲喜交加的激动心情，“魂销”二字高度概括了苏武当时内心的非常情态。次句写诗人面对眼前庙中的建筑与古树，思绪茫茫。“古祠”与“高树”没有感情和知觉，对苏武的事迹和他高尚的节操完全不了解，寄寓了诗人无限的感叹。

颔联写苏武荒塞牧羊，胡天雁断，从广阔的空间角度形象地表现了苏武在音讯隔绝的漫长岁月中的坚守。

颈联写苏武归汉的情景和当年出使的情景，由“回日”忆及“去时”，“去时”是英姿勃发的壮年，十九年后归来，早已人事沧桑，“甲帐”与“丁年”为巧对。这一联通过对时间转换的形象描绘，表现了苏武被扣留的时间之长以及他所遭受的磨难之多。

尾联抒发苏武的故君之思，夹杂有岁月蹉跎的悲伤。

全诗跌宕起伏，语言自然朴素，意境苍凉，情调悲慨。

陈　陶

生卒年不详，字嵩伯，自号“三教布衣”。《全唐诗》卷七百四十五“陈陶传”作“岭南人”。早年游学长安，举进士不第。唐宣宗大中时，隐居洪州西山，后不知所终。诗已散佚，后人辑有《陈嵩伯诗集》一卷。

陇西行

陈　陶

誓扫匈奴不顾身，五千貂锦丧胡尘。
可怜无定河边骨，犹是深闺梦里人。

【注释】

① 貂（diāo）锦：汉朝羽林军着貂裘锦衣。此处指出征的将士。② 无定河：黄河中游的支流，因水流湍急且深浅不定而得名。

【译文】

立誓驱逐匈奴，将士们个个奋不顾身，五千将士命丧胡尘。可怜啊，无定河边成堆的白骨，还是深闺少妇梦中思念的恋人。

【赏析】

《陇西行》共四首，这是第二首。

此诗开首写将士忠勇爱国，发誓要横扫匈奴，各个在战场上都奋不顾身。而战争中伤亡惨重，无数赤诚的生命丧身胡尘。

末二句以“可怜”为一转，以“无定河边骨”与“春闺梦里人”相比照，战死沙场的将士已经成为无定河边的枯骨，而春闺少妇并不知道这一切，在她梦里还是健在的人，想着他能平安归来。“可怜”“犹是”四字造成一种跌宕，一方面写将士壮烈的死难，一方面写家里亲人的梦中盼归，虚实相对，哀乐相生，层层相形之下，尤为深痛凄楚。

李商隐

公元812—858年，祖籍怀州河内（今河南沁阳），生于河南荥阳（今郑州荥阳）。唐文宗开成三年（838）进士及第。与杜牧合称“小李杜”；与温庭筠合称“温李”；因诗文与同时期的段成式、温庭筠风格相近，以俪偶相夸，且三人都在家族里排行第十六，故并称“三十六体”。因被卷入牛李党争的夹缝之中，一生都沉沦下僚，最后抑郁而死。作品收录在《李义山诗集》中。

锦瑟

李商隐

锦瑟无端五十弦①，一弦一柱思华年。
庄生晓梦迷蝴蝶②，望帝春心托杜鹃③。
沧海月明珠有泪④，蓝田日暖玉生烟⑤。
此情可待成追忆，只是当时已惘然。

【注释】

①锦瑟：装饰华美的瑟。②“庄生”句：庄子曾经梦见自己化成蝴蝶翩翩起舞。③“望帝”句：相传蜀望帝杜宇死后其魂化为子规，即杜鹃鸟，鸣声凄厉哀怨，啼血方止。④“沧海”句：传说南海外有鲛人，泣泪而成珠。⑤蓝田：山名，在今陕西，产美玉。

【赏析】

关于这首诗的主旨历来众说纷纭，莫衷一是。或以为是悼亡之作，或以为是有感国运兴衰的爱国之篇，或以为是追溯生平遭际，或以为是作者自伤，或以为是写闺情。

就诗歌本身来看，以锦瑟起兴，寄托遥深。中间两联用典浑融天成，庄子化蝶、望帝化成子规而哀泣啼血、鲛人泣珠、良玉生烟，意象迷离惝恍，带着可望而不可即的惘然。

末二句结法独特，抒写凡此种种当时就惘然了，待今日来追忆更加痛苦。明白提出“此情”二字，与开端的“华年”相呼应。

整首诗辞藻华美，对仗精工，情味婉曲而深挚，有着巧夺天工的境界，只看文字便可产生无限的美感和联想。

韩　碑

李商隐

元和天子神武姿，彼何人哉轩与羲[①]。
誓将上雪列圣耻[②]，坐法宫中朝四夷[③]。
淮西有贼五十载，封狼生貙貙生罴[④]。
不据山河据平地，长戈利矛日可麾。
帝得圣相相曰度，贼斫不死神扶持[⑤]。
腰悬相印作都统[⑥]，阴风惨澹天王旗[⑦]。
愬武古通作牙爪[⑧]，仪曹外郎载笔随[⑨]。
行军司马智且勇[⑩]，十四万众犹虎貔[⑪]。
入蔡缚贼献太庙[⑫]，功无与让恩不訾[⑬]。
帝曰汝度功第一，汝从事愈宜为辞[⑭]。

愈拜稽首蹈且舞[15]，金石刻画臣能为。
古者世称大手笔，此事不系于职司[16]。
当仁自古有不让，言讫屡颔天子颐[17]。
公退斋戒坐小阁[18]，濡染大笔何淋漓。
点窜尧典舜典字[19]，涂改清庙生民诗[20]。
文成破体书在纸[21]，清晨再拜铺丹墀[22]。
表曰臣愈昧死上[23]，咏神圣功书之碑。
碑高三丈字如斗，负以灵鳌蟠以螭[24]。
句奇语重喻者少[25]，谗之天子言其私。
长绳百尺拽碑倒，粗沙大石相磨治[26]。
公之斯文若元气，先时已入人肝脾。
汤盘孔鼎有述作，今无其器存其辞。
呜呼圣王及圣相，相与烜赫流淳熙[27]。
公之斯文不示后，曷与三五相攀追[28]。
愿书万本诵万遍，口角流沫右手胝[29]。
传之七十有二代，以为封禅玉检明堂基[30]。

【注释】

①轩：轩辕氏。羲：伏羲氏。②列圣耻：唐王朝从安史之乱起便形成了外敌频侵、藩镇割据的局面，宪宗之前的几个皇帝曾因为吐蕃的侵犯与地方军阀的叛乱而出奔。③法宫：皇帝处理政务的正殿。四夷：泛指四方边地。④“淮西”两句：意谓淮西等地为奸贼割据了五十多年，而这些武臣的残暴又是代代相承的。貙（chū）、罴（pí），

都是凶猛的野兽。⑤“帝得”两句：意谓唐宪宗得到贤明的宰相名叫裴度，贼寇们暗杀他，他不死是神明的庇佑。⑥都统：军队的统帅。⑦天王旗：皇帝的旗帜。⑧愬（sù）武古通：指裴度手下的大将李愬、韩公武、李道古、李文通。⑨仪曹：礼部官员。⑩行军司马：指韩愈，其时他担任军中顾问。⑪貔（pí）：传说中的猛兽。⑫“入蔡”句：指元和十二年十月李愬夜袭蔡州，擒叛将吴元济，解至长安一事。⑬恩不訾（zī）：意谓皇上对他的恩遇不可估量。訾，计量。⑭宜为辞：指诏命韩愈作《平淮西碑》。⑮稽（qǐ）首：叩头。⑯“此事”句：指此事重大，不能交给一般文字官员。⑰讫（qì）：毕。颔：点头。颐：下巴。⑱公：指韩愈。⑲点窜：指修改字句。⑳清庙、生民：《诗经》篇名。㉑破体：行书的一种。㉒丹墀（chí）：皇宫前的红色台阶。㉓昧死：冒死。㉔灵鳌（áo）：负碑的大龟。螭（chī）：无角龙。此指碑上所刻的螭形花纹。㉕喻：理解。㉖“谗之”三句：指李愬之妻入宫向宪宗言碑文不实，宪宗遂命磨去碑文，遣人重撰一事。㉗烜（xuǎn）赫：显赫。㉘“公之”两句：意谓韩碑碑文若不能昭示后世，宪宗功业又如何与三皇五帝相承接。㉙胝（zhī）：茧。㉚玉检：封存封禅文书的器具。明堂：天子处理政务、召见诸侯的地方。

【赏析】

安史之乱后，唐朝出现藩镇割据的局面。唐宪宗元和十二年（817），宰相裴度督军征讨淮西叛乱的藩镇吴元济。十月，李愬攻破蔡州，生擒了吴元济。

淮西平定后，行军司马韩愈奉诏作《平淮西碑》，碑辞对裴度事侧重了些，这引起李愬的不平。李愬的妻子为唐安公主之女，常出入宫中，她向宪宗陈诉韩碑失实。于是宪宗诏令磨平韩碑，命翰林学士段文昌重新撰文立碑。实际上，攻破蔡州，李愬确实立下大功，但从整个战役看，裴度的决策发挥的作用更大些，韩碑的态度是客观公允的。李商隐推崇韩碑，赞同韩愈的削藩主张，认为小人挟一时私怨而立碑倒碑是一出闹剧，不能改变公道的长久自在人心。这首诗即是为此而作。

这首诗气势磅礴。诗一开始，就渲染宪宗的“神武”和平叛的决心，显示出一种雄健的气势。“誓将上雪列圣耻”一句，将眼前的平叛战争和安史之乱以来国家多灾多难的历史联系起来，表明此役关系到国家的中兴。接下来写淮西藩镇长期反抗朝廷，突出其嚣张跋扈的气焰，以反衬下面裴度平淮西之功的不同寻常。第二段开头四句承接开篇四句，先点出宰相裴度，暗示“上雪列圣耻”的关键在于“得圣相”。随即直入本题，叙述裴度统兵出征，简明直率，毫不拖泥带水。接下“愬武”四句，从麾下武将文僚一直叙述到勇猛的士兵，表现出裴度的最高统帅形象和猛将精兵如云的宏大声势。第三段开头两句承上启下，从平蔡过渡到撰碑，是全篇的枢纽。奉命撰碑的过程，不但写了宪宗的明确指示、韩愈的当仁不让，而且写出宪宗的颔首称许、韩愈的稽首拜舞。韩愈受命之后，作者再用详笔铺写撰碑、献碑、树碑的过程。“点窜”二句，用奇警的语言写出韩碑高古典重的风格，“句奇语重”四字，言简意赅，揭示出韩碑用意之深刻。紧接着又写推碑和诗人对这件事的感慨。写推碑，直言“谗之天子”；抒感慨，盛赞“公之斯文若元气，先时已入人肝脾”，认为韩碑自有公正评价，推碑磨字也不能消除它在人们心中留下的深刻影响。最后一段，描绘韩碑关系到国家中兴统一事业，赞美它的不朽。开头四句将“圣皇及圣相”的功业与“公之斯文”紧密联系起来，强调韩碑具有记述歌颂统一大业的功勋。最后以“传之七十有二代，以为封禅玉检明堂基”收束全篇，说明韩碑流传千古的不朽价值。

这首诗既表现了不入律的七古笔力雄健的特点，又吸收了韩诗以文为诗，多用“赋”的经验，形成一种既具健举气势，又有条不紊地叙事、议论的体制，显得既雄健高古而又清新明快。

沈德潜在《唐诗别裁集》中认为此诗“意则正正堂堂，辞则鹰扬凤翔，在尔时如景星庆云，偶然一见”。同时还认为“段文昌改作亦自明顺，然较之韩碑，不啻虫吟草间矣。宋代陈珦磨去段文，仍立韩碑，大是快事”。这一看法是中肯的。

蝉

李商隐

本以高难饱，徒劳恨费声[①]。

五更疏欲断，一树碧无情。

薄宦梗犹泛[②]，故园芜已平[③]。

烦君最相警[④]，我亦举家清。

【注释】

①“本以”两句：古人认为蝉是餐风饮露的，故此处说它栖于高树而难得一饱，纵然作怨恨之声也是枉然。②薄宦：官卑职微。梗（gěng）犹泛：形容自己漂泊不定的生活就好像树梗浮于水面一样。③芜：荒草。④君：指蝉。

【赏析】

这首诗借咏蝉以自况。

前半首闻蝉而兴，重在咏蝉，以“高难饱”为诗眼。蝉本性清高而餐风饮露，以至于难求一饱。不得温饱而做不平之鸣，亦不过徒劳枉费声响而已。实际上，蝉并非真的是因身在高处，不肯飞下来乞讨食物而吃不饱；它的鸣叫声中也不带有任何恨意，只是因为诗人在其中寄寓了自己的身世之感，使得客观事物也染上了感情色彩——李商隐不肯屈就，结果落得生活困顿。他也曾向当权者陈情，但最终还是无人赏识，这不正是“徒劳”吗？

“五更”一联刻画出蝉哀鸣声凄断的神韵，而无同情之人，高栖于树，而树油然自绿，毫无所感，毫无所动，显示出环境的极度冷漠。字字咏唱蝉，却字字是自况，表现出诗人因高洁而清贫的困境，以及哀苦无告的心情，内含着强烈深沉的悲愤之情。

后半首直抒己意，他乡薄宦，漂流无定，胡不归去？因而闻蝉以自警，同病相怜。“故园芜已平”一句是从陶渊明《归去来兮辞》的“田园将芜，胡不归”化用而来。但是故园荒芜，没有了自己的立身之地，真可谓进退两难。

全诗层层深入阐发主题，隐显分合，章法灵活多变，借蝉寓己清高而不见容于世道。

登乐游原

李商隐

向晚意不适[①]，驱车登古原[②]。

夕阳无限好，只是近黄昏。

【注释】

① 意不适：心情不舒畅。② 古原：即乐游原，是长安附近的名胜，在今陕西省西安市以南，登原后能眺望整个长安城。

【赏析】

“乐游原”创建于汉宣帝时，地处长安东南方。它原本是一处庙苑，应称“乐游苑”，只因其地势轩敞开阔，人们便以“原”呼之。

诗人“意不适”而“登古原”，是心中郁结块垒欲加以疏解。而乐游原也的确帮他排遣了“不适”的情怀：在古原放目眺望，一片夕照下的无限美景，让人心境畅然，本欲在这样“无限好”的美景中流连久待，“只是近黄昏”，惋惜它行将消逝。

诗人“不适”者为何，没有直接明白道出，但在“夕阳无限好，只是近黄昏”的深沉感叹中，我们似乎可寻索到诗人内心久积的创痛和交集的百感，或有身世迟暮之悲，或有对日趋没落的唐王朝命运的伤感，或有珍惜与无奈的纠结……

全诗虽然只有寥寥二十个字，但是所涵盖的内容极大，令人回味不绝。

夜雨寄北

李商隐

君问归期未有期，巴山夜雨涨秋池①。

何当共剪西窗烛②，却话巴山夜雨时。

【注释】

①巴山：又叫大巴山，指巴蜀东部的山。涨秋池：秋雨使池塘里注满了水。②何当：什么时候才能够。共剪西窗烛：在西窗下共剪烛芯。剪，剪去烛花，使烛光更明亮；西窗，西窗之下，这里指亲友聚谈之所。

【译文】

你问我何时回去，（我）还没确定日期，夜里巴山下起大雨，雨水涨满秋池。何时才能跟你相见，我们促膝谈心，共剪西窗烛花？我要将此时巴山夜雨中对你的绵绵情思细细向你倾吐。

【赏析】

夜雨时刻，听着夜色中时紧时疏的雨声，旅居异乡的人总是容易思绪万千，更加容易思念亲人。

诗的起笔就以“君问归期”来启下，当时诗人正滞留在巴蜀一带，自己不能确定归期，在一问一答中尽显惆怅与无奈。于是羁旅之愁、思乡之苦，与巴山连绵的夜雨交织成片，涨满了秋池。诗开头即以“君”直呼对方，设想妻子在思念自己，并询问归期。中国古诗在叙写相思之情时，往往并不直接写自己是多么思念对方，而是反过来写对方如何思念自己。第一句看似平淡，却在其中注入了深情，耐人寻味。

“巴山夜雨涨秋池”，诗人不仅写了天上降下的大雨，还写了地上的积雨，让人倍感孤独与凄凉，内心也波涛汹涌。“涨”的又何止是“秋池”呢？还有诗人心底对妻子不断增长的思念。景中寓情，情景交融，字里行间流露着深切的情意。

当此孤寂之雨夜，不禁由今日之思转到想象来日相见欢聚的场景，“何当”一词化实为虚，由眼前实景推向远方，共同剪烛西窗下，将此巴山雨夜之愁细细地倾诉。

全诗深婉缠绵，叠词叠句构成回环往复的音节，意蕴荡漾无尽。

风　雨

李商隐

凄凉宝剑篇[①]，羁泊欲穷年[②]。黄叶仍风雨，青楼自管弦。

新知遭薄俗，旧好隔良缘。心断新丰酒[3]，消愁又几千？

【注释】

①宝剑篇：唐将郭振（元振），少有大志。武则天曾召见，索其文章，振乃上《宝剑篇》。②“羁泊”句：意谓终年漂泊。③“心断”句：马周西游长安时，宿新丰旅店，店主人很冷淡，马周便要酒一斗八升，悠然独酌。后来唐太宗召与语，授监察御史。这里意思是说，不可能会像马周那样得到知遇了。心断，犹绝望。新丰，故址在今陕西临潼区东。

【赏析】

李商隐生逢晚唐乱世，不得已陷入牛李党争的旋涡，是“虚负凌云万丈才，一生襟抱未曾开”。这首诗就是他在羁旅漂泊中对失意穷困遭际的愤懑心声。

诗的首联开门见山直陈理想与际遇的矛盾，虽有才却如同宝剑一般被埋没不得其志，终年漂泊、滞留异乡。颔联抒写风雨之夕黄叶飘零仍旧，多像自己的飘零啊，而青楼上管弦热闹，别人是多么的欢乐呀，一悲一喜，从“仍”“自”中见出，对比强烈。自己纵有新知交，却遭浇薄世情的冷漠，岂无老朋友，却被良缘阻隔，处在孤立无援中。满腔悲愤和愁闷，要多少美酒才能消除呢？诗以“风雨”为题，“凄凉”开首，对凄凉的身世之感层层写来，有如波涛迸发，力透纸背。

隋 宫

李商隐

紫泉宫殿锁烟霞[①]，欲取芜城作帝家[②]。

玉玺不缘归日角[③]，锦帆应是到天涯。

于今腐草无萤火[④]，终古垂杨有暮鸦[⑤]。

地下若逢陈后主[⑥]，岂宜重问后庭花[⑦]！

【注释】

①紫泉：即紫泉宫，此指长安隋宫。②芜城：即扬州。③日角：旧说额头中央部分隆起如日，为帝王之相。④“于今”句：隋炀帝曾于长安、洛阳等地征集萤火虫，夜游时放出观赏。腐草，古人认为萤火虫是腐草变的。⑤垂杨：隋炀帝开凿运河，沿堤植柳两千里，后称“隋柳”。⑥陈后主：南朝陈的第五个皇帝，荒淫误国，后陈为隋所灭，故后世常以陈后主代亡国之君。⑦后庭花：《玉树后庭花》，为陈后主所作，后被视作亡国之音。

【赏析】

隋炀帝杨广荒淫奢侈，为了方便南游，大肆开凿运河，并从洛阳到江都（今江苏省扬州市）修建了不少行宫，而以江都的行宫最为豪华。李商隐这首诗咏隋宫，讥讽隋炀帝因荒淫而亡国身死。

首联点题，写长安宫殿空锁烟霞之中，隋炀帝却欲取江都作为帝家。

颔联却没有紧承首联继续写江都做帝家之事，却转为说要不是玉玺落到唐高祖李渊的手中，隋炀帝的龙舟恐怕已经游遍天下了。从假设说开去，更加讽刺了隋炀帝的逸游无度。

颈联以眼前之景凭吊当时之盛，于今腐草萤火无、杨柳有暮鸦，一片荒凉，而当年隋炀帝曾大量收集萤火虫，夜晚游山时放出取乐，在开运河时，在河堤上遍种杨柳。

尾联以假设反诘的语气，让两个亡国之君在地下相遇问话。陈后主是历史上以荒淫亡国而著称的君主，当时正是杨广统帅大军灭亡陈朝，俘虏了陈后主。《玉树后庭花》为陈后主所作，反映了宫廷生活的淫靡，被斥为“亡国之音”。诗人在这里借此曲讽刺隋炀帝重蹈陈后主覆辙，结果身死国灭，为天下所笑，讥讽极深。

全诗采用比兴手法，使事用典融化无痕，写得灵活含蓄，色彩鲜明，音节铿锵，在咏史诗中别树一帜。

筹笔驿

李商隐

猿鸟犹疑畏简书①，风云常为护储胥②。

徒令上将挥神笔③，终见降王走传车④。

管乐有才真不忝⑤，关张无命欲何如⑥。

他年锦里经祠庙⑦，梁父吟成恨有余⑧。

【注释】

①“猿鸟”句：意思是诸葛亮治军严明，至今连猿鸟也敬畏他的简书。简书，军令文书。②储胥：指军用的藩篱。③上将：指诸葛亮。④降王：指后主刘禅。走传车：指后主刘禅降魏后东徙洛阳。⑤管乐：管仲和乐毅。二人都是帮助君主成就霸业的名臣，诸葛亮未出茅庐时常以此二人自比。忝（tiǎn）：愧于。⑥关张：关羽和张飞。欲何如：谓诸葛亮又能有什么办法呢。⑦锦里：在成都城南，武侯祠所在。⑧梁父吟：相传诸葛亮隐居南阳时好咏此篇。

【赏析】

筹笔驿在四川广元市和陕西阳平关之间，诸葛亮出师伐魏时，曾驻扎此地筹划军机。大中十年（856）冬，李商隐辞去梓州幕府职务还京，途经筹笔驿，有感于诸葛亮雄才大略却功业未竟，写下这首怀古诗。

诗起首运用拟人化手法直咏筹笔驿景象，诸葛亮治军严明，余威犹存，至今山中“猿鸟”犹畏、“风云”护卫。中间四句写诸葛亮的际遇，并加以议论，虽然“挥神笔”筹划，却恨后主无能，虽有管仲、乐毅之才，但“关张无命”，“徒令”“终见”“真不忝”“欲何如”等虚字的运用，充满了惋惜痛恨之情。尾联深惜诸葛亮功业未成。

全诗将抒情和咏史融合在一起，一气呵成，却又十分耐人咀嚼细味。

无题三首（其一）

李商隐

昨夜星辰昨夜风，画楼西畔桂堂东。

身无彩凤双飞翼，心有灵犀一点通[①]。

隔座送钩春酒暖[②]，分曹射覆蜡灯红[③]。

嗟余听鼓应官去[④]，走马兰台类转蓬[⑤]。

【注释】

①灵犀：旧说犀牛角中有白纹如线，直通两端。②送钩：古时的一种游戏，将钩暗中传递，藏于一人手中，未猜中者罚酒。③分曹：分组。射覆：将东西放在器物下面让人猜。④鼓：更鼓。应官：办理官差。⑤兰台：即秘书省。

【赏析】

李商隐有不少无题诗，大都是意中有所指，却不便明言，故一律称为《无题》。从这首诗本身来看，是追忆所遇见的情事。

起句十分美妙，“昨夜星辰昨夜风”点明时间：夜幕低垂，星光灿烂，又有清风徐徐。两个“昨夜”自对，语气舒缓，给人以荡气回肠之感，也引出了诗人对良夜欢会的追忆，“画楼”“桂堂”是当时宴会的场所，十分温馨美丽。

“身无彩凤双飞翼，心有灵犀一点通”一联写身无双飞翼不能至，心灵却感应相通，比喻巧妙贴切，让人拍案称奇。“身无”与“心有”，一外一内，一悲一喜，看似矛盾，却又奇妙地形成了统一，痛苦中蕴藏着甜蜜，寂寞中隐含着期待，将恋人间那种相爱极深而又不能长相厮守的复杂而微妙的心态刻画得细致入微，遂成千古名句。

灯红酒暖，觥筹交错，彼此在宴会中“隔座送钩”“分曹射覆”，暗暗传递着感情的快乐，真是其乐融融。然而，快乐时光总是流逝太快，漏鼓声响，得前去应差，嗟叹身世有如飘蓬无定。通篇章法多变，语言明艳华美，可谓慧心妙笔。

无题二首（其一）

李商隐

来是空言去绝踪，月斜楼上五更钟。
梦为远别啼难唤，书被催成墨未浓。
蜡照半笼金翡翠①，麝熏微度绣芙蓉②。
刘郎已恨蓬山远③，更隔蓬山一万重④！

【注释】

①笼：笼罩。金翡翠：用金线绣成翡翠鸟图案的被子。②麝熏：用麝香熏染。③“刘郎”句：相传东汉刘晨、阮肇入山采药，路遇两位美丽的仙女，邀他们结为眷属。半年后，刘、阮想要回家中探望，二女并没有阻拦，他们到家时才发现人间已经过了七代。等到他们再回去找两位仙女，却再也寻不到了。④蓬山：指仙境。

【赏析】

大中元年（847），李商隐重入秘书省后接受郑亚的聘请，将远赴桂林时写下这首诗。虽题为无题，但还是容易看出是写男女相思之情，恨好景不长、良缘多阻。

首联写有约不来，一直痴待到五更晓钟响。首句凌空而起，既是叹息，也是感慨。次句描写了梦醒后那孤独清冷的氛围。

颔联写远别思念成梦，醒后匆匆寄书。“书被催成墨未浓”这一句的描写相当真实：思念之情如此强烈，自然是希望梦中能与所思之人相会，然而梦见的竟然是分别，自然惹得主人公啼哭不止。浓烈的思念让她梦醒后提笔修书。当时她只顾忙着奋笔疾书，根本无暇注意到墨的浓淡，只有在“书被催成”之后，才发现原来连墨都没有研浓。

颈联写室内“蜡照翡翠”“麝度芙蓉”，精致温暖，却反衬出内心的凄清寂寞。梦境、实境融成一片，有往事不可复寻的迷离恍惚之感。

末联大笔渲染，直抒情虽深挚而人已远而又远之长恨。

诗人善于将细节处描写得极为细致，用典巧妙，辞藻华丽，往往营造出朦胧而精致的意境，其《无题》诗可谓朦胧诗之祖。

无题二首（其二）

李商隐

飒飒东风细雨来，芙蓉塘外有轻雷。

金蟾啮锁烧香入[①]，玉虎牵丝汲井回[②]。

贾氏窥帘韩掾少[③]，宓妃留枕魏王才[④]。

春心莫共花争发，一寸相思一寸灰！

【注释】

①金蟾：古人认为蟾蜍善闭气，故用以饰锁。②玉虎：井上的辘轳。丝：井绳。③“贾氏”句：晋韩寿英俊，司空贾充招他为僚属时，其女于窗中窥见韩寿，于是喜欢上了他。④宓妃：指洛神。留枕：相传曹植将过洛水时，忽见一美丽女子飘然而来，颇似自己故去的嫂嫂甄氏。于是洛神赠以在家时所用的玉枕以慰思念，曹植因之而作《洛神赋》。

【赏析】

这首诗是回忆前情，讲述因追求爱情而失望的痛苦。

开首从眼前迷蒙渺远的景致说起：飒飒东风，细雨蒙蒙，芙蓉塘外传来阵阵轻雷声。展现了春天特有的生命萌动的气息，隐隐传达了主人公春心萌动而又难以名状的迷惘苦闷。纪昀评价说：“起二句妙有远神，可以意会。”

颔联看似写具体的环境和动作，实际是以物为喻：金蟾虽坚，香烟可入；井水虽深，辘轳可汲，我岂无隙可乘？其中“香”“丝”谐音“相”“思”。

颈联用贾氏窥帘，赠香于韩寿，幸而缘合；宓妃留枕，情思不断，终属梦想的典故，说明相聚皆成幻梦，归结出春心切莫和春花争相竞发，因为寸寸相思都化成了灰烬，用强烈的对比展现了美好事物的毁灭。

全诗善于运用比喻、典故和强烈对照的手法，把抽象的幽思和爱情具体化、形象化，显示了美好爱情的毁灭，具有一种动人心魄的悲剧美。

落　花

李商隐

高阁客竟去，小园花乱飞。
参差连曲陌[1]，迢递送斜晖[2]。
肠断未忍扫，眼穿仍欲归。
芳心向春尽，所得是沾衣。

【注释】

①参差：指落花堆叠不平的样子。曲陌：曲折的小路。②迢递：远远地。

【赏析】

这是一首专咏落花的诗，一片伤春之感，婉曲动人。

小园花飞，高阁宾客纷纷散去。“参差连曲陌，迢递送斜晖”一联从“飞”字生发，见得落花映日回风，参差飘停在弯曲的小路上，其萎靡之色、惨淡之相、无奈之势，连同庭院的冷寂、时光的凄清，让人不由生出满腔愁绪。因怜惜落花而不忍打扫，热望花不再落而春“仍欲归”，芳心因花落春尽而泪下沾衣。

全诗咏对落花命运的深切怜惜，情思如痴，伤春之感中有对自己飘零如落花的身世之感的寄托，辞哀调苦，甚是委婉动人。

为有

李商隐

为有云屏无限娇①，凤城寒尽怕春宵②。

无端嫁得金龟婿③，辜负香衾事早朝④。

【注释】

①云屏：云母屏风。②凤城：京城。③金龟：唐武则天时，三品以上的官员可以佩戴金龟。此处喻丈夫位居高职。④衾：被子。

【赏析】

春风送暖，京城寒尽之时，春宵苦短。诗的开头用“为有”二字把怨苦的缘由提示出来，次句用一“怕”而非“苦”字来形容人的心情，造成一种引人追询的悬念。

三、四句通过少妇之口说出“怕春宵”的原因：冬寒已尽，衾枕香暖，本应日晏方起，金龟婿却不得不早起上朝。

金龟最初指黄金铸的龟纽官印，汉代为皇太子、列侯、丞相、大将军等所用，后泛指高官之印。据《新唐书·舆服志》载：唐初，内外官五品以上，皆佩鱼符、鱼袋，以“明贵贱，应召命”。鱼符以不同的材质制成。武后天授元年（690）改内外官所佩鱼符为龟符，鱼袋为龟袋。并规定三品以上龟袋用金饰，四品用银饰，五品用铜饰。可见，金龟既可指用金制成的龟符，还可指以金做饰的龟袋，是唐代官员随身佩戴的一种辨别身份、区分官位高低的饰物。佩戴者皆是亲王或三品以上官员。后世遂以“金龟”作为高官或身处高位的代名词，而“金龟婿”则代指身份高贵的女婿。

“无端”两字犹言“好没来由”，传神写出少妇的怨嗔口吻，辗转解释了所以“怕”的缘由。“为有”“无端”四字委婉尽情，极富感染力，是全诗的神韵所在，有“无限娇”的妻子，十分可爱，没来由地嫁了辜负香衾事早朝的金龟婿，却又可恨。一种绮思妙笔的痴情，同“悔教夫婿觅封侯”之意相似。

无　题

李商隐

相见时难别亦难，东风无力百花残。
春蚕到死丝方尽，蜡炬成灰泪始干。
晓镜但愁云鬓改[①]，夜吟应觉月光寒。
蓬山此去无多路[②]，青鸟殷勤为探看[③]。

【注释】

①晓镜：早晨梳妆照镜子。云鬓：形容女子如云朵一样的头发。②蓬山：蓬莱，这里比喻被怀念者所居之地。③青鸟：传说中的神鸟，是西王母的使者。

【赏析】

就诗而论，这是一首写离别相思、表示两情至死不渝的爱情诗。然而历来颇多认为或许别有寄托。

全诗以“别亦难”引出，别难是由相见难而来，两个“难”字，落笔非凡，使语言摇曳多姿，相见无期的离别之痛因这种低回婉转的表达方式显得分外深沉、缠绵动人。分别之时是在东风无力、百花凋零的暮春时节，这既写自然环境，也是对诗中主人公心境的反映，寓情于景，将写实与象征融为一体 。

“春蚕到死丝方尽，蜡炬成灰泪始干”一联以春蚕、蜡烛为喻，剖白对情感坚贞执着，至死不渝。“丝”与“思”谐音双关，可谓深情罕匹，缠绵沉痛，为千古传诵的名句。

颈联想象对方晓妆对镜，抚鬓自伤年华易逝、容颜憔悴，良夜月下苦吟伤怀。

结尾推己及人，想象对方和自己一样痛苦，并希望保持联系，与首联相照应。

全诗绮靡浓艳，凄迷若幻，情韵悠长。

北青萝

李商隐

残阳西入崦[①]，茅屋访孤僧。
落叶人何在？寒云路几层？
独敲初夜磬[②]，闲倚一枝藤[③]。
世界微尘里[④]，吾宁爱与憎[⑤]。

【注释】

①崦（yān）：指太阳落山的地方。②初夜：夜之初。③藤：指藤杖。④“世界”句：《法华经》：“三千大千世界事，全在微尘中。”⑤宁：为什么。

【赏析】

诗人在暮色中去寻访一位山中孤僧，却只见到落叶纷纷，而不知人在何处。于是诗人寻路再访，后来听得僧人敲磬的声音，循声而去，就见僧人悠闲地倚靠着藤杖。

首句的“残阳西入崦”点明了诗人造访的时间是在太阳落山的时候。这样一个时间段本就容易让人产生孤独感，再加上诗人又是去深山空谷中的“茅屋”中寻访“孤僧”，这就为全文奠定了一种幽冷萧瑟的基调。颔联“落叶人何在？寒云路几层”写僧人的居住环境，何其孤寂僻远！

“独敲初夜磬，闲倚一枝藤”写诗人黄昏时分才寻到这位僧人，并刻画了他的闲居行止，何其清贞孤介！

诗人不由为其精神境界所感召，领悟到世界万物俱在微尘中，一切皆空，何必还有什么爱和憎呢？访的是孤僧，因而以“独敲”“一枝”“人何在”等点出“孤”字来。

最后两句，以“微尘”照应“僧”字，处处紧扣题意，表现了诗人在苦闷彷徨之时，希望在佛家思想里求得寄托的心理。

春　雨

李商隐

怅卧新春白袷衣①，白门寥落意多违②。
红楼隔雨相望冷，珠箔飘灯独自归③。
远路应悲春晼晚④，残宵犹得梦依稀。
玉珰缄札何由达⑤？万里云罗一雁飞。

【注释】

①袷（jiá）衣：即夹衣。②白门：指江苏南京。意多违：许多事都与愿望相违。③珠箔：珠帘。④晼（wǎn）：太阳落山的样子。⑤玉珰（dāng）：玉耳饰。缄札：指密封的书信。

【赏析】

题为《春雨》，实际非一意专咏春雨，而是因飘洒迷离的春雨而兴相思怅惘之情。

开头点明时令——“新春”，写旧地重寻，白门寂寞冷落，而不见旧人踪影。

“红楼隔雨相望冷，珠箔飘灯独自归”一联写隔雨相望红楼，一盏灯飘在有如珠帘般的绵绵细雨中，红楼、春雨、飘灯，设色鲜丽如画，却写的是寻访落空的迷茫，烘托出一种朦胧凄清的氛围。

路远日暮，归家后恍惚在梦中相见。梦后想缄札寄情，但佳人到底身在何处，空见得万里云中一雁飞。

全诗以丽语写惨怀，一步紧逼一步，怅念之情恰似雨丝，不绝如缕。诗的意境、感情、色调和气氛朦胧、凄清，优美动人。

瑶　池

李商隐

瑶池阿母绮窗开，黄竹歌声动地哀。
八骏日行三万里①，穆王何事不重来？

【注释】

①八骏：穆王所乘的八匹骏马，传说可日行三万里。

【赏析】

据《穆天子传》记载：周穆王乘八骏西游，到达了西王母居住的地方。西王母邀请穆王宴饮，两人分别前相约三年之后再次见面。王母送别穆王时作了一首歌谣，其中有“将子毋死，尚复能来”句。穆王答诗有云：“比及三年，讲复于野。”但未能如愿而亡。

李商隐此诗就是以这段神话故事为背景加以生发的。他在诗中虚构了西王母久盼穆王重来而穆王不至的情节，以“何事”作诘问，含有人无不死，寻仙求长生不老终究是虚妄之意。

诗的首句写西王母倚窗眺望，苦苦盼望穆王而对方久候不至。次句借“黄竹歌声”暗示穆王已死。末两句写西王母因穆王不来而心生疑问。李商隐故意站在西王母这位神仙的角度道出死亡的不可避免，句句对比，有力地表现了长生之虚妄。

晚唐迷信神仙之风极盛，最高统治者尤甚宪宗、穆宗、武宗等，好几个皇帝皆因重方士求仙、服丹药妄求长生而丧命。诗人写此诗构思巧妙，用心良苦，讽刺辛辣，言尽而味无穷。

无题二首（其一）

李商隐

凤尾香罗薄几重[①]，碧文圆顶夜深缝[②]。
扇裁月魄羞难掩[③]，车走雷声语未通。
曾是寂寥金烬暗[④]，断无消息石榴红。
斑骓只系垂杨岸[⑤]，何处西南待好风？

【注释】

① 凤尾香罗：织有凤尾花纹的华贵薄罗。② 碧文圆顶：绣有碧绿花纹的罗帐圆顶。③ 扇裁月魄：指团扇。④ 烬：烛花。⑤ 斑骓（zhuī）：毛色青白相杂的马。

【译文】

薄薄的凤尾香帐，一重一重，碧纹的圆顶帐，我深夜赶缝。明月般的团扇，也难遮掩我的羞怯，还未及交谈，只听车声隆隆，那人已经走过。曾因相思寂寞直到更残烛尽都没有睡着；可等到石榴花红了，他仍没消息。斑骓马拴在杨柳岸上，哪里能够等到好风能将他吹到我的身边呢?

【赏析】

“诗无达诂”，李商隐的《无题》诗尤其如此。此诗从诗歌本身来看，确乎为爱情诗，有爱情失意的幽怨和长相思的苦闷，也许还有政治上的寄托。

夜深密密缝香罗帐，在这样的氛围中追忆起往事中一个富于戏剧性的片段：团扇遮羞，车声隆隆而过，虽相见却未及交谈，表现了其惋惜、怅惘而又深情回味的复杂心情。“罗帐”在中国古代诗歌中常常用来象征男女好合，而此诗的女主人公却只能在漫漫长夜中默默地缝制罗帐，今昔对比又怎能不触动她对往事的追忆和与相思之人重聚的深情期待呢?

别后相思寂寥，加上春光已尽，石榴花开，所思之人断无消息，在“金烬暗”“石榴红”中寓有流光易逝、青春等闲度的怅惘和感伤。

尾联表达会合难期之苦：或许两个人相隔并不遥远，甚至近在咫尺，然而却相聚无缘。

全诗遣词造句艳丽，音韵对仗精工，有浓郁的抒情气氛和象征暗示色彩，而且化用典故自然精妙，不露痕迹，给人带来审美上的愉悦。

无题二首（其二）

李商隐

重帏深下莫愁堂[①]，卧后清宵细细长[②]。
神女生涯元是梦[③]，小姑居处本无郎[④]。
风波不信菱枝弱，月露谁教桂叶香？
直道相思了无益[⑤]，未妨惆怅是清狂。

【注释】

① 莫愁堂：幽寂清冷的居室。② 清宵：清冷的夜晚。细细长：形容长夜难耐。③ 神女：即宋玉《高唐赋》中的巫山神女。④“小姑”句：语出古乐府《清溪小姑曲》：“小姑所居，独处无郎。”⑤ 了：完全。

【赏析】

李商隐的《无题》诗向以深婉含蓄别具一格，历来人们多系以政治托寓。这首写男女之情，却言相思无益，可能是忏情之作。

开头写重帏深垂，清宵静卧，以环境氛围的幽静衬出长夜的孤寂。

接着，诗以巫山神女与楚王梦中相会和古乐府《青溪小姑曲》的“小姑所居，独处无郎”的典故，抒写自己曾经有过幻想和追求，也曾有过短暂的遇合，然而终究成了一场幻梦，至今依然独居。

然后诗人连用了两个比喻，写风波凶恶，菱枝柔弱，却横遭摧折，无力反抗；桂叶自有清香，当不为月露溢香。

最后写即使相思无益，还要执着追求：即使爱情终成梦幻，身世又如此不幸，诗的主人公也仍然不肯放弃对爱情矢志不渝的追求。

全诗意境深远开阔，措辞婉转沉痛，感情细腻幽微，有很高的艺术价值。

寄令狐郎中

李商隐

嵩云秦树久离居，双鲤迢迢一纸书[①]。

休问梁园旧宾客[②]，茂陵秋雨病相如[③]。

【注释】

① 双鲤：指书信。② 梁园：汉梁孝王建的名园。③ 茂陵：汉武帝的陵墓。

【赏析】

李商隐十六岁便以文章知名，天平军节度使令狐楚爱其才，将他聘入幕中，并让儿子令狐绹与之交游，二人曾同笔砚，在一起共习古文。

开成二年（837），令狐楚病死，李商隐入泾原节度使王茂元幕府，后来又娶了王的女儿。当时正是唐王朝内部牛（牛僧孺）李（李德裕）党争激烈之时，令狐父子属牛党，王茂元则接近李党，虽然李商隐本人并无党派门户之见，但这段经历却使他无端陷入了党争的旋涡之中，正如陈寅恪先生所说："不仅牛党目以放利背恩，恐李党亦鄙其轻薄无操。"属于牛党的令狐氏诋毁李商隐忘恩负义，从各个方面加以抑制，使其一生落魄失意。

武宗会昌五年（845），李商隐因病闲居洛阳，时任右司郎中的令狐绹感念旧事，书函问询他，李商隐作此诗寄答之。

首句即以"嵩云"和"秦树"来表明两地隔离，庆幸有书信前来相慰问。诗人既感念旧恩故交的情谊，又以因病免职、闲居茂陵的司马相如自比，感慨身世落寞潦倒。

此诗妙在以至情遣熟典，不卑不亢之间，流露出百感交集和弃前嫌、续旧好的诚恳之情。"休问"两字需细细体味，有将多年积郁一吐而出之感。

嫦 娥

李商隐

云母屏风烛影深①，长河渐落晓星沉②。

嫦娥应悔偷灵药③，碧海青天夜夜心④。

【注释】

① 云母屏风：以美丽的云母石制成的屏风。烛影深：烛影暗淡，表明烛已残，夜将尽。② 长河：银河。渐落：渐渐西沉。晓星：晨星。沉：落。③ 应悔：定会悔恨。偷灵药：指偷长生不死之药。④ 夜夜心：因为孤独而夜夜悔恨。

【赏析】

相传嫦娥是后羿的妻子，因为偷吃了丈夫从西王母那里求来的不死药，就飞入了月宫。（事见《淮南子·览冥中》及高诱注。）李商隐的这首诗就是以这个神话作为题材的，咏月里嫦娥来抒发己意。

诗先写深夜室内的情形：云母屏风华美精致，烛影深深，银河渐落，晓星下沉。陈设的华贵和晓空的寂寥杳远形成反差，同时可见出幽居寂处而长夜难寐的凄凉之感。

下文设想嫦娥偷药奔月，结果只能独居于清冷的月宫中，心中当有悔意。“应悔”两字见出偷奔之悔：夜夜怀着一颗寂寞的心对着碧海青天。诗一反前人窠臼，由景入情，以独特的想象取胜，极为曲折细腻，让人余思悠悠不尽。

贾　生

李商隐

宣室求贤访逐臣[①]，贾生才调更无伦。

可怜夜半虚前席，不问苍生问鬼神[②]。

【注释】

① 宣室：汉未央宫正殿，此指代汉文帝。逐臣：贬谪之臣。② 苍生：百姓。

【赏析】

贾生即贾谊，为西汉著名的政论家、文学家。他少有才名，不到一年就被破格提拔为太中大夫，因遭群臣忌恨毁谤而被贬为长沙王太傅。后来被召回长安，汉文帝在宣室问他鬼神之事，他具道其所以然。文帝在夜半时听得极其入神，不觉移座席向前，并感叹说："我很久没见贾生，自以为已经超过他了，今天看来还是不及他呀。"在一般人心目中，这大概是体现君臣遇合的美谈，值得大书特书，然而诗人慧眼独具，翻出了一段新意。

诗的前两句是欲抑先扬，"访逐臣"见得汉文帝求贤之迫切，"才调更无伦"暗用文帝称赞贾谊之语。一方面诗人仿佛是在热烈颂扬文帝虚怀若谷、求贤若渴，在听取贤才议论时态度真挚诚恳；另一方面读者似乎亲眼见到了贾谊口若悬河、侃侃而谈的精神风貌。这两处为扬。

第三句为全诗枢纽，诗意在此陡变：“可怜”两字顿转为抑；“夜半虚前席”抓住一处典型细节，经过生动渲染，让读者恍然大悟：文帝貌似敬贤，然而夜半长谈并非是求教国计民生，而是问虚渺的鬼神之事。诗人之所以不用感情色彩更加强烈的“可悲”“可叹”等词语，而说“可怜”，看似轻描淡写，其实更耐人寻味；看似给文帝留有余地，实际上却隐含着冷峻的嘲讽。

诗人不下论断而以慨叹出之，在小小篇章中寄托了正大深远之意，细细品味更觉意蕴深长。

凉　思

李商隐

客去波平槛，蝉休露满枝①。
永怀当此节②，倚立自移时。
北斗兼春远，南陵寓使迟③。
天涯占梦数④，疑误有新知。

【注释】

① 蝉休：蝉声消歇。② 永怀：长思。③ 南陵：县名，今安徽省芜湖市南陵县。寓使：托付传信的人。寓，托付。④ 占梦数：占卜梦境。

【赏析】

诗人因秋凉怀念旧友，想起昔日与友人在水亭离别，正是春水涨平栏杆之际，如今已是蝉声消歇、露水满枝的秋季了。首联不仅胜在写景真切，而且细致地传达出诗人微妙的心理变化：“波平槛”与“露满枝”在平日热闹的时候是很难注意到的，只有当客人离去、孤身独处时才会觉察到这些不引人注意的现象，反映了诗人心境的变化。

在水亭倚槛怀思友人良久，不觉时光已逝。友人所处长安之地与诗人怀思之地相隔遥远，尚无书信寄来。于是因思念而生梦，占卜梦境，疑惑友人有了新的知交而忘记自己了。

此诗采用直抒胸臆的方式，通过层层渲染，把怀思的心理刻画得十分细腻真实，揭示了渴望中人们的一种普遍心理。语言风格爽朗清淡，不雕饰，不造作。细细吟来，一种思念绵绵的悲凉情味随之而生。

李　频

公元818—876年，字德新，寿昌长林西山（今浙江建德）人。幼读诗书，博览强记。大中八年（854）中进士，调校书郎，任南陵县主簿，又升任武功县令。一生诗作颇多，但大多散佚。《全唐诗》存其诗一卷。著有《梨岳集》一卷，附录一卷。

渡汉江

李　频

岭外音书断[①]，经冬复历春。

近乡情更怯，不敢问来人[②]。

【注释】

①岭外：岭南。②来人：从家乡来的人。

【赏析】

此诗作者一说是宋之问。

久客岭外，离家乡路途遥远，音信杳然。经过多少个寒冬阳春后，终得渡江还乡，却“近乡情更怯，不敢问来人”。愈近家乡愈是胆怯，因为不知故乡情形如何，家人是否平安。一、二句看似平淡，并无惊人之语，实际上在全篇中有着重要的地位和作用，为下文出色的抒情奠定了根基。

正好有家乡来的人了，本可以问个明白，却不敢问。看似完全出乎常理常情，细细想来竟又完全符合情理：恐怕来人报说故乡有什么坏消息。

诗中写出了游子思乡心切、将要到家时心中忐忑的复杂思绪和矛盾心理，语言虽然极其浅近通俗，却将人物的心理描摹得熨帖入微，耐人咀嚼。

薛逢

生卒年不详，字陶臣，蒲洲河东（今山西永济市）人。会昌元年（841）进士，历任侍御史、尚书郎等职。为人孤芳自赏、恃才傲物，屡次触犯权贵，故仕途颇不得意。其诗多表达对腐败世事的不满，表达了不愿随波逐流的处世态度。《全唐诗》存其诗一卷。《旧唐书》卷一九零、《新唐书》卷二零三皆有传。

宫词

薛逢

十二楼中尽晓妆[①]，望仙楼上望君王。
锁衔金兽连环冷，水滴铜龙昼漏长[②]。
云髻罢梳还对镜，罗衣欲换更添香。
遥窥正殿帘开处，袍袴宫人扫御床[③]。

【注释】

①十二楼：本指神仙所居之处，此指宫女居住的楼台。②水滴铜龙：龙首滴水的铜壶滴漏。③袴（kù）：同“裤”。

【赏析】

这首宫词是代写宫妃的怨恨，将宫妃盼望君王宠幸的心理刻画得极其细腻。

全诗紧扣一个“望”字展开。诗一落笔就写宫妃尽晓妆，登楼望君王。

颔联写君王不至，宫门深掩，铜龙滴漏昼长无聊。

颈联写对镜梳髻，换衣添香，是暗写宫妃望幸的心理。

尾联写失望，遥见宫人打扫正宫御床，猛然意识到自己这个妃子还不如宫人尚可得近君王，羡慕之中微露怨恨之意。

全诗把这种“望”的心情，融化在对周围环境的描绘、对人物动作的状写，以及对人物间的处境的反衬之中，生动地反映了宫妃们的空虚苦闷。

马　戴

字虞臣，曲阳（今江苏东海西南）人，生卒年不详。早年屡试不第。武宗会昌四年（844）登进士第。宣宗大中初，入太原幕府为掌书记，后获罪被贬。终太学博士。《全唐诗》存其诗二卷。

楚江怀古

马　戴

露气寒光集，微阳下楚丘①。

猿啼洞庭树，人在木兰舟②。

广泽生明月③，苍山夹乱流。

云中君不见，竟夕自悲秋。

【注释】

①微阳：微弱的日光。楚丘：指湘江两岸的山丘。②木兰舟：木兰树所制的小舟。③广泽：广阔的水泽。

【赏析】

楚江，这里指湘江。宣宗大中初年，马戴因直言获罪，由山西太原幕府掌书记贬为龙阳县（今湖南汉寿）尉。他自江北来江南，行于洞庭湖畔，凄迷的景物引起他怀古的幽情，写下了《楚江怀古》三首，这是第一首。

诗的前六句泛咏洞庭的景致。首联用“微阳下楚丘”点明是薄暮时分，凄清的秋暮之景已经隐约透露出悲凉落寞的情怀。颔联上句说猿啼，下句点出人来。上句静中有动，下句动中有静，两句一写听觉，一写视觉；一写物，一写人。颈联就山水两方面写夜景，用阔大宁谧的背景反衬出诗人内心的孤单与彷徨，“夹”字尤见凝练。

凄迷的景物引起了诗人怀古的幽情，故尾联写悼念屈原，隐含着自身不遇的感伤，而以悲愁作结。

从这首诗可以看到，清微婉约的风格，在内容上是由感情的细腻低回所决定的，在艺术表现上则是清超而不质实，深微而不粗放，词华淡远而不艳抹浓妆，含蓄蕴藉而不直露明显。

灞上秋居

马　戴

灞原风雨定，晚见雁行频。
落叶他乡树，寒灯独夜人。
空园白露滴，孤壁野僧邻。
寄卧郊扉久①，何年致此身②？

【注释】

① 郊扉：郊居。② 致此身：指为国出力。

【译文】

灞原上风住雨停，傍晚，看见雁飞频频。落叶纷纷，是异乡的树木；寒夜，孤灯照我一人。空寂小园，滴着露水；单门独户，只有野僧为邻。在郊外闲居已经很久，何时才能为国效力献身？

【赏析】

灞上，在今陕西省西安市东，因地处灞水之西的高原上而得名。这首诗写客居灞上见秋伤怀，有不胜寥落之感。

诗中着意描绘孤独，起首便写灞上秋风秋雨过后，在傍晚见到大雁频频飞过。连番风雨让雁群耽误了不少行程，好不容易等到风住雨停，又得赶在天黑之前找到一处可供栖息之地。而一见雁群，就难免惹起离人怀乡之情。

“落叶他乡树，寒灯独夜人”，在他乡见树木落叶归根的情景，怎能不所感触呢？而一盏寒灯下，一个孤寂的身影，一个“寒”字，一个“独”字，写尽客中凄凉孤独的况味。

颈联写秋夜寂静，卧听空园露滴，孤居与野僧为邻，更进一步表现了其冷寂悲苦。夜阑人静，只听见露珠滴落的响声，以动衬静，更显寂静，也更见凄苦。

尾联诗人一吐积郁：寄居多时，何时才能为国家效力呢？道出了他怀才不遇的苦境和晋身希望的渺茫。

全诗写景朴实无华，写情真切感人，有着很强的艺术感染力。

高　骈

生卒年不详，卒于公元 887 年，字千里，晚唐名将。出生于禁军世家，幼颇修饬，折节为文学。曾在咸通七年（866）率军收复交趾，破蛮兵二十余万。后历任天平、西川、荆南、镇海、淮南等五镇节度使。光启中被部将毕师铎所害。《全唐诗》存其诗一卷。

山亭夏日

高　骈

绿树阴浓夏日长[①]，楼台倒影入池塘。

水精帘动微风起[②]，满架蔷薇一院香[③]。

【注释】

① 浓：指树丛的阴影很深。② 水精帘：即水晶帘。形容质地精细而色泽莹澈的帘子。③ 蔷薇：一种观赏性植物，茎长似蔓。夏季开花，有红、白、黄等色，有芳香。诗中指这种植物的花。

【赏析】

此诗用近似绘画的手法，描绘出一幅色彩鲜明、情调雅致的山亭夏日风光图。

夏日的太阳正烈，而山亭入目的都是绿树的浓荫，给人以清凉之感。“浓”字不仅表明绿树繁茂稠密，还有山大林深的意思。池塘水平如镜，楼台的倒影清晰可见，一片宁静的夏日午时风光。而此时，却有一阵微风拂过，水晶帘轻轻晃动，满院充溢着蔷薇花的芳香。夏日的微风不容易让人感觉到，诗人是先看见水晶帘动，才知道起风了；院子里蔷薇的香气亦随风散开，香气沁人心脾，让人在炎炎夏日精神为之一振。诗人捕捉到微风帘动、花香细细这些寻常人不易察觉的小细节，传神地将夏日山亭的幽静清雅展现出来了，而悠闲自在的诗人形象亦从中浮现。

郑　畋

公元823—882年，字台文，河南荥阳人，性宽厚，能诗文，会昌二年（842）进士及第。刘瞻镇北门，辟为从事。瞻做相，荐为翰林学士，迁中书舍人，后官至检校尚书左仆射。《全唐诗》存其诗十六首。

马嵬坡

郑　畋

玄宗回马杨妃死①，云雨难忘日月新②。

终是圣明天子事，景阳宫井又何人③。

【注释】

①回马：指唐玄宗由蜀中回长安。②“云雨”句：意谓玄宗、贵妃之间的恩爱虽难忘却，但战乱已平，国家有中兴之望。③景阳宫井：亡国之君陈后主闻隋兵至，携宠妃张丽华投景阳宫井中躲藏。

【赏析】

天宝十五载（756）六月，安史乱军攻陷潼关，长安危急，玄宗仓皇奔蜀，道经马嵬坡，六军驻马哗变，玄宗无奈之下赐死杨贵妃。本诗即是议论此事。

首两句写山河重光，玄宗自蜀回到长安，虽杨妃死已多时，他仍难忘怀旧日“云雨”之情。“云雨难忘”与“日月新”对举，表达玄宗长恨与欣喜兼有的复杂心理。后两句以“终是”为一转，认为玄宗能割舍男女私情而使国光山复，不失为“圣明”，不然可能重蹈陈后主不舍私爱，与宠妃张丽华、孔贵嫔躲在景阳宫的井中，终受大辱的覆辙。诗对玄宗有所体谅，也有所婉讽，“终是”两字可加以细味，玄宗虽比陈后主圣明，但所胜实在无几，不然何来马嵬之变，总的来说，全诗不失温柔敦厚之意。

韦庄

公元836-910年，字端己，京兆杜陵（今陕西省长安区东北）人。天祐三年（906）任西蜀安抚副使，劝王建称帝，以功拜相。晚唐西蜀重要词人与诗人，其词与温庭筠齐名，世称“温韦”，是花间派代表词人。其诗多以伤时、怀古、离情、感旧为主题，诗风清丽飘逸。《全唐诗》存其诗六卷。

台城

韦庄

江雨霏霏江草齐，六朝如梦鸟空啼①。
无情最是台城柳②，依旧烟笼十里堤。

【注释】

①六朝：指建都于金陵（今南京）的吴、东晋、宋、齐、梁、陈六个朝代。②台城：六朝宫城，又名苑城。

【赏析】

金陵为六朝故址所在，在这个地方，霏霏江雨依旧自来，岸边野草依旧自生，江鸟依旧空自鸣啼，翠柳如烟依旧茂密，交织成江南的春日美景，全不顾此地曾上演过六朝兴亡的故事，故称“无情”。而大自然景物的永恒与无情，正照出诗人的有情。

望着这“无情”的春景，诗人想到六朝繁华的易逝，有如梦似烟的人生感悟，无限感慨都在言外。这时再去反观诗中所写之景物，让人觉得迷离空灵，似乎都浓浓地染上诗人伤感、怅惘的意绪。诗人善用侧面烘托之法，善用虚字，“空”“无情”“依旧”等字词的运用，使全诗空灵有致。

章台夜思

韦　庄

清瑟怨遥夜，绕弦风雨哀。
孤灯闻楚角①，残月下章台。
芳草已云暮，故人殊未来②。
乡书不可寄③，秋雁又南回。

【注释】

①楚角：楚地的号角声。②殊：尚，还。③乡书：指家书。

【赏析】

章台，即章华台，在今湖北省监利县西北。这是一首怀人思乡之作。

诗以“夜思”为题，开篇却不直接写思，而是写秋夜所闻所见，通过对清瑟、楚角、遥夜、风雨、孤灯、残月这些典型意象的反复渲染，写尽寄居他乡的孤独、悲凉。

后半写“思”的内容：芳草已暮，故人久久未来，“已”“殊”

两字形成鲜明对照，表达了诗人内心望穿秋水而不得的失落。想写家书却无法寄出，见得秋雁南飞，着一“又”字，表明这样漂泊在外的日子已有多年了，有无可奈何之意。而且“芳草云暮”“秋雁南回”陪衬出“故人未来”“乡书不达”的孤单寂寥之苦，不胜悲凉凄楚。

全诗张弛开合，有条不紊。前两联用音乐造境，以景象寓情，层层蓄势，曲尽其妙；后两联一吐衷肠，酣畅淋漓。俞陛云说此诗之佳处在“前半在神韵悠长，后半在笔势老健”，实为肯綮之言。

张　乔

生卒年不详，今安徽贵池人，与许棠、郑谷、张宾等东南才子称“咸通十哲”。黄巢起义时，隐居九华山以终。其诗多写山水自然，清雅巧思，风格似贾岛。

书边事

张　乔

调角断清秋[①]，征人倚戍楼[②]。
春风对青冢[③]，白日落梁州[④]。
大漠无兵阻，穷边有客游[⑤]。
蕃情似此水，长愿向南流。

【注释】

①调角：吹角。断：停止。②戍楼：防地的城楼。③青冢（zhǒng）：指昭君墓。④梁州：指凉州。唐时凉州为边塞之地。⑤穷边：绝远的边地。

【赏析】

唐代边疆在连年战争后，一度出现和平安定的局面。此诗正是作者此时游历边塞的所见所闻。

前半首写清秋边疆吹角声回荡，征人登戍楼而凭眺：近望见昭君墓秋来青草依然，远望则白日西沉，凉州一派和平景象。五、六句乃写因为大漠无蕃兵阻行，行人游客可以出塞壮游，反复渲染和平的景象。尾联抒写所感，愿蕃人归化，如水向南流。全诗由一闻一见，生发出所望所感，层层扩大递进，渴望和平，意气风发昂扬，境界高阔深远。俞陛云在《诗境浅说》中说："此诗高视阔步而出，一气直书，而仍顿挫，亦高格之一也。"

金昌绪

生卒年不详，余杭（今浙江杭州市）人，身世不可考，诗传于世仅《春怨》一首。

春 怨

金昌绪

打起黄莺儿，莫教枝上啼。

啼时惊妾梦，不得到辽西①。

【注释】

①辽西：辽河以西，这里代指边地。

【赏析】

春日里，黄莺在树枝上婉转啼叫，它的鸣声清脆悦耳，人们都爱听。可诗中的女主人公却一反常态，这美妙动听的叫声不但不能让她觉得高兴，反而还想去打走黄莺。此情此景让人不由得心生疑惑。女主人公解释说，这是因为黄莺的啼叫声把她从梦中惊醒了。如果是寻常做梦倒也没什么，但当时自己恰好在梦中赶到辽西，将要与久别的丈夫相会。黄莺的叫声惊醒了她的美梦，自然让她怨恨不已。

虽然是一首闺怨诗，但诗人却不从正面落笔写闺妇相思之情，而是反常用之，连用几个悬念，结句方才曲曲透出原委：丈夫远戍辽西，关山迢递，山高水长，难以会面，她唯有借美梦相会，当然要赶走鸣叫的黄莺。诗将“春怨”这一主题反映得生动活泼，又显得含蓄而有余味。

全诗环环相扣，句句相承，层层递进，将这样的绵密深情含蓄道出，读来余音绕梁，韵味无穷。

郑 谷

公元约851—约910年，字守愚，宜春（今属江西）人。僖宗时进士，官都官郎中，人称郑都官。又以《鹧鸪诗》得名，人称“郑鹧鸪”。其诗多写景咏物之作，表现士大夫的闲情逸致。风格清新通俗，但流于浅率。曾与许裳、张乔等唱和往还，号“芳林十哲”。原有集，已散佚，现存《云台编》。

鹧 鸪

郑 谷

暖戏烟芜锦翼齐①，品流应得近山鸡②。
雨昏青草湖边过③，花落黄陵庙里啼④。
游子乍闻征袖湿，佳人才唱翠眉低。
相呼相唤湘江曲，苦竹丛深春日西⑤。

【注释】

①暖戏：鹧鸪“性畏霜露，早晚希出”（崔豹《古今注》），故于天气温暖时出来嬉戏。②品流：品类。③青草湖：古代五湖之一，在洞庭湖南部，今湖南省境内。④黄陵庙：在今湖南湘阴县北黄陵山下，湘水流经洞庭湖处。相传娥皇、女英在舜死后，自投于湘水，化为神，此即为祭祀二妃的祠庙。⑤苦竹：竹子的一种，戴凯之《竹谱》：“苦竹有白有紫而味苦。”

【赏析】

鹧鸪，产于我国南部，形似雌雉。它的鸣声极似“行不得也哥哥”，古人常借其声来抒写逐客游子之情。郑谷这首诗正是借鹧鸪之声来表现游子思妇之情。

开篇先咏鹧鸪的羽色和形貌，议论其高雅风致与美丽的山鸡近似。以下三联则是从鹧鸪的鸣叫声出发，着意表现由此而生发的哀怨凄切的情韵。潇潇暮雨、纷纷花落，再加上荒江、古庙，形成凄迷幽远的意境。青草湖、黄陵庙都在洞庭湖附近，有着娥皇、女英投湘江的传说，这一带又是屈原流落之地，迁客游子到此最易触发羁旅愁怀。而鹧鸪在此时此刻声声啼叫，渲染出一种令人魂销肠断的氛围。天涯游子闻其声而泪下，闺中少妇才唱一曲《山鹧鸪》便低眉，“乍”“才”两字更是烘托出鹧鸪啼声的凄凉。人之哀情和鸟之哀啼，虚实相生，各臻其妙，而又互为补充，相得益彰。末二句以迷蒙之境收篇，韵味悠然。

全诗构思精妙缜密，注重人和鹧鸪在感情上的联系，咏鹧鸪重在传神韵，深得比兴之真义，故世人誉之为“警绝”。郑谷亦因此被誉为“郑鹧鸪”。

杜荀鹤

公元846—904年，字彦之，号九华山人，池州石埭（今安徽太平）人。早年累举进士不第，漫游闽越等地。昭宗大顺二年（891）登进士第，因时局危乱，复归旧山。后担任梁太祖朱温的翰林学士，仅五日而卒。其诗上承元白一派，反映民生疾苦，抨击黑暗的现实，自成一家，后人称为“杜荀鹤体”。《全唐诗》存其诗四卷。有《唐风集》。

春宫怨

杜荀鹤

早被婵娟误①，欲妆临镜慵②。
承恩不在貌，教妾若为容③？
风暖鸟声碎④，日高花影重。
年年越溪女⑤，相忆采芙蓉。

【注释】

①婵娟：形态美好。②妆：梳妆。慵：慵懒。③若为容：如何修饰容貌。④鸟声碎：鸟声嘈杂。⑤越溪女：指西施浣纱时的女伴。

【赏析】

这首诗是代宫女抒怨的宫怨诗，其中也蕴含了诗人自己不得志的悲愤。

前两句是发端，宫女因貌美而入宫，却受尽孤寂，故说“被误”，而一个“早”字更是体现了被误之久，故对镜欲妆又罢。

三、四句写宫女的思想活动：取宠不在容貌，再打扮又有什么用呢。寥寥十字简洁平白如话，却悱恻凄婉，其言外之意十分耐人咀嚼。

五、六句宕开写室外春景：暖风中鸟声清脆，艳阳高照下花影层叠。这春光是如此的明媚美好，却愈加反衬出失宠宫女内心的寂寞孤独，精警生动，是历来为人所推崇的名句。

尾联写宫人想起入宫以前采芙蓉的乐事，以过去对比当下，以往日的欢乐反衬此时的愁苦，深婉地表现了对宫廷生活的怨恨。

山中寡妇

杜荀鹤

夫因兵死守蓬茅[①]，麻苎衣衫鬓发焦[②]。
桑柘废来犹纳税[③]，田园荒后尚征苗[④]。
时挑野菜和根煮，旋斫生柴带叶烧[⑤]。
任是深山更深处，也应无计避征徭[⑥]。

【注释】

①蓬茅：茅草盖的房子。②苎（zhù）：麻的一种，其茎皮纤维经沤过可用来织布。焦：枯黄没有光泽。③柘：树木名，叶子可以喂蚕。税：丝税。④征苗：征收田赋，即纳粮。⑤旋斫（zhuó）：现砍。生柴：刚从树上砍下来的湿柴。⑥征徭：赋税和徭役。

【赏析】

唐朝末年，兵荒马乱，烽烟不息，给人民带来极大的灾难。此诗的首句就以此为背景，概括地写出寡妇的丈夫因兵乱而死，她逃入深山茅草屋栖身的情况。

次句写寡妇贫穷、憔悴的形象。诗人抓住“衣衫”“鬓发”这些富有特征性的细节，写出了她那饱经忧患的身世。从下文“时挑野菜”“旋斫生柴”等词句来看，这位寡妇应该还处于青壮年时期，但她的鬓发早已失去了原本的色泽，变得焦黄枯槁，更显出她际遇的坎坷。

由于战争的破坏，桑林伐尽了，田园荒芜了，但官府却还照旧征税，不放过对这个孤苦可怜的寡妇的压榨、剥削。接下来写寡妇在山中的生活，可见其清贫无依，生存维艰。

末尾两句画龙点睛，揭示出主题。“任是”“也应”两个关联词用得极好，将苛政的罪恶揭露得淋漓尽致。孔子曾因躲避赋税而逃进深山的妇女发出“苛政猛于虎”的感叹，而在唐朝末期，人民即使是逃进深山也避不开赋税。诗人通过一系列富有典型性的细节，极写山中寡妇的孤苦、憔悴、贫穷、无以为继，透射出唐末民不聊生、官府仍不择手段搜刮的社会现实，语极沉郁悲愤。

崔涂

公元约887年前后在世，字礼山，今浙江富春江一带人。唐僖宗光启四年（888）进士。一生漂泊不定，故其诗多以漂泊生活为题材，格调苍凉。《全唐诗》存其诗一卷。

除夜有怀

崔涂

迢递三巴路[①]，羁危万里身[②]。

乱山残雪夜，孤烛异乡人。

渐与骨肉远，转于僮仆亲。

那堪正飘泊，明日岁华新[③]。

【赏析】

崔涂曾经因避乱入巴蜀，此诗抒写他在除夕之夜分外深沉的羁旅之愁。

一、二两句起句点地，次句点人，写出远离家乡、长期漂泊在外的感受，气象阔大。

中间四句围绕“孤独”来写，先写凄清的除夕夜景：乱山残雪映照寒夜，异乡人在孤烛之下，想到孤身在外，漂泊已久，与骨肉亲人渐渐疏远，转而同僮仆亲近了。说尽客居异乡的苦情、苦境，十分悲警感人。

最后两句点出时逢除夕，一年又过去了，更不堪漂泊，只有将希望寄托在新的一年。

全诗用语自然真切，好像是在说家常话，而将年华流逝的苦涩与离愁乡思抒发得淋漓尽致，确是怀乡诗中的上乘之作。

孤　雁

崔　涂

几行归塞尽①，念尔独何之②？
暮雨相呼失③，寒塘欲下迟。
渚云低暗度④，关月冷相随。
未必逢矰缴⑤，孤飞自可疑⑥。

【注释】

①几行：指雁群。②尔：你，指孤雁。何之：到哪里去。③相呼失：指失去了与伙伴的呼应。④渚（zhǔ）：水中的小洲。⑤矰（zēng）：古代用来射鸟的拴着丝绳的短箭。缴（zhuó）：系在箭上的生丝绳。⑥“孤飞”句：意谓孤雁失群而飞，毕竟会疑惧恐慌呀。

【赏析】

崔涂生当乱世，长期漂泊异乡，故这首诗借咏孤雁，表现了诗人在战乱的年月四处漂泊、孤独凄凉、彷徨忧危的心情。

全诗紧扣一个“孤”字。首联写孤雁失群，同伴归尽，唯尔独去。“念尔独何之”包含着关爱之意，诗人的思绪似乎也随着孤雁而起伏不定。

颔联写孤雁的神态，潇潇暮雨，失群而只影悲鸣；寂寂寒塘，几回欲下，又恐遇险。颈联写失群之苦楚，尽管振羽奋飞，仍然是只影无依，凄凉寂寞。“相呼失”是惊惶，“欲下迟”是犹疑，“暮雨”和“寒塘”又增添了浓重的凄冷氛围。中间四句将孤雁的彷徨、哀鸣、疑虑和惊惧的神态，刻画得入木三分。

尾联写诗人疑虑孤雁受箭丧生。上句说“未必”，看似侥幸，其实正是担心孤雁会遭遇弓箭的袭击；下句则含着无限忧虑，担心孤雁的命运究竟会如何。

这首诗写孤雁之悲凉，以喻自己的不得意，体物言情极其深微精细，字字珠玑，而且余音袅袅，令人回味无穷，是五律诗中的上品。

春夕旅怀

崔　涂

水流花谢两无情，送尽东风过楚城[①]。

蝴蝶梦中家万里[②]，杜鹃枝上月三更[③]。

故园书动经年绝[④]，华发春催两鬓生[⑤]。

自是不归归便得，五湖烟景有谁争[⑥]？

【注释】

① 楚城：指湖南、湖北一带，这里为战国时楚国的领地。② 蝴蝶梦：即梦，用《庄子·齐物论》中“庄周梦蝶”典。③ 杜鹃：鸟名，鸣叫声凄切，使游子闻而思归。④ 动：动辄、每每之意。⑤ 华发：白发。⑥ 五湖：春秋时，范蠡辅佐越王勾践成就霸业之后，辞官乘扁舟泛五湖而去。此处用以指作者故乡的山水。

【赏析】

这首诗是作者旅居湘鄂时所作。

诗一起笔就勾画出暮春之夕流水落花春去的景象，并融入了自己的观感——“两无情”，因为它们明明见到客不得归故乡，却尽送春去不少住留。

“蝴蝶梦中家万里，杜鹃枝上月三更”写游子思乡成梦，醒来家乡依旧远隔万里，又正遇杜鹃在月下哀哀啼叫。面对着这种春夕凄凉、愁惨的情境，游子的心该是何等凄苦！这两句极受人赞叹的名句，造语新奇，对仗工稳，韵律和谐。

旅人是如此思乡，如有家书不时寄来还可稍做安慰，但家书却动辄常年断绝；春天万物欣欣向荣，而旅人却唯有白发生满头。一个“动”字，一个“催”字，生生把人逼到绝地，更无他处。

尾联自慰自嘲，故意说自己想回去就能回去，故乡美好的山水风光没人同自己相争，隐隐见出诗人在游宦和归隐之间难以平衡的矛盾。

秦韬玉

字中明（一作仲明），京兆（今陕西西安）人。生卒年不详。累举不第，后谄附宦官田令孜，官丞郎，判盐铁。黄巢起义军攻占长安后，从僖宗入蜀，中和二年（882）特赐进士及第。田令孜又擢其为工部侍郎、神策军判官。时人戏为“巧宦”，后不知所终。《全唐诗》存其诗一卷。著有《投知小录》三卷。

贫　女

秦韬玉

蓬门未识绮罗香，拟托良媒益自伤。
谁爱风流高格调，共怜时世俭梳妆。
敢将十指夸针巧，不把双眉斗画长。
苦恨年年压金线，为他人作嫁衣裳！

【赏析】

这首诗表面上是写一个待字闺中的贫女的内心独白，其实是借贫女的身世来感伤贫士怀才不遇的苦闷和不平。

女主人公的独白是从衣着谈起：自己生在蓬门陋户，从未穿过绫罗绸缎，只能穿粗布衣裳。也是因为贫穷，虽然到了待嫁之年，却不见媒人上门说亲。

贫女品格高尚，鄙弃时俗所盛行的高髻奇妆。然而在这样的世态人情中，格调越高者，越是无人赏识，所以尽管贫女将“十指”夸“针巧”，“拟托良媒”，也无人赏识，只得年复一年为他人做出嫁的衣裳，难免“苦恨”之意难消。

“敢将十指夸针巧，不把双眉斗画长”一联极清巧，“敢将”“不把”透露出贫女孤芳自赏、不同流俗的傲岸之气。而贫女的遭遇也正是天下贫士的写照：虽博学多才，却无人援引，终年屈居下僚，为他人效劳。

全诗寄兴感怀，句句语意双关，情辞婉曲哀怨，含蕴丰富，历来为人们所称颂。

无名氏

杂　诗

无名氏

近寒食雨草萋萋，著麦苗风柳映堤[①]。

等是有家归未得[②]，杜鹃休向耳边啼。

【注释】

① 著：吹入。② 等是：同是。

【译文】

寒食将近，春雨绵绵青草浓密，风吹过，麦苗起伏，绿柳映着河堤。同样是有家归不得，杜鹃啊杜鹃，不要在我耳边乱啼。

【赏析】

一、二句描写寒食节时的田野景象：芳草萋萋，春风吹拂，麦浪起伏，堤岸杨柳依依，值是三春丽景，正当赏之。两句中意象密集，却用词简省，洋溢着浓郁的诗意。

然而，就在此时，却突然听得杜鹃再三叫唤“不如归去，不如归去”的悲啼声，令客居他乡在寒食、清明亦不能返乡的羁旅之人顿感万般酸苦，尤觉神伤情难堪。杜鹃本来听不懂人言，但诗人偏要将它引为同类，并转而怨嗔杜鹃：我与你一样都是有家不能归，你又何苦对着我不停地啼叫呢？这种呼告的口吻愈发增加了自身欲归不得的伤感，益见其悲痛。

直到此刻，当我们再回头去看前两句的写景，方悟出作者这是以乐景写哀情，而且暗用了“王孙游兮不归，春草生兮萋萋”和“昔我往矣，杨柳依依”之意。

此诗含思婉转巧妙，情真而语切，语言含蓄蕴藉，至为沉痛。

王 驾

生于公元851年，卒年不详。字大用，自号守素先生，河中（今山西永济）人。大顺元年（890）登进士第，官至礼部员外郎。后弃官归隐，与郑谷、司空图友善，诗风亦相近。其绝句构思巧妙，自然流畅。《全唐诗》存其诗六首，《全唐诗外编》补诗一首。

社 日

王 驾

鹅湖山下稻粱肥[①]，豚栅鸡栖半掩扉[②]。

桑柘影斜春社散[③]，家家扶得醉人归。

【注释】

①鹅湖山：在今江西省铅山县境内。原名荷湖山，因东晋人龚氏在此养鹅，故更名。②鸡栖：鸡舍。《诗经·王风·君子于役》："鸡栖于埘，日之夕矣。"③桑柘（zhè）：桑树和柘树，这两种树的叶子均可用来养蚕。春社：春季祭祀土地神的日子，多在春分后的戊日进行。

【赏析】

古时每年春秋各有一次例行祭祀土地神的日子，称为社日。在春社日，官府及民间皆祭社神祈求丰年，有饮酒、分肉、赛会、妇女停针线的习俗。社日这一天，人们聚集在社庙集体欢宴，并集会竞技，进行各种类型的祭社表演，十分热闹。

王驾这首诗没有从正面写社日的情景，而是全从侧面着笔：前二句写鹅湖山的村居风光，田里的庄稼长得正好，丰收在望，村中的六畜兴旺，猪满圈，鸡栖埘，营造出节日的喜庆气氛。“半掩扉”这个细节描写很有表现力，说明家家都参加社日活动去了，亦见民风淳厚，丰年富足，透出一派和平与安宁。后两句写社散后的景象，通过“家家扶得醉人归”这个细节刻画，使人联想到饮宴时大家兴高采烈、开怀畅饮的情景。

全诗通过描写富有典型意义的意象和相关的生活细节来写社日光景，笔墨简省，却具有更多耐人寻味的东西，散发出浓郁的乡土气息。

张　泌

字子澄，生卒年不详。曾较长时间滞留长安，短期逗留成都、边塞等地。唐末时登进士第。《全唐诗》存其诗一卷。

寄　人

张　泌

别梦依依到谢家①，小廊回合曲阑斜。

多情只有春庭月，犹为离人照落花。

【注释】

① 谢家：唐诗中常以谢娘称自己所喜爱的女子。

【赏析】

据《古今词话》《词苑丛谈》《词坛纪事》等书记载，张泌早年曾经与邻家浣衣女相恋，作有《江神子》："浣花溪上见卿卿。脸波明，黛眉轻。绿云高绾，金簇小蜻蜓。好是问他：'来得么？'和笑道：'莫多情！'"然而，好景不长，张泌为前程外出奔波，两人"后经年不复相见"，浣衣女也在"父母之命，媒妁之言"下，另许他人了。张泌得知消息后，却对她始终不能忘怀，相思形于梦寐，梦醒之后，遂赋成七绝二首，后来将这两首诗寄给了浣衣女，这就是诗题名曰"寄人"

的缘由。

在梦中，诗人来到伊人家中，昔日小廊、曲阑依旧，却不得见伊人身影，只有那多情的春庭月，为离人照着那一片片飘零的落花。现实中难以相见，寄希望于梦寻，已觉可怜，而梦中到故园仍不可寻见，更是百倍可怜。

全诗以虚为实，写幽幽梦境，梦中之小廊回合、曲阑微斜、月照落花，幻梦之真切，正见出思恋之幽苦，深情之绵邈。梦中景色的迷离凄清与梦中相寻之情紧相糅合，让人在清幽冷寂中体会到一种凄美的苦涩和无奈。

范仲淹

公元989—1052年，字希文，谥“文正”，吴县（今江苏苏州）人。北宋著名的文学家、政治家、军事家。官至参知政事（副相）。曾与韩琦、富弼等推行“庆历新政”，长期经历西北地区的战事，抗击西夏的入侵。写有著名的《岳阳楼记》，其中“先天下之忧而忧，后天下之乐而乐”为千古名句。

江上渔者

范仲淹

江上往来人，但爱鲈鱼美①。

君看一叶舟，出没风波里。

【注释】

①但：只。鲈鱼：体长而扁，头大鳞细，银灰色，味鲜美，以松江所产尤为著名。这首诗说人们只知鲈鱼的味道鲜美，却不会想到渔人在江上捕鱼时的艰辛。

【赏析】

这首诗描绘了渔民打鱼的景象：起伏的大海中，一只小船，船上的渔夫正在撒网捕鱼，那小小的渔船在波浪中飘摇颠簸，忽隐忽现，真叫人触目惊心。通过对在江边所见场面的描写，反映了渔民劳作的艰辛，唤起人们对民生疾苦的注意和诗人对人情世态的思索。全诗通过反映渔民劳作的艰苦，希望唤起人们对民生疾苦的注意，体现了诗人对劳动人民的同情。

晏　殊

公元991—1055年，字同叔，抚州临川（今江西进贤）人。北宋著名婉约派词人之一，尤擅小令，与欧阳修并称“晏欧”。景德二年（1005年），因才华横溢朝廷赐同进士出身，官至宰相。作品清丽秀雅，风格含蓄婉丽，多表现诗酒生活和悠闲情致。《浣溪沙》中“无可奈何花落去，似曾相识燕归来”为千古传诵的名句。有《珠玉词》等。

寓　意

晏　殊

油壁香车不再逢[①]，峡云无迹任西东[②]。梨花院落溶溶月，柳絮池塘淡淡风。几日寂寥伤酒后，一番萧索禁烟中[③]。鱼书欲寄无由达[④]，水远山长处处同。

【注释】

①油壁：用油彩涂饰。香车：女子所乘之车。②“峡云”句：大意是说分别后各自东西，不知踪迹。③禁烟中：指寒食节期间。古代以清明前一日为寒食节，禁止举火。禁烟即禁火。④鱼书：即书信。

【赏析】

这是一首情诗。诗人与爱人被迫分离，心中留下了无穷无尽的相思。对着寒食春景，他情绪起伏，便将离愁相思之苦寄托于诗句中。

整首诗情感的主基调是爱情已逝的忧伤、惆怅。首联追叙离别时的情景。颔联寓情于景，回忆当年花前月下的美好生活。颈联叙述自己目前寂寥萧索的处境，揭示伊人离去之后的苦况。尾联表达对所恋之人的刻苦相思之情。

示张寺丞王校勘

晏　殊

元巳清明假未开[①]，小园幽径独徘徊。春寒不定班班雨[②]，宿醉难禁滟滟杯[③]。无可奈何花落去，似曾相识燕归来。游梁赋客多风味，莫惜青钱万选才[④]。

【注释】

①元巳：即上巳，三月上旬的第一个巳日。假未开：假期未满。②班班：即“斑斑”。③滟滟：形容杯满酒波闪动的样子。④梁：指梁园，汉代梁孝王刘武宴饮宾客之所，故址在今河南商丘。青钱：青铜钱，指钱财。万选才：万里挑一选拔人才。“游梁”二句：鼓励张寺丞和王校勘不要吝啬才华，写出出色的作品来。

【赏析】

这首诗将景物、感情、哲理融为一体，回环婉转，情韵深长。前六句写景，一气呵成。结尾笔势反振，直抒胸臆，表示要像汉代梁孝王那样不惜钱财，广结宾客，选拔人才。表达出诗人愁思而不失理智，赶上而不失气度。“无可奈何”两句，意境凄迷，感情深沉，富于哲理，为千古传诵的名句。

欧阳修

公元1007—1072年，字永叔，号醉翁、六一居士，谥“文忠”，世称欧阳文忠公，庐陵（今江西永丰）人。北宋著名的政治家、文学家、史学家和诗人，是北宋诗文革新运动的领导者，与韩愈、柳宗元、王安石、苏洵、苏轼、苏辙、曾巩合称“唐宋八大家”。仁宗天圣八年（1030年）中进士，官至参知政事（副相）。其文学创作成绩斐然，诗、词、散文均为一时之冠。作品风格流畅自然，深婉清丽。有《欧阳文忠公文集》。

食糟民

欧阳修

田家种糯官酿酒，榷利秋毫升与斗[①]。酒沽得钱糟弃物[②]，大屋经年堆欲朽。酒醅瀺灂如沸汤[③]，东风吹来酒瓮香。累累罂与瓶[④]，惟恐不得尝。官沽味醲村酒薄，日饮官酒诚可乐。不见田中种糯人，釜无糜粥度冬春[⑤]。还来就官买糟食，官吏散糟以为德[⑥]。嗟彼官吏者，其职称长民[⑦]，衣食不蚕耕，所学义与仁。仁当养人义适宜，言可闻达力可施[⑧]。上不能宽国之利[⑨]，下不能饱民之饥。我饮酒，尔食糟，尔虽不我责[⑩]，我责何由逃！

【注释】

①榷（què）利：牟利。秋毫：比喻细微苛杂。②沽：卖出。糟：酒糟。③醅（pēi）：未滤的酒。瀺（chán）灂（zhuó）：形容轻微的滤酒声。沸汤：开水。④累累：很多。罂（yīng）：小口大腹的盛酒器。⑤釜：一种锅。糜：即粥。⑥德：德政。⑦称：号称。长（zhǎng）

民：民之长。⑧“仁当”句：根据仁、义的原则，应当使人民过好生活，做事要得体有分寸。养：长养。“言可”句：进言可使下情上达，力行可以补救弊政。⑨宽：开拓。利：财利。⑩不我责：不责备我。

【赏析】

该诗是欧阳修社会政治题材诗中思想境界很高的一篇作品。

描写了当时社会的黑暗，表达了诗人对腐败官吏的痛恨以及对百姓的同情体恤之情。当时，官府把农民辛苦收获的糯米酿成美酒，实行专卖，供官吏和富人们享用，美酒与钱财同享，而受灾的农民却连稀粥都喝不上，不得不向官府买回发霉的酒糟来充饥。官吏们竟还认为这是对农民的恩典。

本诗所抒发的感慨以议论为诗，且不着痕迹，句法极尽变化，开创了宋诗新风。而从艺术表现形式上看，本诗选用典型的社会现象来揭露时弊，以及结尾自责的语气，明显是对唐人白居易“新乐府”诸篇有所借鉴和继承。

春日西湖寄谢法曹歌

欧阳修

西湖春色归，春水绿于染。群芳烂不收[①]，东风落如糁[②]。参军春思乱如云，白发题诗愁送春。遥知湖上一樽酒，能忆天涯万里人[③]。万里思春尚有情，忽逢春至客心惊[④]。雪消门外千山绿，花发江边二月晴。少年把酒逢春色，今日逢春头已白。异乡物态与人殊，惟有东风旧相识。

【注释】

① 烂不收：指花开烂漫，美不胜收。② 糁（sǎn）：米粒，形容花瓣散落。③ 天涯万里人：作者自指。④ 客：指客居他乡的人。惊：惊叹。

【赏析】

这首诗作于景佑四年（1037 年）。诗人因为支持范仲淹的政治革新得罪了保守派谏官高若讷，而被贬谪为峡州夷陵令。好友谢伯初寄诗安慰他，他便写了这首诗作答。

全诗以春为线索，首先描绘了许州西湖春景，然后由景及人感慨友人的殷勤多情，特意从拥有醉人春色的地方寄来真挚情意，点明这首诗是回赠之作，并抒发了自己异乡逢春的新鲜见闻和落寞情怀。谢伯初赠诗中有“多情未老已白发，野思到春乱如云。”之句，诗人特别欣赏，因此化用其意，描摹诗人白发多情，寥寥数笔，却十分生动传神。全诗结构上由景及人，由景及情，层次分明，且接转自然，语言明白晓畅，展现了欧诗的基本特色。

苏舜钦

公元1008—1048年，字子美，梓州铜山（今四川中江）人，后迁居开封（今属河南）。北宋诗人，与梅尧臣齐名，人称“梅苏”。仁宗景祐元年（1034年）中进士，官集贤校理。诗风豪迈隽永，气势宽广。欧阳修《六一诗话》称其“笔力豪隽，以超迈横绝为奇”。有《苏学士文集》。

庆州败

苏舜钦

无战王者师，有备军之志[①]。天下承平数十年，此语虽存人所弃。今岁西戎背世盟[②]，直随秋风寇边城。屠杀熟户烧障堡[③]，十万驰骋山岳倾。国家防塞今有谁？官为承制乳臭儿[④]。酣觞大嚼乃事业，何尝识会兵之机。符移火急蒐卒乘，意谓就戮如缚尸[⑤]。未成一军已出战，驱逐急使缘崄巇[⑥]。马肥甲重士饱喘，虽有弓剑何所施？连颠自欲堕深谷，虏骑笑指声嘻嘻。一麾发伏雁行出[⑦]，山下掩截成重围。我军免胄乞死所[⑧]，承制面缚交涕洟[⑨]。逡巡下令艺者全[⑩]，争献小技歌且吹；其余劓馘放之去[⑪]，东走矢液皆淋漓[⑫]。首无耳准若怪兽，不自愧耻犹生归。守者沮气陷者苦[⑬]，尽由主将之所为。地机不见欲侥胜[⑭]，羞辱中国堪伤悲！

【注释】

①“无战”二句：不战而胜才是王者之师，有备无患是治军之术。②西戎：指西夏政权。背：背弃，违背。世盟：世代的盟约。③熟户：边境地区已经归化的少数民族。障堡：指防御工事。④承制：官名。⑤“符移”二句：意思是十万火急地征集士兵，以为敌人会束手就擒，杀敌就像捆绑死人那样容易。符：传达命令调动兵将的凭证。移：移文，这里泛指命令、公文。蒐（sōu）：调集。卒：士兵。乘：战车。⑥缘：攀登。崄（xiǎn）巇（xī）：形容山的险峻难行。⑦麾：同“挥”，这里指旗号指挥。伏：伏兵。雁行（háng）：如大雁之成行，形容军容整齐。⑧免胄：除下头盔。乞死所：等待（敌人）发落。⑨面缚：双手反绑于后，头面突出于前。交涕洟（yí）：涕泪交流。⑩逡（qūn）巡：一会儿。全：指可以活命。⑪劓（yì）：割鼻。馘（guó）：割左耳。⑫矢液：大小便。⑬守者：指其他守军。陷者：沦陷的百姓。⑭地机：地利。

【赏析】

这是首诗描写庆州战役全过程的叙事诗。公元1034年（宋仁宗景佑元年），西夏元昊率兵进犯庆州（今甘肃庆阳）。宋将齐宗矩轻率出兵抗击，因遭伏击而被俘，后被放还。齐宗矩回来之后，苏舜钦写下了《庆州败》，较为真实地反映了当时的作战情况。

苏舜钦的诗多能揭露时弊，反映人民疾苦，抒写为国立功的抱负。感情激昂，气势豪迈，笔力刚健，语言朴素畅达。本诗则充分体现了这一特点：一是直率地表达诗人的批评意见，庆州战役的惨败，主要原因是宋王朝边防将官腐败无能，不注重边防，对朝廷和边将都进行了谴责。他选取一些细节和场面来展现宋军将士兵败的狼狈丑态，有的地方甚至用了夸张手法，以想象之词略加渲染。所以，有了当敌方说有技艺的俘虏可免一死时，宋军居然“争献小技歌且吹”了。二是记述这次战败之惨，使人闻之激愤难平。反映了诗人的爱国主义思想和希望统治者总结失败的教训，加强边防的愿望。

全诗感情激昂，描写生动，给人以较深刻的印象。抨击时弊的火气很盛，议论、叙事皆直言表达，充分体现了诗人早期诗作超迈横绝、无所顾忌的特色。

王安石

公元1021—1086年，字介甫，号半山。临川（今江西抚州）人。北宋杰出的政治家、思想家、文学家、改革家，“唐宋八大家”之一。晚年退居江宁（今江苏南京），建半山园，终老。封荆国公，谥“文”。有《王临川集》《临川集拾遗》等存世。

梅　花

王安石

墙角数枝梅，凌寒独自开。

遥知不是雪，为有暗香来[①]。

【注释】

①“遥知”二句：远远地就能感知它不是白雪，因为有一股幽香不知不觉地潜来。蔡正孙引胡仔说，“南朝苏子卿有《梅花》诗云，‘只言花是雪，不悟有香来。’”王安石虽袭此意，“然思益精，而语益工也”（《诗林广记》后集卷二）。

【赏析】

“四君子”是古代文人从物与环境的结合中提炼出的具有特别的精神象征的意象。梅，则是古之“四君子”之一。

这首小诗意味深远，而语句又十分淳朴自然，没有丝毫雕琢的痕迹。当时年过半百的诗人在北宋极端复杂和艰难的局势下，积极改革，却得不到支持，其孤独心态和艰难处境可想而知。诗人通过对梅花不畏严寒的高洁品性的赞赏，用雪喻梅的冰清玉洁，又用“暗香”点出梅胜于雪，说明坚强高洁的人格所具有的伟大的魅力。

江　上

王安石

江水漾西风[①]，江花脱晚红[②]。

离情被横笛，吹过乱山东[③]。

【注释】

①漾西风：因西风而荡漾生波。②脱晚红：晚开的花也凋谢了。③“离情”二句：横笛声带着离情，飘向远方。乱山东：乱山之东。

【赏析】

这首诗是王安石变法失利后，辞去相位退居金陵后，此诗就是他在秋 江帆影中获得精神启悟而作。

全诗从视觉和听觉两个角度，渲染秋天的景致，情景交融，充分表达了诗人萧散恬淡的心绪，诗中对云、雨、青山及远处影影绰绰的风帆的描写就是极好地体现。因此整首诗烘托的艺术境界是空明幽淡，而不是雄健豪迈。江水江花、西风横笛，这些特有时令的特定景物，就构成了一幅色彩浓烈的“江上秋意图”，具有鲜明的特色。

I

泊船瓜洲

王安石

京口瓜洲一水间①，钟山只隔数重山②。

春风又绿江南岸，明月何时照我还？

【注释】

①京口：今江苏镇江，与瓜洲渡南北相对。瓜洲：瓜洲渡，长江渡口，在扬州南。一水：指长江。②钟山：今南京紫金山。

【赏析】

这是一首著名的抒情小诗，抒发了诗人眺望江南、思念家园的深切感情。其中名句“春风又绿江南岸，明月何时照我还？”千百年来一直为人所传颂。

首句写了望中之景，诗人站在瓜洲渡口，看到了南边岸上的“京口”与“瓜洲”那么近，中间隔一条江水。由此诗人联想到家乡所在的钟山也只隔几层山了，已经很近了。次句“钟山只隔数层山”流露着对故乡的怀念之情。第三句继续写景，点出季节已经是春天，描绘了长江南岸的景色。“绿”将无形的春风化为鲜明的形象，是使动用法，用得绝妙。

苏 轼

公元1037—1101年，字子瞻，又字和仲，号东坡居士，世人称其为“苏东坡”。眉州（今四川眉山）人，北宋著名文学家、书画家、诗人、词人、美食家，“唐宋八大家”之一，与父亲苏洵、弟弟苏辙合称“三苏”，豪放派词人代表，继欧阳修之后的北宋文坛领袖。其诗、词、赋、散文，均成就极高，且善书法和绘画。其诗与黄庭坚并称“苏黄”；词与辛弃疾并称“苏辛”；散文与欧阳修并称“欧苏”；书法名列“苏、黄、米、蔡”北宋四大书法家之首；其画则开创了湖州画派。仁宗嘉祐二年（1057年）进士，历任知州、翰林学士、礼部尚书。有《东坡七集》《东坡乐府》等。

游金山寺

苏 轼

我家江水初发源①，宦游直送江入海。闻道潮头一丈高，天寒尚有沙痕在。中泠南畔石盘陀②，古来出没随涛波③。试登山顶望乡国④，江南江北青山多。羁愁畏晚寻归楫⑤，山僧苦留看落日。微风万顷靴文细，断霞半空鱼尾赤⑥。是时江月初生魄⑦，二更月落天深黑。江心似有炬火明，飞焰照山栖乌惊⑧。怅然归卧心莫识，非鬼非人竟何物？江山如此不归山，江神见怪惊我顽⑨。我谢江神岂得已，有田不归如江水⑩。

【注释】

①家：家住。江：指长江。古人认为岷江（流经眉山之东，入长江）是长江源头。故有“初发源”之语。②中泠（líng）：泉名，在金山西北江心中。盘陀：山石高大不平的样子。③出没：露出或没入水面。④乡国：故乡。⑤羁愁：羁旅之愁。寻归楫（jí）：寻返回镇江的船。当时金山孤立江中，不与陆地相连。楫：桨，指代船。⑥鱼尾：指霞

的颜色。⑦初生魄：初生的月光（刚刚有点亮起来的月光）。⑧“江心”二句：作者自注，“是夜所见如此”。一种没有得到确解的自然现象，偶见于晦冥之夜的江海水面上。⑨“江山”二句：大意是江山如此美好，而我却不知归去，江神责怪我冥顽不灵，故以“阴火”惊醒一下。⑩“我谢”二句：大意是我告诉江神说，出仕是为了衣食，不得已如此，将来有田可耕，就一定回去。

【赏析】

宋神宗熙宁三年（1070年），王安石大力推行新法，诗人因直言不讳抨击王安石推行新法，引起当道的不满。苏轼深感仕途险恶，主动请求外任。途经镇江时，他去拜访金山寺的宝觉、圆通长老，夜宿寺中。得以观赏江上夜景，触景生情写下了这首七言古诗。

这是一首以文为诗，雄健非凡的佳作。无论是写景、抒情，还是想象、用典，都以望乡怀归为主旨，因而韵味深长，颇有特色。

全诗二十二句，大致可分三个层次。前八句写金山寺山水形胜，首先描绘落日奇观，继而渲染夜幕降临的宁静气氛，然后叙述江火燃烧的奇异景象，色彩由明转暗再变亮，意象巧妙，扣人心弦。

中间十句写登高远望，所见黄昏夕阳和深夜炬火的江景。诗人将幻景与现实结合，以江心“飞焰”为转折，把描写的对象从实景延展到幻觉的领域，笔墨酣畅地表达了自己思乡怀归的迫切心情。

末四句抒发对此次远行的感慨，反映了作者对现实政治和官场生涯的厌倦，希望买田归隐的心情。

饮湖上初晴后雨（其二）

苏　轼

水光潋滟晴方好[①]，山色空蒙雨亦奇[②]。

欲把西湖比西子[③]，淡妆浓抹总相宜[④]。

【注释】

①潋（liàn）滟（yàn）：湖面上波光荡漾的样子。②空蒙：雾气迷蒙的样子。③西子：即西施，春秋时越国美女。④淡妆：应第一句。浓抹：应第二句。总：都。清人查慎行说："多少西湖诗被二语扫尽，何处着一毫脂粉颜色！"

【赏析】

诗人在杭州任通判期间，曾写下大量有关西湖景物的诗。《饮湖上初晴后雨》共两首，这里选的是第二首。

这首诗不是描写西湖的一时之景一、处之景，而是对西湖美景的全面展现。第一句描写晴天的湖光；第二句赞美雨天的山色；第三、四句，诗人用西施做比喻，写出了西湖的神韵，巧妙地赞美了西湖在任何时候都是风姿绰约的。

整首诗的风格体现了诗人洒脱的性格和开阔的胸怀。这首诗的流传，使西湖的景色增添了光彩。

海 棠

苏 轼

东风袅袅泛崇光[①]，香雾空蒙月转廊。

只恐夜深花睡去，故烧高烛照红妆[②]。

【注释】

①“东风”句：大意是说：在袅袅东风的吹拂下，一丛丛海棠闪动着光泽。袅袅：形容风的柔弱。崇：这里同“丛”。②“只恐”二句：写惜花惜春之情。花睡去，典出《太真外传》，唐玄宗登沉香亭，召杨贵妃，贵妃卯酒未醒，由侍女扶掖而至，不能行礼。玄宗笑曰：“岂是妃子醉耶？真海棠睡未足耳。”李白《清平调词》有“云想衣裳花想容”，“沉香亭北倚阑干”之句，均以美人比花，苏诗则以花比美人。

【赏析】

第一句描写微风中的海棠。一个“泛”字，写出了在月光的照耀下，在微风的吹拂中，海棠花朵摇曳生姿的景象。第二句描写月下海棠的幽香。海棠阵阵清香在氤氲的雾气中弥漫开来，沁人心脾。这里的空蒙幽寂的夜景描写，暗示的是诗人幽寂孤独的心态。第三句写得痴绝，是全诗的关键句。“恐”形象地表达出了诗人爱花的心理活动和依依不舍赏玩的情态。末句爱花的感情更进一层，“烧高烛”表明诗人想为其驱除这长夜的黑暗。全诗虚实结合，既表现了海棠优雅脱俗的美，也抒发了诗人爱花惜花的感情，更书写了怀才不遇的人生感慨。

题西林壁

苏　轼

横看成岭侧成峰，远近高低各不同。

不识庐山真面目，只缘身在此山中①。

【注释】

①缘：由于。后人引此二句，常用来说明当局者迷，旁观者清；执着于局部，而不能洞察全局的哲理。

【赏析】

苏轼写诗，全无雕琢习气，所用语言异常浅显，但寓意十分深刻。

从这首诗来看，语言的表述是简明的，只是描写了庐山变化多姿的面貌，但却激起人们无限的回味和深思。因为身在庐山之中，看到的是庐山的局部，这必然带有片面性，反观世上事物也常如此。从而为读者提供了一个回味经验、驰骋想象的空间。

陆　游

公元1125—1210年，字务观，号放翁，越州山阴（今浙江绍兴）人。南宋著名爱国诗人，兼擅文、词，而以诗成就最高。一生创作诗歌九千三百余首，是我国现有存诗最多的诗人。诗文风格雄奇奔放，沉郁悲壮，洋溢着强烈的爱国主义激情。在思想上、艺术上取得了卓越成就，在生前即有“小李白”之称。陆游不仅是南宋诗坛一代领袖，而且在中国文学史上也有崇高地位。有《渭南文集》《剑南诗稿》《放翁词》《南唐书》《老学庵笔记》等。

游山西村

陆　游

莫笑农家腊酒浑[①]，丰年留客足鸡豚[②]。山重水复疑无路，柳暗花明又一村。箫鼓追随春社近，衣冠简朴古风存。从今若许闲乘月，拄杖无时夜叩门。

【注释】

①腊酒：指农家在上年腊月里自酿的浊酒，多为过年时祭祖先、祭百神和自家饮用。②鸡豚：鸡与猪。豚，小猪。

【赏析】

该诗创作于宋孝宗乾道三年（1167）。当时陆游因极力支持张浚北伐，被投降派以“交结台谏，鼓唱是非，力说张浚用兵”的罪名罢官闲居在家。

本诗描写了江南农村日常生活。全诗首写诗人出游到农家，次写村外之景物，复写村中之情事，末写频来夜游。所写虽各有侧重，但以游村贯穿，并把秀丽的山村自然风光与淳朴的村民习俗和谐地统一在完整的画面上，构成了优美的意境和恬淡、隽永的格调。

陆游回乡的心情是相当复杂的，心中苦闷和愤愤不平的感情交织在一起，然而他并未心灰意冷。对照诈伪阴暗的官场，家乡纯朴的生活自然和心怀壮志的爱国情绪，使他从农村生活中感受到希望和光明，深信总有一天否极泰来，并将这种感受倾泻到自己的诗歌创作里。于是，便有了“山重水复疑无路，柳暗花明又一村。”千古流传的诗句。

示　儿

陆　游

死去元知万事空，但悲不见九州同①。

王师北定中原日，家祭无忘告乃翁。

【注释】

①但：只。九州同：古代中国分为九州，这里指国家统一。同：统一。

【赏析】

《示儿》诗为陆游的绝笔，也是其爱国诗中的名篇，是诗人抱负、人格和强烈的爱国激情的缩影。陆游一生致力于抗金斗争，一直希望能收复中原。虽然屡遭投降派排挤、打击，但爱国热情始终没有消减。

全诗文字质朴自然，情感沉痛真挚，催人泪下，表现了作者相信恢复中原大好河山的壮志一定能够实现。

从语言上看，全诗不假雕饰，直抒胸臆是一大特色。诗句不借助文字渲染，只借极其朴素、平淡的语言，便使深厚、强烈的爱国之情跃然纸上。说明凡真情流露之作，越朴素、越平淡，反而更能示其感情。

从感情上看，诗人的爱国激情是何等的执着、深沉、热烈与真挚。80 多年来，驱除敌虏、统一河山的强烈愿望，在他心里始终没有动摇过。所以在他临终前，仍然叮嘱孩子们，将来这一天到来时，一定不要忘记祭祀他的亡灵，把这胜利的喜讯告诉他。

杨万里

公元1127—1206年，字廷秀，号诚斋，吉州吉水（今属江西）人。南宋杰出的诗人，与尤袤、范成大、陆游合称南宋“中兴四大诗人”。宋高宗绍兴二十四年（1154年）进士。历官太常博士、太子侍读、秘书监等。初学江西诗派，又学王安石、晚唐诗，后独辟蹊径，自成一家。擅“活法”，诗风新巧风趣，多写自然景物，被称为“诚斋体”。有《诚斋集》。

小 池

杨万里

泉眼无声惜细流，树阴照水爱晴柔[①]。
小荷才露尖尖角，早有蜻蜓立上头。

【注释】

①“树阴”句：树影投映在池水上，仿佛爱恋着那明净柔美的水面。

【赏析】

这首诗小巧、精致，宛如一幅花草虫鸟彩墨画。作者运用丰富、新颖的想象和拟人的手法，细腻地描写了小池周边自然景物的特征和变化。一汪泉眼、一道细流、一池树阴、几支小小的荷叶、一只小小的蜻蜓，构成一幅生动的小池风物图，表现了大自然中万物之间亲密和谐的关系。

杨万里写诗主张师法自然，他对自然景物有浓厚的兴趣，常用清新活泼的笔调，平易通俗的语言，描绘日常所见的平凡景物，尤其善于捕捉景物的特征及稍纵即逝的变化，形成情趣盎然的画面，因而诗中充满浓郁的生活气息。

晓出净慈寺送林子方

杨万里

毕竟西湖六月中，风光不与四时同。

接天莲叶无穷碧，映日荷花别样红。

【赏析】

此诗通过描写六月西湖的美丽景色，曲折地表达对友人林子方的眷恋之情。诗人抓住盛夏时节特有的景物，概括而又贴切。这种在谋篇上的转化，既跌宕起伏，又没有突兀之感。看似平淡的笔墨，给读者创造出了令人回味的艺术境地。

朱　熹

公元1130—1200年，字元晦，一字仲晦，号晦庵，晚号晦翁，别称紫阳。徽州婺源（今属江西）人，后迁徙到建阳（今属福建）考亭。南宋著名的理学家、思想家、哲学家、教育家、诗人。著述甚丰，有《四书章句集注》《诗集传》《周易本义》《楚辞集注》等，后人编有《晦庵先生朱文公文集》《朱子语类》等。

春　日

朱　熹

胜日寻芳泗水滨[①]，无边光景一时新。
等闲识得东风面[②]，万紫千红总是春。

【注释】

①胜日：风光美好的日子。寻芳：游赏美景。泗水：在今山东境内，流经孔子的家乡曲阜之北。②等闲：轻易地。

【赏析】

从字面上看，这是一首描绘春日美好景致的诗，实则是一首哲理诗，表达了诗人于乱世中追求圣人之道的美好愿望。根据作者生活的年代可知这首诗创作之时泗水之地早被金人侵占，作者也未曾北上到达泗水之地。

观书有感（其一）

朱　熹

半亩方塘一鉴开[①]，天光云影共徘徊。

问渠那得清如许？为有源头活水来。

【注释】

① 一鉴开：像一面打开的镜子。

【赏析】

这首诗实写的是明丽清新的一派田园风光，半亩大的池塘像明镜一样，映照着来回闪动的天光云影。这幅美丽的自然风光图卷，令人读后清新明快。本诗发挥了说理浅显亲切的长处，虽是直说明说，但包含了一种真实的生活体验，容易得到读者的认同，再加上比喻恰当，画面生动，人们不能不承认它是首好诗。最后两句细读令人回味无穷。

叶绍翁

生于公元约1190—1194年间，卒年不详。字嗣宗，号靖逸，建安蒲城（今属福建）人，本姓李，继嗣于处州龙泉（今属浙江）叶氏。南宋中期诗人，擅作绝句，言近旨远。有《靖逸小集》《四朝闻见录》。

游园不值

叶绍翁

应怜屐齿印苍苔①，小扣柴扉久不开。

春色满园关不住，一枝红杏出墙来②。

【注释】

①“应怜”句：这是猜想园主人爱惜绿苔，怕被踩上鞋印子。屐（jī）：木鞋，鞋底有前后二齿，便于泥地行走。②“春色”二句：脱胎于陆游《马上作》“杨柳不遮春色断，一枝红杏出墙头”和南宋另一诗人张良臣《偶题》“一段好春藏不尽，粉墙斜露杏花梢”的诗意。

【赏析】

此诗是叶绍翁的名篇，写诗人春日游园所见所感。时间大致是江南二月，正值云淡风轻、阳光明媚的时节。诗人乘兴到花园游玩，窍门半天也不见有人来开门迎客。诗人在花园外面略感遗憾，后看到一枝红杏伸出墙外，进而领略到园中的盎然春意，感情又由失望到意外之惊喜，写得十分曲折而有层次。

从诗意看，门前长有青苔，足见这座花园的幽僻，而主人又不在家，久敲门无人答应，更是冷清，可是红杏出墙，仍然把满园春色透露了出来。从冷寂中写出繁华，这就使人感到一种意外的喜悦。“关不住”“出墙来”，简单的几个字，写出的并不仅仅是园中美丽的春色，还写出了春天的勃勃生机，写出了一片春意盎然。尽管主人没有访到，但作者的心灵已经被这动人的早春景色完全占满了！

文天祥

公元1236—1283年，字履善，一字宋瑞，号文山，又号浮休道人，吉州庐陵（今江西吉安）人。南宋后期杰出的民族英雄、军事家、爱国诗人和政治家。宋理宗宝祐四年（1256年）进士第一，官至右丞相。文天祥以忠烈名传后世，抗金被俘后，元世祖以高官厚禄劝降，他宁死不屈，从容赴义。生平事迹被后世称许，与陆秀夫、张世杰并称为“宋末三杰”。有《文山先生全集》《文山乐府》。

过零丁洋

文天祥

辛苦遭逢起一经[①]，干戈寥落四周星[②]。山河破碎风飘絮，身世浮沉雨打萍。惶恐滩头说惶恐，零丁洋里叹零丁。人生自古谁无死，留取丹心照汗青。

【注释】

①遭逢：遇合，指得到皇帝的知遇。起一经：精通一种经书，由科举走上仕途。②干戈寥落：连续不断地战争。寥落：多而连续不断的样子，指作者连续举行武装抗元的斗争。四周星：指四年。自德祐元年（1275年）正月，文天祥响应号召起兵勤王，至祥兴元年（1278年）十二月兵败被俘，恰为四年。

【赏析】

南宋末年，文天祥在潮州与元军作战，被俘，途经零丁洋时，元军逼迫他招降坚守崖山的宋军，他写下了这首诗。诗人以诗明志，表现出视死如归的高风亮节和大义凛然的英雄气概。

全诗格调沉郁悲壮，既叹国运又叹自身，把家国之恨、艰危困厄渲染到极致，但在最后一句却由悲而壮、由郁而扬，迸发出“人生自古谁无死，留取丹心照汗青”的诗句，慷慨激昂、气贯长虹，以磅礴的气势、高亢的语调显示了诗人的民族气节和舍生取义的生死观，形成一曲千古不朽的壮歌。充分表现了诗人为了让国家宁愿慷慨赴死的民族气节。

王冕

公元1287—1359年，字元章，别号煮石山农、饭牛翁、梅花屋主等，诸暨（今属浙江）人。元代著名画家、诗人、书法家，尤以画“没骨梅”著名。诗风质朴、自然，诗作内容丰富多彩，多写隐逸生活。有《竹斋集》。

劲草行

王冕

中原地古多劲草，节如箭竹花如稻。白露洒叶珠离离，十月霜风吹不倒。萋萋不到王孙门①，青青不盖谗佞坟。游根直下土百尺，枯荣暗抱忠臣魂。我问忠臣为何死，元是汉家不降士。白骨沉埋战血深，翠光潋滟腥风起②。山南雨晴蝴蝶飞，山北雨冷麒麟悲③。寸心摇摇为谁道④，道旁可许愁人知？昨夜东风鸣羯鼓，髑髅起作摇头舞。寸田尺宅且勿论，金马铜驼泪如雨⑤！

【注释】

①萋萋：草茂盛的样子。王孙：贵族子弟。②翠光：指鬼火。潋滟：光闪耀的样子。③麒麟：墓前的石麒麟。杜甫《曲江》：“苑边高冢卧麒麟。”④寸心摇摇：心中忧虑，心神不定。⑤金马铜驼：汉未央宫前有金马。此处意思是指南宋灭亡后令人悲伤的凄惨境况。

【赏析】

本诗采用比兴手法，通过对秋天霜风中劲草的描写，极力赞美劲草不向苦难、权贵折腰，威武不屈、洁身自好的精神。

该诗句句写草，但又处处喻人，实则歌颂了具有民族气节的“汉家不降士”的崇高精神。诗中所选取的诸多意象，如蝴蝶、麒麟、金马铜驼等，均烘染了一种寂寞凄楚的氛围，衬托出汉家将士身后的悲凉，也是对冷漠现实的一种谴责。

墨　梅

王　冕

我家洗砚池头树[①]，朵朵花开淡墨痕。

不要人夸好颜色，只留清气满乾坤[②]。

【注释】

① 我家：既是自指，又泛指王姓的人。洗砚池：洗笔砚的池塘。晋代书法家王羲之有“临池学书，池水尽黑”的传说。作者与王羲之同姓，所以说“我家”。池头：池边。②“只留”句：只愿留下清香之气充溢在天地之间。乾坤：指天地。

【赏析】

这是一首题画诗，是诗人为自己画作《墨梅图》所作。这首诗不仅反映了他所画的梅花的风格，也反映了作者的高尚情趣和淡泊名利的胸襟，鲜明地表明了他不向世俗献媚的坚贞、纯洁的操守。全诗以画作真，诗情画意融合无间，意蕴深邃，耐人寻思，洵为题画诗中的上乘之作。

于　谦

公元1398—1457年，字廷益，钱塘（今浙江杭州）人。明代名臣，民族英雄。与岳飞、张煌言并称“西湖三杰”。永乐十九年（1421年）进士。官至兵部尚书。万历年间谥“忠肃”。一生功业在政治军务，诗文多反映现实和时事，或个人的人格精神。有《于忠肃集》。

石灰吟

于　谦

千锤万击出深山，烈火焚烧若等闲①。

粉身碎骨浑不怕，要留清白在人间②。

【注释】

①若：如同。等闲：平常。②清白：以石灰的清白比喻人的品质清白纯洁。

【赏析】

这是一首托物言志诗，借对石灰的赞誉，表达了自己以天下为己任，为了社稷苍生不惜“粉身碎骨”的坚强意志和决心，同时也表现了诗人磊落的襟怀和崇高的人格。

顾炎武

公元1613—1682年，原名绛，字忠清，江苏昆山亭林镇人。后改名炎武，字宁人，学者称为亭林先生。明末清初著名的思想家、史学家、语言学家，是清代古韵学的开山始祖。曾参加抗清斗争，后来致力于学术研究。晚年侧重经学的考证，考订古音。其诗作格调苍凉激昂，多反映明清之际的现实斗争。有《日知录》《音学五书》《亭林诗文集》等。

秋山二首[①]

顾炎武

其 一

秋山复秋山，秋雨连山殷[②]。昨日战江口[③]，今日战山边。已闻右甄溃，复见左拒残[④]。旌旗埋地中[⑤]，梯冲舞城端[⑥]。一朝长平败[⑦]，伏尸遍冈峦。北去三百舸[⑧]，舸舸好红颜[⑨]。吴口拥橐驼[⑩]，呜笳入燕关[⑪]。昔时鄢郢人，犹在城南间[⑫]。

其 二

秋山复秋水，秋花红未已。烈风吹山冈，磷火来城市[⑬]。天狗下巫门[⑭]，白虹属军垒[⑮]。可怜壮哉县[⑯]，一旦生荆杞[⑰]。归元贤大夫，断脰良家子[⑱]。楚人固焚麇，庶几歆旧祀[⑲]。勾践栖山中，国人能致死[⑳]。叹息思古人，存亡自今始[㉑]。

【注释】

① 这两首诗写于1645年秋，表现了人们败而不屈的精神和抗清

复国的决心。② 殷（yān）：红，指血染群山。③ 江口：长江口。④ 右甄（zhēn）：右翼。左拒：左翼。这二句是说义军两翼皆溃败。⑤ “旌旗”句：把旌旗埋在地下，不让敌军得到。⑥ 梯冲：云梯和冲车，都是敌军的攻城器械。⑦ 长平：战国时代赵国地名，故城在今山西高平西北。秦将白起在此大败赵国军队，坑卒四十万人。⑧ 舸（gě）：大船。⑨ 好：美，漂亮。红颜：年轻女子。这两句写清兵掳掠大量美女北去。⑩ 吴口：吴地的人。橐（tuó）驼：骆驼。⑪ 鸣：吹奏。胡笳（jiā）：古代北方的一种管乐。燕关：山海关。关外是满族人的发祥地。⑫ “昔时”二句：据《战国策 · 齐六》记载，楚国大夫不愿投降秦国的几百人聚集城南。鄢（yān）郢（yǐng）：楚国的都城。此处用此典故来说明清兵占领地区的人不愿意接受统治。⑬ 磷火：鬼火。⑭ 天狗：一种陨星，传说落地后状如狗头，天狗落在哪里，哪里就有灾祸。巫门：苏州城门名，指代苏州。⑮ 白虹：白色的日晕。古人认为，白虹出现是非常事件的先兆。属（zhǔ）：连接。军垒：军营周围的防守工事。⑯ 壮哉县：富庶的县份。⑰ 荆杞：荆棘和枸杞，都是野生的带刺儿灌木，常用来形容荒凉、萧条。⑱ 归元：把头送回来。据《左传》记载，春秋时晋与狄打仗，先轸（zhěn）被狄人杀死，狄人把先轸的头送回晋国。断脰（dòu）：断头。这两句歌颂的是为了气节而牺牲的精神。⑲ 麇（jūn）：春秋时楚国地名，原址在今湖南岳阳东南。歆（xīn）：享受。据《左传》记载，麇地被吴国占领，楚人用火攻吴国军队，从前战死在麇地的楚国人可以享受祭祀。⑳ 据《国语》记载：春秋时越王勾践被吴国打败，退守在会稽山上，卧薪尝胆，奋发图强，最后消灭了吴国。㉑ 存亡：复国。

【赏析】

这两首诗记述清兵南渡后，南明将领坚守嘉定等城抗击清兵的事迹，表达了诗人对南明覆亡的痛楚和复国的决心。

前一首基调较为悲愤，主要叙写了抗清战事的连连失利，以层层递进的笔墨行文。“昔时鄢郢人，犹在城南间”是全诗的点睛之笔，一个铁骨铮铮的民族志士的高大形象跃然纸上。人们从优痛中看到了希望，找到了依托，心情为之一振。

后一首基调较为壮烈，以同响共振的奏鸣谱曲，侧重描绘战争失败后的惨烈情景，及战争给人民造成的深重灾难。相较第一首直白的表现手段，这首则用隐晦手法以烈风、磷火、天狗、白虹，浓墨重彩渲染战前浓重的酷烈氛围。

两首诗的结尾殊途同归，都是作者形象的呈现，感人肺腑，具有强烈的号召力。

郑 燮

公元1693—1765年，字克柔，号板桥，江苏兴化人。清代著名画家、书法家，“扬州八怪”之一。其诗、书、画称为“三绝”。乾隆元年（1736年）进士，曾任范县、潍县知县。其诗多为反映现实生活，同情民间疾苦之作。风格质朴泼辣，体现了作者正直倔强的性格。有《郑板桥集》。

竹 石[①]

郑 燮

咬定青山不放松，立根原在破岩中[②]。

千磨万击还坚劲[③]，任尔东西南北风。

【注释】

①这是一首题画诗，把竹子人格化。赞美竹石坚定顽强的同时，隐喻作者坚贞刚劲的风骨。②破岩：岩石缝隙。③千磨万击：指狂风暴雨等磨折摧残。

【赏析】

整首诗着力表现了竹子顽强而又执着的品质，首句的一个“咬”字就道出了竹子那种不畏艰辛，与大自然抗争，顽强生存的精神。

这首诗表面写竹，其实是写人，表明诗人正直倔强的性格，决不向任何邪恶势力低头的高傲风骨。

潍县署中画竹呈年伯包大中丞括[1]

郑　燮

衙斋卧听萧萧竹[2]，疑是民间疾苦声。

些小吾曹州县吏[3]，一枝一叶总关情[4]。

【注释】

①这首题画诗，约作于乾隆十一年（1746年）诗人任潍县县令之初。诗借题画而自明心迹，展现了作者对民间疾苦的关怀和同情。年伯：古代称同榜考取的人为“同年”，对同年的父辈或父亲的同年称“年伯”。②萧萧：形容草木摇落的声音。《楚辞·九怀·蓄英》：“秋风兮萧萧。”③些小：微小，这里指官职低微。吾曹：我们。④关情：牵动感情。

【赏析】

这是首托物言志诗，实际表达我们虽然只是小小的州县官吏，但老百姓的一举一动都牵动着我们的感情，充分体现了郑板桥对百姓疾苦的关心。诗歌语言质朴，比喻的手法穿插类同，使全诗具有一种虚实相间的效果，更见意味深长。